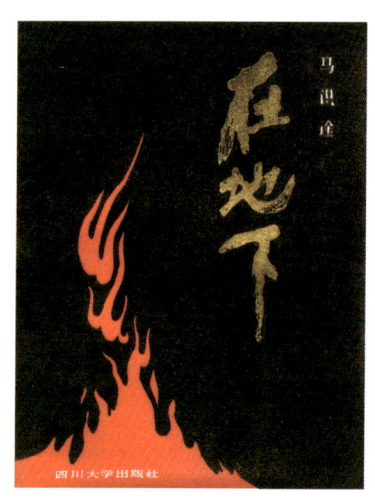 

四川大学出版社《在地下》　　中共中央党校出版社《党校笔记》
（1987年版）　　　　　　　　（2011年版）

马识途与妻子王放在成都刚解放时的合影

1950年10月于成都
前排（左起）：马子超（马识途的弟弟）、马士弘（马识途的哥哥）、王放、马识途
后排（左起）：马淑君（马识途的幺妹）、马群英（马识途的侄女）、吴淑慧（马识途的表妹）

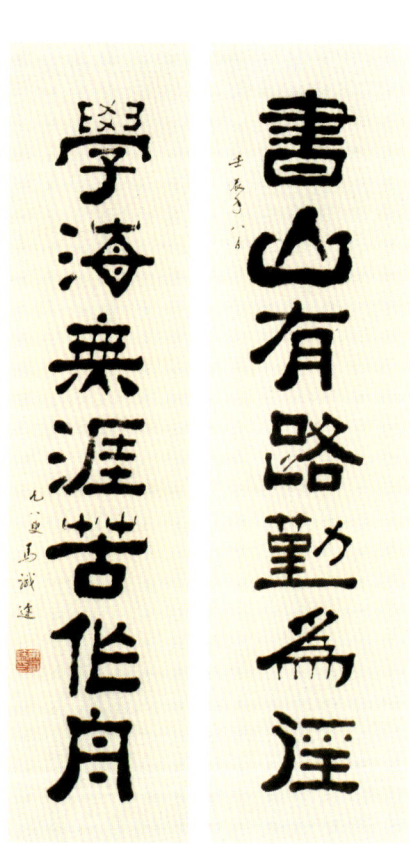

马识途书法

马识途文集

第十五卷 笔记 史料

四川文艺出版社

图书在版编目（CIP）数据

马识途文集. 第十五卷，笔记、史料 / 马识途著.
—成都：四川文艺出版社，2016.12
ISBN 978-7-5411-4543-8

Ⅰ.①马… Ⅱ.①马… Ⅲ.①中国文学－当代文学－作品综合集②中国共产党－党校－文集 Ⅳ.①I217.2 ②D261.41-53

中国版本图书馆CIP数据核字（2016）第283154号

马识途文集 ｜ 第十五卷

BIJI SHILIAO
笔记 史料

马识途 著

编辑统筹	宋 玥 段 敏
责任编辑	孙学良
封面设计	叶 茂
版式设计	史小燕
责任校对	蓝 海
责任印制	唐 茵等

出版发行	四川文艺出版社（成都市槐树街2号）
网　　址	www.scwys.com
电　　话	028-86259287（发行部）　028-86259303（编辑部）
传　　真	028-86259306
邮购地址	成都市槐树街2号四川文艺出版社邮购部　610031
排　　版	四川胜翔数码印务设计有限公司
印　　刷	四川五洲彩印有限责任公司
成品尺寸	149mm×210mm　1/32
印　　张	17.75　　　　　　　　　字　数　460千
版　　次	2018年5月第一版　　　　印　次　2018年5月第一次印刷
书　　号	ISBN 978-7-5411-4543-8
定　　价	140.00元

版权所有·侵权必究。如有质量问题，请与出版社联系更换。028-86259301

目 录

党校笔记

序 …………………………………………………………（003）
小组讨论会上发言——感想 …………………………（008）
意　见 ……………………………………………………（012）
在开学典礼上中共中央党校副校长冯文彬同志讲话纪要 ……（013）
吴江同志引言报告 ………………………………………（015）
札　记 ……………………………………………………（020）
韩树英同志辅导思想路线 ………………………………（021）
南斯拉夫伽略夫同志报告（摘）…………………………（025）
冯文彬同志在支部委员会上的讲话 ……………………（028）
一部学习委员会议讨论情况 ……………………………（030）
解放思想问题 ……………………………………………（033）
讨论发言：关于相对真理和绝对真理 …………………（034）
讨论发言 …………………………………………………（037）
学习思考笔记：国体和政体有很多不完善 ……………（039）
韩树英同志串讲第一单元 ………………………………（042）
讨论："四人帮"几句口号把中国闹乱了吗？ …………（048）
学习思考笔记 ……………………………………………（049）

讨 论 …………………………………………………… (050)

对党校教育的两点看法
  ——一点建议 ………………………………………… (053)

学习笔记 …………………………………………………… (054)

讨论发言 …………………………………………………… (056)

沈冲辅导列宁《唯物主义和经验批判主义》……………… (057)

讨 论 …………………………………………………… (058)

学习讨论笔记 ……………………………………………… (059)

十二支部对党校一单元学习的意见 ……………………… (061)

十二支部委员会第三段学习安排 ………………………… (062)

列宁《谈谈辩证法》阅读笔记 …………………………… (063)

一支部讨论社会主义优越性问题 ………………………… (065)

学习思考笔记：坚持唯物史观，反对个人崇拜 ………… (070)

学习笔记：文艺理论研究上必须来一个大突破 ………… (073)

第一阶段结束、分组讨论 ………………………………… (075)

讨论中央66号文件（邓小平同志报告）………………… (077)

韩树英同志串讲哲学 ……………………………………… (081)

范若愚同志引言报告 ……………………………………… (085)

第一阶段学习感想
  ——收集少数老同志的意见 ……………………… (090)

对第一单元学习小结和第二阶段学习的意见 …………… (093)

学习笔记 …………………………………………………… (095)

学习中几个问题 …………………………………………… (097)

小组辅导讨论 ……………………………………………… (099)

宋振庭同志（中央党校教育长）讲话 …………………… (101)

学习《建国以来党的若干历史问题的决议》笔记 ……… (102)

学习《决议》笔记1 ··· (107)
学习《决议》笔记2 ··· (111)
对毛泽东的功过论断 ·· (112)
学习《决议》的讨论发言 ·· (114)
胡耀邦同志在宣传思想工作座谈会上报告（录音）··········· (117)
关于国家体制的意见 ·· (123)
中央民委张副主任报告 ·· (125)
关于社会主义民主讨论发言笔记 ································ (128)
资料：社会主义分类（美国一家杂志分析）··················· (131)
讨论社会主义民主 ·· (133)
中宣部副部长王惠德同志报告（录音）························ (143)
讨论社会主义问题 ·· (150)
讨论社会主义社会 ·· (152)
龚士其（政治经济学教研室）二单元二段引言报告 ········· (154)
于光远同志讲改革 ·· (162)
学习政治经济学笔记 ·· (168)
马克思《导言》杂记 ·· (173)

邓力群同志报告
　　——陈云同志经济思想介绍 ································ (175)
杜润生同志报告 ··· (176)
学习感想 ··· (182)
纪律重申 ··· (183)

支部小组座谈学习
　　——三个月小结 ··· (184)
扬长避短中的问题 ·· (186)
学习中思考问题 ··· (188)

讨论题目 …… (189)
学习笔记：社会主义经济问题 …… (190)
辅导员翁志兴同志辅导 …… (198)
薛暮桥同志报告 …… (202)
讨论社会主义基本经济规律及我国经济结构改革问题
　——在小组讨论会上的发言 …… (203)
学习笔记 …… (206)
第二单元综合串讲：从经济理论上来理解党的政治路线
　…… (209)
国家物价局局长谈如何保持物价基本稳定 …… (215)
一支部学习委员会议 …… (219)
冯文彬同志传达中央工作会议精神 …… (221)
宋振庭同志报告 …… (230)
讨论中央关于调整国民经济的会议上中央领导同志的发言
　…… (231)
姚依林同志报告 …… (233)
思想小结思考 …… (237)
对党校建议 …… (243)
思想小结提纲 …… (245)
宣传工作中的感想 …… (246)
心得与体会 …… (247)
胡耀邦同志讲话 …… (249)
胡耀邦同志谈对"四人帮"宣判问题 …… (256)
冯文彬同志总结 …… (257)

其他笔记

- 宪法修改草案学习笔记 …………………………………… (261)
- 对违反宪法的行为必须进行斗争
  - ——学习宪法的笔记 …………………………………… (270)
- 构建和谐社会的哲学思考
  - ——学习笔记 …………………………………………… (275)

在地下

- 再版序言 …………………………………………………… (281)
- 第一部分　白区地下党工作的一般要领 ………………… (283)
- 第二部分　白区地下党工作的十个主要问题 …………… (305)
- 第三部分　白区地下党秘密工作方法 …………………… (375)

其他史料

- 到农村去的初步工作 ……………………………………… (457)
- 难忘的战斗岁月
  - ——纪念"一二·一"运动三十五周年 ……………… (462)
- 一个老战士的话
  - ——纪念"一二·九"、"一二·一"学生运动 ………… (468)
- 且说"联大精神"
  - ——西南联大成立七十周年纪念 ……………………… (472)
- 写在《凯旋》前面 ………………………………………… (479)
- 我只得站出来说话了 ……………………………………… (482)
- 我也说老照片 ……………………………………………… (492)
- 立此存照 …………………………………………………… (496)

解放战争时期我党在成都开展革命斗争的几个问题
    ——在中共成都市委召开的党史座谈会上的讲话 ………（502）
在中共成都市委召开的党史座谈会上的第二次发言 ………（525）
在鄂西抗战时期党史座谈会上的发言 ………………………（530）
我在鄂西北的一段工作情况 …………………………………（545）
在南方局党史座谈会上的发言 ………………………………（551）

党校笔记

序

这是1980年秋我在中央党校高研班学习时所作的笔记。

这是一本真实的记录，也可以说是一个时代的跫音。

1976年9月9日，毛泽东逝世。不久，街上有把四个串成一串的螃蟹上市，曾经权倾朝野、气焰熏天的"四人帮"被送到他们应该去的地方。闹腾了十年的一场恶剧、丑剧、笑剧、闹剧终于落下了帷幕。其后又经过三年的折腾，党的十一届三中全会开幕，解放思想、实事求是的思想路线确立起来，邓小平、胡耀邦等老革命重新登上中国的政治舞台，一个新的时代开始了。

被打倒的大批党政领导干部被"解放"出来，中央党校恢复开学，一方面调各省、市、区部分省级老干部到中央党校高级研究班学习，一方面调一大批中央物色好的新秀到党校"充电"，准备经过学习考察后，调到中央各部委和各省、市、区任主要领导职务。四川省调来的就有田纪云、杨汝岱、聂荣贵等同志。我有幸被调到高研班学习了半年，这是我一生难忘、最有心得、心情最愉快的一段生活。

在开学典礼上，学校向学员们当场宣布，要大家敞开思想，畅所欲言，宣布"四不"规定，即不打棍子，不戴帽子，不抓辫子，不装袋子（个人档案袋）。参加高研班的学员大多是经历过长期革命斗争，解放后又在各种岗位上担任领导工作的老同志，年龄大都在六十岁以上，几乎全部都是被造反派打倒在地还踏上一只脚的、或者是才落实政策从监狱里放出来的老人，自然心有冤气，满腹牢骚，想到中央党校来发泄。听说有"四不"规定，更放心了。

大家听了动员报告，小组讨论起来可就热闹了。大家都争先恐后地倒苦水，有的说得老泪横流。为革命出生入死，宵衣旰食，干了几十年，忽然就被认为是"走资派"，批判斗争，侮辱虐待。大家说当时正当四五十岁，年富力强，有了工作经验，正好为国家建设献身，却不叫干了，白白浪费了十年最宝贵的年华。白发无再青，那悔恨之情可想而知。

大家把气出够，苦诉完，才认真来研究。到底为什么在中国会出现"文革"这种怪事，给党和国家带来如此巨大的损失。大家要求总结历史经验，防止中国再发生这样的历史惨祸。这时中央也正在起草修改新的《若干历史问题的决议》，稿子已有，传到党校，我们都读了，有的满意，有的不满意，争论不少。这时，在农村也正在从四川开始揭下人民公社的牌子，全国大半地方都在安徽、四川的首创下把土地承包返还给农民，叫作"包产到组"。有的说这实际上就是"单干"。这可是以前认为大逆不道、挖社会主义墙脚的事呀。同时听说四川城市搞放开试点，把计划经济模式也改了，让企业有自主权，多余产品可以进入市场交易了。这也是挖计划经济的根子，那还了得？但是大家明明看到，农村城市突然一片生机勃勃，生产面貌大改观，一年就叫一直处于饥饿状态的农民吃饱了肚皮，几年就叫一直亏损的发不出工资的国营企业不亏损甚至有赚了。人心大快，全国气象一新了。这样的事实，大家不得不承认。于是邓小平名言"白猫黑猫，抓到老鼠就是好猫"之说大行于市。大家都说不管什么主义，叫大家过好日子就是好主意。这些老同志都开了窍，全都能解放思想，不管过去的清规戒律了，一切从实际出发，民富国强是根本，一致认为贫穷不是社会主义。

于是大家在进一步讨论中提出：（1）什么是社会主义？我们建设

怎么样的社会主义？（2）中国解放之后走了二十几年弯路，毛病到底出在什么地方？（3）毛主席指引的那一套思想和那一条建设道路，真是中国最好的思想、最好的道路吗？他有没有错误？他的错误到底何在？对他如何正确认识和评价？（4）十几年反修防修是必要的吗？那个康生、陈伯达搞的《九评》文章真是马克思主义吗？有必要和苏联闹翻，争正确、争领导吗？什么叫国际共运？世界革命的第三里程碑是什么？……还有其他许多问题，比如党的建设问题，特别是党内民主问题，就更引起大家思考，一说开了，问题就更多了。政治运动为什么老搞不完？搞了二十几年的政治运动，哪个是搞对了，哪个是搞错了的？这一问，反右派、胡风反革命集团、反右倾机会主义、庐山会议，都被翻出来议论了。

最后还牵涉到：反封建主义反彻底了吗？我们刚解放有必要马上搞不断革命吗？新民主主义革命胜利后，是不是有一个社会历史发展阶段即新民主主义社会的阶段？这就马上又牵出，我国是不是有必要搞"社会主义三改造"？只是搞早一点了吗？大跃进带来大后退，带来大灾难，这是怎么一回事？孰令为之，谁使致之？为什么当时全国像发疯似的胡作非为、胡说八道？到底农村在灾难中死了多少人？为何讳莫如深？这样一来，似乎又成为毛泽东时代的总清算了，再往深里追索下去，就不能不牵涉到毛主席，甚至共产党解放后执政二十几年的得失了。

不好，该到此为止了。不能有全盘否定的情绪，必须实事求是，正确估计，客观分析，做出适当评价，找出我们前进的正确道路。

老同志们冷静下来，认真读马克思主义的书（必须读原著），重温辩证唯物主义、历史唯物主义，认真研究中国历史、中国革命史，头脑清醒，正确评价。学习不能情绪化，要走上学习正轨，要团结一致向前看。

回想起来，在中央党校学习，学了马克思主义的三大组成部分，特别是辩证唯物主义和历史唯物主义，讨论中国在解放后的二十八年的发展历史，是就是是，非就是非，不为尊者讳，不为权者讳，不唯上，只唯实。

这些老同志经过五个月废寝忘食的学习，听了许多有真知灼见的大报告，进行了许多次的小组、大组讨论，都毫无顾忌，畅所欲言，把心里话讲出来，有的还在作反省笔记，进行自我思想总结。大家虽然都明白，学习后不会再去担任重要工作了，但思想提高了，疙瘩解开了，中国前进的道路看得比较清楚一些了，都感到是自己一生最愉快的一段生活。

我有幸参加高研班全过程的学习和研究，认真读了几十年未读过或未读懂的书，结合自己的工作实际进行反思，觉得豁然开朗，一身轻松。我因为在大学时就习惯于作笔记，在听大报告或大、小组讨论时，都认真作了笔记，五个月内，我竟然写了五个笔记本，大概有二十万字。所记的内容都是当时听的大报告，或者老同志小组讨论，或者我和别人交换意见后记下的笔记，或者是我在学习反思后所记下的自己的见解，从来没有考虑到对与不对。

现在是 2009 年，我已经进入 95 岁。我在整理旧稿时，又看到了《党校笔记》这部稿子，我颇有点激动，这不只是我在三十年前一段心路历程的忠实记录，而且也可说是记录了当时许多老同志的心路历程，记录了这些老同志对中国那一段历史的认识，对我们党的看法和希望，其中许多问题的看法甚至在三十年后的今天仍然有现实意义，值得现在研究国事和党史的同志参考，至少这是一本真实的中央党校的文献。

因此，我不揣冒昧，把这个笔记本如实抄下来，打印出来，公之于众，让大家得知三十年前一批老同志的思想认识，也不失为一段真实历史的记录。

我可以负责任地说，这是从原始笔记本上如实抄写下来的，未加编排，也未修饰，除改错别字外，一切一如原状（五本笔记本尚保存，可校对）。所录大报告虽努力跟记，但仍有一些遗漏，或只能记下要点。但其主要内容和精神是绝没有记错的。这或许能从中央党校当时的档案查对出来，其正误与否，只能反映当时大家的思想认识水平。记录中，凡未标明是谁讲的，那都是我的发言、我自作的思考笔记。有的是综合大家发言而整理记录下来的（其中凡注有"[——马]"字样的，则都是我在别人报告或发言时的插记和插话）。

我以为，这本原始记录，对研究那一段历史的学者能提供一点参考资料，这些笔记都是许多老同志认真学习马克思主义原著，又结合工作实际，进行研究、讨论和反思后所说的心里话，无论正确与否，可以说都是他们用血与泪凝聚而成的经验教训，也许对今天的在职领导同志也未始没有参阅的价值。这些珍贵资料，我希望能在我生前看到出版。

2009 年 5 月

小组讨论会上发言——感想

[1980年8月29日]

我国教育文化科学事业是不是纳入了国民经济计划了？其实未真正纳入。作计划的是搞经济工作的，特别是搞工业的，他们优先考虑和看到的是钢、是粮、是煤、是机器。这些当然也重要，但是这些东西是不是就是生产力的最重要的部分？是不是以物役物，物便自然增长了？是不是考虑到搞生产的人，掌握科学文化和管理知识的人，才是生产力中最积极的因素？是不是有高度科学技术和管理知识的专家才是积极的因素中的最积极的因素？

光有办多少工厂，投多少资的计划，国民经济便上得去吗？没有以科学技术体现计划的人才，便是空的，上不去的，只会造成很大的浪费，走弯路，以至失败。过去的许多经济工作中的失败很多，是由于领导水平低（方针，计划的失败不少），科技水平低（仅有的一点科学力量，自己糟蹋了，没有充分发挥作用），管理水平低，工人农民的文化技术水平低，效率很差。也是由于思想工作、文化工作的不适应（落后封建，小生产者的思想还占相当优势等等）造成的。现在是该觉悟到提高国家的教育文化科技水平的时候了，是加强思想文化工作，养成高度文明、高度民主的思想和作风的时候了。

一句话，是加强教育工作的时候了，是加强科学工作的时候了，是加强文化教育思想工作的时候了。首先是改变目前教育文化（科学稍好一点，但也很差）的畸形状态，必须找出正确的比例来（外国人的做法可以借鉴，特别是日本的做法，占生产总值的百分之几？日本百年来特别注意培养人才，科技和管理人才，作为"起飞"的根本之图的经验，值得参考）。

光口说重要，口说今后要进行补救，是不能算数的，要从计划、投资上来加以改变，不能一有困难，就砍文教经费、科学经费。可以叫一个计划不周，一个项目损失几千万上亿元，可以叫一个工厂亏损，一年花几千万上亿元养起来，可以叫一个工程报废几千万，但是要给教育文化增加几亿、几千万是难上加难的。即使说平时待遇吧，看看企业职工的工资奖金收入多少，福利投资多少，住房平均面积多少，福利事业多少？比一比如何？的确苦乐不均。教育科学都显得是"幺房"。至于文化就更不用说，"幺房"也谈不上，是捡的"继儿子"。但是一出现毛病来，来抓文化的人可多啦，打棍子的人可多了。大会小会，大报小报，大块小块批得可厉害了。工业失败了，出了差错，过去有这种批和处分的声势吗？（"渤海二号"事件，算是开了一个新例）以四川说，四川省文联，是全国比较大的省的文联，成果不算少，但是编制尅得紧，只给几十个人的编制，房子几十年没有投多少资，十万元修了五六年还没有动工。我说少新办一个街道工厂影响不大，就能抽出几十一百人的编制了。这一百人编制中如果能出一流作品的十人，一般作品的四十人，一半报废，其中还有十个坏的，然而也是大胜利，对国家对四川，以至对世界文化说不定都是大贡献。但是就是不给，连要开个文代会也说会挤得很，推到8月后再说吧。全国文代会开了快一年了，四川才开文代会，说得过去吗？（后来启龙同志算是下决心叫6月开成了。）开了也未见就影响了其他方面工作，根本问题是教育文化口头上说起来重要，办起来次要，有困难时不要。而偏偏现在困难时期又多，教育文化就只有靠边站了。不改变领导对于教育文化的观点是不行的。科学稍好一点，已引起了重视，但只想搞立竿见影有效果的，而长远的就不那么重视。说的是必须与生产结合的漂亮口号。对科学的重视，实际上是以急功好利，医得眼前疮，救得眼前急为原则的。实际上不懂得科学，也没有好好研究过科学工作。不认真把教育科学文化纳入国家计划，占有一个谁也不能砍的比例，是不行的，若干年后我们还要总结教训。

我以为目前搞计划的，管投资的都是搞工业的，他们脑子里想的就是煤、钢、电等等（其实这些之间的比例何尝考虑好了）。"以钢为纲"，把工业害苦了，"以粮为纲"，把农业害苦了。不是教训吗？"为纲"这个说法从哲学上说就不通。纲举目张，目不张，纲举不起，有纲无目，要纲何用？优势兵力"打歼灭战"，对农业适用否？本来是一个有机整体，在一时以此为纲的，在另外场合别的为纲，它为目了。重点是要抓，光重无轻，重也不重了。这些哲学观点很值得重新检查一下。带兵来办工厂，以打仗一套来搞生产，是否就灵得很？革命加拼命，如果没有科学性能行吗？大庆没有"三老四严"的科学，没有科学技术的突破，能打胜仗吗？只强调政治第一，而不强调科技起决定作用，政治会落空，渤海也会翻船。"死人的事是难免的"。这个观点拿来打仗可以，拿来搞生产就是错误口号。很少想到科学教育，特别是文化，更想不到科学教育文化的落后将对经济生产产生多少严重的后果，特别不了解科学、教育、文化都是百年之计，不能求急功。过若干年后便见其效果无穷，成为工农业起飞的翅膀。

因此我以为：（1）国家作计划或者决定计划的，一定要有科学和教育以至文化的主管人参加做出决定，而且不要找"让路牌"的"好好"同志去参加决定。（2）我以为学经济的，搞工农业生产的，一定要学点文化，学点文艺，学点教育、哲学等等。大学理工科一定要学文科课程，这是国外的做法，而且文科过去太少，今后要纠正，增加文科招生。

注：这一篇《感想》和下一篇《意见》是 9 月 1 日开学前，学校领导找少数老同志座谈和征求意见时的记录。

意 见

[1980年8月29日]

我以为中央党校高级班应更多地找现在正在当权的主要负责人来参加，而不是大量不负主要责任的和已退到二线的同志来学习。因为当了权，天天在决策，一个错误将带来很大的损失。而不能说因为当权，真理就必定在他们手里，也不能说权力的大小和思想水平、工作能力的水平一定成正比。

党委常委讨论各种问题，有些是大家熟悉的工作，但并未深入调查，对某一专业并不熟悉却也要在过筋过脉的决定关头随便凭感想说几句，以致做出不正确的决定来。因此，党委开会讨论某一专门问题时，应该邀请这一门的专门领导同志及有关专家来参加，多听取专家和专业领导同志发言，不要轻率地即席发言，影响专业同志发言。做出决定后，如果专业同志表示不同意，要求保留，党委应暂停决定，再派人或亲自调查一下，再议再定。

四川文代会前，省委开了七次座谈会，找专业领导同志和行家参加，是发挥了很好的作用的，使会议比较顺利地开下来，报告也比较服人心，能调动积极性。这是一条经验。

在开学典礼上中共中央党校副校长冯文彬同志讲话纪要

[1980年9月1日]

党校五期会比前几期办得更好一些,因为这是在十二大开会前,又在《若干历史问题的决议草案》发来的时候,还有邓小平同志在政治局常委会上的讲话,对党的历史作了深刻的总结,有深远历史意义。从实际出发,是实事求是的总结,许多问题有新的提法,还有十年长远规划修改稿。十二大可能在这期末闭幕。中央将建顾问委员会,起监督检查中央委员会的作用。遇到风浪时可以说话,起支持监督的作用。使党的事业更好发展,老同志还得继续发挥作用。建好一个新班子不是三五年的事,我们将起传帮带的作用。要选拔年富力强、路线鲜明的年轻班子。这一期有优越的条件。

我们的中心还是要继续解放思想,过去有禁区,有余悸。禁区其实是对毛泽东思想及他个人的正确估价。毛泽东思想是全党的财富和集体智慧的结晶,不是毛泽东一个人的。从其产生和发展,有其历史的发生背景,是反对教条主义(共产国际高度集中的)的产物,是马列主义与中国革命实践具体结合,是党及革命群众流血牺牲获得的。毛泽东思想科学体系要永远发展下去。

毛泽东同志本人的功过,功绩要高度评价,充分肯定,不因毛泽东在后期犯有错误而否定一切。从1927年井冈山星火农民运动,遵义会议直到解放,其丰功伟绩,不可磨灭,是人民中国的缔造者之一。后期十几年犯有路线错误,虽然严重,还只是路线性错误,应按马列主义原则,实事求是,说得越透,越能高举。要看到有"四人帮"体系会利用错误来反对党,我们说清楚,讲透,他们就不能用来打击我党的后代了。毛泽东的错误与"四人帮"的坏事,是根本不同的两回事。"四人帮"的反革命阴谋与毛泽东的错误必须分清界限,坏人想用来贬低毛泽东,把什么坏事都往毛泽东身上推,是不可能的。我们敞开思想,认真总结经验教训。这一期比过去可以更能敞开思想,实事求是。

将发给大家的邓小平同志的讲话,讲到党的制度有弊端,干部终身制,权力过度集中,兼职过多,家长制,一个人说了算。这是深刻的经验,惨痛的教训,正反两面都有,而且自己来纠正,是光荣、伟大、正确的党。大家要好好讨论一下。不会完全思想一致,有的同志有不同看法,甚至抵触,是可以想象的。三老四严,两论起家,还是好的。现在不敢说真话,说假话,吹喇叭,还大有人在。"四人帮"反革命路线肃清才四年,至少还要十年,会有阻力。敞开思想,摆事实讲道理,这样的正确思想路线,一定可以解决思想问题,而且允许保留。压服不行,只能说服。

这期更要看重思想建设和党性锻炼。过去对改造思想抓得不够,联系实际,抓思想,我们不是大半时间学《准则》,我们要求更好地学理论,在风浪面前不动摇。只有下苦功夫才能攀登科学的高峰。当然也要注意身体,劳逸结合,搞好伙食。我们主张思想交锋,做到老,学到老。联系实际和自己思想总结,骄傲是会犯错误的。五个月结结实实,提高思想。

四个"好好":(1)好好读一点东西。(2)好好开动机器想想问题,几十年了,好的坏的,国家、世界的,过去、现在和将来的。(3)好好总结经验,哪些对,哪些错,哪些搞得比较好,哪些搞得不好。(4)好好准备重新走上工作岗位,为党、人民贡献力量。党风搞好,带动全党全国。学习期要注意身体,量力而行(昨天上午一位老学员去世了)。

吴江同志引言报告

[1980 年 9 月 1 日]

这是学习的好时机,人大三次会,人事有更动,纠正权力过分集中于个人的毛病。中央扩大全会上,小平同志提出做社会主义改革家,自己建立起来的东西要改是不容易的。11 月 12 日开六中全会,讨论历史问题决议,30 年是非功过,要搞清楚,使大家认识一致,团结向前看。我们有机会先讨论。明年年初开十二大,有一个好的政治报告。大家回去贯彻十二大精神,任务光荣,利用五个月,好好读书,好好思考,好好总结自己。

大家是领导同志,有工作经验,主要靠自己学习,计划要点请大家讨论。

六个字:路线,理论,作风。围绕党的思想、政治、组织路线学一点基本理论,提高路线认识。光搞理论还不行,要有好的党风,恢复党的优良传统,也是学习要求之一。

我讲讲围绕路线学习理论的问题。

经过三中全会后,党的路线明确起来。围绕三条路线来学习理论,把路线牢固扎根,必须从理论上搞清楚。理论不清楚,路线难以坚定。拥护党的路线,不等于路线问题解决了。八大路线是正确的,没有好好宣传和讲清楚,未从理论上搞清楚。如为何要把主要力量发展生产,搞好经济文化建设。八大不久，就往另一方面扭过去，"左"倾路线一吹，八大路线吹了。现在是八大路线在新的时期的发展。至于"左"的路线错误，一时不易清理好，脑子里东西不少。如关于基本路线问题、错误理论等等。现在搞经济建设，但多少人搞得清楚社会主义经济规律？有的同志不知道社会主义基本经济规律，先生产、后生活，先治坡、后治窝当作典型。去年讨论生产目的时，有人说这是想分光吃光我们的积累，有的不主张讨论。但生产目的很重要。如"渤海二号"事件和生产目的有关系。三十年来，搞不清资本主义与社会主义是什么，把吃"大锅饭"、平均主义、取消商品、不要价值规律，当作社会主义。思想理论问题搞清楚，不是三五年的事，也许十年才行。

重大理论不清楚，树不起正确的政治路线，甚至敌不过"左"倾错误路线，也有个谁胜谁负的问题。不搞理论，带来的大量问题也搞不清的，不急于解决具体问题，解决理论认识问题。理论之外还有作风问题。希望我们抓转变作风，群众怕我们主观、官僚，脱离群众，不负责任，办事拖拉，群众对我们的作风是有看法的，拥护路线，批评作风，对我们不放心，值得注意，要以整风精神来改进作风。党的整风精神还要肯定，即有批评和自我批评，做点分析。〔冯：延安整风精神保持，"四人帮"整风即整人，不对。〕〔自己挨整，也整别人，二十年来基本事实，为什么会这样？——马〕。

党校第一门课是哲学课。学马克思主义的认识论，从实际出发，实事求是，实践发展真理，批唯心主义，形而上学，一阵风，一刀切。第二门是政治经济学和社会主义。研究什么是社会主义，民主与专政，基本经济规律，四个现代化，计划规律，价值规律。第三门是党的建设。理论上搞清楚党的建设，对照自己思想作风。另有五天讨论历史问题决议。这很重要，和各门课有关，最后用五六天作个人思想小结，不装档案，愿留下的听便。

讲一讲学理论时如何思考，如何联系实际，养成读书和思考问题的习惯。

学习的利刃,实事求是。

解放思想还很不够,没有过头问题。不解放思想联系不好实际,提倡大家思考问题。

第一,三十年的历史经验。三个段落:1949—1956年,1956—1966年,"文化大革命"十年,现在正反两面经验极其丰富。

第一段路线正确,取得很大胜利。这一段有重要发展。

第二段十年,曲折前进(还不算是波浪前进),大部分时间,路线基本正确,但犯有"左"倾错误,人为地制造阶级斗争。如反右倾机会主义,抓右派是扩大化。〔只是扩大化吗?——马〕

第三段十年,"文化大革命","左"倾路线错误占统治地位,林彪、"四人帮"利用毛泽东的错误,推向极端,进行反革命活动,造成10年灾难,一场浩劫。总结"文化大革命"的经验教训,以后不能重犯。我们也犯不起了。

第二,好好批判"左"倾(或极左)路线各方面的影响。政治、经济、文化、军队都有,没有例外。现在在经济领域特别要肃清。上期政治思想领域批得好些,经济领域批得不深,这期要批好一些。要改革,阻力不小。少数民族的极左路线,危害极大,现实需要休养生息方针,民族班要认真批极左路线。

第三,总结和批判是为了办好当前的事情,不要灰溜溜,垂头丧气,是为了鼓励,不要信心不足,就是"文化大革命"十年也不是完全一团漆黑,许多同志还坚持正确的艰苦斗争,使经济未崩溃。〔许多县委、省委,被打入地下,游击开会,这就是事实。——马〕

我们要研究自己国情,研究四个现代化,如何发挥社会主义优越性。如何改革制度,反对官僚主义、特权思想,肃清资本主义封建主义思想,权力过分集中,教训很大。把党的最后决定权交给主席、书记,党的生活不正常(除非战争状态,但也有一定制度),怎么避免。

封建主义思想残余和资本主义思想,常常合在一块(半封建半殖民地)。〔一方面封建主义要反,一方面又批资产阶级,现在二者正对立斗争。——马〕如何搞好民族区域自治。过去有名无实,相当严重。在经济上如何扬长避短,发挥优势,改善生活,达到事实上的平等(民族问题比国家问题还要长些)。

联系实际总要碰到两个问题:一是对待毛泽东同志;二是对待自己。

"文化大革命"十年,毛泽东负主要责任,大家议论,不可避免。注意三条。(1)不动摇毛泽东思想的地位,今后还要高举毛泽东思想的旗帜。毛泽东思想科学体系,不包括毛泽东的错误在内,毛泽东犯错误是他违背了毛泽东思想体系。(2)把毛泽东和林彪、"四人帮"分开,不能混淆,把毛泽东的后期和前期分开,把毛泽东的正确和错误分开。(3)党遭受挫折和失败,毛泽东负有重大责任,有的负有主要责任。但责任不是一个人的。现正搞审判"四人帮"的起诉材料,"文化大革命"中许多决定,不是毛泽东一个人定的。问题并不简单。过去把功劳归于一人,是错误的,现在把错误归于一人,也是错误的。这些问题不妨碍敞开思想。

如何对待自己问题。我们没参与中央决策,但几十年,也应该自我分析,总结经验教训,哪些对,哪些不对,哪些清醒,哪些模糊。不一定要写出来,要写也不反对。

最后,谈两方面问题。一方面要注意,第一是党内,第二是党校,第三是学习。要放开讨论,"四不"原则(不打棍子、不戴帽子、不抓辫子、不装袋子)。有向中央建议的可以写出,我们交上去。

另一方面,时间短,读经典著作39万字,其他文件,讲话也有40多万字。共80多万字,另有辅导材料70万字,五个月共要读150万字。还有星期天,还有讨论、活动,时间很紧,不能延长。自己要很好安排,有的材料可少看以至不看(过去看过的),内容和时间的矛盾,老是消化不良的毛病,还是争取读完。许多同志光想学业务,不想学理论,不愿到干校,不愿到党校。理论不学不行,少学也不行。我们搞的社会主义四化,不是别的什么现代化,要社会主义,没有马列主义理论不行。老年,身体不好的,要量力而行,要搞好身体,搞好生活。

札 记

[1980年9月1日]

讨论中听到,人民大会堂不挂毛主席、华国锋像了,挂国徽。

想到两件小事:

1. 1978年我出访伦敦时,大使馆同志反映,这样树立华主席,老一套,你们要树成什么人?还不是个人崇拜吗?到处是华主席的字,有什么必要?——我想反映给《人民日报》,没有反映,由于余悸。

2. 在巴黎,韩光华大使反映,副总理坐专机有无必要?我说应该反映给《人民日报》,他先同意,后来又不同意,我也怕反映。

这两件小事,看出"余悸"来。

经济改革,农村的经济政策落实和城市工厂的自主权,等等,到底是生产关系的后退,还是前进?我以为是前进,不是后退。要说后退也是原来冒进,不适应,现在退到比较适应的地步了。现在才是实事求是的前进,才可能前进。

韩树英同志辅导思想路线

[1980 年 9 月 2 日]

已经发了提纲，作些补充说明。

两年前和"凡是"观点进行辩论，现在思想路线已经解决了，现在是加深认识的问题。

党的思想路线问题，是有关无产阶级的世界观和方法论问题，要正确认识世界和改造世界，是政治路线的基础和保证。辩证唯物主义和历史唯物主义是我们认识和改造世界的思想武器，是马克思主义的理论基础。这不能自动地保证推行正确的思想路线，是在唯物与唯心，辩证法与形而上学的斗争中确立起来的。检验是能否正确反映客观实际，事物发展的规律性，把革命事业引向胜利。

要解决的矛盾，就是主观和客观之间的矛盾，达到主观和客观的一致，认识和实践的统一。否则就会出现"左"的和右的错误思想和倾向。

统一和一致，不可能是一劳永逸的，总在正确错误之间进行斗争，不断丰富和发展思想路线的具体内容。延安整风批判主观唯心主义的思潮，"左"倾教条主义。

三十一年来经过曲折的道路，有两次是严重挫折。总结正反两方面的经验，坚持正确的思想路线，十分必要。

1957年前我们取得伟大的胜利,八大的路线是正确的。这一段党的工作也有问题。如改造后期过急,改造的速度、规模和形式方面过了头。

1958年后出现"浮夸风""瞎指挥""共产风""冒进"等"左"的错误。"以钢为纲"打乱经济平衡。公社化运动,早过渡的想法(发展成为"穷过渡"),"大跃进"实是大退步,带来严重失败。

胡乔木同志最近说,毛泽东思想不光是总结了中国革命实践,而且是在反对国际上马列主义教条化的共产国际集中领导的倾向中发展起来的,如此才提出了实事求是,强调了调查研究。不然离开这个具体历史背景,一般提实事求是和调查研究〔这在资产阶级也是十分强调的——马〕是没有意义的。这在马列主义中已有了,但在那种革命斗争和国际斗争中起决定的意义,把中国革命引向胜利,成为毛泽东思想的精髓,成为我们的思想路线的根本之点。

我们在两次挫折中违背了思想路线,毛泽东在晚年违背了这条思想路线,主观的指导和客观的实际不符合。表现:

1. 发展社会主义生产力的"唯意志论",孤立突出"主要矛盾"和"矛盾主要方面"。什么叫"一马当先"的"大跃进",割断与其他的联系与制约的因果关系,陷入形而上学,以后不断表现。

2. 改变生产关系上的过急,强调"一大二公",追求高级形式,脱离生产力水平。〔生产关系万能论,就是上层建筑决定经济基础,生产关系决定生产力,意志万能,意识决定物质等一系列唯心主义思想。强调不平衡的绝对性,而打乱了相对稳定的平衡的必要性。强调不断革命,否定革命分阶段的必要性。使阶段性的政策方针不能稳步执行,政策多变,生产关系多变,人心不定,然而人心是思定的。在这样的大国和多民族经济发展不同的复杂情况下搞"一刀切",发展了形而上学。搞落后的平均主义,歌颂供给制,军事共产主义等落后思想。反对按劳分配的基本原则,当作资产阶级法权来批判。发展为"割尾巴",

"穷过渡",不利用各种生产方式发展生产,单一形式,小商贩、个体经济都被消灭了。后来发展到党内有走资派,党内有一个资产阶级的说法,更搅乱了思想。劳力的统包统配带来大量失业,"铁饭碗"思想形成大量有事没人干(如城市服务),有人没事干的现象——马〕破坏了从生产力的水平作为基础和出发点,即从生产关系要适合生产力发展水平的规律出发,制定政策。为什么联产责任制如此受欢迎,如此促进了生产?有根本的理论意义,有的地方还在抵制,说成是方向道路错了,不准包产到组、到人。

七千人大会本来纠正了错误,使生产很快恢复(当时思想还是比较统一的,群众相信党),但是那次没有从思想上路线上认真总结和开展斗争,不巩固,在会上也没有分歧争论。结果"左"的东西未根本克服。后来时候一来,又走上弯路。〔而且对于1959年错批彭德怀同志,错反右倾机会主义,未得到认真纠正——马〕

对于发挥主观能动性,反右倾思想,批冒进,〔实际上是批周——马〕头脑发热,反对综合平衡,而强调不平衡。批见物不见人,"唯条件论",以至"人有多大胆,地有多大产"。又提出"共产党是促进派,不是促退派,右派是促退派"的说法。南宁及成都会议批判反冒进,逼周恩来及陈云检讨,毛泽东说"不愿听这些检讨了"。支持滋长起来的"左"倾情绪,1958年北戴河会提出钢铁翻一番,打乱了平衡。"巧妇难为无米之炊"。1959年批彭德怀的"经验主义",作为党内主要危险倾向,而且把党内分歧上升为阶级斗争,是资产阶级与无产阶级的生死斗争的继续,政治上组织上"左"的错误发展了。

有计划按比例发展的规律是哲学上普遍联系、互相制约原则的应用,然而毛泽东却提"为纲",并说这是"一元论",是不对头的,实是形而上学。

违反基本经济规律,生产关系要适合生产力发展水平。只求主观上迅速改变生产关系,越大越公越高级越好,主观主义。只承认质变,不承认量变的必要性和积极作用。"公共食堂",供给制的变态,带来严重危害。"割尾巴"连屁股都割了。[连头也快割掉了——马]歌颂平均主义、供给制,批了工资制,按劳分配原则。1974年毛泽东说社会主义和资本主义工资制度没有多大区别等等,走得更远了。

"文化大革命"更出现一系列严重错误。根本的是提出"在无产阶级专政下继续革命"的理论。"以阶级斗争为纲","天天讲","阶级斗争一抓就灵"。大批"唯生产力论"、"党内走资派"、"资产阶级代表人物",用暴力来打击党内同志,十年浩劫。

把共产主义理论当成宗教迷信。四个伟大(虽说"讨嫌",却不禁止)。个人迷信登峰造极,新的造神运动。天才论、先验论、顶峰论、家长制、一言堂、思想僵化半僵化、封建专制思想及法西斯集大成成为"四人帮"的思想。1958年毛主席提出有正确的个人崇拜,"没有个人崇拜不得了"的论点。

"四人帮"粉碎后,又出现"凡是"观点。真理标准的讨论,恢复了马克思主义的思想路线。

三十年思想路线走了一个"之"字。但不是简单的恢复,更丰富更发展了。仍然存在唯物和唯心,辩证和形而上学之间的斗争。

出现思想路线的曲折,不能只以为出于个人的原因,有其深刻的历史、社会根源,不是偶然的,是历史和社会消极因素的反映,是小资产的思想。唯意志论也如此。小资产、封建主义思想是产生个人迷信的社会历史原因。

三年大灾害损失1200亿,十年浩劫损失5000亿,共6200亿。

怕富不怕穷,怕小不怕大,怕活不怕死,怕私不怕公,怕右不怕"左",把"反右"作为社会主义思想路线斗争的主要倾向是错误的。

南斯拉夫伽略夫同志报告（摘）

［1980 年 9 月 6 日］

南斯拉夫建设经验，南共联盟和自治。

这不是从巴黎公社和外国经验抄过来的，是出自南共联盟的革命实践，从某种理论引出一种制度是不行的。

南斯拉夫革命胜利后，日益看出过去形成的和日益发展的官僚主义和中央集权对于调动群众积极性和从事建设是不利的，要保持群众的革命积极性，必须采取自治的体制，让工农来管理和监督国家，国家不能成为超越于人民之上的机关，统治人民。国家是由人民来管理的，生产者管理生产，抵制外来强加的体制，改革中央和国家的集权体制。

自治首先是从经济开始。计划调节与市场调节结合。生产的体现者有权支配他们的劳动成果（可以在市场上体现），管理他们的产品，采取经济联合，人人关心再生产，扩大，新投资，现代化，群众的福利，市政建设，教育等等。

当然有整体规划，和世界经济建立广泛联系。

经济的稳定是政治稳定的基础和前提。

社会主义的最高目标是人的幸福，生产是满足人民的增长需要（余略）——见文件。

答问：党内的基本关系，就是党内民主化，发扬民主关系，没有党内的民主，就不能建立民主国家，党的上层与基层的关系，是根本问题。党的领导机关要实行民主，以民主方式讨论问题，集体领导原则。反对上层少数人作出重大决定。个人＝0，集体＝一切。党的中央委员会不和基层联系，基层不发挥主动性，就不成为中央委员会，基层不是被动执行机构。

南斯拉夫合作化问题，曾经失败，后来是成功的。

对别国共产主义运动不议论，"因为南斯拉夫是这种议论的受害者"。〔暗地批评我们的《三评》——马〕

苏联是社会主义吗？答，是的，但是多年来执行的有些政策背离社会主义原则，希望回到正确政策上来。〔他不附和我们说苏联不是社会主义——马〕定一个国家是不是社会主义制度，马列主义是看生产方式，看所有制，看生产资料谁掌握。如果这方面无问题，只是实行外交政策有霸权主义，不能说它不是社会主义制度。〔此点似可内部争鸣——马〕

历史的重复，惊人的相似，何故？

马按（我的思考按语）：

我国的问题最大的是农业问题，过去总说我们打仗还行，搞农业也还行，其实不然。用老套子打仗也可能要吃亏，过分强调中国的特殊性，而不顾及国际战争的一般性，不顾及时代变迁和技术的大变化，是会吃亏的。至于农业，搞了三十年，还是停留在十分落后的状态。比社会主义哪一个国家都落后，农民还停在吃不饱的阶段，不能说搞好了。相反，二十几年的农村胡折腾，把农民整得够苦了。最主要的就是在所有制上的不断升级，越高越好，生产力未发展，生产关系不断变化，这是什么马列主义？如果不这么快，稳一点，二十几年的发展不会是现在这样。自称会搞农业也只是吹牛而已。我们搞全国的单一的所有制，而且不管各省各地区（特别是少数民族地区），一刀切，结果搞得有的地区民穷财尽，现在才来改变，搞自主权，搞多种形式的经济，农村情况才好起来。不是退回去，是原本冒进（过去仅仅批冒进对不对？批"小脚女人"对不对？），现在才上了轨道。现在才开始像搞经济的样子。

冯文彬同志在支部委员会上的讲话

[1980年9月11日]

党校以教学为中心,学员能否在党性方面有一个明显的提高,是衡量党校工作的尺度。一切为了教好、学好,学员是党校的主人。如何把党校办得更好,真正能学到一点东西,能在思想上解决一些问题,关键在于自己努力,学校只能起辅导帮助的作用。自觉努力,认真读书,支部发挥堡垒作用,学员发挥模范带头作用。

提几点建议:

1. 敞开思想,解放思想上的一些错误认识,从马列主义毛泽东思想原则原理可以找到答案,如想从词句找现成的答案,是没有的。不要以为老了,要学到老。不要以为几年思想混乱,公说公有理,本来要拨乱反正,正本清源。有人以为把经济搞活,是不是变修了,复辟资本主义了?要学到马列主义根本原理,统一认识,什么叫社会主义优越性,与资本主义区别何在,首先解决为什么来读书。

如何评价毛泽东,如何尊敬毛泽东,在于昭明毛泽东的思想体系。毛泽东不是神,不挂神像,这是对毛泽东思想的不庄重的表现,也是马列主义不成熟的表现。迷信、封建、信神,不是马列主义。忠于毛泽东思想科学体系,对毛泽东的错误要说透,才是高举。

现在总的形势很好,但是思想认识深度如何?阻力越来越大了。

阻力来自：（1）本身是"文化大革命"中有问题的人，路线深入，必然抵触；（2）"文化大革命"的得利者、受益者，这一下翻不过身了。原幻想"十年以后再看"，老的死了，他们还要上台；（3）二十年极左路线流毒没有肃清。王明路线统治了四年，毛主席肃毒用了十年。现"四人帮"粉碎才四年，流毒不易一下肃清，不可低估；（4）平时读书不多，没有读懂，所以上当受骗的不少（现在提不能用打仗方法来指挥生产，有人就愤慨。这话其实不错，军事学和经济学有不同的规律。误解为军事打仗不行了的意思）。路线越深入人心，越落实政策，阻力越大。这要读书，联系实际来解决。

2. 学好。要发挥支部作用，敞开思想，老实摆出来，不要怕丢面子，不要怕"四子"（帽子、棍子、辫子、袋子），不来虚假，不要自卑，有毛病不采取打击，治病救人。要联系实际（工作和思想实际），对己对人一样。敞开思想是为了联系实际，学习《准则》从我做起，从现在做起，从领导做起。开展谈心活动，交流思想和看法，教学相长，多搞小辅导，人少好交流思想。同志式的平等的讨论和争论，可以保留观点，不准压、扣帽子，更不能打棍子。但一定要思想交锋，百家争鸣，不要闭门读书。

3. 纪律性。不能自由散漫。认真学习，相互督促。身体不能支持不勉强，但党校不是医院疗养院。每月开一次党的生活会，不能学习时不学，走掉了，或者晚上回家了。支部要严格要求，大家要有自觉性。资格老地位高，更要有自觉性。

4. 党校缺点不少，伙食、生活、学习、组织尽力搞好。有意见就讲，共同搞好，互相支持。

一部学习委员会议讨论情况

[1980年9月11日]

张琳（一部副主任）：

自觉学习，解决思想路线认识，增强党性。依靠支部的堡垒作用，加强政治思想工作。学习委员要直接抓学习工作，请学习委员谈谈：（1）学委任务；（2）学习情况。

敞开思想，联系实际。四个环节：自学、辅导、讨论、小结，学习委员都要抓，尤其是辅导和讨论。辅导员主动辅导，学习委员主动搜集意见和辅导员研究。共同问题，组织支部或小组辅导，个别人的困难，个别辅导。因文化理论水平差距较大，讨论主要是小组，热闹、漫谈，而缺乏中心，扯得很远，和自己毫不联系，或一人包办半天，发怨气多，理论不联系实际，或在名词概念中兜圈子，或先谈实际，不联系理论，讨论了但感到无收获。原因是，对讨论重视不够，未事先准备，到时到会随谈，掌握讨论会场不好，听其自然。应有讨论的组织准备工作，应有一定讨论的准备时间，[实际上通知了，但有几人认真准备，不好了解，看来许多是即兴发言，未必有提纲——马]有发言提纲或指定某一问题的中心发言，大家补充。等于作了辅导，上课，有启发性。

讨论中提倡放开思想，提倡展开争论。不统一可以保留。思想上也可互相帮助和分析，联系自己。[联系一般路线和工作易，联系自己工作难；联系工作易，联系自己思想难。不宜要求过急过高，强调过分，适得其反，自觉性。思想改造和党性有明显的提高，如何理解？——马]组长主持会场要掌握中心，不乱扯，又开得生动活泼。

学习委员的工作，发了一个意见，供参考。

同志们带了什么问题来，请收集一下，以便报告时有的放矢。

发言：

根本是文化理论水平不同，个人经历不同。有的已学过，思少；有的未学过，费力；有的很困难，难懂。有的嫌辅导浅而不联系实际，有的学员则嫌就书辅导多谈实际问题，而未吃透原理。字句的讲解和阐述不切实际。发的讨论题太抽象。

讨论多谈实际，少谈原理。讨论漫谈多于专题发言（二者都要，如何结合）。思想能敞开，多在谈历史经验，经验如何上升到理论高度不够。讨论不好不如多自学，多思，做笔记，写心得。

如何和改造思想结合？不容易，要求不宜过急过高。

过去以为入党校是有错误或将调工作，或不重要的人到第二线，或来整整思想的。

辅导少而精，时间不宜过长，疲倦，记不过来，要求印出来。

相互多谈很必要。

党校为什么在理论斗争中未见有特别建树？搞"理在王字边"，理论跟领导人跑，有权便是理。

唯物辩证法与诡辩论的区别。

杨长春（一部副主任）：

三点意见：

1. 安下心来读点书，把原理吃透一点，60%自学时间，因人而异。

有的可以多读一点参考书,有的要讲基本的概念,中间状态的自学搞透一点。不宜过早联系实际(如毛泽东功过,社会主义优越性何在?三十年是非……)。

2. 敞开思想,联系自己实际,从我做起,从现在做起。把原著弄懂。大家联系实际,总结经验,更有成效。结合改造世界观,联系自己为主,使自己思想和党的思想路线一致。

3. 学习委员大半搞过党的宣传工作,有实际经验,自己要学习,也要组织领导大家学习,要辛苦一点。

解放思想问题

[1980年9月12日]

解放思想没有"过头"的问题。所谓"适度"解放思想就是不能解放思想,或者"适"于自己要的"度",以我为标准的解放思想,就是"奉命解放",等于不解放,甚至比不解放还更坏。

讨论发言：关于相对真理和绝对真理

[1980年9月12日]

二十几年来，我们把相对真理误为绝对真理，不明白绝对真理只有通过认识和实践从相对真理逐渐接近，而绝不可立刻达到绝对真理。

我们以为毛泽东是绝对正确而且永远正确，他已经把握了绝对真理，已经达到最高的真理，一次完成了。不明白恩格斯早说过，在正确中早已潜伏着不正确，历史上本来正确的东西，随着时间的推移，成为不正确，合理的现实的东西成为不合理不现实的东西，以至荒谬的东西了。正如黑格尔把他的绝对观念强调为他完成的绝对真理而走向它的反面一样，毛泽东以反对共产国际的"左"倾教条主义、绝对权威起家，形成了毛泽东思想，而二十年后，自己却已陷入了绝对权威，陷入"左"倾教条主义，陷入个人迷信的泥坑。在某些理论方面也走向自己的反面。以为自己最正确，以我为标准，不以客观实践为标准。以至发展到逆我者批，捧我者宠，发展到以我划线、站队，人为地臆造两个司令部，走到了极端。发展到批这批那的斗争哲学，斗争再斗争，运动又运动。批马寅初，说人多好办事，使我国多生了三亿人。反右再反右，解放后老是强调工人阶级与资产阶级的矛盾是主要矛盾，资产阶级消灭了，思想还在，并越来越严重，以至党内出现一个资产阶级，以至相当大一个数的政权不在我们无产阶级手里。提倡主观主义和唯心主义者的唯意志论，生产关系决定生产力,强调上层建筑的反作用,过分强调人的主观能动性(巧妇能为无米之炊)。以为中国人意气风发,斗志昂扬,很快就可以过渡,("过渡不是遥远的事了",这种话也出于中央文件,水平降到常识以下,有些人反而沾沾自喜!)其实是瞎胡闹,穷过渡,搞"一元钱"的共产主义。老是马不停蹄地改变生产关系,强调什么都搞群众运动,其实是"运动群众",强迫命令群众。搞公社食堂把农民往死亡上赶,搞瞎指挥高指标,搞什么"王",搞各种形式主义,由于上面的强迫命令,以致下面弄虚作假,还在歌颂浪漫主义。上下一致害了"恐资病","谈资色变"。把社会主义的东西当资本主义来批,其实在社会主义过渡时期,资本主义原有的一些我们可以利用的东西,如按劳分配,商品生产,价值规律,几种不同的所有制的长期存在,劳动力使用上的计划性和责任制……都可以保存、改造和利用。然而恐怕有资本主义的残余和痕迹就会生长资本主义,怕得发了神经病。把按劳分配的政策,把必须保留的个体经济当资本主义尾巴来割,把共产主义理想的宣传当成社会主义的现实来办。这样做还要一个社会主义过渡阶段干什么?我们事实上在急忙向共产主义过渡,所有制越高越好,集体所有制企业全民化,个体则当尾巴割光了。生产关系越大越公越优越,最有共产主义风格。名为最先进,实则退回到原始公社的贫困生活。在管理上,行政机构一套封建家长制统治一切,一言堂,封建的山头、宗派、砣砣,小生产者的保守和愚昧,庄园主思想,以我为中心……

思想上的唯意志论,唯我独尊,唯我独革,独"左",小资产阶级的狂热性和浪漫主义,极端和摇摆,搞一阵风,一窝蜂,形而上学,形式主义的花架子,装样子,搞什么"王",形而上学代替主要矛盾,搞"以钢为纲""以粮为纲""以阶级斗争为纲"("三条"纲"害死人"),我们的经济政治就吃了这条"纲"的亏。纲目不清,有纲无目,纲举目不张。"集中优势兵力打歼灭战",一马当先,万马不奔腾。强调一面,否定全面,主要矛盾固定化,凝固思想。强调能动性到可以随心所欲,要干啥就干啥,反正"七十而从心所欲,不逾矩"了。强调能动性,强调群众路线,否定专家作用(专家都是资产阶级,要无产无知识的劳动者才是最聪明的,"卑贱者最聪明")。对知识分子歧视打击,反右派打击了知识分子的精华,打击了生产力中最活跃的部分。于是万马齐喑,把意识形态的斗争直接引为政治斗争,你死我活,把不同意见看成不共戴天的阶级斗争,一直斗到中央政治局,整周恩来(批薄一波反冒进),整刘少奇(批邓子恢"小脚女人"),批彭德怀(反经验主义),否认艺术和科学发展本身的规律,一律简化为无产阶级和资产阶级的斗争,在上层建筑中实行全面专政。一直斗文艺界和科学界的党员,以为是资产阶级在党内的代理人。强调政治教育,否定法制和纪律的作用。强调以人定法,以言代法,党委干涉法律,反对法律的独立性。强调党委的一元化领导,强调集中统一,形成书记,第一书记说了算。权力集于一人,荣誉归于一人。有权就有理,就有势,就有荣誉。封建帝王和家长思想,党领导代替政权和群众团体的独立活动,不承认人民代表制和法律的神圣不可侵犯,认为这些都不过是捆绑自己行动的枷锁,民主成为政治的装饰品,是指挥群众的方便工具,以至发展成人身依附,成为"书记所有制"。只有长官(书记)指定和委派,没有群众选举,有选举也是搞形式主义,"书记定名单,代表画圈圈"。把封建制当社会主义制,以空想的共产主义、农业社会主义思想,来批判资本主义思想。以人废言,绝对化,好就好得不得了,坏就坏得不得了,全盘否定,还要批倒,批臭,肃清流毒。无限上纲,什么事都要拉到两条路线、两个阶级的斗争上去。一个字,一句话,甚至莫须有,可以定罪,现行反革命是最方便的罪名,右派右倾帽子更方便。

一切是为了革命,为革命而生产,而学习,而工作,而斗争,那么革命是为了什么?不是为了发展生产力吗?生产的目的性一直没有搞清楚。生产就是一切,人民生活是不顾的,革命就是一切,目的是没有的。形而上学猖獗,唯心主义盛行。

讨论发言

[1980年9月12日]

我同意吴江同志在《人民日报》上讨论关于马克思主义哲学教学主要解决认识论的观点。二十几年的失误主要表现在背离马克思主义的认识论，连世界观和方法论的问题也是首先解决一个认识论的问题。即主观性与客观性相脱离、理论和实践相脱离的问题，即从唯物论滚入唯心主义的泥坑，从辩证法滚入形而上学和诡辩论的泥坑。

毛泽东思想——即马克思主义和中国革命实践的结合，这十多年来为什么跌入发展的最低点，以至不仅有野心家、阴谋家的篡改利用，不仅有大量的同志认识上的模糊和混乱，而且毛泽东同志本人也办了和说了一些背离毛泽东思想的事和话，使毛泽东思想的光泽在群众中，特别是在青年中不那么光彩了，以至时时要提醒党内外注意"高举"的问题，就是因为马克思主义的认识论在二十年来受到许多歪曲，以至达到唯心主义盛行、"形而上学猖獗"的地步。

出现这种现象有深远的历史原因和社会原因。封建社会的传统很深，历史唯物主义受到歪曲，过分强调领袖和个人的历史作用，强调政党的绝对领导作用。由于中国是一个小资产阶级的汪洋大海，党的领导人都出于小资产阶级、农民、小生产者，形而上学、理论上的摇摆、政治上的投机性和摇摆性较厉害。加之国际上苏修的出现，我们过分注意防修,以至把自己树立为马克思主义的正统,是"第三里程碑",自己得树立模样,作为别人实践检验的标准,使国内政策更"左",强调阶级斗争到不适当的地步。还由于当权太久的权力迷信,以至把权力和真理等同起来。

权力——腐蚀剂。个人的权利如不和人民的权利结合,而将个人的权与个人的利(包括物质的利和精神的名)结合,就会走向认识上的主观和片面性,权迷心窍,助长了野心家和阴谋家的夺权斗争,而且以马克思主义和毛泽东思想作为斗争旗帜,欺骗和迷惑了许多人,特别是无知的青年,危害更烈。

我们在认识论上的错误表现何在呢?(在以后的讨论中还要加以系统的阐述。)

学习思考笔记：国体和政体有很多不完善

[1980 年 9 月 15 日]

　　人大常委会是否真是代表人民管理国家的？还是一切事无论大小都要省委、市委、县委特别是一二把手点头才算？有些立法，政府以指标、办法、法规决定下达了（如四川的环境污染收费法规），并不是送人大常委会议决颁发，更多是省委用内部红头文件下达才算有效。因此，只要党内搞专制、一言堂，就没有"法"了。

　　法律的决定一样，说的是法院、检察院行使职权，不受党委干扰，但法院的党组受省委政法党组审查领导，省委指示才行得通，法院的独立性还是一句空话。

　　立法司法都不能独立，对行政没有制约权、行政也无独立活动权力，还是党委说了算，党委书记说了算。党委一班人，党委一把手如果好，就好，不好就不好了。这是没有保障的，很容易出现家长制，一言堂，独断专行，出野心家，权力异化，非解决这个制度的弊病不行。

　　干部担任公职不是人民公正选举的，而是由党委决定，交群众选举（即画圈圈的手续）产生，他的进退还是受到党委及组织部门决定。而大半拥有实权的首长主要还是由党委（主要是书记）决定而任命的，人民并无权表示接受和不接受，由党委决定其升降、任免，以至吉凶祸福，甚至人格也无法独立。上级决定下级干部命运的这种家长制度不改进，所谓民主也是一句空话。往往是拥戴逢迎，拍马屁的多，敢于批评、反抗的少。

干部的人事任免、升降，人身的自由由谁来掌握，人才可否自愿就业，可否有权流动，可以辞去这个工作不干，可以在别的岗位去干，有人敢于接受？人才可以上下浮动、地区流动？这一条不解决，还是领导人的终身制，人才的个人隶属制（封建社会遗毒），人是不可能尽其才的，知识分子心情不能人人都舒畅。当他遭受不公平待遇，被歧视打击时，他无法反抗，无处抗诉，和领导上级不能打官司，不能在党纪国法面前人人平等，就没有什么民主政治。

我们的舆论机关，完全是受党委及宣传部门领导人的控制的。和党委有不同意见，不能公开诉之于社会公众舆论，不能和领导在报刊上辩论，而是受到歧视打击。报刊办得好，敢于独立对人民负责同时也是对党负责，敢于和不正确的党的领导唱不同调子，唱对台戏，还可以使遭受打击歧视的下级有地方申诉，否则还是谁有权，谁掌握舆论，谁就有理了。这个有关个人自由的体制的弊病如何能改革？

我国的民主体制存在着根本的缺陷，民主集中制原则是规定了的，但是执行得如何？当前和过去长期是过分强调集中，强调一元化领导，形成了家长制、一言堂、"书记所有制"，干部在升降和人格上的依附的"书记从属制"。各级建立了委员会，有几个委员不是上级党委及少数主要书记或第一书记决定才发下去选举（什么选举，不过是画圈圈）出来的？"领导定名单，代表画圈圈"，或者竞选，没有落选，反正是书记意志强加于代表，选出该委员会，何曾认真讨论过本级党委的重要大问题？无非是开次代表会，委员参加大会举手，小组会议动口，表示举手拥护和开口支持而已。不同意及平等争论，以至委员会否决了书记的决定是少见的。真正管事的是常委会。常委们又如何讨论的，还不是或者听书记的表示同意，或者专业常委委员说的不点头不摇头，书记最后拍板就算数?

我不知道书记和常委会委员们为什么都是"万能手",什么都懂似的,不管他多么生疏的业务,某些专门问题都可以拿出来讨论,而且书记委员总是可以发言,并且总要最后做出决定。其实他的知识不如这一行的一个起码人员的知识,然而这一行专业领导人员和专家说的话虽然在行,但人微就必定言轻,真理也就少一些了。外行的书记因为人显便言重,真理都在他那里了。这种"书记万能""书记一言堂""书记所有制"(即家长制)不改,民主等于零。必须改变民主的制度,减少集中,发扬民主。

领导一走上岗位,便是终身,或只升不降了,这也不行。应规定同一岗位不超过几年一选的一次连任,不连任两次,他本人要经过考核。采取机关干部不记名投信任票办法,不要领导人在一个地区、岗位任职太久。

下面的干部要采取聘任办法,要实行考核,上级和群众性考核,不记名的投票。既能自己报名应聘,也可以解聘。

现在以党代政太严重,党不管党,只管政。管政不管政策的方针,管具体业务。事无大小,送党委决定,党委压了不知多少议案,许多不了了之,连送去的公文也不知丢到哪里去了。下面的不催,等着指示吧。

要分工负责,但助长懒汉,事事请示书记才算党性强,才是美德。独立负责地办了,常受闹独立性的指责。

韩树英同志串讲第一单元

[1980年9月16日]

大家提问题：

(1) 两次"左"倾根源；(2) 毛泽东晚年为什么犯错误？(3) 矛盾论及实践论现在如何看待？

今天串讲只着重领会原著，提的问题已反映给周扬同志，看他是否讲一讲。

小平同志的报告很重要，应认真地学，不另讨论，可结合讨论，特别是最后阶段结合实际来学习，五届人大文件一样。第二单元还要学。

一、《路德维希·费尔巴哈和德图古典哲学的终结》的性质

1. 马克思主义的基本著作之一。马克思主义的基本著作并不多，列宁说，《共产党宣言》《反杜林论》和《路德维希·费尔巴哈和德图古典哲学的终结》是觉悟工人必读的书。

2. 这本书又是哲学的基本著作之一。是马恩毕生哲学战斗的重要著作。分量不大，言简意赅，几乎每句话都很丰富。哲学有的基本问题第一次提出来。

3. 在马克思主义哲学著作中有其个性,从革命变革角度来写的,历史唯物主义的基本原理。学习时掌握基本原理。这本书的名称叫"终结",有人以为不要。这次版本作过校对,德文原意的确是"出口"、"结局"、"结果",有积极意义。但因用得久了,以不改为好。终结并不是完了,而是结出一个硕果,马克思主义哲学。马克思哲学终结为科学社会主义的理论。我们学习在于掌握这些基本原理,树立世界观。

二、马克思主义哲学产生的前提

这本书的线索,是怎样从德国古典哲学出发,又怎样与之脱离。黑格尔、费尔巴哈都是德国资产阶级的哲学家,马克思的哲学与之有基本的区别。马克思主义哲学产生有哲学的、科学发展及社会发展的前提。

1. 哲学思想的前提。马克思主义不是离开世界上文明而出现的,是人类最伟大代表学说的直接继续,回答了别人没有回答的问题。哲学的直接来源是黑格尔、费尔巴哈的哲学思想,但也不仅仅是黑格尔、费尔巴哈,还吸收了许多别的,革命的变革而又继承。马克思主义哲学吸收了黑格尔辩证法的合理内核。什么是合理内核?最完整深刻而无片面性毛病的关于发展的哲学。第一章谈的是合理内核和内容,第四章是改造了的马克思主义哲学的阐述。没有黑格尔哲学,科学社会主义绝不能创立。黑格尔第一个证明历史有内在联系,这不仅是划时代的历史观的直接理论前提,而且自觉地反对形而上学。

有同志问,辩证法到底包含几个规律,是三个吗?是不是三元论了?据说毛泽东曾回答,三个规律是恩格斯和列宁在他们的著作中说过的几个规律。《费尔巴哈论》未讲有几个规律。在第四章(41 页)讲过一点对立统一。几个规律不是三元论,是一元论,即伟大的发展学说。三个规律是有联系的,对立统一是辩证法的实质和核心,但还不能完整地说明伟大的发展学说。许多年来辩证法讲对立统一，有很多宣传工作的毛病出在这里，助长了形而上学的泛滥。

马克思主义哲学与黑格尔哲学的区别在于唯物的与唯心的，是把黑格尔的哲学颠倒过来的，基础是不同的。首先，黑格尔是概念发展的辩证法，马克思哲学不是这样。其次，黑格尔的辩证法没有贯彻到底，他太注重建立其体系，不注重方法。（有人问：是否要建毛泽东思想体系？）黑格尔的体系是封闭的体系，毛泽东思想却是开放的体系，马克思主义是有一个体系的，为发展真理开辟了道路。毛泽东思想体系：（1）实事求是；（2）为人民服务；（3）自力更生。在这三条基础上形成一系列的原则、政策、方法，是发展了马克思主义。

费尔巴哈的唯物主义哲学观点成为马克思主义哲学的构成部分。费对宗教的批判，对马克思有启发，不是神造人，是人造神。但未说明为什么有神的观念进入人的大脑，马克思引申到历史唯物主义的研究。但费的唯物论是半截子的，历史观是唯心主义，费不懂实践在社会生活中的意义，不懂生产在社会历史中的意义。

2. 自然科学的前提。第四章讲的三大发现，构成自然界的有机联系和发展辩证法的自然观。

3. 社会阶级的前提。要有一个阶级来承担马克思主义哲学，就是革命的无产阶级（第56页）。

三、马克思主义哲学所实现的伟大变革是什么

归纳一下，在第四章：内容的变革，哲学性质的变革，唯物主义经历三种形式：（1）古代原始自发的唯物主义；（2）十七八世纪形而上学唯物主义，细分成许多支派（资产阶级的派别）；（3）马克思主义的唯物主义，最高完备的唯物主义，因而是辩证法、是历史的唯物主义。［讲"最高完备"妥否——马］

唯物主义：（1）世界是物质，物质是运动着的；（2）物质是第一性的，意识是第二性的，意识对物质有反作用；（3）物质运动的规律性是可以认识的，唯物主义反映论，以实践作为认识的基础。

辩证唯物主义的观点就是（第四章第 39 页）唯物主义与辩证法的有机的结合。以辩证法改造旧唯物主义，用唯物主义改造旧辩证法，形成马克思主义的辩证唯物主义和唯物辩证法。

毛泽东提到抓主要矛盾，后来国家抓这个纲那个纲，就是抓主要矛盾。不是认识了主要矛盾，就会什么事迎刃而解了。抓工作并不是只要抓住主要矛盾便解决了的，这是发展为形而上学的根源。[我们的形而上学是如何从对毛泽东思想体系的片面了解而发展起来的？值得研究，写文章。——马]

只是说从实践出发，实际有长有短，有现在和过去，有中国和外国的不同。要从矛盾着的实际出发，用分析矛盾的办法来分析实际，不要片面地从实际出发，结果陷入主观唯心主义。从实际出发，只讲唯物论，不重辩证法，就会陷入唯心主义。离开唯物主义的辩证法，会跌入诡辩论。随便辩证，便是诡辩论。从客观实际的矛盾来认识事物，且要历史地辩证地认识事物的发展过程，是曲线，不是直线发展。[我们发展了不少诡辩论，都是以辩证法面目出现，揭穿其诡辩，还原为辩证——马]

马克思两大发明，唯物史观和剩余价值论。

旧的历史观是唯心主义的，只停留在人们活动思想动机上，而不追索动机的动机是什么，黑格尔追索为绝对观念，伟大人物是绝对观念的工具。完成了任务，绝对观念就抛弃了他。这样深刻的思想，但找错了对象。马克思发现了动机后是阶级经济利益的斗争，历史唯物主义，三个阶段之间的斗争。

历史唯物主义，社会是有机整体，生产力决定生产关系，经济基础决定上层建筑。历史是按社会经济发展形势发展的历史。

马克思在（第42卷第10页）1844年说过，政治、法律、艺术、科学都不过是生产力的一定方式，并且受生产力发展的规定。

人分为阶级，一切事件都可从经济角度找出原因来。

人民是历史创造者。

四、哲学的变革

1. 哲学的性质变了，不再是"科学的科学"了，而是科学的哲学，一种指导实践的世界观、方法论，是群众的哲学。

2. 特点是阶级性，无产阶级的立场观点。实践性。

3. 哲学的作用变了。认识工具给了无产阶级，不只说明世界。

五、大家提问题解答

1. 社会主义社会发展的动力。阶级斗争是直接动力，但不能与发展生产力对立起来。恩格斯讲过阶级斗争与发展生产力的关系。"一切社会发展的终极原因和伟大的动力是生产的斗争、经济的发展、生产方式和生产方式的改变，由此产生不同阶级及其斗争。"阶级斗争是直接的原因，在其背后是生产力与生产关系的矛盾，是发展生产力。目前阶级斗争还有，但不能缩小或夸大，经济发展、生产方式的发展成为社会发展的动力。["生产斗争是最重要的活动"（毛泽东《实践论》里的话）。阶级斗争的目的是为了消灭阶级本身，而消灭阶级只有发展生产力才有可能。人不能为阶级斗争而斗争，阶级斗争是政治，是为了发展生产力而斗争的，阶级斗争目前的内容就是排除妨碍生产力发展的因素。——马]因此发展生产力是动力。

2. 一切阶级斗争都是围绕经济斗争进行的，一切阶级斗争都是政治斗争。无产阶级阶级斗争包括三种形式，即理论的、政治的和经济的形式，三种有联系又不能混为一谈。马克思说……［为什么解释一切现在的问题都非得从马列经典中找出某一句话来做证？我们使用马列主义的原理，根据当前的问题，做出自己的科学的解释来，即实践检验合格的道理，这些解释和道理便是活的马列主义。即使在马列书上找不到现成的句子来解释，而通过我们的革命实践证明是对的，便是马列主义，是与中国实际结合的马列主义。——可笑有些学究，离开本本便觉得惶惶然，便觉得找不出马列书本的根据，不能解释今天发生的新情况新问题，生怕出了格。找出一句，哪怕很勉强拿出来可以作证，便欣欣然以为是马列的，便理直气壮起来。其实是侏儒主义在作怪。在大人面前跪着，便觉得他是伟人，只能膜拜了。这一点可以写一篇短文，主题是不要在教条面前爬行，而要根据原理，发现新问题，解释新事物，把马列主义搞活。毛泽东写文章引经据典很少，有些却是马列主义的——马］

目前人民内部矛盾的斗争，算不算是阶级斗争，"四人帮"以为是的，我们不以为是。

3. 矛盾论说主要矛盾时，"一般地表现为主要矛盾的决定作用，但在一定条件下，转过来上层建筑起决定的作用，"［"一定条件"指什么？反作用是存在的，但在什么条件下？毛泽东晚年过分强调反作用——马］但在某些条件不具备的，发展的可能性不能变为现实性，实现不了。如火烧战船是孔明、周瑜火攻曹操时，东风成为最主要的起决定作用的条件了。［不能说是"一定条件"下才有反作用，就是在一般的情况下，反作用总是存在的——马］

主要矛盾是可以变的，我们多年"以钢为纲""以粮为纲"不变，吃了大亏。

讨论："四人帮"几句口号把中国闹乱了吗？

[1980年9月16日]

理论的重要性不要强调过分了。实践才是起决定作用的。理论只有符合实践才是理论，不然理论是苍白的。那种"林彪、'四人帮'几条理论、几句口号把中国闹得天下大乱"的说法，并以此作为理论作用大的证明，是不妥的，至少是不够确切的，是表面的。林彪、"四人帮"的出现有其深远的历史和社会原因。"文化大革命"的造反斗争，打砸抢，造神论，"三忠于"这一套，在资本主义社会是行不通。

学习思考笔记

[1980 年 9 月 16 日]

有些口号比如"政治挂帅",比如"兴无灭资"虽然有其简洁性和生动性,然而缺乏准确性。如果单从这些成语的表面含义来行动,就会带来很大的错误。政治就是挂帅的,其他一切比如经济、文化都是受帅的统治和指挥的,并且是上下级,是军队的绝对服从的含义,经济就必须服从于政治,那么经济就是为政治服务。于是"为革命而生产"的口号也就顺理成章,于是生产的目的性也就模糊了。本来是经济决定政治,一切政治斗争表现为阶级斗争,是为了解放生产力而存在的。没有为什么抽象的政治教义而斗争、为政治而政治的事。把反作用当作正作用、主导作用,这不是马克思主义。

过去总把阶级斗争当作政治斗争来理解,强调一切阶级斗争都是政治斗争,而忽略了政治斗争。阶级斗争都是"围绕着经济解放而进行的","经济关系的领域是决定性的领域"。阶级斗争,国家政权,虽然具有独立发展的性质,但也有反作用于经济的能力。阶级斗争"首先是为经济利益而进行的,政治权利不过是用来实现经济利益的手段"。而阶级(资产阶级、无产阶级)本身,是"由经济关系发展变化,确切地说,是由于生产方式发展变化而产生的"。

讨 论

[1980 年 9 月 16 日]

我国多年来在历史唯物主义上有许多含混、糊涂、错误的观念。其中特别是歪曲了个人在历史上的作用。我们学过普列汉洛夫的名著，本来很清楚，但是从1958年毛泽东在成都会议上讲"没有个人崇拜也不得了"的话，把八大关于反对个人迷信翻了案以后，许多事便颠倒了。领袖的一言一行都是真理，只有一个伟大人物的话才是衡量正确错误"左"倾右倾以至革命反革命的标准。个人是不能作为真理的标准的，只有群众的实践才能证明是怎么回事，不承认事实和真理，必然受到历史和真理的惨痛惩罚。然而1962年七千人大会上还是在天灾人祸的比例上含糊其词，大家赞成的刘少奇的报告受到了冷落。虽然没有和不可能马上来反右倾，但跟着来的"四清"以及"文化大革命"便显露出来，反右更严重些，造成灾难。

现在还应该温习普列汉洛夫的书，恩格斯的《路德维希·费尔巴哈和德国古典哲学的终结》（第四节第46页）讲到"历史人物的动机"时说"与其说是个别人物，即使是非常杰出的人物的动机，不如说是使广大群众，使整个民族，以及在每一民族中间又使整个阶级行动起来的动机。""探讨那些作为自觉的动机明显地或不明显地，直接地和以思想的形式，甚至幻想的形式反映在行动着的群众以及其领袖即所谓伟大人物的头脑中的动因,——这是可以引导我们去探索那些在整个历史中以及个别时期和个别国家的历史中起支配作用的规律的唯一途径。"

人民群众才是创造历史的动力,伟大人物的意志不是决定性的,伟大人物可以逆历史潮流而动,但终归是形势比人强,历史还是按自己的行程或快或慢地前进,不以伟大人物的意志为转移。

我们探索总结十年浩劫时,不能简单地归结为毛主席的个人错误,不能归结仅仅是"四人帮"、林彪、康生的阴谋破坏。这些人物的出现,包括毛主席晚年所犯的错误,有其本身的深远的历史的和社会的原因,有其客观的必然性(在他们身上以现在的形式表现有其偶然性)。必然性通过偶然性表现。毛泽东是一个革命家和理论家,他晚年脱离实际有其个人原因,但追索其动因之后的动因,更有其复杂的历史原因。是中国这个社会,国际的现实情况及帝国主义者存在、中国建设的急迫性等等,造成了"左"的倾向。这个代价可以有大有小,或者表现不同的形式,但是从一个半封建半殖民地的中国跨到社会主义,没有深刻的资产阶级民主革命,没有在意识上彻底反封建、反殖民主义思想,没有资产阶级民主的实践,没有经过真正过渡时期的几种经济方式的共存和发展,逐步趋于两种所有制这样一个过程(一步跳过来了),达到实际上是单一的全民所有制(集体实际是全民的支配,不是真集体,个体全部割"尾巴"割掉了)。而全民所有制又是分割的封建性的管理制度,中央绝对集权是中国封建社会一个基本特征,还是封建性,而农村集体所有制,几乎是封建庄园的体制,生产水平很低,生产工具也是两千年的老工具(生产力很低,包括生产的人,生产工具,生产对象。生产对象是没有加过多少工的)。生产力尚在低水平,生产关系却力求高水平,马不停蹄,不断革命(否定革命阶段论)一直到了公社制度。工业上的全民所有制,一方面有封建性的体制痕迹,一方面又废弃了应该保留的过渡时期的体制。想一下过渡到共产主义,否定价值规律，商品生产利润、按劳分配、计件工资制、竞争、淘汰。这些对过渡是十分必要的，却否定了。想要达到共产主义理想实际却是原始共产主义的或乌托邦的幻想体制。

对党校教育的两点看法
——一点建议

[1980年9月16日]

1. 党校读什么书？读马列主义原著当然必要，这在"四人帮"任意曲解马克思主义毛泽东思想的情况下是必要的，但是如何看待把马克思主义与中国革命实际具体结合的毛泽东思想和毛泽东的著作呢？应该说读读毛泽东的书，研究中国情况比马恩列的原著分析当时欧洲情况更重要。

我们不能把毛泽东思想作为马列主义的注解，而是发展了的中国的马列主义（不是补充和注解），正如过去过分强调读毛泽东的书，把马列主义作为注解一样错误。

我以为读毛泽东的书研究中国情况要不亚于读马列原著。要弄通毛泽东思想体系是什么，这是党校的根本任务。

2. 党校学员应该让一些老同志来学习，学习基本理论，总结自己的工作思想，但是有两点：一是应该让那些省市正掌权的书记、省长来学习，总结经验，因为他们过去犯的错误不少，需要总结。而不是只调人大常委会的人，或不负主要责任的副职来学习，甚至是不当权的闲置人员来学习；二是要多调一些青年同志来系统学习，提高思想水平。

学习笔记

[1980年9月18日]

封建主义的一个特征是严格的等级制度和贵族世袭制度。

我们社会父荣子贵，妻荣子骄，以及一人得道、鸡犬升天的事不少。这是一种封建世袭制度的思想。正如历代开国元勋的子女，承袭先辈的勋爵，坐享俸禄，骄横乡里一样。我们有一些很不像样的"花花太岁"之类的高干子女，而且得到一些人的纵容包庇。这是一种堕落，不能掉以轻心。顺着这样的趋势必然出现一批佞幸之臣，一批阿谀奉迎、吹牛拍马之徒，必然出现来俊臣、东厂、西厂、锦衣卫之类的"小舰队"。这些都像毒菌一样腐蚀共产党的肌体和败坏社会主义制度，失信于民以至与民为敌，与干部为敌，与同生共死过的同僚为敌，形成各层的孤君寡人和独裁专横制度。十年来的事都一一印证了。这是我党在半封建半殖民地的中国取得革命胜利成为当权的党后所出现的新现象，很值得研究。

封建性的等级制度，事实上还渗透进我们一切生活中。不仅自然形成了不少各种不同等级的特权，在思想上也有严格的尊卑上下区别。住房子，坐车子，买东西，发衣服，分灶别，以至开会坐位子，报上报道名字，走路进出门论先后，坐席摆位子，都有成文或不成文的上下、尊卑、左右、先后、大小的秩序。连座椅都有大小高低之分，名字有先后和大小之分。出门进门都要推让等待按次序走,坐席吃饭有上下席之分。至于汽车要有红旗、吉姆、奔驰、上海牌之分,飞机要有专机、专舱、一般舱之分,火车有专列、包房之分,分购物品要有好坏多少之分。住房子更是有多少面积、层数、南北向之分……这些封建性的等级制形成的种种规矩,在资本主义社会是不时兴的,然而在社会主义社会的中国却成为理所当然的铁则。至于首长出巡,先打电话安排好住地,准备参观单位,要打扫卫生,准备欢迎宴会和欢迎辞,要贴欢迎大标语,要大小官吏都迎送,参加宴会、晚会,照相,聆听指示,甚至入境出境要有人迎送。

这种封建世袭制度和封建等级制度不加以革除,搞"四化"是没有希望的。

讨论发言

[1980年9月19日]

1959年彭总掌握真理，毛泽东未掌握，如果人人平等，承认客观性，就应该承认彭总是对的，但因为与毛泽东的认识不一致，于是批彭。不是真理的客观性，不是真理面前人人平等了。后来就批真理面前人人平等论。真理是客观存在的，是没有阶级性的，然而在真理面前讲阶级性，批彭总成为两个阶级的斗争了。这也就否定了真理的客观性。——此问题可深一步阐述。庐山这场斗争（1959年）的哲学意义也是一场哲学思想的斗争，主观主义与唯物主义的斗争。唯心主义一时得到胜利。最后是彭总对，毛泽东错，作为结论，客观真理最后胜利。

沈冲辅导列宁《唯物主义和经验批判主义》

[1980 年 9 月 19 日]

1. 真理是客观的,不依赖于主观。
2. 对真理论有唯物与唯心主义两条路线的对立。
3. 坚持客观真理论,反对主观真理论。

推演:在真理面前人人平等,因为真理是客观的。

实践是唯物主义认识论的基础。

1. 认识依赖于实践。
2. 实践是社会实践(包括生活实践在内,社会实践远比生活实践多,因为有改造世界观的含义)。
3. 实践的主体是人民群众。
4. 实践是检验证实认识是否真理的唯一标准。
5. 实践是驳斥唯心主义的最有力的武器。

讨 论

〔1980 年 9 月 19 日〕

一

我们党为什么建立了正确的思想路线，后来又背离了它，而这次在三中全会上又来重新建立恢复我党的思想路线，这是为什么？原因何在？——根本原因，是主观认识脱离了千百万人民的实践，党多年来的政策路线，脱离了实际，脱离了群众，即脱离了社会实践。社会实践已经反复证明错误的东西，我们还坚持不改，打击主张改的同志。

二

实践是检验真理的唯一标准吗？实践有其不确定性，也有其确定性。总会通过长期实践来证明谁为真理。一方面不可"绝对化"，一方面不能堕入相对主义和不可知论，有些真理甚至不是我们的实践能检验的。如对天文，将来还可能证明其正确或谬误。数学的计算，逻辑的推理，可以掌握真理，这种计算和推论是不是一种实践？

学习讨论笔记

[1980 年 9 月 20 日]

相对真理和客观真理的关系。我们对于社会主义的真理认识是不断发展的，认识的每一阶段是相对真理，在不断地纠正其谬误中发展。过去对社会主义的认识，现在深化了。看出了过去认识社会主义的错误，毛泽东也不可能全认识全掌握了，也要犯错误。"社会主义还是一个很大的必然王国"，要我们在不断实践中去认识。我们会接近绝对真理，但还会犯很多错误，我们只能不断认识相对真理，不断向绝对真理接近。谁也不能完成对社会主义真理的一次认识正确，完成认识。

真理和谬误是对立统一的，是可能转化的，从相对的意义上看才有意义。真理和谬误都只能在一定的客观条件下才是真理，或者是谬误。如包产到户在一定条件下可以变成真理，可以发展生产，在另一种条件下，包产到户可以变成谬误，妨碍发展大生产。

又如无产阶级大革命取得胜利问题，武装夺取政权，是真理，又可分为从城市夺取政权，乡村包围城市来夺权，都是真理，但条件不同又会有不同的表现，更进一步发展，武装夺取政权也不一定就是真理。

又比如下雨，下雨好，下雨不好，都可以成为真理。看雨的客观效果如何。下雨无所谓好还是不好。下雨会润物生长，下雨也可以淹没作物成灾，这是客观的。我们认识了这些规律就可以利用规律来造福人民。

真理总是客观的，也是具体的，不断发展的，从相对真理走向绝对真理。相对真理中总有绝对真理的成分，无尽的相对真理接近绝对真理。任何真理有其相对性，也有其绝对性。

相对主义和辩证法的原则性不同，相对主义走向唯心主义和不可知论，辩证法中包含有相对主义，有怀疑和否定，但承认真理的客观性，相信绝对真理的存在。相对真理中有绝对真理，相对真理和绝对真理中没有永远不可逾越的鸿沟。任何思想体系都是受历史条件制约的（列宁）。

我们对毛泽东思想体系的认识也是受历史条件制约的，毛泽东思想是中国人民和党员、党的领导人员（包括毛泽东）在把中国革命具体实践与马列主义结合起来反对共产国际的"左"倾教条主义中建立起来的。这个思想体系并不是达到了"顶峰"，成为绝对真理（康生、林彪的谬论），而是相对的，我们现在继续发展，用实践来纠正其谬误不适应的部分，发展这个思想体系。我们也不能说完成了这个真理，也还会犯错误的。但每一次的前进，都接近了绝对真理，在中国建成社会主义，向共产主义前进。

十二支部对党校一单元学习的意见

[1980年9月23日]

1. 辅导慢一点,不同情况做法不同。主要观点搞清楚。
2. 搞一次重点发言、启发、讨论。
3. 时间太紧。联系讲毛泽东哲学思想。
4. 按本辅导,头绪不很清楚,中心思想要点讲清楚。
5. 联系"四人帮"破坏理论,对一些认识澄清。
6. 基本理论联系实际才好,不能只讲概念,就书讲书,就理论讲理论,从概念到概念。
7. 思想仍有禁区,不能解放,有看法也不讲,要学员讲。
8. 讲了还是不清楚的几个概念。
9. 用中国话来讲马列的东西。
10. 有些观点讲得不完全和有错。

学马列哲学,结合毛泽东哲学,结合当前中央的三条路线,不是联系一切具体工作,三结合的学习方法。

大辅导应更着重讲主要精神实质,联系中国实际讲几个问题。加深对经典著作的理解。(报告性质)解放思想。小辅导可以讲解经典细节。

古典著作与毛泽东哲学思想联系起来(过去很不够)。

串讲应有讲稿。

十二支部委员会第三段学习安排

[1980年9月23日]

学习小平同志报告：

党校恢复后学习原件为主，因当时无太多文件，现在多了，不再提以学习原著为主，对于学习中央文件应引起重视。以学小平同志报告为主。现总的学习计划不变，第三段七天（改为八天），讨论，内容，思想路线应和小平同志报告和华国锋报告（五届人大）联系起来，不要空谈。联系三十年，主要联系思想路线。政治组织路线，下一段再联系。讨论中注意引导大家向前看，不多纠缠过去。

八天分配：二、三、三。两天看小平报告，三天看别的文件，讨论三天。

讨论有的掌握紧，较深入，也有松垮现象，要求支部小组严肃掌握，严格。自学为主，但讨论是消化过程，也是学习的检验。联系形势，联系自己。

1. 讨论题支部可以具体化。
2. 讨论时发言应有发言提纲，防止乱扯三十年，无边无际。
3. 讨论到一天半时，可以开支部小组长交流会。

列宁《谈谈辩证法》阅读笔记

[1980年9月23日]

辩证法的实质是对立统一规律。(同一物之分为两个部分,是"一分为二",对它矛盾着的部分的认识,是"合二为一")对立统一实际是事物是一分为二进行斗争,达到统一,合二为一了。辩证法是一分为二和合二为一的。否定一分为二,是否定事物的对立,否认合二为一,是否认统一,否认斗争和发展。从一件事的两个不同角度看,或表现为一分为二,或表现为合二为一。

对立统一规律是辩证法的根本规律,是辩证法三个规律的核心和本质。(承认有三个规律,有的只承认辩证法只有一个对立统一规律,其余都是派生的、衍化出来的次生规律。)

矛盾的普遍性。不承认矛盾就是形而上学,任何人任何事物都是可以分析的,都是内部矛盾的斗争。矛盾的消亡论(社会主义社会没有矛盾)和阶级矛盾的普遍性(社会主义社会的阶级矛盾更为加剧了)导致政治上的"阶级斗争熄灭论"和"以阶级斗争为纲"的错误观点,都带来严重的后果。正确的辩证法是社会主义社会仍是充满矛盾的,但是大量表现为人民内部矛盾,要十分慎重和正确地处理。于是又出现了新的争论:

1. 人民内部矛盾是不是阶级斗争的表现形式?

2. 是不是阶级斗争就只是指敌我之间的矛盾？

3. 阶级斗争是推动历史前进的动力，如此说是不是只有敌我矛盾的斗争才能推动历史前进（阶级斗争为纲）？

4. 如果不是（阶级斗争是阶级之间的斗争），是什么矛盾推动？回答：是生产力与生产关系的矛盾，经济基础和上层建筑之间的矛盾，是社会主义社会的主要矛盾。（基本矛盾与主要矛盾两个概念是不同的。）

5. 阶级斗争在敌我矛盾形势中存在吗？阶级斗争是阶级之间的斗争，工人阶级和农民阶级的矛盾斗争，如何解释呢？

对立物的斗争和统一是不可分的，不能只讲斗争，不讲统一，或只讲统一，不讲斗争。许多年来过分强调斗争，而不讲求统一，斗争后统一。

个别和一般。从个别认识其本质，透过现象达到一般，通过偶然认识必然，从具体到抽象，从特殊到普遍。一定要从个别事物研究起，马克思从商品这个细胞开始研究资本主义社会。从麻雀解剖，抓典型，都是从个别要求达到一般的认识。从偶然中认识必然，从现象中认识本质，从特殊性中认识普遍性，从具体分析达到抽象概念，从个别中认识一般，是认识中的辩证法。

一支部讨论社会主义优越性问题

[1980 年 9 月 23 日]

我的发言：

1. 问题的提起。"信仰危机"的出现，思想的混乱，过去二十几年工作中的失误和不很成功的试验，要为社会主义开辟广阔发展的道路，充分认识社会主义制度的优越性。出现挫折和失败，不奇怪，不可能一蹴即成，不可能不走弯路，不可能没有失败。但是作为社会主义发展史的必然规律，社会主义一定会代替资本主义，这个铁则却是不可动摇的。问题是我们如何发扬其优越性，克服在发展中出现的不完备，继续前进。社会主义，必由之路，前途是光明的。目前对社会主义的误解怀疑，可以通过在不断实践中以事实来展示其优越性而解决。同时要宣传社会主义的优越性。

2. 什么是社会主义？现在也搞得很混乱。世界上出现了各种牌号的社会主义。到底什么是社会主义，社会主义的特征是什么？它必须具备什么基本内容？

社会主义是一种制度，是作为终必代替资本主义制度的共产主义制度的发展的头一阶段而出现在历史上。从理论上说它是作为生产社会化和占有私人化的资本主义制度的对立面而出现的。它是一个从资本主义向共产主义高级阶段发展的一个过渡阶段。这个社会制度反对剥削，生产要高度发展，为的不是最大利润，而是满足人民不断增长的物质和文化生活需要。在这个过渡阶段中，社会主义现有生产资料公有制又还带着资本主义制度的残余和痕迹，在生产能力没有高度发展，产品没有极大幅度丰富，人类知识、智慧没有普遍提高，没有把劳动作为生活的需要以前，只能实行各尽所能、按劳分配的社会主义制度。在经济上只能保持在生产资料（基本上是）公有制的前提下，保持不同形式的所有制，全民、集体、个体（补充）的混合所有制（联营国家资本主义性质？或形式？与外资的联营制度如何解释？），逐步向高级的单一的全民所有制发展，最后成为单一的所有制。因而不可避免要大力发展商品生产，要承认价格规律，计划调节与市场调节相结合。政治上实行无产阶级专政下的民主集中制，要高度发扬社会主义民主，实行社会主义法治，这个无产阶级专政表现为人民民主，即对人民实行民主，对敌人实行专政。大量表现为人民内部矛盾。正确地处理这些内部矛盾，大力发展社会主义生产，解决生产关系和生产力不相适应的部分，上层建筑与经济基础不相适应的部分。在解决这些矛盾中推动社会主义向前发展。

因为是生产资料公有制，因而国民经济是有计划，按比例发展的，可以避免和克服生产无政府状态，可以避免或少出现经济危机和生产力的周期性破坏，可以充分利用现代科学技术的最新成就，因而可以高速度发展。有计划、按比例、高速度发展是社会主义经济的根本规律，是满足人民的物质和文化生活需要作为生产的目的，而不是高额利润。这是社会主义的根本规律。

因为不断地自动调节生产关系和生产力，上层建筑与经济基础不相适应的部分，因而生产关系最能适应生产力发展，上层建筑最能适应经济基础，成为社会主义又一根本规律。这便是社会主义社会发展的根本动力。如果不是"最能"便没有优越性了。

3. 社会主义的优越性，是和社会主义发展的根本规律相联系着的。

真假社会主义，社会主义发展得好和坏，快和慢，也是和我们是否充分认识这些社会主义的基本特征和发展规律，是否充分利用这些特征或规律来高度发展生产，满足人民幸福生活相联系的。社会主义所表现出来的一切其他优越性，都是这些基本的特征和规律派生出来的。

4. 根据这个来考察中国过去二十几年搞的是不是社会主义，是的，但不完全是，甚至在有的时候完全不是。哪一些不是社会主义的范畴，哪一些是假社会主义（如在小农经济基础上的空想社会主义、农业社会主义）或者超社会主义（把共产主义的东西拿到社会主义阶段等来推行，这也是一种空想社会主义）？

过去二十几年我们搞的是社会主义，但是社会主义的优越性远远没有很好发挥，而且有些方针政策是直接破坏社会主义生产力的。没有社会主义民主，没有社会主义法制，没有充分发展教育、科学技术、文化事业，上层建筑不适应经济基础的发展，其反作用是破坏了经济基础。相应的各种意识形态也是不适应的，不是马克思主义的认识论，不是实践是检验真理的标准，而是主观唯心主义，是一刀切的机械唯物论。过分强调反作用而提出"阶级斗争一抓就灵"。搞形而上学提出"以粮为纲""以钢为纲"。把幻想当作现实，想早日实现共产主义。错误地估计国际共产主义运动形势，过分强调反修防修。在人民内部实行无产阶级专政。在党内抓走资派。如此等等，最后形成一条错误的"左"倾路线。十年浩劫是这条错误路线和空想社会主义的恶性发展。

5. 要发扬社会主义优越性，就要拨乱反正，正本清源，克服"左"倾错误路线和空想社会主义。克服权力决定论。提倡马克思主义的思想路线，以实践作为检验真理的唯一标准。坚持按劳分配和探索适应生产力发展水平的所有制、经济关系和分配制度。实行多种所有制，大力发展商品生产，利用价值规律和市场调节的作用，建立正确的发展速度和比例关系。处理好消费积累的比例，科学教育与经济生产的比例关系，工业与农业之间的比例关系。

恢复党和国家的民主集中制，加强民主与法制，建立与经济基础相适应的各种国家政治制度和相应的法律制度。反对中央过度集权，实行地方的分权，认真实行民族地区自治。反对领导一言堂，反对干部终身制，反对人身的依附制，反对一切封建主义意识和资产阶级意识形态。真正形成既有民主又有集中，既有自由又有纪律，生动活泼的政治局面。

总之，要谈社会主义的优越性，首先要解决社会主义制度在理论上的优越性和我们二十年来在实践中假社会主义的不优越之间这个矛盾，把真正的社会主义和空想社会主义、农业社会主义区别开来。从过去搞的假社会主义中总结教训，鼓舞大家来搞真正的社会主义（这种失败的试验是允许的）。光是宣传社会主义优越性的大道理，是无济于事的。

郑广志（宣传部长）：

包产到户是不是社会主义？

社会主义优越性理论上说得通，实践上不相信。为什么西德比东德，南朝鲜比北朝鲜，台湾比大陆发展快？在农村什么办法都使了，还是没有使农民富裕起来，怎么讲清楚？与印度历史比，不能说明问题。

第一个五年发展快，恢复初期发展快，因生产目的性比较明确。劳动生产率提高比较快，劳动生产率才是决定的东西。工人收入第一个五年计划时增长很快，后来降低了。

对"四化"信心不足。（1）对十年浩劫看得重，悲观；（2）说大话，放空炮，现在才知道了；（3）调整时间延长了；（4）人口增加太快，大负担；（5）歪风太多，一言堂，专横，《准则》行不通；（6）体制：上层机构大，混日子的多；（7）人才出不来，人未尽其才。

广东广州市委第二书记：

社会主义优越性何在，广东天天谈，却外逃严重。香港工资高生活水平高，成为引诱。但那里生活花费大，要比较，不能只从收入美金港元来算，我们比台湾地区、南朝鲜、香港地区、菲律宾好，那里是殖民地经济。

资本主义经济发展快，群众生活水平高。但他们有他们的毛病、危机、群众的痛苦。

学习思考笔记：坚持唯物史观，反对个人崇拜

[1980年9月25日]

个人在历史上的作用是历史唯物主义的重要内容，天才论（经验论）和实践论一直是斗争的。过去的历史书没有人民群众的活动，不知个别历史人物活动动机后面是什么。我们在拨乱反正中为什么有"凡是"观点，为何对于解放思想不理解，为什么粉碎"四人帮"后，现在还在宣传个人？就因为没有回到唯物史观论的立场上来。

一、在个人崇拜问题上的曲折

马克思主义认为人民群众是历史的创造者，他们是生产物质财富的，是革命的主力军，他们的产品是精神产品的根据。杰出个人可以促进或推动历史的进程，肯定个人在历史上的作用。历史动力是社会经济的发展，是历史造英雄，不是英雄造历史。杰出人物是生产关系的产物，不能改变历史趋势（生产力才能决定，是历史的基础）。已成过去的生产关系不能强迫社会接受，未达到的生产关系不能强迫推行，否则要发生悲剧。革命政党要防止突出个人，那是违反历史唯物主义的。

在七届二中全会上，毛泽东提出不要突出个人，八大报告删去突

出个人的话,反对个人崇拜。但在一串胜利后,毛泽东骄傲起来,搞个人突出。1958年开始提倡崇拜个人,成都会议上提出"不崇拜不得了",否定了八大论述。正常地尊重领袖与个人崇拜是两回事。个人崇拜是迷信化,神话个人。

二、林彪、"四人帮"利用个人崇拜制造现代迷信

领袖提倡个人崇拜,便会有人来吹捧,制造现代迷信,搞造神运动,以一人是非为大家是非,把领袖当神灵,谁反对便是反革命,出现荒谬的理论和荒谬的现象。

1. 把无产阶级领袖从一批人缩成一个人,损害了领袖集体,这是反历史唯物主义。林彪要求毛泽东为磨轴,大家围着轴心转,天无二日,国无二主,剥削阶级思想用于无产阶级。我们的领袖不是孤家寡人,而是一群人的集体。现在革命的复杂,要求很多领袖人才,一个人是不能胜任的,虽然集体中有一个"班长"。

2. 康生等说毛泽东思想是毛泽东个人头脑的产物,这是荒谬的,是社会革命实践的产物、反映和集中。如农村包围城市的思想是许多老革命家实践的结果,毛泽东作了科学分析,提出这个思想。古田决议是根据周恩来和陈毅的报告起草的,当然主要是毛泽东的思想。

3. 把群众的创造性作为个人的成就,把党、军队、国家说成是一个人缔造和领导的,这不符合人民是历史创造者的原则,也不符合我国实际情况。毛泽东在其中有不可磨灭的作用,但也是依靠群众,依靠集体智慧才能发挥这么大的作用。如果高高在上,脱离群众,不依靠集体,便会犯历史错误。领袖的作用是引导群众去夺取胜利。

4. 把领袖说成是永无错误绝对正确的神,使群众和干部的思想被禁锢,造成僵化半僵化,说领袖明察秋毫,句句是真理,绝无错误。个人的认识能力总是有限的,包括旧时代和条件的限制。无产阶级从

不把自己看成完人。马克思说过一句希腊谚语："人所具有的我都有。"即使犯错误也一样,领袖不应神化。

三、造成个人崇拜的社会历史根源和思想制度上的根源

个人崇拜是长期的历史现象,现在也还有。如"四人帮"粉碎后仍然有,比如搞纪念馆、修纪念建筑成风,编造成风,把领导人说过的话、去过的地方、用过的东西保存下来,把领导言辞用大字印出来,套红,金字,张贴照片,等等。为什么出现这种风气?

1. 社会历史的原因。封建社会,国际共运的集权。
2. 思想的原因。当神,造神,信神的人都有。
3. 制度的原因。制度可以把人推向反面,个人高度集权的领导制度造成个人迷信。

要消除个人崇拜和突出个人。将唯心史观、封建主义思想大扫除。大力学习和宣传唯物史观,树立群众观点。

学习笔记：文艺理论研究上必须来一个大突破

[1980年9月29日]

三十年来的文艺创作实践和几次大的文艺理论讨论，特别是几场大的所谓"文艺路线斗争"，尤其是十年浩劫，不能不使人回顾过去，展望未来，提出三十年来我们的文艺创作为什么没有很大的繁荣景象，很少无愧于伟大时代的作品（这"无愧于时代"的提法也许本身就值得讨论，上层意识形态并不是经济基础的直接反映，并不合拍的事，历史上有的是），文艺理论没有什么大的发展，始终（这提法或者不准确或"基本上"为好）停留在1942年延安讲话的水平，文艺理论工作似乎就是为伟人的言论作注解，不敢越雷池一步，无所谓理论的发展。事实上谁要想在文艺实践出现的新现象新问题面前，提出一点新的看法，在创作上想做一点新的尝试，马上就会被指责为离经叛道，于是群起而攻之，而且受到权威性文艺法庭的判决。几次的理论斗争都是以回归到1942年的结论为终结。把文艺问题当作政治问题，把内部争论当成你死我活的阶级斗争。这样使文艺理论研究不能不停滞，不能不思想僵化，实践的结果便是没有出色的文艺，有为政治服务的号角，蹩脚的政治图解，一种模式的"样板"作品。到了十年浩劫发展到登峰造极。

现在打破僵化思想，面对新情况新问题，在文艺理论上必须作新的探索。这种探索不能背离马列主义的辩证唯物主义,不能离开社会主义的轨道。

随便可以举出几个例子:

1. 文艺与政治的关系。文艺是直接为政治服务吗?这个提法为什么不好?文艺与政治,文艺与生活,到底是什么关系?文艺上的功利主义对不对?文艺能不能直接地立刻地反映政治斗争?

2. 人道主义与人性论,在文艺创作上的作用、影响。什么是人道主义和人性?只有阶级性没有人性吗?人性与人性论的区别,世上只有带阶级性的人性,是何含义?人道主义是资产阶级及修正主义者思想吗?

3. 文艺批评的标准,是政治标准第一,文艺标准第二吗?文艺首先是艺术,然后有政治影响。首先评论是不是艺术?如果没有艺术,一切无从评论起了,何来政治第一。艺术标准第一位与政治标准第二位如何?或根本不讨论第一第二位只有艺术价值的评论?

如此等等。

官僚主义者的主要表现和危害

高高在上,滥用权力,脱离实际,脱离群众,好摆门面,好说空话,思想僵化,墨守成规,机构臃肿,人浮于事,办事拖拉,不负责任,不守信用,公文旅行,互相推诿,官气十足,动辄训人,打击报复,压制民主,欺上瞒下,专横跋扈,徇私行贿,贪赃枉法。

第一阶段结束、分组讨论

[1980年10月5日]

发言提纲：

　　学习了马、恩、列的经典著作，学习了毛泽东同志有关哲学著作，又学习了中央有关思想路线的文件和华国锋、邓小平同志最近的讲话，对于我党思想路线的认识比过去明确一些了，一些过去总想不清的问题比较清楚一些了。

　　我以为中国共产党经历了六十年的革命斗争，特别是近三十年来的曲折社会主义革命斗争过程，我党的经验和教训都是极其丰富、极其深刻的，现在在党的思想路线即马克思主义、辩证唯物主义和历史唯物主义，或者通俗地说实事求是的精神指导下来总结一下三十年来的经验教训，是到时候了。但是也需要有理论的勇气，正如马克思引述但丁《神曲》所说的，"必须根绝一切犹豫，必须抛弃任何怯懦"。然而回顾一下二十几年来理论战线上的斗争，我们是太怯懦了，十分缺乏诚实的探讨，缺乏科学的求实精神，理论工作者没有马克思那样入地狱的勇气。西方人说"理论的巨人，行动的矮子"。在我国，我看理论上也是矮子。现在好了，在理论上我感到要出现巨人了。把中国三十年来正反两面的极其丰富的经验教训总结起来，将要出现理论上的巨人。这就是我们的党。

什么是"信仰危机"?现在是真正到了"转机"。在我们面前展开了宽阔的道路。

不是危机,是转机!

现在的理论问题是要分清什么是真社会主义,什么是假社会主义;谁是真共产党员,谁是假共产党员。揭露批判假社会主义和假共产党员,不能叫作反党反社会主义,而是真正拥护党拥护社会主义。

讨论中央66号文件（邓小平同志报告）

[1980年10月5日]

党和国家领导制度的弊端：（1）权力过于集中，个人专断，官僚主义；（2）兼职负责过多，工作不深入，妨碍选贤任能，副职多，效率低；（3）党政不分，以党代政，党不管党，路线、方针、政策研究不够，干预政府系统工作；（4）解决好接班人，年富力强的同志上第一线，老同志当参谋，支持工作，保持正确路线的连续性和稳定性。

因此中央考虑进行党和国家领导制度的改革，十分必要，十分迫切。

要发挥社会主义制度优越性，必须：（1）经济上，迅速发展生产力，改善人民生活；（2）政治上，充分发扬人民民主，健全革命法制，正确处理内部矛盾，打击敌对力量和犯罪活动，安定团结；（3）组织上，大量培养、发现、提拔使用坚持四项原则、比较年轻、有专业知识的社会主义现代化建设人才。

社会主义现代化建设就是要在：（1）经济上，赶上发达的资本主义国家；（2）政治上，比资本主义国家民主更高的切实的民主；（3）比资本主义国家更多更优秀的人才。必须和能够达到这三个目的，是制度好不好、完不完善的检验标准。

干部老化严重，年轻、有专业知识又有实际经验的人才要善于发现，破格提拔，要培养新的人才。

各行各业不同的台阶，不同的职务，不同的提升要求和办法。考试制度，选举制度，干部的浮动制度，技术干部的流动制度。

干部职务终身制，形形色色的特权，官僚主义，权力集中，家长制，必须废除。

干部奖惩、录用、罢免、退职、退休、淘汰办法要尽快做出规定。干部的招考、弹劾、轮换、选举、委任、信用、离休、退休制度。任期不超过规定。

讨论：

政治部是否取消，至今未定。各级企事业有庞大的政治工作系统，有无必要？

各企事业有庞大的后勤系统，能否社会化？机关工厂、事业单位不管职工衣食住行、生老病死、婚丧，纠纷交由当地政府来管。

干部要称职，进行文化、业务水平考核。定期组织进修，不够格的及时撤换。企事业领导可以招聘，可以解聘，可以选举，可以罢免。

民主制度的保证，要解除人身依附（就业、供给都要靠组织上和上级领导）关系，要允许群众有批评的自由而不准搞政治运动、批判运动，不以文字报刊进行攻击，允许有反驳的权利、不接受批判及实行反批判的权利。

三权分立，司法独立。党在三权分立中的作用，如何保证其领导？

讨论：

邓小平的讲话说出了我们党和国家制度上的种种弊病，是大家多年感到的，说出了大家的心里话。必须从制度上进行改革，这是百年大计。但是要贯彻执行，也不简单。

第一，政治制度这个上层建筑是建立在一定经济基础上的，为经济基础所决定的。制度的最终改革成功，在于发展生产力，改变经济基础，使那些弊端产生的根基根本改变了，才能最终形成新的上层建筑包括政治制度和意识形态。

第二，阻力来自老干部的思想，思想上的僵化、半僵化、不放心，还有既得利益的问题。既要进行教育和思想斗争，也要制定出妥善安排的办法，并且不可操之过急，一起动手大改。要挑几个关键问题定出一套有回旋余地的办法试行。

第三，是时间耽误了。青黄不接，特别是知识的培养，经验的积累，锻炼和考验，非一日之功，一下提上来，一大批老同志退下去，社会会出现不接气的可能性。

第四，对非党群众，对知识分子的看法不对，不愿提拔知识分子，还是从"阶级成分"看问题。

第五，习惯势力，陈陈相因，提拔亲信，宗派思想，山头影响，"吃运动饭"的上去，"老运动员"下来。

必须解决党与官、官与权、权与利这条锁链的连环套问题。权利和舞弊连接起来，成为一切弊害的根源。

党权分散，党政分开，官受民管，权力划开。入党当官，当官有权，有权能谋私利，谋私利即生弊害。

社会主义民主和法制，监督和检察，选举和任免。

如何建立人民选举、任免、监察的人事制度。

无产阶级专政与人民民主制度的同异。

国体：人民民主专政（民主是根本的），政体：民主集中制（民主是集中的基础）。

讨论：

党与官，官与权，权与利，利与弊。

1. 首先解决在党的领导下如何建立人民民主制度，如何建立人民的民主选举制度，人民的罢免制度，人民的监察制度。

2. 解决对待和使用知识分子干部是解决接班人（三化：年轻化、知识化、专业化）问题的关键。

3. 干部（人事）考试，聘任，浮动（可上可下），离休，淘汰和流动制度（解决人身依附弊病）。总之要"活"一点。

4. 解决官工，官学，官商，官农体制，各种形式的所有制并存，并向单一全民所有制前进，搞活一点。教育文化都要从单一的体制中搞活一点。

5. 人治与法治的关系。思想教育与制度建设。

讨论：

谈"下级服从上级"。

这是组织原则，但含义多年被曲解，把下级服从上级理解为下级的人服从上级的人。实际上出现了封建性的等级制度。越站在高级岗位上的人越尊贵，越有权有势，去趋炎附势的人越多，架子越大，胆子越大。甚至他们的秘书、亲信以至亲属子女好友都跟着贵而且荣起来。这和"在法律和制度面前人人平等"，"在党章党纪面前人人平等"是根本违背的。党员与党员、人与人之间只能是平等的关系，没有上下尊卑的关系。没有精神从属甚至人身依附关系。不能下级的人非得服从上级的人的意志不可，只能服从真理。你上级的人说得对，我服从，我服从的是上级机构的集体的指示和决定，而且不对的还可以一面执行，一面提保留意见。盲目地执行上级某一个人的指示，容易养成奴化思想，上级个人也容易养成家长作风。

韩树英同志串讲哲学

[1980年10月7日]

一、两种世界观，两条思想路线

哲学，世界观，思想路线的关系，世界观是对周围世界的本质看法。有不同的世界观。哲学是系统化理论化了的世界观，形成各派哲学，辩证唯物主义是马克思主义的哲学，无产阶级世界观，反过来指导工作就是方法论。世界观指导方法论。世界观和方法论是统一的，得到思想的统一。思想路线是相对于政治组织路线，是后者的思想基础。马克思主义的思想路线就是以辩证唯物主义和历史唯物主义作为其哲学基础、理论依据。不仅在理论上而且在实践上根据这样的哲学基础，才形成党的思想基础。一定时期的思想路线具有一定时期的特点，现在是实事求是，从实际出发，实践检验真理。根本在于谋求理论与实践、主观与客观的具体的历史的统一。

学哲学的用处。有人以为远水不解近渴，不能解决实际问题，过去每次都学这几本书，但还是犯错误，一些大人物很能学好理论，然而在实践中却犯了大错误，如此等等。学哲学是正确解决理论与实践，思想和存在的关系的，过去指导革命是从共产国际指示出发还是从中国具体情况出发，有时会迷失方向。学了思维要和存在统一，就会自觉地指导革命斗争，从实际出发，不从本本条条出发。克服盲目性只有从思想路线出发。在这些观点上差以毫厘可以在实践中谬以千里。但哲学并不代替其他具体科学，只解决事物的一般规律，不解决事物的特殊规律。我们要学哲学，但不能只学哲学。

二、哲学两大派别，两大路线

马克思主义哲学是科学的唯物主义哲学。思维和存在的关系，谁是本原，谁是第一性，划分两派和路线。唯心主义有主观与客观之分。科学唯物主义的认识论包括：

1. 世界本质是物质的，物质是运动着的，运动又是有规律性的。

2. 物质第一性，意识第二性，物质决定意识，意识对物质有反作用。意识由物质产生。我们反对意识产生物质，以及物质与意识等同的观点。意识反映物质，是第二性的，但意识不是物质的消极的产物。在一定条件下，意识对物质产生积极的能动作用。只有主观与客观是一致的，才能发生能动作用。我们不抹杀物质的决定作用，抹杀意识的作用，思想工作的作用。动物没有意识，人能意识到人与周围事物的关系。意识是分辨各种关系的，认识和正确处理这些关系。

3. 客观物质的运动规律是可以认识的，思维能正确反映存在。（1）是可知的。（2）认识是反映客观的，真理是客观的。（3）是以实践作为认识论的基础的。认识来源于实践，实践是认识发展的基础，认识真理就是从相对到绝对不断深化的过程。承认绝对真理的存在，人类能绝对完全地认识真理。但是对我们每一代人来讲只能认识相对真理，和客观事物的符合是相对的。在相对真理中包括绝对真理的颗粒。相对真理总和为绝对真理。（4）实践是检验真理的唯一标准。检验是确定的，又是不确定的；是绝对的，又是相对的。实践为了认识真理，认识的目的在于改造世界。强调实践并不否定理论对于实践的伟大指导作用，认识的能动作用。

实事求是，从实际出发，不是从主观主义出发，不是自以为是，马克思主义的普遍真理和中国革命具体实践相结合，既防止教条，又防止修正。

理论上提出的问题，如：

1. 非标准论。实践不是检验真理的标准，客观实际才是检验真理的标准。这是把真理与检验真理的标准弄混了。正确地反映了客观实际及其规律的认识叫作真理，不符合的是谬误。但怎么能证明你的认识是符合实际呢？这不是争论的问题，是实践的问题，只有实践才能证明是否符合。如果实践达到预期目的，是符合客观的，是真理，达不到预期的目的便是不符合的，是谬误。

2. 多标准论。经过实践检验过的认识就不能作为其他认识检验标准吗？如语言、语法理论、实践。逻辑推理可以证明问题。科学设计是要大量演算的，逻辑地推断的。只有关键时才进行实验。如事事都要实验，就是经验主义。但首先推理必须大前提是正确的，其次必须推论是合于逻辑的，不然得不到正确的结论。逻辑的大前提是过去实践证明了的东西，但因人的知识有限，可能大前提就不是完全正确的，逻辑证明只能是一种检验手段，实践才是检验标准。

3. 两种发展观。唯物辩证法是最完备深刻而无片面的发展观。（1）形而上学和辩证法是两种对立的发展观。坚持辩证法，反对形而上学。唯物主义认识论要用辩证法来观察问题。人的认识不是直线，是近似于圆圈的螺旋形的曲线。主观唯心主义是把感性当作认识，客观唯心主义是把一段当作直线来认识。（2）要坚持唯物辩证法，不光是坚持唯物主义。如果只看到一面、一段，看不到矛盾着的对立统一的实际，就会犯形而上学的错误。辩证地看问题，客观地看问题，才能坚持正确认识。互相联系是辩证法的规律。形而上学是孤立的、片面的、静止的观点。辩证法是关于联系和发展的学说。对立统一规律,不能只是斗争,对立,还有统一。斗争性是发展的动力,统一也是动力,这说法不妥。只有斗争与统一的结合,只有矛盾的两方面又统一又斗争才能推动事物的前进。

4. 两种历史观。唯物史观是社会历史唯一科学的理论。(1) 如何区分历史唯物主义和历史唯心主义?把社会存在看作第一性的,是唯物史观。(马克思两大发现,唯物史观和剩余价值,最后驱逐了唯心主义庇护所,在历史上最易出现唯心史观)。我们的思想路线也是历史唯物主义的。(2) 历史唯物主义的原理,社会存在决定社会意识。①生产方式是社会发展的决定力量。生产关系一定要适应生产力发展。②经济基础决定上层建筑,上层建筑反作用于经济基础。③阶级斗争是阶级社会发展的直接动力。阶级斗争是一种历史阶段,生产才是推动阶级社会发展的根本动力。④人民群众是历史的创造者,只能依靠群众,才能推动历史前进,英雄史观是应该受到批判的。

因此,(1) 牢固地树立生产观点。(2) 正确掌握阶级的观点。(3) 坚定地树立起群众观点。

我国社会是不是阶级社会?不是。阶级社会是指奴隶社会、封建社会、资本主义社会而言,但仍是有阶级的社会。工人阶级、农民阶级是历史形成的差别,有矛盾,非对抗,不采取阶级斗争的形式。我国社会还有阶级斗争现象,因为有旧残余及破坏分子。不能夸大,也不能缩小,人民内部有无阶级斗争,正讨论中,两种意见,有及没有。人民内部矛盾,根本利益一致下的内部矛盾,也是封建思想和资产阶级思想的斗争,这种思想斗争有阶级内容,但非对抗。

三大革命斗争中阶级斗争已经不是发展生产的动力,生产力与生产关系的矛盾才是社会发展的动力。

思想路线学习中提出许多问题,可以在讨论《关于建国以来党的若干历史问题的决议》时研究。

范若愚同志引言报告

[1980年10月8日]

党的政治路线的深入认识。(第二单元)

一、我们的政治路线,团结全国各族人民建设高度民主、高度文明的社会主义强国

建党六十年,建设社会主义三十年,现在又回过头来认识什么是社会主义社会。曲折的发展历史,需要我们重新学习。过去长期没弄清什么是社会主义社会,这是个无情的事实,"共产党要承认痛苦的真理"(列宁),是好事不是坏事。

长期认识不清的原因。马克思恩格斯把空想社会主义变成科学社会主义的理论,但还没有变为现实,还待实践来认识和发展。同时他们是从资本主义高度发展的国家研究而提出的,在那些国家建设社会主义和无产阶级专政条件比较好。然而历史的行程是无产阶级是在经济比较落后的俄国和中国首先取得胜利的,条件不同。在生产力不是高度发展的国家取得政权后,如何建立社会主义,不知道是不奇怪的。改造的形式和速度,我们也并不知道。只有千百万人的实践才能清楚。我们到了三十年才总结,不必惭愧,一切总要通过实践才能认识。我

们今天讨论,不要强求拿出完整的一套成熟的社会主义经验来。过去我们就是吃亏在这上面。我们要总结经验教训,找出一条可行的道路,努力去实践。第一个五年计划引用苏联经验,有些有用,但也有照搬苏联模式的缺点。我们是根据马列主义原理,把一个半封建半殖民地的中国进行了三大改造,消灭了剥削制度,进行社会主义建设,这是巨大的历史性胜利。毛泽东同志对如何改造和建设有过正确的阐述,如阶级关系的变化,党的任务的转变。八大路线才开始懂得怎么建设社会主义。但遗憾的是,我们后来把八大正确路线抛弃了。不依靠发展生产力,而乞求于无休止的政治运动,要用大跃进的方法发展生产。现在看用大跃进方法,害处很大。不顾生产力的水平,要求不断改变生产关系,不能不失败。大跃进失败后,以为党内有资产阶级,要年年月月天天讲阶级斗争,以这种斗争来推动社会主义,被林彪、"四人帮"利用搞假社会主义。用"穷过渡"办法,用平均主义办法代替按劳分配,把小集体的贫困过渡到大集体的贫困,平均主义是小生产者私有观念的反映,绝对化,不是公有制思想。平均主义私有到谁也不准谁比谁多占有一点。这不是科学社会主义,是空想社会主义。这种空想在土改时就已冒头了。1948年就批过农业社会主义。社会主义不能依靠小生产,而必须依靠大生产,工业大生产,小生产者的平均主义是建不成社会主义的。不幸的是,我们批判过的东西,自己又滑进这个轨道里去了。〔这是有深刻的历史社会根源的,值得研究。——马〕在小生产基础上搞假社会主义的平均主义,必然要走回头路,马克思是说过的,那些封建主义的沉渣又浮起来了。鲁迅说的棍子一搅,沉渣浮起,但终于要沉下去。"文化大革命"就说明了这个过程。我们按八大路线搞20几年,已经可以初步工业化了,世界上这个阶段正是科技大发展生产大发展的时期,我们错过了。以致在经济上发展不如南朝鲜,不如台湾省。什么原因?

　　三中全会以来,我们继承发展八大路线,恢复科学社会主义,重新恢复到发展生产、发扬民主的轨道上来,出现新气象。空想社会主义是和极"左"思想相联系的。

社会主义的优越性表现在经济上的公有制,这是产生一切优越性的根源。我们当前社会主义优越性,与旧中国比就明白,和发达资本主义国家比也可以看出来。资本主义的许多弊害我们没有,只是我们本来应发挥出来的优越性,却没有发挥出来,"文化大革命"把已经发挥出来的优越性也取消了。我们首先要弄清什么是社会主义,才能弄清其优越性。

二、无产阶级专政和社会主义民主

无产阶级专政是社会主义的上层建筑。我们要总结无产阶级专政的经验教训,无产阶级专政就是在无产阶级领导下实行人民民主专政。我们也有新经验,很丰富,但也有失败的教训,对无产阶级专政的职能缺乏清醒的认识。它不是一个简单的专政概念,而是一种完整的过渡时期的学说,是为了实现共产主义的工具,不是目标。这工具应是完善的,有几个方面的职能。第一,无产阶级专政的国家领导;第二,发展经济;第三,镇压国内敌人;第四,对抗国外敌人。我们没有发挥经济职能,而是扩大了专政的职能,专政就是镇压,就是"全面专政",就是无产阶级专政下继续革命,实际上是进行暴力镇压。这就篡改了无产阶级专政的本意。我国已经消灭了官僚资产阶级(实力占资产阶级的70%),民族资产阶级成为真正的对象,然而本来应是作为人民内部矛盾处理,不应是专政的对象。这还是中国对于阶级斗争学说的一个发展(毛泽东曾问过斯大林,斯大林说"胜利者不受审判")。在我国条件下资产阶级接受改造,成为自食其力的劳动者,你为什么要这样对他。马克思说的镇压是镇压其反抗,不反抗为什么要镇压他?我们用赎买的办法,为什么十年之后又要镇压。林彪、"四人帮"镇压的是无产阶级群众、干部、老革命家，不仅是资产阶级。无产阶级专政本来是创造一个环境，以最合理最人道的办法进行专政。无产阶级并不否定人道主义。马克思说过，社会主义就是要把人当人来看待。而我们对其专政的是共产党员，共产党员被关进无产阶级的牢狱，连国家主席也不幸免，这是无产阶级的污点。"四人帮"实行专政到一种残酷之至的程度，这叫无产阶级专政？列宁把无产阶级专政解释为无产阶级的领导，把领导代之以专政，就是反动的专政。无产阶级专政是阶级的专政，不是个人和少数人的专政。(《马克思列宁选集》第4卷第599页)这是斯大林晚年的错误。把阶级专政转成个人专政，就是没有民主，或者只有"民众的君主"了。只要一个人专政，社会主义民主没有了。民主制度是由人民当家做主的制度，人民长存，领袖常换。国家不民主从党内不民主开始。社会主义公有制经济必须有无产阶级的人民的民主相适应，和强迫的官僚主义根本不相容。第一个五年计划发扬社会主义民主［此说有待研究——马］，因此社会主义改造顺利。"文化大革命"是党的民主集中制遭到破坏后的产物。"文化大革命"哪能用一张大字报就搞起来了？经过哪一级党委讨论过这是涉及几亿人的大运动？党内民主受到十年大破坏，现在才恢复。八大党章报告中已经提出，后来犯了大错误，骄傲，家长制，一言堂，与党的民主不相容。十年浩劫，走向自己的反面。人民强烈要求民主，因此要对党和国家的领导制度进行改革（邓小平同志报告）。要废除弊端并不很容易，方法要对头，耐心地坚定不移地实行民主化。

社会主义，科学社会主义是一种思想、学说。

三、为什么要学习社会主义经济学说

社会主义生产必须建立在高度发展的技术基础上。社会主义经济规律，许多人模糊起来。我们的生产目的长期不够明确，盲目追求高指标，妨碍人民生活水平的提高，妨碍群众生产的积极性。我们为生产而生产，到头来妨碍生产。我们把人民创造的财富，无休止地投入一项无底洞的工程，人民无发言权。无产阶级自己创造的成果成为压迫他们的东西，这是"异化"，资本主义社会如此，社会主义经济是取之于民用之于民，由人民作主的。必须以社会主义经济规律为准绳，最终在于不断改善劳动人民的生活。只有这样，人民才能把生产看作是自己的事业。如不为人民生活，公有制也是虚伪的。人民无权过问分配，以为与己无关系。计划是在一定的目的性下的计划。

四、计划规定、价值规律和管理机制

我们过去否定发展商品生产（陈伯达要废除货币，张春桥要搞供给制都是否定商品生产），想尽快缩小商品生产，这是极左思想。我们当然要实行计划经济，但因计划经济成分不一，还有个体经济，不可避免地要采取市场调节。在一定范围恢复资本主义的自由贸易可不可以？可以。看在什么范围内，对公有制不会带来威胁。高度集中的计划，妨碍生产的发展，过去只承认计划调节，否定市场调节，而计划调节承认指令性的计划，不允许企业有自主权，把生产搞死了。统得太死，保护落后，妨碍竞争，非改革不可。采取计划调节与市场调节相结合，大力发展商品生产，改造落后经济。

最后建议：要读的东西很多，要认真读书。干部不读书，很危险，会出现空想社会主义。

第一阶段学习感想
—— 收集少数老同志的意见

[1980年10月8日]

读了经典名作,经过辅导串讲,弄清了一些原理、基本精神,一些概念。并且开始联系过去工作的实际,都有些收获。领导有条有理,按部就班(也因此有点刻板)。思想是解放的,学风恢复了(四不主义)。

意见:

1. 内容多,时间短。要在五个月以内既读通原理,领会精神,又能结合实际,弄懂三条路线,看来比较困难,能达到打开思路,以后去好好思考和总结就不错了。大家要求多学习,时间却太短。

2. 教材多。八十几万字之外,还要读《理论动态》,讲稿,《红旗》,报纸文章,中央文件(每周半天),自选参考书和其他有关读物。平均每天约读万余言,事实上不可能全用来阅读,即每天要读一万多二万字。太紧张了,消化不良,脑子一盆糊糊。

3. 时间割裂。每天早晚都安排满满的,没有机动余地,相反地经常插入一些重要文件及重要报告和重要讨论(如小平同志及华国锋同志讲话)。第二单元头一段已安排了七个大报告(平均四天一个),还不算串讲和辅导。(第一单元二十八个学习日共小辅导三次,大报告及串讲十一次,其中韩树英同志讲四次,平均二十八个学习日中每两天一次。另外还有讨论七八次,实际最后连续三天共六次,加上看文件四次,合起来已超过一半时间,支委学委被占时间更多一些。)

4. 基本上是采取灌输方法,而不是启发和自学方法,大家反映时间很紧张,都是跟着教研室安排拖着走,能跟上就不错了。到底这么匆匆拖过去,五个月后能认真在思想上解决多少问题,无把握,可能是一脑子的概念和回想起来的一大堆过去实践实事,对不上号,结合不起来,更不能上升到理论,研究新情况、新问题,真正达到解放思想、坚定信念的目的。

5. 自学为主贯彻不够,灌输和走过程。大家认真读马列原著,领会精神,花的时间约占去80%,引言、串讲也大半是解释经典著作,较少联系实际,辅导则大半是助读,讲解词句、段落、要点、难点。而对读毛泽东同志的活的马克思主义的著作花的时间和精力不够,有的还没有读完毛著篇章,领会更差。这和高举精神似乎不合,应该认真讲解马列经典著作,也要(甚至更要)讲解毛泽东同志著作,那是马列主义发展和结合中国实际的著作,很亲切,易读物不一定易懂。不能用串讲和讨论,用讲马列原著来批评毛泽东同志后期的错误作为能事。要用马列主义原著来引申毛泽东同志如何发展了,如何结合中国实际,很好地解决了问题。然后用毛泽东同志正确的论点来和他后期的实践的错误观点相对照,看清楚毛泽东思想的正确部分和他晚年的错误,可以使我们更好地坚持毛泽东思想,更好地发扬毛泽东思想,同时又批评了毛泽东的错误。

小平同志报告学习是插入的,没认真学,没安排时间,不够严肃。

6. 辅导只能这样讲解意义、精神、字句,就文章讲文章,也有这个必要。但串讲则似不应该只是讲解马列原著的观点、条款、领会精神,而似应该更多。(1)结合三十年来实践进行讲解,推论是非。(2)

结合学员在讨论中提出的问题,从理论上加以阐释。(3)综合学员的学习心得,代为综述传播。似乎都不愿或不敢深入接触实际,大胆地讲,不要只提问题式的吞吞吐吐地讲一下,或只是向学员输出,而不想从学员那里输入(有些学员的心得、见解、提问、争论,值得吸取研究)。

如能像毛泽东同志那样,写《实践论》《矛盾论》就更好了。看来是道地的哲学著作,没有一句谈"左"倾教条主义的话,却又分明是从哲学上有针对性来解决中国革命实践中的理论问题,批判王明"左"倾教条主义精神,非常突出地结合了中国的革命实际,解决问题。我们讲和讨论思想路线,也应学习他,把30年思想路线斗争的过程上升到马克思主义哲学的高度来加以认识。既结合了三十年的实际,又是活的理论。结合实际不是简单地机械地引申实践事实来反证马列主义的教条便行了,或从马列主义引申出来谈实践的具体的得失便行了。是有机地渗透和发展了的马列主义。

7. 讨论会中有缺点。(1)准备不够,乱扯或无提纲地漫谈。(2)不是领会精神实质,联系思想路线的实际,而是以书为引子,引到二十几年的一些工作错误,具体地谈论"大跃进",大炼钢铁,办食堂,死人,反右派等等,"文化大革命"中的具体描述加上发一些牢骚等等,或搞农业谈农业,搞工业谈工业……各说各的,而不能从许多失误的大量事实中抽象出来,提到思想路线和哲学高度来分析我们的思想路线的斗争历程,从中吸取什么教训,看我们在世界观、思想方法论上存在什么问题。(3)应该在支部内以及在几个支部内,以至在一个部内进行交流,展开不同观点的争论,这样就活泼一些。

总之,学习要求更"活"一点。

对第一单元学习小结和第二阶段学习的意见

[1980年10月8日]

对第一单元学习小结的意见：

基本上还是就书本说书本，对哲学的基本原理进行一些阐述，对三十年来我党思想路线没有分析，对两种世界观、历史观、方法论在我党思想路线中的斗争和总结阐述不足。对于三十年来的工作失误从思想路线上的教训加以初步总结不够。希望还有关于二十几年来两条思想路线斗争的概述，说明现在我们应该坚持什么思想路线，怎样坚持法。遇到新的斗争，怎么对待？

对第二阶段学习意见：

第二单元学习有四个内容，很好，但要在六十五个学习日中学完社会主义、国家学说、政治经济学、经济体制改革这么多内容，比较紧张。搞经济工作的同志很想把四个内容着重于放在经济方面，解决当前经济工作中出现的大量新情况新问题。

十二支部讨论：

各教研室都想正规地完成学习任务，同时又插进许多别的讨论。

对大辅导应多结合实际，应印有讲稿。

中央重要文件不能这么插进来讨论一下便完了。

太紧张，年轻同志都说身体不适，老头更要注意了。

对小平同志报告意见：（1）除注意"四人帮"帮派骨干不要提拔外，注意风派人物，他们是"代代红"，是"帮四人"的。还要注意"宗派砣砣"，拉帮结派，控制一个单位和地区部门，封锁中央和上级。（2）小资产阶级思想也要反对。

学习笔记

[1980 年 10 月 10 日]

　　三十年来我们在这样一个东方大国，在封建制度半殖民地的废墟上进行建设社会主义的试验，虽然已经取得了伟大的胜利，这是马列主义毛泽东思想的胜利，是辩证唯物主义与历史唯物主义的胜利，但是我们也遇到很大的失败，走了二十年的弯路，归结起来就是在胜利面前（所有制改造）骄傲起来，不再慎重了，为一种急于求成、急功近利、好大喜功的思想支配，犯了"左"的严重错误，以致发展成为一条"左"倾错误路线，十年来的惨重教训是很深刻的。从思想路线上说，就是背离了马克思主义的辩证唯物主义和历史唯物主义，唯心主义盛行，形而上学猖獗。主要表现为主观与客观脱离，思维和存在不一致。毛泽东早年坚持的马列主义原则，他自己晚年也背离了。

　　三十年中有二十年是犯"左"的错误。

　　政治上，以阶级斗争为纲，混淆矛盾性质。

　　经济上，失去生产的目的性，"为革命而生产"，"以粮为纲"的形而上学加上主观主义、平均主义、农业社会主义。

　　制度上，超社会主义，生产关系决定生产力。

　　组织上，颠倒个人在历史上的作用，天才论，造神运动，运动群众（不是群众运动）。

哲学上，主观唯心主义，唯意志论，过分强调反作用，夸大主观能动性。以主观唯心主义反对机械唯物主义，仍然落入唯心主义。

夸大了主观能动性，精神变物质，发展为唯意志论，颠倒了主观和客观、存在与思维的关系，夸大了政治上层建筑对经济基础的反作用，发展到阶级斗争决定一切，阶级斗争一抓就灵，夸大了阶级斗争的形势。夸大了个人在历史上的作用，天才论，以至神话个人。夸大了权力意志决定论，否定物质生产决定论。没有很好利用社会主义的优越性，而是滥用了社会主义的优越性，搞空想社会主义，农业社会主义。夸大了相对真理，把相对真理当作绝对真理，以至成为顶峰论，句句是真理论。夸大了精神对物质的反作用，以至精神可以决定物质，精神可以生产物质。夸大了主观能动性，否定客观规律性，反对客观条件论（批唯条件论），发展到意志决定客观实际，巧妇能为无米之炊。人有多大胆地有多大产，以至人无须认识客观规律，可以制造客观规律。夸大了不断革命论，否定了革命阶段论。夸大对立斗争的绝对性，否定统一。夸大一分为二，否定合二而为一。夸大了不平衡的绝对性，否定平衡的相对性。夸大了质变的革命性，否定量变的相对稳定性，生产关系多变，政策不稳定，"不怕共产党的唯物论，就怕共产党的辩证法"。夸大斗争的绝对性，否定了统一团结的必要性。夸大动乱，否定安定。夸大穷能革命富即变修。夸大"左"的革命性，右的修正主义。把社会主义当右来批，把空想社会主义，平均主义的农业社会主义当真社会主义。夸大共产主义风格，否定社会主义的按劳分配原则。夸大政治作用，否定经济基础的决定作用。夸大主要矛盾和矛盾的主要方面，否定矛盾的其他方面。夸大英雄领袖的作用，否定人民是历史的创造者。不是群众运动，而是运动群众。

学习中几个问题

[1980年10月10日]

1. 马克思列宁的话也不是句句是真理。马克思主义也要随历史发展而不断发展,有些结论证明不对了,有些结论现在不适用不正确了,有些他们预想不到,必须独立创造和实践。因此凡引用马列的话来证明自己的论点,便觉得理直气壮了,不是一种好作风,还是爬行主义,奴隶主义在作怪,即教条主义在作怪。

2. 帝国主义垂而不死,衰而不老,灭而不亡,甚至还在向前发展,还有生命力,如何解释?列宁的帝国主义论还行不行?

3. 马恩一直说阶级斗争是历史的动力,我们曾在社会主义时期夸大过阶级斗争(所谓"一抓就灵"),带来无穷祸害。那么阶级斗争在社会主义建设时期是不是仍然是推动历史的动力,甚至唯一的动力?如果不是,或不唯一是,或主要不是,那么什么是现在社会主义建设时期的历史动力?

4. 何谓主要矛盾,何谓基本矛盾?二者区别和关系如何?
社会主义时期的主要矛盾是生产力与生产关系、经济基础与上层建筑的矛盾。这个主要矛盾是不是推动历史前进的动力?或者还是无产阶级与资产阶级的基本矛盾是推动历史的动力?

5. 二十几年我们党犯了"左"倾错误,"文化大革命"十年中发展为"左"倾路线错误。"文化大革命"前是否已经开始犯"左"倾路线错误？何时开始的？"左"倾错误和"左"倾路线错误的区别何在？是党犯的？还是毛泽东犯的？

回顾二十几年来，各方面都受了"左"倾教条主义的危害。各方面都被僵化的教条束缚住，显得很死。现在就是要解放思想，把各方面工作搞活。农业上一搞生产队自主权，落实经济政策，农民便活了，工业上一搞扩大企业自主权，自负盈亏，市场调节，工业也搞活了。教育上一搞恢复招生，教育面貌完全改观了。文艺上一抓双百方针，就活跃起来，科学方面怎样搞活？到底抓什么环节？

科学方面抓合同制，企业化，加上科技人员的自由结合和流动制，便会活起来。

小组辅导讨论

[1980年10月10日]

什么是社会主义？1827年开始出现社会主义这个名词（莫来尼提出），《乌托邦》则更早在1516年由英国的莫尔提出。共产主义这个名词是1830年后才出现的。

三百年前出现《乌托邦》，接着出现空想社会主义。待到资本主义发展起来，资产阶级与无产阶级斗争发展了，才有科学社会主义出现的可能。

平等观是社会主义普遍的观点，最早是平均主义。这是生产不发达、生产力水平低、小手工业生产小农经济的思想反映。我们过去搞过空想社会主义，1958年出现平均主义，出现斯巴达式的苦行社会主义。当时出现这种现象是有历史和社会根源的。小农经济主张平均主义，中国有此历史传统，农民起义领袖以平均主义为理想，一些思想家、改革家也主张平均主义。中国农业社会主义虽在理论上没有形成完整体系，但农民运动的实践却充分体现了空想的社会主义，即平均主义，直到太平天国集其大成。

我国资本主义不发达，不能按资本主义模式来建设，只能按小资产的模式即空想模式来搞。只从生产关系上去改革，想很快改变面貌，搞大跃进，想马上搞成社会主义，结果大跃进变成大跃退，失败了，又转成另外一个极端，把社会主义看成无限长，而且要长期搞阶级斗争。列宁说过，文化低，自由少的国家最易在政治上出现"乌托邦"思想。"文化大革命"之所以出现，廖盖隆讲过，一是阶级斗争绝对化，二是"左"倾空想社会主义思想，脱离生产的实际状况，以为只要搞阶级斗争改变生产关系和上层建筑，便可以发展生产力，建成社会主义。《社会主义高潮》一书中说几十倍几百倍发展生产力，是空想。1958年搞人民公社太急了，前后不到二十天，就说出"人民公社好"的结论。硬说粮食吃不完，提倡供给制。1966年提学工学农学军，批资产阶级，也是空想。

根本的教训是不了解什么是社会主义，把"左"倾空想社会主义来代替科学社会主义，作出很多错误的实践，并因此开展党内的许多斗争，直到"文化大革命"，打倒一切，抓党内走资派……

［以上可以理出二十几年来我国各种政治事件的来龙去脉，经济根源，值得深入再研究——马］

科学社会主义是考察阶级对立和生产无政府状态的结果。根子扎在物质的经济事实中。

宋振庭同志（中央党校教育长）讲话

[1980 年 10 月 15 日]

党校第五期学员参加党中央三十年若干历史问题决议的讨论修改。

做到几条：（1）一周时间（16 日—23 日）集中学习讨论，前三天阅读，后四天集中讨论，前三天阅读时间把修改意见准备好。（2）讨论时：①表态性的意见不要多谈，印象可以讲，不占多的时间，讲观点思想，用文字语言表达出来。哪几点讲得好，重要，不要改，哪几点要修改补充。要具体不含糊。如何改，为何不赞成，不讲情况和过程，不要议"文化大革命"，集中精力修改文件，心得也不要多谈，将来还要学习。②讲心里话，畅所欲言，不怕讲错，不怕有不同意见，不怕不赞成。阅读三天特别重要，边读边思考，拟发言提纲，写出发言稿更好。前三天准备好，后四天就会节省时间。前三天也可以自由结合进行交谈，前两天最好不交谈，精读细读，思考。③出简报问题。中央重视党校参加讨论，要出简报，一是快报，一是简报送中央及党校各组，本人同意后才上简报。希望有质量有内容的意见，出好的快报简报，各支、各部、各班要搞好简报，这是参加修改。④严格遵守保密制度，不准抄存，不准携带回家，不准外传，如果违反，将受纪律处分。（3）由校委领导，各支部由支委会加强领导，修改文件由各小组修改。

学习《建国以来党的若干历史问题的决议》笔记

[1980年10月16日]

1. 地下党问题是三十年来党内一个普遍存在着的问题，和地方主义问题、肃反问题、知识分子问题、反右倾问题往往纠缠到一起，"文化大革命"更是普遍清算地下党，遭到惨重的打击。现在有一些省市作了为地下党平反的决议，但有的没作。作了的执行也有问题，有的没有得到适当的安排，有的未得到重用，发挥其作用，有的老了要妥善安置。和这个问题有关的是南方某些省市，培养提拔本地干部不力，只在原来南下干部和老干部中打圈子，造成本地干部没有得到及时的提拔，而这些干部和本地群众关系密切，了解情况较多。

2. 第二阶段十年，在建设社会主义道路上（《决议草稿》第14页）是正确的，但是否是"在大部分时间内执行的路线基本上是正确的"？我们承认这阶段作了适合中国国情的社会主义建设道路的探索，并且作了巨大努力来纠正所犯主观主义、急躁冒进的严重错误，取得了成绩。但是我以为这一阶段所表现出来的曲折过程主要是偏离了我们已经探寻到的一条正确路线——八大路线，犯了严重错误（或者更严重些说是路线错误，既然已经偏离了正确路线，不是路线脱离了正确的轨道吗？）。而后又努力进行了纠正，然而只是在经济政策上纠正过来，免于崩溃（但已经带来了极大的灾难，经济发展停滞了八年之久，从1958年到1965年才得到恢复，又开始增长），在政治路线上始终强调阶级斗争，以阶级斗争为纲，阶级斗争扩大化和人为地制造阶级斗争，不再强调主要任务是发展社会生产力，认为只有抓好阶级斗争（主要是反右倾）才能促进生产力发展。这时不仅已经在庐山会议上提出这是"资产阶级与无产阶级两大对抗阶级生死斗争的继续"，是一场引到党内来的"阶级斗争"，而且已经在1962年八届十中全会上着重提出"千万不要忘记阶级斗争"，在党内批判习仲勋等同志，紧接着又提出"清政治，清经济，清组织，清作风"的"四清"运动，于是在党内深入开展阶级斗争，打击了大半的基层干部。八大正确路线（从政治、思想到组织路线）已经荡然无存。从1958年初南宁会议开始，发展于成都会议已经偏离了八大的路线，在经济上的大办钢铁，大跃进，人民公社，强力推行一条小资产阶级"左"倾空想社会主义的路线。在实践中带来高指标、高征购、瞎指挥、浮夸风和"共产风"，使经济严重脱离正常轨道，灾难即将临头，才进行纠正。但是"左"倾思想路线并未得到纠正，错误没有从理论上加以清算，"左"倾的根基并未挖掉，庐山会议一下子又扭到"左"倾错误路线上去，显得更为严重，于是带来1959年下半年至1960年上半年恶性发展的"左"倾严重错误，经济几乎濒于崩溃，生产几乎停止，灾难已经临头，中央又开始进行纠正，提出八字方针。从"左"倾冒进向后退下来，到1965年经济才得到复苏，开始有走上正常发展轨道的可能。但是执行"左"倾错误路线的人并没有从思想路线和理论上解决问题，并未觉悟到空想社会主义的危害性。连1962年七千人大会上刘少奇同志的严肃检讨也没有得到应有的重视。虽然毛主席检查了民主集中制问题，可是也没有能在党内真正建立起民主制度来。在1962年国家经济情况稍有好转时又以北戴河会议上宣布"千万不要忘记阶级斗争"而紧张起来。在经济上虽然经过刘少奇、周恩来、陈云、邓小平等同志的努力，继续贯彻八字方针，有了成效，但在思想路线上却继续沿着"左"的"以阶级斗争为纲"的路线发展，在哲学思想上表现为主观唯心主义、唯意志论，夸大主观能动性，否定客观规律性，精神决定物质，精神产生物质。混淆两类不同性质的矛盾，提出清党内走资本主义道路的当权派，在经济上失去了社会生产的目的性，为革命而生产。形而上学地提出"以钢为纲"，"以粮为纲"，提倡平均主义，否定按劳分配的基本原则，推行农业社会主义，在制度上搞超社会主义，过分强调上层建筑对经济基础，生产关系对生产力的反作用；颠倒个人在历史上的作用，英雄造时势，开始宣扬天才论，开始搞现代迷信和造神运动，口头说群众运动，实是运动群众。事实上，在这阶段中从政治路线、思想路线到组织路线都已经严重偏离了八大的正确路线。只有具体的经济工作在周恩来等同志掌管之下，循着正常的路线进行调整，开始恢复和发展，然而也受到严重干扰。

所以我以为这一阶段的十年是党内脱离八大正确路线的"左"倾路线与坚持八大正确路线的斗争过程，是"左"倾路线犯错误和纠正这条路线错误的过程，然而正确路线并未得到胜利，以致"左"倾路线恶性发展成为"文化大革命"的完整的错误路线，给党和国家带来灾难性的后果。因此，我不同意"大部分时间内执行的路线基本上是正确的"的提法。从1958年"大跃进"开始的路线基本上是错误的（违反八大正确路线为标志），不过在党内进行了斗争，有所纠正和缓和。正因为党内有正确路线与"左"倾路线的斗争，才表示为"曲折前进"的十年过程。正因为正确路线在斗争中并没有占上风，所以才发展到"文化大革命"。

毛泽东在这一阶段所犯的"左"倾路线错误，当然有其个人的原因，但绝不能由毛泽东一个人来负责，也不是他一个人的问题，实际上有其深远的历史和社会根源，是在中国这么一个有着两千年历史的封建社会国家，小资产阶级像汪洋大海，又当国际修正主义思潮泛滥之际，在没有任何先例的情况下，进行社会主义理论的实践中所出现的，是难以避免的。如果都推到毛泽东的头上去，我们也会犯夸大个人在历史上的作用的唯心主义错误。这种社会主义建设过程中出现的历史现象，值得深入地、历史唯物主义地研究。正如恩格斯在《社会主义从空想到科学的发展》中开宗明义说的："它必须首先从已有的思想材料出发，虽然它的根子深深地扎在物质的经济的事实中。"我们中国试验过的这种空想社会主义，也要从中国自己历史上"已有的思想材料"（如历代农民革命运动的平均主义）出发，同时又研究深深扎根的中国现在的"物质的经济的事实"（如经济落后，小农经济等等），才能从理论上说明问题，才可以得到真正的历史教训。

因此，我建议文件第14页第二段改为"第二个阶段的十年，是我们党领导全国人民在建设社会主义的道路上曲折前进的十年，这个时期是我们党在大部分时间内执行了背离八大正确路线的左倾错误路线而又不断和这条错误路线进行斗争的过程。"

3. 毛泽东思想的科学体系，应作理论性的阐述，目前既未见体，也不成系。许多是马列主义和中国具体实践结合的产物，是本于马列的原理，而用于中国的实际，真正发展了的是什么，未清楚地揭示。

4. 前三与第四节如何联系得好，转得很陡，写了陡笔。前面说的错误，与后面的正确如何结合起来。既然如此正确，而且又"多方面展开而达到成熟"（第64页第5行），为什么突然"文化大革命"就犯了如此严重的错误？如何从思想路线上加以解释？

5. 三条根本原则（第66页）、十八个要点（第72页到第92页）分量很重，都是阐述毛泽东思想和毛泽东功绩的（第58页到第90页共34页），那些要点都是大家熟悉的，是否要写那么长？是否重点放在毛主席对马列主义的贡献，对中国革命的功绩，他在政治理论上的成就和他后期犯的严重错误作有机的发展的历史的叙述？正确不能忽然而来，错误不能忽然发生，应有其在正确中已孕育着错误，这种错误在特定的条件下发展起来，终于走向反面的这种历史唯物的论述。这样罗列基本观点和基本政策及科学原理，并不能构成体系。大家要知道的就是两条：什么是正确的，什么是错误的，为什么；正确与错误如何有机地联系，它们又是如何向对立面转化的。毛泽东自己说：我一生办了两件事，一件是中国人民的解放，一件是搞"文化大革命"。现在看起来一件是正确的，一件是错误的。说清他的这两条就行了。他的正确的部分大家是熟悉的（亲自实践和参加创造），他的错误部分是大家很不理解的，要多谈谈清楚，以免我们又重犯（经济基础不变，重犯是可能的）。

6. 对国际共产主义运动，毛主席曾抵制共产国际的专断，反对王明"从天上搬来"的"左"倾教条主义，结果历史的发展却出现惊人的相似。康生、陈伯达搞什么革命中心东移（从法国——俄国——中国），理论中心从马——列——毛，是第三个里程碑。而二十五条的指示性很强。这一条有问题，还没有总结，这里不好总结，也应该提到才能叫人信服。我们把不信服我们这一套的都说成是修正主义，正如王明是百分之百的布尔什维克，别人都不是，一样不妥。

7. 最后一章很要紧，是新情况下的新问题的马列主义阐述，指明我们前进的道路的。应该从理论上阐述在经济上的所有制多种形式并存这并不可怕的道理，阐述要搞活的道理。社会主义是向高级阶段共产主义的过渡时期，不可能割断历史，不可能没有旧社会的痕迹，不可能平等。有商品生产，承认价值规律等，但是在全民所有占优势下的，是斗争中前进的，是为了消灭它而发展和利用它，总之，从社会主义经济理论上来说明我们当前搞活的政策，这不是复辟搞资本主义。在政治上说明我们的国家学说，说明民主法制，反对封建和法西斯的两极，说明国体和政体的基本原理。在文化上说明"双百"方针的理论根据，说明马列主义占主导地位。在党的建设上说明党与人民群众，党与民主党派，党与政权，党的内部的关系问题的基本原则，如何坚持党的领导，如何改善党的领导，特别是改善问题。不改善党的领导无法加强党的领导，甚至脱离人民，丧失党的领导。

学习《决议》笔记 1

[1980 年 10 月 17 日]

第三章关于"文化大革命"产生的原因,我以为没有说清楚,总有隔靴搔痒之感。没有说到痛处,抓到紧要处。

我以为"文化大革命"之所以发生,最根本的是我们党在生产资料私有制的社会主义改造基本完成(这个完成太急太猛,毛病不少,形式上完成了,在实际制度上、思想上并未完成,操之过急,忽视生产力发展的实际需要和群众的觉悟程度,形式简单划一……)后,背离了八大的正确路线,走上了一条"左"倾冒险路线,"文化大革命"是这条"左"倾冒险路线的当然继续和恶性发展,成为一条极左路线。假如说"文化大革命"以前,党内还不断开展八大正确路线与"左"倾冒险路线的斗争,并在严酷的事实面前,不得不一时地收敛这条"左"倾冒险路线,使经济和政治局势暂时稳定下来的话,那么"文化大革命"则发展成为极左路线,达到崩溃的边缘。

或者说得轻一点,从 1956 年所有制改造进入社会主义制度以来,我们党背离了或基本背离了八大的正确路线,实行或出现了"左"倾冒险的严重错误倾向,以至发展到"文化大革命",即从 1956 年到 1966 年的十年"左"倾严重错误发展成 1966 年到 1976 年的"左"倾错误路线。把"文化大革命"和以前十年的"左"倾冒险倾向割开来,专门研究其发生原因，是说不清的，"文化大革命"不是偶发的事件，不是无根之木、无源之水，要辩证地、历史地分析问题。

为什么会产生1956年后的"左"倾冒险倾向并发展成为1966年后的"左"倾错误路线？

现实的原因是从新民主主义革命转到社会主义革命和社会主义建设阶段，时间不长，从思想上到理论上我们全党（以至全国人民）都准备不够，更没有实践经验，也无现成先例，我们没有搞清楚新阶段的根本任务是什么。虽然八大已经从理论上提出主要矛盾是先进的生产关系和落后生产力之间的矛盾，主要任务是大力发展生产，狂风暴雨式的阶级斗争已经宣告结束了，但并未为大家清醒地认识，事实上没有执行。我们不仅对于由旧生产关系下解放社会生产力的斗争转变成为在新的生产关系下保护和发展社会生产力缺乏清醒认识，而且对于在新的历史条件下如何正确处理新的阶级关系和政治矛盾也缺乏清醒认识。（虽然毛泽东在1956年作了极其重要的正确处理人民内部矛盾的报告，可是并未为全党领会实行，反右派斗争完全破坏了，1958年毛泽东事实上也否定了，而代之以两个阶级、两条路线斗争是基本矛盾了。）在这样的情况下，我们可供选择的道路是，或者按八大的正确路线执行，或者采取右倾的道路退回去，或者采取"左"倾的道路向前走。我们选择了"左"倾道路，而且是冒险主义的"左"倾道路。把社会主义经济建设看得过于简单了，以为我们既然轻而易举地没有破坏生产力地完成了所有制的改造，也可以以更快的速度完成社会主义的建设，以为社会主义的经济规律是可以轻易认识和掌握的，以至提出"向共产主义过渡已不是遥远的了"的空想口号。一套"左"的方针，错误的狂热的做法出现了，又形而上学地提出"以钢为纲"、"一马当先，万马奔腾"的错误方针。在农村生产关系上，还没有利用高级社的优越性发展农业生产，又马不停蹄地过渡到人民公社（"人民公社好"），而且把一个经济的公社组织赋予政权的强制权力（政社合一），使农民在瞎指挥、高指标、共产风下毫无抵抗能力,成为某种农奴式的(但是极其"高兴"和"志愿"的农奴式的)无效劳动。在政治上强调抓阶级斗争,以阶级斗争作为推动一切的动力。在党内不断地反对右倾思想。实际上形成一种"左"的小资产阶级的狂热思想,一种空想社会主义思想,一种小生产者小农经济思想为代表的农业社会主义思想,一种平均主义,吃大锅饭思想支配了我们,把公共食堂作为公社的心脏看待。归大堆、迁居等"新"事物的出现,实际上都是乌托邦的思想。虽然在事实面前不能不作出纠正(郑州会议),但是庐山会议后期以批判彭德怀同志的右倾机会主义为标志,全国又卷入"左"倾冒险浪潮中去,而且把批彭德怀作为两个阶级的生死斗争。于是在全国展开党内的阶级斗争,使政治上的阶级斗争又升了级,"左"倾错误更发展了。虽然在残酷地死了很多人和经济濒于破产的面前,不能不又从"左"倾冒险退下来,实事求是地进行调整。可是党内的思想路线问题没有解决,"左"倾错误思想、阶级斗争推动一切的思想、党内有走资派的思想不仅存在而且向前发展。1962年北戴河会议提出"千万不要忘记阶级斗争",接着而来的是对党内和整个社会的阶级斗争形势作了极其严重的错误估计,以至于认为:(1)全国城乡都面临资本主义复辟的危险;(2)把以两个阶级、两条路线斗争为"纲"定为整个社会主义历史阶段的"基本理论和基本实践",不认识就会滑到邪路上去,就要出修正主义,出法西斯主义;(3)提出"主要是整党内那些走资本主义道路的当权派",这就为"文化大革命"奠定了理论基础和行动口号。这样,中央再也无力阻止"文化大革命"这场灾难的出现了。在林彪和康生、江青之流的阴谋活动下,对毛泽东个人迷信被有意识地推向造神运动(开始造神应从《东方红》歌曲中以毛泽东为"大救星",这明显和《国际歌》不一致,然而为全国群众承认,中央和毛泽东默认了的时候算起),毛泽东也自以为绝对正确,听不得不同意见,搞家长制,一言堂,以"毛主席、党中央",把毛泽东置于党中央之上的格式固定下来，于是把全党推向"左"倾错误路线上去。党中央政治局和书记处都无法阻止"文化大革命"，直到他们自己被打倒。

在这十年中，国际共产主义运动出现了极其复杂的情况，我们开始站在自以为正确的立场上发言。反对苏联修正主义、霸权主义，反抗对我们的控制是完全必要的，做得很勇敢、很正直。但是我们对国际共产主义运动一些复杂情况并无深切的了解，便以马克思主义正宗，以共产主义运动"裁判员"的面目出现，却是不必要的。我们搞"九评"（康生以理论家面目出现），搞"二十五条"，到底是不是能经受历史长期考验，是值得怀疑的，至少三评《南斯拉夫社是会主义国家吗？》，我们已经自己作了纠正。正因为在这上面表现我们的骄傲自大，使陈伯达之流，搞"世界革命中心东移论"，搞毛泽东是"第三个里程碑"的神话，而毛泽东似乎也无意于纠正这种歌颂。

人们造神是因为有人愿意当神，中国封建社会的迷信很深，全国有众多的人信神。有人造神，有人当神，有人信神，这造神运动终于成功。为"文化大革命"树立一种至高无上、金口玉言的偶像，被林彪和"四人帮"利用来夺权。毛泽东被人利用当"钟馗"来打鬼，但打的不是修正主义的"鬼"，而是共产党人，是全国的革命人民。于是革命对象"一时还搞不清"，没有革命纲领，不分清革命斗争界限，没有敌人标准，也不知道依靠什么阶级的"伟大的文化大革命"就开始了。

基于上述的论点，我不同意《决议》（讨论稿）中第14页对于第二阶段的十年中"执行的路线基本上是正确的"的论断。诚然，这十年是我们党在探索中国建设社会主义道路中曲折前进的十年，然而这十年中执行的基本上是错误路线，是一条"左"倾冒险主义的错误路线，十年的社会主义建设实践基本上是失败的。当然，在党内有正确路线和这条错误路线和倾向的斗争，表现为在斗争中曲折前进。

学习《决议》笔记 2

[1980 年 10 月 18 日]

现在的问题是要研究一下,并解释清楚,为什么毛泽东这样一个伟大的马克思主义者,在前期那么正确(这是中国革命实践所证明了的),在后期却违背了自己创立的毛泽东思想体系,犯了严重错误,带来灾难性的后果。原因到底在哪里?只是他一个人的问题吗?中央的其他领导同志为什么没有能坚决抵制和斗争呢?为什么"大跃进"、炼钢铁和公社化也随声附和?为什么庐山会议上也跟着批彭德怀呢?是言不由衷吗?坚持斗争又会有什么不同的结果呢?这不是在事后来作已经成为过去历史的假设,而是说明这些错误,党中央及其他领导同志也要负一部分责任,不是一个人两个人犯错误的问题,而是有其深刻的社会历史原因。也就是说,在中国这样一个半封建半殖民地,工业不发达,文化水平低的国度,又处于当时的国内国际政治环境中,进行史无前例的社会主义试验,要出错误是难以避免的,历史的曲折道路是非走不可的,只是时机、规模、犯错误的程度和人物可能有所不同罢了,即必然性(试验社会主义者产生错误)是通过偶然性(当时具体环境和人物及表现方式……)来表现的。只是有一点应该深入研究,为什么我们中国受"左"倾机会主义的害处特别大,时间特别长?为什么老是反右?难道真是"左"倾错误是认识问题,右倾错误是立场问题吗?理论上肯定不是,在实践上却老是这样。

对毛泽东的功过论断

[1980年10月21日]

学习笔记：

有两种说法，一种是："毛主席开国有功，建国有过，'文化大革命'有罪。"这说得比较严重。另一种说法是："毛主席开国有大功，建国有功有过，'文化大革命'有大过。"这说法是否更接近实际？

任何场合，不能抹杀毛泽东在建立毛泽东思想、领导新民主主义革命的胜利和实现社会主义革命中的不可磨灭的伟大功勋。任何场合也同样不可抹杀"左"倾错误和"文化大革命"中的极左的严重错误。

一定要把毛泽东和毛泽东思想既有紧密关系又有严格区分的不一致性搞清楚。不否定毛泽东思想，不掩饰毛泽东的过错，实事求是地、历史唯物主义地评断毛泽东的功和过。这是对我党我国十分重要的事。

讨论发言：

对于文件第三阶段对毛泽东错误的分析，应该是历史地（有其发生和发展的历史）有机地（各种错误是有联系的）加以分析。应该从路线上进行分析、路线错误了嘛。应该从思想路线，政治路线和组织上分别进行分析。经济路线（社会主义建设路线）也要分析，对国际共产主义运动的路线也要分析。

应该把他过去的正确和他晚年的错误进行有机联系地、历史地进行分析，不能说正确部分、功绩部分是一部分，错误又是一部分。功与过是不能截然分开的。

毛泽东的功过机械地用几开几开来解说是不正确的，第一位第二位的说法较好。功大于过，还是过大于功？毛泽东说他一生做了两件事，一是打倒蒋介石，建立新中国；一是搞"文化大革命"。刚好一件是立大功的，一件是犯大过的。一功对一过，毛泽东的后期违反了毛泽东思想，后期的实践反对前期的理论，实践脱离了理论。

学习《决议》的讨论发言

[1980年10月22日]

《决议》中既要说清楚问题,又要维护毛泽东的威望;既要高举毛泽东思想旗帜,又要严肃批评毛泽东所犯的严重错误。"成绩说够,错误说透"。成绩说够是为了高举毛泽东思想旗帜,错误说透,是要我们引为鉴戒,不再重犯。这个《决议》要做到经得起历史考验,不致过若干年后就不合于实际,站不住脚了。上一个《决议》过几十年了,还是经得住历史的考验。这一次也应如此。

基于这种考虑,我以为从这一讨论稿的水平来看是不行的。总有零散不系统之感,道理未说透,有些吞吞吐吐,遮遮掩掩。至于毛泽东思想体系,有这个体系,但还没有理出头绪,使之真正有体有系。而不是原则三条要点十八点这种罗列的办法。这一部分写得再多(再写几十条)也是无力给人以"体系"的概念的。

既然我们现在有一些历史问题还没有讨论清楚,体系还没有理出头绪来,不如现在只是讨论,暂时不做出正式《决议》,过若干年后再来正式通过。或现在原则通过一个有基本点的稿子,然后再从容进行修改定稿。一定要做出《决议》,就一定要做出好《决议》留给后人,不要等老一代过世了,有人来大翻案。当然现在如不写好,不为大家思想通过,将来也可能出现翻案文章,以致全面否定的灾祸。就是说既要积极研究和总结，又要做得合于实际，为绝大多数人所接受。这不是容易的事，又非做好不可。

《决议》的中心，可能引起争议，可能引起将来翻案的就是对毛主席的正确评价问题。只是第一位第二位地作结论，是不牢靠的。要把是非搞清楚，丁是丁，卯是卯，毫不含糊，经得住历史的检验，要作为今后千百万人革命的指南。毛主席的错误越说得透，越分析得清楚，越便于高举毛泽东思想旗帜，越不留空子给后来的野心家（如赫鲁晓夫之流）来个大翻案，把中国的革命成果毁了。错误说透是不是妨碍高举起旗帜？不然。过分强调成绩，罗列更多条条，而对错误不断掩饰或曲写，搞"弯弯绕"，越不利高举起旗帜。

讨论：

《决议》解决三个问题。（1）"文化大革命"极左路线错误。（2）分析毛泽东功过。（3）高举毛泽东思想旗帜，文件都努力做了，基本达到要求，但不充分，不清楚，要加大修改。

中心问题是：（1）毛泽东功过的评价；（2）对第二阶段的评价；（3）什么是毛泽东思想体系？

历史问题决议，是对三十年党的历史的总结。毛泽东思想应另立一个题目，主要应总结三十年哪些对了，哪些错了，有什么经验和教训，将来该怎么办不写，放到十二大决议中去写。毛泽东功过也可放到十二大报告中去写，批评错误，肯定成绩，高举旗帜。历史问题决议应从思想路线、政治路线、组织路线上加以检验。分成几个历史阶段来分析是必要的，而这中间贯穿着正确的毛泽东思想（以八大作为其发展的高峰）和以"左"倾空想社会主义为主要标志的"左"倾错误路线进行斗争的过程。"左"倾错误路线占了上风一直发展到"文化大革命"的极左路线，在政治上、思想上、组织上都是错误的。一条完整的"左"倾错误路线，以社会主义基本路线为其理论基础，以无产阶级专政下继续革命为其政治路线,以"文化大革命"为其具体实践。带来十年浩劫,几乎断送了我国的社会主义革命。然而历史是不能逆转的,以"四五"群众运动为基础的一场粉碎"四人帮"的斗争,和以后的三中全会解放思想,讨论真理标准,总结历史经验,找到我们党前进的新的道路——这便是三十年来我党历史发展的基本线索和过程。

胡耀邦同志在宣传思想工作座谈会上报告（录音）

[1980年10月24日]

为什么思想问题特别多，因处在一个历史转折关头，抗战开头，"文化大革命"开头，思想问题都多。历史转折关头思想问题多从历史唯物主义观点看，用不着大惊小怪。如果改革好，思想就活跃，这是大好事。表示广大人民敢于讲话，一摊活水比一摊死水好。有些同志喜欢死水，其实历史哪有风平浪静的时期？活水议论纷纷，其中有好意见好主张，你想不到的问题。发挥思想积极性是最大的积极性，最可贵的。我们最大的长处就是调动大家的政治积极性，大家出主意想办法。圣人不以一己治天下，以天下人治天下，靠群众当家做主。五中全会提出社会主义就是建设一个高度民主高度文明的社会，思想活跃会带来积极性，但也可以带来消极性，以至破坏性，也要注意，靠做工作这是第一个问题。

第二个问题。思想工作的方针，可以有两种方针，一种是错误的，压制堵塞的方针，不许说，不许讲，一说就打回去。一查二批三斗争，后来形成规律叫大批判开路。这是"四人帮"做思想工作的唯一办法，而且上升为思想规律。我们不是不要批判，马克思主义是批判的，但"四人帮"发展到荒谬，吃了苦头。一种是正确的方针，是疏通和引导的方针，广开言路，集思广益。言论渠道很多，党的会议畅所欲言，人代会，这次开得好。协商会，人民团结（工青、妇联、文艺、科学）职工代表会，民族委员会，信访接待工作，广开言路要认真搞。党组织生活搞得不好，是觉悟和领导问题，主要是领导问题。发扬民主，大广播不发达，小广播就发达。四大不是大广播，是法西斯专政的形式和武器。

现在情况是两个不够，疏不够，导不够，不对。把经济工作与思想工作割裂，不对。说思想领先还是对的，政治思想工作是重要的。不能有错觉，只能加强不能削弱。

第三个问题。如何不间断地解决思想认识问题，不断提高人民思想水平。思想问题层出不穷，有哪些问题可以解决，有的问题解决不了，挂起来，也叫解决办法，扭住不放，妨碍研究新问题。你揪住，我放下。我们任务是改造社会改造人，这就是思想工作，放弃思想工作就是放弃党的任务。

思想问题有以下六个方面：（1）对形势问题（政治、经济、国内国际、思想、文艺……）不理解。（2）对政策不理解。政策有新发展，崭新的，不同于过去。于是抵触，反对。经济、文艺、外交、知识分子、宗教……（3）对历史经验认识不清。如对"文化大革命"，对毛泽东，毛泽东思想怎么认识，不敢设想毛泽东会犯错误，"'文化大革命'就是好就是好"，怎么会不好？不理解。4.对领导干部思想作风有意见。有些意见过头，许多意见是很好的。我们党不会是百分之百的好。我们脸上不光是延安时的灰尘。（5）对国家大事有建议，有些建议不实在，空想，但也有积极因素。（6）对自己的冤屈要申诉。确有诬告，上访油子，但大半确有冤屈，确有意见嘛。落实政策不及时，有的三年来就是不落实。多方面的意见可以供我们思考，应发动大家来讨论，现在有的党组织就是不闻不问，党的准则搞一年，有的党委就是不讨论，中央发了文件，领导同志报告就是不传达，武器不用。支部不传达不讨论，或照抄照念。不学习，这怎么能提高思想水平？领导同志应作报告，作辅导，宣传部站在第一线，组织传达讨论，不然就是失职。

第四个问题。和不正之风作坚决的斗争，这和思想工作有密切关系，现在有舆论，多栽花少栽刺，官官相护，相安，和平共处。党的批评和自我批评，两个倾向，一种"左"的，堵塞言论，也有右的，自由主义。波兰三次出事，应该研究（1956年一次，1970年一次，1980年一次），领导垮台，因为领导层严重背弃人民（说背叛，高了）。本来波兰党解放时很好，英勇，与人民密切联系。背弃人民有三条，一是政治上、国策上对苏联俯首，伤害了人民感情（波兰天主教很厉害）。二是经济上背离人民利益，高速度，高消费，高指标，物价年年涨。三是组织很腐败。电台长6部汽车，10栋别墅，42万美金。波兰主要是这三条，背弃了人民，致命的东西。我们党不同：一条，始终保持独立（毛泽东有功），民族自尊心。二条，经济上现在才比较好了，但有些同志思想上还是不通。三条，党风党纪有相当大进步，但未根本扭转，因此威信不高，中央威信还好，但整个党的威信还不高。人家讲还怀疑人家，这是事实嘛。我们党就是有不正之风，不光彩，要洗脱，请群众帮助洗。自己讲，不要遮掩，不要软弱无力，害怕。灰尘很多，伟大，光荣，正确降低了。特殊化，官僚主义，占便宜，有的贪污严重，安排私人、子女，很严重，去年900万招工，私招400万，正式工没事干，干的是临时工。损公肥私，请客送礼，铺张浪费严重，熟视无睹。慷国家之慨，出国玩，优哉游哉。个人不算，还带子女亲朋，千方百计把亲友搞到北京来。扯不完的皮，还有闭着眼睛捉麻雀。反对官僚主义一是制度，一是从思想上解决。经济工作四个不平，三个不清。紫阳、万里、伊林、谷牧同志解决问题很多，但还有问题。四个不平，一个比例失调，一个情况不明，一个指挥部不灵，一个水平不行。三不清楚，一是投资怎么用好不清楚。战略学就是以最小代价取得最大的胜利，经济学就是用最小的投资取得最大的经济效果。

二是广开门路不清楚。工农业有些什么门路，有什么优势，有什么短处不清楚。市场预测不简单。三是严重浪费不清楚。一说浪费就说宝钢，陈云去调查两月，认为还不是最浪费，比它大的可能还有，我们未发现，昨天我看内参，电气化110公里提高到120公里时，要用1亿多元来建设。我们有什么宝，不清楚。我们党不正之风要坚决坚决坚决刹住，从中央做起。

思想工作中我们的毛病。（1）粗暴专横；（2）软弱无力，背弃理想，掉队，落后了。

提高党的形象。争取在两三年内要做到这一点。

第五个问题。如何有效地减少社会上的坏现象、坏风气，同坏人坏作风作斗争。坏现象是消极腐蚀因素，坏细菌的生命力特别强，像瘟疫。我们同这些现象斗，政治部门很重要，法律是重要武器。但许多要靠思想工作，完全寄希望于法制不行。一切靠法律，法律万能，会失望的。靠法律不够，思想工作、教育工作很重要。和思想宣传部门有关系的新闻出版，教育文化文艺工作，还有广播电影，都要领导民族精神朝气蓬勃，奋发图强，为四个现代化服务，这个问题欠缺。新闻发挥积极性不够，出版、刊物、文艺创作，要鼓励青年人。文艺创作中，恋爱太多了，有的看来很勉强。我们可写的东西很多，为什么连《马陵岛》里也要恋爱？对广大青年觉悟鼓励不足。我带来一本资产阶级的书，查理曼的秘书写的。他们去埃森地下室见到居民，十分困苦。他们看到地上室桌上放了一盆花，认为这就是希望，民族精神，自强，理想和希望。我们要在精神上振作，如何提高人民精神，文艺，广播电影，出版都要讨论一下，奋发图强。

第六个问题。全国各民族人民大团结的问题，这是思想工作大问题，团结就是力量，是马克思主义基础，宪法基础上的团结。"四人帮"给我们有形的损害很大，无形的损害还要大得多，思想上的精神上的团结上的损失是无法估量的损失。第一优良传统破坏了，增加隔阂很多，各方面互相隔阂厉害，疙瘩很多。二月提纲，资反路线，一月风暴，奉命支左，反二月逆流，揪叛徒，抓军内一小撮，清队，吐故纳新，一打三反，查清"五一六"，反回潮，反复辟，批林批孔，反击右倾翻案风，天安门事件追谣言，查反革命，共16件大事，伤害人不少，形成伤痕。对这些伤痕怎么办，对犯错误的人怎么办，"死党"好办，敌我矛盾，人民内部矛盾的，程度不同，不犯错误的很少，只有百分之几（九大只有陈少敏一人未举手，我举了手的，犯了错误）。

在我们党内有品质十分恶劣的人，检讨了也不能重用。三中全会还有阳奉阴违、两面三刀的人，必须调开，是炸弹。除这些人，其余的犯错误的同志，在学了《决议》之后，作了自我批评之后，此案就算了，不再议论调查了。军队支左问题很多，一般不论，他们在台上也困难。这个问题大，搞不好影响安定团结。对现在还阳奉阴违的、作风不正的人要严一点，对历史的问题要宽一点。你"文化大革命"表现好，现在表现坏的要警惕。团结绝大多数人，抵制消极因素。接班人要搞好，一看政治表现；二看年富力强；三看专业知识。

第七个问题。解放思想与思想僵化问题，要继续解放思想。历史发展，思想发展，思想要不断解放，是没有止境的。主观和客观相分裂，理论同实践相脱离，就要犯错误，思想不端正、品质不好也和这有关。每年四个月下去调查还是要紧的。实事求是产生于调查研究，定一同志讲得好。调查研究是基础，没有想象的实事求是，不基本了解如何求是？不要出去不走边疆专走上海等地，夏天往北冬天往南。书记处靠内参吃饭，内参搞得很好，各部也在靠内部材料吃饭，不下去调查，各部不向中央报忧，人家揭你疮疤，你还不高兴。要提起才过问一下，无调查只好瞎吹，瞎刮风。

解放思想和僵化要联系起来。僵化来自两方面，一是自己情况不了解，二是对过去成功老套过分留恋，对新情况一知半解，对老套套一往情深。僵化也不一定只是老家伙。有些司局长处长也僵化呢。自认知识在手,是专家,中央的东西顶回去。理论界还可以对思想僵化展开说一说。对改革说是修正主义一套,对苏片面性,或看不到他的军事力量强大,或只看其强大不看其困难。要进行辩证法教育,不要表面性和静止性。

最后一个问题,要求中央一级机关在思想工作上限期带头做出成绩。党中央,国务院各部委,包括书记处在内,比如说半年内,春节前夕有新气象。一般是软弱无力,也有粗暴现象。从何改起?只搞基层不行,先搞上层。首先针对实际,实事求是,对症下药。这样才能推广到下面去。

关于国家体制的意见

[1980 年 10 月 24 日]

中央分权,在党中央领导下立法(人大)行政(国务院)司法(法院检察院)分立,地方也如此。

国务院裁并机构。经济各部只分计委、建委、财政、能源、机械、农业、商业几个部或委。另有内务(公安、民政)、科教、文化、卫生几部。其余能企业化的即企业化。企业化一直伸到基层。地方也裁减厅局委办。

企事业实行管委会下的厂长、校长、院长负责制。取消公社,成立乡政府。

因为不是多党制,无唱对台戏的,要设立对立面,在矛盾中,才能前进。中央及各级党委有纪委(监督同级)。立法、行政、司法互相制约。中央与地方互相制约。党中央只负责定路线,推荐政府候选人,做政治工作,监督党员,其余由政府,企事业去管。不予干预。各级党政企事业都采取首长定期选举制,不连任两期以上。其余的人都是聘任,可以解聘,辞退……

群众团体和民主党派树立对立面,互相监督,工人监督政府。

现在不是社会主义的危机,而是社会主义的发展和新生。二十几年实验社会主义的失败,正孕育着社会主义胜利,从失败中找到社主义理论的正确认识,可以在试验中取得前进和成功。

要认识社会主义的优越性,必须认识在过去二十年实验中的不优越性。这里面(在矛盾和斗争中)将出现真的优越性。

中央民委张副主任报告

[1980年10月29日]

民族工作方面的问题：

1. 民族问题的重要性。它关系到巩固边防，祖国统一，安定团结，影响四化建设的大问题，全局性的大问题。我国有56个民族，少数民族55个有5500余万人，占人口6%，面积则占一半以上，森林占46%以上，国防线则大半在少数民族地区，还有跨境而居的二三十个民族。这是国家安危所系。民族运动是世界上一个大的潮流，民族问题是马列主义的重要组成部分。我国民族问题还很多，很严重，不尊重少数民族的自治，事实上不平等，有不满情绪，有的相当紧张，有恶化的可能。

2. 三十年民族问题的回顾。做了大量工作，取得伟大成绩，发生根本变化，新型民族关系，民主政策是正确的。20世纪50年代是民族工作黄金时代，但也存在一些问题。有不完善之处。1958年后"左"倾错误，工作倒退了，搞反地方民族主义运动，伤害大批民族干部，宗教改革过头，平叛斗争发生了严重的扩大化，刮共产风时刮民族融合论，如语言文字，搞直接过渡，强学汉文，强改民族习惯和宗教信仰，1962年前做了一些改正的努力。八大二中全会后又批了民族统战宗教方面的投降主义，修正主义，又后退了，搞"左"倾的理论和政策，说民族问题的实质是阶级问题。"文化大革命"推向极端，少数民族一样遭到苦难，并且多一层苦难。民族的东西全被砍光，少数民族的冤假错案特别多，内蒙古特多，新内蒙人民党涉及31万人。鄂伦自治族，共1300人有900人被打成叛徒。这是林彪"四人帮"一套，愈使少数民族怀念20世纪50年代的中央民族政策，愈发证明当时政策的正确性。粉碎"四人帮"后，重新落实民族政策，特别是三中全会以来，民族问题引起了极大的重视，书记处一成立就讨论了西藏问题和新疆问题，又迎来新的黄金时代。

3. 民族问题和阶级问题。不多讲，推荐一篇文章：1980年7月15日《人民日报》特约评论员文章作了专门的论述，是中央31号文件的阐述。

4. 党中央对民族问题的重大战略决策。中央书记处专门讨论民族问题，耀邦同志、万里同志亲去西藏检查工作，中央做了西藏问题的决定。以后各民族地区都应用这个文件，这是战略的决策。认真实行民族自治，落实民族政策，发展民族经济，兴旺繁荣民族地区。

5. 真正实现民族地域自治。要走出一条中国解决民族问题的道路来，使自治区在同级政府中享有更大的自主权，中央只要求军权，外交权和对一些错误事项的否决权，其余办什么、怎么办都由自治区决定，在将来修改的宪法中明确规定。第二条是要民族化，要由本民族在党的领导下管理自己的事情。干部民族化，宗教、习惯受到尊重。就是未实行自治的民族聚居地区也要由民族干部参政，自治区域的党政干部大部应是本民族的，至少要与本民族人数比例相当。少数民族干部要做到年轻化、专业化，培养少数民族科学技术干部。

6. 发展少数民族经济。解决少数民族地区的农牧矛盾，森工、水利矛盾，农林产品加工，土特产加工，在民族地区办工矿不招收民族工人的矛盾，土产留成，特需商品的生产销售，都带有民族矛盾的性质。必须执行政策，首先是放宽政策，不要怕资本主义而多加限制经济形式，要灵活，要使他们较快富裕起来，改善生活，一切资源合理开发利用，对少数民族有利。

大力支援少数民族地区，要照顾需要，尽可能满足需要，要设立少数民族的专款专用，生产少数民族需要（生活和习惯、宗教所需要的）的农工商牧产品。

7. 加强民族地区教育事业。大力培养民族人才是最有远见的政策。不能再搞"三无"（校舍、教员、学生）学校。中小学教育最要紧，抓重点，抓实效，反对形式主义，上大专的少数民族学生太少，应采取多种途径培养民族的科技专业人才，大学办民族班，民族师范教育大发展，反对强迫按汉族地区的办法、体制办学。

8. 宗教问题。宗教问题和民族问题密切联系，宗教矛盾和民族矛盾往往纠结到一起，他们几乎是全民信仰，广泛而深入。汉族往往把宗教看得很简单，宗教观念薄弱，妨碍宗教信仰自由，妨碍、阻止、打击民族的宗教活动，造成恶劣影响，引起少数民族强烈不满。折毁寺庙，不准朝拜，十分不妥。用强暴的手段难消灭宗教，必然带来最坏的后果。只能助长宗教情绪，应开放寺庙，提供条件，培养神职人员，团结宗教界人士，只对那些搞阴谋、违法的人才加以制裁。

9. 反对两种民族主义思想问题。（1）反对大汉族主义，也反对地方民族主义。（2）重点反对大汉族主义。（3）两种民族主义都是人民内部矛盾，只能按人民内部矛盾处理。

关于社会主义民主讨论发言笔记

[1980年10月30日]

民主是国家的制度。

民主将随国家消亡而逐渐消亡。民主有两种含义,民主从来是和专政相对立而言的。国家、专政消亡,民主不能不消亡。至于民主与集中,少数服从多数,也是民主的一个历史范畴,但不能说到了共产主义社会,与专政相对而言的民主消亡了,还保留少数服从多数的民主制。这并不是可靠的预测,也许到了国家消亡,民主也必定消亡。所谓少数服从多数等等范畴也消失了,不能以我们现在必然存在的规范(少数服从多数)想象共产主义实在的概念和范畴。而且这种预测也是没有意义的。人类永远只解决已成现实的问题,而且一经提出,就一定会解决了。

民主与国家,民主与专政,民主与自由,民主的手段论和目的论。

民主专政的任务不仅是对敌对阶级专政的一面,还有解决人民内部矛盾的一面,还是学习管理和组织生产的一面。民主专政是一个事物的两面。

民主专政的职能随社会的发展而在内容上以及范围上有所不同,有时专政的职能是主要的,有时解决内部矛盾(民主的方法)是主要的,组织和管理生产(民主管理)是主要内容了。

民主与集中是相对而言的。民主集中制作为政体的体制，就是民主专政国家的政体，就是发挥人民内部民主的体制。民主集中制的根本是少数服从多数，少数服从多数是民主，也是集中。只有民主基础上的集中（少数服从多数），没有集中指导下的民主，就是取消民主。这样导致独裁、专断、一言堂，以至把民主转化为专政和镇压。

通常所谓集中就是集中于党，党作为民主的指导者，于是党可以转化为最高权力，专断一切，这时党与国家不分了，本是先进无产阶级的组织转化为专政的国家，成为政权的化身，便是党国一体，党政不分，党的性质就变了。谁掌握党权就掌握了政权，就有了镇压之权了，独裁就会出现。

民主与自由，民主消亡，才有真正自由。

民主与平等，民主表现为平等。

我们现在的人民民主专政，除还有对阶级敌人专政，对外国侵略势力专政外，就是人民内部民主职能，就是把解决人民内部矛盾作为主要职能。进行生产管理的民主（自主权，职工代表大会，人民代表大会），我们的人民民主就是国家的制度，人民如何管理国家、管理生产的制度，就是人民代表会议制，选举政府，选举法院，监督和罢免。保障人民自由权利，决定专政机构的活动（军队，战争，执行法律……）。

国家是专政的机关。不能认为国家一定能自动地代表人民利益，它也可能异化为统治人民，与人民利益发生某些对立，以至对抗，因此应该有分权办法（如三权分立），采用人民代表会议制度。权力归于人民，行政归于政府，法律独立于政府，不受政府操纵，以免发展成对人民专政的工具。国家不是仁慈的东西。对敌镇压有好处，但如不能由人民控制，也可以变成人民的祸害。如果工人的党从先进阶级的先锋队发展成为不是组织和发动群众的组织，而变成了政府，可以发号施令，可以成为强制力量，那就再也不是党，而是国家机构，发挥专政（国家就是暴力和服从）的职能了。把代表人民组织人民的机构转化为专政的机构，党就会异化，成为人民的对立面，成为专政的工具，而且可以由号召、动员、组织变成强迫、限制、命令。这样党国不分，以党代政，便是党的异化，便会腐化。

资料：社会主义分类（美国一家杂志分析）

[1980年10月31日]

1. 中央集权社会主义（中、苏）。

2. 实惠社会主义（北欧及瑞士等社会主义民主党当政国家），人民收入高，社会福利好。

3. 各种牌号第三世界中的社会主义（亚、非）。

4. 开放的社会主义（南斯拉夫、匈牙利、罗马尼亚……），政治经济民主。

5. 民主共产主义国家（西欧工业国家）。西方资产阶级民主（给人民以自由民主权利）是工人阶级斗争的结果，既是资产阶级统治人民的工具，也是无产阶级进行斗争的工具。

[资产阶级使用民主工具是解决他们内部矛盾的方式，也是为了缓和阶级矛盾的工具。当然无产阶级也利用这个民主工具。不应说成资产阶级民主完全是一个骗局。——对资产阶级民主应进行具体地历史地分析——马]

苏联是封建性中央集权，是官僚国家资本主义、社会帝国主义、国家主义的社会主义、国家社会主义，其特征：

1. 把国家所有制作为唯一的公有制，马克思并未提出国家所有制就是唯一公有制。这种国家所有制使工人脱离对生产资料的掌握，落入国家之手,工人还是雇佣劳动者,工人不能管理自己的工厂,不能当权。

2. 国家中央集权统一计划,行政管理经济违反经济规律,工人不能管理,工人是盲目的计划执行者,工人没有积极性,不能干预生产和产品分配,利润放在官僚集团手里。

3. 人民不能做主,形成官僚集团,无产阶级专政变成党的专政,以至个人专政。

4. 思想垄断,意识形态上是陈腐教条,人民思想不能超越行政领导的思想,领袖成为任何人不能怀疑的大圣人。思想垄断是社会主义的障碍,应是多模式。

5. 苏联社会主义也是斯大林主义。

6. 对外表现为霸权主义,老子党,不准多模式,只准一个模式。

总之,是一个变态的、不自由的、异化的、不民主的社会主义国家,已经丧失了社会主义的性质。

苏联不同政见者认为,社会主义必须:(1)实行社会主义民主;(2)经济上计划与市场调节相结合。

意大利、法国共产党认为苏联是官僚集中制。

讨论社会主义民主

[1980年11月1日]

我们坚持四项基本原则，同时不能不解放思想。要认真探索，在坚持党的领导时，如何改善党的领导，从党国一体、党政不分、以党代政、一党专政中解脱出来；在坚持无产阶级专政即人民民主专政时，如何发扬人民民主，防止滥用专政，从中央集权的专制政体中解脱出来；在坚持社会主义时，如何从空想社会主义中解脱出来，从僵死的中央集权官僚统治的苏联模式中解脱出来，从假社会主义中解脱出来，在坚持马列主义毛泽东思想时，如何从"左"倾思想路线的错误中，从唯心主义和形而上学的假马克思主义中，从对毛泽东思想背离的无产阶级专政下继续革命中解放出来，从封建家长制专制思想中解脱出来。

不坚持四项基本原则，将走到邪路上去。不解放思想，锐意改革，将寸步难行。我们必须从中国目前的具体情况出发，从苏联中央集权模式中，从中国封建传统思想中解放出来，从我们三十年来的经验和教训中，寻找出我们的正确道路来。

讨论几个问题：（1）关于党的领导问题。（2）关于人民民主专政的问题、国体问题。（3）关于国家体制、国家作用和自适应（反馈）作用异化问题。权利异化论，国家异化论。（4）关于民主集中制的政体问题。（5）关于社会发展的动力问题（动力的动力问题）人民的物质和文化生活的满足。（6）关于工、青、妇、文、科群众组织作用问题。民主党派作用问题（对台戏，对立面有好处）。（7）关于经济体制改革（多种所有制并存，企业自主，职工代表大会制，竞争与联合）。

一、关于党的问题

党是领导一切的，党是领导核心力量。党是发动机，党是阶级的最高组织形式和先锋队组织。但不能以党的专政代替无产阶级专政。

目前存在的现实是，党大权独揽到有权尽揽，从党领导国家和政权到党国一体，党政不分，以党代政，一党专政，一人专政。把党从一个阶级的先锋队组织转化成为专政的工具，从做政治思想工作发展到行政命令，变成国家这种强制和服从的功能（国家就是强制和服从）。从路线方针政策的领导或指导转化为以党干政，代替政权。从人民利益、工人阶级利益的代表转化为脱离群众、凌驾于群众之上的无上权威的官僚集团统治。从发动和依靠群众到运动群众，指挥群氓，盲目行动。这就是十年浩劫，"四人帮"统治集其大成，为其最高（最凶恶也是最后的）表现。为什么会出现这些现象？为什么党还没有执政时与执政以后有如此的不同。根本问题在一党专政，党变成执政党后，没有敌对的党与之竞争和斗争，也没有外部的竞争、监督和内部从下而上的民主监督，就会变质，领袖也一样。从群众代表变为权力机构，党丧失了或部分丧失了作为党的本质的作用，而转化或者叫异化为国家、政权，成为专政的机构，成为权力的集团，成为某些专权者、野心家的既得利益的护身符，和群众利益产生某些对立，不为群众所完全拥护，不能完全代表群众的利益了。

党国一体，党政不分，以党代政，一党专政，党的性质在不断发生变化，异化为官僚权利集团，那就坏了。异化为和群众站在对立面的国家统治集团，如加上个人专断，封建家长制的领导，更异化为官僚独裁统治。

党如何领导？如何改善党的领导？首先要正政党之名，求政党之实，防止异化，变质。

党的领导，一是通过对政权提出正确路线、方针政策进行领导；一是通过广大群众的纽带即工、青、妇、文、科等群众团体来组织发动群众，对政权实行监督，支持政权的活动。实现群众真正当家做主，实行民主。

我们实行的是无产阶级专政，不是共产党专政。工人阶级领导（通过共产党进行）如何领导？如何通过共产党领导？党和工人阶级的关系，党和工会的关系如何处理最好？

我们当前搞的好像是党的领导下的三权分立，党领导工、农、青、妇、文、科，领导军队，工人阶级通过职工代表大会，社员通过管委会进行对工厂、公社的监督。总之，党是否要领导一切，党又由谁来领导？谁来监督？由中央集体还是由领袖一人领导？由纪委监督？工人阶级如何监督自己的先锋队？党内民主，由下而上的监督如何进行？党代表大会制，选举，罢免，监督，如何有效地进行？

二、国家政权问题

党的领导不能理解为由一群干部组织的政府和党委垄断国家和企事业的管理权力。而人民、党员只能在这一群干部（异化了的便成为官僚集团）管理下享受劳动、教育、社会福利等权利，这样人民并没有得到管理国家、管理生产的权利，人民也就没有当家做主，也就没有民主。党委、政府绝不能代替工农劳动者管理国家和生产，"居于工农劳动者之上，日益成为居于社会之上并日益同社会脱离的力量"（列宁引恩格斯的话，《国家与革命》），而应该是工农劳动者代表，秉承工农劳动者意志进行管理，而不是高居于工农劳动者头上的上司、主人，甚至压迫者。然而事实上总是有一种向自己对立面发展的倾向，本来是代表工农劳动者利益的国家，本来是以工农劳动者的公仆姿态出现的政府（包括党委）干部，却一旦国家成为权力机关，一旦干部掌握了国家权力，国家好似有一种盲目的本能发展成为强制和压迫的机关，以至对人民（自己的基础）也发生了强制和行政命令的作用，或倾向于这种作用。而干部也很容易变成脱离生产实际、完全脱产的官僚集团，掌握权力，统治（不是民主管理）人民。人民再也能管理这个国家，人民再也管不了这些执掌权力的官僚了。国家的确不是一个仁慈的东西，它表现出来的就是权力，就是强制和服从，就是压迫和统治。人民的国家必须置于人民的管理之下，人民的干部必须置于人民的监督之下，这便是社会主义民主。即使在社会主义制度下，国家也是可以异化成为和人民对立的行政强制的权力机关，共产党员和干部一旦执掌权力也是可能腐化为官僚主义者，脱离他所代表的人民，成为人民的上司和欺压人民的统治者。

　　国家有一种异化的倾向（"居于社会之上，日益脱离社会成为独立的力量"），权力是腐蚀剂（掌权的人容易腐化，有滥用权力，夺取更多更大权力的倾向）。问题是我们如何控制和利用并不仁慈的国家这个武器，如何防止这些脱离生产的干部脱离劳动人民，如何使劳动人民能真正管理国家，能真正监督干部。——这便是实行社会主义民主。

　　即使是共产党，本是阶级的先锋队，一旦它当了权，尤其是当它领导一切时，容易倾向于党国一体（人民的国家变成以党治国的党的国家），党政不分（以党代政，以党统政，结果是一党专政），共产党一掌握无上的权利，会转化（也是异化作用吧）为统治一切的权力机构、专政的机构，无产阶级专政转化为共产党专政。共产党丧失了作为无产阶级先锋队的本质了，不是领导而是统治。共产党要保持领导阶级的代表的本质，不能把党等同于国家，不能把党变成为政权，不能变为权力机关，不能变为专政机关。它是在路线、方针、政策上领导或引导政权正确发挥其职能（民主和专政的职能），进行监督，特别是组织和依靠群众组织（工、农、青、妇、文、科）对政权实行监督，并积极支持。作为群众与政府的矛盾的平衡和仲裁力量，党不需要自己去包办群众团体，党一包办群众团体，群众团体便僵化了，成为党的应声虫，成为政府的附庸了。

如果把国家权力集于一身，集于一个党委领导集团，以至集于书记或领袖一身，人民代表大会（包括常委）变成"橡皮图章"，政府变成"听用"，司法机关变成"打手"和压迫工具，群众团体变成"应声虫"，党就会脱离人民。人民代表大会、政府和司法机关、群众团体都会变得死气沉沉，毫无生命力。整个社会就缺乏民主，没有生动活泼的局面。

掌握行政权力的政府应该是上有党委和路线、方针、政策的指导、引导，下有人民群众的监督，左右有立法（人民代表大会）和司法（法院、检察院）的分权，人民通过人民代表大会实行选举、监督和罢免，这样这个政权就不容易腐化和异化，勃勃有生机有效率地为人民工作。

要设立对立面（叫唱对台戏也未始不可），党要设立自己的对立面，党委要设立自己对立面，那就是民主党派长期共存、互相监督（但不是"轮流坐庄"）。党内实行与中央委员会平行的监委和纪委负责监督。政府要设立对立面，即人民代表大会成为真正的代表人民掌握权力的机关，对政府进行监督、检查、选举和罢免。有独立的司法机关，保证法律的实行，不受政府的干扰。代表人民的人代会和只对法律负责的司法机关也应不受党委的控制和干涉。同时还有群众团体代表群众进行监督。这样设立了对立面，这个政府便会真正成为人民的政府，避免或减少官僚主义化。

党在没有取得政权时，领导群众夺取政权，一当取得了政权，就应当组织起政府来接管政权，自己不宜去亲政、代政、管政。而赋予政府独立的活动权力。因为国家政权本来是一个民主专政的机关，党是不应该直接执行专政的职能的。反观资本主义社会中,也没有以党代政,一党专政的事。他们是政党在人民中在统治阶级中进行活动,争取群众多数,赢得政权,派出自己的党员去组阁。这个内阁可以执行这个党的意志（路线方针政策）,并受国会中占优势的本党议员的支持,但并不是党即政府、一切由党公开出面来发号施令。以党代政,以党治国,以至一党专政,一群人专政,一个人专政,都是不好的。

三、工会和其他群众团体（青年团、妇联、科协、文联）的作用,党如何领导

工会是工人阶级的代表机关,它是党和工人阶级之间的纽带,它代表了工人阶级的利益。党是无产阶级的先锋队组织,党应该也能够领导工人阶级进行革命和建设,工会应置于党的领导之下,这些原则是毫无疑问的。

但是,我们的具体历史情况是,自从20世纪50年代初和以后批判了李立三的"工团主义"和赖若愚的经济主义倾向后,工会便显得毫无生气了,几乎成为党和党委的应声虫和政府的附庸,逐步脱离了工人阶级,结果不可避免地走向工人阶级自发的无政府主义,根本否定工会（如"文化大革命"中）,或者在适当的土壤中发展独立倾向。这一点如果不注意,不及时解决,我们的工会就可能严重脱离群众,不能代表工人阶级。

不仅是工会,其他群众团体也一样,由于过分强调置于党的绝对领导之下,把党自封为能绝对代表工人和其他群众的利益而毫无官僚主义,永远不会脱离群众的机关（理论上也不会是这样,这是否认事物总是有矛盾的观点,永远统一便是僵化）,而事实上党有官僚主义,思想有僵化,现实存在着群众团体与党的矛盾（当然是内部矛盾,但是在一定条件下,也可以发生对抗）,群众团体代表某一方面群众的特殊利

益，我们不能要求群众不顾自己的特殊利益，只顾党和国家的共同利益。这样不仅会切断党与广大群众联系的纽带，而且政权也会丧失广大的群众基础，党和政权必然要异化为高居于群众头上的官僚机关，以至压迫机器、专政机器，这样党和政权就变质了。

党是工人阶级的先锋队，为什么不能接受工人阶级的监督？为什么工人阶级及其工会只能接受领导？到底是站在头顶上领导好，还是站在前头引导好？应该是引导、带头好。

我们常说党是领导一切的，后来更发展为"绝对领导"。又说工人阶级是领导阶级，领导一切。那么一切都受党的领导的话，党又受谁领导？如果没有任何单位能够领导党，有没有群众（通过群众的代表组织或直接）的监督呢？既无领导，又无监督，党就没有东西来制约，来构成对立面，党就是生来正确，无须受领导和监督了。它的领导集团和领袖也无须受监督，它自动地便会正确了。这不是形而上学吗？任何机构任何事物总是在矛盾中，总有对立面，总在对立统一的斗争中才显得有生气，才能发展前进，才不会腐败堕落。如果工人阶级、青年、妇女及其他群众团体都不能和党构成对立面，没有一点矛盾，只是无条件服从，接受领导，群众团体固然会无生气，党也同样会腐化，没有生气。

所有的机构都应该放在对立面中，要自觉树立对立面（这说法也许不确切，对立面是客观上本来存在的，不是谁主观去树立的），使它总在矛盾中、在对立统一的斗争中前进。党要接受民主党派的监督、群众团体的监督，在党内部，党的领导机关和领导人，特别是领袖，要接受党员的监督、下级党政机构的监督、纪律检查委员会的监督。如果只强调党的领导，而不强调党要受监督，强调上级党、中央和领导人对下级党，对党员的领导，不强调接受下级党和党员的监督，不强调党内民主（党员是人，有人格和人性的人，不是驯服工具，不是专政工具），党和领导机关也是会腐化，官僚主义化，异化，走向其对立面的。没有生来就正确、永远正确的党和领导人。

目前应注意的不是党对群众团体的领导不够,而是把持一切,干预过多,群众和各级政权也有矛盾,群众团体固然要接受党的领导(毋宁说引导更好些),也要站在群众一边,代表群众说话。不是作为党的御用工具,和群众闹对立,群众闹了事,把群众团体当"救火队"来使用,去起消防作用。这个问题在我国是现实存在的,如不注意解决,也许有一天也会出现群众自发组织独立工会的事,或者群众组织某些地下组织进行活动(现在不能说完全没有这种地下自发组织,只是被我们打入地下,看不到了而已)。

四、关于人民民主专政问题

民主是人民当家做主,这是指一定的国家制度,即人民做主组织符合自己利益的国家制度,这个制度(国体)在我国是人民共和国,这个国家制度一方面执行对反动阶级的专政,对外来侵略者的抵抗,同时在人民内部实行民主(即民主集中制——政体),不仅政权由人民通过代表大会进行选举产生,受人民的监督,同时人民对生产自己进行管理,对社会秩序进行维持,对内部关系进行协调。

民主和专政本来是不可分的,民主实际上就有取得阶级统治的意思(民主 Democracy 本意是人民做主)。人民变成统治阶级后当然要镇压敌对阶级和外来敌人的破坏和捣乱,但作为统治阶级更重要的是发展生产、管理经济、按劳分配,满足人民的物质和文化生活的需要。而且一旦地主阶级、资产阶级消灭后,所有制改变后,对敌人的镇压、专政的职能越来越少了,而以民主的方式来解决内部矛盾成为主要的了。但是我们过去过分强调专政(只提无产阶级专政,强化专政,以至提出全面专政,阶级斗争是"纲"了),而实际轻视和蔑视人民民主,把专政引到人民内部来(以所谓新生资产阶级以及党内"走资派"的理论作为其根据)。事实上人民民主除在人民内部实行民主的职能,还有对资产阶级和地主阶级分子进行关系的调整,而不是简单的镇压,对他们进行改造使其成为劳动者,是最根本的任务。资产阶级民主固然是在资产阶级内部实行民主,对广大工人阶级实行专政和对反抗者者进行镇压,但是他们也非常注意给工人阶级以一定限度的民主,依靠这些来调整阶级关系,缓和矛盾,以求得社会的安定,便于生产秩序的维持,便于利润的剥削,不能简单地解释为虚伪和欺骗。他们这么做是他们利益的需要。事实上资产阶级社会人民所争得的有限的民主,也是人民在推翻封建社会时和资产阶级一同斗争时所取得的,资产阶级当政后也不得不加以保留。这些民主权利对人民进一步推翻资产阶级的统治也是很重要的。从这里有一点启发,无产阶级变成统治阶级后,不仅要坚持发扬和扩大人民已取得的民主(资产阶级民主革命时期取得的那些民主权力),而且还要对敌对阶级实行有限度的民主,只对他们之中进行坚决反抗和破坏的分子实行镇压,这只是很少数,大多数要实行民主的改造,使之转化为劳动者。所谓民主的改造就是承认他们是人,有人格的人,不准乱说乱动,但准说准动。要有人道的待遇,人格的尊重,容许正常的人的活动。我们过去的毛病是太强调镇压,扩大镇压,强调强制的改造。而且把这种强制、非人的对待发展到人民内部斗争中来。

五、民主集中制问题

我们的政体是民主集中制,民主集中之说开始于列宁,但民主基础上的集中和集中指导下的民主的解释则开始于毛泽东同志,并作为我国的政体和我党的根本原则。民主与集中是矛盾的统一,不可没有民主,不可没有集中,民主是手段、不是目的等说法已成为我们习以为常的观念。而我们的实践(包括苏联的实践)却总是强调集中,忽视民主。事实上党和国家政治生活中民主太少,集中过多。为什么会这样?战争和革命要求高度的集中指挥,这是一个客观原因,同时但也由于我们对民主集中制的理解不注重民主是基础、是根本。而民主本身最主要的含义就是少数服从多数,这本身就是集中,就已集中了。民主已经包含集中的含义,多数人的意志就是集中的意思。民主基础上的集中就是少数服从多数,不是你发表意见,实行了民主,我把意见集中起来,我来决定问题。如果在你的集中了的意志下,在你已定的意见的框框内来实行民主,发表意见,这还有什么民主?民主变成集中的补充和附庸。如果我们把民主解释为让人说话,听人意见,民主成为集中的装饰,这就再无民主,只有少数人的强加于人民的集中意志了。民主不是方法、作风,而必须是制度,是国家体制,即人民当家做主,人民管理自己的事的意思。(未完)

(马:这下面应该有两节讨论,不知为何当时没有记录下来,关于民主党派和群众团体与党的关系,关于经济体制改革问题,都是很重要的,但以后的学习讨论,有专章的叙述,可供研究。2010年1月注。)

中宣部副部长王惠德同志报告（录音）

[1980年11月7日]

要加强对社会主义理论的研究，我党对社会主义理论认识不足，往往以小生产者的观点来解释社会主义。过去反教条主义很有必要，但马克思主义与中国实践结合起来，后来有些分离，强调实践，从实际出发，因而对理论学习有所轻视，现有的提法是理论联系实际，从实际出发，但没有理论，在实践中摸索，会走许多弯路。

过去一直未把社会主义当科学来研究和教学，把三个组成部分之一忽视了。应加强对社会主义的研究。

我提出几个有关社会主义的问题。

第一，人的问题。人的性质和解放，是社会主义的唯一目的。这是科学社会主义的特性问题，离开它，就离开了马克思主义。人应该是至高无上的，人的价值是最珍贵的。公有制，不受剥削，享受自己的劳动成果，扣除部分也是为自己的。社会主义之所以可贵，是必须推翻那些使人受奴役、受屈辱、被遗弃和蔑视的关系。人性是对人的最高本质的承认和解放，[是"人的发现"——马]使人过最美好的生活，马克思主义的全部力量在于了解这个真理。劳动异化论的论点是马克思提出的，异化和外化使人性受到摧残。产品增值，人贬值。劳动是外化的东西，劳动不自在，劳动是强制被迫进行，是满足劳动外的需要的一种手段，不是为了发展体力和智力，是为了活命，为了动物的机能吃、喝而劳动，动物的东西成为人的东西，有人说这是早期马克思主义的思想，不对，《共产党宣言》中也谈到人的自由发展，《资本论》三卷上也谈到发挥人类本性进行物质交换，实现真正的自由王国等。《反杜林论》上也提到智力体力充分和自由的发展。"生产为工人"，"不是工人为生产"，这是一个马克思主义的口号。

以前，我们是把人看作完成某种任务的手段和工具，只要能维持人的生命就可以了，不是把人当作目的，这是我们的低薪制的思想根源。生产目的一提出进行讨论，马上就有人反对，说是吃光分光的拉萨尔理论。有些自称马克思主义者的人却不把人当人，否定人。死了人不关心，觉得人好造，机器不好造，重物不重人。过去在生产中，说是多吃点苦，为了集体，为了后代，只有牺牲个人才有集体，牺牲现在才有将来，他们说时动机是好的，但是形而上学，不搞福利，大搞积累和基建，浪费劳动。先治坡，后治窝，先生产，后生活，市政投资很少，人民生活长期不改善。把人当劳力，不当人，不是马克思主义。

第二，科学社会主义和农业社会主义。我们以农业社会主义来代替科学社会主义，长期的小生产，自足自给，无代价，不核算，过艰苦的生活。个体经济占绝对优势，在这基础上容易产生农业社会主义思想，用小生产者的观点理解马克思主义，甚至说成是马克思主义的发展，把自然经济当社会主义经济，搞小而全，大而全，万事不求人。不光是办工业，还要办农业，办商业，还要求机关学校都这么搞，搞一个公社，工农商学兵都有，在城市也想搞这种自足的社会主义。搞协作还可以，但是要独立的经济体系，一个省、地区、县都搞，以至县也要搞汽车，这是反对商品经济交换，甚至不准商品交换，不准外面商品进来，反对商品经济。画地为牢，阻碍生产力发展，阻碍小生产向大生产发展。资本主义国家生产的机器是各国的部件凑成的，谁质量好又便宜就用谁的，商品交换越来越多。我们实行实报实销，统购统销，是自然经济思想，带来巨大的浪费。1958年"大跃进"，"意气风发"（杨献珍说是"意气发疯"），大办钢铁，吃饭不要钱，把平均主义当社会主义，反对按劳分配。怕富，夸穷，穷则革命，富则修，以穷为荣，以富为耻。不准冒尖，说是两极分化。副业、自留地是资本主义尾巴，这种思想和马克思社会主义毫无关系。注意分配关系，而不顾生产关系。实行平均主义是大家都穷。现在还有许多人怕资本主义到神经衰弱，把社会主义当资本主义来批。会不会因有两个学徒便产生资本主义？马克思认为聘8个工人才能有资本积累，才算资本家（南斯拉夫定为5人。当然工人现在生产率水平高，人数会减少些）。

农业社会主义反映小生产者要求，和工人的社会大生产不一样。应该弄清楚马克思的科学社会主义。社会主义因产品不充分，所以劳动还是谋生的唯一手段，必须实行按劳分配。可以要求发扬共产主义风格，但如基本生活资料不足，而强要求发扬，就很困难。如果罗马尼亚平均一个人有200多元收入，家庭电气化，他就不在乎把少量的钱拿出来。罗马尼亚还是东欧收入倒数第二位，我们50元一月，是一个钱算一个钱来花的。农村更不行。首先要求生存，等量劳动交换，怎能不计较？国家在计算，劳动者也在计算，不然就无所谓等量。我们过去，国家不算，劳动者也不算，铁饭碗，没有积极性。消费资料分三种：一是生活资料；二是享受资料；三是发展体力和智力的发展资料（如学习资料、文娱器材）。生产发展了，二三种比例会增大，但生活资料是消费资料，是主要的。这时，劳动是谋生的手段。只有二三种多起来，劳动才是人的第一需要。在生活资料不足的情况下，要求发扬风格，不切实际。

第三，社会主义民主问题。民主在不同场合有不同含义。一种是作为国家制度、政体（民主集中制），还有一种是指工作方法，如民主方法，还有工作作风，如倾听别人意见。民主作风自然要，要让人讲话。有个让不让步的问题，倾听有个主体，倾听或不倾听，这就是问题，说到民主的实质，即谁是主人的问题。人民是主人还是仆人，是支配者、统治者，还是非支配者、被统治者？我们说人民解放，一是不被剥削，一是政治上不被统治。社会主义民主第一步就是上升为统治者，为主人。［如谁是主人？自己的主人？——马］无产阶级专政，就是要专，就是无产阶级掌握政权。既然人民做主，就无所谓为什么人实行民主、倾听人民意见的问题。我们往往把专政和镇压等同起来，是不是一切其他阶级都要镇压？把民主和专政、专政和镇压混同等，和马列主义不是一回事。

人民是社会的主人、国家的主人，支配这个国家，如不能支配，全民所有制是不是现实的东西？社会主义主要是全民所有制，民不能主，全民所有制就会异化。人民成为被统治者，社会性质就会发生变化。反修反了这么多年，什么是修正主义，仍不清楚。如果说党变修，国家变色，怎么变起？首先是从全民不能做主变起。波兰工人不把党和政府看作自己的，看作异化了的统治者，实际上不光是波兰的问题，东欧心惊胆战，我们也要想一想。上一次波匈事件，我们出了《一论再论》，只以为是领导思想僵化，这很不够，当时认识浅。铁托看法不同，认为是由于官僚主义政治制度，是民主的问题，认为人民没有做主人，物价不过是爆发形式而已。民主问题是社会主义本质问题，是不可缺少的，没有民主就没有社会主义。社会主义不仅是公有制和按劳分配两条，还要人民确实当家做主，要民主。我们现在注意这个问题，如何做到一切权力真正归于人民？人民代表大会常委会不再是"橡皮图章"？如代表选举、产生办法，人大常委是否行使最高权力？人民代表脱产不脱产（劳模代表、先进分子代表是不是人民代表）？国家最高权力机关是人大常委会，不是党中央，这样一说，大家很吃惊。其实宪法早有了规定。人大常委会在党的领导下，领导和最高权力是两回事，［没有说清楚！——马］［领导不表现为权力怎么做法？——马］

工厂职工代表会有决定权、监督权，不是在党委。厂长在代表会领导下，实行一长制，进行指挥（列宁主张一长指挥）。我们反对一长制，其实是实行了"书记一长制"，连决策也是一长，不光指挥是一长。职工代表会领导下的厂长负责制，许多党委书记想不通，认为党的领导削弱了，将要取消了。不要从一个极端到另一个极端。斯大林提过不能用党的专政来代替无产阶级专政是一个重要问题，我们的说法是：一是制定路线、方针、政策，二是做思想工作，三是党起先锋模范作用。只有这三条，没有强制力，党是政治上思想上的领导，不是权力的领导。党在地下时，并没有权，但还是有党的领导。"执政党"含义如何？党的领导是支持人民起来当家做主，党的领导不能是党的统治，不要搞国民党"以党治国"那一套。社会主义民主是人民真正做主，资本主义民主是资产阶级真正做主。我们主张"青天"制，做好官，替民做主，什么"让贤"，好像权在我口袋，拿出来让给谁了。只是"好人政治"，不是民主政治。一说好官好干部，我们欣赏，资产阶级民主一提就很警惕。资产阶级民主革命，从封建主义的"青天"发展到资产阶级民主是一大进步，封建个人的统治变成资产阶级一个阶级的统治。因此不可能发生一个人垮台，别人篡权这种现象，是一个阶级统治中这人或那人上台，同时资产阶级民主中也还有人民共同斗争取得的某些基本权利。一种是一个阶级的代表，一种是一群人、一个人实行统治。

现在经济管理可以学习资产阶级的东西，政治上却不能学，那是禁区。我们是"谈资色变"，既不了解它，也不研究它，不去吸收其好东西、可取的东西。

国家是暴力机构，但不仅是镇压，还要进行社会主义公共事务的管理，不然国家无法维持（《反杜林论》上有此意思）。资产阶级社会的市长主要搞市政建设。资产阶级国家还有一个调整阶级关系的职能，即搞安定秩序，维持一个稳定的剥削环境。瑞士一百多年没有罢工事件，由政府进行调解，很有一套办法，每年要搞许多次全民投票。六百万人，六十万军队，只两万人值勤，五十八万人拿武器回家，一有事就应召入伍。他们不实施暴力镇压，还有别的协调阶级矛盾的办法，而且有效。他们生活好是大条件。他们的商店不怕有人来偷东西，无人管理，有一种办法。

第四，社会主义文化问题。（1）社会主义文化和人类文化遗产。只有用全人类的文化丰富自己的头脑才能成为共产主义者。无产阶级文化不是天上掉下来的，是在过去各社会的全部知识的总汇上积集起来的。苏联主张打倒一切文化流派，我们也有类似的说法："和资产阶级文化彻底决裂"。（2）文化与阶级斗争的关系。精神生活是很复杂的现象，绝不是政治生活的那种精神生活，有些文化有政治性，有的文化就没有，不都是政治斗争的反映。如下棋、杂技、魔术、打球、山水画……有什么政治和阶级斗争？文化虽然可以成为政治斗争的一种形式，可以产生很强列的政治效果，但文化是复杂的现象，有不带政治性的文化，要具体分析。过去我们把一切文化当作政治斗争的工具，如对《武训传》《海瑞罢官》的批判，带来严重的后果。我不赞成文艺为无产阶级专政服务的口号，这很容易出问题。把复杂的问题简单化，教育为无产阶级政治服务也是一样。（3）很大一部分文化是为满足人民休息的需要，不是为了政治斗争。如看书、看戏、打球、种花、为了休息，为了艺术上的满足。这是人的需要。有些文化活动是艺术活动，不是政治活动，我们不必管得太多。（4）应繁荣文化，应比资产阶级社会更丰富多彩，我们以为精神生活中只有阶级斗争，因而我们的文化许多是单调、枯燥的。文化生活丰富多彩，这是社会主义的优越性，如果精神生活单调，这样的社会主义人们是不喜欢的。应尽可能发展群众文化生活，而不是去限制干涉。宣传部应是群众的服务站、加油站，也可以是医疗所。宣传部不能搞成"禁止部"，禁止这禁止那。人除开劳动、吃饭，还要有精神生活（这才是人）。（5）文化要繁荣要坚持双百方针,不能动辄采取消灭的办法。

第五,关于共产主义社会问题。这是我们最后的目标和最高理想。我们基于农业社会主义思想,认为吃饭不要钱、增强福利便是增加共产主义因素。1958年曾想要很快进入共产主义,到一种无知的地步。还说苏联先进,我们后进,他们上午挂牌,我们下午挂牌。其实什么是共产主义根本不懂,也不去读经典,开口乱说。共产主义的标准说法,《哥达纲领》中说到了,我们说三个差别的消灭,但不能作为标志,因为在资本主义社会已可以做到消灭三个差别了,然而不是共产主义。消灭三大差别不是共产主义最本质的东西。物质生产劳动普及到每一个人身上,成为生活的第一需要。每个人都在物质和精神生产中发挥自己的才干,少数时间从事物质生产劳动,大半从事精神生产劳动。劳动变成一种生活的享受,劳动成果极其丰富,除提供生活资料,大量提供享受资料和发展资料。体力劳动时间大大缩短了。社会人人都能受到高等教育(这要求非常高的生产水平)。只有这样才能向共产主义过渡。那时生产大大丰富,提供消费资料非常容易,而且是享受和发展资料最大,不能再用生产资料来剥削人,像空气不能垄断一样。不需要按劳动来作为分配的标准。供给制是物资贫乏限制消费的表现,不是共产主义。然而我国许多人对于这种保持极低消费水平的制度一往情深,甚至当作共产主义来宣传。

我们对社会主义理论研究太少,不能过分强调中国特殊情况,而把社会主义的基本原理都忘了。应该好好读一读马克思主义关于社会主义学说的经典著作,总结三十年的经验教训,找出我国建设社会主义的正确道路来。

讨论社会主义问题

[1980 年 11 月 10 日]

搞了三十年社会主义，不知道什么是科学社会主义。我们糊里糊涂地搞了许多年的农业社会主义，空想社会主义，也即假社会主义，认为是把马克思主义的科学社会主义理论向前大大推进了，树立了"第三个里程碑"。实践是检验真理的唯一标准，历史是无情的审判官，在真理的法庭面前，我们不能不接受痛苦的真理。这方面的经验教训，当然也可作为对立面，作为反证明，也丰富了马克思的科学社会主义理论。这些都是宝贵的，应该深刻地思考和总结，要解放思想，但要有理论的勇气。正如马克思引述但丁《神曲》的话："必须根绝一切犹豫，必须抛弃任何怯懦。"

二十几年来我们理论战线太怯懦了，缺乏诚实探讨，缺乏科学的求实精神，没有"入地狱"的精神。我们的思想总还被一些已经为大家熟悉的教条、一些现成的概念、一些伟人的语录所限制，我们总是匍匐于伟人的面前，盲目地有时是宗教性地顶礼膜拜。马克思的革命基本原理（如辩证唯物主义、科学社会主义、政治经济学、反对剥削、回归人的本质等），我们是要坚持的，但不是凡是他们说的都是真理。他们说的有的当时正确后来情况变了。有的基本正确但需要修正和发展，有的要重新建立新的理论。

过去的中国理论界太缺乏大无畏的唯物主义者精神，缺乏理论的勇气，在现成的理论面前爬行，在伟人面前匍匐——"伟人之所以在我们面前显得高大，因为我们是跪着的，站起来吧！"——不敢抬头，不敢解放思想。西方有人说"理论的巨人，行动的矮子"，我们却是在理论上也是矮子，相反在行动上有时显得像巨人，盲目蛮干。三中全会以来，思想解放开始了，这是一次伟大的革命启蒙运动，必将出现理论上和行动上的巨人，这个巨人便是我们的党。

在真理面前人人平等！

解放思想没有边界！

理论研究没有禁区！

讨论社会主义社会

[1980年11月12日]

我国是不是社会主义？

我国所有制是公有制，没有剥削，实行按劳分配，人民当家做主（民主政治）。但实际上不是马克思所说的完善的社会主义，而是不完善的社会主义。甚至很多年我国实际上推行的是农业社会主义，搞"左"倾空想的经济模式，平均主义，或者是前社会主义。

这种公有制实际上是国有化，不是马克思说的社会化，作为生产者的工农根本无权管理和过问生产交换、分配等重大问题，不是列宁说的工人直接管理企业，农民管理公社，人民管理政府。工厂不是真正的全民所有制，工人只能按中央管理集团指令进行生产，就一个厂来说就是党委书记所有制、厂长所有制。城市的集体所有制实是变样的全民所有制，工人当不了家。农业中，社员无权决定农事、收获物的分配，只能按公社指令耕种，分配也无权过问，上层克扣，出现变相剥削。个体经济作为资本主义尾巴割掉了。

或者是前社会主义，正如有前资本主义社会一样，即并非复辟了资本主义，也不是有个党内资产阶级，他们也并未个人占有生产资料，除多占有现象外，没有剥削的合法体制，实行按劳分配。这些肯定不是资本主义，但也肯定不是真正的社会主义，不具有社会主义的根本特征，即生产社会化，全民占有主要生产资料，而是国家所有制，这是通往社会主义的过渡。集体经济也一样，是公社有极大的指挥权（即管理权），不是真正的集体农民和集体工人所有。个体经济本是补充，却根本消灭了。这都不是纯粹的社会主义的经济。

在政治上，社会主义民主没有认真实行，国体是人民民主专政。专政是领导集团才能使用这种工具（形式主义地搞一下），甚至人民被专政。甚至是你民我主，不是人民是国家的主人，而是层层的领导干部集团当家做主。人民是听任指挥的。工厂工人没有权管理生产，无权选举和罢免书记即厂长及其干部。人民代表大会只是形式，一切集中于党委。以党治国，以党代政，党政不分。把党转化为专政机构，以代替无产阶级专政。人民代表大会只是"橡皮图章"，工会、青年团、妇联等群众团体，不能对政权实行监督，工人阶级无权管理自己的阶级先锋队，群众团体成为党的驯服工具和"应声虫"，政权的"听用"。

在文化上，无论是思想、舆论、学术、艺术都是置于极严格的控制和支配下，按一致的口径、规定的步伐进行活动，成为政治上的"装饰品"，是政治上的"奴仆""附庸"，缺乏生气。学术水平、艺术水平都不高，也不可能高，因为脱离了科学规律，脱离了艺术规律。

龚士其（政治经济学教研室）二单元二段引言报告

[1980 年 11 月 14 日]

学习政治经济学：

第一部分：学习政治经济学的重要性。三中全会提出要研究政治经济学，大家日常碰到最多的是经济问题，当前出现了一系列的经济问题要求解决。现在情况变化很大，以 20 世纪 50 年代的观点来解决也不行了，就事论理，也不可能解决得好，要求从理论上加以阐述。

我们党在革命实践上劲头十足，但理论准备不够，盲目性带来许多失败。直到遵义会议、抗日战争，才有毛泽东同志对革命提出一系列理论和方针政策，大家感到心中有数，革命有把握。现在又出现了相同的情况，对三十年来许多问题搞不清楚，如什么是社会主义。1953 年全党学过苏联社会主义经济问题，对第一个五年计划有影响。第二次 1958 年由于"大跃进"、浮夸风，毛泽东建议读两本书，一是斯大林的那本，一本是政治经济学教科书第三版，中央领导同志也参加，对于纠正当时的错误有了效果。第三次是这一次，对社会主义经济进行全面的总结，找出我国四化的道路。这次学习更加重要，掌握了经济规律，我们就前进，犯了错误，再学习和总结，又可以前进。我们过去受了"四人帮"很多毒害，现在又发现许多不正确的观点。如继续革命理论，对八级工资制的议论，当时竟以为是对马列主义经济理论的发展。我们加强经济理论的学习非常必要。我们搞经济工作的人学过经济学的是少数,我们过去做的很多不对头,很多不明白,就是不懂经济理论,不能从马列主义中学立场观点方法,找出我们处理现实问题的门路。何况我们现在实行和研究的是马列主义早有了的理论,早已提出解决的原则。将要发一本书(《资本论》选章和陈云同志的论述),现在读来,才知道20世纪50年代陈云同志已经给我们现在所做的作了许多论述了。靠经验只能爬行,会犯错误。

政治经济学研究的主要是和生产力密切结合的生产关系。认识了这些生产关系,就认识了这个社会的性质,了解这个社会的革命性质、方向、动力。马克思说要剖析资本主义,只有从政治经济学中去找出生产关系来研究。政治经济学是研究社会经济的客观规律,了解其发展变化。根据经济运动的自然规律,才能制定先进政党的任务。革命斗争的理论只能从经济斗争的理论中来,我们要统一到三中全会的路线上来,不学习政治经济学不行。现在我们只能解决主要的经济理论问题。

第二部分:重视历史经验的总结。从经济运动的过程中来研究分析,才能发现经济规律;了解其作用的形式和范围,把经验提高到规律上来总结。符合规律,经济发展;违反规律,发展受挫。我们已经可以或多或少认识到经济规律在我国所发生的作用。

我试图从政治经济学角度来考察历史经验。

三十年建设集中到一点,存在着两种认识和两条路线的斗争。一种是马克思主义的,一种是小资产阶级的社会主义,用小生产者的观点来看待和建设社会主义。在经济战线也存在正确路线与"左"倾错误路线的斗争,表现在以下几个主要问题上:

1. 关于尊重客观经济规律和发挥人的主观能动性的问题。社会主义建设首先要求从中国的实际出发,制定方针路线政策,要求主观符合客观。社会主义公有制下,经济规律可以认识并变成现实,把客观的规律和主观能动性结合起来,不能让客观规律自发起作用,要主观地认识并应用规律,由必然王国到自由王国。这只有社会主义社会才是可能的。在私有制下是不能由客观规律有目地发生作用的。认识并遵循规律,可以较快地发展经济,过去我们夸大了主观能动性,违反了客观规律,主观不符合客观,如不按计划、按比例发展,总想很快发展,产生急躁冒进。

2. 社会主义社会历史地位问题。社会主义的实质,歌达纲领中讲,是共产主义的第一阶段,在经济上、思想上都有旧社会的痕迹。社会主义与共产主义有同一本质,即公有制,但又是不成熟不完备的共产主义,因为有旧社会的痕迹。所有制公有,与资本主义不同了,因有痕迹,又区别于共产主义高级阶段。但小资产阶级否定过渡阶段。康生讲社会主义社会是独立的经济形态,始终存在阶级斗争,这就否定了过渡的性质。这里有阶级斗争但不同了,资产阶级不存在了,列宁认为社会主义就是要消灭阶级。小资产阶级又把旧社会残留痕迹与资本主义等同起来。如劳动分工差别,有资产阶级权利,不平等,按劳分配,但这也不是原封不动地保留下来,而是在性质上发生了根本变化。商品生产保留,但也变了性质,只存在于工农之间,但小资产者却把这些等同于资本主义。另外,对自留地、副业都看作资本主义,要砍掉,即所谓堵不住资本主义的路,迈不开社会主义的步。这些错误观点,带来很大损失。

3. 变革生产关系必须适合生产力发展水平的问题。在小农经济的汪洋大海中实行社会主义改造是最困难和艰巨的任务(列宁讲过)。我国在改造中取得巨大成绩,创造了经验。表现为:(1)建设与改造同时进行;(2)多种形式进行改造,不同步骤和形式,走群众路线,实行自愿互利的原则。但我们存在的问题也不少:(1)速度太快,不是根据生产力发展要求来改造生产关系,很多地方并非群众的要求,并非生产力发展的要求。1956年本来定的是只有试点,实际却是90%以上都改了，而且80％以上是高级社。速度快，工作粗糙，而1958年搞公社化，也是跑到前面去了，不适合生产力发展水平。（2）老认为公有程度越公越好，越大越好，叫"一大二公"。以为全民优于集体，大优于小，而不知在手工劳动的基础上，个体劳动的积极性和优越性不能忽视。手工劳动本来就带有分散性和难以集体统计。看什么东西是进步的，要从生产力发展来看。必须尊重生产力发展水平的要求，不能把个体劳动和集体劳动取消。（3）在这时我们完全采取苏联的模式，照抄、照搬，观念上的一套也搬来了。

我们对生产关系要适应生产力发展在理论上有错误认识。认为改变生产关系，就可以发展生产力。毛泽东说动员群众，改变生产关系，发展生产力，成为一个公式。以为只有改变生产关系才能发展生产力，改变生产关系就一定能发展生产力。毛泽东说生产关系与生产力发生矛盾时，就要改革生产关系。〔生产力与生产关系矛盾是经常存在的，还不到成为桎梏时，不能改革，如主观改革，会破坏生产力。生产力本身有其发展的规律，不能单从生产关系来解释。生产关系不适应也会给生产力带来极大破坏——马〕过去的观点是片面的，过分强调主观地改造生产关系。而且每次改革生产关系，总要开展阶级斗争，说有人反对破坏，富裕中农破坏，党内反对派，必须用阶级斗争来解决，以至引入党内，这给建设带来很大危害。"对于革命家来说，具有最大的危险性，也许是唯一的危险性是过分夸大革命性，而忽略……"（《列宁全集》第4卷第755页）。夸大革命性（不断革命），巴不得很快过渡到共产主义，列宁早批评，这是幻想。

4. 关于社会主义生产关系的本质问题。社会主义生产关系的本质就是生产资料的公有制和劳动人民当家做主的地位。社会主义建立在公有制基础上，资本主义的根本矛盾就是生产的社会性和占有的私人性，要推翻资本主义就是改变私人占有，让社会占有生产资料，即劳动人民占有。〔是全社会占有，即全民占有，还是国家占有？我们有无全民所有制？——马〕在这社会里人与人之间的关系是平等的，一切是为人民的，是改善人民生活的。这种生产资料是由劳动人民直接或参加管理的。〔不是"参加"，是为"主管"——马〕社会主义社会还有劳动上的差别，产生利益上的差别，企业要核算，也会有差别。还存在干部、技术人员和工人的差别（体力与智力的差别）。这种差别是必要的，只能逐步缩小。

我们应根据这些根本原则来制定政策，满足人民的需要是建设的出发点和归宿，劳动者应有充分的管理企业的权利。但我们长期以来，管理采取行政办法，企业无自主权，劳动者不能管理企业，而由中央集权管理。〔实际上是中央官僚集权管理制度，即国家资本主义制度，而且自认为是代表劳动者的，是为劳动者服务的——马〕这是根本违反公有制原则的。

5. 关于高速度与比例关系问题。我们三十年曲折前进，波浪前进，当中曾有两次大起大落。原因何在？在于处理速度和比例关系出了毛病。各种比例协调的速度是最好的，发展也最快。建设规模要和国力相适应。陈云1956年提出来的，他说，适应不适应是稳定和不稳定的界限，在6亿人的大国，稳定是非常重要的。又说建设和人民生活要取得平衡，在原材料欠缺情况下，必须保证人民最低生活的需要，然后才是基建。人民生活用品的生产必须与生产资料生产平衡，即要兼顾国家和人民，从人民利益出发。建设虽然是为了人民，但目前人民的利益首先要顾到，有余力才能来扩大建设。陈云的观点多年不能贯彻，而且被批为右倾。我们冒进几次，1956年小冒，1958年大冒，1978年又大冒。我们老是重犯，原因在于想高速度，于是高指标、高积累。建设战线长，必然引起生活品生产少，人民生活不能得到改善，而且又出现赤字。1956年小冒进在改造太急的条件下出现。基建大了，工资增长多了，农贷多了。基建1955年86亿，1956年升到近140亿，多了50亿元，工资多增10亿，农贷增加20亿，共90亿，出现赤字11

亿元，市场紧张。结果不但不反冒进，1958年反而来个大冒进。我们建设速度可以要求快一点，但要有条件。无条件的快，提出要"超英赶美"，1958年设想粮食64亿斤，钢1800万吨，实际当时钢只有1200万吨，基建投资增加一倍，231亿元。吸收大量人（1800万）进城，2000万人上山。1960年粮食3000万吨，1961年800万吨，1962年700万吨。这五年财政赤字180亿。想高速度而不顾比例，定要跌下来。1978年华国锋提出"四个一点"，步子大一点，速度快一点……当时还批判保守，认为做得到，可以大干快上，于是大量引进。1978年后才知道"借钱要还账"。又如物价，本来说不会连锁反应，结果反应很大。我们领导不懂经济，又不调查，凭想当然说大话。认为靠钞票、靠赤字、靠借债可以搞建设是危险的。去年赤字很大，今年有110亿赤字，明年想控制在50亿以下，还没把握。我们一定要保持一种稳定的速度，将来才可能有高速度。我们现在欠账很多。

6. 关于发展社会化生产和商品生产问题。社会主义是要解决资本主义的基本矛盾，是生产资料公有制和生产社会化的统一。生产社会性是企业共同使用生产资料，企业之间实行分工，产品是共同劳动的产物。生产社会化可以增加产品生产，提高劳动生产率，降低成本。但以小生产者的观点必定搞小而全和大而全，搞自主经济，不仅全国，各大区、各省以至各县都有自给倾向，各自为政，重复建设，不发挥自己的优势。我们搞封闭式的经济，小生产者是自然排斥生产社会化的。我国商品生产很不发达，农村还有自然经济，粮食商品率只有20％。我们恐惧商品经济，以为就是资本主义，把生产资料不当商品对待，经济搞得很死。农村谁搞副业，商品生产多一点，那里就富裕，生活就好一些。

7. 按劳分配问题。按劳分配是社会主义经济的基本特点之一。可以调节生产者之间的关系，调动生产积极性，鼓励学习技术，劳动光荣，很必要。我们的主要敌人是平均主义。我们不承认劳动和劳动报酬的差别，连合理的差别都没有了。

如何贯彻按劳分配，十分复杂，农村现在搞联产计酬制。我国的工资制不能反映按劳分配，只能按等级，干不干收入一样。小资产阶级不承认按劳分配，主张搞供给制，以为这是共产主义因素，某某"不要钱"就是标志。这是把平均主义当作共产主义，而且是分配决定生产论，代替了生产决定论。实际上就是"普遍贫穷化"（马克思）。我们是在发展生产的基础上共同富裕起来，而不是普遍过穷日子。过去一直提倡穷，以为穷就有志气，穷才敢革命。这是小农经济思想，是"穷过渡"的思想根源。

在这七个问题上存在两种思想和两条路线。一条是"左"的形态，好大喜功，很容易"左"倾冒进。另外一条路线以陈云同志为代表，是正确的路线。

第三部分：在正确的党的政治路线统一下，全党团结起来。我们的政治路线就是实现四个现代化，发扬民主和法制，同时提高文化，建设高度文明的社会。

这包括两方面，一方面是目标，一方面是道路。现在总路线是八大路线的继续和发展。提出以经济建设为中心，把党的工作重心转移到四化建设上来，阶级斗争虽然存在，但已不是主要矛盾了。要依靠群众，发扬积极性，两条腿走路……现在比八大有许多新发展：（1）不仅提到建设，还提出搞民主。（2）不仅提速度，还提出有计划按比例发展（原是多快好省，实际落脚在快），要求快而且要稳步前进。在落后国家建设，是很不简单的。（3）满足人民生活需要，但取决于生产发展水平。（4）生产发展本身的规律（科学技术，管理水平，大生产等等，特别是劳动生产率依靠科技提高）。（5）消灭阶级和剥削，只能靠发展生产，不能靠强化阶级斗争。

第四部分：这次政治经济学学习安排。首先读"导言"及经典著作。斯大林的书，陈云同志文章介绍。这阶段报告很多，愿意听的来。

重点解决：(1)基本经济规律，总结经验看我们的指导思想如何。生产目的，客观性，规律依靠什么来实现，什么做杠杆？(2)有计划的商品经济，是我们的根本之点，是在公有制、按劳分配之外第三个特点。商品经济的必要性，市场与计划，体制改革问题。

请姚依林、于光远、薛暮桥、薛宝升、马洪做报告。

讨论时，上升到理论进行研究。

于光远同志讲改革

[1980年11月15日]

我们正处在一个大改革时期，经济、政治、党的领导方法和作风的改革，组织改革，思想正处在大变化的时代。我们不能用旧眼光来看中国。中国人、外国人都感到中国正处于大改革时期，中外都有了解大变化和不了解大变化的人的不同。

经济改革的很多内容，大家已看到了，包括经济体制改革、产业结构改革和经济组织工作改革。

经济体制改革，不是改变社会主义制度，区别社会主义基本制度和社会主义体制。基本制度可以一致，结构则可以不同。所有制结构可以各有不同。经济体制是指具体生产关系、组织形式。这是体制的含义。马克思恩格斯历来是从实际存在的现实出发研究，他们可以看到未来社会的基本特征，但不能具体去描绘和规定，他们认为那是空想，不能去设想未来社会的模式。俄国是用武装夺取政权的，剥夺资本家，建立全民制，后来建立集体以适应大量小生产者的存在，还有个体生产者的存在，不能否定个体经济，这些都有客观存在的必然性（南斯拉夫没有国有制）。我国社会主义改造很快完成，对未来的体制研究很少。苏联当时也对体制发生过争论，但未能展开去寻求一个更好的体制，被斯大林压制下去了，与布哈林的斗争被压下去。我们支持斯大林，却对情况一无所知，是二十二大后布哈林老婆放出来，才说出布哈林的遗言。布哈林是一个冤案，赫鲁晓夫却不敢平反。我们勇气大一些，为刘少奇同志平反了。布哈林提出的问题正是我们当前所提出的改革问题。东欧也有如布鲁斯谈到布哈林的改革。没有想到我们搞来搞去，和布哈林的改革思想接近了。当然布哈林当时提出的还是萌芽状态的东西。二次大战后，社会主义国家展开了争论。俄国原是封建帝国主义，东欧是资本主义发展比较高，难以同意苏联那一套。他们的民主和自治的传统深，特别是铁托的南斯拉夫，卡德尔是一个大思想家，提出南斯拉夫的新的体制。他们是在一种紧迫压力下进行改革的，比较匆忙，东欧其他国家也提出很多看法。在苏联内部也发生了争论，反对个人迷信，利别尔曼观点出现。三十年来，社会主义经济思想正在找寻一种合适的体制，这是继生产关系改造后的又一次飞跃。现在除阿尔巴尼亚外，几乎都在谈改革问题。现在材料很多了，到了找寻的时机了。这是历史性的任务，并非偶然。中国从20世纪50年代末对社会主义建设进行探索，我们不满意苏联的方向，自己也未找到好的方向，于是我们经历徘徊、破坏，以至几乎崩溃，现在才来改革。没有"文化大革命"的大破坏，不会有现在新的决心。"文革"前我们谁也没有大觉悟，跟着过来了。现在才觉悟到必须进行改革，这个决心不是哪个个人下的，是历史必然要下这个决心的。要找寻出一个好的体制，坚持下去，并且发展生产，大家拥护，要几十年比如二十年才行。

我到匈牙利去过一次，在匈牙利事件时我们去干涉，现在看来不一定都对。匈牙利不当作反革命事件，只说是令人遗憾事件。那次打倒了苏联强加于匈牙利的一群领导人。卡达尔不是拥护苏联的，他与铁托是好友，他们强调裴多菲的精神，未见一个卡达尔像，不干涉讽刺卡达尔的话和发言。卡达尔和爱人提饭盒自己去打饭。总理去看病和大家一起排队，要提前还要征求前面排队人的意见，他们不当一回事。这在我国就要登报表扬了,他们则习以为常。官僚主义少了,学术上的讨论比较自由。在未改革前,就出过两本批当时体制的书(中央统计局局长)。匈牙利人曾去南斯拉夫看过,自己搞了一个体制改革委员会,批判旧体制批了一年多。在批判中想出办法,提出一个改革决议,又过一年半,进行学习,训练,然后1968年才全面执行。他们很慎重。

我国国情不同,要做很多的研究工作,应该和别国都不同,不是简单学南斯拉夫、匈牙利的道路,还是马列一般原理和中国实际情况结合。但一般原理也会有发展,具体更有不同,我们现在是国情不明。过去毛泽东对中国国情作过分析(阶级分析,井冈山斗争……),取得胜利。解放后就没有深刻分析。文化科学教育始终未引起领导重视,这是战略问题。而且说白可以画最新最美的图画,哪里是白的?上面有很多封建社会痕迹,怎么能说是一张白纸呢?现在对国情很不清楚,我提出"国土经济学"。我国对960万平方公里不了解。

我们下决心之后还有三个层次问题:(1)方向,(2)形式设想,(3)步骤。最难的是步骤,每一步都要有条件,不然走不动。画蓝图不容易,要有工程师、设计师,这方面力量薄弱。体制改革第一要提高生产力水平,调整放在第一,是改革的前提。我们的经济体制很乱,问题很严重,还没有表露出来。我们的森林破坏多少,资源破坏多少?北京是受沙漠威胁的城市之一,大炼钢铁砍了多少树?水库不多久就淤塞了。我们的产业结构很不合理。上次生产目的性讨论停下来,对经济影响很不好(薄一波告诉我的)。生产怎么可以根据一个人的话,如农业机械化是为了证明毛泽东1980年要机械化的预言,一切从这个出发,不是从客观的需要出发,到了1977年初还坚持1980年实现。这无非是两个"凡是"的观点,许多事都是为了实现毛泽东一句话,不惜主观主义地乱干,这实是新的个人迷信,不知道生产的目的是什么。

20世纪80年代还是要坚持生产为人民生活需要,搞看得到的人民利益，不为人民生活的生产观点，即不是"左"，也不是右，是官僚主义！

政治上的改革是民主问题，人民当家做主，是我们的目的。说民主不是目的，说法有问题。人民要求过幸福生活，但人如无民主和自由，不会感到幸福。人民要过好日子，才能来管国家，才搞民主。整天为生活忙，他"民主不起"。越民主生产会越搞得好。大连农民说，我们不仅要科学种田，还要民主种田。安徽农民主张包产到户，说地主只管要租，现在什么都管住了，要求民主种田。民主和生产密切相关。民主不会太多，不是手段。民主就是大家可以讲话，最后少数服从多数，说可以说，做却要一致。民主是大家做主，就必须有少数服从多数。中国是封建社会，没有民主的传统。在根据地时我们注意民主，后来被破坏殆尽，连民主的形式都没有，国家主席可以随便抓起来。

民主不易做到，一是人民自己当家，一是人民代表为人民服务。人民完全直接做主，还做不到。因为生活、文化限制，一时做不到。但是人民代表、人民的干部应代表人民做主，为人民做事。还要党代表人民当家做主，因此要求党内民主。党内生活不民主，国家民主生活不会好。党内争论怎能动用国家专政手段（如隔离斗争）？党内搞个人迷信，终身制不好。我们是执政党，如果在人代会上纪律规定的统一的讲，不能各自发表意见，那么人民代表大会实际是党外人士列席的党员干部会，还有什么民主的人民代表会？所以彭真同志说，党员可以按自己意见发言。

如何防止共产党腐化？解放初北大民主人士提出共产党会腐化吗？毛泽东回答不会，因为有党的批评与自我批评。但有人说，共产党会不会有一天没有自我批评了呢？果然毛主席个人专断，党内出现腐化。所以党应自己约束自己，不要膨胀，必须有一种制度，保证批评。同时应有人民批评的权利和制度，党员要遵守国家法纪，人民，包括民主党派应有监督的权利。如何扩大民主？离开党，没有党的领导，什么也做不成，必然是无政府，群众中出现无政府现象，那是因为党不去领导，因为党不站在群众中，在群众头上领导群众去争取民主。解放前白区时代只有群众团体，〔白区也有党的领导——马〕执政后有了国家机关、政权，但不能忘记要继续在群众之中，在群众前头，领导群众坚持民主。党的领导是党在群众中去带领群众前进，另一种领导法是凭政权来强制群众前进。北京几个大学在搞竞选，这时市委却来个通知，要党员退出竞选。这种竞选到底该怎么看？为什么可以毛遂自荐，就不能自己参加竞选？这问题我没有经验，值得研究，老革命遇到新问题。党领导实行民主，〔问题是怎么领导法——马〕不要以党纪去限制党员参加民主选举活动，要正确引导，不可压制，越压越不好。社会心理状态如此，你越压他群众越选他。我们还要学习新的东西，比如民主怎么搞法。

党如何领导改革，改革方法问题。我们已决定不搞党委领导下的厂长负责制。有些同志不通，说这不是"踢开党委闹经济"了吗？这是对党到底怎么领导工作不了解。我们搞党委领导下的制度，其实是削弱党的领导。党在工厂的任务是如何领导工人实行民主管理，如何发动党员起带头模范作用，如何监督党员厂领导的工作。我们现在的党委已不知如何领导群众来实行民主了，也不发挥工会的作用了。工会作用要大大提高，现改革中规定工厂厂长有权惩罚以至开除工人，工人害怕，说更不敢说话了。开除到哪里去找工？因为民主不能实行，官僚主义严重，工人害怕无保障。看来工会要有保护工人的权力，不能容许官僚主义任意惩罚工人。我到德国和社会民主党接触，过去我们说社会民主党是帝国主义走狗，这次去看，社会民主党很有地位，是执政党。他们工会很有力量，有威信，受民主党领导，对工人讲人道主义。效率和人道主义是对立的。日本、美国工厂效率高，不讲人道主义，日本丰田最不人道，非常紧张。丹麦是社会民主党执政，总工会（500万人口，100万会员）权力很大。现在当总理的是总工会下属机械分会的主席，但工会还是和他进行谈判。我们工会应与工厂订劳（工）管（理）合同，代表工人，保护工人。我们党领导工会代表工人。党必须到群众中去，领导群众，把党员管好。党应超脱于行政之外，不要变成群众不满意行政，就是不满意党，很被动，波兰就是如此。南斯拉夫则不同，党立于很主动地位，立于政府群众之间进行协调、仲裁，人民反对不到党头上来。我们是习惯于党干预和包揽一切来领导。党委任务与管理委员会任务各不相同，因此党如何领导，是一问题，不是党权旁落。现在研究实行新体制的办法，并要试点后才实行，以免混乱，步子要稳一些。

工作方法的改革，如何把工作建立在科学的基础上。即从实际出发，进行科学分析作出正确结论，不要按一个模式去办。现在讲知识化、专业化，就是要科学。如果只按上级指示办就行，那就只要"一话"即听话代替"二化"（二话）了。我们千万不要用什么四个字、六个字的方针来领导一切工作了。把很复杂的现实，括成几个字去指导工作，许多事办坏了。变成几个字的"最高指示"更不好。比如包产到户，有的地方就是最好办法，干部再不能多吃多占，有的地方集体很巩固，何必搞包产到户？要调查研究。

任务、责任、条件三点要统一。任务要明确，给了任务，就要提供条件，允许他们提条件，如提的条件合理，就应满足，这样就有了责任了。上面办事也要科学，负责任。我还讲科学民主这个口号，如车之两轮（陈独秀最早提出这个口号，德、赛二先生）。国家机构分两种，一是权力机构，一是治理结构。权力机构可精简，治理机构要扩大，不要一刀切。经济计划，市场调查缺机构。我们要靠知识化、专业化管理经济和民主。

学习政治经济学笔记

[1980 年 11 月 18 日]

我国长期讳言商品生产和价值规律,甚至发展到恐商品症的地步,这种"左"倾顽症是来自一种所谓经典提法,即社会主义社会不再有商品生产,价值规律已经不起生产调节者的作用了,价值规律只在一定范围起一定的作用了。主要是由计划起生产调节作用,全民所有制是实行产品调拨,价值规律只在两种所有制中起作用。

然而事实上我国社会主义社会中商品生产是在一切经济领域客观存在的,价值规律还在一切经济领域默默起着很大作用,不遵守就要受到惩罚。而且对我国来说,商品生产还要大大地发展,必须运用价值规律才可能发展商品生产,才可能搞大生产,进行社会主义建设,甚至才可能有社会主义的经济。我们一直讳言"资本",而说是"资金",讳言剩余价值,而硬说是别的名称,叫剩余产品,这种产品是怎么剩余出来的呢?实际上社会主义社会中如果没有商品生产,没有资本的再生产运动,不产生剩余价值,社会主义的经济不可能活动,无法再生产和扩大再生产。价值规律是一直在默默调节生产。

当然,我们已经实行生产资料公有制,我们可以按计划进行经济活动,资本的活动性质不同了,商品生产也不是完全盲目性的,价值规律也不能不受到某些制约,即市场经济是在社会主义这个特殊的条件下进行活动的,实际上是有计划的市场经济,也就是在计划指导下的市场调节。薛暮桥叫计划调节与市场调节相结合。怎么结合法?市场经济中市场起调节作用是根本,计划只能根据市场情况进行某些计划性的调节,即以某些行政性的手段来干涉市场的活动。但市场活动只能按市场经济的客观规律及价值规律进行,计划指导是利用价值规律来指导或影响市场某些活动。所以计划调节只有在认识和利用市场价值规律的条件下,才是有效的。否则行政强制可以见效于一时,却不能永远是有效的。事实上,计划是属于主观制定的东西,而市场是客观存在的东西,主观的计划如果不适应和正确反映客观市场的价值规律,主观与客观相违背,计划会是无效的。

我国是一个资本主义并没有得到充分发展的社会,商品生产没有得到很大发展,市场经济还很不发达,是在还没有生产社会化这样一个经济基础上建立社会主义的,就是说是在先天不足的经济基础上进行社会主义变革的。政治上也是不够成熟的。但是既然我们已经可以在资本主义社会的薄弱环节突破资本主义(和俄国情况相似),我们就不能固守教条,学侏儒的爬行,不敢革命,而应该勇敢地抓住时机(世界大战之后,帝国主义精疲力竭,不可能照旧统治殖民地和半殖民地了),向反动派冲击,取得革命的胜利,然后进行民主革命的某些补课,并在无产阶级领导之下进行社会主义革命和建设。

我们是在一种特殊条件下(即在不发达的资本主义国家进行社会主义革命)来进行社会主义改造和建设的,不能不在经济发展中还要走一段资本主义走过的发展经济即搞大生产的道路,不能不保留资本主义社会的资产阶级权利,不能不保留市场经济,不能不而且应该大大发展商品生产,很好利用价值规律这个杠杆来发展生产,来刺激生产的积极性。否认这一阶段中要大大发展商品生产的必要性,否定价值规律,而要求按社会主义(共产主义第一阶段)的一般规律来实行计划经济,靠计划起生产调节的作用,必然压制群众生产的积极性,使商品生产受到死的限制，不准市场经济活动，那就必然搞死经济，使经济萎缩，社会主义无法建设下去。我国搞了三十年的社会主义建设，这一条教训十分深刻。现在必须改弦更张，认识我国社会主义革命的特殊性，实行社会主义制度下市场经济，实行计划指导下市场调节。所谓把经济发展搞"活"，就是实行计划指导下市场经济。这样一来，我们全民所有制的生产实际上是国家社会主义的生产，即生产资料是社会主义国家的（不能说是全民的，只有社会化后的生产才可能是全民的）。但进行经济活动却基本上需要保留资本主义生产中一些形式，商品生产、价值规律、管理办法，只是进行了某些改造。国家只是用计划来施加影响，在计划的指导之下进行活动可以发挥资本主义生产的某些促进生产的机能（如竞争、淘汰、加速周转、扩大商品生产、活跃市场……），而避免资本主义社会无政府主义生产和经济危机的弊害（资本主义发展到垄断资本主义后，它也进行某些国际资本的计划和调节，减少某些盲目竞争，尽力避免危机的大规模爆发，但是它无法解决生产社会化和占有私人化的根本矛盾，无政府、混乱、危机是不可避免的。）但是我们已经采用了资本主义的某些活动方式，各企业之间（哪怕它是所谓全民所有制和国家所有制的）进行竞争，就有倾轧，有兴旺和破产，有损人利己的行为，有无政府行为。有对工人阶级及其他企业（也是对其工人阶级）进行剥削和不等价交换取得非法利润的可能。因此不得不用计划、纪律，用行政强制来纠正、约束。资本主义一切消极的东西和其积极的东西同时出现。连意识形态也会受影响毒害，超出按劳分配的原则而实际上有人与人之间的剥削现象，企业与企业之间的无偿占有行为、欺诈行为，以及违反计划指导的浪费现象。

在这种实质上是国家资本主义（或叫国家社会主义也可以，因为生产资料公有化，是社会主义性质了，只是活动方式还是资本主义的过渡形式，或者资本主义社会的残留和痕迹的必要保留）之下的企业，国家所有的企业并不是属于社会全民的，而是在国家计划的某些控制下的一个一个独立经济核算单位，进行独立的经济活动（只受市场的调节，不受行政的制约），就其性质上说，除了缴纳给国家一定的利润（通过税金的形式）和税金外，就是独立的经济活动个体，即一个一个的集体所有制经济单位，这个集体对这个企业的生产（盈利或亏损，发展或缩小，发达或破产）负完全的责任，全体职工会承担企业的风险，会享有一定的利润分配（表现为不同水平的工资和奖金及福利），并且全体职工成为企业的主人，进行管理（计划、财务、产品、利润的决定权、人事权，选举罢免领导人员），这便是企业自治的实在形式。企业自治是生产者直接占有生产资料进行生产并管理生产，这是社会主义公有性质的，必然成为我们企业的发展前程。

这样实行自治的进行独立经济活动的企业，实际上是集体所有制（只有国家可以拥有名义上的生产资料，可以进行某些行政的干预、计划的指导），农业、手工业及商业中也有集体所有制，整个经济成为国家领导下的集体经济，或自治经济，或名副其实叫国家社会主义经济。

看起来在我们这样没有经过资本主义充分发展的半封建半殖民地的经济基础上建立起来的社会主义，不可避免要实行一段国家资本主义或国家社会主义，充分发展市场经济，发展商品生产，利用价值规律这个杠杆，等经济有了很大发展，即生产真正社会化了，商品比较丰富，人民生活有了改善，不低于资本主义社会的一般水平，才能进一步实行改革，成为真正的社会主义，即在西方资本主义发达国家进行社会主义革命后建立起来的那种社会主义社会。

从这个观点出发，我以为在马克思恩格斯的理论所规定的共产主义第一阶段，即社会主义阶段之前，还有一个"前社会主义阶段"，即叫过渡社会主义阶段。这个过渡阶段和列宁所说的社会主义过渡阶段不同。他所指的是马克思所说的共产主义第一阶段（而且列宁和马克思所指的第一阶段在国家和无产阶级专政的理解上也略有不同，留待以后来讨论）。我指的则是从资本主义社会过渡到马列所指的共产主义的第一阶段的社会主义社会之间还有一个过渡的社会阶段，即国家社会主义阶段。这一阶段连着资本主义，而又逐步过渡到真正的社会主义（即共产主义第一阶段），所以也可以叫作前社会主义阶段（正如在封建社会向资本主义过渡中有一个前资本主义阶段一样）。在东方，在我国，由于资本主义没有得到充分发展进行的社会主义革命所建立起来的社会，似乎必须有这么一个过渡阶段才行。中国三十年的实践，从其成功和失败的经验中，似乎可以引出这样一个结论。

因此这个题目可以叫《试论前社会主义》。

马克思《导言》杂记

[1980 年 11 月 19 日]

资产阶级经济学家认为人的财富的生产是个人的生产，社会生产是个人生产的总和，他们不讲社会生产，避开了社会生产关系的研究，从而不触动资本主义生产的生产关系，而保持资本主义生产的合理性和永恒性。马克思主义的政治经济学的研究对象是社会生产中人们的社会关系和生产关系。这是资产阶级经济学和马克思主义的政治经济学的根本不同。马克思认为一切生产都是指一定的社会发展阶段的生产，不同社会的生产有不同的性质，有本质的区别。资本主义生产有产生发展和灭亡的过程，并不是永恒的，资产阶级总是从生产力（如劳动力、工具、劳动对象等）进行研究，而不研究生产中人们结成的关系，即生产关系。只有从生产关系中研究，才可以发现资本主义生产的秘密，剥削剩余价值，发现生产社会化和占有私人化的根本矛盾。证明资本主义生产方式并不是永恒不朽的。

资本主义的生产观只是人与自然的关系、个人与物的关系，而抽去在生产中人与人之间的关系，即生产关系。

生产和消费的统一性。生产就是消费，生产中消费了劳动力（体力和脑力）、生产资料，而产生出产品来。消费就是生产劳动者消费产品，生产出劳动力来。但二者是有区别的。第一种生产要生产出产品，并且要用最大的消费，用得越多越好（劳动力和生产资料），生产最多最好的产品来。第二种是生产消灭了产品,以消灭较少的产品,生产出最好的劳动力来。这是资本家非常注意的。在现在资本主义社会中,是生产中尽量节省,反对浪费,特别反对浪费劳动力(工时)和生产资料,而在第二种生产(即消费产品)时尽量鼓励劳动者多消费,不仅由此可以生产出最好的劳动力,更重要的是让劳动者尽量消费产品,他们的生活资料使用起来十分浪费,甚至鼓励浪费,即高消费。高浪费,可以促进第一种生产,可以更快地剥削剩余价值,积累资本。

我们则恰好相反,在第一种生产中十分浪费。劳动力大量浪费,生产资料大量浪费,然而出的产品不好,次品废品多,或者产品老化,或者产品不对路、积压,不能实现使用价值,不能实现生产的目的(我们只是产值实现了,但交给国家,压在仓库里,价值未实现)。而我们在第二种生产上却十分讲究节约,不主张劳动力为了生产好的劳动力而给予必要的消费上的满足,而且给予不断改善,即注意生活消费资料的提供,使劳动者享用(如房屋、食品、公共福利设施、教育、科学、文化设施、提高工资待遇),生产出更好的劳动力,去从事第一种生产,生产出最好的产品来。我们的节约号召注重减少生活上的浪费,少注重生产上的浪费,本末倒置了。生产上的浪费更是惊人的浪费。而生活改善的多消费是不足为虑的。一方面要求努力生产,一方面要求艰苦节约,勒紧裤带,是不通的。现在还提倡"生产长一寸,福利长一分",十分之一,太少了。我们生产发展后,也要鼓励劳动者提高生活消费水平,改善劳动力的素质和条件,而且要在这方面多投资和生产,不仅可以多积累,更重要的是生产出更新更好的劳动力来。

在生产与消费的对立统一中,除承认其同一性外还要注意其矛盾对立性,而且生产为主,不能并列。

过去我们只讲生产,不讲生活,只看到生活上的浪费(这当然要注意),看不到生产上的大浪费。我们叫先生产后生活,这是从小生产者的观点来看待问题的,不是马克思主义的观点。

邓力群同志报告

——陈云同志经济思想介绍

［1980年11月21日］

讲七个问题：

1. 陈云同志是经济工作杰出领导者。
2. 安排好人民生活基础上安排生产。
3. 安排好生产再搞基建。
4. 建设规模合于财力物力。
5. 计划工作综合平衡。
6. 社会主义经济体制。
7. 陈云同志是实事求是的模范。

杜润生同志报告

[1980年11月28日]

农业如何现代化，开始抓机械化等，其根本是抓政策问题最要紧。这些问题是几十年前的问题，过去走了不少弯路，看来好像从头做起一样。谈责任制、包产到户等问题，这离大生产还远得很。然而不这么做农业无法前进。我们农业前进，要看摆脱过去"左"的东西做得怎么样。不摆脱"左"，无法前进。三中全会前还是搞"左"的一套，三中全会后也未全摆脱，还未解决好农村经济体制问题，即农业外部关系问题，国家与集体，工业与农业，城与乡，农与商，全民与集体，这些方面思想还正在解放。

现在出现信任危机，以为我们农业改造失败了。马列主义、社会主义灵不灵？其实社会主义是灵的，不灵的是那些"左"倾空想。现在觉悟了，是一个大的进步。要敢于提出问题，接受教训，敢于实践。现在还谈不到如何现代化。农业技术改造没有国家财政支持和强大的工业是不行的。现在连路子还没有看清楚。过去一说现代化，就是把美国那一套宣传一阵，其实不能简单地学人家，人家是"石油农业"，一年消耗64万吨石油。我们花得起？我国石油实际很困难，找不到新构造，几年后工业也成问题，哪能给农业石油。美国农业发生危机，是石油危机带来的，过去是放在剥削中东石油的基础上的。化肥农药除草剂用多了，污染，地板结，土壤流失严重。他们的科学家还认为中国搞传统农业、有机农业好，保持自然环境，自然生态平衡，把土地当成活的东西，保证有机物质，不用太多化肥，有机肥好。不要把人才集中到大城市，而是生于土，拉于土。不能图一时痛快，无限索取土地。劝我们要搞中国式的后来居上的农业现代化的道路。

农村的问题首先是政策的问题，在现有基础上提高生产能力。两方面，一是农业集体化中的问题；二是国家与集体关系问题。

合作化是马列主义早提出来的，方向是对的。因为除此之外，无法引导农民走社会主义道路。我们不能从封建主义先转入资本主义农业再转入社会主义，避免中国走资本主义农业那个痛苦过程。因此我们搞社会主义改造是不容迟疑的。我国解放时90%是古代经济，只有10%的现代工业，因此难免有相当长的五种经济并存时期。1953年提出，大约要三个五年计划或更长时间来完成农业手工业的社会主义改造。到1955年搞了10万个初级社。当时刘少奇曾提出注意保护个体积极性，不要搞农业社会主义。提出把10万个社办得很好，能吸引农民，坚持十五年计划，不要求第一个五年搞得太快，承认几种经济并存。只要保持合作化的优势及40%的合作化，就可以保证市场和供应城市。容许不愿意入社的农业保持个体经济。半社会主义合作社多搞一段时间，不搞高级社，承认个体的私有利益，马列主义不准有偿或无偿剥削私有者。合作社是依靠合作社自己即国家来发展，不是靠私有的生产资料。如用强制手段剥夺农民，将对工农联盟不利。要一个五年计划只搞三分之一，十五年完成。第一个五年是关键，要办好，有吸引力，才能训练出干部和取得经验。特别是落后地区，文化水平低，要先有时间解决文化问题、干部问题，这是一种意见。

另一种意见不同，认为农业蕴藏着极大的社会主义积极性，看不见就是落在运动后边，是右倾。前一种意见是"小脚女人"走路，受到批判。于是大干起来，1955年冬到1956年秋便全国全面合作化，而且是高级化。对原公布政策也不兑现，对生活农具不再补偿，实际上是对5亿农民全面大剥夺。农民体会比较深，我们干部、知识分子体会很浅。土地证取消了，失信于农民。当时谁也不敢讲这个问题，今天才敢讲这个问题。当时把其作为"世界意义的胜利，马列主义的创举"肯定下来，批判农业合作化方面的保守思想，于是"人有多大胆，地有多大产"的口号出现了。"大跃进"是农业带起来的。

包产到户问题，已被批了四次了。开始办假高级社，实是包产到户。我们批这是资本主义自发，于是开展社会主义大辩论，把这些打回去了。1958年干部也开始怀疑，安徽搞"责任田"（邓子恢认为可以利用）得到支持，庐山及北戴河会批了责任田和邓子恢，批单干风，批得很厉害。第四次是1964年批农民自发倾向。当时贵州最多自发势力，批得最凶。贵州搞了十年包产到户，当时未发现，是最近才发现的，中央有了红头文件准搞包产，才说出来了。1964年搞社会主义教育，这次又来了，还批不批？这次我们不批了。这几次批的历史看清楚了，人民公社的害处大家看清楚了，公社化没有必要。当时搞合作化及公社化没有很好总结，现在才来总结。先改变生产关系，马上提高生产力是可以的，如老是不提高生产力，生产关系就成为障碍了。

提一个理论问题，为什么中国出现这种问题，出现这种"左"倾错误，为什么大家都跟着干？这里历史的社会的原因是什么？我们离开工业化基础上的农业集体化，农民方面说是搞平均主义，在干部方面说是搞空想社会主义。农民不知道什么是社会主义，他理解的就是自然经济中的一拉平思想、平均主义思想、古代公社经济思想，他只懂得平均主义。干部中农民出身的自然想搞农业社会主义，那么毛泽东为什么也这样？徐水经验比苏联批判的还"左"，搞组织化，军事化，什么都归公，吃大锅饭，取消商品和按劳分配，比军事共产主义还厉害，这个经验在中国没有吃得开，但出了国，到了柬埔寨了。

这里涉及到对中国农民的革命性如何估计问题。毛泽东对农民的社会主义革命化估计太高了。对农民在民主革命中的积极性估计够了，是好的（批了陈独秀），但对其社会主义积极性估计过高了，说"西方的工人阶级不如东方的农民对社会主义的积极性"。我们又多年搞军事共产主义，军队就是农民穿上军装的，他是设想用军事方式组织农民，可以把社会主义搞得更快一些，再加上在一阵风的运动中，一些人说假话，头脑热，互相影响，这些材料都反映到毛泽东那里去了，毛泽东看中了，批了，在运动高潮中也变成平均主义了。在平时或冷静时，他是马克思主义的，在运动中变成农业社会主义思想了。我们一方面把农民当作积极的社会主义者，一方面又批判他们的自发性的资本主义倾向，都是因为把农民估计为天生的社会主义者，但他们实际上又坚持其本性，于是又当作自发来批判。这样的典型便是大寨。一方面把社会主义水平提得很高，一方面又大批判，阶级斗争的弦拉得很紧。于是一方面大公，一方面批资本主义。全国都学大寨，于是长期在农业上解决不了问题。这就是这一段历史的回顾。

75号文件是大体接受过去的教训。一条是肯定合作化的方向，在一些地区合作化是巩固的，或是可以巩固的，有的地方甚至进入了现代化的农业（如东北某些地区），农民一人分300元以上了（只要分200元就超过城市工人了）。中国又有大批肥料，水利也有一定基础了，在这种地区是合作社进一步完善的问题，这一部分是保持社会主义的优势。有这个优势下，可以允许几种经济并存，即允许一部分个体经济存在，这只有好处，没有坏处。还出现了几个人搞合作（如几个人买一部汽车搞运输）这种新的形式，小型合作经济。我们以为可以（中央还没有批准）。安徽省有几个人买拖拉机组织拖拉机站，服务很好。允许不允许？各种小型的合作，介乎单干和合作社集体经济之间的形式，而且是以服务为主。南斯拉夫卡塔尔理论，主张落后国家的优势理论，只要有30%的合作社占优势，就不怕70%的个体户。要经过供销来吸收单干。用供销合作社来把单干纳入市场的轨道。有的地方文化水平低（如西藏、云南一些地方），不搞合作化，他想怎么干就怎么干，总比不干强。用供销社来和他们通商就行了。我们不能一刀切。现在南斯拉夫、罗马尼亚、匈牙利都有单干形式，还是叫社会主义。我们国家生产力相差太悬殊，要允许不同经济成分的存在。全国有十几个片，合作化和生产管理都未从实际出发，要改变才能发展生产，才能恢复共产党的威信，首先是保证他们的温饱。有的农户全家的财产不足8元，完全靠贷款、供粮，一年国家要花十几个亿。农民劳动一年先扣40%作为公职人员补贴，60%进行分配又被各种克扣减40%，干部不劳动，多吃多占。劳动的多是妇女小孩，叫"三八、六一"部队。农民毫无自主权，完全受一个人支配，实行宗法统治。瞎指挥破坏极大（如甘肃张仲良搞引洮工程，劳民伤财）（水库、拖拉机、社队企业成为那些地方农民的"三大害"）。这些地区后来实行包产到户，一年就翻了身，反而卖粮食了。包产到户后，逐步出现专业分工，自然的联合。现在包产到户大约有1亿人口，这不可怕，要巩固那些可以巩固的合作社。我们只能从群众的利益，从他们切身的经验出发，不能光从方向出发。我们从社会主义方向进行教育、引导，不能强迫。你搞出像样的社会主义，他才不动摇，他并不反对社会主义。有些地方自留地少，应多划一些作饲料耕地。今年灾大，减产350亿斤，但农村还是很稳定，一是去年有余粮，一是有自留地。自留地收的使他心里有底了。没有逃荒的，河北减产95亿～100亿斤，还是稳定。今年棉花特别好，南方减收400万担，北方却多收了400万担。由于政策对头，粮棉比价合理，联产责任制关系很大。集体利益如不和个人利益结合，什么也干不成。现在发展为专业承包联产责任制（或叫专业联产责任制）。养猪、羊、鱼，果木、砖窑、拖拉机都搞一家班，包给一家去办。既可以发现能人，又能推广科学技术。

另一个大问题是改革农村体制，首先是保证经济的民主。让劳动者管理经济，叫民主管理。只有这样才能变成工人农民的国家。如果他们只选代表，不能直接管理，那还是雇用性质了。现在考虑政社分开，党政军分开。是不是还叫公社，稳定基层核算单位，由他们自由地进行经济联合，逐步扩大规模，由小、中到大生产，搞工农商联合中心（公司）。

体制改革上要走综合发展的道路，工、农、商，农、林、牧、副、渔综合发展。不要搞大城市（这是资本主义发展的结果，城乡分工分家），而搞工农商联合中心，农业、加工业、储运业全有。20世纪50年代我们把农与工切断关系，连商业原有供销社也被商业部门国有化。粮食生产增产不增收，化肥、水利、水电油花费太大。无锡每增加一斤粮赔6分钱，因此他们搞社队企业，一类是农产品加工，一类是劳动密集型产业（如绣花等）。不要把农产品加工集中在城市归国家经营，应放给农民负责加工农产品。可以提高农产品利用系数（人、物、财的利用系数），解决人口结构问题，农民多出来到哪里去？20亿亩土地不用现在这么多人来种，其余的人不应涌入大城市，而要多搞小城镇，成为商业、工业、文化、教育中心。这是消灭城乡差别的办法。农民从农业从工商业增加收入，也可减少工农的差别。城市可以把产品扩散到农村。这样农村经济更活跃，发展更快些。不然一亩地要500元才能现代化，钱从哪里来？只有农民自己积累。不能靠提高农产品价格，而靠农民搞工商业。农产品加工利润归还农民（部分）。

学习感想

[1980 年 11 月 28 日]

1. 学了几个月，才明白一点，即干了三十年的社会主义，才觉悟到我并不懂得什么是社会主义。才明白自己过去干的有些并不是社会主义，自己宣传的有些并不是马克思主义。才明白过去"唯本，唯上"其实是"唯心"，并非"唯实"。思想上奴隶主义、爬行主义是不少的，并非是无所畏惧的彻底唯物主义者。

2. 学了几个月，思想解放有了进步，敢于去想问题，敢于对权威的"指示"、论点与现实不合之处提出疑问。对于过去自己思想中某些闪光的火花认为是离经叛道，约束自己不去想的问题，现在要想一下了。

3. 优良学风，党校恢复了。不再是路线斗争的战场，整人的地方，而是学习经典、联系实际、解放思想、破除迷信（对毛泽东的迷信）、探讨党的路线、总结三十年工作的地方。

纪律重申

[1980 年 11 月 28 日]

1. 排除一切干扰,不承担外来任何任务,此条要从严掌握。
2. 请假制度从严,应按时销假。
3. 学习纪律重申,遵守时刻表。

问题:

有些同志:

1. 精力不集中,有外务(工作、写文章、参加会议)。
2. 学习松懈,常请假,缺席。
3. 不解放思想,不思考问题,不争论问题。
4. 学习时间不遵守,工间操时间过长。

支部小组座谈学习
——三个月小结

[1980年11月28日]

学习的收获：

1. 理论的重要性。许多基本理论并不理解。
2. 思想觉悟提高了，解放了思想，开阔了视野，禁区打开了。
3. 联系实际。联系自己的思想实际、工作实际，不能把错误都推给毛泽东，推给上级。
4. 还有思想余悸。对文艺工作，一面是受文艺界的责难，一面是来自上级的责备或要求，两头难处，何此为对？苦恼。（理论上有新的看法，创作上"歌德""缺德"之争）。

党校办法：

学习经典著作，紧紧结合三中全会精神，联系三十年的实际，把三条路线搞清楚。

采取解放思想、自学为主、研究探索的办法。党校校风很好。

问题：

时间短，消化不良，学习思考研究机会不多，灌输较多。应有研究班研究，党校出几个题目，使党校的高水平的理论和学员丰富的实践经验结合起来，会提出一些见解来供参考。

扬长避短中的问题

[1980年11月29日]

提倡发挥优势，扬长避短是好的，但要注意为了发挥自己的优势，搞重复建设，占有原材料，生产出低质量产品，使近代化的大厂没有原料材料，这是危险的。必须反对近代化的工厂停工待料，或用次料生产高质量产品，降低品种和质量，影响出口，各地用落后的设备和技术，占用好原料材料，生产低档次产品。

在这里不能不采取行政干涉，禁止重复建厂，指令调出原材料。这样做有人不同意了，说，第一，我要发挥优势；第二，只应用经济手段来处理经济问题，不应用行政命令强力干涉。听起来似乎也有道理，但仔细研究却不尽然。

第一，发挥优势是对的，你有好烟叶，这是优势，要发挥，但你在用烟叶造高级烟中除好原材料是优势，落后设备和技术却是劣势。从最后生产出的产品来看，不是发挥优势。优势还是在上海的好纸烟厂，从整个国家来说，从发挥优势来说，还是把好原料送到好设备好技术的好厂去生产好烟，这才叫发挥优势，扬长避短。

第二，不准用行政手段干涉经济活动，用经济规律来指挥经济活动，原则上这当然也是对的，但是要都用经济规律。比如按经济上的竞争，就要公买公卖，自由竞争。产品谁的好卖高价，得厚利，质量低的卖低价,采购原料也是全国可以自由地去市场采购,而不会受限制,涨落也随市场,大家一样。不允许用行政办法限制别人来采购,你封锁垄断,你自己买用低价,别人买要高价,这就是你首先用行政手段来干涉经济活动,因此就不能反对和抱怨中央及上级也采取行政手段来干涉经济。这实际上是以行政手段来对付你的行政手段。另外,社会主义经济是有计划的,是要用反映经济实际的计划来指导生产的,必要时候的必要行政干涉也是不可避免的。你垄断原料,不顾全局,把原料扣下搞落后的生产,我就必须从全局利益出发,进行有计划的指令性的调拨,进行行政性的干涉。

当然,这里有一个利润分配的问题。生产高档产品的工厂赚钱多了,可以考虑向原料产区返回一些利润。同时原料产区也可以在好厂支援下,改造落后厂,生产出高质量产品来,而不要在大城市继续扩大老厂,建设新厂。

学习中思考问题

[1980年11月29日]

1. 为什么在中国和苏联都出现了一些非常相似的毛病(东欧国家也大同小异)?

2. 什么是社会主义?特征与其后的共产主义社会及与其前的资本主义社会的关系与区别何在?

3. 在"东方"(苏、中)这样的资本主义不发达的国家,如何建设社会主义(如何越过资本主义阶段)?是不是有一个"前社会主义"阶段为好(即亚细亚式或不叫亚细亚式,叫"东方式"的社会主义也行)?

讨论题目

[1980年12月4日]

1. 什么是社会主义基本经济规律（内容、目的、主导作用）？
2. 社会主义建设的指导思想。
3. 要落实到当前国民经济的调整。

学习笔记：社会主义经济问题

[1980年12月15日]

30年的经验证明，在中国（也可以包括苏联及东方国家在内）进行社会主义建设有其特殊性，必须从中国国情的实际出发。最根本的国情就是中国是一个半封建半殖民地的社会，还停留在亚细亚的落后生产方式。资本主义大生产还没有得到充分的发展，作为资本主义社会进行社会主义革命的根本前提，生产社会化（生产社会化与生产资料占有私人化的矛盾是本质的矛盾，是革命前提）在中国是根本不存在的。帝国主义采取划分势力范围的办法，企图把中国转化为一块一块的帝国主义直接统治的殖民地，实行更直接的掠夺和剥削。只是由于国际帝国主义的利益冲突，中国才得以苟延残喘，保有半殖民地的外貌。日本侵华后，有一部分殖民地化，因而引起英美法帝国主义的反对，因日德意垄断资本主义和英美等垄断资本主义的冲突，而发生第二次世界大战。在他们的恶斗中，给东方殖民地国家以机会进行革命的民族解放斗争，以不同形式取得独立。

中国也正是在这样的国际环境中，接受马列主义的指导，建立中国共产党。在共产党领导下，进行民族民主革命，即资产阶级民主革命。这个革命的目标是反对帝国主义、封建主义和官僚资本主义，完成的任务是独立、民主，发展社会生产。但并不是发展资本主义生产，而是进行新民主主义革命后，在共产党的领导下进行和平的社会主义改造，即社会主义革命。这就是说，中国的民主革命和社会主义革命两个阶段都是由中国共产党领导的，中国的社会主义革命并不是在资产阶级实行民主革命，发展资本主义大生产，在生产社会化的基础上进行的，而是在共产党领导下，在半封建半殖民地的经济及封建和买办经济基础上，进行新民主主义革命，在取得民主革命胜利的基础上，在尚未充分发展社会生产力，尚没有达到生产社会化和政治民主化的基础上，随即转入了社会主义革命的。

因此在社会主义革命及社会主义改造基本完成的基础上，摆在面前的两个首要任务应该是大力发展社会生产力，搞工业农业现代化，形成社会大生产，进行政治民主化和科学文化现代化建设。这应该由资产阶级在民主革命胜利后完成的任务，不得不由无产阶级来领导完成了。这是相当艰巨的任务，也是一个相当长的过程。我国在新民主主义革命胜利后，并没有一个发展生产和建立政治上民主制度的阶段和过程（本来这个阶段应该是相当长的，当时已定为十五年或者更长一点的过渡时期，进行社会主义改造工作，发展国家资本主义，允许多种经济成分的存在，允许吸收有控制的外国资本，保留资本主义社会的权利，实行按劳分配原则，发展商品经济，尊重价值规律），由于中国的特殊性，政权在无产阶级手里，可以较早地进行社会主义革命，实行所有制的改造。这一点当时是有争议的，刘少奇认为新民主主义革命后有一个相当长的过渡阶段，发展生产，建立民主政治，发展科学文化，然后进行社会主义有秩序的改造。但是毛泽东想积极发挥主观能动性，不断革命，在新民主主义革命完成后，随即进行社会主义革命，进行所有制的改造，不过当时他也主张这个改造阶段时间要求长一些，起码十年至十五年以上，但是后来在搞农业合作化运动、进行农业社会主义改造时，误认为农民中蕴藏着极大的社会主义积极性（把少数先进分子的愿望，少数极贫苦农民的愿望，当作全体农民的愿望,实际上农民当时的愿望是领有分给自己的土地,在自愿结合基础上,并不破坏土地和生产资料所有制的基础上,进行合作互助,大力发展生产,以求每个农民都能达到富裕中农的生产和生活水平,然后由国家办的供销社合作社来指导农民实行自愿的在更高形式上的合作化,以求得更大的发展,用现代化国营农场和机具站、供销社来吸引农民走上社会主义道路),于是在党内大批"小脚女人",批右倾思想,不仅马不停蹄地把农民才拿到手里的土地和生产资料并入高级合作社,甚至想实行空想社会主义,搞政社合一的公社化。在农业生产还停留在手工生产的原始生产力水平的情况下,却在生产关系上不断前进,提到高级社,以为生产关系越先进,越能促进生产力迅速发展,违背了"生产关系一定要适应生产力发展水平"的根本经济规律,生产关系提得过高同样会破坏生产力发展。结果因合作化和公社化过急,加上农民思想不通,采取强迫命令,甚至采取军事共产主义的做法,大大挫伤了农民的社会主义积极性,大大破坏了农业生产力,带来灾难性的后果(这本是抄袭苏联斯大林的一套,只是做得更过急一些,更不慎重一些)。在城市工业生产上,不仅不允许私人资本主义的存在,而且不允许搞国家资本主义,不允许个体经济的存在,集体经济允许存在,但在各方面都以全民所有制来要求,而且不断转为全民所有制,集体所有制徒具虚名,实际也是剥夺集体所有者的财富,实际上是实行单一的全民所有制,一切都包了下来,包产包销,包劳动,包生活,把经济置于官僚行政机关的统治之下,用僵化的主观主义的一元计划来支配千头万绪、瞬息万变的经济生活(这也是抄自苏联的)。忽视生产的目的性,不顾人民生活,过急地要求发展重工业,形成重工业自我服务系统,生产资料、资金不能更多地用来发展轻工业、农业。农业长期落后,市场长期紧张,人民生活长期不能改善,积累也非常缓慢,从而重工业也发展不快。提出"以钢为纲",搞破坏性极大的大办钢铁,不仅使整个国民经济失调,生产资料和生产力都受到极大的浪费和损失（发展重工业这一套也是抄苏联的，忽视和恐惧日本、西德复苏经济的经验）。加上政治上无休止地搞运动，"以阶级斗争为纲"，没有一个安定团结的局面，使经济更受政治斗争的影响和破坏，发展到十年浩劫，几乎崩溃。在经济上要求过急，积累过高，比例严重失调，浪费大量资金和人力。再加上我们人口发展太快，因为有"人多好办事"的理论指导，失于控制，批判马寅初，使我国人口多生了三亿人，给经济带来沉重负担，拖了经济发展的后腿。

许多的失误，都由于主观主义和"左"倾思想为害，走了不少弯路。然而最根本的我以为是在我们这样一个东方大国，在一个亚细亚生产方式占优势的国家，在半封建半殖民地经济基础上，利用第二次世界大战后这个机会，依靠马列主义的真理和中国革命实践相结合的毛泽东思想（特别是武装斗争、统一战线、党的建设这三件法宝），取得民主革命的胜利后，如何进行社会主义革命和建设，还没有从理论上加以解决。民主革命我们的确有一套在中国这个国家很适应的理论，在社会主义革命化和社会主义建设中却没有。不幸的是，我们（包括党的领袖）没有认识到这一点，甚至还在胜利面前骄傲起来，好像前程已经看清，规律已经掌握，已经树立了世界革命的"第三块里程碑"，以为客观会随主观愿望变化了。结果是惨痛的经验教训，到头来还要老老实实重新研究社会主义建设的规律，还要老老实实来总结社会主义革命的成败利害。

有人说，现在出现了"信仰危机"，出现了"理论危机"，我以为不是"危机"，而是"转机"。自从中央十一届三中全会号召解放思想以来，又经过真理标准的讨论，"凡是派"和"造神论"垮台了，现在在中国这片土地上出现了新的风气，出现了"思考的人"，不信神，不信邪，抱着坚定的共产主义信心，锲而不舍地从实际出发，进行中国现实社会生活的研究，以实践来检验，该怎么办就怎么办，就是要把中国的生产力大大发展起来，这自然是极其艰巨的任务，但是只要我们有信心，脚踏实地走下去，不为华丽的空洞口号所迷醉，不要怕资本主义这个"魔鬼"会引入歧途，清醒地看着自己现在的立脚点，不再去为过去而埋怨和叹息，高瞻远瞩地望着将来，坚定地探索、发现和试验，一定可以找到好的前进道路来，并从理论上加以阐述和发展。

从我国经济工作目前行之有效的许多政策和体制改革办法来看，我们社会主义社会建设中行之有效的一些政策措施实际上是保留了资本主义社会的一些规律性的东西。不仅保留了马克思在《哥达纲领批判》中所说的社会主义社会"是刚刚从资本主义社会中产生出来的，因此它在各方面，在经济、道德和精神方面都还带着它脱胎出来的那个旧社会的痕迹"，而且势必保留资本主义私有制的尾巴，个体经济、自留地，以至国家资本主义性质的国外投资合股经营企业。自然还要保留资本主义社会的商品经济（改造成为社会主义商品经济），要充分发挥市场的调节作用，要把价值规律作为经济活动的杠杆，而且生产资料也要纳入商品流通的轨道，实行在计划指导下的商品经济（即社会主义商品经济）。实际上保留了没有资本家的商品生产制度。特别是企业实行自主权，和国家形成交纳税款的关系后，企业实际上实行的是职工集体所有制，职工对企业负责管理，职工和企业休戚相关，在组织上也实行职工代表大会领导下的厂长（经理）负责制（这和资本主义跨国公司垄断资本实行的资本家和职工代表参加董事会，在董事会领导下经理负责制度，在形式上有其相似之处）。当然这些企业的生产资料名义上仍然是全民所有的，而且是受国家的计划指导的，但它的经济活动却完全是依靠市场规律，价值规律做杠杆，以利润为检验生产的好坏，鼓励企业之间在一定范围内的自由竞争，在竞争中鼓励联合，形成如托拉斯、辛迪加之类的大经济组织，以至有如垄断资本，跨国公司一样的现代化大企业，生产技术现代化，管理现代化，为社会提供大量物美价廉的商品，为国家提供高额利润和税收。这样才做到了真正的生产社会化，才有可能建成真正的社会主义，以及所谓发达（或完善)的社会主义,为转向共产主义准备条件。而在发达的(完善的)社会主义之前事实上存在着一个不发达(或不完善)的社会主义社会阶段,也可以把发达的社会主义社会阶段叫作真正的纯粹的社会主义阶段(即共产主义社会的第一阶段,在那里有高度发达的社会化大生产,有高度的社会主义民主,有高度的社会主义科学文化,即高度的文明),而把不发达的或不完善的社会主义社会阶段叫作前社会主义社会阶段。这是一个从资本主义社会(在中国是从半封建半殖民地社会)向社会主义社会过渡的阶段,在这个阶段中是在政治上保留没有资产阶级的资产阶级国家,在经济上实行没有资本家的资本主义商品经济,或者按其生产资料的全民所有制和集体所有制性质(全民所有制企业实际上是集团所有制,企业集体所有,还没有真正的全民所有制),叫作社会主义商品经济,一切还是按商品经济的规律(利润、竞争、市场调节作用……)办事,只是在国家计划的领导或管理或干预下的商品经济。

之所以要在真正的社会阶段之前设计一个前社会主义阶段,或不发达和不完善的社会主义阶段,是因为我国是生产极不发达的落后国家,几乎是从半封建半殖民地社会直接过渡到社会主义(无产阶级领导的,全民所有和集体所有制),虽然是无产阶级夺得了政权,但是并不存在向真正社会主义过渡的经济基础,其社会化的现代化大生产,即社会主义社会存在的前提(生产社会化和私人占有化的矛盾极度发展,私人占有化的生产关系完全不适应社会化大生产的生产力的发展,成为社会生产的桎梏,非冲破不可了)并不存在,但是我们又不能在时机已经成熟,内外条件具备的情况下,还固守等资产阶级进行民主革命,发展到生产社会化了,再去夺取资产阶级的政权,那就太迂了。愚蠢的教条主义,认识不到中国的资产阶级在半封建半殖民地条件下,天生软弱,不可能形成强大的独立政治力量,只能形成帝国主义统治下的买办资产阶级,不可能发展成为大垄断资本、大生产。只有由无产阶级团结各革命阶级（包括民族资产阶级），坚决推翻官僚买办资产阶级、地主阶级和帝国主义的统治，即三座压在中国人民头上的大山，建立无产阶级领导的前社会主义社会，把资产阶级民主革命的任务和社会主义革命任务都承担起来，把资本主义社会应该实行的现代化大生产和现代化民主制度的建设也承担起来，并且在大生产发展了、民主政治建立了（法制）以后，有组织有领导地转到真正的社会主义社会或者叫发达的社会主义轨道上去。

把资产阶级民主革命和社会主义革命都承担起来，并不是"毕其功于一役"的，是必须分阶段的，应该有一个建立民主政治和发展大生产的过程，应该在这阶段中允许所有制的多种形式，发展商品经济，承认市场调节作用，鼓励竞争和联合（不叫吞并），允许吸收资产阶级的民主自由、法律、三权分立、议会、司法独立等有用的东西，建立我们的国家制度。而不应该才搞了资产阶级民主革命，大生产未发展，民主政治未建立，便主观地马不停蹄进行社会主义革命，改造所有制。这其实是想"毕其功于一役"，实践证明是不成功的。如合作化搞得过快，一下搞成公社化，是和生产力不适应的。如果当时允许在志愿的基础上有步骤地（要十五年）搞合作化，每一个农民都发展成为富裕中农的经济水平，农业生产水平会高得多，然后用信用合作和国营农场来吸引农民，实行逐步的社会主义改造（南斯拉夫如此做了），是行得通的。这并不妨碍全民所有制的工业的发展，反而会支持工业发展，为轻工业提供发展条件，加速国家积累，用以发展重工业，也会使重工业发展有可靠的基础。

如果当时工业不是一下都成为全民所有制，或实质上是全民性的集体所有制，而允许某些次要的工业暂时保留个体经济和国家资本主义经济，充分发挥市场作用，依价值规律进行调节，不是马上形成统产统包统销式的"官工"和"官商"，而是大力发展轻工业，加速积累，工业也许发展得更快一些，人民生活也许提高更快一些，科学文化也发展得更好一些。

我们现在的许多经济措施，似乎都有走回头路的样子，有人骂"你们在搞资本主义复辟"，其实是现在才找到正确建立真正社会主义社会的门路，是把过去企图跳越过去而走了弯路的过程从头走起，放在坚实的基础上。不要害怕别人说我们保留了过去的资本主义社会痕迹，过多地强调商品经济、市场调节、价值规律，强调企业和生产队的自主权，保护竞争，鼓励联合等在资本主义经济中起了主要作用的东西。我们的社会主义既然从娘胎中来，就不可避免要保留娘身上的痕迹，而且我国还是从半封建半殖民地经济中来，还要把资产阶级民主革命后的发展生产和建立民主政治的任务也担起来。不把资本主义发展经济的形式和资产阶级民主政治的形式利用起来，加以改造，为我们所用，而想凭空建立一个空想社会主义的经济和政治制度，三十年的经验证明，我们曾有很多失误。想把资产阶级民主革命和社会主义革命"毕其功于一役"是错误的，想超越发展社会化大生产和民主政治而一下进入高级的发达的社会主义是不可能的。看起来，在东方的生产落后的带有许多封建性的国家中（如苏联、中国），特别是中国这个半封建半殖民地、生产落后、封建家长制的国家中，要建设社会主义，非要经过一个过渡阶段不可。这个过渡阶段可以叫作不发达的社会主义阶段，或者叫前社会主义阶段。在这个阶段，资产阶级因素虽还保留却不断削弱和改造，社会主义因素虽还薄弱却不断发展，最后完全战胜和改造资本主义残余和痕迹。

有没有这个过渡阶段，应不应该规定这一个阶段，是可以讨论的，但一定要有过渡阶段的经济政策措施和政治措施已经是很明显的了。我们现在搞的不正是过渡性质的经济和政治吗？不是正在顺利发展生产，建立民主政治吗？实践不是证明是成功的吗？

不过，现在还缺乏从理论上加以阐述，有待有识之士的努力，我不过抛砖引玉而已。

辅导员翁志兴同志辅导

[1980 年 12 月 15 日]

一、社会主义的确客观地存在一条基本经济规律

1. 基本规律体现社会主义经济制度最本质的特征。经济发展有共同规律性，又在不同社会存在不同的特征和本质。社会主义经济有其质的规定性：生产资料公有制，劳动人民是企业的主人，劳动产品归劳动人民所有，无人剥削人，实行了劳动者与生产资料的结合。生产资料归什么阶级掌握，生产产品就为这个阶级的经济利益服务，生产资料归劳动人民所有，产品也归劳动人民。个人消费品的分配实行按劳分配，因产品还不够丰富，因此，社会主义生产的目的是为了满足劳动人民的物质和文化生活需要，达到这个目的的手段不是采取剥削掠夺的办法，而是采取完善生产技术、生产关系等办法。

2. 社会主义基本经济规律是目的与手段的统一。斯大林表述为：（略，见原著）。虽然有不同文字表述方法，但基本上未超出斯大林的表述内容和精神。赫鲁晓夫曾完全否定，现又肯定。我国起初肯定，十年中否定，以为未谈阶级斗争，后改为发展生产，保障供给（或需要），这有很大缺点，未谈完善技术等。现在又肯定斯大林的表述精

神,但也有一些不同。认为现在做不到"高度技术基础",也不能无限地满足需要。但斯大林的表述是对整个社会主义的,我们将来也是应该达到的。现在则按基本规律精神制定出符合目前情况的政策措施。

3. 社会主义基本经济规律是起主导作用的规律。再生产各个环节有其自身规律,基本规律则起主导作用、决定作用。与价值规律、按比例发展规律、分配规律的关系,留待下一段来说明,此处从略。

二、必须按规律尤其按基本经济规律办事

三十年来经济发展成绩很大,但和人民支付的劳动比,和社会主义制度优越性比,未达到应有的水平,走过曲折的道路,穷折腾了许多年。合于基本经济规律,人民生活就会改善,否则就要受挫折,人民生活下降。所以遵守基本经济规律是建设成功的关键。我们过去犯过"左"倾空想的错误,在政治上夸大阶级斗争,人为地制造阶级斗争,把阶级斗争当作推动经济的唯一动力。在经济上脱离生产力水平,不断变革生产关系,违背了生产关系一定要适应生产力发展水平的规律。社会主义的优越性是可以自觉地调整不适应的生产关系,但是不能不顾生产力水平,随心所欲变革生产关系,过去夸大政权的经济职能作用,以为无所不能,夸大生产关系对生产力的作用,搞不断革命,以为公有化程度越高越好,搞"穷过渡",超越生产力水平,破坏了生产力。在生产力方面,不顾国力,不顾人民生活,急于求成,搞高速度。高速度对社会主义优越性来说是可能的,可以比资本主义更持续高速地发展,但以多高速度,不取决于主观愿望,而取决于实际经济条件。我们在高速度上犯了三方面的错误。(1)盲目追求,超越实际可能的高速度。我国是在半封建半殖民地经济基础上发展的,科学文化落后,全国很不平衡,80%是农民,农业有很大制约性,这些实际条件不顾,超越了可能。(2)不顾人民生活改善的高速度。二、三、四个

五年计划都是如此，人民生活长期得不到改善，挫伤了积极性。应以改善人民生活为出发点，不以生产指标为出发点，不能为生产而生产。（3）不顾比例搞高速度，发生严重失调，无法持续的高速度发展。比例有生产技术内部的比例（如一吨钢要多少铁、电……），还有工农比例、轻重比例，过去不注意，只搞以什么为纲，搞一马当先万马奔腾，实际上一马也垮了。

讨论问题：（1）生产资料优先发展，是否是规律？是规律，要装备各经济部门就要生产资料。各国应用这一规律不同，不能一般化，不能脱离轻工业农业的需要和承担能力来发展重工业，不能挤农业轻工业。重工业发展是为轻工业农业服务的，不能只为自我服务。（2）积累与消费的比例。积累率多少最合适？过去以为高积累才有高速度，过高积累会破坏比例关系。积累率受①经济发展水平和速度所制约，积累增长不可超过国民收入的增长速度；②生产资料与消费资料供应能力，不能搞"缺口"理论；③人民消费需求——考虑消费水平的提高和人口增长的需要。（3）"左"在经济上表现何在？

三、从理论上提高认识，增强了信心

从错误的路线转到正确的路线上来，有了信心。但"左"的影响还在，不能轻视。1978年的"洋冒进"，带来损失极大，带来赤字170亿元。

解决好调整与改革的关系，当前调整是关键，把比例关系搞好，才有条件进行改革。

下一段学习安排：

1. 发的材料很多，学习要集中重点（已发了目录）。

2. 讨论中心要明确,题目已发。另可讨论:(1)社会主义社会与商品经济的关系。(2)什么是计划调节与市场调节,如何结合好?(3)体制改革与经济调整的关系。(4)体制改革的方向。

薛暮桥同志报告
[1980年12月19日]

讲经济结构改革问题(已有讲稿,以下是补充部分)。

1. 建立多层次社会主义经济结构。
2. 计划经济与市场经济。

归根到底是建立一个什么样的社会主义的问题。(略,见另发报告稿。)

讨论社会主义基本经济规律及我国经济结构改革问题

——在小组讨论会上的发言

[1980年12月23日]

自党的十一届三中全会以来，在解放思想实事求是的思想路线指引下，在把经济搞"活"的口号下，我国在经济工作的一切范围都进行了一些改革，在改革上有所"放宽"，实行生产队和企业自主权试验，强调发展商品经济，承认和运用价值规律，允许多种层次的经济结构，主张计划调节和市场调节相结合等等，并在社会主义经济理论上做了一些新的探索，生产目的性的讨论，企业自主权问题，都开阔了人们的视野，解放了思想，经过短期（一两年）的实践，各方面看出社会主义经济大有起色。虽然还有很多困难，很多不协调，但是总地看来，是不断好转，不断向前发展的。可以证明，我们现在采取的路线、方针、政策是正确的，群众是欢迎的，是大有希望的。

这从另一方面证明，三十年，我们并没有很好掌握社会主义经济规律，苏联和斯大林也没有掌握，而我们三十年来在经济思想和经济体制上、各种政策上基本是执行苏联的那一套，又加上我们的在小农经济思想支配下发展起来一套空想社会主义经济，即农业社会主义经济，以及急于求成或要领导世界革命，要为世界革命树立第三个里程碑，要以北京为中心等小资产阶级的狂妄和夜郎自大，做了许多可笑也可悲的"左"的尝试，结果带来严重的损失，使三址年中浪费了很多人力、物力和时间，以至现在才来总结经验，改弦更张，重新走上发展的大道。当然，如果没有三十年的许多弯路和失败，恐怕也没有今天这样的解放思想和锐意改革。

可以说，积三十年的经验，我才开始明白，才知道过去干的一些事有一些并不是社会主义，才开始觉悟要从过去的僵化和教条中解放出来，要以实践作为标准，重新检验我们过去和现在的所作所为。发现自己的不懂，幼稚无知，并且想重新学习和研究，去探索什么是真正的社会主义，我们应该怎样建设社会主义，这是自己最大的收获。恐怕不止我一个人是这种心情。

三十年来的折腾，走过很多弯路，终于明白了我们过去干的有些是属于空想社会主义、农业社会主义的东西，把小生产、自足自给、平均主义当作社会主义。我们过去许多经济结构和做法实际上是照搬苏联的模式，十分僵化。许多问题马克思不可能预见到，列宁也没有来得及实践，斯大林并没有完全掌握社会主义经济规律，马列主义也并非句句是真理。然而我们在理论上却固守一些教条，害了"左"倾顽症。谁要想认真探索和试验一下，便目之为离经叛道，修正主义，群起而攻之，以至动用专政手段（如对孙冶方的批判，对南斯拉夫的批判，对苏联经济改革措施的批判……），以为自己已经达到理论的高峰，从未想到到了极高峰有一天迟早要跌下来，而且要受历史的嘲弄，受到客观规律的批判和惩罚。现在觉悟到这一点，很好。我们可以前进了。

从我们现在正在实行或正在探索的经济政策、方针和措施来看（比如多层次经济结构，放宽政策，实行自主权，大力发展商品经济，承认价格规律，计划指导下的市场调节作用和利用，积累消费的比例调整，明确生产的目的性，总之，实行一整套计划指导下的市场经济……），都是我们过去非常害怕的目之为资本主义的一套，好像真是在搞"复辟"了（有人暗地是这样想的），倒退了。然而奇怪的是，这一套却非常灵，的确受到群众欢迎，生产的确发展了，社会主义前进了，这又是不能不承认的事实。

那么怎么解释这些？在理论上应该加以阐述。这需要有理论的勇气，甚至要有马克思说的站在地狱的入口处的那种"入地狱"的勇气才行。一切祖宗之法都要重新加以检验，一切似乎万世不朽的理论和教条都要放到群众社会实践的试金石上去检验，一切闪光的东西不一定都是金子。

我就从学习和思考中提出一个前社会主义阶段的问题来研究（见第一部分笔记和社会主义经济问题学习笔记）。

学习笔记

[1980 年 12 月 25 日]

社会主义是作为共产主义社会的初级阶段。本质上是：(1) 公有制，(2) 消灭剥削。初级各级阶段都是如此。

但是几十年的社会主义革命和建设实践证明，马克思恩格斯原来从西欧发达资本主义国家条件出发提出的共产主义初级阶段已没有商品经济，没有货币和市场，没有国家和国防军……并不是那么一回事。马克思只承认社会主义阶段不可避免保留资产阶级权利，事实上的不平等，按劳分配等，认为这是资本主义社会遗留的痕迹，没有资产阶级的资产阶级权利。

历史的发展是，第一次和第二次世界大战后，社会主义冲破了帝国主义的薄弱环节，就是在资本主义不发达的东方国家首先取得胜利，无产阶级夺得政权，领导了资产阶级民主革命和社会主义革命两个革命。

列宁在俄国的具体条件下，对马克思的原理应用于俄国，提出：社会主义还是共产主义的初级阶段，不仅保留了资产阶级权利，实行按劳分配等资本主义社会的痕迹，而且否定了马克思的原来预计，认为社会主义仍然要保留商品经济、价值规律、市场调节。认为这是建设社会主义所必要的，或不得不保留的。

中国三十年的实践更进一步证明，不仅是保留资本主义的商品经济、市场调节和价值规律，而且认为这是社会主义本质的东西，是把上一个社会商品经济的种种形式加以改造，作为社会主义的本质的东西。而且进一步提出多层次的经济结构，即多种经济结构，包括个体经济和国家资本主义，计划指导下的市场调节，价值规律不仅适用于生活资料，生产资料也纳入市场，受市场调节了。并且把社会主义又分为完善的和不完善的两个小的阶段。在头一个阶段中必须保留资本主义的一些经济形式。必须在这一小阶段中完成本来应该由资产阶级在资产阶级民主革命后去完成的任务，发展商品生产，利用价值规律，承认市场起调节作用，搞生产社会化。同时建立民主政治，反对封建思想，大力发展科学教育和文化，以把社会主义革命的前提条件即生产社会化这一课补起来。这一小阶段我们所完成的任务，实际上主要的是发展大生产，实行民主，发展科学。这本是资产阶级民主革命后应该去完成的任务，而且从理论上说是应该完成这些任务（生产社会化，民主政治，科学文化发展）才能进行社会主义革命。只是因为我国是无产阶级领导资产阶级民主革命的，资产阶级民主革命胜利后面临的新任务（即发展大生产、民主政治、科学文化、反对封建意识形态等），不是由资产阶级领导去完成，而是由无产阶级领导去完成的。但是因为这是社会主义前的一阶段的任务，因而不能不保留资本主义经济政治文化的一些形式：如商品经济、民主问题、科学文化等。只是这些资产阶级的形式是经过改造过了的，是利用它的形式，保留它的躯壳，而性质则是社会主义的。所以我们的商品经济是社会主义商品经济，我们的市场是社会主义计划指导下的市场，市场所起的调节作用是在计划指导下的，价值规律是在计划指导、行政干预（即发现利用价值规律）下在一定范围内发生作用的。经过这种社会主义改造后的资产阶级的经济形式已经发生了质的变化了。正如民主政治一样，是在共产党领导下的民主政治，但仍然利用资产阶级民主政治（是在反对封建主义的基础上建立起来的）的立法、行政和司法分立，各种自由，各种法律（刑法、民法、商法等等），实行代议制，但是我们是将之改造，使法律、政权由人民管理，是代表人民的，是合于绝大多数人利益的，是社会主义民主。它的政权形式，军队、警察、法庭、监狱都还保留，是为了保卫人民和社会主义，反对帝国主义。还有科学文化，也是利用资本主义社会的科学文化，但科学是为人民的福利，不是为资本家的利润，文化意识形态不是资产阶级的，而是人民的社会主义的，不是资产阶级人道主义而是无产阶级人道主义，是人民的文化科学。

这一个小阶段虽然本质上是公有制的，取消剥削的，应该是属于社会主义性质，但它是社会主义的初级阶段，是不完善的社会主义，是过渡性质的阶段，向完善的社会主义过渡，也可以说是前社会主义阶段。现在看来，这个过渡阶段是很有必要的。中国三十年的经验，想跳过这一阶段或忽视这一过渡阶段的特点，不让这些特点发挥作用，就会阻碍生产力的发展，就会形成"左"的错误。我们现在许多政策实际上是回头来走这个过渡阶段，让改造了的资本主义经济形式、政权形式、文化形式发挥作用，促进生产力的发展，推动社会向完善的社会主义前进。

确定这一过渡阶段，即不完善和不发达的社会主义阶段（或叫前社会主义阶段）的存在，并有其质的规定的特点，让这些特点发挥作用，解放思想，解除余悸，大胆发展商品经济，承认市场调节作用，充分利用价值规律，承认多层次经济结构的存在。实行社会主义民主和法制，实行双百方针，不害怕人道主义和人性论。不至于把这些经济范畴、政治结构、意识概念，当作资产阶级的和资本主义的，害怕说是修正了，倒退了，复辟了。根据实际情况，应退就退一下，修正那些不符合实际的教条，不是修正主义，而是真正的马克思主义。所谓中国式的现代化，实际上就是包含这种适合中国具体情况的社会主义商品经济、社会主义的民主和法制、社会主义的科学和文化。

第二单元综合串讲：从经济理论上来理解党的政治路线

[1980年12月27日]

这一段认真读了几本书，《论十大关系》《陈云文选》，斯大林的《苏联社会主义经济问题》和马克思的《〈政治经济学批判〉导言》。听了许多报告，讨论了社会主义基本经济规律和经济体制的改革问题。

现归纳几个问题。

总的问题：在社会主义经济建设中要彻底摆脱"左"倾错误路线的影响，不然无法前进。

分四个问题（或方面）：

第一个问题：摆脱"左"的影响

1. 完善社会主义经济制度必须从我国生产力实际水平出发，建立多层次的经济结构，即建立一个什么样的社会主义经济。把马克思主义基本原理和中国具体情况结合，即结合中国具体经济情况，按经济规律办事。具体说，就是从中国的生产力水平基础上建立中国社会主义经济结构，即生产关系一定要适合生产力的水平。中国的生产力水平，公有制占绝对优势条件，允许非社会主义的经济成分。过去是想搞得纯而又纯，要"一大二公"，看来不适合中国生产力水平低的情况。

经济结构多层次，发展不平衡，因而不能一刀切，一个模式。生产关系也是多种多样的，全民、集体，过去只有两种，而且想把集体很快转为全民。现在看，只有两种所有制不行，应有多种，有全民与集体的联合形式，集体也可以有联合制，入股分红利。同时还允许非社会主义的成分，个体所有制，还允许公私合营，国家资本主义存在。这并不妨碍社会主义经济，因后者占绝对优势。不准搞个体，劳动力浪费了，国营、集体又不好，为什么不允许个人去经营，是人民需要的嘛。不是越大越公不好而越小越私越好的意思，要以能不能推动生产力的发展来衡量。[这提法有问题，资本主义也可推动生产发展的——马]从理论上看，全民、公有制比较好。为什么有的比集体搞得差，因为在全民中处理内部关系处理得不好，国家、集体和个人的关系处理得不好，集体与个人的利益挂钩不紧，对生产者积极性有影响。所有制是全民的，经营是集体的，企业实行自主权，使生产者利益和企业好坏挂钩，去掉全民"大锅饭"，实行经营管理上的集体"小锅饭"。全民所有制当然比集体所有制优越，但要处理好内部矛盾才行。

2. 多种形式所有制条件下，其他方面也应多种化，如交换关系。我们不能直接交换劳动，直接交换产品也不行，现阶段必须发展商品的交换，用商品经济来连接生产和消费。必须大力发展商品交换，通过货币关系。我们现在就想搞产品交换（如调拨）是不行的。这是生产力水平确定交换必须以商品的形式出现，而且全民制，还要有集体的、合作社的、个体的形式。这适应生产所有制的各种形式。这么搞会出现一些资本主义活动，出现投机倒把，是不可避免的。这可以用法律来加以限制、制裁。不允许资本主义剥削。轻微的剥削，如几个学徒以下，是允许的，要有个限度。我们实行有计划的商品经济，有人反对这种说法。

分配关系也不能采取一个模式，按劳分配原则下，允许工资、奖金、福利有不同的水平。基本工资加活工资。基本工资可以统一，活工资则不可一样。形式可以采取工资、工分。工资可以计件、计时、包干制等不同形式。农村采取包产到组到户形式来分配。工业中也可以多种多样，计件、包工都可以。除按劳分配外，还出现了入股现象，按股分红利，按入股资金来分红利（这资金是他的劳动物化品），或者只能取股息，可以比存款利息稍高。如是入股分全部的红，就失去了按劳分配了，因而出现了"食利者"阶级、"放利者"阶级，这值得考虑。

3. 社会主义生产关系内部矛盾。社会主义社会人民内部矛盾十分复杂，要认真研究解决。生产关系就是生产中人与人的关系，能不能处理好，对生产力大有关系。根本利益一致条件下的，可以在制度内部来解决。劳动者是生产力的决定因素，又是生产关系的承担者，生产关系与生产力的矛盾，可以在制度内部解决。过去却以之为两条路线、两条道路、两个阶级的斗争，是你死我活等。这是错误的根源。阶级斗争还有，但是是与敌对阶级的残余和影响进行斗争，不是主体的东西，这些可以用法律来解决，而无须用全社会的运动斗争来解决。

第二个问题：社会主义经济建设必须和我国的国力相适应，量力而行，稳步前进，讲求实效

1. 社会主义经济建设的目的是为了满足人民物质文化生活的需要，不能用牺牲人民的物质文化需要来搞建设。这本来很明确，但被"左"的干扰搞糊涂了。我们搞生产本来是为了人民的利益的。因为生产资料是全民，用这些生产资料是为自己谋福利的，生产的目的是满足人民的物质、文化、生活的需要。要人民艰苦奋斗是对的，但终极目的，是为人民过得更好，不是为了更艰苦生活。我们的方针也是为了改善人民生活，提高人民生产水平，而不是为了革命而吃苦头，革命终极是为了发展生产力，为了改善人民生活的，不是为了吃苦头。我们说

满足人民生活需要当时是在发展生产的基础上说的。要努力发展生产才能改善生活，但生产的目的却应明确是为了人民改善生活的。目前因社会主义优越性发挥不够，使群众失去对生产目的性的认识。

2. 生产力发展不能脱离原来的基础。高指标、高速度、高积累，结果造成高浪费，欲速反而不达。我们生产力水平低，家底很薄，不能脱离实际搞高指标、高速度。我们生产率低，一个人一年创造1万元产值，除去4000元原来劳动产品的消耗，创造的只有6000元。生产出来的首先维持简单再生产，物质的消耗、劳动的消耗、非劳动性的消耗（如文教、军队、行政费）、新生的劳动力的生活、生产的后备金，这都要扣除。这些扣除之后才能用于扩大再生产，才能搞基本建设，积累率不能太高。不能牺牲简单再生产的需要来搞扩大再生产。如果靠赤字、发票子来扩大再生产，把简单再生产中的必需开支压缩了，实质还是叫人民忍受损失来搞基本建设，这是不允许的。由于资金是发票子，材料有缺口，这样来搞基建，必然拖长基建的时间，使再增值缓慢，而且影响生产的物质需要，影响简单再生产，这是引起更大的浪费，所以必须与国力相适应来搞基建。首先安排好再生产，人民生活有适当的逐步提高，再来搞基建。

3. 农业是大头，其好坏决定社会主义建设的快慢。我们不能靠剥削农民来搞基建。我们用剪刀差的办法，实质是剥夺农民，导致农业不能很好发展。因为农民增产不增收，没有积极性。不等价交换是不能持久的。所以三中全会提出提高农产品价格，缩小差价，使农民稳定，农业生产稳步上升。不能以挤农业来搞工业，这样工业也搞不上去。也不能搞重、轻、农的结构，只能搞农、轻、重，不然生产上不去，现解决农、轻、重容易，实行农、轻、重却很难，这就是调整的困难。

总之，我们要寻找一条建设社会主义的具体道路。概括起来是，只能走农、轻、重、□（此字笔记本上无法辨认）革、改、质（量）、品(种)、(花)色、低耗、高效、实惠的路子。[这些提法不能反映社会主义优越性,资本主义社会也要这几条,一切搞生产就是要这样干的。实际上是搞了这么多年,才懂得了搞经济的根本指导思想,知道什么叫经济——马]

第三个问题:社会主义经济管理从我国实际情况出发,做到统而不死,活而不乱,即按社会主义经济的特点和规律办事

1. 谁来管。由劳动者共同管理。因为生产资料是全民或集体劳动者所有的,经营管理这些生产资料从事生产也应该是劳动者,原则是民主集中制。过去我们的劳动者不能管理生产,生产队生产不是由社员大会决定,甚至也不是由队委决定,而是上级党政单位,和生产利益并无直接关系。种什么,怎么种,怎么分配,都是外来的指标。国营企业也一样。20世纪50年代曾有职工代表会,与行政订合同,后来一批就没有了,工人叫作只当家做不了主。工人无权管,甚至厂长也无权,是由集中的上级管理部门管。所谓权就是为了利,权和工人经济利益联系,把个人、集体、国家三者挂上钩,工人以为是他们自己的,和自己经济利益有关的,他就要求管,而且管好,承担经济责任。权、利、责三者统一起来。只要他们负责,不给权,没有利,便是"左"的表现。

2. 企业应该是相对独立的商品生产单位,不能置于行政机关管理下,不能搞死了。这个生产细胞死了,生产整个机体也不会活。必须把市场调节和计划调节统一起来,在计划指导下实行市场调节。我们过去过分采用行政指令办法,而忽视价值规律、市场调节作用,不注意用经济的手段来解决问题。当然要有计划调节,要有市场情报,利用价值杠杆,不然计划调节就无效,会产生无政府的混乱,自由波动。我们已把二者结合起来,市场活动要符合国家总体利益的计划,搞计

划要注意市场的动向，制定合于规律的计划。计划调节是指导，市场调节是基础。

3. 怎么管好。经济办法为主，结合行政办法，根据经济规律办事，也不免行政上的必要干涉。调整是从经济上来考虑活动规律，加以利用和引导。必要时也要有国家的某些行政强制。如现在决定发券调地方资金到国家使用，就是行政强制的办法。等于向地方借款，保留地方的权益，但不让地方用游资做自由活动。过分集中也不利于发挥地方积极性。

第四个问题：通过这一段学习，对于过去搞的一些"左"的错误，认识深刻一些，对三中全会后的一些经济措施，有了深入的了解

会更好地贯彻"八字"方针，"八字"方针就是当前的经济方针，"八字"中以"调整"为中心和关键。"改革""整顿""提高"都要符合调整，促进调整的改革才干，调整当然也是为更进一步地改革好。已有的改革措施，还要坚持。有的有利于调整的改革还要重新开始，比如基建改由银行贷款，就对调整很有利，应该改革。调整就是要退一下，而且要退够，退到哪里才算够？如长线缩小，加短线。基建要压够，农、轻、重比例要协调。退中仍有进，退是为了进。（1）退是为了使生产关系适合生产力发展的水平。（2）退是为了把基建建设退到符合国力的水平上来。（3）退是为了把脱离群众的领导体制变到和群众紧密结合，和群众的利益一致。总之，退是为了摆脱过去"左"的路线的影响，回到正确的发展社会主义经济的道路上来。总结过去的失败，寻找新的道路。

国家物价局局长谈如何保持物价基本稳定

[1980年12月29日]

一、物价上涨多少

物价今年上涨,三季度比去年三季度上升5.8%(还包括8种农产品提价),但和群众感受不同。从指数看上涨不多,群众感到上涨多,都有道理。物价指数内的物品上涨不多,指数外的议价商品涨价多。大多数人购买的商品涨价多,少数人购买的东西还降了价,物价指数是平均数,去年、今年降价3亿多,涨的1亿多。蔬菜涨价多,供应紧张。另外,有些商店为多发奖金,变相涨价;供应不足,到自由市场上,价高得多,有的涨40%~50%,每人每年增加支出十几元。

四个方面涨得多:(1)蔬菜。(2)部分轻工业手工业产品(由于去年提了铁、木、煤的价钱,今年反映出来),从头到脚涨(草帽到皮鞋)。木、铁、竹、陶制品。(3)奖金和利润挂钩后,有的滥发奖金,结果是奖金和价格挂钩。抓买者的钱来发奖金,极不合理的再分配,甚至亏损的企业(包括经营性和政策性)也发奖金。或利润增长不多,而奖金发得多,使物价提了价。奖金利润挂钩应兼顾四方面利益,即国家、集体、个人和消费者。不能靠亏消费者来牟取利润。(4)议价范围过宽，幅度过大。有的农村把议价作为增加农民收入的办法，三类以至一二类产品也议价，有的议价占20%，如以议价提高40%来算，实际等于职工多开支10%。

物价上涨当前是议价，乱涨价占多数，指数反映不出来。但从一些职工家属开支调查，每人每月增加1元多支出，不包括8种副食品的涨价，因这一部分国家已作了5元的补偿，议价多的，每人多开支可达3元多。开支高的人家增加开支多一些，总的看，群众是增加了收入，如2000多万就业，提工资。增加收入4.58元，增加支出3.67元，生活有改善。但因为很不平衡，增加就业和工资奖金及升级的，约增加开支1元多。无奖金工资及就业的，就明显感到降低了收入和生活水平。基本上保持稳定生活的占70%。

从农业看，由于提高收购价增收80亿，议价增收50多亿，共130亿，每个农民增收10～20元，不包括农民在集贸市场的收入。但也不平衡，商品贸易多的有达100多元的，山区有的只增收1～2元的。

总之，国家管理的物价涨得不多，议价和非法提价涨得多，群众感受涨价多。

二、物价上涨的根本原因

其原因是财政有赤字，由于"左"倾错误，多发了货币，超过商品流通正常需要量。货币多商品少，一定会涨价。今年涨价还有新的因素，由于搞活经济，行政干部削弱，也影响物价失于控制。当然这是第二位的原因。起决定作用的是整个经济形势，物涨管理不好，只是火上加油。单靠物价管理部门是不能解决的，说物价局是涨价局，物价局也是想稳定物价的，使用一些行政办法（起灭火机作用）。实际也管不住，认识又不一致，更增加困难。

有人说因为去年8类副食品提价引起今年涨价，这不对，8类提价是用补贴5元来补偿的。[难道这8类之外的就不算涨价,群众没有多开支吗?8类提价没有影响其他生产品涨价吗?只说区别,不说联系,孤立地看问题,不对——马]

8种副食品提价后,去年底曾通知检查物价,缓和了一、二月,到三月又涨起来,四月又发通知检查,平定一个时期,下半年涨价面越宽势头越猛,可见不是哪一个部门抬起来的,也不是物价检查管理能为力的,只有清除涨价的经济根源,才可能稳定下来。

对稳定政策有不同看法,如说不应提稳定物价,长期稳定对生产不利,有的说应是高物价高工资。我们认为执行物价保持基本稳定的政策是对头的。物价不稳定是有破坏的,影响政治的稳定。我国价格不合理,有历史的原因,形成综合征,只有在稳定的情况下,才能进行不合理物价的整顿和调整。在不稳定的条件下,不合理的物价体系更会混乱,但我们过去求稳定多,合理调整少,也因过去几次大折腾,无法调整。1965年曾拟用5年工夫系统调整,后来大动乱,没搞成,不合理性更加严重了。现在更不便于调整。

三、物价能不能稳定住,大家担心,现在中央采取许多有力的措施。1981年实现有信心,基本条件已有了

1. 压缩建设,消灭赤字,财政收支平衡,不留空子,不再搞财政性的货币发行,消除了物价上涨的根源。不像今年在通货继续膨胀下来稳定物价。水涨船不准高是不行的,可以允许吃水多一点,但不能无限吃水,那要沉船。不能是扬汤止沸,只能釜底抽薪。

2. 物价稳定由全部国民经济各部门协同努力来进行,不是由物价部门来单独作战。冻结物价,有经济和政治几方面的条件,如收缩开支,打击投机倒把等。

如何做法?治本治标同时进行。治标,冻结物价;治本,调整经

济消灭赤字。经济手段、政治办法同时进行。区别不同商品，不同对策，先稳定后改革。人民生活必需品坚决保持稳定，定一个商品目录（如粮、油……），规定不准涨价，要占到居民消费总额的70％左右，其他可以适应产品生产情况，可经过批准，再进行提价或减价；占20％左右，其余10％左右议价商品及集市贸易商品，允许议价，自由涨落，不影响基本生活，议价有范围和幅度的限制。总之，要管而不死，活而不乱。

当前是采取治标办法，冻结物价半年，先刹住涨价风，进行调查，半年后再采取系统办法。国家进行干预，看来不合经济规律，其实合于经济规律。冻结是三条原则：（1）今年12月8日起，国家有牌价的一律执行国家定的价，不准变动。（2）各种议价商品只准按12月7号的价，不准提高，允许降低。（3）以上两条规定，国营、集体的商业部门及经销国家商品的个体户，一律照此执行。轻犯者教育，重犯者处罚。

现在要做大量工作，对职工宣传，我们是稳定，不是降回到原先水平，以12月8日为界。要降价目前没有这个条件，财政赤字大家背，再不要发赤字货币了。现在已投入700多亿元，但未发生效果，放在仓库中，还要花钱保管，还要用700亿的商品来收回这已投放的700亿元。要解决这700多亿元的积压，是大问题。钢铁越压越多，100多亿元，还有100多亿机电产品积压无法实现价值。国家财政补贴还必须继续。群众批评："共产党生得怪，高价买来低价卖。"这是因为要稳定群众生活，某些物资不得不补贴，避免涨价转嫁于群众，那样物价更要涨。这次冻结只限于消费品的零售价。

一支部学习委员会议

[1980 年 12 月 29 日]

1. 传达学习中央会议，明后天上午文同志传达。等姚依林同志讲话后，明天第三单元开始讲党的建设。
2. 排除干扰，完成学习任务。（干扰：①审"四人帮"；②中央人事变动；③物价问题；④个人工作。）
3. 最后一个阶段，党的建设，学好。

张琳：

前两段大家觉得收获不小，学与不学不一样。

学好最后一个单元，加强支部工作。

党建教研室副主任段学夫：

党的建设重点，是加强和改善党的领导、党风问题，学好中央工作会议精神。明年任务是调整，要特别加强党的领导，完善党的领导。如何发挥老干部作用。（专业化，知识化，年轻化）

时间：15 天。

胡耀邦、宋任穷、冯文彬、宋振庭同志有讲话稿。

21 日至 24 日各人写思想小结，交卷，学部看了再退回给本人。

1月3日或4日宋振庭报告，3日至7日学习有关加强改善党的领导的有关文件。8日至12日关于干部问题，宋任穷做报告，讨论文件。13日至19日关于党风问题报告。20日至24日学习小结。

张琳：

最后写思想小结，要花些力气作。善始善终，早点做思想准备，各支部要做思想工作。

支部最后要小结。

冯文彬同志传达中央工作会议精神

[1980年12月30日]

一、会议概况

12月16日至25日中央开工作会议,主题:集中统一,调整经济,稳步进行四化建设。着重解决认识问题,加强法制,维护三个秩序。

参会193人,由耀邦主持。陈云同志作经济形势与经验教训的讲话。赵紫阳作调整经济的发言。姚依林汇报工作(财政、基建、信贷问题)。由书记处起草四个文件。25日先念讲话,小平总结。共有11个文件,将由中央发下。

大家坚决拥护中央领导同志讲话。

陈云同志讲话实事求是,从中国情况出发,言简意深。小平同志全面总结三中全会以来的政治、思想,调整的基本精神、主要原则。

二、认真调整国民经济,稳步进行四化建设

为什么要认真调整?当前经济形势很好,但有很大危险。如不调整可能引起经济政治形势的不稳定。

陈云同志说：(经济情势与经验教训14条)

1. 资金不够借外债，打破闭关自守的政策，是正确的。自力更生为主条件下可以借不吃亏的外债，引进技术。但外债要分析，大半是机器，自由外汇很少，利息高达15%，是很高的。借多了还不起。并非借现金，是借设备。借多少决定于国内财政能拨多少钱来配套。这种有利条件，一时不会改变。自由外汇借到的有限，要谨慎使用。外国资本家总是资本家，借债收入不会低于平均利润，不然他不会搞冒险的投资。因此借债要谨慎，不要太天真，敲敲警钟，不是不利用外资和新技术，但要谨慎。

2. 经济形势很好，但要看到不利的方面，许多商品在涨价，影响人民生活，如不制止，人民很不满意，可引起政治形势不稳定。

3. 体制改革发生了好作用，市场搞活了，农村人民生活改善了，也出现缺点，各地盲目建设，以小挤大，落后挤先进，新厂挤老厂。

4. 按经济规律办事是好现象，但以计划经济为主体，国家的必要干预是要的。粮食补贴，房租只够维修费，国家补贴200多亿元，低工资制，补贴必要。大涨价高工资并不好，还是现在办法好，那样会经济乱套。小的不合理，大的合于经济规律。

5. 国营集体产品价格冻结半年，进行研究，也是国家干预，合于经济规律。

6. 中央、地方财政开支大大紧缩，地方结余中央借用，财权归地方，以求中央财政平衡，一切节余不准动用，就是集中，不然会乱套。现在中央财力小，地方财力大。改革步子要小，摸着石头过河。"抑需求，稳物价，舍发展，求安定，缓改革，重调整，大集中，小分散。"两个青年概括得好。

7. 好事要做，要量力而行。最后目的是改善人民生活，国防也如此。有些好事只能做，不登报。

8. 一切重大项目，要专家参加商量，领导要考虑，几个比较，方案择优取用,不要匆忙结论,不准个人说了算。

9. 节省外汇,出口要少、小、精,各省各部在外国市场降价,不对,要肥水不流外人田。

10. 发展经济作物,但应保证粮食生产,进口必要的粮食,粮食是第一位的。

11. 10亿人口,8亿农民,香港、新加坡没有农民问题。欧美、日本也没有8亿农民这个问题。

12. 四化如何实现,不做不切实际的预言,如"超英赶美"。在现有基础上改造,引进技术。现有技术人员是骨干,出国取经是必要的,留学生不会很多。四化要党的领导,不要小看"万金油"干部的作用,但知识化、专业化、年轻化,仍是大的方针。能源方针还要研究。

13. 开国以来主要是"左"的错误,是主体方面的错误,代价重大。

14. 调整意味某些后退,要退够,耽误三五年不怕,清醒地健康地调整,稳步前进。

以上14条,希望讨论。

为什么要进行大调整?紫阳同志说,在调整两年之后,还要从明年起,进行大调整,是全面估量后的大决策。形势好,有潜在危险。对困难的危险认识不足。这次和1960年左右有很大不同。那时工农业衰退,吃饭困难,印象深刻。现在生产是好的,稳步地增长,市场也好,就业1000多万。城市住宅建筑多,企业地方有机动财力,情况好。但是也有很大危险,赤字两年各170亿元,增发130亿票子,已接近危机临界点。物价上涨,人民不满,经济可能垮下来,人民得到的好处会失去,政治难以稳定。过去对这些认识不足,现在看得清楚一些,困难是多方面的,来源已久,"左"的错误一直未纠正。基建摊子太大,经济严重失调,未充分估计十年破坏的后果,提出不切实际的口号。引进技术规模大了,包袱重,加重失调,财政困难,提出"八字"方针是根本决策。但认识不足,基建未退下,22个大项目该停未停,又上了许多地方小项目(关停1000多,新建6000多)。必须把经济指导思想端正起来,要摸好自己的国情。我们多次跌跤,因国情不明。要进行长期艰巨的努力,不能急于求成,对"左"的错误要有清醒认识,避免大折腾。判断:形势很好,潜伏大危险,措施坚决,可以避免。

先念说,总结经济工作经验,调整决心要大,改革要缓一些,要有利于调整。

1. 计划工作实事求是,"左"的错误指导下,不可能总结教训。一定要实事求是作计划。

2. 财政收入一定要做到当年平衡,压缩流动资金只能交银行,银行不多发钞票。

3. 增产节约。有的要增产、减产、停产,情况不同。不是为生产而生产,不是为积压而生产。节约,降低成本,节约开支,大力节约能源,增收节支。

4. 粮食是大问题,不能放松。粮食面积不能减少,经济作物要单位面积产量。粮食稳步增产下,广开门路。计划用粮,节约用粮。

认真调整国民经济。

小平同志说,三中全会后陈云同志提出调整,但认识不一,调整不力。现在大力贯彻健康的清醒的调整。要退够,该退不退,或不退够,经济不能稳步前进。长期急于求成,一直存在比例失调,财政信贷不平衡。要实事求是调整。过去通货过多,物价上涨,不能进行建设。农、轻、科、教、文化,还要努力发展。要提高职工技术及管理水平。退够是指基建、行政费用紧缩,收支平衡,一切量力而行,量入为出。这样才能解放思想,摆脱"左"的错误,站稳脚跟。摸清国情,决定方针和计划。20年达到小康,20世纪末达到小康水平。

建国三十年犯过不少错误,几经折腾,但还是建成了30几万企业,培养了大批技术力量,人民生活好得多了,比同类国家好得多。走切实可行的步子，发挥优越性和积极性，四化大有希望。

冯：开国以来少有的大好形势，(1) 与上次调整时不同。(2) 与上次有共同点，财政赤字，物价涨，但那时是生产下降，现在是上升，农民收入大提高，城市职工生活也大改善，70%升了级，物价补贴，奖金。(3) 与粉碎"四人帮"后两年也不同，生产大增产，农民积极性大提高，存款增加，心情舒畅，前所未有。

但也潜伏着很大危险，两"大于"，货币大于收入，基建投资大于收入。四不平衡。一个物价不稳定。

根源主要由于"左"的急于求成的思想，主体错误，长时期占有支配地位的错误。两次折腾花了6200亿。这如拿来生产，应已达到小康水平了。基建投资6000多亿元，发挥效果的只有2000多亿元，只一半，建设时间长。

经济教训，"左"的主体错误，原因是未从中国是10亿人口8亿农民这个特点出发，还未认清。

要从现有基础（工业、技术人员）出发，量力而行。

外资外技要利用，又要头脑清醒。要专家与领导共同定，当成纪律。节约外汇，多创外汇。

处理好宏观与微观经济、中央与地方关系，冻结物价合于经济规律，地方节余，中央借用。

多种经营不要挤掉粮食生产。

三、1981年调整的要求

退够，不留赤字。基建，铁公鸡，一毛不拔。国防、行政费都要压缩（小平）。

紫阳说，要求三条。(1) 消灭赤字，不留窟窿。(2) 不搞财政性货币发行。(3) 稳定物价。

明年支出还要再压 50 亿。发 50 亿国库券。基建由 500 亿元减至 300 亿元。国防减 27 亿，行政减 5 亿。文、教、科有增加。

地方支持中央 80 亿元。

明年部分提资，农民购买力还将增加。增加消费品的增产。抓农业、轻工业、能源（三抓）。发展农业，一靠政策，二靠科学，粮食面积不减。注意林牧副渔的发展。降低成本，钢减 400 万吨，以能源支援轻工业，军工搞民用产品。节电、油、煤、水，大力抓生产。退是指基建，财政开支，生产不搞高指标，不能完成的不去完成，不完成不能搞分成。

1985 年前都要以调整为中心。

强调集中统一，中央在宏观方面高度统一。规定八条纪律，服从大局、整体利益。

不是回到老路上去，把什么都搞死，还要发挥地方和企业的积极性。要继续搞活经济。保持活力和弹性，有效的改革成果要保持。

退够的标准，财政不留赤字，物价稳定。

调整后的困难是：500 万工人无活干，吃不饱的 500 万人，待业青年 1000 多万，一共 2000 万人的问题。工资照发，不发奖金，组织技术训练，试制新产品，保护资财、厂区、绿化，自找门路转产。

统一思想要做大量的思想工作。

四、小平同志谈，调整是三中全会方针的继续和发展

三中全会解放思想、实事求是的方针仍然是对的。这次调整不是三中全会政策的改变，是纠正"左"的错误的进一步贯彻，调整的正是不合三中全会精神的东西。

四项基本原则必须坚持，核心是党政领导。削弱党的领导的任何做法都必须批评纠正。现在党的工作差，与群众联系差了，不正之风

影响调整,对于阳奉阴违的必须反对。改革要试点,慎重前进。要使凡能工作的干部都要工作,同心同德,老干部要坚守岗位。

继续发扬民主和法制。民主要制度化、法律化,无法制的民主是无政府。反对一言堂,反对下级不执行上级决定,反对不执行纪律现象,纪律是民主的保证。退休离休安排好,要传帮带新干部。干部制度,坚持三化。解决各单位人浮于事的现象,要充分利用多余的劳动力,培训技术员,进行智力投资。改革步骤放慢,服从于调整。

农业要走出自己的道路。扩大自主权6000多个,占60%产值,继续搞好。反对自发的倾向,滥用自主权。

争取较长时间的世界和平是可能的。

五、加强和改善党的领导,加强思想政治工作

紫阳:调整的思想工作和组织工作,牵动全局,影响各方面,物质条件好,但工作难度比20世纪60年代大。调整有利政局稳定,需要安定团结的环境,遗留问题很多,调整中。(1)以大局为重,安定团结政局。其他工作服从调整,调整为其他工作创造好的条件。(2)调整步骤措施周到慎重,不要发生乱子,一有问题深入群众解决。(3)坚持四项基本原则,警惕有人破坏、反对四个坚持,扰乱社会秩序必须纠正。各种思想问题解决在于统一认识,高级干部及报刊有重要作用。10亿人民,8亿农民是特点。过去老搞冒进,"左",犯错误,忽视中国国情。要量力而行,循序而进,长期奋斗才行。提高自学,克服盲目性,向人民把问题讲清楚,埋怨失望情绪是由于不了解国情,中印比较一下,我国较好,如不几进几退,会更好一些。三十年成就巨大,三年来更是有大进步,悲观是没有根据的。宣传国情,宣传部门要做。党在思想、组织、作风上适应新的要求,对党员是一新的考验,加强党的战斗力,克服官僚主义、特殊化、不正之风,加强组织性纪律性,

反对个人主义、精神不振。要团结，有秩序进行。国务院带一批干部下去，抓基建、整顿、清仓、下马工程等后续工作。

先念：加强党的领导和思想政治工作。关停并转，开工不足，影响职工收入及情绪，是不安定因素，要发挥干部、科研知识分子的作用，广开门路，安置待业青年。我们党是坚强的，干部是顾全大局、拥护中央决策的，困难可以克服，要有信心。

小平同志总结中说：

经济工作搞不好，会出乱子，宣传工作搞不好，也会出乱子。宣传要有助于而不是有碍于调整工作。宣传工作是党的整个思想政治工作。现在已看到许多问题，还会出现许多问题。

真理标准讨论，一系列改革，取得胜利，取得巨大胜利，宣教部门做出重要贡献，成绩是主要的。解放思想就是主观与客观结合，今后仍要解放思想，实事求是。宣传工作还有缺点，主要是未理直气壮地宣传四项原则，不进行斗争，思想混乱，如四项原则妨碍思想解放，法制妨碍民主，批评错误妨碍"双百"方针。很少有人挺身出来进行斗争。这次选举中出现反党反社会主义言论，地下活动就是问题。改善党的领导主要的就是加强思想政治工作，做人的思想工作、群众的思想工作，党委少抓行政工作，抓思想工作。

解决以下几个问题。

充分肯定三十一年来的成绩，不能说得一团漆黑，就是"文化大革命"也不是反革命活动。

毛泽东功劳第一位，错误第二位。他的错误说不透反而有害。后期思想和前期毛泽东思想区别开来。党内确有不正之风，但不能夸大为整体，不是都搞特殊化、不正之风，宣传中要注意。加强组织性纪律性，一切行动听指挥，中央统一指挥。大公无私，艰苦奋斗，奉公守法，弘扬共产主义思想、信念、道德和行为。我们不能在精神上解除武装。怎么教育青年？表彰先进，不怕苦，不怕死，竟然有人公开批判。人总是要有点精神的。要做一个合格的党员。关心群众疾苦，群众路线是传家宝，脱离群众就会为人民抛弃。反对封建主义思想，资产阶级自由化倾向，反对向"钱"看，反对无政府主义。加强各级学校工作、共青团工作，培育有道德、有理想、有志向的青年，帮助群众解决可以解决的困难。

六、加强无产阶级专政，巩固安定团结的政治局面

安定团结是首要关键。要把调整搞好，宣传教育工作搞好，辅之以法律工作。现在有人在鼓动捣乱，地下组织，非法刊物，刑事犯罪活动，违法乱纪活动，其严重性不少同志未有足够认识，放纵不管。这场斗争是政治斗争，要依法办事，加强政法部门，维护生产、工作、社会秩序。

这不是"收"。对犯罪活动没有收的问题。民主是要坚持的，但对犯罪只能专政。

党校如何学习贯彻：

四位领导同志讲话，5日可发。干部学习一个月，再组织群众学习。领导到第一线，辅导报告，解答群众提出的问题。实际锻炼，党校学员回去正赶上传达学习、宣讲、辅导、参加讨论。现在学习以中央工作会议文件为中心，与个人经济工作经验结合起来，把政治工作与经济工作结合起来，把党的工作（党风党纪……）结合起来，作为三单元党建课的中心教材。是对经济课的总结，又是党建课的动员。清理思想，提高认识和觉悟，完成党校学习任务。

宋振庭同志报告

[1981年1月5日]

中央指示要点：（1）中央指示路线正确，而传达往往草率，不认真，这次要认真传达学习，领导亲自宣传，做思想工作；（2）要联系实际，作批评自我批评；不准阳奉阴违，要坚决执行。

传达学习要做大量的群众工作，敢于领导，亲自上阵做思想工作。

党校第三单元主要学习中央文件。用一周讨论中央文件（加强党的领导），一周学纪委文件、耀邦讲话，最后几天做思想小结。

讨论中央关于调整国民经济的会议上中央领导同志的发言

[1981年1月5日]

要调整,这不仅仅是经济方面的事,是全党全国的大事,是我们能否前进的关键。

要调整好的根本一条是加强党的领导。要加强党的领导,必须改善党的领导,这在目前来说,有特别重要的意义。

要加强和改善党的领导必须抓住以下三条。

1. 确立党的领导,改革党的领导制度,整顿党的组织和党的作风,贯彻执行"党的政治生活准则"。

2. 加强和改善群众工作,加强思想政治工作,要把广大的工农群众,特别是青年、学生吸引到党的领导下来,吸引到社会主义伟大事业中来。要提倡革命的人生观,共产主义的理想、情操和道德。生活文明,有文化教养、科学知识,有革命的朝气和事业心,养成艰苦奋斗的优良传统。批判封建主义和资产阶级思想,提高民族的自信心和自尊心,坚持民主和法制,正义、公理,要有敢于和一切不正之风进行斗争的勇气、决心和智慧。对于那些思想上受到"四人帮"思想毒化,对党不满,对现实生活不满的青年、学生进行深入细致的工作,不是搞运动,而是逐个地一点一滴地进行思想教育和必要的思想交锋,不害怕他们发表自己的思想,不要采取强加于人,强制服从、压服,以至戴帽子打棍子的办法。把官办的群众组织（工、青、妇、学生、科学、文艺……）改造为群众拥护的群众组织，在党的领导下进行独立的活动，反映他们的情绪、要求，循循善诱地把他们引导到社会主义轨道上来。不要在发生自发的群众性的罢工、罢课、示威、游行、请愿时，采取压制、禁止、弹压，以至动用专政工具的办法。不要压、堵，而要疏导。疏导中有些出格的事并不可怕，只要主流按社会主义方向就可以。争取群众，绝不是利用当权者的行政权力能成功的，要和群众交朋友，谈心，听取意见，说服教育，鼓励进步。不要简单地说教，粗暴地干涉，和他们有矛盾但不对抗。

3. 加强人民民主专政，一方面是加强民主，实行政权的民主性改革，坚持法制，在法律面前人人平等。要同官僚主义和特殊化进行持久的斗争，要绳之以党纪和国法。对于反社会主义和反党的地下活动，敌人的阴谋活动，进行坚决的打击。但要注意策略，特别要分清两类不同性质的矛盾，要争取失足者，特别是偶犯的青年。要取缔违法的政治和经济活动，要把群众在宪法范围内的活动（如请愿、罢工、罢课、游行等）和非法的暴乱活动、打砸抢活动、公开的秘密的反党反社会主义活动严格区别开来，要把混入群众中煽动组织破坏活动的阴谋家、反革命分子和一般的不满意者、思想落后的群众严格区别开来。要争取群众，把坏分子暴露出来，孤立起来，然后给以应得的惩罚。取缔地下组织和地下刊物、地下反党串联活动。要维护安定团结的社会秩序、工作秩序、生产秩序。要坚决打击一切刑事犯罪分子。

总之，（1）整顿党的组织，搞好党的作风，按《准则》办事。（2）深入群众做艰苦细致的思想政治工作，把群众团结起来。（3）加强人民民主专政、民主和法制。这三条能做好，便是加强和改善了党的领导。要改善党的领导才能加强党的领导，而加强和改善党的领导，是思想政治工作能够奏效、民主专政能够加强的前提。只有加强和改善党的领导才能有成效地进行国民经济的调整，才能完成社会主义四个现代化建设的任务。

姚依林同志报告

[1981年1月10日]

回答大家提出的几个问题。文件都已经回答了,我就文件谈一谈这些问题。

1. 全国形势很好,但潜伏危机。怎么理解?原因何在?调整与改革的关系,国情问题。形势很好,不必多说。农业受灾300亿斤左右,南涝北灾,但总产值还保持了。农业增产8%(轻工16%),但有潜在危机。这并非说已爆发了危机,只是说存在着危险,或只露了一点头,如不注意消除,危险性会爆发的,表现为赤字,通货发行多,物价在涨。1977年赤字170亿,1980年110亿到120亿。还可能下降一点,可能是110多亿,比报上发表的多了30亿。为什么要说170亿?因有银行贷款60亿,也是信用膨胀。去年(1980年春)经济情况好转,同时存在着赤字,在我们脑子里存在一个问号:(1)粮食减产300亿斤,决定进口粮从1000万吨增到1500万吨。(2)石油看来增长不上去,还可能下降,因是破坏了储采比例(30∶1),我们是10∶1,这有危险。渤海二号事件后,群众才揭出这个问题来。今后到1985年如海上石油无进展,还可能下降,从1亿吨降至9000万吨。(3)财政赤字比人大三次会议宣布的要大一点,大30多亿。这三笔账是原来没有发现的。还有如煤炭可能要减一点,调整采掘比例。基建规模大了,非压基建不行，因此开了省长会。原是550亿，先考虑退到450亿，摆不平，退到400亿，还不行，退到350亿，还不行，退到320亿。但有50亿赤字，准备保留。后来向陈云、先念汇报后，认为应一下退够，消灭赤字，小平同意。把基建压到300亿（其中维持简单再生产88亿，职工宿舍等60多亿）。搞改革，能源非有不可，退不下来，因为300亿元只相当1957年的150亿元。

物价上涨根本在于货币发行量大了，表现为购买力上涨超过过去的许多年。过去商品销售不过七八十亿，现在却有200亿要买东西。这形势不纠正，货币发行量相当于1957年的一倍还多一点。如不控制，可能出现大的上涨，爆发危机。有了赤字，货币多了，就会物价上涨，工业品不足，出现黑市。物价涨把工农已得的利益丢掉了，出现了危机，可能形成政治危机。这些危机潜伏着，但未爆发，及时采取调整，可以不爆发。现在调整形式，与1962年不同，那时危机已爆发，仓促决定调整的。当时农产品少，市场商品少。现在未爆发，有时间来调整，市场货物还比较多，1962年调整未正本清源，对"左"倾错误未从思想上弄清。写文件总要写三面红旗、伟大成绩，不能说有错误。虽调整了，1966年又爆发更大的错误。现在我们正在总结三十年经验，总结党的历史，认清了经济中"左"的指导思想，主体的错误，现在是清醒健康的调整，是预见到的，但困难也在这里，调整中还可前进，思想不易统一，决心不容易下。因为有很大的损失，设备积压就有50亿美元。贯彻也很难，基层遇到问题多，但各省市、部队都很好，支持调整。遇到的困难多，思想工作艰巨。不可能一年摆平，今年只能基本消除危险。摆平还要几年时间。这个五年计划是调整为中心，当然也还有发展。

2. 为什么发生潜在危险？多方面原因，由来已久，"左"的错误一直未得到纠正，高指标，基建大，挤了人民生活消费。比例严重失调，对十年破坏估计不足，引进中的毛病（大，浪费）。所有制上也存在许多问题,"左"的错误,合作化急了,不该搞公社化,割尾巴,不准个体经营,压缩集体经营。打倒"四人帮"后经济上还是"按既定方针办",加上盲目引进22项,规模大,项目选得不准确。不能把农产品提价及改善人民生活急了一点当作主要原因,这不是问题的实质。提高农产品价格,稳住了农村,出现了很好的发展情势。职工生活长期未改善,有一点改善,对促进生产很有利,事实上剪刀差还存在,职工生活改善也不算大。三中全会的方针是对的,只是没有及时压基建,出现了赤字。我们不能用压职工生活和农民利益来搞基建,急于求成反而不快,工农没有积极性,建设也搞不好。

中国怎么搞社会主义建设,如何快一些,正如革命是经过二十几年的摸索才得到适合中国国情的毛泽东思想,取得了胜利。但如何建设,如搞快些,还是不清楚的,有不同看法,急于求成,犯了"左"的错误。

3. 调整与改革。过去提的改革是否还要,是否改错了,是否是改革带来的困难?不是。不进行改革,我们是没有出路的。三中全会以来进行的改革的方向是正确的,改革的效果也是好的。如果没有这些改革,工农业形势没有现在这么好。农村是稳定的,农业是发展的,过去体制不适应,农业一是捆得过死,一是吃大锅饭,改革解决了这个问题。经济搞活了,但改革步子要小一点,摸着石头过河。目前以调整为中心,改革适应、服从和有利于调整,有利于生产的发展。有些改革放在调整中来进行,更有利些。如机械工业的改革,由于重工业基建压了,机械为基建服务,没多少活了。这更促进机械工业的改革,使之更多为轻工业、农业、人民生活服务了。对外贸易上也可以在调整中进行改革,统一联合,不分头出口贱卖,肥水落入外人田。改革方针扬长避短,发挥优势,保护竞争,促进联合还是对的。但各行业各地区不一样,要分析,情况复杂,这样在调节一段后再来仔细研究。这并非搞调整不搞改革了。要以调整为中心,进行必要的改革,市场调节不好搞，就因为和财政收入、赤字出现有关。

4. 如何进一步深入研究国情？陈云同志提出这个问题，有极大的重要性。我们在10亿人口和8亿农民的国家进行建设，东方大国，底子很薄。在革命战争时期我们比较注意研究国情，建设却研究不够，许多措施不合国情，发生毛病。研究国情应是长期规划的研究重点。要达到四个现代化，不是二十年能达到的，二十年只能达到初步的小康水平。我们现在才开始研究国情，工作能否做好，和国情问题关系很大。

思想小结思考

[1981年1月12日]

思想认识有了提高，有了一点觉悟，或自知之明。

自己学过一些理论，读过一些经典著作，其实没学通，有些基本观点都不一定明确。

自己以为能够理解党的路线政策，其实不过是把中央指示文件进行诠释和注解，甚至错误发挥，或者巧妙地给领导指示涂上一层理论的色彩。因此领导指示、中央文件多变，也跟着走，跟着办，因为都可以从经典著作中很方便地引用材料来证明领导的英明正确，把马列主义作为注脚，颇有"六经皆我注脚"之概。而千变万化的现实，要去寻求例证，也是十分容易的，正如列宁说的那样（查原文）。

自以为紧跟总不会错，结果或者成为奴隶主义者，或者成为政策变化的掉队者。

自以为自己是一心一意搞社会主义，一心一意为人民，其实对于社会主义并不了解，还要以己昏昏，使人昭昭。自己所行所言，有的并不符合人民的全局的长远的利益。而且热狂地犯过错误（如日夜奋战、大炼钢铁、推行"新技术"、搞四清、反右派、反右倾机会主义）都是一个部门的领导者。

自以为受过压，挨过打击，其实自己也整了人。而且以为是执行政策,是党性纯的表现,心安理得。直到这次给人平反才认识到了,于心不安。想起来自己其实是理论的矮子,行动的"巨人"("莽汉"更恰当些)。

宣传工作有一些偏差,应该纠正,但要考虑是否都过了头了,有些领导认为不妥的,群众热烈拥护的,是领导欠考虑,还是群众错了?(如对王墨同志的公开批评。)

宣传应该以表扬为主,但必要的揭露非有不可,而且要抓典型,不能只以职位高低来定义宣传中批判的少多(批评是不应分为级别的),引来群众"只打苍蝇,不打老虎"之讥。引来"官官相护"之讥。

宣传上的偏差,应首先从我们领导检查起,由于政策制定,缺乏全面考虑,或难以预见的困难,因而可能出现偏差,考虑不到,因而宣传上在新的现象面前,出现某些片面性和偏颇,这点是可以理解,可以原谅的,求全责备下级是不妥的。一时强调市场调节,一时又强调计划调节,一时说结合,一时说以计划调节为主,一时说在计划调节指导下的市场调节。其实不明白计划调节和市场调节从本质上说是不同社会的经济概念或范畴,本来是矛盾的。而且行政干预和计划指导如果不和市场的实际相符合,充分利用价值规律,因势利导,计划会不能反映客观实际,行政干预会无效或效果不大,或虽然强制行通了,但带来另一方面的后果,比如由活又变死(活而不乱,管而不死,这话有本质联系的方面。活过头就乱,管过头就死)。例如农产品提价,说是影响不大,但未考虑票子本来发多了,基建未压缩(发票子搞基建扩大再生产的错误未克服),又增加两笔大开支(农产品提价,工资调整),怎能不出问题?又如说提高农产品价格只8种,不会影响其他,不知道这8种一提价,其他各行不能没有牵连,不得不涨价的必然性,盲目乐观,结果几乎失去控制。不准涨价只是行政强制干预,如不从经济本身着手,是不会有长效的。

无产阶级专政和人民民主专政到底叫哪个为好?说人民民主专政

本质上是无产阶级专政，可以承认，但到底有些不同的表征。过去只提无产阶级专政，引来"对资产阶级实行全面专政"，于是"文化大革命"中搞了对全民专政，特别是对老干部和知识分子的全面专政。人民民主是以人民代表大会为表征，无产阶级是以共产党为代表的。两者仍有区别。到底人民民主专政即无产阶级专政，还是人民民主专政实质上是无产阶级专政？

我们一定要搞好调整，在不妨碍调整的前提下，对调整有利的条件下，继续进行改革。不要一强调调整，改革工作便放松下来，有一种取消的倾向，甚至被误认为过去的某些改革搞错了，所以暂不进行改革了。

我们一定要加强党的领导，要树立党的好形象，但首先要强调改善党的领导，如果党组织不能得到整顿，党风不能得到整肃，就无法坚持加强党的领导，无法树立党的好形象。

我们一定要强调和党中央的一致性，强调组织纪律，强调安定团结，但同时要注意党和国家领导制度的改革。不要一说统一和纪律，领导制度、干部制度的改革便放松了，推迟了。一说"万金油"还有作用，便对提拔年富力强的新干部，培养专业化、知识化、年轻化的干部放松了，老干部终身制的改革放松了，应该退下来的也不退掉了。因为强调"先进后出"而"只进不出"，甚至"不进不出"了。

我们一定要注意纠正宣传工作中的某些偏向和片面性。但不宜责备宣传部门、报刊编辑，他们是在紧跟中央的政策和领导同志讲话的情况下出现的片面性。他们在解放思想、联系群众、制止歪风方面做了许多工作，做了开路的先锋，在其中矛头不准或过甚言辞，是难以避免的。而且不能因为纠正某些偏向而否定了还要继续解放思想，继续歌颂好的，揭露坏的典型人物和事件，继续在理论上进行某些探索，不能规定："在党内也可以议论，保留意见，但不能到报上写文章发表。"有些揭露，有些理论的探索，还应该允许在报刊上发表。只要不违背党的调整的总方针，不反对党的领导和社会主义就行。就是有些错误的言论，也允许批判纠正。不要禁止和堵塞，还是以疏导为好，而且在"双百"方针的精神下，容许讨论和争论。

所以要这么说，因为大家（特别是知识分子）是惊弓之鸟，是心有余悸和预悸的，处理不当，往往会使大家的积极性受到挫伤，噤若寒蝉，一潭死水，绝不是好现象。"双百"方针再也不能转向和夭折了。

宣传工作中文艺方面的问题不少。追怀过去的创伤，批判现实的错误的作品不少，引进西方的格式、情调，有生搬硬套和一窝蜂的倾向，还有些是企图把某些封建的资产阶级的腐朽化为神奇。西方模式、情调的模仿和提倡以及中国旧社会的思想和形式的搬用或改装，在洋为中用和古为今用、推陈出新的名义下滋长起来。旁观者的冷漠态度，对一点小毛病的夸张或不能容忍，对社会现象的评头论足，对社会阴暗面的加意夸饰和揭露，都曾经出现过。而对于现实中新的英雄事迹和英雄人物的歌颂，对于革命历史的传统教育，提倡新的社会风气的作品，不是很多，至少不是占压倒的优势。反而说揭露也是为了歌颂，为了前进。揭露如果是站在正确的立场上，热爱党和社会主义的立场上，自然是好的，能推动历史前进。但是那种隐然抨击，隐然对现社会不满的立场上的揭露，就会带来不良社会效果。即使写得有根有据，但由于集中概括和夸张了，又以广泛的传播形式把这种不健康不卫生的精神食粮送给缺乏辨别力而又正对某些社会现象盲目不满的青年，就会产生反对现社会、反对党的领导、怀疑社会主义的客观作用。有些作品总是闻到消沉、冷漠、淡淡的哀愁和对现实的哀怨（即怨而不怒，无可奈何）的情绪，把人引向小的另外的个人的情感纠葛中去，不能使人精神振奋，甚至使人精神颓废、思想混乱、感情冷淡，成为"看透派"，有关社会主义社会的新悲剧和对现实社会嬉笑怒骂的文章，搞多了，也会走向自己的主观良好愿望的反面。

特别值得注意的是文坛上有一股文风，一种倾向，成为大家拥护、模仿的东西,想把少数人的思想转化为大多数读者的思想,控制和影响他人。而一些老作家的作品少了,不合时宜了,一些歌颂现实的作品,一些进行革命传统教育的作品不时新了,不印或印了也卖得少了。特别是有一种迎合社会的风气,注意生意经,抓热门,抓最能哗众取宠的内容和形式的作品,抓"票房价值"重于考虑社会教育作用。有的并非好的作品,成百万册出版,而有些好的有正面教育作用的思想却有向隅之叹。有一种作品总倾向于"损"党、"损"现社会,然而却以其超赶时髦的形式和内容,风行于一时。

所以,这些现象都不能认为是社会主义文艺的正常现象,这种隐然成为倾向的风气值得文艺界领导注意。

然而一当某些领导同志提出一点不同看法或批评,马上有人视为"棍子""帽子",思维僵化半僵化,视为不要"双百"方针,甚至群起而著文攻之,以至压倒为止,使批评界也出现一些不正常的风气。对于陈沂同志对《今夜星光灿烂》表示不同意见的文章的群起攻之的架势,不能认为是十分得当的。

当然,分析起来,其实是我们在文艺上多年来实行"左"的方针一旦解放后的一种必然反动(这反动只是作为对立面之意,不是贬义的那个反动),是我们贯彻"双百"方针中难以避免的,是不难纠正的。

我们应该继续坚持在文艺界反对"左"的倾向,肃清"左"的流毒,妥善治疗"左"的倾向所带来的创伤。我们仍然坚定不移地贯彻"双百"方针。对于某些有缺点有错误倾向的作品要耐心地冷静地客观地分析,与人为善地进行批评帮助,并且允许保留意见。至于文艺界的党的领导部门,党领导的编辑部门,要总结经验,改进工作,善于引导,小心地进行评论,切不可操之过急,切不可草率从事。

还要注意到我们在整顿社会秩序,在强调安定团结,加强民主专政的过程中,会使这些"惊弓之鸟"发生错觉,以为不"放"了,又"收"了,因而或者噤若寒蝉,或者消极应付,甚至怒而抗击。客观上不可能不发生影响,因为文艺部门是非常敏感的部门,是心有余悸较多的部门。

　　应该引起注意的是文艺文化的领导部门的同志有些讲话和文章也有趋时和迎合倾向的做法,支持某些错误作品和错误观点。这种迎和倾向是不好的,只能给纠正某些错误倾向带来困难,虽然他们可能一时赢得文艺界的好评和拥护,这在文艺出版界、文艺领导和文艺编辑部门中是存在过的。要克服迎合性,克服摇摆和片面性。归根到底,还是对于社会主义文艺缺乏理论的素养,一股风来,便站立不住,便东倒西歪。把某些同志历年来发表的文章和讲话前后对照一下,就看得明白了。

对党校建议

1981年1月12日

1. 这种学习理论、清理思想的做法非常好，对提高领导干部的思想水平，改进工作方法大有好处。希望各部、各地方、各级党委的第一、二把手都到党校来学一回，清理思想，熟悉理论，他们回去都是主要当权者，对他们的工作会有更大的帮助。

2. 党校发的《理论动态》很好。启发思考，开通脑筋。希望今后能及时送给学员一份，并且要学员也在学习和工作中及时送一些稿件来，收扩大视野、集思广益之效。当然《理论动态》也不是没有缺点的。把一两年内出版的文章进行比较，明显看出：（1）有前后观点不一致或提法有矛盾或出入的。（2）紧密结合当前现实斗争，固然要紧，但应从根本理论上来结合实际，而不是就事论事，仅作为中央领导言论的注解或给中央领导同志言论找理论根据，赋予理论的色彩。辅导也有同样问题，赶当时的政策行市，而不是根本的马列主义理论在新的具体情况下的应用。以把领导人的某些不一定准确的指示去和马列主义原著挂钩为能事，也有犯马克思列宁"句句是真理"的嫌疑。真理来于群众的革命斗争实际，不来于领导言论和马克思列宁著作。马列主义著作之所以是真理，因为它是从马列当时的历史斗争与环境出发，又符合当时的客观实际的，这些理论只有和我们的现实斗争结合起来，才能证明对我们来说,什么是真理,什么不是真理。领导人的讲话如果是从我们实际生活实践中吸取出来,又回到实践证明是正确的才能算是真理。总之实践才是第一义的,只有实践才是检验真理的唯一标准。"唯上"、"唯书"给我们带来的祸害不算小了。

3. 解决党校学习的"消化不良症"。时间延长一些是解决办法之一。

4. 学习心得或小结。写成文章校刊登出,还可进行支部、全校的交流和讨论、争论,或开专业性专题性的讨论(吸收有关方面业务同志而又有较多见地者参加)。

思想小结提纲

[1981年1月19日]

入党四十几年，第一次进党校学习，时间虽然只有五个月，收获却不小。认识上有所提高，思想上有所觉悟，至少增加了一点自知之明。（人贵有自知之明，要做到多么不容易！）这便是我们继续前进的起点。

长期以来，自以为是搞宣传文化工作的，读过一些经典著作，学过一些革命理论，现在看来，大半是囫囵吞枣，食古不化，其实自己学到的不过是一些简单概念、一些词句，甚至许多基本概念也并不清楚，一些词句含义也不甚了了。特别是在和中国革命实际相结合的时候，特别是在一场大的政治转折关头，自己不是迷从，便是随大流，或者为某些政治上需要的随心所欲的解释所迷惑，分不清是非和方向。自己所宣传的、所说的马列主义，其实有一些并非马列主义，即活的马克思主义，与具体革命实践相结合的马克思主义。

宣传工作中的感想

[1981年1月21日]

宣传工作的连贯性和一致性。防止突发性和片面性。要解决这个问题,必须解决路线和政策的稳定性、一贯性,而说到这一点又必须有理论的连续性和一贯性。

理论工作严重落后于实践,常常只作为实践的注释和注解,或贴上理论标签,涂上理论油彩。理论来源于实践,又应走在前面,指导实践。

宣传的摇摆和片面,宣传成为首长的传声筒,而不能及时准确反映群众情况、意志,不是两者间的桥梁,而是平衡者。

心得与体会

[1981年1月21日]

一、保卫三中全会路线,是一场严重的斗争

1. "凡是"派的反对,仍然有潜力。

2. 保守思想,见不得在解放思想中出现的某些错误倾向,疾言厉色,不能容忍。故恐资、恐修、恐右病、极"左"的流毒还在。错误思潮出现了两次,一次是由小平同志提出"四个坚持"解决了,这一次又由小平同志提出"改善党的领导,保证安定团结"来解决。但带来两方面的不同反应。一方面认为早就该整一整了,回到老路上去。一方面以为收了,不放了,不敢解放思想实事求是了。在经济上也是两方面,一种希望回到改革前的老路上去,一种对改革缓慢不满意,是否退的多了,大惊小怪于潜在危机了?

3. 反对派,所谓革新派,不满足于现在的改革步伐,实际上是资本主义自由化的倾向对社会主义的反抗,农村有包产到户的浪潮,有自由贸易(投机倒把)的冲击,知识分子自由化倾向与限制知识分子,不重视他们的作用的倾向都会出现。

这是一个政治经济的大转变关头,会有各种不同的观点、倾向,

要善于处理,要坚持三中全会的正确路线。这是一场十分重大的斗争。

二、调整方针,搞活经济,都有个"退够"问题

解决"左"的倾向。在实践中已取得很好的效果,但是从理论上没有说清楚。生产的目的性,生产的内部动力问题。商品与市场经济,经济调节和国家干预。各种政策措施都反映出来,社会主义有一个过渡阶段,即社会主义的前期,不发达和不完善的社会主义阶段,发展到完善的和发达的社会主义阶段,由资本主义向完全的社会主义过渡阶段和从社会主义向共产主义过渡和准备的阶段。头一段中有更多的资本主义社会的痕迹,而且是十分必要的。资本主义社会也在发生变化,新的科学技术的出现,生产力的大发展,资本主义的"自适应"和"反馈"能力加强了。自我调节的主动和自觉性提高了,工人阶级生活的改善,参加管理的形式,买股票,人民资本主义的倡导,都是新的现象,要研究。我们是作为资本主义的对立物而存在的,不研究就无法解决矛盾,因此,我提出一个资本主义的反馈理论(Feed－Back)。这也许只是修正主义理论。但总应该根据新情况,研究新问题。

三、宣传工作上的连续性和一贯性等问题

摇摆性、片面性的克服,有待于稳定的路线政策方针,有待于一贯的马克思主义理论。

四、文艺路线问题

"双百"方针必须坚持,但不能搞自由化倾向。党不要横加干涉,但不能脱离党的领导。两方面都来干扰正确的文艺路线。现在是脱离党的领导的倾向、自由化的倾向应该注意。思想要整顿,组织也要整顿。

胡耀邦同志讲话

[1981年1月24日]

重要的问题有一大堆，文件和中央四个常委都讲到了，明天"两案"将要宣判，中央有个决定，今年上半年还有一批重要文件陆续下达。

可是作为副校长不来不好，来了不讲也不好。

一、如何看形势，前途怎么样

国内主要的经济和政治形势、国际形势，简单地说，好不到哪里去，也坏不到哪里去。对抗苏霸，苏是最凶的霸。它也要借重我们，坏不到哪里去。苏目前打进我国来，不可能。160年来，世界上没有一个帝国主义能把中国灭亡。日本也是想把东北和华东变成它的殖民地，它无把握吞下全中国。中国太大，人口太多，几十年一百年要吞下10亿人，960万平方公里，不可能。有人总讲我们这不好，那不行，我很反感。我们领土如此大，产物如此丰富，是一个伟大国家，为什么不首先强调这一点。帝国主义是想侵略全中国，但不可能下吞并全国的决心，懂得这一点才有保卫国家、敢于斗争的坚强信心。苏联连阿富汗也吞不了，伊朗抓人质美国都无办法，你能吞中国？当然也不能丧失警惕。

国内经济形势、政治形势，两句话，经济形势一年比一年好转，政治形势一年比一年稳定。有些人不相信，只有走着瞧，实践是检验标准，他不相信，也不用着急，说是要说的。

经济1980年比1979年有好转，工业增8.4％，轻工业上去了，质量更合群众需要。过去增产了，可是看不到市场的东西。农业本来说是大减产，我说过农业不能刮"妖风"，不相信粮食减产多，最多300亿，可能是200亿。棉花大增产，增900多万担。粮食现在说的减产300亿，反正物质不灭，也不计较。最近调查，农民手上有粮食，棉花总产量5037万担，历史未见。糖不少于350万吨。人民生活大多数有改善。城市职工工资有提高，住房有改善。物价曾有一阵儿涨，有的涨得不像话，不好，但总体比1977年前好。那时有钱买不到东西，黑市价格很高，如粮食七八毛到一块几一斤，而且无钱买，逃荒要饭的不少，送礼是一包花生或瓜子。陈云同志说经济形势是解放以来少有的，他从来讲话谨慎，留有余地。但是"你们怎么又说潜藏着危机，你们葫芦里卖什么药？"简单嘛，辩证法嘛。1956年如果说取得伟大胜利，但潜藏着骄傲自大、盲目冒进的危险，毛泽东如这么说就好了。说到这里，我说这期党校学员学得好，但潜藏着自以为是的危险。我们敲形式警钟，物价有些涨，基建摊子大了。我们提出危险，是提醒"左"的指导思想不端正，而且不愿纠正。中央多数同志就有。小平、李先念说他们有，我也有，但中央有的同志不承认，不愿纠正。我们指出来好，压基建说了几年，去年下了1000多项，却上了6000多项。滥发奖金，还没有停止。有的厂奖金超过工资一倍，不准发就来个补贴。以为乱发奖搞补贴可以稳定人心，有积极性，领导好办，其实相反。正确的奖可以调动积极性，乱发造成纪律松弛，管理乱。提出基建要退够，轻工农业搞上去，经济形势可能有更大的好转。

政治形势安定，继续好转。要看80％的农村人民。农民现在是安定的，主要因为生产上去了。去年我跑了13个省，紫阳去了湖北、河南、山东，去时未通知，临时指定去的地方，真是报上登的那样情况。棉花翻了两倍半，到农民家看了，到处堆的粮食，有的几千斤，有个户收入两三千元。聊城四个县收入每人300元的有800个大队。紫阳问还有什么新要求？只有一句，政策不要变。再过三年，什么都有了。问还要什么？要求生两个孩子。那些地方翻身这么快，没有想到。我去广东顺德，提出1985年达到人均400元。估计去年人均收入达到300元大队会有1万个以上，占1.4％（全国70万个，前年才0.4％），也许还要多一些。聊城已达到800个。广东蛇口地区的人均产值超过香港的人均产值。江苏沙洲县庙桥公社后桥大队，前年人均300元，去年415元。新乡土里营刘庄大队，去年每人470元（207户，1200多人）。只要政策对头，干部敢干抓工作，解放思想，都能上去。各地都有好公社好大队。山东、浙江、四川、安徽各处地方不错，广西、云南进步较大，河南、西藏不错。农村很多地方安定。

不安定因素，阶级斗争，"四人帮"流毒，有三部分人：（1）社会上好逸恶劳的人，偷摸、骗、投机分子。（2）青年中一小部分个人主义极端严重的人。他们想闹一台，根本不行。（3）各级机关中一小部分思想、政治、组织路线不端正的人。不要把不安定因素估计过高，只要好好组织起来做工作，没什么了不起。第二、三部分人中对中央路线总是反对，格格不入。由于：（1）我们思想工作没做好，要讲事实，讲道理。（2）对外开放，允许来人（去年500多万），听外国广播。美国之音并不友好，专报你不好的，棉花生产那么多，就是不报。有些消极是捏造的，而且做得真真假假，有时也报道一点真的，然后掺进假的。你们说"出口转内销"，中央哪个人谈出去的呢？对越南打仗，他们不知道。明天宣判，今天搞文件发出，可能保住密，可能今晚外国就广播了。我们总是先告诉大家的，不是先出口的，美国人有的是猜的，有的是造谣，听了他们假的，也心安理得，还原谅人家，善变干部,要考虑考虑了。我们总的大事是先告诉党内的,有的不宜一下通到底,不利。有些同志容易上当受骗,原因三条:第一条是不好好学习,老框框办事,僵化。第二条是不下去搞调查研究,不信大多数人。第三条是有的人专门听外国的,他的精神食粮是靠外国进口的。上当9次不在乎,听到一次准的就感激不尽。我们要相信路线的正确性、事业的正义性,相信广大群众,不然没有信心。

二、如何正确对待重大历史问题

服从两条原则:(1)要解决;(2)要有计划步骤,采取慎重的方针。我们已解决一些重大问题,还有些未解决,这也是不安定因素之一。

头一个是关于毛泽东的功过和毛泽东思想问题。中央一致看法,毛泽东功劳第一,毛泽东思想不能丢,要把毛泽东早年思想和他的晚年思想区分开来。两种偏向,一种不承认毛泽东有错,另一种不承认毛泽东有功。马克思主义是以马克思为代表,毛泽东思想以毛泽东为代表,创造了一门科学,革命的学说,毛泽东功劳最大,也包括毛泽东的战友。他晚年脱离了他自己创造的毛泽东思想。

第二个大问题,干部问题。"文化大革命"中犯错误的同志怎么对待,宜粗不宜细。有的同志实际不赞成,非细不可。现在办案的对老案斤斤计较,抓住不放,要做历史分析,不要纠缠,要主要抓现在的,即对中央方针路线的反对和阳奉阴违上。"文化大革命"三关(初期,批林批孔,批邓),没说错话办错事的很少。应是自己清理一下思想,然后就不再提了,算了。(参加刘少奇专案的全国上下有40多万人,哪能算账?)疙瘩要解开。

历史问题从宽处理,现在问题从严处理,一直表现好的同志要提上来。

第三个问题，党的生活与党内斗争，进行自我批评怎么搞？过去极不正常，老搞斗争，路线斗争，相互之间关系紧张，讲党内斗争，讲两条路线斗争，讲你死我活的斗争。我们要恢复解放战争前的党内作风。我主张（1）多提党内生活、批评，少用党内斗争这个词；（2）谁搞得不好，可以用自己辞职的办法；（3）犯错误严重必须调开（犯法的按法律办），可以下放，但不要逼着人家写检讨。不是不把问题弄清；（4）不要轻易讲路线斗争；（5）一概不要上挂上连，包括秘书、司机、老婆、孩子。过去老叫揪出黑后台，揪出几大金刚之类；（6）下台了搞得好的，经过考验，还可以上台。这是六条新办法。

三、如何抓好今年经济工作

五件主要大事：

1. 把该退下来的基建建设坚决退下来。大中小都有，大的中央定，中小的你们再下。下的是无原料或与大厂争原料的、长期亏损、技术落后的企业。

2. 坚决制止滥发奖金和变相滥发奖金及乱开支（招待、汽车、出国等等），坚决反对一切铺张浪费的行为。

3. 努力增产适合人民需要的生活资料和生产资料。今冬市场将十分紧张，要有准备。

4. 集体所有制与广开门路，解决就业问题。我们还有几百万青年无业，这是极不安定因素。这是青年走邪路、家长不安心的原因之一。不要老靠全民解决，干部已多了几十万，职工多了1000多万，十年之内再退1000万就不得了。要搞集体所有制企业，服务业很缺人。就以电视机说，七八年后4000万部会有，但修理点太少。农村电气化，要多少电工，不要老是想当干部。

5. 千方百计把农业生产搞上去。三中全会以来农业发展得最快，两年前对农业信心不足，现在相反了。也有缺乏信心的。山东那四个地委信心就足。最后大家下去看看，考察一下，认真总结经验。只要抓好两条：一靠政策，多种形式的责任制，不要轻视责任到户、到劳的形式。北方责任到组的，可以把自留地扩大一些（四川扩大到12%，很有效）。二靠搞粮食的同时抓多种经营，决不放松粮食增产，必须狠抓多种经营。粮食区多抓粮食。不搞多种经营，没有钱，没有肥料，粮食业搞不上去。没有轻工业原料，没有家庭副业，没有交通运输发展，就没有市场繁荣。

四、如何正确对待自己

党校学习的都是党的骨干，党的事业如何，看党的骨干。现在外国人和地下刊物说我们不行，我说大多数人比较好。党中央从未说"万金油"不好，"万金油"还不够。他们说我们不好，一是官僚主义，一是特权作风和思想，或叫生活上特殊化。特权思想中一是安插私人，二是拉关系、要东西（如平调生产队劳力材料给他修房子）。搞好党风，中央带头，元旦只搞茶话会，喝清茶，永远如此。我们禁止跳舞，不准调片子演，卖票，不准私人公款请客，不准开条子走后门要东西。政治局同志多数无礼拜天。这些中央都带了头，不好解决的是房子问题，住的面积大一些，但交了高额房租，有人问中央为什么不带头？要说公道话，中央是认真执行的。小平、陈云都忙得很。（陈云十四条是自己写，他打电话给我，为什么有的同志自己不写，叫秘书写了去念？）你们看到有什么不合规定的可以提意见。中央同志生活是比较好一点，下面基层同志苦一点，要改善。我们生在这一代，就准备吃一点苦，你想把自己先搞好，再搞好老百姓的生活，不可能。要"振作精神抓工作，咬紧牙关当模范"。

讲了四个问题，归纳起来：

1. 正确分析形势,增强学员信心。
2. 慎重对待历史,团结绝大多数。
3. 狠抓经济工作,力求今年更好。
4. 严格要求自己,争取更大光荣。

祝贺结业,欢送大家回到工作岗位上去。

胡耀邦同志谈对"四人帮"宣判问题

[1981年1月24日]

决定死缓。

堵住别人的口,缚住后人的手,鞭策我们向前走。听说,陈云同志欣赏这三点,并坚决主张不杀,要求记录在卷。

冯文彬同志总结

[1981年1月24日]

1. 耀邦同志讲话重要,下午议论一下。
2. 对党校提出宝贵意见,接受,改进。
3. 还是坚持"四个不",永远如此。
4. 高兴而来,欢欢喜喜回去。

其他笔记

宪法修改草案学习笔记

中华人民共和国宪法修改草案，经全国人民代表大会常务委员会（简称全国人大常委会）第二十三次会议决定，交付全民讨论。

这部宪法修改草案，理直气壮地坚持了四项基本原则，坚持了民主集中制，坚持了民族区域自治。这是宪法修改草案的基本指导思想，也是我们讨论宪法的基本指导思想。

这部宪法修改草案，是总结了我国三十多年来社会主义革命和社会主义建设的经验，吸收了1954年宪法的优点，剔除了1975年和1978年宪法中"左"的影响而制定出来的。这是一部符合我国实际、比较完善的宪法草案。

学习和讨论这部宪法草案，是我国人民政治生活中的一件大事，现在我按序言、总纲、公民的基本权利和义务、国家机构几个部分，谈一谈学习和参加讨论的一些零星体会。

一、序言部分

序言综述了我国人民经历了翻天覆地的革命斗争，终于取得了新民主主义革命的伟大胜利，建立了中华人民共和国，并逐步实行社会主义改造，进行大规模的社会主义建设，取得了显著成绩，确立了以工人阶级为领导的、以工农联盟为基础的人民民主专政制度，即无产阶级专政制度。序言中说明了这些胜利都是在中国共产党的领导和毛泽东思想的指导下，坚持真理，修正错误，战胜许多艰难险阻而取得的。今后要实现四个现代化，建设高度民主、高度文明的社会主义国家，必须坚持四项基本原则。

序言中强调了由共产党领导的、由各民主党派、各人民团体参加的统一战线的作用；强调了我国是各民族共同缔造的统一的多民族的国家，确立了平等、团结、互助的社会主义的民族关系；还强调了我国在国际关系中的五项原则，反对帝国主义、霸权主义和殖民主义。

序言中专写了一段关于阶级斗争还将在一定的范围内长期存在的论述。这是非常重要的。彭真同志在说明中说，由于国内的因素和国际的影响，阶级斗争在一定范围内还将长期存在。国外敌人的间谍、特务以及国内的新老反革命分子，还在进行反革命活动。贪污、受贿、走私贩私、投机诈骗、盗窃公共财产等严重犯罪活动，是新的历史条件下阶级斗争的重要表现。至于资本主义思想、封建残余思想的侵蚀，和共产主义思想的反侵蚀的斗争更是长期的。我们必须保持清醒的头脑，提高警惕。

关于无产阶级专政是不是写进宪法的问题，曾经有过不同的议论。我认为，无产阶级专政的意思，就是无产阶级团结一切劳动人民和革命力量对反动派实行专政，这绝不是无产阶级对其他各阶级实行专政。过去虽然有过专政扩大化的现象，但是这并不是无产阶级专政本身的过失。这是由于我们工作上的失误，混淆了两类不同性质的矛盾。列宁曾经说过：无产阶级专政的含义，其实就是无产阶级对于政策的领导。

关于政治协商会议（简称政协），序言已明确写出，为"统一战线的重要组织"。然而并不是唯一的组织，因为还有青年联合会、妇女联合会等统一战线组织。序言中没有写上"政治协商,民主监督"这样的提法,因为既然已经提到"政治协商会议",再次提到"政治协商"是同义反复,不必要。至于"民主监督",是就党派关系而言的。党派间实行民主监督是对的,过去起了好的作用,但是写入宪法便成为法律问题了。政协与人民代表大会(简称人大)不同,人大和人大常委会监督国务院。政协绝不能同时监督国务院。党派之间是存在着协商和监督的关系。政协和国家权力机关却不能存在这种关系,不能同时有两个权力机关。所以把"政治协商"和"民主监督"写入宪法看来是不妥的。但是对政协要进一步发挥作用已作了充分的肯定,强调指出今后在国家的政治生活、社会生活和对外友好活动中,在进行社会主义现代化建设,维护国家团结、统一中,将进一步发挥重要作用。至于如何发挥作用,其具体形式和方法,可在政协章程中规定。这正如共产党如何起作用应在共产党的党章中规定一样,无须写入宪法。

二、总纲部分

总纲第一条开宗明义地写道,我国是"工人阶级领导的,以工农联盟为基础的人民民主专政的社会主义国家。"没有写工人、农民、知识分子的联盟。因为"工农联盟为基础"是说的阶级关系,就是工人阶级和农民阶级的联盟。它代表了全国绝大多数人口,而且是主要的直接的生产者。知识分子在我国固然很重要,在一定的情况下,与工人、农民并列也是适当的。然而在讨论阶级关系的情况下来并列,则不适当了,因为知识分子不是一个阶级。我国的绝大多数知识分子,按其生活方式和取得收入的来源说,已经是工人阶级的一部分,而不是作为一个独立的阶级,与工人、农民并列。

总纲第二条规定"一切权力属于人民",行使权力的机关是人民代表大会。这和序言中说的共产党的领导是不是矛盾呢?不,并不矛盾。

我们国家当然要坚持共产党的领导，但是共产党的领导，最根本的、最主要的是靠党的思想政治领导的正确；是靠党的路线、方针、政策的正确；是靠党和人民群众的密切关系；是靠广大党员的带头和模范作用。而不是事事由党直接发号施令，具有法律效力。党在国家生活中的领导和活动，只能在宪法和法律规定的范围内进行。党和人民的意见经过人大或它的常务委员会做出决定，才成为法律，成为国家意志。党领导人民制定宪法和法律，党也领导人民遵守宪法和法律。

同样，人民管理国家也必须依照法律的规定，通过而且必须通过一定的途径和形式，也就是说必须通过民主集中制，由人民选举人大代表，由人大选举国家机关，人大和国家机关都对人民负责，受人民监督。由人大行使权力，由国家机关管理国家事务，都是依法行事。所以宪法草案明确规定，"一切国家机关和人民武装力量、各政党和各社会团体、各企业事业组织都必须遵守宪法和法律。任何组织或者个人都不得有超越宪法和法律的特权。"

总纲中规定了我国各民族间的关系，即维护和发展平等、团结、互助的社会主义民族关系。反对民族歧视和民族压迫，反对大民族主义和地方民族主义。但没有写入"反对大民族主义为主"。因为以何为主，在不同时期和不同的情况下是不同的，不宜写入长期性的法律中去。在这一条里，规定了少数民族有实行区域自治的权利，同时也规定了自治地方是我国不可分割的一部分。草案第一百二十四条规定了民族自治机关有根据本民族的实际情况，贯彻执行国家法律和政策的自治权；它有行政、财政和经济方面的一定的自主权，自主地管理民族教育、科学、文化、卫生、体育事业的发展，还规定了民族自治地区可设立公安部队，宪法还规定国家要帮助民族自治地区培养各种干部、专业人才，从财政、物资、技术等方面帮助民族自治地区发展经济和文化事业，这都是为了保持我国的正确的民族关系。

总纲中用了许多条来规定我国社会主义的经济制度。规定了全民和集体两种所有制是基础,国营经济是国民经济的主导力量;规定了消灭人剥削人的制度,实行各尽所能,按劳分配的原则;规定了国家的主要资源为国家及全民所有,也有按法律规定属集体所有的;规定了农村人民公社、农村生产合作社及城市的各种合作社,是集体所有制的经济,参加农村集体经济组织的劳动者可以有自留地、自留山、自留畜和家庭副业。城乡集体经济的合法权益受到国家的鼓励、指导和帮助。

总纲还特别规定了容许城乡劳动者个体经济的存在,以作为社会主义公有制经济的补充。

从总纲的以上各条看来,我国作为一个社会主义国家的根本原则都得到了根本解决。它不仅明确了我国的"国体"是以工人阶级为领导的,以工农联盟为基础的人民民主专政的社会主义国家,而且还解决了人民代表大会是我国的根本政治制度,体现了一切权力属于人民的这样一个民主集中制的政体问题,同时在总纲中规定了我国在经济制度方面的一系列原则;规定了我国各民族间的平等、团结、互助的社会主义民族关系。

三、公民的权利和义务部分

在我国过去的几部宪法和外国的许多宪法里,都把公民的基本权利和义务放在国家机构的后面。这部宪法修改草案却把公民的权利和义务提到前面,成为第二章,这充分体现了一个基本精神,即充分地保障公民的合法权益,充分地保障公民的各种必须的权利和自由。这是由我们的社会主义制度,人民当家做主,一切权力属于人民的性质所决定的。

关于人民的基本权利和自由,过去历次宪法中没有规定或规定得不充分的,这次都作了充分的规定。有许多条文都说明了这个问题。

比如：第一条规定了国体是工农联盟为基础的人民民主专政。第二条规定一切权力属于人民。第三条规定我们的政体是民主集中制。第三十二条规定公民在法律面前人人平等。第三十三条规定年满18周岁的公民都有选举权和被选举权。第三十四条规定公民有言论、出版、集会、结社、游行、示威的自由。第三十五条规定公民有宗教信仰自由。特别是第三十六条至第四十条对于公民的人身自由不受侵犯，作了特别详细的规定。这当然是从过去的实践中特别是十年动乱中总结出来的，非作这样一些规定不可。如，不得非法逮捕，禁止非法剥夺或限制公民的人身自由，禁止非法搜身，公民的人格尊严不受侵犯，不得用任何方法侮辱和诽谤，不得非法侵入公民住宅，保障公民的通信自由和秘密，公民有申诉、控告或检举的权利，不受压制和打击报复，公民权利受到侵犯，造成损失时，有依法要求赔偿的权利等等。这些都说明这部宪法修改草案，在保障公民的各种必须的权利和自由上作了充分的规定。

这部宪法体现了公民的权利和义务的不可分离。任何公民享有宪法和法律规定的权利，同时也有遵守宪法和法律的义务。权利和义务不可分割是马克思在第一国际的章程里提出来的观点，即没有无义务的权利，也没有无权利的义务。整个第二章都贯穿这个思想。公民享受什么权利同时承担什么义务，都作了规定。还特别规定"公民在行使自由和权利的时候，不得损害国家的、社会的、集体的利益和其他公民的合法的自由和权利。"这样才能保证我国公民能够在安定的社会秩序中享受安全生活的权利，这是社会主义社会区别于剥削制度社会的根本不同点。

关于宗教信仰自由，保留了1954年宪法的提法，而修改了1975年所提的"不信仰宗教的自由"的提法。规定不得强制信仰宗教或强制不信仰宗教，不歧视信仰宗教或不信仰宗教的公民。并且规定了保护正常的宗教活动，只是不得利用宗教进行反革命活动或进行破坏社会秩序,损害公民身体健康、妨碍国家教育制度的活动,同时规定宗教不受外国的支配。

这部宪法修改草案规定了公民有劳动的权利和义务,有受教育的权利和义务。有人提出现在我们能不能办得到,是否这么规定?当然目前我国要做到普遍劳动就业和普及普通教育,的确还有困难。但是宪法是国家的根本大法,不受暂时因素所支配。我国是社会主义国家,必须规定公民有劳动的权利和义务,有受教育的权利和义务,不能一时做不到就不在宪法中加以规定。宪法上规定的并不等于事实上已经做到了,但要求努力这么去做。因为宪法除开用文字来巩固人民已经获得的胜利成果,还要写上人民的意志要求去做的事情。何况我们事实上已经做了许多努力来卓有成效地解决劳动就业问题和普及教育问题呢。

四、国家机构部分

宪法修改草案对于国家的各种机构的设立和权责作了明确的规定。其中设国家主席和设中央军事委员会是现在新加的。对于人大常委会和国务院机构的修改则主要是扩大了它们的职权。

关于扩大人大常委会的职权问题。人民代表大会制度,是我国的根本制度,全国人大行使国家最高权力。由于我国是一个十亿人口的大国,有五十几个民族,有两千多个县,代表人数少了,不便于反映人民的意见,不便于联系人民群众,但是代表人数太多,也带来许多不便。在国家需要大量立法的时候,这个矛盾显得更加突出了。怎么解决呢?看来只有扩大人大常委的职权,使人大常委做更多工作,来弥补人大代表人数多,开会时间短,不可能有充分时间来考虑立法以及其他重大问题的困难。这样就可以发挥最高权力机关的真正作用。可以说人大常委会委员实际上是常务代表,代表各方面,人数比较适当，便于经常开会。

在这个宪法修改草案中规定了全国人大和全国人大常委会都"行使国家立法权，制定法律和法令"。这样一来，人大常委会和人民代表大会基本上有同等的立法的权力。原来规定应由人大来完成的大量立法工作，现在可以由人大常委会来完成了。现在规定，全国人大的立法只限于通过宪法和修改宪法，通过刑法和刑事诉讼法，民法和民事诉讼法，国家机关的各种组织法和基本法。除此以外的立法权都归人大常委会了。人大常委会担当制定多种法律和法令的繁重责任。我国虽然不能像外国那样规定太多的法律，可是我国现在是一个法律太少的国家，许多法律必须赶快制定，不赋予人大常委会以制定法律和法令的权力，就势难办到。

对人大常委会赋予制定法律和法令的权力后，今后人大常委会通过的一切命令、决定、决议和其他文件统称法令了，都具有法律效力。因此，人大和人大常委会不作一般的、没有法律意义的决定。一经人大和人大常委会做出的任何决定，都是法令，都具有法律效力。过去不明确这一点，有时人大和人大常委会通过一些决议，含义不清，不能受到应有的重视，不能发挥应有的作用，对人民和机关并没有产生法律效力。

宪法修改草案规定了人大常委会在人大闭会期间，可以根据总理提名，决定各部部长，各委员会主任、秘书长的任免。还规定了人大常委会监督宪法的实施。规定了人大常委会在人大闭会期间，对人大制定的基本法律，可以进行部分修改和补充。还规定了人大常委会有权决定宣布战争状态，全国总动员或局部动员，决定全国戒严或局部戒严，决定特赦，缔结和废除对外条约和协定，决定军人和外交人员的衔级制度等等。这都是为了扩大人大常委会的职权。

为了适应人大常委会的工作需要，在组织机构上也作了新的规定。如：（1）由委员长、副委员长、秘书长组成委员长会议；（2）在人大常委会下设立若干专门委员会,已列入的有民族委员会、法律委员会、财政经济委员会、科学教育委员会、外事委员会。这种机构当然不宜设的太多,要确实有事情可做,并应经常进行工作。这些专门委员会的工作主要是调查研究,征求各方面的意见,便于人大和人大常委会制定有关的法律。专门委员会不是任何形式的权力机关,它只是人大和人大常委会的助手。

宪法草案规定人大常委会的委员多数应是专职委员,"不得担任国家行政机关、审判机关和检察机关的职务"。草案还根据几年行之有效的经验,规定省、自治区、直辖市的人大常委会的主任或副主任一人今后参加全国人大常委会议。这可以加强全国人大常委会和地方及群众的联系,使全国人大常委会的决定更符合全国的实际情况。

刊于《学习杂志》1982年创刊号

对违反宪法的行为必须进行斗争
——学习宪法的笔记

广东省英德县某主要负责人对向党报反映情况的人，竟然动用专政工具，明目张胆地以反革命罪进行追查的事，自从《南方日报》揭露后，《羊城晚报》等纷纷评论，还刊出了《广州市人大常委会委员说话了》的报道，《人民日报》还在《在地方报纸上》一栏里转载了《羊城晚报》的小评《告"小国之君"》，讨论得十分生动热烈。这是自从宪法公布以来，对违宪事件进行公开讨论的大好事，读来令人振奋。看起来对违宪违法行为，特别是对领导干部的违宪违法行为进行必要的适当斗争，是大势所趋、人同此心的要求。果如此，宪法成为全国上下一致奉行的行动准则，便大有希望了。

为了使读者了解情况，我无妨简述一下事情发生的经过。据报载：去年五月，英德县发生特大洪水，情况十分紧迫。然而英德县委的主要负责人，却是洪水冲于前而色不变，灾民呼于野而心不动，仍然在县三级干部会上发挥他的演说天才，大作其报告，眼见洪水涌进会场，情况危急，会场骚动，他仍然无动于衷，置群众生命、国家财产于不顾，还大声呼喊大家镇定，继续听他的报告，以致许多公社书记被困在会场，不能奔赴现场指挥抢险。但是可怪，事后党报上竟然刊出有关这位领导人的"德政"的报道，说"县委主要负责同志从5月12日开始，就分头下到重灾区社队去调查灾情，安排群众生活"。于是有一位读者写信给报社，批评这条报道与事实不符。这一下就冒犯了这位县委主要负责人，他竟然动用了专政工具，先后派出检察院人员和县公安局两名股长，进行追查"反革命信件"。县委政法委员会的主任还亲自出马，专程专车将所谓"反革命信件"拿到省公安厅作技术鉴定。省公安厅的同志明确指出不能作为反革命信件追查，他们还是没有就此罢手，一而再，再而三地严加追查。据《南方日报》说："韶关地委负责同志在同英德县委有关负责同志谈话时，对他们践踏民主与法律的行为，进行了严肃的批评。"

这样的事发生在1982年的中国，听起来，未免有些稀奇古怪，然而这是事实，而且恐怕也不会是只此一件。在偌大的中国和我们这个大省就再也找不出一件吗？因此，我们正在学习宪法、宣传宪法的时候，结合这一件违宪事件进行讨论研究，大有好处。

根据宪法第四十条，"公民对于任何国家机关和国家工作人员有提出批评和建议的权利，对于任何国家机关和国家工作人员的违法失职行为，有向有关国家机关提出申诉，控告或者检举的权利"。人民群众向党报反映党员的失职和党报报道的失实，更是党所欢迎和鼓励的。英德县委的主要领导同志竟不是在宪法和法律范围内行事，而把自己置于宪法和法律之上，敢于明目张胆地动用专政工具迫害群众，这哪里还说得上什么民主和法制？分明是一个自外于宪法的独立王国，县委主要负责人便是"小国之君"，在那里称孤道寡，唱起"朕即国家"的老调。谁要反对"朕"，便是反党，就要以反革命论罪，明目张胆地侵犯了公民权利，构成了诬陷罪。按照在法律面前人人平等的原则，如果这个被迫害的公民告状，检察院就应该依法检察，法院就应该依法传唤双方，进行审理。即使是县委领导同志，也应该和公民平等地在法庭上受审，接受法院的裁决。可惜的是，对这件违宪事件的处理，似乎仅止于上级党委的"严肃批评"了事，执法单位如县级检察院和法院竟没有过问或不敢过问，不能不使人有"刑不上大夫"的印象。特别严重的是检察机关和公安机关竟然奉县委主要负责人之命，以反革命罪去追查写信人。以维护法律为职责的县委政法主任竟积极帮助奔走，为迫害公民找寻证据。以维护宪法为职责的县人大常委似乎也缄口不言，没有表示过什么态度。试问，如果一个县的权力机关、司法机关一味只是听县委主要负责人的话，不管对与不对，一概执行他的指示，以人定法，以言代法，这些权力机关和司法机关还有什么存在的价值？如果此风不改，宪法法律视同具文，权力机关形同虚设，最多是一颗橡皮图章，司法机关不是依法办事而是依权办事，长此以往，那就十分危险。回想十年动乱中无法无天的那些情景，能不悚然畏惧？当然，这是极而言之，我也相信那些黑暗的日子一去不复返了，但是"千里之堤，溃于蚁穴"，小洞不补，大洞尺五，不能轻视一个县里发生的事。事实上权力机关无权力，司法机关不依法的事，在有些地方是存在的。在学习和宣传宪法之际，我以为借鉴广东，照一照自己，还是有益的。

从广东这一件违宪事件中，我以为有四个问题值得注意。

第一，权与法的问题，也就是权大还是法大的问题。听说我们也曾经讨论过到底是县委大还是法律大的问题。稍微有一点法制观念的人，把这样的问题摆到讨论的桌面上来，本来就极其荒谬。然而在我们的有些地方和部门，不仅争论过权与法的问题，而且权大于法的现象也事实上存在，有权就有法，以权代法，以人定法，以言代法的事屡见不鲜。许多冤、假、错案由此而产生。特别是有的党委和党委的领导同志，由于长期形成的习惯，君临于立法机关和执法机关之上，把党委和自己置身于宪法和法律之上，把党委的决定直接当作法律，以至领导同志一句话便可以改变法律的规定。这种风气的形成，自然有其复杂的历史原因和社会原因，在推行民主与法制的过程中，出现这样的问题，也是可以理解的。但总值得我们注意，而且正因为这样，才需要我们好好宣传宪法和法律，维护宪法和法律的尊严，甚至必要的时候还要进行适当的斗争。绝不能把这种斗争说成是反党。因为这正是为了维护党的威信，正是遵守党员要在法律范围内行事的党章规定的。

第二，党纪与国法的问题。党纪与国法是一致的，党员犯了党纪要受到党纪的处理，人民（不管是否是党员）犯了国法要受到法律的处理，本来是天经地义。而且不管是党员或非党员，是领导或者群众，在法律面前人人平等，任何人不能自外于法律，不能以党纪的处分来代替法律的制裁，不能因为是党员，特别是领导党员，干犯了法纪，既然受了党纪处分，就不必再受法律制裁了。广东英德县委主要负责人违反了宪法，侵犯了公民权利，构成了诬陷罪，然而结果只是"严肃批评"了事。如果反过来看，那个群众真的诬陷了县委领导同志，那个群众将受到什么样的法律惩处呢？难怪广州市人大常委的同志提出异议，认为不能批评了事，而要追究法律责任。这一点是值得党的纪律检查部门注意的。一个党员干犯法纪，迫害群众，除开在党内按党纪处分外，还应该追究法律责任，有的还应该移送司法机关，依法处理。

第三，执法和守法的问题。掌握专政工具，执行法律的人，必须严格守法，这本是不言而喻的。但是我们有时候看到的情况是，不仅有的执法的人不守法，而且有的执法的人公然违法，甚至利用专政工具和法律手段来为自己或小集团谋利，不惜徇私枉法，歪曲是非，使人民受害。这是把人民授予他的武器用来危害人民，是绝对不许可的。有的执法者对老百姓犯法还能依法处理，但是一碰到权力在手的领导及其亲属，特别是执法者的上级违了法，就缺乏一个执法者应有的不枉不纵的勇气，坚决依法处理。有的就是下不得手，或者拖而不决，或者为之开脱，不了了之，或者从轻发落。这是不好的。在古代尚有"王子犯法与庶民同罪"的说法，现在怎么倒可以"刑"不上领导干部呢？就以广东英德县的事为例，这个县的检察院和公安局对县委主要领导人的违法行为不仅没有抵制，反而帮助违法，去追查向党报反映实情的所谓"反革命"，这是明目张胆地渎职，早已丧失作为人民权利的保护者和宪法与法律的维护者的资格了。当然这也不能深责他们，由于长期形成的一种"唯上"观点，又加上服从党的领导（往往就是服从党委某一个人的命令）的盲目性，明知不对，也害怕被说成是反党或不服从党的领导，而盲目地和机械地执行上级的一切指示，使自己陷于执法者违法的境地。要解决这个问题，除开解决权大于法的糊涂认识外，还要从组织上正确解决党如何领导司法部门进行工作，以及党委尊重司法部门依法独立进行工作的权利的问题。司法部门应该有和一切违法行为（哪怕是领导部门和领导同志的违法行为）进行适当斗争的勇气。党委对这样的依法行事应该给以鼓励，因为这就是真正爱护党，真正接受党的领导。

第四，权力机关的立法和护法问题。各级人大及其常务委员会是代表人民实现权力的机关，实现权力主要表现于立法和护法，保证法律的实施，维护法律的尊严，保障人民的利益。无论什么人违反了法律，侵犯了人民的权利，人大及其常委会不仅应该仗义执言，而且应该要求执法部门坚决依法处理。在这里又出现一个党的领导问题。人大常务委员会当然也是在党的领导下进行工作的，但是党是代表人民利益的，是党领导人民制定法律，党要求各级党委带头遵守法律，保护人民利益，如果党委的谁违了法，危害了人民利益。代表人民利益的人大常委会理应要求他改正，如果触犯法律，还应要求执法部门依法处理。这正是最好地服从党的领导。如果一个县的人大常委会在县委主要负责人违法的面前，默尔而息，便丧失了自己代表人民的职能。这正是违背党的领导的表现。

我们现在正处于社会主义民主和法制的建设过程中，出现这样那样的违法行为不能及时得到正确的处理，是可以理解的。但是我们应该在不断的实践中，在必要的斗争中，力求做到"有法必依，执法必严，违法必究"。在目前来说，要做到这样，前述四个问题必从思想认识上和组织制度上加以正确的解决。

刊于《四川日报》1983年1月31日

构建和谐社会的哲学思考
——学习笔记

最近,党中央政治局做了构建社会主义和谐社会的决定,全国上下,各行各业,各党各派,部队官兵,广大群众,都闻风而动,积极学习和实践。由此看来,我们为追求实现一个理想的现代化的和谐社会,寻找一个科学发展观,以实现经济繁荣,国强民富,民主法治,公平正义,诚信友爱,充满活力,安定有序,人与人、人与社会、人与自然和谐共处的社会,已经奋斗了几十年,在反复的胜利与失败,成功与挫折,走了许多弯路,得到了不少经验教训后,终于在十一届三中全会确立了解放思想,实事求是的思想路线,坚持改革开放,以经济建设为中心,一心一意谋发展,找到了建构一个社会主义现代化的以人为本的和谐社会的道路,并且经过二十几年的努力,取得了伟大的胜利。我们将遵循和谐社会的要求,在经济、政治、文化、社会文明建设上继续前进。

构建一个现代化的和谐社会,对于我国人民是太重要了,因为它是天命之所归,国运之所系,人心之所向,世界和平之所需。这不仅是马克思主义中国化的新的进展,辩证唯物主义的现实应用,而且是中国几千年传统的"和合"观念的推陈出新。我在学习《决定》之余,想就构建和谐社会的哲学思考作一点尝试,以就教于方家。

我们是马克思主义者，在认识论上是唯物主义的，在方法论上是辩证法的，而二者又是不可分的。我们知道世界上是充满矛盾的，而矛盾的演化，总是循着矛盾经过对立斗争转向统一，从而解决矛盾。因此在矛盾的对立斗争转向统一的演化过程中，对于分与合（一分为二与合二为一），不平衡与平衡，治与乱，破与立，快与慢，多与少，动与静，精神与物质，个人与集体，民主与集中等等，总之，对于事物发展的对立与统一的过程，必须细心地观察，缜密地思考，谨慎地处理，来不得半点主观唯心主义。尤其不能过分地强调对立而忽视统一，强调了斗争而忽视和谐，如果强调过头，超出物质条件的范围，就会陷入主观唯心主义，事物往往就走向负面，适得其反，主观遭受客观的处罚。这样的经验教训我们是经历过不少的。

事物的发展是不是永远一分为二，没有合二为一呢？矛盾的解决总是对立斗争走向统一，一分为二走向合二为一，从而不和谐走向和谐，解决矛盾。旧的矛盾解决了，又出现新的矛盾，又循着对立统一的规律发展，由对立走向统一。不和谐的事是永远存在的，但是我们总要推动矛盾的演化，从不和谐走向和谐。和谐总是人们希望的，总希望过和平安康的日子，不喜欢陷入纷乱与痛苦。构建社会主义现代化的和谐社会，是中国人民永远期盼的事。希望世界和平，不希望世界战争，是全世界人民的愿望。

再从中国从古到今的"和合"哲学观念来看，孔子的"大同"乌托邦理想，董仲舒的"天人合一"思想，墨子的"兼爱"与"非攻"思想，老子的"无为而治"，以及《论语》中的"和为贵"、"和而不同"等等说法，一直流传下来，成为我国人民的精神财富，一直发展到现代。我们提出"求同存异"、"互利双赢"、"一国两制"等政策措施，以至倡导一个和谐的和平共处的世界，无不是中国和合思想的应用，对国家和人民都取得了很好的结果。现在研究中国传统的"和合"哲学，快要成为显学了。其目的都是为了构建现代化的和谐社会。

从我国当前情况看，统一的、稳定的、康乐的和谐社会环境，给我们带来快速、稳定发展的机遇，是不言而喻的。但是在社会发展中层出不穷地出现许多不和谐现象，是自然的事。越是快速发展，出现的大小矛盾越多，需要我们冷静观察、慎重处理，让矛盾转化，走向和谐。可以说，我们现在提出构建和谐社会，就是因为我们在前进中遇到了许多不和谐的事情，许多矛盾需要解决。目前如三农问题、农民工问题、下岗工再就业问题、大学毕业生就业问题，以及分配不公、义务教育、医疗保险、基本生活保障、东西地区差距拉大……都是关系到大多数人民的福祉，亟待解决矛盾，走向和谐。

构建现代化的和谐社会，对于我国的物质文明、政治文明、精神文明和社会文明的发展，提供更好的条件，而要构建好和谐社会，又必须这几种文明提高到一个更高水平。特别是这几种文明之间的差距，需要平衡和弥补。如政治文明的民主法治建设，社会文明中的保障体系，精神文明中的文化事业与产业的关系，都还应该采取一些积极措施，加以解决，以利于物质文明的更快速稳健的发展。

我相信，当前出现的各种不和谐现象，是不可避免的，但是是暂时的。我们有比较成熟的执政党和应对各种矛盾的经验和较充足的物质条件，即使有些问题比较严重，也可以迎刃而解。

2006 年 11 月 4 日

在地下

——白区地下党工作经验初步总结

再版序言

《在地下》这本书,是我在白区进行共产党地下斗争时的经验和教训的初步总结,但也可以这样说,《在地下》这本书,是用许多九死一生幸存下来的革命先辈和无数革命烈士的鲜血凝结而成的。为了尽量保持当时的原貌,这次再版,对书中的一些提法我未作大的修改。

从这本书里,可以看到中国共产党地下工作者在新中国成立前特别严酷的白色恐怖统治下,是怎样斗争和生活的。我们虽然取得过辉煌的成绩,也遭受过成千上万的地下工作者被逮捕和被残杀的惨状,真叫血雨飞天。我们既有丰富的斗争经验,也有惨痛的失败教训。

曾经在白区担任过主要领导工作的周恩来同志说过,我们在白区进行斗争,一没有政权,二没有武装,经费也很少,我们依靠什么?就是依靠正确的路线、坚定的信仰、严密的组织、严明的秘密工作纪律、灵活机智的战略战术和群众的拥护,以及朋友的帮助才取得胜利的。这本书正是这些原则的体现和记录。

白区地下斗争虽然已经过去了六十几年,但是先烈们真挚的革命信念,顽强的斗争精神,以及他们的思想和工作作风,仍然像一面镜子,光辉照人,对当今现实生活中的共产党人或者还有参照一下的价值。

目前描述我党的革命斗争历史的文艺作品和影视作品多起来了(请允许我向这些把中国革命历史搬上银屏的编、导、演职人员鞠躬致敬），这是好事。但是由于历史久远，创演人员无亲身的经验，难免有一些不够周详甚至某些错误的描述。这本《在地下》，或许能为从事革命历史创作的作家艺术家，尤其是从事"谍战剧"影视编、导、演人员，提供一些有用的素材，从中寻得一些启发，至少可以减少一些令人啼笑皆非的缺憾，不致落入胡编乱造的讥评中去。

果如此，我不枉四十四年前写此书，出版社也不枉二十五年后再出版此书了。

2012年6月　于成都未悔斋

第一部分　白区地下党工作的一般要领

一、地下党是地上党的配合部分

　　地下党工作是整个党的工作的一个构成部分，是老区党的配合和辅助的一个部分，但也是不可缺少的一个部分。

　　共产党的地下斗争，是革命斗争的一种形式，是整个党的工作的一个构成部分，一个配合的和辅助的部分，但也是一个不可缺少的部分。因为在中国，根据以往的全部历史经验，是以革命的战争反对反革命的战争。以农村包围城市，以武装斗争夺取政权，是共产党进行革命胜利斗争的主要形式。地下党的斗争，是党领导群众进行武装夺取政权的斗争的配合部分或前导部分。

　　地下党斗争是革命斗争不可缺少的部分。因为单独的武装斗争是不可能取得革命斗争胜利的，因为"着重武装斗争，不是可以放弃其他形式的斗争，相反，没有武装斗争以外的各种形式的斗争的配合，武装斗争就不能取得胜利"[1]。着重农村根据地的工作，不是说可以放弃城市工作和尚在敌人统治下的其他广大农村的工作；相反，没有城市

---

[1] 本书引文未另注明出处的，都引自《毛泽东选集》。

工作和其他农村的工作，农村根据地就会处于孤立地位，革命就会失败。

党的地下斗争是与党所领导的根据地的武装斗争相配合的。特别是还没有建立起根据地的地区，不能没有地下党的工作。因为我们知道，如果共产党没有从公开的合法的斗争迅速地转入"非法"的地下斗争和武装斗争的事先准备，就会处于被屠杀和被消灭的地位。这从1927年中国第一次大革命时期的"四一二"大屠杀得到证明。那时蒋介石突然破坏国共合作，实行反革命的"清共"的血腥镇压政策，多少万共产党员被屠杀了，这个血的教训，是必须记取的。在共产党和资产阶级实行联合，或者共产党处于公开合法活动状态的时候，特别是在资产阶级眼见无产阶级将获得胜利，决意实行突然袭击以前，如果不准备地下斗争，不把组织分成公开和秘密的两套，不把干部分成第一线和第二线两套班子，不在紧急状况下迅速地、但是有秩序地转入地下斗争，是会带来亡党亡头的惨祸的。

二、地下党斗争是为了转化为地上党

地下党斗争是为了努力使自己转变成为地上党，非武装斗争是为了努力使自己转入武装斗争。

地下党斗争是为了使自己变为地上党，地下为了地上；地下党的非武装斗争是为了转入武装斗争，非武装斗争为了武装斗争。地下党斗争的终极目的，也是为了夺取政权，从不当权变为当权。因此地下党斗争总是尽一切办法，在最短时间内，不仅使自己能够配合整个党所领导的和进行的武装斗争，而且要尽快使自己向武装斗争的方向发展，在自己斗争地区的农村，开展武装游击战争，逐步建立起革命根据地来，建立起人民的革命政权来，和党的其他主要革命根据地遥相呼应，互相支持，互相配合。这才是地下党斗争的根本目的。

在西欧和北美发达资本主义国家里，无产阶级将用什么方式夺取政权，还难以想象。中国的成功经验是以地下党斗争的形式发展到在农村开展武装斗争，以求最终建立起大大小小的许多块革命根据地，实行武装割据。即"把落后的农村造成先进的巩固的根据地，造成政治上、军事上、经济上、文化上的伟大的革命阵地"，从而以农村包围城市，最后夺取城市，取得革命的完全胜利。

在中国，地下党工作正是为了开展武装斗争，最终夺取政权的这个目标，地下党员必须有一个清楚的认识，必须扫除那种地下党斗争是为了取得合法活动，取得议会席位，取得政府职位而斗争的观点。"统一战线，武装斗争，党的建设，是中国共产党在中国革命中战胜敌人的三个法宝，三个主要法宝"，"而党组织的每一个成员都是掌握和贯彻执行统一战线和武装斗争这两个武器以实行对敌人冲锋陷阵的英勇战士"。地下党的组织自然也是一样的。"党的建设一定要和统一战线、同武装斗争联系起来。"地下党的建设自然也是这样的。

三、依靠骨干，争取中间，打击敌人

> 地下党斗争必须和党的统一战线政策联系起来，必须在宣传、组织、武装工农基本革命队伍的同时，团结、争取一切可以团结、争取的中间分子，最大限度地分化瓦解敌人，最大限度地孤立和打击一小撮顽固的敌人。

地下党的建设，地下党的斗争，必须和统一战线政策联系起来。无数成功和失败的经验证明了这一点。地下党是在敌人的统治区进行斗争的，是在敌我力量悬殊，相对地说，是在敌强我弱的形势下进行斗争的。如果不注意统一战线问题，就会使自己陷于孤立和被动，可能为敌人攻击和打败。地下党斗争和其他斗争一样，一切活动都有服从于保存自己和发展自己，削弱敌人和消灭敌人的这个根本目的的。谁是我们的敌人，谁是我们的朋友，这是革命的根本问题。我们一切工作都必须注意依靠什么阶级或势力，团结什么阶级或势力，争取或中立什么阶级或势力，孤立和打击什么阶级或势力，作为自己考虑工作的出发点，作为自己制定一切战略和策略的出发点。我们进行工作总是要尽力壮大自己的队伍，争取尽可能多的同盟军（包括不稳定的暂时的同盟军在内，甚至包括明天的敌人，今天不予打击的力量在内），把要打击的敌人最大限度地孤立起来。这就是我党"发展进步势力，争取中间势力，反对顽固势力"的策略；这就是我党"争取多数，反对少数，各个击破"的策略；也就是在斗争时掌握"有理、有利、有节"的原则，以及"以革命的两面策略反对反革命的两面策略"的策略，等等。

在组织统一战线时，必须首先把自己的组织工作和斗争策略的着眼点和出发点，放在自己的依靠力量的组织和发展上，放在工农基本群众的组织和发展上。其次，要放在争取基本的、可靠的同盟军，即城市小资产阶级和能在革命中起桥梁作用的进步青年学生和知识分子左翼的组织和发展上。然后才是放在争取中间势力，即中等资产阶级、开明士绅和地方实力派上。只有把自己的基本力量组织起来并且在和敌人的斗争中显示自己的坚定性和力量，才能真正争取到中间分子。否则中间分子也有被敌人争取过去而使我们陷于孤立的可能。而争取中间势力，往往成为我们同顽固派斗争时决定胜负的因素。我们和敌人进行斗争时，中间势力当然要尽力应用上；但是我们在估计胜利因素时，决不可以把中间势力估计过高，他们是动摇的，可变的。过去，就有在斗争中把胜利希望寄托于中间地方实力派的支持上，结果他们临事退却而使我们斗争陷于被动以至失败的经验。这些中间势力也总是想发展和壮大自己的，他们也想利用我们的力量来进攻敌人以达到发展自己的目的。他们往往企图和我们争夺群众，特别是争夺学生和知识分子群众。这种斗争是很复杂的，实际上是争夺统一战线的领导权问题。我们决不容许把统一战线的领导权轻易放弃，而要紧紧地掌握在自己手里。因为如果让中间势力掌握了领导权，我们共同进行的联合斗争就有可能半途而废，可能遭致失败，因为他们是容易动摇和妥协的，这是中间势力的摇摆特性决定的。

统一战线的组成有不变和可变的部分。不变的组成部分是工人、农民、小资产阶级，这是最可靠的力量。可变的部分是中间势力，民族资产阶级，开明士绅，地方实力派及他们的政治代表。因为革命时机不同，他们的政治表现也会不同，因而和他们的关系，和他们进行团结和斗争的内容也会不同，但终归应坚持又团结又斗争的原则。如何慎重地处理统一战线组成中的可变部分，是至关紧要的事。

四、在两条路线斗争中前进

> 地下党斗争的成功或失败，前进或后退，是和党内两条路线斗争紧密联系起来的。只有在正确路线的指引下，和一切"左"或右的倾向进行斗争，地下党斗争才可能取得胜利。

地下党斗争的成功或失败，前进或后退，最根本的决定于整个党的路线是不是正确的。考察一下党的历史，党的白区工作的历史，便能非常清楚地看到这一点。许多做过地下党工作的同志都能深切地感受到这一点。

从党的历史看，1927年大革命失败前国共两党合作阶段，党基本上是处于公开合法的活动中，党的地下秘密工作没有多少经验。1927年大革命失败后，党在白色恐怖的大屠杀中，一部分被迫转入地下，一部分则走上武装斗争的道路。但是在白区，主要在白区城市中党的工作，由于错误路线的指导，当时不是组织有秩序地退却，相反，在一个时期中采取"左"倾冒险主义和盲动主义的行动,强行组织毫无胜利希望的地方暴动,招致了地下党组织的严重破坏。那时还没有意识到中国的革命斗争必须从中国国情的实际出发,应该以农村工作为主,城市工作为辅,以武装斗争为主,以地下斗争为辅。在1927年的政治情况下,革命处于低潮,就应该实行必要的退却,把力量转移到农村去,开展农民运动和武装斗争,在城市则利用合法斗争以积蓄力量。而不应该不顾主客观条件,号召和组织政治罢工、同盟罢工、罢课、罢市、罢操、罢岗,游行示威,飞行集会以至武装暴动等事实上得不到群众支持的冒险行动;同时还在组织庞大的缺乏掩护的党的领导机关和各种脱离群众的第二党式的赤色群众团体;不去团结中间势力,而认为"中间势力是最危险的敌人"等等。在这种"左"倾冒险主义的错误领导指引下,白区地下党遭到了几乎百分之百的损失,这是极其惨重的教训。

1935年遵义会议以后,确定了党的正确领导,在抗日民族统一战线的口号下,白区地下党才走上正确的道路。党的组织转入严密的秘密状态,不冒险和强大凶恶的敌人实行决战,而且尽可能利用一切公开合法的形式,使党组织得以长期存在和隐蔽力量,逐步积蓄力量。党组织深入群众,发动和组织群众,进行为群众需要,又为当时内外条件所许可的必要斗争,引导群众在斗争中提高政治觉悟。力求不斗则已,斗则必胜。这样把群众的觉悟程度和组织程度不断提高,以迎接更大的新的斗争。同时尽量争取同盟军(包括那些哪怕是暂时的同盟军,使之中立),最大限度地孤立敌人,利用敌人内部的矛盾,分化瓦解,各个击破。这些就是当时我党地下党活动的正确斗争策略。在这条正确路线指引下,白区地下党才恢复发展起来,在抗日民族统一战线中表现出相当大的力量。但就是在这个时期,白区地下党又受到王明右倾路线的影响。他们对国民党反动派抱着不切实际的幻想,强调合法,而不强调在统一战线中的独立自主性。致使大批留在国民党统治区的党员和进步分子，在后来几次反共高潮中，遭到大批逮捕和屠杀，这又是一次惨重的教训。

1938年，在党的六届六中全会上批判了新投降主义，在国民党反动派发动几次反共高潮，对地下党实行残酷镇压时，及时坚定地提出了"长期埋伏，积蓄力量，以待时机"的正确方针，"反对急性和暴露"。同时坚持统一战线政策，批判不去发展统一战线的错误倾向，提出了"发展进步势力，争取中间势力，孤立反共顽固势力"的政策，提出和顽固派斗争时，"利用矛盾，争取多数，反对少数，分化瓦解，各个击破"的策略和在斗争时应注意"有理、有利、有节"的策略。这一系列的正确政策和策略，使白区地下党又走上了健康发展的道路。在重庆、昆明、成都等地又逐渐聚集起民主力量，推动民主运动的新高潮的出现。从这以后便一直发展到抗日战争胜利，在国民党统治区北平、天津、上海、重庆、昆明、成都、武汉、杭州等地掀起更大规模的民主运动，在国民党反动派发动内战时，在新的革命高潮中形成了"第二条线"。有些地区如广东、云南、四川甚至发展到建立配合性的游击战争和游击根据地，迎接了解放。

从白区地下党发展的历史，可以看出党的路线、政策、策略的正确与否，直接决定了白区地下党斗争的成败。凡是贯彻执行了党的正确路线，工作就前进，就胜利，否则就后退，就失败。这一点凡是在白区做过长期地下党工作的，都深刻地体会到了。

五、政策和策略是党的生命

地下党斗争的成功或失败，前进或后退，不仅取决于地下党领导同志是否坚定地执行党的正确路线、政策、策略和工作方法，而且取决于领导同志是否有好的领导艺术，好的工作作风。

白区地下党工作虽然有党的一系列的正确路线、政策、策略、工作方法、工作作风、领导艺术指引，但还要取决于白区地下党的领导机构和领导同志理解得怎样，执行得怎样。没有正确的具体领导，即使在正确路线下也可能带来失败和挫折。

要有正确的领导，必须从客观存在的实际情况出发，从其中引出规律，作为我们行动的向导。不凭主观想象，不凭一时的热情，不凭死的本本，而凭客观存在的事实，详细地占有材料，在马克思列宁主义一般原理的指导下，从这些材料中引出正确的结论来。要做一个好的地下党的领导，必须有无畏的革命精神和严密的科学态度相结合，必须在战略上藐视一切敌人，在战术上重视一切敌人。

根据党的一些指导原则，我们曾在长期地下党斗争中总结出斗争成功的方法六条和工作失败的三个"害死人"。

斗争成功的方法六条是：

1. 要透彻地理解上级的指示，特别是有关路线、政策的指示。这里所说的透彻地理解，不仅是说对于上级的指示能够背诵，不走样地传达下去，而且在于理解上级在此时此地为什么要有这样的指示的客观条件，它的意义和目的是什么，即上级凭以发出这个指示的立场、观点、方法是什么。这样不仅知其然，而且知其所以然，才能真正结合自己的客观情况，加以正确地灵活地执行，不是死板地机械地执行。对于别地、别人的斗争经验也是如此，一定要有极大的虚心学习别地、别人的成功经验和接受失败的教训，也一定要有极大的戒心结合本地、本人的主客观条件加以灵活应用，切忌生搬硬套。斗争形式千变万化，教条主义地搬用，没有不失败的。

2. 对客观存在的情况，要详细地占有材料，而不是凭一星半点的粗枝大叶的甚至道听途说的材料，要客观地冷静地分析政治形势和估量阶级力量，要细心地分析敌、我、友三方面的情况和其间的关系，即它们之间极其错综复杂的相互依存又相互矛盾、相互斗争的形势。

认识敌人往往有决定性的意义,不能粗心大意。客观情况的变化是很多很快的,特别是在激烈的斗争过程中,这时对敌人的动态,朋友的向背,更需要有切实的了解。"知彼知己,百战不殆。"这是真理。

3. 倾听下级同志的意见,特别是革命群众的意见,特别在斗争最前线的基层同志和群众的意见。他们的思想、愿望、情绪,都要时刻注意到。还要有先做学生后做先生、不耻下问的精神,先向下面的干部请教,然后再下命令。这不能形式主义地做做样子,而是要诚心诚意地真做,不是先在群众中造成某种思想倾向,然后再下去听取群众的意见。这样一些做法,好处很多。

4. 将上级的指示和自己面临的客观情况两方面都搞清楚了,把上级的指示、下级同志及群众的意见和客观情况结合起来了,才能制订自己的行动计划和斗争方案。这个结合实在不是容易的事,但必须这样做。尽可能地做到"主观符合客观",既要注意客观环境所容许怎么做的条件,不能超越客观条件所许可的范围,去做非分的妄想和盲动,又要不做"爬行主义者",做客观条件的奴隶,而必须充分发挥主观能动性,去做经过努力斗争可以办到的事情。没有科学的态度是不行的,没有无畏的革命精神更是不行的。在和敌人斗争时,从来没有十拿九稳的事,只能有大体上的把握,经过艰苦斗争可以获胜。有了大体上的把握,加上努力奋斗的精神,又做了失败后的应变措施,就可以大胆干了。做计划应该是放在经过奋战可以达到的基础上,这个分寸是很不容易把握的,过犹不及,"左"和右的错误就往往产生在这里。

5. 亲临群众斗争的前线(当然应该注意自己的战斗地位,不能暴露自己),和群众一起斗争。只有亲自去参加斗争实践,才能亲眼得见群众斗争的生动景象,了解群众的意志、情绪,敌人的力量、意图,才知道斗争发展形势的倾向,才知道自己的斗争计划的正确与错误,及时地、果断地修改自己的计划,以适应变化了的情况。指挥员远离群众斗争,只听汇报,便下命令的官僚主义是非常有害的,稳坐家里等待胜利消息的主观主义也是非常有害的。对胜利应该抱有信心，同时对胜利应该时刻担心。计划一成不变，安然无恙直到胜利的事是没有的，总要随着急剧变化着的斗争形势不断修改自己的计划，以至完全否定自己的计划。不注意这一点就会带来流血的代价。

6. 善于及时总结成功的经验和失败的教训，特别要总结失败的教训。因为失败乃成功之母。固然要反对消极悲观，但在反对消极悲观的同时，也要反对自我陶醉。应该形成一种制度，养成一种作风，打了胜仗找缺点，打了败仗找成绩。须知在成功中往往潜伏着新的失败因素，在失败中却已孕育着成功的根苗。向胜利发展的道路总是由许多失败曲折的道路组成的。总结经验教训，应该尽量有更多的经历过实际斗争的领导和群众参加，这样才能得出正确的结论来。争论不休的事也往往难免，最后总要有大体上一致的认识。

地下党斗争要做到这六条，并不容易。因为往往受许多条件的限制，例如上级的指示收到不及时，或比较原则；例如要迅速和准确地传达下去和组织研究讨论，都有实际的困难；例如对客观情况的准确了解，因在敌人统治下不易及时和详尽地收集必要的情报资料；例如对于群众的思想情绪不能普遍深入地了解；例如斗争形势的变化迅速，考虑难于周详，如此等等。但是领导者时常想到这六条，并且努力去做，是会获益不浅的。

三个"害死人"，即招致失败的三个"主义"是：

1. 脱离实际的主观主义，害死人；
2. 脱离群众的官僚主义，害死人；
3. 脱离党性的个人主义，害死人。

这三个"主义"在地下党活动中发展起来，真是可以亡党亡头的。检讨过去一切的失败，可以说没有一次不和这三个思想敌人的为害有关。

使工作成功的六条和使工作失败的三个"害死人"都不仅和地下

党领导同志的思想方法有关，而且更和领导者的世界观的改造、党性的锻炼和思想品质有关。世界观的改造更具有决定性的作用，思想方法的问题，实际上也是世界观的问题，党性的问题。

六、积小胜为大胜，造成"第二条战线"

> 作地下党斗争必须认识清楚：白区工作虽然艰苦，但那里的人民迫切需要我党领导他们进行解放斗争。在那里我们有一切可以活动的条件，有一切夺取胜利的条件。表面上我们处于劣势，处于弱小、被动、防御和被敌人包围的形势，实际上敌人却面临着穷途末路，处于广大人民的包围之中。我们完全可以在劣势中夺取优势，在弱小中求强大，在被动中争主动，在防御中取进攻，在被包围中造成反包围的形势，从而积小胜为大胜，最后造成白区的"第二条战线"。

进行地下党斗争必须建立起这样的认识和信心：我们到国民党统治的白区进行地下活动不仅是必要的，而且是可能的，有一切便于我们在那里落脚、生根、发芽、开花、结果的土壤和气候，完全可以生存、发展和夺取胜利。

我们说应该去，必须去，是说国民党统治的白区人民正在受难，我们有责任去帮助他们。我们要努力奋斗，那些地方有困难，有问题需要我们去解决，我们就应该为解决困难去工作，去斗争，越是困难的地方，就越是要去。因而我们应该有一批不怕困难、不怕牺牲的同志到白区的艰苦环境中去斗争，特别是敌人统治越顽固和严密的地方，越是要去，就是要敢于到敌人心脏里去，到敌人肚皮里去打仗，才是共产党员的英雄本色。

我们说敌人统治区具备了一切必要的条件，让我们去活动和斗争，是说国民党顽固派越是凶恶、反动,它就在客观上越是给我们提供了活动的政治环境,造成让我们去进行组织和领导斗争的对象。因为他们越反动,就必然在那个社会中造成一种反对他们的力量,一种反对他们的政治倾向和势力,这便是我们能够在那里进行活动的社会基础。在那里就一定有一大批人,主要是受压迫和剥削严重的工农大众,要求组织起来,要求斗争,要求共产党的领导,以反对国民党的暴政。这些势力就是革命力量,就是我们的组织对象。因此在客观上是敌人给我们提供了在那里进行组织活动和斗争的条件。他们越反动,这些条件就提供得越充分。

因此,我们一定要在敌人一切重要的城市,重要的工业区,广大农村、学校等地方建立起我党的组织和活动来,哪怕是只有一个共产党员也要坚持战斗,坚持活动,甚至可以说"存在就是胜利"。为什么?因为敌人只要发现了我们的活动,他不察虚实,便不得不为此而组织起庞大的特务机关、警察、保安部队,以至正规军的驻守,不敢轻离。这样在客观上就拖住敌人的一部分力量,使之减少对于我们老根据地和其他地区地下党的压力,这就是对老根据地的一种援助,这就是一种胜利。只要我们在这里散布了星星之火,敌人便会草木皆兵,惊惶起来。而实际上这许多星星之火,总是有一些会要旺盛地燃烧起来,联合起来,形成群众革命斗争的燎原大火,陷敌人于革命的火海。

我们从实际的斗争中充分地证明了,敌人统治区不仅具备了一切我们去进行活动的必要条件,而且完全可以争取打胜仗,可以一个胜仗一个胜仗地打下去,积小胜为大胜,逐步造成优势。在敌人统治区,政权是在敌人手里,敌人掌握着一切专政工具,一切宣传武器,从整个形势上来说,要承认他占优势,不承认这点是不可以的;要承认他在斗争的整个形势中是比较地居于主动地位的,不承认这点也是不可以的;要承认他在整个斗争力量上,相对地说来是比较强大的,不承认这点也是不可以的。对这种客观实际,不能采取"不承认主义",闭着眼睛自吹自擂。但是我们应该认识到,虽然在整个局势中我们暂时居于劣势,居于弱小、被动和防御的地位,但是我们完全可以而且必须争取在一个局部,在一个小的地区范围内,在一个学校、一个单位里,在一次斗争中,居于优势、主动、强大的地位,这是完全可以做到的。这样在一个一个小的局部,小的范围,一小段时间内争取到的优势、主动、强大和进攻,便可以积小胜为大胜,最后造成整个形势在一个相当长的时期内,在一个相当大的地区内,取得群众斗争的相对优势,主动发起对敌人的进攻。这样便支持了整个解放区的斗争,形成了"第二条战线",形成了前后夹击之势,最后打败敌人。这就是在劣势中夺优势,在弱小中求强大,在被动中争主动,在防御中取进攻,在被包围中造成反包围的道理。这是党的游击战争的指导思想在地下党斗争中的应用,斗争证明这是完全有效的。事实上我们也的确在敌人统治区造成过敌人称之为"小延安"、"解放区"的地方,的确也造成过党称之为"第二条战线"的形势。这便是我们在敌人心脏进行战斗的根本战略。根据过去的经验,"乘敌之隙的可能性"是很多的,不要为敌人的气势汹汹所吓倒,敌人的弱点所在皆是,只要善于去捕捉,只要不去"碰钉子"而学会"钻空子",就能胜利。敌人内部是不团结的,四分五裂的,离心离德的,矛盾重重的。敌人是极其腐败的,效率很差的。他们虽是凶恶,但也是愚蠢的,有时他们干了许多帮助我们发动群众的蠢事。敌人的组织是不严密的,容易混进混出。敌人统治的地区虽然关卡林立,检查森严,但因其得不到人民的拥护,又因他们逞凶斗狠,鱼肉人民,人民痛恨他们,因此在他们那里活动起来并不困难。当然从根本上来说,由于敌人是反动的,反人民的,因此他们在政治上处于被人民包围的孤立状态;而我们则是革命的,进步的,因而得到广大人民群众支持和拥护。这就是说,在整个大局上,敌人是处在人民的包围之中,在整个历史时期,敌人是逆天行事,处于软弱或趋于软弱走向崩溃的地位。而我们党是代表人民的,我们可以发动人民,依靠人民进行斗争。在整个形势上,在整个历史趋势上实在是我们和人民居于包围敌人的地位,居于优势地位。这便是我们能存在,能活动,能斗争,能胜利的根据。在这个根据下,我们采取灵活机动的战略战术,一个一个地夺取胜利,日积月累,积小胜为大胜,形成"第二条战线",对老解放区起一定的支援作用,是完全办得到的。

七、精干的党组织,广泛的群众组织

> 地下党斗争必须在一切必要的地方,建立起坚强的精干的党组织和党的外围组织,建立起广泛的和形式多样的群众组织,从斗争中提高群众的政治觉悟和斗争热情,从斗争中培养出千百万群众领袖,把他们中的优秀分子吸收到党里来。

我们在敌人统治区的一切重要城市,在农村、工厂、学校、群众团体中建立精干、坚强、有战斗力的党组织,但敌人总是要拼死来发现和破坏这些党组织,这成为我们在白区进行斗争的中心环节。因为这种党组织是埋在敌人心脏里的定时炸弹,是屹立在白色区域里的赤色堡垒,是一切斗争的领导核心,是群众的希望和领导,是敌人的心腹之患。这个党组织必须和老根据地的党组织一样,是具有理论联系实际、密切联系群众和自我批评三大作风的党组织。只是要求更精干隐蔽,要求有长期独立作战的能力,要求更富于牺牲精神,要求适应秘密工作环境的组织形式和斗争方式。这个党组织的党员和领导人也应该是襟怀坦荡、忠实、积极,以革命利益为第一生命,以个人利益服从革命利益。这些人应该是最有远见,最富于牺牲精神,最坚定而又虚心体察情况,依靠群众的多数,得到群众的拥护。这些人好比种子,人民好比土地,到了一个地方就要同那里的人民结合起来,在人民中间生根、开花。这些人还要具有勇往直前的精神,要压倒一切敌人,而不要被敌人压倒。不论在任何困难的场合,只要还有一个人,这个人就一定要战斗下去。这些党组织的领导应该懂得马克思列宁主义,有政治远见,有工作能力,富于牺牲精神,能独立解决问题,在困难中不动摇,忠心耿耿地为民族、为阶级、为党工作。党依靠这些人联系党员和群众,依靠这些人对群众的坚强领导而达到打倒敌人的目的。这些人不能自私自利,不能有个人英雄主义和风头主义,不要怠惰和消极,不要自高自大,不要有宗派主义。这些人要像坚强的种子,丢在荒芜污浊的地方,也不会腐化霉烂。要不怕寂寞,而又不甘寂寞,总要活动和生长,像傲岸的青松一样,相信春天总是要到来的。这些人必须具有相信胜利,准备牺牲的精神。这些人要有坚定正确的政治方向,艰苦朴素的工作作风,灵活机动的战略战术。这些人应是热心肠,冷头脑,硬骨头,牛皮筋,欺天胆;耳聪、目明、鼻子尖;腿勤、手快、嘴巴紧。这个党组织和其他领导人员要用这些精神武装起来,才能率领党员和广大群众,在敌人心脏里进行战斗,而且取得胜利。

这个党组织必须少而精,必须在敌人的要害地方建立起来,进行工作。必须把党组织的基础放在受压迫受剥削最严重,最为痛苦,最富于革命精神的工人和农民中去。同时必须注意在能够起革命先锋作用和桥梁作用的青年学生、革命知识分子和下层职员中做组织工作。当然我们不能老停留在桥梁上,必须同时注意统一战线工作,充分利用这个武器以争取中间分子,孤立敌人,分化瓦解敌人;必须经常准备并且努力支援和配合老根据地的一切斗争,并随时准备自己往武装斗争的道路上发展。

八、发动群众,灵活斗争

地下党斗争必须深入群众,宣传、组织群众,领导群众进行为他们所迫切要求的,为内外环境所容许的必要的斗争。依靠群众,就是胜利;脱离群众,就会失败。

白区广大人民群众的组织和斗争,是地下党工作的最根本的任务,是地下党存在和发展的依靠。脱离了群众,不光是不能开展工作的问题,而且是根本无法生存的大问题。地下党不做宣传、组织群众,并领导群众斗争的工作,地下党就丧失存在的意义了。

怎样做群众工作?只要切实做到下面几点,就会做了:

第一,地下党的同志到了一个地方,首先要深入群众中去了解情况,关心群众的生活疾苦,了解他们的思想和愿望。关心群众生活,注意群众的思想动态是我们做群众工作的基本出发点。

第二,要向群众学习,先当群众的学生,再做群众的先生。要耐心细致地在群众中进行宣传教育和组织工作,不要嫌落后,不要希望用大轰大擂的办法,在很短的时间内,就把群众发动起来,组织起来,要细致地做艰苦的工作。

第三,要无限相信群众和依靠群众。只有群众真的觉悟起来了,知道了斗争的目的是什么,和他们的切身利害关系怎样,并且知道应当怎样去做,并决心去做的时候,才可能引导群众进行胜利的斗争。我们的工作要服从于群众斗争,而不要群众服从于我们的主观愿望。这样才能充分发挥群众的主动性、积极性和创造性。

第四,要反对不顾主观客观条件,从个人的善良主观的愿望出发,强迫群众去斗争的冒险主义;同时还要反对落后于群众,不敢及时组织和领导群众坚决进行斗争的尾巴主义。既要反对强迫群众的命令主义，又要反对听其自然不努力在群众中做工作的自流主义。

这四条本来无论地上党、地下党都是适用的，不过地下党在应用时，还有其一定的特殊性，有其应该强调的方面，这就是：

1. 要更细心和耐心地接近群众，和群众生活在一起，同甘共苦，从交朋友开始，谈知心话，关心其疾苦，帮助解决具体困难，同时启发其政治觉悟。地上党可以利用的许多宣传教育形式和工具，地下党是无法利用的。

2. 要不惜利用分散的、小型的、生活性的、社会习惯性的组织形式，以小入手，逐步在斗争中提高到集中的、政治性的、大规模的组织形式。不怕利用生活的、社会性的、分散的群众斗争，以发展到政治的、大规模的、高级的群众斗争，以至发展到最高级的武装斗争，夺取政权的形式。

3. 要不拒绝和改造旧的群众组织，要不害怕利用敌人的群众组织，在其中进行工作。不要嫌其反动和落后，只要那里有基本群众存在，我们就要去工作。

4. 要善于利用合法的形式、合法的法令和社会习惯进行斗争。利用敌人带有欺骗性的虚伪的民主形式，以及现有法令来循名责实，要求兑现，以敌人的武器来揭露敌人，打击敌人。

5. 一切组织形式服从于斗争任务，一切斗争任务服从于发展和壮大自己，削弱和消灭敌人的目的。因此要注意斗争的有理、有利、有节的原则，要能得到广大群众的支持和社会的同情，要不斗则已，斗则必胜。注意适可而止，要一个仗一个仗地打。

6. 要注意保护群众的斗争积极性，要注意保护群众的安全，特别是群众领袖人物的安全。

7. 把群众组织和群众斗争的重点放在工人、农民基本群众中，但也要注意对革命知识分子和学生的组织和领导，充分发挥他们的先锋作用和桥梁作用，但不能老停留在这些桥梁上工作。

8. 地下党所进行的一切群众斗争要经常注意主动配合老根据地的斗争，配合党的总的斗争任务，同时还要注意往武装斗争的方向发展。

9. 必须把敌伪组织，特别是带有群众性的敌伪组织的反动头目和其下面的广大的一般人员相区别，例如黄色工会这样有大量基本群众的组织。即使像"三青团"这样的组织，也要把其反动的头目和一般的三青团员相区别。对于一般的三青团员以及一般的国民党员不要采取一律敌视的态度，不要嫌弃这些一般成员的落后，而要分化瓦解，对愿意进步的要争取教育。只要不是敌伪头目、特务、工贼、奸细分子，都要耐心做工作，以最大限度地孤立最顽固的敌人。

九、提高警惕，严防破坏

> 地下党斗争必须提高警惕，严防破坏，充分注意秘密工作，严格检查和执行秘密工作的纪律和规定，经常进行秘密工作教育和革命气节道德教育。

地下党是在敌人统治的白区工作的。国民党拥有一切专政工具，为了专门对付共产党的地下斗争和革命人民的斗争而组织起庞大的特务机构、宪兵、警察、保安部队。他们还向日本、德国特务机关，特别是向美国特务机关学习到许多破坏共产党地下组织的极其狡诈的，而又非常残毒的办法。他们自己也在长期和我党斗争中积累起相当多的反革命的经验，可以说他们是集中国封建主义和外国法西斯主义的反人民手段之大成的。同时他们完全抛弃了资本主义国家那套虚伪的民主假面具，赤裸裸地毫不容情地进行镇压和屠杀。封建主义的野蛮性，法西斯主义的残酷统治办法，以及种种杀人的"科学"的工具都有了。因此，地下党的秘密工作是保存自己利于斗争必不可少的重要工作，搞不好就有亡党亡头的危险，是不能掉以轻心的。

第一,地下党领导必须注意秘密工作问题,必须经常对广大党员和群众领袖进行秘密工作教育,制定必要的秘密工作的纪律、规定,随时检查其执行情况。如有违反,立刻纠正。必要时须执行纪律,并作善后处理。最重要的是向党员进行政治坚定性和斗争顽强性的教育,同时介绍一些秘密工作方法,包括一些行之有效的技术方法,并作合乎实际的创造发展,及时交流经验。要经常关心群众领袖的安全。

第二,要教育党员不可把秘密工作神秘化。要知道秘密工作固然很重要,是为了保存自己的,但保存自己不是消极的。秘密工作本身不是目的,而是为了党的工作的发展,为了对敌斗争的胜利。秘密工作不能妨碍党的一切宣传组织工作的开展和对敌斗争的开展。一定要放手大胆地工作,教育党员要有勇敢机智,不怕牺牲的精神。敌人虽有各种专门反共的组织,但他们的漏洞很多,效率不高,最根本的是,他们是反人民的,得不到人民的支持,单靠一套单纯技术是莫奈我何的。只要提高警惕,遵守纪律,是不可怕的。切不可为了秘密工作,闹得疑神疑鬼,草木皆兵,捆绑了自己的手脚。无所作为,消极地埋伏隐蔽,单纯技术观点是有害的。

第三,更要紧的是教育党员,在白区活动最有效的隐蔽方法是深入到群众中去,和群众一起生活和斗争,和群众同呼吸共命运,就能得到群众的支持和掩护。这是最有效和最安全的隐蔽方法,同时也开展了工作。深入群众,发动群众,组织对敌人斗争,就如深入大海,虽然掀起波浪,敌人明知我们在其中活动,也无可奈何。这是规律:进攻是保存自己最好的办法,依靠群众就有安全。

第四,必须对地下党员进行政治思想教育和革命气节道德教育。要相信自己的事业是完全合乎正义的,不惜牺牲自己个人的一切,随时准备不惜牺牲自己的生命去殉我们的事业。自己被派到白区工作是自己的光荣。要相信胜利,准备牺牲,遇事沉着,临危不惧,在任何情况下不能张皇失措,临阵脱逃,更不能动摇自首,叛变投降。这是与共产党员的称号绝不相容的，和党纪绝不相容的，必须要得到应有的惩罚，而且敌人也决不会让这种癞皮狗好活好死的。要经常用革命先烈的英勇事迹作为教材，鼓励大家向他们学习，继承先烈遗志。总之，主要靠政治，其次才是靠技术。秘密工作技术也只有被有高度政治觉悟的党员掌握应用，才会有效，才会有所创造，开拓局面。

第五，当然，也不可不注意把敌人对付我们的一些活动规律，一些破坏我们的方式方法，各种阴谋诡计，以至各种技术，告诉我们的党员和群众领袖，引起注意，并研究对策，使之遇到这种进攻时，能够沉着应战。

第六，地下党的领导机关应该有经常的应变计划，一遇到发生组织破坏事故时，要沉着机敏，遇事不苟，临危不惧，临难不屈。做领导工作的同志即使有被捕的极大危险，也要坚持下来，及时进行组织的切断、疏散、撤退，防止事故的进一步牵连和扩大。要坚决反对在敌人强力进攻，突破我们阵地后所出现的张皇失措，逃跑溃散现象。要发扬不怕死的精神，只要一个"不怕死"，就什么也好办了，办法也就会多起来了。只要事先有应变计划和准备，临事又坚定沉着，就会应付自如。切不可对敌人有任何幻想，以为他们不知道，不会那么办，等等。要把一切可能性都估计进去。敌人固然是脱离群众的，效能低的，但不能把安全计划建立在这个基础上，这样才不致被动。也不能以为某些同志平时表现很好，相信他们被捕后会是坚定的，不会投降出卖，因而可以不按秘密工作的规定进行转移和疏散。诚然这些同志是可信的，但不能把安全计划放在这个基础上，而必须坚决地按党的秘密工作原则进行疏散和撤退。这是原则，不可违反。

十、一切从实际出发,进行长期艰苦的斗争

地下党斗争必须懂得革命事业胜利的必然性,同时要注意斗争的长期性和艰苦性,斗争的复杂性和反复性。埋头苦干,坚韧不拔,相信胜利,准备牺牲。必须注意从实际情况出发,特别注意矛盾的特殊性,根据具体情况进行具体分析。坚定正确,灵活机动。

地下党斗争必须充分认识斗争的长期性和艰苦性。我们是在敌人的心腹地带进行活动的,敌人引为心腹之患,他们会千方百计地破坏我们,企图消灭我们。而我们在地下党活动的整个时间,在力量上和敌人比较,要相对的弱小一些,敌人是相对地居于主动进攻的地位,因而决定了我们斗争的艰苦性。我们就要有坚韧不拔,勇敢战斗的精神,要有灵活机动,克敌制胜的战略战术;不怕失败,不怕暂时的后退。革命总是有来潮退潮,前进和后退的,有胜利也会有牺牲的,但是总的来说,我们是一定会胜利的。

我们既然认识到地下党工作斗争的长期性,就必须知道要深入群众,一点一滴地,稳扎紧扎地进行艰苦细致的群众工作,就要爱惜群众积累起来的力量,不到时机成熟,没有很大获胜希望,不要轻率地发起进攻。要组织统一战线,最大限度地团结一切可以团结的人,争取和中立一切可以争取中立的中间阶层,分化瓦解敌人,最大限度地孤立和打击最顽固的敌人,反对孤注一掷的拼命主义,反对消极隐蔽的保守主义,要准备在艰苦的环境中熬它十年二十年,甚至更长的时间。

对于地下党斗争的长期性和艰苦性的认识与不认识是大不一样的。许多工作的错误和失败是由此而发生的。急性,盲动,蛮干,以及消

极隐蔽,死埋伏,无所作为以致蜕化变质,就是这种错误思想所表现出来的不同形式,也就是不认识地下党斗争的长期性和艰苦性,在不同的政治思想条件下出现的情况。

地下党斗争和党的其他斗争一样,是有其普遍的规律性的,但从实践来看,我们更须注意地下党活动的特殊性。列宁说:"马克思主义最本质的东西,马克思主义的活的灵魂,就在于具体地分析具体的情况。"正是如此,地下党斗争不仅因国家的不同,会有其特殊性;就是在中国的各个不同时期,在各个不同敌人统治下做地下工作,也会有其特殊性;在不同的革命阶段,不同的政治任务和斗争口号下,也各有其特殊性;就是在一个地区的一个时期中,在同一的敌人统治下,也会因政治任务的不同,敌人和同盟军的变化,政治形势的退潮和来潮,敌我力量的消长等等,有其特殊性。因而必须有不同的斗争方式和方法、不同的组织形式。如果不注意具体地分析具体情况,只从一般的抽象原则出发,一般的政治口号出发,一般的地下党活动规律出发,去指导工作,是一定会碰钉子、栽跟头的。在革命急剧发展的过程中,客观情况是发展得很快的,如果死守住一般组织形式和斗争方法,把敌人看得一成不变,看成铁板一块,把中间阶层看成一成不变,不会摇摆,我们就会失去决定斗争策略的根据。"左"倾或右倾错误往往就是在这种情况下,昧于实际而发生的。我们做地下党工作的困难也就在这一点上,领导的艺术也表现在这一点上。教条主义和经验主义对于地下党斗争是非常有害的,往往要付出流血的代价,甚至弄到亡党亡头的悲惨结局。

第二部分 白区地下党工作的十个主要问题

一、调查研究，了解情况

深入了解客观实际情况，随时掌握情况的变化，并用阶级分析的观点，进行正确的分析和估计，是一切地下党活动特别重要而又比较困难的事。到一个地方，对那个地方客观存在着的尖锐复杂的社会斗争了解很少，又不善于作实事求是的分析，便去发号施令，指导工作，一定会失败，以致带来很沉重的损失。领导者主观主义，单凭热情和感想办事，是出娄子的重要原因。

调查研究，了解情况不外乎敌、我、友三个方面。

"我"的方面，包括地下党的组织情况，工农基本群众的情况，知识分子的情况。地下党组织情况应了解本范围内党组织的分布，发展的历史，活动情况，主要干部的情况，秘密工作情况等。这种了解自然是在秘密工作纪律所容许的限度内，不能超出自己的工作范围和自己应知道的事情的范围去打听全部组织的详细情况。

了解工农基本群众的情况，要注意了解他们的生活和工作情况，主要是他们受压迫受剥削的情况，他们的思想和情绪，他们的愿望和要求，他们在当时最痛恨的事情是什么？最痛恨的人是谁？他们所进行过的各种斗争的情况，成败得失如何？他们中有些什么进步组织，中间性的以至封建迷信组织，敌人所强加于他们的有些什么组织？他们在各种斗争中所涌现出来的活动分子和领袖人物，尤其要有清楚的了解。这些组织和人物与我党的关系，与敌党的关系怎样？

对于当时当地的经济情况的调查和阶级力量对比的调查也是很重要的。假如得不到详尽的数据，也要有一个基本的概念。这是进行活动，决定政策策略的客观物质基础。阶级敌人对于基本群众实行统治的基本方法和手段也要了解。对于城市小资产阶级劳动群众，知识分子，教员，公务人员，各种职员、店员的生活情况，思想情绪，斗争要求，也要了解。他们同样是遭受压迫，朝不保夕，生活不稳定，要求改革。他们在配合工农基本群众斗争中常常可以发挥重大的作用。对于青年学生知识分子，特别是大学生和中学生的情况，要做更多的了解。这些力量往往形成我们开展斗争的突击力量，起着某种先锋作用和桥梁作用。

"友"的方面，包括各种中间势力，在民主革命中包括民族资产阶级，开明士绅，地方实力派（地方军队在内），还有国民党中处于中间状态的"中央军"中的中间派，上层小资产阶级，各小党派，一共有七种。中间势力是随历史的发展而时常发生变动的。其中有许多是很不稳定的，有一些只是间接同盟军（在某一时间，某一特定的斗争中，反对某一特定的敌人时，和我们采取同一的立场，但对我们并不一定采取组织上的联合）。有一些则是明天的敌人，下一步的斗争对象。民主党派和其他小党派是这些中间势力的政治代表，要特别注意了解。要了解这些势力，首先要了解他们所代表的阶级是什么，他们与当时的社会经济和政治有什么息息相关的联系。他们当前的政治态度，包括对我和对敌人的态度；他们的政治要求，口号；他们的组织形式，头面人物；他们和敌人的矛盾和斗争的情况，他们和我们的关系，包括又联合又斗争的情况。特别注意在各个政治转折关头他们的政治态度和动向等，都是必须了解的。

对于民主党派、社团的了解，对于无党派进步人士的了解，对我们的工作和斗争有特别重要的作用。民主党派和社团有比较激进的，有比较中立的。有的比较靠近我党，愿意接受我党的领导，拥护我党的政治主张，并在我党领导的各种斗争中和我们协同一致进行斗争，这是属于应该紧密加以联系团结的进步力量，和我党可以构成战斗联盟。有的民主党派则比较中立，但比较靠近我们，这也是必须团结的中间力量。但也有游移于国共两党之间的民主党派，有些斗争可以响应我们的号召，有些斗争则只保持中立。至于民主党派、社团的个人以及无党派知名人士的政治态度如何，应该有个别的单独的了解，情况是十分复杂多变的。有的很进步的民主党派、社团中，也有很顽固、对我们多有猜忌甚至不够友好的人；在中间性质的党派和社团中，却有十分进步的人士，愿意接受我党的领导。至于无党派知名人士中就更不一样，有各种不同政治态度的人，有在这个问题上赞成我们的主张而在另一个问题上则保持独立、中立以至持反对态度的，这些情况都应做具体的了解和分析。在这些民主党派、社团和知名人士中，还可以发现某些在不同情况下造成的我党脱党分子，他们还愿意革命和进步，但已经无意于或不能再回到党内来，让这些人留在民主党派和社团中或保持无党派进步人士身份，而又可以和我党建立秘密往来的关系，这是对我们有利的。就是在敌人的营垒里，也可以找到反对国民党倒行逆施政策的有名的头面人物，这些人在某些时候能起重要的作用，他们也是我们的朋友，必须加以了解和建立联系。

"敌"的方面，"识认敌人"是地下党活动中头等重要的事。"知彼"是进行胜利斗争的先决条件。认识敌人不能停留在表面现象上，而要深入认识敌人的本质，敌人的阶级本性。我们的敌人是以蒋介石反动统治为代表的中国买办性官僚资产阶级、封建地主阶级和站在他们后面的各帝国主义。蒋介石国民党的反动统治是凶恶的、狡猾的。他们继承了中国封建主义两千年来统治人民的野蛮性和残酷性，他们又向日本、德国法西斯，特别是向美国学习了现代化的统治权术，包括现代化的特务技术，一套欺骗人民的"心理作战"技术，一套专门对付共产党和革命人民的办法。对于这个敌人的凶恶、狡猾，要有足够的估计，不然会犯盲动和"左"倾的错误。但是更其要紧的是我们要从本质上认识敌人是反人民的，是脱离群众、极其虚弱和孤立的，他们经常处于广大的人民的包围之中。他们的行动总是违反历史潮流的，是一天天走向灭亡的腐朽势力，他们暂时的倒行逆施并不表现他们的强大，而说明他们的反动统治已走到穷途末路了，只能用恐怖、屠杀来维持其统治。这正表现他们的虚弱和愚蠢。他们的内部是矛盾重重、四分五裂的，他们的工作是腐败而缺乏效率的，他们时刻坐在人民革命烈火即将爆发的火山口上。我们必须这样从本质上来认识他们，不为他们一时的貌似强大和气势汹汹所吓倒。只要我们善于把广大人民群众的革命积极性最广泛地组织起来，采取正确的政策和策略，组织有效的斗争，是完全可以打倒他们的。不这样来认识，便会产生畏首畏尾，不敢斗争，不敢胜利的右倾思想。对于敌人的反动本质上的认识，必须在一切地下党员的头脑中牢固地树立起来。

认识敌人的什么？除了要了解整个蒋介石国民党反动派的经济形势、政治动向、社会势力、统治权力机关的一般情况，即掌握矛盾的一般性外，尤其要了解自己工作地区、部门、单位的敌人的具体情况，即掌握矛盾的特殊性。我们必须着重了解自己面临的敌人的经济、政治、社会情况；了解他们的经济基础，他们赖以支撑其政权的经济实力如何，发展趋势如何，他们怎样对人民进行剥削和压迫以及人民的反应如何，从而决定斗争的策略和工作方法。政治是经济的集中表现，敌人的活动往往是从政治上、政权机构的活动上表现出来的。敌人在政治上的基本态度、基本倾向是什么？有些什么互相依存的而又互相斗争、互相矛盾的政治势力？国民党中央以蒋介石为代表的，总是分成许多派系的，这些派系各代表什么级层和政治力量，有些什么头面人物，他们公开表现出来的政治态度特别是对我党的政治态度怎样？敌人颁发了什么政策法令，执行结果如何？从这些方面是可以看出他们的统治能力和效果的。敌人进行统治的社会基础，有农村的地主势力，封建会道门势力，城市的各种社团的势力。不仅要了解其上层的社团，资本家的社团，上层小资产阶级的社团，更要注意其他基层的社团，如黄色工会、三青团、妇女会、农会等官办社团的活动情况。不仅要了解其公开的社团，还要注意其某些秘密的社团；不仅要注意其各式的社团，更要注意其帮会势力的社团，这种封建迷信社团甚至比国民党的工会、三青团、农会等组织更加错综复杂，更为广泛一些。比如"袍哥"（在四川的封建会道门组织）、青帮、红帮之类。敌人利用这些社团组织是和我们争夺群众的，是为了防止我们去组织群众而建立的，这也正是我们应该打进去对基本群众做工作的对象。城市中还有帮口、同乡会之类，农村还有土匪势力，这些落后组织虽然有时表现为对敌人统治起破坏作用，但更容易为敌人收买掌握，支持敌人对我们的斗争。

要认识敌人这些脚脚爪爪对地下党活动的危害性有其直接的关系。因此必须首先加以调查和研究的是敌人的专政工具情况，即敌人的特务、警察、宪兵、军队、保甲、团防及特务外围组织情况等，这些力量是专为巩固敌人的政权，对我们和革命人民实行反革命专政的。敌人的正规军队及他们的保安团队的人数实力、驻地、调动情况、领导人员情况当然应该了解，并由地下党的情报系统随时报告给上级和中央。这些力量对于地下党尚未发展到公开的武装斗争时，虽然没有太直接的关系，但对老根据地的武装斗争却很有关系，应加以注意。还有一种敌人的潜在武装力量，即散布在农村的地方武装、地方自卫队、保甲武装。这些武装是我们在农村活动的主要障碍，又是将来进行农村武装斗争的重要斗争对象。要努力实行"枪换肩"，以组织充实自己的武装。土匪的武装也是我们进行"枪换肩"的对象，应予注意。

敌人的宪兵、警察、特务及特务外围组织是直接对付我党和革命人民的，必须给予最大的注意，千方百计掌握他们的情况，不仅要了解他们的力量多大、驻地分布、系统、重要领导人物、活动情况，而且要了解他们的活动规律，对付我们的政策、策略、办法，各种狡猾的阴谋诡计，以及对我们实行侦察、逮捕、审讯、"红旗"政策等和美国式的最新"科学"技术等。并以之为反面教材，教育党员和进步群众，知道情况，有所戒备。

敌人的特务势力，是我们要第一个注意的，但根据经验还不止此，敌人还从美国学来一套"心理作战"的东西，不可忽视。他们和我们长期斗争，总结出"以组织对组织"，"以宣传对宣传"，"以群众运动对群众运动"的办法，这是他们的"新发明"。他们不满足于血淋淋的逮捕和屠杀，还要用明的暗的、文的武的两种手段。如大量出版反动报纸、刊物、书籍，散发传单，书写标语，散布谣言，伪造证据，在中间分子和一般群众中煽动反共，诬蔑共产党。他们甚至动员御用组织搞示威游行（如搞过反苏游行等），利用一般群众的某些狭隘民族观点、爱国思想，诬蔑我们共产党为汉奸，不要祖国，共产共妻，总之十恶不赦。甚至组织大会、大报告、学术讨论、理论研究，曲解我党政策、口号、言论和从马列主义中断章取义等，干些诬蔑我党的勾当，企图在群众中把我党孤立起来。这一套"心理作战"技术，美国特务十分重视，他们想和我们争夺群众，用美国式的民主，温和的改革，民主个人主义等花样来代替人民革命，用非暴力斗争来代替民主主义革命，他们特别想和我们争夺知识分子、青年学生、教授、学者、自由职业者。对于敌人的这些手段不能掉以轻心。当然，由于敌人在本质上是反人民的，这个根本弱点他们是无法克服的，他们搞的那一套是虚伪的，做作的，即使有一些群众一时受其蒙蔽，为之愚弄，最终必然在我们进行艰苦细致的工作后，逐渐觉悟，并在群众大斗争中为我们所揭露，广大的基本群众就会觉悟过来，看穿他们的嘴脸，从而起来反对他们。因而敌人在这方面有些什么作为，我们是应该特别注意的。

我们必须用一切办法来收集敌人专政机关对付我党的一切资料和情报，进行认真的研究。除收集敌人公开发行的有代表性的报纸、刊物、公报、专刊、政策、法令、统计资料外，还要收集敌人的内部文件资料，包括他们对付我们的工作报告、总结材料、研究资料、教材（包括特务的侦察、行动、审讯、暗杀、"红旗"政策的技术教材）。不仅收集文字的，也收集非文字的情况，如他们的活动倾向、力量调度、重要头目的行踪，他们的特务机关、集中营、监狱、拘留所的位置和守备情况等。不仅了解他们公开的特务组织、警察、宪兵机构，还要留心他们倚为爪牙的外国特务组织，如防谍通讯网、通讯员之类的组织和人员，这种组织的人员几乎深入到每一个机关、社团（特别是新闻通讯社及报刊社）、学校、工厂以及乡村和会道门、流氓组织之中去了。这些人员或者完全看不出其政治面目，或以"左"的面目出现，暗地进行侦察密报，以至混入群众组织，妄图借此混入党内从事阴谋活动。这是不能不警惕的。不过他们既要干坏事，就不可能把它的本来面目掩盖得很彻底，只要留心，总是可以看出来的。

认识敌人、了解敌人应有重点，不可能无目的地乱收一通，搞烦琐哲学，做学究式的研究，这是第一。第二，我们不可能把情况收集得很齐全，特别是他们的专政机关都处于保密状态，因此，我们要善于从残缺不全的资料情报中进行分析和估计，许多事情需要我们根据平时了解的敌人的活动规律加以补充。只要我们有大体不错的估计，把保险系数多打一点，把困难设想得多一点，可能性想得周到一点，事先又做了假如失败后的应变措施，就可以行动。如果希望把行动建立在完全有材料和十分可靠的基础上，那只是幻想。我们既要反对不注意调查研究的盲目蛮干，又要反对不十拿九稳就不敢干的右倾保守思想。第三，认识敌人主要是要认识敌人的反动的虚弱的本质，同时又要认识敌人越是接近灭亡越是要挣扎的疯狂性。认识敌人无时无刻不在千方百计地破坏我们，不断地在侦察分析我们的活动规律。我们也要针锋相对，无时无刻不在研究敌人破坏我们的活动规律，要充分注意敌人将对我们采取行动的先兆，这种先兆，只要注意总是可以看出一些来的。第四，我们只能一面活动，一面调查研究，不可能先作了周密的完备的调查才开始行动，只能在斗争实践中不断调查研究，不断深化我们的认识程度。

二、生根开花，开辟工作

每一个到敌人统治区做地下党工作的同志，首先必须具有做革命种子的精神，具有越是困难的地方越是要去的精神。白区是敌人对广大人民实行残酷压迫和剥削的地方，"人民正在受难，我们有责任解救他们"，那里人民迫切要求斗争，要求我们党的领导，只要我们到了那里深埋进人民的土地中，那里就是温暖的。好好扎下根来，不断地工作，相信春天，相信革命的高潮一定会到来。然而春天不是等来的，是我们依靠人民群众，做艰苦细致的工作，努力奋斗迎接来的。万紫千红才是春。所以到白区工作的同志首先要有"不怕冷落，不甘冷落"，去白区开展工作，争取斗争胜利的信心。

其次，到白区工作的同志要有"下定决心，生根开花"的思想。要相信敌人愈是实行残酷的剥削和压迫，愈是反动，人民愈是反抗和要求斗争，这是敌人给我们提供进行斗争的社会基础，提供了让我们去宣传、去组织的对象，打开局面，生根开花是完全可能的。

再次，到白区工作的同志还要有"乘敌人之隙，争取胜利"的思想。敌人统治的残酷性，一方面给我们带来了工作上的困难，另一方面又给他们自己带来了更大的困难，脱离人民，使自己处于四面受敌的地位。敌人统治的反人民性必然带来其统治的漏洞百出，因而我们乘敌之隙，争取胜利的可能性是很大的。敌人貌似强大，实极虚弱。

表面上我们在白区工作处于敌人的包围之中，而实际上敌人却处在广大人民的包围之中。只要我们依靠和发动群众，在一个局部地区或部门，在某一段时间内使敌人处于我们的包围之中，被我们进攻和歼灭，取得政治斗争的胜利。一个地区一个部门能这样办，积小胜为大胜，发展下去，促成整个形势发生变化，迎来革命的高潮。所以工作的社会基础，胜利的条件是客观存在的，只待我们去争取。

到白区做地下党开辟工作的同志，首先要有以上三点认识，才可能去下种、扎根、开花、结果。过去在白区我们撒了许多种子，为什么有的生根开花，有的却无所作为，和有无这三点认识的关系很大。

有了这三点认识，具体工作怎么办？

白区地下党的开辟工作，根据政治形势的不同，有不同的工作方法，主要的有革命高潮和革命退潮时期的区别。

1. 在革命高潮时期，敌人被迫给了有限度的民主和合法活动的时期，应该用放手大胆、大刀阔斧、开门、分散布点的方法，不失时机地用大规模的宣传形式和组织形式，造成轰轰烈烈的群众运动的局面，先把局面打开了，再紧跟上踏实细致的组织工作，巩固已开展的工作，依靠建立起来的党的核心堡垒，大吞大嚼，再来反刍消化。要切忌轰轰烈烈而空空洞洞，雨过地皮湿的做法。切忌组织工作、巩固工作的缩手缩脚，落后于形势的做法，同时要反对关门主义和保守倾向。

在这个时期中要尽量利用一切合法的报纸、刊物、书籍（主要是政治性的小册子，社会科学基础知识小册子，以及小说、诗歌、报告文学之类），大规模宣传党的政治主张、政策方针，报道党和群众的进步活动。同时组织各种形式的宣传活动，如歌咏、演戏、报告、演讲、讨论、座谈。更要紧的是，紧接着宣传要用各种组织形式，把群众组织起来，在工厂、农村、学校、机关、社团，以及各种名目的组织，进行进步的政治活动。进一步组织一个地区、一个城市的工人、农民、妇女、青年、学生、文化界的统一群众组织，然后又进一步组织这些各界群众组织的联合组织，开大会、组织大游行、作大报告、做大规模进步的宣传活动，造成一个热潮。这里应注意两点：（1）宣传工作和组织工作不可分，边宣传边组织，宣传就有组织。（2）不要怕牌子大，不怕空架子，先打出牌子立起架子来，随即充实。只有打出旗号才能集合群众。局面打开以后，更要紧的是在这些各种群众组织中进行深入细致的组织工作，努力发现在群众活动中涌现出来的积极分子，和他们谈心，交朋友，进行个别帮助教育。经过考查，把他们吸收入党或党的外围组织中去，使这些力量成为各种群众组织的领导核心，并从他们之中选拔一批骨干，到新的单位或新的团体去开辟工作或加强工作，扩大组织力量。

这种宣传工作或组织工作，自然不是一帆风顺的，敌人一定会拼命和我们争夺群众。他们要在群众团体中拼命争领导权，抓领导人物，用各种借口来妨碍进步团体的活动。他们不惜利用他们的合法政权，颁发反动法令来阻挠和干涉；还要暗派特务进来拆台，或者他们抢先组织空有其名的社团，占着茅坑不屙屎，或者和我们唱对台戏，演双包案，还可能散布流言造谣诬蔑，制造纠纷，派特务打入进步组织挑拨离间，进行破坏；还会利用一些地痞流氓在特务的指挥下，故意寻衅打架，冲击会场和团体，制造事故，倒打一耙，公布假证据，信口雌黄造舆论，然后利用政权，公开宣布取缔这个，禁止那个，等等。这些事是必然会有的，因为这是阶级斗争，不足为怪。问题是我们要事先预料到这样的事，并与之进行有效的斗争，打退他们的攻势，同时必须开始有一些力量向地下转移，向别的地方转移，到农村去，到敌人统治薄弱的地方去。这就要准备两套班子，准备随时由公开向秘密转变，合法向"非法"转移。要预防敌人从外部来的突然袭击；要预防敌人混入我们内部来，混入群众组织，核心组织，以至党的组织，进行破坏。所有这一切是不能麻痹大意的。

在这方面，我们过去有成功的经验，也有失败的教训。满足于合法斗争，不注意"非法"斗争；满足于公开斗争，不注意秘密斗争；满足于在大、中城市的轰轰烈烈的群众活动场面，不注意在农村做深入的艰苦工作；满足于青年和知识分子的组织活动，不注意工人、农民基本群众的发动和组织，是一定要吃亏的。更其有害的是有的领导对敌人的表面的、一时的开明姿态，一时的开放，寄以幻想，产生右倾投降主义，以致一当敌人暴露其反动面目，对我们进行突然袭击，就断送了我们辛苦创造起来的群众组织和党组织，使大量骨干损失掉了，或者蜕化了，或者销声匿迹，无所作为了。比如在抗日战争初期，在武汉时代曾经出现过的新投降主义，是深刻的教训。

有一点应该特别注意，在能够进行公开合法活动的时期，不管政治条件多么好，除开和敌人公开来往的上层统战工作的党员外，党的组织、党的外围组织都必须是秘密的，党员也是秘密的，虽然不如在白色恐怖严重时期那么严密，某些组织和党员个人的暴露看来也不十分要紧，但必须力求保持秘密工作系统。这样既有利于指挥斗争，也便于随时转入地下，公开半公开的或暴露较多的党员，必须随时准备转移阵地。一旦发现敌人有进攻迹象，立刻行动，从做公开工作转移到其他地区做秘密工作。

在政治形势同样处于高潮的时期，也有两种不同状态，因而有不同的做法。一种状态是统治阶级和我们处于"合作"状态，我党有公开半公开的活动权利，群众可以在敌人被迫开放的民主条件下活动，如抗日初期的武汉时代，在这种条件下就适用上述的宣传和组织方法。另外一种是由于我党和群众以及友党的活动，在白区形成了民主高潮，而敌人对我党和群众仍然采取高压政策的时期，如抗日战争后期1944年至1945年之际，以蒋管区的昆明、重庆、成都等地为中心所形成的民主高潮，以及后来1946年至1948年以北平、天津、上海、武汉等地为中心发展起来的民主运动高潮。这是争取得来的民主高潮时期，群众在我党领导下，政治活动处于比较活跃，敌人处于被动，穷于应付而又拼命镇压的时期。这是革命来潮时期，各种群众运动和组织处于"非法"而又公开活动的状态，处于强制合法的状态。在这种状态下，群众组织可以是各种各样的，可以是大规模的、统一战线式的，其政治活动也是大规模的，但是其领导和领导者的活动却是秘密的，党的组织，党的外围组织，作为群众运动的核心领导力量是秘密的，而其表现出来的群众斗争，如集会、示威游行、罢工罢课等则是公开的。

  这种状态的出现，开始时，是在革命退潮时期，我党一点一滴地积蓄力量，用小型的、生活的、秘密活动的形式，对群众进行团结教育，然后进一步发展到大规模的政治性的组织形式，由生活的斗争发展到政治斗争。这时在这些小组织中，已经形成了党的核心领导力量。形势推向高潮后，虽然斗争规模可以很大，却是"非法"的，敌人镇压、对抗得很激烈，常常表现为公开的冲突、武装的冲突，出现流血、牺牲、失踪、被捕等。领导这样的斗争，既要大胆，坚决冲锋，压倒敌人，同时要求事先做缜密的准备，情况的熟悉，统战工作的支持，社会的同情，还要有党在群众中的领袖人物能够在党的领导下，率领群众向敌人冲锋陷阵，有更高的斗争艺术，有更灵活机动的战略战术。要不斗则已，每斗必胜，要适可而止，一仗一仗地打下去；要保护群众的积极性，尽力减少不必要的牺牲；要保护党员和群众领袖的安全。这种斗争可以迅速提高群众的政治觉悟，揭露敌人的反动面目，扩大我党的政治影响，从而便于我党迅速地开展党的组织工作，把群众斗争中经受考验的活动分子吸收到我党内或党的外围组织中来，成为党的干部。同样的高潮，有不同的宣传、组织和斗争方法，这就是从实际出发，注意事物的特殊性。

  2. 在革命退潮时期，白区地下党的组织，一般是十分精干隐蔽的，党员数量不多，许多地方是空白点，只能派党员去那里长期埋伏，一点一滴地积蓄力量。这时敌人是实行严重的白色恐怖，逮捕，屠杀，镇压革命，我们虽然不能组织群众进行更有效的、规模较大的斗争，但仍然是有办法去开辟工作的。

首先,派一个党员到这类白区去,要像一粒种子撒到那里,深深地埋入群众之中,准备长期地、耐心地进行一点一滴的工作。先找好职业掩护,把自己的脚跟站稳,反对急性和暴露。细心观察周围的情况,认识政治环境及敌人统治情况,了解群众思想和生活情况,了解敌人和群众的根本矛盾所在,敌人内部的矛盾所在。然后开始和进步分子及中间分子建立友谊关系,交上一批朋友。做到"勤学,勤业,勤交友"。不要一到那里就大喊大叫,一下暴露自己,这样做是愚蠢的,不仅敌人会发现你,把你连根拔掉,进步群众也因你太"红",不敢接近你,敬而远之,自己反而孤立了。在那里立脚时,外表看来只是一个勤于学习、勤于事业的人,急公好义的人,正直可亲的人。决不能对敌人表现出卑躬屈膝的态度。站住脚跟,交上朋友,就是胜利。这是第一步。

第二步,注意群众思想,关心群众思想,关心群众生活。调查了解群众生活上的疾苦,他们的愿望,他们的困难,即那里的群众感觉最烦恼的是什么,最痛恨的是什么人,这就是群众的疾苦。了解并关心群众的疾苦,和群众就有了共同感情和共同语言,这就叫与群众一条心。然后在广泛交朋友中来摆困难,谈痛苦,查根源,想办法,从群众的切身利益中逐步引导到政治上去,认识受剥削和受压迫是在于国民党的罪恶统治,引起他们对反动统治的仇恨,从而要求自己组织起来,求得解放。在这中间可以发现积极分子,看其当时情况,用群众能接受的组织形式把大家组织起来,相机进行为内外环境所容许、群众又愿意进行的斗争,逐步从生活斗争提高到政治斗争,从一个单位的单独斗争发展到联合别的单位的共同斗争,组织形式也随联合斗争而跟上去。同时在这个过程中,物色积极分子,深入交朋友,谈心,讨论问题,阅读进步报刊,介绍我党情况,把核心分子的思想觉悟进一步提高,从而作为党的培养对象,使之成为斗争的领导核心。我们可以依托这些核心，向外扩张。反正对反动统治不满的人是很多的，可以用这种形式那种关系把他们发动起来，联合起来，进行斗争。同时对于当地的合法组织（如工会、学生会等）要努力争取派人打进去，争取领导权，只要我们是真心为群众谋解放的，也没有提出不切实际的组织形式和斗争口号，群众总会拥护在那里面的我们的人，争取完全的或局部的领导权是完全可能的。这样，我们在那里就不仅生了根，而且开了花，打开了局面，开辟了工作。

在具体做法上，因群众的不同而不同，要经常研究：

第一，在工人中：过去一般生根开花、开辟工作的办法是在工厂区办工人夜校，和工人交朋友，建立关系。但这办法后来敌人注意了，不让你办，那么可以通过各种关系挤进工厂的黄色工会里去，或在工厂找一个接触工人较多的小职员差事，或者在工厂区的中小学里担任教员，从学生认识家长，建立往来关系。能设法到工厂直接当工人，这就更好。如果要做人力车工人的工作，就一定要去拉人力车，做搬运工人的工作，也一定要去做搬运夫，这都是扎根所必要的。也有在工厂外开小铺子的，为工人群众服务，这样来接触工人，并依托为群众工作据点。总之要和工人建立起关系。在与工人的广泛联系中，有重点地物色受压迫和痛苦最深的老工人，也有在较为活跃的青年工人中着手的。总之交上朋友，按上述办法，结合工厂实际，展开工作。在这过程中，敌人的特务谍报网，工会的工贼，工厂老板收买的流氓要来侦察、破坏，是不可避免的。只要我们不脱离群众，灵活机智地和他们斗争，总是能生根的。

第二，在农村中：假如去做开辟工作的人就是农民党员，自然最好，可以通过各种关系直接在农村安家落户，租种地主土地，或去当长年，就和贫雇农直接联系。这样对贫雇农做宣传教育工作就很方便，农民也容易接受宣传教育，生根开花并不困难。假如没有这样的农民党员，可以通过在农村的各种关系，找农村中的中小学教员的位置，农村中小学教员和农民是比较容易接近的。这样可以通过学生，通过家庭访问和农民接触；也可以首先和本地贫苦的小学教员（他们多是贫苦的小知识分子，很容易接受革命思想）交朋友，做工作，在他们中建立起进步组织（公开的或秘密的），以至吸收他们中表现最好的入党，再通过本地党员和进步分子与贫雇农接触，进行宣传教育。在农村中学教书，可以和年龄较大的、家境贫苦的学生交往，进行教育，适当的时候可在他们中建立进步组织以至建党，再通过他们去做农民的工作。只要在这些小知识分子中建立党组织不困难了，到敌人的基层政权，乡保公所谋个小差事，接近农民也容易。只是农民往往对于这种政权的狗腿子深恶痛绝，必须取得农民的信任才行。在城市的工人、教员、学生、公务人员中，许多人在农村有联系，有些人和农民有直接的亲朋关系，也可以通过这些城里的党员和农民搭起桥来，开展工作，或者就调出这些同志去农村做党的开辟工作。有的地区什么关系也找不到，但又必须在那里开辟工作，则可以扮成游乡的小贩，挑上货郎担子，串门走户，和农民拉上关系，为他们捎点东西，在他们家临时借宿，都可以搭上关系，开展工作。在农村中落脚生根的办法是多种多样的，只要下决心去做，没有无法下种生根的道理。当然在工作中也要注意方式方法，不可操之过急，以免过早暴露，引起地主富农、保甲人员、谍报人员、封建会道门头头的注意，而且在教育和发展组织中，要很好地处理农民被迫被诱参加会道门、流氓组织以至保甲武装的问题。

第三，在学生、教员和公务人员中：这是比较容易做工作的。因为这些知识分子中有一些人，一般对政治比较关心，比较敏感，又常接触多种进步刊物，容易接近进步活动。只要有一批知识分子党员，投身于这些知识分子之中，勤学、勤业、勤交友，因人不同，施行进步思想的灌输，起初组织生活福利性的和文娱活动性的组织，或分散的秘密的读书会之类的组织，耐心地一个一个交朋友，说知心话，启发其政治觉悟，慢慢在他们之中建立秘密的进步团体或党的外围组织，在组织斗争中不断发现先进分子，培养这些人，吸收入党，从而成为群众组织中的核心力量和领袖人物。这样就打开了局面，建立起了党的工作基础，在这里特别注意的是要多做大学生和高中学生的工作。根据经验，白区的革命高潮和民主运动的兴起，往往是从学生运动开始的。学生运动是整个人民民主运动的一部分，"学生运动的高涨，不可避免地要促进整个人民民主运动的高涨"。这是中国革命的历史证明了的。深入的更扎实的农民运动和工人运动，往往在学生运动兴起之后。学生运动的先锋作用和桥梁作用，是要充分利用的。自然，我们永远不要长久地停留在桥梁之上，不能有先锋队而无主力军，在桥梁而不过渡到工农主体中去。学生运动是为了开展工人农民运动服务的，否则学生运动不能持久，也不能深入，不能走到正确的道路上去。必须教育知识分子下决心与工农群众相结合，否则会一事无成。要动员大量知识分子党员和进步分子到工厂去，到农村去，这是学生运动兴起后必须要抓的任务。因为地下党总是以发动农村武装为最后任务。因而要特别注意到农村去，甚至白区的工人运动也可以是为农村武装斗争服务的。同时农村武装斗争也需要工人阶级的领导和技术力量的帮助，根据地的工人、农民、学生结为一体，进行游击战争和建设，这条办法已经证明是行之有效的。

三、群众组织，群众斗争

对群众的宣传、组织，领导群众进行斗争，这是地下党活动最主要的最根本的活动。在白区党的组织和党的活动的目的就是发动群众，组织群众，进行斗争，以推翻国民党的反动统治。党与群众的关系是鱼水关系，依靠群众，就是胜利，脱离群众，就要失败。

（一）群众组织问题

群众组织的方式和方法是多种多样的，随时间、环境、条件的不同而不同，随时间、环境、条件的变化而变化。由不定型到定型，由小型到大型，由分散到集中，由文娱生活性到政治性，由"非法"到合法，由秘密到公开，这是一个斗争的发展过程，是一个政治形势由低潮向高潮的发展过程。革命高潮的到来，当然和整个国家的政治形势有关，和当地的政治形势有关，但是主观能动的努力是十分重要的。要充分利用现有的客观条件，充分发挥主观能动性，并且不断努力创造条件，由困难的局面转变为比较顺利的局面，是完全可能的。积极组织广大群众和不断进行为当时当地内外条件所许可的群众斗争，有决定性的意义。

在政治形势处于低潮的时期，通常的方法是党把种子撒到各地，落脚生根，用不定型的方式和群众建立广泛的联系，个别地做细致的工作。根据群众的觉悟程度和自愿，把群众用分散的、小型的、生活性、社会习惯性的各种形式组织起来，经过教育和参加必要的斗争，不断提高，发展到建立更富于政治性、集中性和群众代表性的组织。这种做法和政治形势处于高潮时期是不同的。

在政治形势处于高潮时期，是采取公开的大规模的宣传办法，用各种大型的政治性的组织形式组织群众，先立架子，先有形式，再充实以骨干和内容，建立核心和党组织。活动则是采取轰轰烈烈大喊大叫的，大量的训练班（队、团、学校），示威游行，集会，等等。当然不到有了一定力量的时候，是不应亮开来展开斗争的。

对敌人现有的组织，必须打进去进行改造，并进行适当的合法斗争。如黄色工会、学生自治会、青年组织、妇女组织、农民组织，以及各种各样的文娱团体、文化组织等。这些组织本来是敌人用来控制群众、欺骗群众的，往往死气沉沉，无所作为，只有一个空架子，群众对之十分冷落。我们应设法打进去活动，把我们的一些活动，改头换面，参加到这些组织中去，采取群众喜闻乐见的活动形式；又可以给群众办福利，做好事，保护群众切身利益，进行合理合法的斗争，在群众中树立威信，使死团体变为活团体。这样，群众的看法是可以逐步改变的。

当然改造这种组织并不是轻而易举的，这些团体本身的反动性往往带来活动的局限性。群众又是一贯厌弃和痛恨的，我们打进去也要受到许多阻碍，因为敌人也是注意控制这些团体中的领导权，我们要运用各种社会关系、统战关系或是用群众选举的办法打进去。打进去以后，在活动中必然要遇到两种困难：

第一，敌人要强迫其参加国民党和三青团怎么办？当然能够不参加，最好不参加，非参加不可时，党组织应批准他们参加。

第二，敌人要强迫其参加反动活动怎么办？如去参加反动的集会和游行，在各种政治关头要求表示态度，参加联署各种宣言声明等。我们的做法是：假如自己在那里所拥有的群众力量比较强大，用群众力量抵制，叫群众不通过，不参加反动活动。假如群众力量不大，在那里压不倒敌人，可采取消极应付的态度，活动群众不去参加，让敌人的少数御用分子去参加。我们的同志尽量不去参加，能反对就反对，能借故就借故不参加。一定要去就去捣乱，采取节外生枝，借题发挥，制造分裂，如开会的内容、主席团的选举、宣言讲稿文字的推敲，都可以利用敌人内部的矛盾来破坏，搞垮他们的活动。要注意敌人在其中的特务，会对我们的同志和进步群众进行侦察，以至突然考问、讹诈、扣捕审问等。要预见到这种可能，先有充分准备，考虑好应付办法。最有效的办法是群众拥护我们，以群众力量来压迫他们，声援我们。这些同志在第一线与敌人短兵相接，党组织要经常关心他们的安全，及时给予正确的指导，并发动群众支持他们。争夺领导权，占领工会、学生自治会之类的合法组织是一个很复杂的斗争，中心环节是充分地发动群众和依靠群众。

在白区还存在大量社会习惯势力的封建性组织，如同乡会、同学会以及各种会道门组织、青红帮组织、"袍哥"组织等。有的是较广泛和有群众性的，这些组织都具有落后性、反动性、流氓性。其领导权都掌握在当权的地主、官僚、政客、特务头子、流氓头子手里，是一个严重的破坏势力。但其中确有大量一般工人和农民，以及小职员等，是我们争取教育的对象，应该打进去，进行工作，能打破其反动外壳和领导当然好，但不易做到，可以破坏和瓦解它们。还有一些民间群众性的习惯组织、福利互济组织，其中有大量中间群众，也可以对他们进行教育，使其转变为群众福利的一般进步组织。

当我们组织各种群众性的进步团体进行活动时，敌人是一定会想办法来破坏的。秘密地捣乱，公开地压制，钻进来分化挑拨，不予批准合法等等，他们都是会干的。他们还会"以组织对组织"，利用他们的政权和社会势力，利用优厚的物质条件和合法地位，欺骗和胁迫一部分群众，组织起同样性质的团体来，进行活动，和我们唱对台戏，搞平行活动。你出进步书刊，他印反动书刊；你搞进步演讲，他搞反动演讲；你搞反帝反美示威游行，他搞反苏反共示威游行。但是他们有一个根本困难无法克服，他们组织的团体和活动的反动性反人民性，使广大中间群众不愿参加，往往搞得冷冷落落，松松垮垮。我们对付的办法，就是在群众中广泛揭露其反动性、欺骗性，用群众活动破坏他们，同时也派人钻进去，在内部搞分化瓦解，拆他们的台。

我们所组织的进步群众组织如何巩固和扩大？

1. 要依靠坚强的党的领导。在这些组织中要有一批党员或党的外围组织成员作为核心骨干。这些人是热情的、勇敢的，生活艰苦，平易近人，和群众打成一片，受群众拥护的。

2. 要依靠党所执行的路线的正确。既不落后于群众的政治要求，也不率领群众做群众不愿意进行的斗争，或者无胜利把握的斗争。我们既要注意群众当前切身利益，又要引导群众向前看，为长远政治目标而奋斗。

3. 要依靠这些组织对群众进行切合他们需要而又能引起兴趣的政治教育，形式多样，生动活泼。个别的形式与集团的形式相结合，注意潜移默化，逐步提高。

4. 要依靠不断的斗争，在斗争中锻炼群众，提高政治觉悟，提高组织性、纪律性和斗争艺术。但斗争必须是切合时宜的，为群众欢迎的，有胜利希望的。

尽可能组织和扩大统一战线十分重要。无论什么地方，总有一些中间性的群众组织，民主党派、地方势力所领导的群众组织。只要在反对国民党反动统治这一点上是一致的，就要联合他们，把敌人最大限度地孤立起来。只是要注意：第一，要保证党对于这种统一战线的领导，这是斗争胜利的关键。第二，他们和我们也必然是有矛盾和斗争的，要又团结又斗争，在团结前提下进行斗争，在斗争中求团结。

群众斗争任务是不断提高和发展的，组织形式也要不断提高和扩大，及时用政治的、集中的、高级的组织形式来代替已不适用的小型的、分散的、生活性的组织形式。党的核心组织、党的外围组织也应适应领导的灵活性而加以改组，当然随时要注意秘密工作的条件。

地下党斗争总是向武装斗争发展的，群众组织也要能适应这种过渡，随时准备抽出力量去发动农村武装斗争，派遣人员去支援老解放区的战斗和建设工作。

（二）群众斗争问题

群众组织起来是为了进行群众斗争，只有在不断斗争中，才能巩固和扩大群众组织，只有不断巩固和扩大群众组织，才能进行更高级的群众斗争。

群众斗争和群众组织一样，是一步一步由低级向高级发展的，而且决定于群众的觉悟程度和组织程度。总是从自发到自为的，从小规模的、分散的、生活性的、社会习惯性的斗争走向大规模的、集中统一的、强烈政治性的斗争以至于武装斗争。生活斗争－政治斗争－武装斗争，这是一个必然的发展过程。当然其中也有反复交错的情况。

群众斗争服从于一个总的政治目的，就是搞你死我活的阶级斗争，为打倒国民党反动派，夺取政权，解放人民，建立革命政权。一切斗争都要服从于这个总目标，纳入这个总轨道。

群众斗争的方式、方法、时机、口号、进攻目标、达到的目的等，都是随政治形势的来潮退潮，敌人统治力量的强弱（其脱离人民的程度是其强弱的根本标志，其专政工具的强弱自然是要考虑的，但不是绝对的），群众的觉悟程度和组织水平，群众的愿望和要求，统一战线范围的大小和团结程度的不同而不同的，固定的程式和方法是没有的。

领导群众斗争是一种政治艺术，很复杂，变化很快很大，要求有"最能虚心体察情况，依靠群众的多数，得到群众的拥护"的领导者，要求有勇敢而明智的指挥员。这种领导者和指挥员不是天生的，只能从群众中涌现出来，只能和群众密切联系，在斗争实践中不断锻炼提高才能培养出来。他们要学会观察和思考问题，善于总结经验教训，有坚定的无产阶级立场和唯物辩证的思想方法。在斗争中失败是不可避免的，错误也是不可避免的。只要能"吃一堑，长一智"就好了。

群众斗争不能希望一帆风顺，也不能希望一气呵成，只能在反复斗争中，成功与失败中，前进与后退中，一个仗一个仗地打，一口一口地吃，一个阵地一个阵地地夺取，积小胜为大胜，转变敌我斗争形势，直到取得最后打倒敌人的目的。要懂得一发而不可止，雷霆万钧，乘胜疾进，又要懂得适可而止，秣马厉兵，总结经验，准备再战。

群众斗争的形式因群众职业界别不同、环境不同而不一样，规模大小也不一样。有的是一个单位，一个工厂，一个学校，一群农民的斗争；有的是一个地区同职业的群众，以至各行各业的群众的联合斗争。斗争的方式或罢工、罢课、罢业，定期的或不定期的。或者是开抗议大会、游行示威、请愿、声援等等。斗争都要有明确的口号，公开的宣言、声明、要求条件，都要呼吁同业的别单位和别行业以及社会的同情支援，必要时要有纠察队的组织，以保护群众斗争。

怎样领导好群众斗争的几个问题的初步探讨：

1. 群众自发斗争问题。群众受敌人的残酷压迫和剥削，常常爆发为自发的斗争。我们不能希望这种自发性的群众斗争能够总取得胜利，但我们有责任去参加并争取领导，把自发转为自为的斗争，尽力争取胜利，至少避免大失败，以保护群众的积极性。有时群众坚持要去进行我们看来敌人将要进行疯狂镇压、没有获胜希望的斗争，经过说服不成，我们就要坚决参加进去，争取领导，减少损失，以此来教育群众，认识敌人的凶恶和反动的面目，揭破敌人的欺骗，鼓舞群众进一步组织起来，再准备进行胜利的斗争，把失败的斗争转化成为胜利斗争的前奏曲。千万不可去泼冷水，指责群众，散布悲观失望的情绪。要大讲斗得好，该斗，只是要讲求方法。要群众愿意在党的领导下准备再战。有些失败的斗争虽然令人痛心，但却同时教育了群众，增强了群众的仇恨心和斗争意志，坏事在客观上产生了好的结果。

2. 群众斗争的发动问题。要发动群众斗争，必须先有充分的准备，要了解敌、我、友三方面的力量，互相矛盾和斗争的关系。要经常留心群众的政治觉悟水平和组织程度，领导群众去"展开为当时当地内外环境所许可的一切必要的斗争"。要了解群众的愿望和决心，只有愿望而没有斗争的决心，也是不能发动的。斗什么？这是必须注意的，即斗争的目标、口号、要求条件是什么；大抵上了解那里群众最痛苦的事是什么，最痛恨的事是什么，最痛恨的人是谁。从这三点，就知道要斗什么，斗谁，怎么斗了。

随时注意群众斗争爆发的"契机"非常重要，即是引爆的"火星"事件。一场斗争从政治上分析，或迟或早是要爆发的，我们应有适当的估计，准备迎接这样的斗争，这是认识客观事情发展的必然性。但是一切事物的必然性总是通过偶然性表现出来的。一场政治斗争往往是通过一个偶然的事件而突然爆发开来的。这种偶发事件常常是看来不大，却突然发生，迅速引起群众的愤怒，群众不能忍受，显得群情激昂，力量自然而然地集聚起来，积压的仇恨和愤怒突然爆发开来，要求斗争，并且自发地展开斗争。我们做领导的党员同志要非常敏感，发现这种作为群众大斗争的"契机"，就及时主动领导群众向敌人发起进攻。这种进攻是突然的，很有力量的，使敌人仓皇失措，穷于应付。这种斗争的本身所提供的条件，只是斗争条件的一个或一部分，主要的是要提出群众要求解决的根本问题，即提高到某种经济上或政治上的条件。比如某一个群众领导被敌人逮捕了，群众愤激救援某一个人，只是条件之一，而反对非法逮捕，反对迫害才是主要的条件，并要求不得再发生类似的这种非法逮捕事件。有时我们对于一个大的群众斗争有意识有计划地准备好了，决定要发动斗争了，这时可以抓住一个偶发的"火星"事件，作为"契机"，提出斗争的目标和斗争的口号，展开斗争。

3. 领导群众斗争的策略问题。领导群众斗争总的策略指导原则，就是要利用矛盾，争取多数，反对少数，各个击破和有理、有利、有节的原则。

根据过去实践经验，以下十五点领导群众斗争的策略，是必须注意的。

(1) 依靠自己组织起来的群众作为斗争的主力。这是进行斗争或不进行斗争的根据，估计胜利也是放在这个基础上的。不能把斗争寄托于友军的力量上，不能把胜利寄托于统战力量的支持。宁肯事先估计得严一点，把困难设想得多一点，把可能碰到的问题想得周到一点。

(2) 斗争的目标要选得好，打得准。口号要提得适当，要求条件要提得切合实际，打击的目标要选取群众最痛恨的，而且力量又比较软弱和孤立的。抓他们的"辫子"要抓得适当，击中要害，选择群众最有切肤之痛的题目。斗争的口号、谈判条件、宣言、公告，要在斗争之先充分研究，在群众中酝酿，和友军协商一致。宣言对事件性质的分析，对敌人的"诛语"要提得适当，要有坚定鲜明的态度，要有压倒一切的气概，要有煽动性和动员性的力量。宣言不在长，在于精干有力，鲜明生动。不要有学究气，坐而论道。须知这是檄文，是匕首。口号要切合群众的要求，又能得到社会的同情支持，又估计有获胜的希望。口号低了会挫伤群众的情绪，高了达不到，同样挫伤群众的斗志。口号提得要响亮，明确，有力量，是斗争的旗帜，不可含糊不清。要求条件既要明确，又要灵活，不可太死，要有一定的伸缩性。口号和条件是随斗争的形势、胜败的趋向而加以变化的，水涨船高，看客打米。

（3）尽量扩大统一战线，争取最多的友军参加斗争。有时甚至说服自己的群众，将口号和要求条件作适当的让步，以争取更多友军协同作战，同时要尽力动员更多的群众声援和支持。友军参加斗争，往往各有打算，有时不能共同进攻到底，有时他们中途变卦，打退堂鼓。要随时留心，不要叫他们扰乱了我们的主攻方向，扰乱了我们的基本队伍。

（4）尽力把中间势力从敌人方面争取过来，支持我们，至少要争取他们保持善意的中立。尽可能地分化敌人，充分利用矛盾，各个击破。要把一些敌人麻痹起来，不要把明天的敌人放到今天来打。把打击面缩到最小，把主要敌人驱向最窄小的阵地。这样做往往要说服群众，向群众做斗争策略的解释。

（5）尽力扩大社会舆论，争取广泛的同情和支持。大造舆论，利用一切进步刊物，出版新的报刊（依靠群众发行，不理会敌人要登记、送审那一套，"非法"的但是公开出版的），发行宣言、传单、大字布告、支持声明、发布新闻消息等等。坚决地到街头做口头宣传和书写或张贴大字标语、传单，和敌人禁止宣传进行坚决的斗争。组织大队伍上街强力宣传，贴标语口号，和突击宣传、打麻雀战结合起来。形式要多样，演讲、歌唱、演戏、漫画、壁报、标语、传单等，都要用起来，造成声势，压倒敌人的宣传，揭露敌人的罪行和造谣诬蔑，义正词严，不搞低级趣味。

（6）不斗则已，一斗就要雷霆万钧，声势浩大，冲锋陷阵，一发而不可止。我们的骨干要身先士卒，走在斗争的最前面，下定决心，排除万难，去争取胜利。要最坚决地坚持斗争。往往在斗争最艰苦最困难的时候，正是快要取得胜利的时候。和敌人斗得不相上下之时，谁能坚持最后五分钟，谁就胜利。在那个时候，不动摇，坚持斗争，就是胜利。

（7）在艰苦斗争中，特别是在僵持局面中，要注意自己的指挥员和先锋战斗员的情绪。有的会有拼命主义思想，有的会有退却和逃跑思想。必须及时进行教育、鼓动，稳定军心，十分重要。要一直维持战斗部队有旺盛的斗争意志，有必胜的信心，有勇敢战斗、坚韧不拔的精神。除了有核心力量的坚持和模范作用外，要用一切方式进行战斗动员，讨论分析形势，鼓舞斗志。要互相帮助，互相爱护，统一协调。要团结统一战线方面的友军，他们在斗争艰苦时，往往容易产生动摇思想，在他们之中出现不同的意见和看法，甚至企图单独撤军，中途妥协，如何既要听取他们不同的意见，又要坚持正确的意见，反对无原则的妥协和逃跑，是很重要却又很伤脑筋的事。这时在自己内部，某些冒险主义孤注一掷的思想也是很容易冒出来的，而且得到某些人拥护，这也要注意说服。总之"左"的和右的情绪，在斗争过程中，特别是斗争僵持中，都会发生，要客观而冷静地进行分析，对两方面不正确的倾向进行坚决的、但要特别注意方式方法的斗争。

（8）适可而止，不要无休止地斗下去。当预定目标和条件（常常是改头换面了的，因为反动统治阶级死要面子）基本达到，就要收兵，准备下一个斗争。出现僵持局面时，有时固然是再坚持一下就是胜利，但也有再拖延一下，就要遭到敌人强力镇压把主力打垮的危险。因此是坚持下去还是适可而止，这是掌握斗争的"火候"问题，非常重要。目标和基本条件已经大体达到了，就应适可而止，及时收兵。有时由于敌我力量的变化，必须迅速做某些让步和退却，也要适可而止，及时收兵。这个时候往往是内部争论最激烈的时候，也是内部可能发生分歧，发生分裂的时候；也是敌人努力摸我们的底，相机破坏的时候。这就要很冷静地处理，不要带领群众去和敌人拼消耗战，去碰硬钉子，去做无休止的纠缠斗争。

（9）必要时要组织有秩序的退却。有时看形势发生了于我不利的变化，力不能胜，如敌人增加了新的力量，我们的力量已有很大消耗，而内部又发生了分化等，就要及时组织有秩序地退却。及时说服内部，组织退兵一战，以攻为守，在降低了的条件下暂时妥协下来，再来组织力量，找寻新的机会发动进攻。这种退却的可能性要事先估计到，要有秩序地退却，不要把退却变为溃退。

（10）打了败仗怎么办？我们的队伍被敌人打乱了，溃散了，要及时退下来，收集力量，组织新的形式的斗争。或重新组织力量再进攻（如再集会，再罢工罢课，再示威游行等）。当然，这要看群众的情绪如何，如群众情绪不高，白色恐怖严重起来，骨干损失或暴露太多，有被捕的危险等，就要决然收兵。我们的党员骨干及群众领袖人物就要进行疏散，退入第二线。把原来准备的第二线人物推到第一线来。战斗的方式方法都要及时改变。打败仗是一个困难的事，"会打败仗"真是一种本领。要能在劣势、困难和混乱中稳如泰山，临阵不乱，收拾残局，领导就要有不怕死的精神，同时能注意保存骨干力量。只要骨干还在，就不难东山再起。

（11）情报工作很重要。在斗争前，斗争中，斗争后，敌人的实力、动态，对我们的看法、打算，他们的阴谋诡计，要通过一切办法，收集尽可能多的情报，进行分析研究，和我们的力量、动向进行对比，以定进退。一个明智的将军，智勇双全的将军，要学会一种方法，那就是熟悉敌我双方各方面的情况，找出其行动规律，并且应用这些规律于自己的行动。有时候我们犯错误，就是主观的指导思想和客观的实际情况不相符合，不对头，或者叫作没有解决主观和客观之间的矛盾。敌人的情况是客观情况方面最重要的部分，而又是最不易掌握的部分，必须尽力搞清楚。收集情报的方式方法是多方面的，从敌人的表面活动看，从敌人方面的内部去收集，从民主人士和统一战线关系方面去收集，从情报人员中去收集，越多越好。

（12）注意敌人的破坏。敌人除了在外部明火执仗地和我们对抗外，一定会用一切方法钻进我们内部来，施展阴谋诡计，从事破坏和捣乱。"堡垒是最容易从内部攻破的。"他们也懂得分化瓦解、各个击破的策略，孤立我们最激进和最革命的部分，拉拢我们的中间力量和拉垮我们的动摇部分。他们惯用的方法是：

①个别收买。收买最中心最突出的群众领袖人物，如不成，就威胁收买友军中的头头，使之在内部捣乱。

②威胁警告他们认为可以威胁警告的人，偷送警告信，或在警告信中附上子弹，派人上门边劝告边威胁，以至采取绑架、逮捕、暗杀等。不可不防备其阴谋。

③部分谈判。他们找联合斗争中的部分力量，特别是找比较软弱和动摇的部分，进行个别谈判，给以特别优厚的条件，使之退出斗争。我们必须在同盟军中说清楚，不准单独谈判，不准自行妥协，指出敌人是阴谋以此摧垮全部，那时答应的条件，也会反口食言，翻脸不认的，切不可上当。当同盟军中有个别上层真去和敌人进行妥协谈判时，应在其内部的左右及所领导的群众中加以揭破，把他孤立起来，以至把他抛弃掉。

④集中火力打击我最坚决的部分，放松打击中间和动摇部分，以讨好于他们。

⑤乱放谣言，公布伪造材料，甚至造假照片、假证件，影印散发等，说明共产党的"阴谋"，制造内部同盟者之间的猜忌和不和，在群众中散布流言蜚语，威胁说将要怎么厉害地镇压等，进行恐吓，以瓦解士气。

⑥派坏人混进来，并争取相当重要的头头，在内部搞阳奉阴违，闹独立性，闹宗派山头，或者混入群众中找寻机会，闹无原则纠纷，反对领导；或者在方针上、策略上、选举领导人上、提口号和条件上，故意抠字眼，争论不休；提不同的口号，走不同的示威游行路线，提不同的要求条件，夸大其词，似是而非，制造混乱，欺骗群众。我们必须注意并及时识破，打击清除。但又要和进步群众中的幼稚和过激思想区别开来，不能打到群众身上去，也不能打到友军身上去。

⑦利用部分群众的过激情绪、愤怒情绪，提过"左"的口号，做过"左"的行动，反对领导的所谓"右倾"思想，甚至骂领导"出卖运动了"等等。暗地捣乱，破坏统一的步调，尽力造成内部的分裂，制造所谓内部的"路线斗争"，甚至故意率领群众乱冲乱撞，乱喊乱叫，搞失败的斗争，使群众遭受打击。

⑧派流氓特务混入群众的游行队伍或群众日常活动中去，故意破坏秩序，制造分裂，乱打乱闹，使我们丧失社会的同情，把我们看作暴民、捣乱分子等。

⑨派流氓特务携带纸炸弹、爆竹，在游行队伍中爆炸，以惊散队伍，乱放谣言，搞散大会或游行。

⑩组织御用队伍或收买流氓队伍，来参加大会或游行，故意制造纠纷，唱对台戏。你开会，他也在旁边开会，浑闹一阵。你游行，他也游行，在街头故意冲击，发生冲突，斗殴。于是军警出动借口镇压我们，甚至发生流血事件，抓人事件。或派成群的流氓、特务装成基本群众，到你的领导指挥部、报刊发行部等处，无理打闹，破坏捣乱。

总之，敌人是不择手段，无所不用其极地进行内部破坏，以配合其外部的打击,我们要及时识破,采取对策。要依靠坚强的群众组织性和纪律性,要组织强有力的纠察队伍,收集情报,对付敌人的一切破坏活动,纠正自己队伍中的一切不正确行为,不给敌人以可乘之机。

(13)注意反对"左"的右的思想倾向。在斗争中,一定会发生对于各种问题的不同看法和做法,议论纷纷,各有所见。在领导核心内部也可能产生不同看法,有正确的,也有"左"的或右的倾向。对于这些,第一要倾听,不要自封正确,一概不听。第二要分析,正确的就接受,不正确的就耐心解释。判断正确与否,只有在斗争实践中和群众一起调查研究,广泛听取群众意见,才会清楚。第三要和不正确的倾向进行斗争,注意与人为善,注意方式方法,有些问题留待以后再来总结,进行批评。

(14)巩固胜利,发展胜利。基本胜利了,注意内部可能出现的松懈情绪,自满情绪。注意敌人乘机反扑,拒不执行答应的条件。要继续整顿队伍,随时可以拉出去参加斗争,要及时扩大队伍,把那些参加战斗表现较好的人吸收到进步组织中来,把那些最好的积极分子,在成长中表现觉悟较高,斗争中英勇坚决,能接受党的领导的人吸收到党的外围组织中来,把他们提到群众组织的领导岗位上去,代替那些比较差的,相形见绌或腐化了的人。把党的外围组织中要求入党,表现又好,可以入党的人吸收到党组织中。同时要及时动员一批骨干到外单位的群众中,到外地去加强那里的工作或开辟工作。总之,组织工作必须紧紧跟上,每打一仗,前进一步。这就是群众斗争的最大收获。

(15)及时总结。每次斗争结束后,必须组织群众性的总结,组织党内及外围组织内的总结,得出应有的经验教训来。防止产生歇一口气情绪,防止骄傲自满情绪,防止争功邀赏闹不团结,防止互相指责或自吹自擂的思想和活动,要求大家以"谦虚,谨慎,不骄不躁"的精神,反对麻痹松懈,准备参加新的更大的斗争。

四、党的组织工作

地下党是白区一切革命活动的领导核心,在理论上是正确的,但是在白区却和老解放区不一样。解放区的党是有权的党,领导核心早已树立起来,且为大家公认。在白区要靠自己的工作逐步树立起来,得到广大群众和友党的承认。只有靠自己路线的正确,能密切联系群众,在斗争中能得到群众的支持和拥护,自己有实在的力量,才可能得到别人承认,才能成为真正的核心。核心是不能自封的。

党的组织是群众组织的核心,群众组织是党组织的基础。地下党组织活动的主要部分就是宣传群众,组织群众,领导群众进行斗争,只有建立起广泛的群众组织,并进行斗争,才可能发展和扩大党的组织。孤立地建党,脱离群众斗争的建党,这种党组织是缺乏生命力的,这样的党员也是缺乏战斗力的。党组织和党员必须经群众斗争的大风雨,见群众斗争的大世面,才能生气勃勃,坚强有力。

我们建立的地下党也必须具有三大作风:理论和实践相结合的作风,和人民群众紧密地联系在一起的作风以及批评和自我批评的作风。地下党组织必须少而精,精干有力,深入群众之中,与群众同呼吸共命运。地下党组织的党员也应该是襟怀坦荡,忠实、积极,以革命利益为第一生命,个人利益服从革命利益,关心党和群众比关心自己为重,关心他人比关心个人为重,应该有远见,富于牺牲精神,依靠群众的多数,得到群众的拥护,还特别需要随时准备拿出自己的生命去殉我党的事业,绝对不能畏缩逃跑,甚至屈膝投降,自首叛变。

这是对白区地下党的要求来说的。但是在实际情况中,地下党由于在资产阶级和小资产阶级的包围之中,许多地下党员本身就出身于非无产阶级,又由于活动的特殊条件,学习党的文件、书籍较少,互相检讨工作、进行批评的条件也有限,因而在工作中,在思想上更要有高标准的要求。同时又要有承认现实情况的勇气，认真进行教育提高。

地下党组织的领导机关应该是十分精干隐蔽的，而又是密切联系群众的。"要具有热烈而镇定的情绪，紧张而有秩序的工作。"地下党的领导干部应该有更高的要求，这些干部和领导同志要懂得马克思列宁主义，有政治远见，有工作能力，富于牺牲精神，能独立解决问题，在困难中不动摇，忠心耿耿地为民族、为阶级、为党而工作。党依靠这些人而联系党和群众，依靠这些人对于群众的坚强领导而达到打倒敌人之目的。这些人不要有自私自利，不要有个人英雄主义和风头主义，不要有怠惰和消极性，不要有自高自大的宗派主义，他们应该是大公无私的民族的阶级的英雄。这是共产党员、党的干部、党的领导者应该有的性格和作风。

当然，这是高标准的，但是地下党的干部和领导同志应该以这个标准来要求自己，衡量自己，鞭策自己。在组织生活中，在检查工作中，在整风学习中，都应用这标准来进行反省、自我批评，努力提高自己，向高标准前进。

（一）地下党的组织

地下党组织一般按工作性质不同大体上可以分为四个不同的工作方面：地下党及群众工作方面、统一战线工作方面、情报工作方面、军事工作方面。这四个方面中，群众工作方面往往形成主体，就是地方党，各地建立的省委、特委、县委、区委、支部等正规党组织。党的主要工作、主要成员都在这个地方党的系统中，并形成了上级和下级。其他三个方面虽有其工作的特殊性，但并没有必要形成独立的活动系统，而是受这个地方党系统直接领导或指导的。所以我们按工作性质划分成这四个方面，但实际上还是只有一个地下党工作系统。

统一战线工作方面是专门做友党友军及中间派的工作的，还对敌人进行策反工作、分化瓦解工作。这个方面往往有一批单线联系的上层秘密党员，有的就是在敌人的政权中担任各种领导工作。他们的任务在于宣传我党的路线、政策，争取中间派，瓦解敌人。他们之中有一些是社会知名人士，他们是以进步分子面目出面活动的。也有些在友党友军中担任领导工作，其组织关系却是秘密的。有的人和当地地方党发生联系，接受领导，配合地方党的各种斗争活动。有的组织关系则在中央或中央局，但主动配合地方党的活动。

情报工作方面往往是极机密的，不和地方党的同志发生联系，也不一定配合其工作。是一批独立进行活动的同志，深入敌人内部或社会中去收集情报。他们往往独立地直接对中央有关部门发生联系，有的还拥有无线电台（或潜伏在敌人中利用敌人的电台）；他们是独立对中央有关部门负责的，但有时候也主动支援地方党，却并不露面；也有潜伏在敌特机关工作的情报人员，为了及时起保护地下党的作用，交由地下党高级领导组织（省委、特委）的书记联系。

军事方面是潜伏在敌人的军队中进行工作的，主要是抓枪杆子，组织起义或策反。他们也是单独对中央军事部门负责，单独联系的，只有到了地方地下党发展到武装斗争时，才由高级领导机关决定是否交由地方地下党领导，以配合行动。也有军事方面的同志一直受地方地下党领导的，但一般只让第一把手知道。

在这三个方面进行工作的党员，必须绝对保持自己活动的秘密性，不能轻举妄动，暴露自己。稍有不慎，将遭破灭。他们的工作方式，以至生活方式都不一样，而且允许他们有进行这种工作所需的特殊生活方式。

地方地下党根据需要可组织中央分局、省委、边区省委、特委、中心县委、县委、区委、特支、支部、小组的组织系统，临时开辟工作的可叫作临委或工委。一般在一个工厂、学校、农村组织一个支部或总支部。但也有因保密需要，建立两个以至三四个平行支部的。这些平行支部统一受上级领导，互相配合活动，组织上互不打通，以保安全，避免一个支部出了问题，以致全部撤退，或被敌人一网打尽。为了秘密工作的要求，这些组织都是采取纵的单线的领导方式，不容许不相干的同级组织之间互相了解或往来。

（二）地下党组织的发展问题

培养和发展新党员是地下党经常关心的事，也是每一个地下党员应尽的义务。党的领导同志和基层党员，特别是在群众组织中活动的党员，应该经常在斗争中留心观察和考虑党的外围组织中和群众组织中的领袖人物和积极分子。在思想觉悟、政治品质、斗争能力都较好的人中，要指定和他们往来较多的党员跟他们交知心朋友，个别培养。同他们一块儿斗争和生活，了解其家庭成员、社会关系、生活情况、思想倾向，对各种政治问题的看法、态度，在斗争中的实际表现。认为可以作为发展对象的，就要有意识引导他阅读有关党的知识的书籍，促使其有政治理想和政治抱负，向往于党。进一步个别试探谈话，本人确有入党要求，就报请上级批准吸收。当然地下党和公开党不同，为了避免他不愿意参加或暂时不愿参加而过早地在群众面前暴露一个党员身份，可采取试探性的谈话，表示自己也很想入党，但未找到，如他也表示想入党，也未找到时，就相约找党，过些日子告诉他找到党了，问他愿不愿意参加，如他仍表示坚决参加，就可叫他写自传和申请书（为了保密，后来我们都采取口头谈，不写了，因为怕丢了发生危险。要写也要多采用代名、代地），送领导审查批准，便可以对他公开自己的党员面目，通知他已被批准入党了，并和他进行个别的入党谈话，履行入党手续。入党手续在地下党中是比较简单的，或者有上级派人盟誓，或者即由介绍人为之举行，让他宣誓入党即可。宣誓的誓词一般包括这样的话："我诚心诚意参加中国共产党，同意党纲党章，参加党的组织，执行党的决议，遵守党的纪律，保守党的机密，定期缴纳党费，永远不背叛党，誓为中华民族解放和社会解放奋斗到底。"履行入党手续后，即将他编入一定的支部和小组参加党的活动，或者即由其介绍人单独联系，领导其活动。新党员入党以后，必须及时进行教育，把地下党员的要求告诉他，进行党的路线、政策、策略的教育，革命气节道德的教育，秘密工作纪律的教育，工作纪律的教育，等等。

发展党员时必须注意，应把党的组织主要建立在工农基本群众的基础上；应把党的工作放在对工农基本群众的宣传、组织上，在领导他们斗争的同时，吸收其先进分子入党。看一个地方地下党的组织力量，要看他们在工农基本群众中组织力量如何，是否经常从工农中培养出党的干部来。

我们强调要大力在工农基本群众中发现和培养发展党的对象，积极吸收他们入党，把党的组织主要放在工农中。但是我们也要注意在小资产阶级、贫苦知识分子、青年学生中建立党的组织，吸收革命的知识分子入党，以发挥革命知识分子和学生的某种先锋作用和桥梁作用。不能否认小资产阶级知识分子有其一定的动摇性和软弱性，他们在和工农结合进行革命斗争中会逐步改造自己的世界观，成为好党员。我们应该看到中国这个殖民地半殖民地国家里的革命知识分子很愿意和工农群众结合进行革命斗争的实际情况，而且他们往往表现出先锋作用和桥梁作用。过去我们的经验是常常采取这样的做法：先在学生和革命知识分子中开展工作，建立群众组织，领导学生运动，使之成为整个民主运动的先导，这是中国几十年革命历史所证明了的。不过，一经展开了学生运动，在知识分子中建立了党的组织，就要动员这些知识分子党员到工农群众中去进行艰苦的工作，发动和组织教育工农群众起来革命，同时也就在和他们一同斗争中，学习工农群众的优秀品质、革命的坚决性和彻底性。这种做法当然并不意味着一定要先开展知识分子中的工作，建立了党组织，再去工农中开展工作和建立党组织。相反的，要尽可能先在工农中开展工作，建立党组织。而在知识分子中建立党组织，又必须首先在贫苦知识分子中建立党组织。因为他们和工农群众联系较多，对工农感情较深，懂得工农疾苦，思想改造也比较容易些。这些贫苦知识分子党员中，往往可以造就好的党的工作干部来。

（三）党内生活问题

凡能组织起党的支部、小组的，一定要定期开支委会和小组会，过组织生活。但为了秘密工作需要，一般不开支部大会，而分为许多平行互不相通的小组，进行活动。在党的组织会议上，一样传达上级指示，交换工作情况，讨论工作，组织学习，进行批评与自我批评。只是开会次数较少，开会时间较短，要保证保密工作的条件。在斗争紧张时期，开会较多，可以采取小组长与支委开碰头会的方式解决。上级领导除十分必要，不必出席下级的支委会或小组会，而采取与支部书记、小组长个别接头的方法。高一级的党委会开会要更少一些，开会只要把大原则决定了，便分头去做。

在党的生活中必须加强对党员的教育，检查党员的群众工作和秘密工作，以及个人的思想作风等。考查党员最好是在群众斗争中进行，最好是从上而下地在群众中考查，看他勇敢参加斗争的情况如何，和群众的关系如何，执行党的政策的情况如何，工作干劲如何，生活艰苦情况如何，及时进行教育，展开批评和自我批评。

（四）党组织的审查和整党问题

这在地下党条件下虽有困难，审查党员和整党还是要尽可能地去做，特别是对那些个别吸收的党员或长期个别活动的党员，要留心考查和审查。审查党员的历史，虽然因为在地下的情况无法进行系统的调查，可以留待解放以后去做。但也可以加强平时的了解，注意他的日常生活、社会关系、个人工作情况等。至于对做领导工作的党员，更要留心。在他们中进行总结工作，审查历史，整顿思想都要尽力争取机会去做，他们的工作路线、政策策略、思想作风，对工作的好坏影响很大，不能马虎。但是这些同志又必须特别注意其安全，注意秘密工作，这就是矛盾。过去我们的办法是分批调往老解放区上党校或在敌人不能统治的地方开办学习班，如过去我们在重庆南方局办过学习班，也在香港办过学习班，进行整党。学习半年左右，主要是搞工作总结和整风。实在不行，也可找比较安全的地方（比如可靠的统战关系的公馆里）用开长会的办法，开半个月会，调去整党和审查，然后再派回去工作。对于领导干部的审查和整顿是很重要的，要有上级亲自参加领导。

（五）上层统战党员的问题

对于上层统战党员和一些社会知名人士中的党员（如演员、作家、科学家、教授等），党的一般原则都是适用的，不能有什么特殊化，但也要考虑到他们的工作岗位不同，工作方法不同，作风也有所不同。他们长期在敌人包围圈里生活，不能不适应那个环境，耳濡目染，难免表现出这样那样的不良习惯。在领导他们时，对于这些应该有所体谅，但在党的政策原则和党的纪律上，对他们却要严格要求，进行教育。要告诉他们，他们是去"统人家"的，千万不要被别人"统过去"了。他们的立场和政治观点是不能含糊的，表达方式可有不同，但不能丧失立场和违反党的路线、方针、政策。未经批准，不能轻易去附和别人的观点；未经批准，不可在别人的会上轻率发言，在报刊上轻率发表文章，在宣言、声明书上轻率签字；更不能未经批准，自作主张参加别人的政治组织。假如敌人要他们参加国民党，能拒绝的就拒绝之，能拖就拖，假如强迫他们非参加不可，事先应向组织请示，批准后才参加。如是被突击参加，事前无法请示，事后应马上向组织报告,要求批准。即使批准参加了,也要尽力避免去参加反动的政治活动。这些党员为了应付环境,便于活动,在生活上容许随便一点,但应不超过一个正派人的限度,不能腐化堕落,贪污盗窃,同流合污,不能去欺压剥削群众。这些党员在解放之后,还会把长期习染的旧思想、旧作风带到新社会来,一面要向同志们说清楚,应当予以体谅,但又要求他们纠正。在地下党内除有直接工作关系的同志以外,不得暴露这些党员的政治面目,要很好地保护他们,不要太多地利用他们的地位和名声,以免过分出头,遭受敌人打击。要关心其生命安全,如果敌人要突击他们,要及时通知他们立刻转移到安全地区,撤退回老区,或转入秘密工作中去。

(六) 防止奸细混入的问题

防止敌人派奸细混入党内,是地下党领导必须经常注意的事。而敌人总是要千方百计想混入我党内部来进行破坏的。虽然不可弄得草木皆兵,但也切不可掉以轻心。对于一些可疑迹象,必须及时采取措施,不可延误。可疑迹象的表现大约有下面几条:

1. 政治立场不对头。对于进步的东西表现出不经意的冷漠或突然的热情,突然的"左"倾表现。口头说得好听,实际上并不去办。

2. 政治作风不对头。作风不正,搞邪门歪道的样子,说话不注意时有用词上的漏洞,和一般进步分子表现不同,表现出平时很谨慎却又好乘机打听消息,装老实而实际在背后拨弄是非。

3. 政治历史不清。他进步的过程中,找不到可以证明其逐步进步的证明人,是"突然"进步起来的,而且还喜表现其进步的姿态。

4. 政治交往不明。他交往的人有些诡秘,不是进步分子圈里的人,且不愿让进步分子和同志们知道他们交往的情况。

5. 生活表现不合。在生活上表面表现为清贫而实际上却很优裕,他的生活用品、习惯花销和他的收入不相称,他的收支中有可疑现象。

还有一些其他表现。对于这样的"党员",是要引起注意的,对于这样的"进步分子"同样要引起注意,采取的措施大体上有:

1. 进行暗地考查。看他在背地里干些什么,说些什么,和一些什么人来往。

2. 实行工作隔离。借故不叫他去干有机密性质的活动,只做一般事务性的活动,或者偏叫他去干名为机密的活动,而在暗地里考查他是怎么去干的。

3. 实行组织隔离。把他知道的党员暂时调动,切断关系。他失去联系后就会到处打听党,找党。进步分子找党是真找,他是假戏,积极找党却又不积极地独立进行进步活动,是为了找党而找党。

4. 把他调到别的工作地区,却暂时不转关系过去。通知那里的党组织对他进行秘密考查,看他在那里做些什么活动,和什么样的人暗地来往;是否还老实地在那里积极做进步活动,是否不再表现进步且有反动活动。

5. 中断关系。调他到别的地方,叫他留下通信处和接关系的口号,以后不再派人去找他联系。他如回来找,也不再和他接头,并观察他与敌特有无暗地来往,如是真进步分子,他就会在那里继续工作,如是特务,他就会还是干特务去了。

当然在进行处理时,不要无根据地多疑和猜忌。处理时既要严肃又要慎重,发现问题一定及时采取措施,但采取措施要注重调查研究。即使隔离处理了,也要使他有继续进行进步活动的可能。是真党员他就不怕受委屈,失去关系仍然坚持干革命。

要特别注意叛徒和自首分子重新混进党内来。这些人有经验,会做进步表演,容易迷惑群众,其中有的是敌人有意派来潜入的叛徒,这应用对付敌人特务的办法对付之。其中也有的是在叛变自首后,敌人已将其抛弃,和敌特已无正式联系,流散他处,又想混入革命队伍中来,又参加一些进步活动。对于这种人应要他们老实交代自己的变节行为，有立功赎罪的要求而又不是罪大恶极的分子，可以不当敌人对待，可以准其参加一般进步活动，但不能与党组织发生任何关系，也不能参加党的外围组织，更不能让他在进步群众组织中居于领导地位。

（七）对于流散党员的处理问题

在党的活动中和群众组织中常可以遇到流散的党员，他们因种种原因失去了党的组织关系，但其中许多人还愿意继续革命，并且在各地找党还没有找到，自己还在新的地方从事进步活动，因而在群众进步组织和群众进步斗争中碰到了。他们因为受过党的教育，经过斗争锻炼，工作比较好，容易成为群众骨干。发现这些人之后，要摸清他们的情况。他们往往急迫要求恢复党的关系，但是没有调查清楚和取得可靠证明，一般不能恢复其党籍，就是调查清楚，获得证明，应予恢复党籍的，也要对其脱离党组织的一段历史暂予保留，等解放后查清这一段历史的情况以后再作处理。一时查不清，但是他一直在党的领导下工作得很好，找不出什么可疑之点，确是被迫脱党的党员，可以让他在党的外围组织工作一个时期，经过考查，表现很好，本人要求恢复党籍的，可以采取重新入党的方式吸收入党。并向他说明，过去脱离党的过程及脱党后一段历史予以保留，等解放后查清了，按那时党的规定作结论。

五、党的宣传工作

掌握宣传武器，加强宣传工作，对于白区地下党是很重要的。宣传工作是党的组织工作的先导，影响很大。

敌人也是十分重视宣传工作的，他们提出"以宣传对宣传"的口号。美国特务十分重视"心理作战"。他们不惜人力物力，企图垄断报纸、刊物、广播、出版、戏剧、电影，特别是报纸抓得最紧。他们采取"以量胜质"的办法，出得多，散发广，卖得便宜（常常是白送）。每一个大城市都出版若干种大小报纸，从党报到黄色小报，还出各种乱七八糟的刊物。他们相信德国法西斯分子戈培尔的话："谎言不断重复，就成真理"，谣言只要反复鼓吹，就会有人相信。他们花钱网罗一批反动文人、学者、教授，为其编造理论，宣传反动政策，或搞当时《大公报》式的"小骂大捧场"，或出版文艺书籍，粉饰太平。敌人对于各种新闻通讯社更是严密控制，这些通讯社几乎都变成特务的活动据点。他们也抓戏剧演出团体，又抓电影的拍摄和发行（当然发行美国黄色的反动电影是他们的重要手段）。他们还派人占领或用津贴收买各种刊物、艺术团体，各种文化协会、学会、学报，为他们说话。敌人是十分注意控制舆论的，尤其是报刊、书籍的出版，电影、广播、戏剧的演出。但是他们在宣传上卖尽了力气，却都被他们自己的倒行逆施、反动压迫、贪污腐化行为所揭穿，实际成为一种反面的讽刺。另一方面敌人实行新闻出版的登记审查制度，和社团的登记审查制度一样，是专为对付我们的宣传活动的。比如不准登记出版，封闭报刊，逮捕进步文人。审查扣发进步报刊的稿件，使之"开天窗"，更是常有的事。他们甚至封了我们的《新华日报》，自己出一张特务报纸《新华时报》，由特务编造谣言，企图鱼目混珠。美国特务十分重视宣传战，他们建立庞大的"心理作战部队"，抓这方面的斗争，与国民党宣传部门相呼应。

但是不管敌人如何控制、压迫，还是不能阻止我党进步人士以公开的或秘密的方式出版发行各种报刊书籍，和敌人针锋相对地进行斗争，而且总占优势。最根本的原因是他们办的是反动的东西，是造谣和欺骗，我们则代表进步，说的是真理，反映的是人民的心意。同时我们的宣传活动，一般搞得生动活泼，有声有色，形式多样。他们办得却是道貌岸然，死气沉沉，或者低级下流，令人作呕。他们没有一个像样的剧团，像样的电影导演和演员，像样的作家和作品。因此，在白区大城市我们进步宣传势力总是占据优势。

我们的宣传战线由公开的和秘密的两方面组成，由报纸、刊物、书籍出版到电影、戏剧演出，各种文化协会和学会都有，还分党报党刊、进步性的报刊，以及表现正派、主持公道的中间性的报刊。

我们一定要努力坚持在大城市办好我们能够出版的党报、党刊，如《新华日报》和《群众》杂志。这对于宣传我党的路线、政策、革命理论实在是太重要了。这是宣传的重要武器，也是与进步群众进行联系的极好纽带。它是宣传者，也是组织者。组织发行和建立党报、党刊阅读小组，是各地下党最重要的任务之一。这往往又是组织进步群众的方式之一（组织阅读党报、党刊、进步小册子和进步小说的读书小组便是群众进步组织的萌芽形态）。但是敌人实行严密封锁、检扣和查禁，我们地下党组织应作一切努力来保证党的刊物发行，并为党报、党刊建立通讯网，撰写文章、通讯，这也是地下党重要宣传工作之一。一个通讯小组往往也是进步群众组织的一个"火星"。

党报、党刊是立场坚定，旗帜鲜明的，它是白区革命人民的灯塔，它迟早是会被查封、禁止传播的。因此我们必须从两方面来做工作，以作补充。一方面是派人占领各种进步性的或中间性的报刊和出版机构，另一方面是建立地下党领导的出版发行机构，秘密或公开地发行一些报刊。

进步性的或中间性的报刊敌人总是不能全部禁绝，有一部分仍然允许出版的。因此要想一切办法控制它的编辑部或编辑部的一部分，或获得一两个记者、撰稿人的位置。不能控制正刊就抓副刊，不能完全控制正刊、副刊，就要有意识组织一批进步文人、名人为之有计划地撰写稿件。这种报刊虽然不如党报、党刊那么旗帜鲜明，言论往往要表现得曲折隐晦一些，但总是在进步群众中树立起进步的舆论。和反对派虽然不能做到针锋相对地斗争，却可以旁敲侧击，发出进步的正义的呼声。在国民党独裁专政的统治下，这样的面目要长期保持也是不容易的，因而有些中间性报刊表现出对反对派某些又骂又捧的现象，也是不足为怪的，我们应予谅解，而促使其多主持公道，说良心话。有一种报刊，平时小骂国民党，关键时刻却大捧其场，这种报刊很有迷惑性，能争取较多持中间立场的群众，特别是知识分子。我们应在群众中说明，保留对于这种"中间"言论善意的批评权，如有可能，我们仍对之抱友好态度。鼓励一些进步文人进去以至派入党员，占领某些岗位，以影响其言论。这样对有影响的言论阵地的占领，意义十分重大，我们做得也是卓有成效的。

对于一些中间性的进步的宣传团体，我们能自己组织的积极组织之，并尽力延揽一些中间知名人士来挂名，以张声势，设法使之公开活动，通过它维持与广大的中间群众的联系。已有的中间性的宣传团体，能派人打入的应尽力打入之。比如已有的中间性剧团、电影厂、各种学会、协会、学报、学术刊物等等，都拥有大量的中间群众，在其中活动，并影响着大量的中间群众。工作做好了，对于团结中间分子能起很好的作用，有时还可以组织起来支持进步的群众活动，如在某种进步群众团体的宣言、声名上署名，参加联署等。

敌人对于进步的中间性的书刊出版也是控制很严的。出报刊要先行登记，没有国民党人作为后台，很难登记批准。敌人采取拖延不批的办法，使你无法进行出版活动。除开尽量支持中间的知名人士进行活动，争取国民党内的开明人士作为后台，支持登记外，实在无法也可以想出一些钻空子的办法。你不准我出报纸，我就出三日刊、五日刊、周刊的杂志，你不准我出周刊，我就出丛刊，看来是一本书，实在是一本杂志；我出来发售，你查封，我就和你打游击，每一期创刊就化一个刊名，第二期又换一个刊名，又出一期，由你查封去，查不胜查，封不胜封。

公开合法的报刊总是有局限的，特别是中间性的报刊更有局限性，因此采取"非法"办法，发行秘密报刊是非做不可的。这种秘密印刷物立场坚定，旗帜鲜明，直接刊登党的路线、方针、政策和党的言论；揭露和打击敌人，歌颂和介绍解放区；向群众发出号召，指出斗争的方向和介绍斗争的方法。这种报刊能铅印当然好，印得多、清楚、迅速，但要有自己的铅印机构和熟练的印刷技术及有关器材，这却并不容易办到，特别是铅字数量大，印刷所不能很秘密，是一个困难。最好是我们有同志或进步分子开办小型印刷所，私揽对外业务，秘密承印党报党刊。这当然要有可靠的印刷工人党员，一切要做得十分机密。最好有当老板的党员和搞印刷的工人党员，而他们之间不可打通关系，当老板的党员有意留给工人党员以偷印的机会，故意装作不知道，即使发生问题，敌人发现了，工人可以撤退，印刷所还可以保存。在国民党区域开办印刷所要有登记核准的关系，不太容易，保住印刷所是十分重要的。关键时刻印宣言、传单或紧要的宣传品，太重要了，一张传单可以是一个炸弹。因此可通过统战关系，借用地方势力，名为他们的印刷厂，实是地下党的印刷机关。有些地方势力为了宣传自己，喜欢出钱办报纸、刊物。他们缺乏人才，我们党员中知识分子多，可以活动进去，为他们主持编辑、发行及印刷业务。平时宣传中间观点，夹杂一些进步言论。把副刊抓到并努力办好，团结青年读者。关键时刻，可代我们印文件、传单、宣言、秘密书刊等。即使这样也要注意，敌特机关规定所有印刷所的字模都要送一套给他们备查，而他们给每一个印刷所所卖的铜模或铅字，都在某些字上秘密做了暗记，可以查出是哪一个印刷所印的。这是很诡的，因此必须识破这些有暗记的铅字，印我们的印件时避免使用有暗记的字钉，换以新字。另外还有一种做法，就是开文具店，承印名片、请帖之类东西，自己去向各印刷所购买一批铅字，或向有关系的印刷所索要一批铅字，常用的字不过三千个，每个字或多或少买几个、十几个、二十个，体积和重量都不大，易于收藏。名义上是为客户印名片、请帖之类的小件，实际上自己用这些铅字来排版。一次排几百个字的小版用字不多，用手工滚印几百张，也并不费力。有两个人就可编、可排又可印刷了。

用中文打字机打蜡纸油印当然又快捷又轻巧。但是中文打字机体积较大，不便收藏，而且在家中不便进行，在机关公司又不好秘密进行，困难很多。能有机会使用打字机打蜡纸印刷，当然也不要放弃这样的办法，只是要注意机密。

最便捷最轻巧的办法还是我们长期习用的手刻蜡纸油印的办法，什么地方都可以干，一个人就可以办好，同样可以刻得整齐清楚，印刷几百张是不难的。我们实践的经验可以做到字小（每一张蜡纸刻一千多字），清晰（一色刻成印刷字体，有似铅印模样），印得多（每张蜡纸印五百份以上），印得快（一个晚上印一张蜡纸），而且不用油印机（油印机大而笨，不好在家中收藏，且有小的声音，改为只用一个夹子、一张绒布、一个滚子就行了，且可以套色），花费也不大。配上一个短波收音机，收听延安广播，便是一个秘密的报社了。

敌人对于我们出版秘密书刊是非常害怕、恨之入骨的，一经发现，就要动员大小特务检扣、搜查、侦寻，一定要想法破获，而且他们认为破获这样的秘密印刷机构，是破坏党的组织的一个重要线索。因此我们的印刷机构一定要做到人少（通常少到只有一人干），机密（只容许党委领导宣传的同志知道），安全（都有掩护住地，随时可以转移和毁弃证据）。传递印刷品要有特别安全措施。搞秘密报刊出版的同志一定要经过很好的选择，不特要有印刷的高明技术（这一点只要有心学习，精通并不困难），更要有坚决奋斗不怕牺牲的精神，一被破获就准备牺牲。

我们的经验和教训是，在出版秘密报纸、刊物上最好和敌人"打游击"，而不要和敌人打"阵地战"，打阵地战就是死盯住一个名称出版，死守在一个地方出版，死定由几个人出版，这样因敌特受其上级的指责，限期破案，就增加了被破坏的威胁。过去一个大城市党组织遭受惨重破坏，就因在印刷上打"阵地战"，敌特首脑限期破案，因而终遭破坏，牵连很大，组织受到惨重损失。"打游击"的办法是刊名、出版单位、刻写字体、印刷油墨色、纸张颜色、开数大小都随时变化，叫敌人看来不是在一个城市由一个秘密机构连续出版的，而且一时在这儿出版，一时在那儿出版，一时是这样一个社团，一时由那样一个组织出版的。出版时间也不固定，有时密，有时稀。其实都是由我们的秘密印刷机构出版的，内容还是一样有系统。这样一来，敌人摸不着头脑，也不会受其上级的指责和限期破案了。靠这个办法我们曾在一个大城市里一直维持出版，一直未遭破坏。

秘密报刊一般不是自己编写稿件，而是主要靠翻印老解放区出版的报刊的文章，更主要的是靠收音机收听延安的广播加以刻印的。群众都非常需要知道延安党中央的声音，知道老解放区的情况，特别想知道解放战争的情况。那时收音很困难，延安电台功率小，又受敌人强力干扰，一般居民的收音机又被军警当局普遍剪去短波，无法收到。因此一定要有懂得无线电短波收音机安装技术的同志，自己设法在街上打游击购买器材（整宗购买器材容易引起敌特注意和追踪，因为一切无线电料行、修理店，都被敌特控制了），拼拼凑凑装上短波机收音，这个同志如果同时能搞印刷，工作起来就更方便了，可以随收随印，十分灵便及时。无论怎么困难，我们都要每天坚持收听延安广播，这不仅为了印刷出版秘密报纸需要，党的工作指示也要靠广播来及时了解。

传递和散发秘密印刷品是一个严重的斗争，搞不好就出问题。也有一些方法需要讲究：印刷品的携带和传递，除在印刷品本身做一些伪装（这种伪装办法是很多的，靠自己创造）外，主要靠党的组织系统，从上到下传递下去，一直通过进步团体、进步群众转送到群众手里去。也有利用敌人的报刊作伪装，进行邮政传递的。敌人在邮局总有检扣信件、报刊的特务，伪装要做得好，使敌人无法怀疑，放了过去。因此对敌人报刊发行情况应该了解，敌人政治机关的各种信笺、印戳，各种公司商号的信封，都要多加收集或仿造一些，或伪造一些，作为包装纸。携带印刷品的同志要沉着勇敢，不要畏首畏尾，露出可疑神色来，要知道敌人不可能对每一条街上走动的人都进行搜查的，何况还做了伪装，一般文化较低的特务，看到了包装的印刷品，也不容易发觉的。

在城市散发印刷品的方法是很多的，许多同志过去做了许多创造。只要勇敢、沉着和机智，总是可以创造出办法来的。比如黑夜在无人街巷张贴（在墙上写大标语并不好，容易被发现），张贴较快，纸张不大，先刷好糨糊，一贴即成。也可以伪装成贴广告的工人，在贴广告的同时，夹着偷贴一张传单或报纸是很容易的。在电影院的暗楼上向楼下撒下去，或在大公司的楼顶、窗口、楼梯向大街撒下去，并不困难。快车行车中偷偷向窗外撒出去，在茶楼酒肆和乱七八糟的广告夹在一起，放在桌上备取，向人家信插中投入，从大门低处随报纸送进去，等等，都是办法。还有很"绝"的做法，如在狗身上绑上印刷品，狗尾巴上挂爆竹，点着火后驱狗入闹市，爆竹一响，狗就狂奔，印刷品纷纷落下，很引人注意捡取。也有用引线爆竹，装入印刷品，挂在路旁树上，点上火从容走开，爆竹爆破后沿街都是，行人纷纷捡拾。还有用"小火箭"（一种爆竹）从远处射入广场人群中去，还有用气球带到空中再散落下来的。这些办法都是可以因时因地制宜加以创造的。

我们印刷的宣传品除收听中央广播或中央发来报刊文章转印发行外，也有自己编辑撰写的文章，这是为了针对地方的形势，针对当时政治斗争而出的，目的在揭露敌人，提出号召，分析斗争形势和方向等。我们的宣传品之所以受人民欢迎，喜欢看，就是靠讲事实，说真理，反映人民的思想和要求，同时也靠有生动活泼的形式。文章要写得准确、鲜明、生动、及时、通俗、泼辣，更要简短。不说假话，不搞低级趣味，不带学究气。对敌人要打得准，尖锐有力，击中要害；

对朋友要和,要注意行文方式。油印刻写印刷要求清晰美观,这种印件本身就是使人一见就爱不释手的艺术品。

在宣传上要特别照顾到工人农民,考虑到他们一般文化水平较低,时间又少的特点。对工人农民要做很好的宣传,不下工夫研究是搞不好的。要通俗、简明,不要教条,不要艰深。要用本地活人活事来讲道理,多宣传:到底是谁养活谁;两个世界两种生活;团结起来力量大,只有革命才能自己救自己;只有共产党才能救中国;等等。在工人农民中间有很好的宣传家,要注意发现和培养,充分发挥他们的作用。

六、党的秘密工作

地下党之所以称为地下党,就因为它的活动是在敌人统治区的白色恐怖下秘密进行的。秘密地工作是地下党的基本特点和基本工作方式,因而秘密工作在地下党活动中是非常重要的,搞不好就有亡党亡头的危险。但是我们共产党的地下秘密工作是建立在广大革命群众活动的基础上的,是由有远大革命理想、有非凡的革命抱负、临危不惧、至死不屈的革命党人所进行的,这和敌特的脱离群众反对人民的秘密活动有本质的区别。因此对于党的秘密工作要有正确的认识,非常重要。

(一)对于党的秘密工作的认识

1. 秘密工作是地下党活动的基本方式,是在敌人白色恐怖环境中进行活动的。中国革命的主要敌人国民党反动派在帝国主义的支持下,建立了用以专门反对共产党和革命人民的庞大的特务、宪兵、警察、保安部队等机构。他们拥有各种专政工具,从德国、日本特别是美国学到许多破坏共产党和革命人民的极其狡猾的残毒的反革命方法。他们自己也在和我们地下党长期斗争中积累了相当多的反革命经验，他们真是集中国封建主义和外国法西斯主义反共反人民手段之大成。他们完全抛弃了一切资本主义国家的民主的外衣，实行赤裸裸的野蛮镇压和屠杀。封建主义的野蛮性，法西斯主义的残酷性，美国式的、现代化的侦查、逮捕、审讯、屠杀的种种"科学技术"，他们都用上了。因此，做地下党工作的同志，必须对敌人的破坏活动经常保持高度的警惕，努力保存自己的组织，率领群众向敌人进行胜利的斗争，切不可麻痹大意，掉以轻心。

2. 地下党秘密工作诚然重要，但是秘密工作是为政治斗争服务的，为保证顺利开展工作所用的，不能把秘密工作强调到不适当的程度，以致因为秘密工作妨碍和影响正常工作的开展，不能把秘密工作神秘化。那种为了秘密工作，长期做消极的埋伏和隐蔽；害怕白色恐怖，只顾自身安全，不敢开展工作，不敢深入群众、宣传和组织群众、领导群众对反对派进行斗争；害怕暴露，天天孜孜于自己的掩护职业，把党的工作放在一边，甚至把自己生活搞得很灰色，连一个进步分子都不如，还要这样的共产党员干什么呢？这都是把秘密工作看得绝对化，把敌人的白色恐怖看得太严重了，以致长期无所作为，这是和共产党地下党员的称号不相符的。

3. 必须反对在地下党秘密工作中的单纯技术观点，以为地下党的秘密工作就是一种神出鬼没的活动方式。有各种秘密工作的技术方法，讲求秘密工作也就是讲求这些方式方法，这也是不对的，或不完全对的。应该教育地下党员，我们在白区工作，必须具有藐视貌似强大的敌人的英雄气概，敢于斗争，敢于胜利，善于斗争，善于胜利；必须具有忠诚不二，勇敢坚定的大无畏精神，必须具有相信胜利，准备牺牲的决心。不管白色恐怖多么严重，但是他们是反人民的，是趋于灭亡的势力，而我们是革命者，有远大的理想和光辉的前途，绝大多数人民是站在我们一边。我们有一切条件可能在敌人统治区活动，并取得胜利。不要为敌人的气势汹汹所吓倒，为敌人的残酷镇压所慑服，为敌人的阴险狡诈所欺骗，只要我们在政治上处于优势，在精神上处于上风，我们一定可以压倒一切敌人而不会为敌人所压倒。只有这样我们的秘密工作技术才能发挥作用，才能击败敌人的秘密工作技术。单纯技术观点，只在秘密技术上下功夫，结果往往失败。只要有高昂的革命精神，一切技术都是可以学会的，而且是可以在勇敢斗争中应用自如，并且有所发明创造的。

4. 必须教育地下党员认识到，我们当然要做到保存自己，消灭敌人，但是最有效的保存自己的方法，就是发动和依靠群众，领导群众向敌人进攻。进攻可以说是保存自己最重要的方法。要使自己在白色恐怖中得到安全保障，最有效的办法就是深入群众，和群众同呼吸、共命运、和群众一样生活。发动和组织群众，和群众一起斗争。根据群众自愿，在内外环境许可的条件下，英勇机智地同敌人斗争。由于你投身在群众的汪洋大海中，虽然在那里推波兴浪，敌人就算明知有共产党在其中活动，也是无可奈何的。有了群众的支持和掩护，往往可以化险为夷，因此深入群众，积极工作，是最好的掩护自己的办法。

5. 我们强调秘密工作服从于政治斗争，要秘密工作技术服从于政治，并不是可以忽视地下党秘密工作技术的研究。必须注意对于一些行之有效的秘密工作技术，特别是秘密工作纪律和规定的认真执行，必须重视敌人破坏活动的严重性和残酷性，必须研究敌人进行破坏的规律和技术。任何时候都要把秘密工作放在地下党的议事日程上来。要了解和研究敌情，要检查自己的漏洞，要把对付敌人破坏活动的方法告诉地下党员，要学会一套秘密工作的方法和技术，特别要遵守秘密工作的纪律规定。在秘密工作的具体细节中，有时一点疏忽，就可能带来严重的后果，这种教训是不少的。

6. 地下党的领导对于秘密工作是否有正确的认识，是否注意秘密工作，对于当地地下党的安全有直接关系。破坏事故是难以完全避免的，但是可以避免遭受毁灭性的打击。领导同志必须自己注意秘密工作，随时检查秘密工作，进行秘密工作的教育，注意敌特动态和他们进行破坏活动的规律。要经常发现秘密工作中的漏洞，及时堵住漏洞，做安全的断然措施，并及时执行纪律。要经常有应变计划（如同志被捕、领导机关遭受破坏紧急通知和疏散办法的事先安排等）。要经常了解敌特活动的情报，了解敌人将要发动进攻的征兆等。这些都是地下党领导应该负责的。

（二）地下党秘密工作纪律十条

根据长期地下党活动的经验，地下党活动的秘密工作纪律大致可以总结出如下的十条来。过去许多破坏事故，往往不是由于敌人有多么高明，多么厉害，而是由于党内对于这十条纪律不能严格遵守，出了娄子的。要是我们每个同志都遵守这十条纪律规定，地下党是可以做到不出或少出破坏事故的。过去防止破坏事故的出现或扩大，也是靠认真执行这十条纪律规定起作用的。

1. 不得拉横的或纵的关系。不准和本人不同组织的同志发生横的关系，包括过去同过组织现在已不在一个组织的同志在内。不得拉纵的越级关系，即使由于工作关系，曾经知道领导过自己的直接上级领导人的更上级同志，或同级领导同志但无直接领导关系的同志，都不得发生党的关系。上级领导人如无必要，不要去了解下级越级组织的人和事的详细情况，特别是党员的真实姓名、住址、职业、接头暗号等。

2. 不得打听与自己工作无关的人和事。如不得打听任何上级党组织的组织机构名称，领导人员的姓名（包括党内假名在内）、住址、掩护职业；不得打听非自己所在组织的情况（如力量大小、分布状况、地区范围、曾经搞过的斗争等）；不得在同级中打听虽是自己组织的下级组织，但并未分工归自己领导的下级组织的领导人姓名、住址、职业、组织情况、活动情况。同级的同志开会汇报工作时，只汇报自己所管部门、单位党组织的大概情况，谈事不谈人，谈人不谈真实姓名及其地址、职业等；只谈党内的代名，不得打听领导自己的上级领导同志的真实姓名、住址、籍贯、掩护职业等；只称党内约好的代名，如无必要不得打听或要求了解并肩作战但不属同一组织的友邻组织的领导人、成员的姓名、住址、活动情况，只通过上级组织和友邻组织联系，统一部署；非经介绍，不得打听党组织给自己安排的掩护关系是否党员，更不能在掩护关系前暴露自己的党员面目，打通横的关系；不得打听过去归自己管过，现在已经不管的下级组织的任何情况，更不能以旧关系去找他们了解情况，讨论党的工作，应该隔离，不再有任何往来，哪怕原是亲属、朋友，也应如此。

3. 不得把自己知道的党组织的秘密泄露给任何人。不得在任何场合暴露自己的党员身份给同自己没有正式的直接组织关系的人，包括自己最亲近的人、亲戚、朋友、同学、同事在内；也包括过去曾和自己同过党组织，但现在已无关系的党员在内；也包括现在已不直接领导自己的上级领导人在内。党组织的秘密不仅包括自己现在所属的党组织，而且包括自己过去曾经发生过关系的其他党组织在内，这些秘密包括党组织的领导机构名称、系统、组织情况、领导人员及其所领导的党员的真实姓名、籍贯、住址、职业、化名、通信地址、联络暗号以及过去历史、活动情况。对于喜欢乱打听小广播的现象，一切党员都有义务加以抵制、批评、斗争，并将其泄密情况报告给党组织，屡教不改的应受到纪律处分直至切断关系。

4. 非经党组织批准，不得保存任何有关党组织活动的文字性的、图片性的、实物性的机密材料，就是经过特别允许的也要先作技术处理，然后保存。特别是党组织的人名、地址、联络暗号、统计资料、密码等东西，未经严密处理，不准保存。非经批准不得保存党的文件，个人也不能保留笔记本、通信录、信件、照片、账册，一般也不宜在自己住的地方保留大量的马列主义著作和进步报刊。非经特别允许不得保存印刷机器、器材、收发报机；除开武装工作人员，或经特许，不得保留任何武器、军事地图、物品。在领导同志驻地特别不准保留上述禁止保留的东西。对那些喜欢作记录保存的人，一经发现，应严格制止和批评，立刻销毁，屡教不改的要给予纪律处分，直至切断关系。如同时发现喜欢乱打听及其他可疑现象，应引起应有的警惕。

5. 必须注意自己居住地方的隐蔽和安全。一般均须有可靠的社会职业掩护，自己居住的房屋摆设、来往人员须与自己职业相称，并须有与掩护职业有关的日用东西，不露破绽，但又不因掩护而使组织花费大量资财。必须认真从事自己的掩护职业活动，不引人怀疑。一般不在自己居住的地方和同组织的党员接头、开会，印刷文件、传单，但原来是互相知道的一直有往来的可照常往来，必要时也应切断。特别是党的领导工作人员住的地方，除原已熟识的同级领导同志，不得作为接头、开会的地方，不得作为党内的任何通信处。如偶然被下级同志知道，应视情况作适当处理，直到迁移。同级的领导同志最好也不要互相知道住址、职业、化名及掩护职业，上级组织也只通过约好的联络地址找下级同志，不要打听其详细住址，职业化名，与掩护人的关系，掩护人的姓名、住址。在自己居住的地方日常进出必须注意安全，每次进出均须留心有无可疑被侦视或盯梢迹象，一经发现证实，立刻转移住址。和领导同志经常发生直接关系的人员，如"坐机关"人员、家属党员、交通联络员、掩护工作人员、机要人员、保卫人员等，必须经常留心领导同志的安全，非有必要，不要时常往来。

6. 必须注意开会和接头的安全，不要在领导同志家里开会接头。开会时参加人数要压缩到最低限度，一般以几人为宜，更多则必须做事先充分掩护的安排，如请客、吃饭、牌局、游览、野餐、生意买卖、合伙"打平伙"等。开会的时间尽可能缩短，不要一连开几天，可以采取分散办法，一个大会分成几个小会开，一次会议分成两三次开，不要拘形式。特别是原来不认识的各级领导同志，不要因开会而互相认识了，即使非常必要时，也要各用化名，不互通地区及地址，三五人开会可在稠人广众之中的公共游乐、喝茶、会餐的地方进行，谈笑自如，不露声色，切忌一人长篇大论。开会的人的身份应相近，到会时及开会中和散会后，都要注意四周有无人留心侦听、侦视或盯梢迹象。在一个地方开几小时后应转个地方再开。互相接头应以一二人为宜，更应灵活机动，时间更短些，地方改变更大些。也不宜一人专说，一人专听，以闲谈方式接头最好。接头前、接头中和接头后都要暗地留心周围的人物环境有无异状，有无盯梢的迹象。如有可疑，立刻设法分散。接头时要准备应付突击检查，在公共场所接头，不得携带文件或进步报刊在身上。

7. 必须注意上下左右通信联系的可靠性、机密性和灵活性。上下级之间必须有机密而及时的电报、通信、联络方法。必须做充分的技术处理，不为敌人邮电检查特务所截获或侦破。要尽量不暴露上级机关的地址、人员姓名及职业、联络暗号。非有必要，不可过于频繁联络，必须注意上下级人员往来、交通员往来的住址安全，一切联络、接头都按原先约好的地址、时间、联络暗号进行联络。没有联络暗号或暗号不合，不得接上党的关系，进行党内往来，哪怕是亲属、朋友或原来认识的同志也不允许。有特殊情况要研究后特殊处理。如原约的时间地点没有联络上，应按原约好的再接头办法或联络地点重新联络，注意"三准"：准时、准地、准暗号。

8. 必须注意外出旅行时活动的安全。外出的领导人员、交通人员行前应有相当准备，有各种相当的职业掩护证件及职业化装，随时准备应付车、船、飞机场以及旅馆的检查盘问，对答自如，不可惊惶，不怕冒诈。在本地外出活动时必须留心被敌特盯梢的可能性。一遇可疑情况，就进行"试梢"，证实有无人盯梢。如确有盯梢，必须采取办法"脱梢"，必须遵守被盯梢后的"三不准"规定：一不准未确实脱梢就回到自己住地去；二不准被盯梢中在街上和自己认识的党员和进步群众打招呼；三不准被盯梢中去找任何党员或进步群众接头。脱梢之后，必须经过鉴定，证实脱梢了（如在大城市中至少要通过三条小巷再无一个可疑的人跟着或迎头盯梢），才能回家或去办事情。并要在事后研究被盯梢的原因何在，作及时的安全处理。

9. 必须随时有应变准备，特别是党的领导机关、领导人员要有应变准备。要设想各种大小破坏事故发生后，领导机关如何及时作应变处理，如临时紧急通知的办法，事先安排疏散走向。领导人员无论在多么严重的环境中，即使冒生命危险，也必须临事不乱，临危不惧，沉着镇定，组织疏散隐蔽工作，直至把漏洞堵住，组织又趋稳定了，才算完成任务，才可考虑自己的撤退和隐蔽。临事惊惶，恐惧逃跑，置疏散工作于不顾，不去冒死援救同志，那是犯罪行为，须受党纪处分。凡遇破坏事故，特别是领导机关的破坏事故，必须遵照党的规定，作彻底的疏散。凡是被捕人所了解、认识的党员，都要转移阵地，脱离险区，无论撤区范围多大，要和敌人抢时间，走在敌人前头，进行疏散撤退。坚决反对寄希望于幻想，以为敌人也许破坏不到那里或那一个人的身上；或者以为被捕同志一贯表现坚定，不至于说出机密。好同志的坚定性可以相信，敌人也的确是昏的，但还是不能存在侥幸心理，老老实实照规定应疏散的就及时地彻底地疏散出去。

10. 如被敌人逮捕，在任何情况下，在酷刑下，在死亡威胁下，都不得对任何人，包括一同或先后入狱的自己知道的同志在内，暴露党的任何秘密；不得说出党组织的机构，人员姓名、化名、地址、职业和联络暗号；在未经叛徒确实指证前，不得轻率承认自己是共产党员；必须对敌人的阴谋诡计提高警惕。必须保持崇高的革命道德气节，威武不屈，准备牺牲，到死保守党的机密。不得自首、叛变、投敌或变相地自首。在敌人面前表现出软弱、动摇、泄密以至自首、叛变、投敌，都是和共产党人的光荣称号不相符的，且要受党纪国法的制裁。

如是被释放，无论是由于敌人抓不到罪证无罪释放，还是判刑后刑满释放，或者敌人搞阴谋"假释放"，出狱之后，不要去找党组织和任何党员，不要要求接上组织关系。一般原则是出狱党员，未经审查，不得恢复关系，应自己设法疏散出去，安下身子，从头做群众工作，听候党的考查和审查。党组织对被释放出来的党员不得派人去接关系，但可相机通知他疏散出去，自谋出路，继续革命，听候组织的审查和安排。

七、党的统一战线工作

地下党的统一战线工作和整个党的统一战线工作一样，是党的三大法宝之一，十分重要。特别是地下党因处在敌强我弱的形势下工作，要取得斗争的胜利，必须尽力扩大同盟军，最大限度地孤立敌人，更要抓统一战线工作。

进行统一战线工作的原则是发展进步势力，争取中间势力，孤立和打击顽固势力。活动的策略是争取多数，反对少数，分化瓦解，各个击破。斗争的策略是有理、有利、有节。不斗则已，斗则必胜，适可而止，善于妥协。

统一战线工作的对象是随革命历史发展的阶段不同而变化的。在整个新民主主义革命时期统一战线的中心问题就是我们和资产阶级的关系问题。所谓统一战线对象的变化，也就是指这一阶级及其代表政治势力——国民党同我党的关系的变化和中间势力与我党关系的变化。

统战对象有不变的部分，这就是农民阶级。这一部分和无产阶级建立巩固的同盟，接受无产阶级的领导。其他小资产阶级的劳动群众，中下层知识分子，学生群众，他们是我们的基本同盟军，是进步势力的构成部分。也正如地主封建势力、买办官僚、大资产阶级及其政治代表的顽固势力是我们的敌人一样，不会变化的。这些不是今天的敌人，就是明天的敌人，总是迟早要打倒的对象。

但是在中国极其复杂的革命历史发展过程中，也显现复杂的变化情况。比如在民族解放斗争中，封建地主阶级中分化出来的开明士绅（即多少带点资本主义倾向的地主分子），在抗日时期，一切不反对抗日的地主分子，我们并不采取打击消灭的做法，也暂不没收土地，以利抗日斗争。又如在民族解放抗日战争中，在大资产阶级中分化出属于英美的买办资产阶级，必须区别于亲日的买办资产阶级。前者在其愿意抗日的条件下，我们也不采取打击的态度，争取其反对亲日派，留在抗日的统一战线内。这就是以革命的两面政策对反革命的两面政策。我们还遇到一些地方实力派，即代表地方大地主阶级的封建军阀，当他们受到国民党反对顽固势力蒋介石的排挤、吞并、压迫，处于生死存亡的关头，在政治上表现出对蒋介石持反对态度，他们要找同盟者以保全自己，于是找到我党和一些中间势力，自己政治态度上也表现为中间势力，主张抗日和民主，或暂时表现抗日和民主。这种势力如果分化利用得好，也可以使那里的党的活动有一定便利条件。也有些地方势力和我党在反对蒋介石的解放斗争中合作到底的。

在统一战线中变化较大的是民族资产阶级、资产阶级上层知识分子及其政治代表的某些民主党派。他们在十年内战时期，有的起初跟着大地主、大资产阶级及其政治代表蒋介石跑过，反对我党。但是后来他们感到在外受帝国主义侵略，在内遭蒋介石倒行逆施政策的压制，自己并不能达到发展的目的，便开始转变态度，要求停止内战，联合抗日，和我党建立了统一战线关系。这些势力是很重要的政治势力，和我党联合反蒋，一直到新中国成立。他们的政治代表如民革、民主同盟、民主建国会、民主促进会等，在国民党统治区的地下党活动中，一直和我党建立统一战线关系，共同对蒋介石进行斗争。新中国成立后，他们也参加了政府工作、文教工作、工商工作。但是这些势力的内部构成是比较复杂的，持有各种态度的人物都有，有的表现为进步势力，有的表现为中间势力（这是大多数），有的表现为落后甚至顽固势力。但是他们总的表现为中间势力，反对蒋介石反动统治。他们之中有民族资产阶级、开明士绅、杂牌军队、国民党内部的中间派、中央军内的中间派、上层小资产阶级和各小党派七种。我们对待他们是作为联合反对蒋介石的同盟者，努力推动他们进步，接受我党领导。对于这些代表不同阶层不同利益的团体的政治态度和他们在政治上的代表人物，应进行了解，并做出阶级的分析，这是做统一战线工作头等重要的事。不要为他们表现出的某些积极进步倾向而惊奇，也不要在某种政治关头他们忽然向后转而感到突然。他们是以他们的阶级利益为出发点的。

我们和他们总是又团结又斗争，以斗争求团结。在地下党斗争中，有时因为他们在一个地区依靠当地的中间势力（如地方军阀势力），在政治上显得活跃和有力量，便不肯接受地下党的领导。如果那里地下党活动是没有力量的，没有群众基础的，他们更会翘尾巴，有些地下党也就难于保持领导地位。我们在任何时候也不能放弃我党的政治领导地位，这种领导地位首先表现为我党中央革命立场的坚定性和彻底性，表现为我党中央政策的正确性，表现为我党有深厚的群众基础。但是地下党因为不当权，必须下苦功夫在群众中建立自己的政治基础，有广大群众支持和拥护我们，才能保持在统一战线中的领导地位。这些中间势力如看到我们没有政治力量，要他们接受地下党的领导是困难的，要在政治上指导他们行动也是办不到的。因为他们的活动往往表现为少数政治活动家的上层政治活动，有的甚至是政客式的活动，他们不能深入群众做艰苦细致的群众工作，也得不到基本群众的拥护。他们有的在教员、教授、大学生、社会活动家、技术人员、知识分子中可能有一些群众基础，在政治斗争中力量却不大，必须依靠地下党和党领导下的群众力量，这样就要听我们的了。

我们和这些中间势力联盟反对蒋介石反动派，他们有时候想以他们的政治主张、政治要求、口号等，作为共同斗争的主张和口号，总想领导群众按照他们规定的政治轨道前进，总想在群众中发展他们的组织，这样一来，有时和我们产生摩擦是不可免的。如果他们的政治党派是由右派分子在当权或占优势，加上国民党特务在他们中间活动，挑拨离间，这种斗争有时会激化起来。我们的对策是：

第一，不要害怕这种政治矛盾，我们的政治路线、组织路线是不能让步的，不能拿原则做交易，只求一团和气。我们要鲜明地表示我们党的政治立场和态度，并宣传其正确性、优越性，反对他们的妥协性、动摇性、改良主义性，使群众支持我们的主张，不赞成他们的主张。

第二，为了团结，为了巩固在我党领导下的统一战线，不能斗散了、斗垮了。要有节制，讲求方式，和他们中的进步势力多接触，多宣传。要和他们举行必要的协商和谈判，在一些枝节技术问题上做适当的让步，照顾他们的利益和面子。

第三，依靠群众的呼声、主张来纠正他们的错误主张及倾向，包括他们所依靠的群众在内，以进步群众去争取中间群众，促使和压迫其上层政治代表改变其错误态度。

第四，依靠他们中的左派进步分子，争取和说服中间分子，孤立右派分子，揭露和打击其中的破坏分子及暗藏的特务分子。

为了达到团结和工作的顺利，一定要帮助培养和壮大他们中的进步力量，推动他们进行内部的改造。过去我们曾和他们的上层主要领导人物协商，为了壮大他们的左派势力，有意识地派出一些党员参加进他们的党派组织中去，和他们的上层人物一起推动他们党派更趋向于进步，使进步力量在其领导机构中居于重要的地位，以至达到进步力量能完全控制的地步。这样就可以保证其进步性和保证我党的领导。同时我们也有意识动员一批进步群众参加到他们政治团体中去，支持进步力量。在政治活动和斗争中有意识扶植其进步力量在群众中的威信，压制其右派的活动。

这些民主中间势力有时表现出某些动摇性和妥协性，要克服它，只有我们表现出原则的坚定性和对敌斗争的坚决性，越是进行坚决而胜利的斗争，越显示出群众威力，中间势力才越愿跟着我党走。如果他们一意孤行，他们就会丧失群众的支持，他们的政治资本也会失掉。

国民党反动派总是千方百计动摇和拉拢中间势力，企图把我们孤立起来。他们会在政治上对中间势力让步，和中间势力举行秘密的或半公开的单独谈判，给以优异条件；挑拨我们和中间势力的关系，不惜造谣诬蔑，甚至伪造文件及证人来破坏。他们一定要派特务或者他们能控制的上层分子、上层知识分子钻进中间势力的政治团体中去，组织右派势力，拉拢中间分子，孤立和打击进步分子，和我们闹矛盾，起纠纷，搞对立，以求分裂。我们必须注意防止这种倾向。中间势力能够存在和发展，就赖于他们有中间偏进步的政治立场，如果让右派当权，失去这个立场，中间势力就会濒于灭亡。没有中间群众的支持，也就没有生命力，无法活动了。这就是敌人阴谋终必失败，我们争取终必胜利的根据。但只有根据，不创造条件，不去努力工作，不去努力斗争，还是不行的。

中间势力是会发生变化的，其内部本来有左、中、右之别。在各种不同政治环境，特别是政治大变动的关头，就会发生变化。我们应密切注意其政治倾向，特别是在政治大变化关头，我党及敌人的政策都在发生变化的关头，留心他们的政治态度、立场，了解他们有代表性的左、中、右派头面人物的政治态度，他们的政治言论、活动和表现，是非常重要的。保持统一战线内部以斗争求团结，保持党对统一战线的领导，是要经常关心的两件大事。

对上层知识分子群众进行宣传中，会碰到一个十分严重的问题，就是旧民主主义思想或即所谓"民主个人主义"思想问题。他们常常保持所谓"独立思考"，保持"中立"思想，自命清高。在政治上企图形成"第三条路线"。他们在知识分子中保有相当大的政治影响和思想影响。这便是这些组织中右派分子集团和右派路线的来源。

这个势力和地下党斗争是很激烈的，可以说是很危险的潜在力量。我们坚决反对旧民主主义和"第三条路线"，不让这些右派分子在民主党派中居于领导优势。

实际上中国的上层知识分子跟他们走的很少，如朱自清、闻一多教授都抵制过他们。

还有一项十分重要的工作，统战工作部门应该努力去做的，就是对敌人进行策反工作。对于反动派和顽固势力，也要进行分析。他们不是铁板一块、没有空子，我们要充分利用他们之间的大小矛盾，尽可能分化瓦解他们，各个击破。要善于把最坏的最顽固的一小撮敌人和次坏的敌人区别开来，把顽固不化和顽而不固的敌人区别开来，从而把次要的敌人和明天的敌人分化出来，和他们哪怕是暂时的妥协也好，能作为间接的同盟军，推动他们和头号敌人斗争也好。他们之中有的人甚至是可以争取在政治上"起义"的。

党内从事统一战线工作的同志，由于他们长期和旧社会的各种人物接触往来，因而有的党员也养成一种政客作风，喜欢吹吹拍拍，拉拉扯扯，甚至把这些庸俗作风带到党内来，这是很不好的。要加强对他们的教育，严格要求，热情帮助，体谅他们的工作条件，千万要注意不要在思想上被人家"统"过去了。

统一战线工作也是为武装斗争服务的，因此要加强对各种武装力量的统战工作，要打入到敌军中去做细致的策反工作。必要时实行"枪换肩"，当然这也是很危险的工作，要加强领导。

八、武装斗争问题

地下党斗争的终极目的，除了配合我党根据地的武装斗争外，还要自己努力向独立的武装斗争和建立游击根据地的方向发展，为建立在敌区的人民政权而斗争。地下党从领导到一般党员都要留心学习武装斗争，害怕武装斗争的右倾思想必须克服。

这里说的武装斗争不是指老根据地已具规模的那种武装斗争，也不是指老根据地派出武装工作队去根据地外的敌占区发动和组织人民进行的那种武装斗争，也不是指抗日战争初期，敌人疾进，国民党政权崩溃时，我军派人去敌后真空地带活动，发动群众进行的抗日武装斗争。这里指的是在国民党统治区如何组织群众，发动群众武装暴动的那种武装斗争。我没有去直接参加和领导暴动的实践经验，只是参与事先的策划和事后的总结工作。这里说的是当年许多同志的实践经验的解述。在国民党统治区发动武装暴动应注意：

1. 要在敌占区发动武装暴动，根本的根本是事先要有深入的群众发动工作和组织工作。要在那种群众已经不能照旧生活下去了，敌人也不能照旧统治下去了的地区发动，在那里群众愿意起来进行武装斗争，我党又做了切实的组织准备，才可以发动武装暴动，决不可单凭主观意愿，一时热忱，贸然发动，甚至强迫下级去发动，这样做非失败不可，往往还会造成不必要的损失。

2. 农民暴动只有在战争中学习战争。干起来再学，干也就是学。如有一点基干的武装力量，或有一批有经验的指战员，发动暴动取得胜利会比较顺利些。这些武装骨干力量来源于群众，并与当地群众紧密地结合起来。群众发动起来了，骨干就涌现出来了，如能得到本地群众的自觉响应和支持，就有成功的希望。群众的自愿参加和支持是十分要紧的，否则暴动即使一下胜利了，也难以持久。至于想用自己掌握到的一点敌军、地主团队或统战部队就想起事，我们的经验是不易成功的，且是危险的。

3. 发动群众进行武装暴动，一般要经历以下过程：（1）派党员到那里进行艰苦的长期的群众组织工作，在本地的贫雇农中建立起坚强的党组织,在党组织外围以有形无形的形式,公开合法的或秘密非法的形式,团结了大量的贫苦群众。(2)党领导群众进行从生活斗争走向政治斗争,经过胜利斗争的锻炼,觉悟逐步提高了,组织性大多加强了,群众肯听党的话,就有了一批心甘情愿跟着党作任何斗争的基干群众了。(3)群众遭受严重的剥削压迫,又遇天灾人祸,再也活不下去,要求用暴力找寻生路了。(4)敌人对我党活动并未引起很大注意,没有大量的特务、团队、正规军来准备镇压,敌人的统治并不牢固,处于本地地主的残暴而无效能的统治下,空子很多。(5)抓住一个爆发点,一个事件,一种有利时机,突然发动,出敌不意,一战而胜利。

4. 要有好的群众条件,还要事先秘密训练一批骨干武装队员,懂得使用武装,还要有一批起码的武器,或者一起事可以有把握地抓到手的一批武器弹药(先有"两面政权"的建立,公然掌握武装,最为有利;或者我们已暗地掌握了敌人一批武装力量,派入党员在其中做骨干,一暴动就能抓到武器)。起事之后,争取敌军一批士兵,淘汰一批流氓分子,其军官则一律不要(个别例外),但除坚决反抗者外,不可乱杀。

5. 掌握"天时",选择暴动时间十分要紧,绝对秘密,不露声色。选择群众最愤怒的时刻,选择敌人指挥最无力最麻痹的时候,选择气候、时辰最利于我而不利于敌的时刻,选择好时机实行突然袭击,是夺取胜利的关键。

6. 掌握"地利",要找好地理环境,利于战斗,利于暴动后打圈子,有回旋余地,特别要选择群众条件好能得到支持的地区。要事先准备好退路,要找几块可以和敌人兜圈子的地方,暴动一般不易就地坚持,一定会游击来去。

7. 掌握"人和",即尽量扩大自己的势力,得到尽可能多的群众的拥护,尽力争取同盟者或中立者,尽力孤立敌人,分化软化,麻痹敌人。因此事先要有一打响后对当地各阶层势力的明确政策,对基本群众保护，使之在经济上有翻身希望，在政治上扬眉吐气。对中农、富农不可侵犯，使之安居。对地主须分大小，分开明与顽固，只打击最顽固最凶恶的地主当权派，即大地主大恶霸（但对其家属也要区别对待）。对一般地主，收取粮税，不作人身侵犯，但要求他们不捣乱。对商人（包括中小地主兼商人）一律保护，正当营业，买卖公平，不可强取。对附近的地主及地方团队采取"拿言语"的办法麻痹他们，远追近攻，只突击其最坏而企图打我们的恶势力。要注意政策，不可自乱阵线或树敌过多，使自己陷于孤立。

8. 造成声势，一暴动就要在本地区得到武装的绝对控制或优势，提出明确的政治口号（即保护谁、支持谁、打击谁），造成政权的声势，轰垮敌政权，建立人民政权，打掉敌人或驱逐出去，使贫雇农、工人和中小知识分子马上扬眉吐气。同时实行经济上的一定政策（如开仓济贫，减租减息）。对于敢于破坏和顽抗的敌人必须严厉惩罚。然而决不乱打乱杀，杀人要经人民法庭公审。

9. 立刻扩大武装队伍，扩大统治地盘，抓枪，抓人员，准备打仗。要有很好的情报工作，对敌人的进攻事先有安排，临事沉着应战，力争消灭来犯的敌人或一部分敌人，打几个胜仗，以壮声威。原则是"打得赢就打，打不赢就走"，在走中机动打击敌人。群众的支持，情报的灵通，对敌人封锁消息，并尽力扩大统一战线，分化瓦解敌人，十分要紧。

10. 要特别注意敌人的"地头蛇"，即地主恶霸及帮派的武装。他们人熟地熟，作战灵活，最不好对付。他们与正规军联合，为虎作伥，是最凶恶的。要坚决消灭这些"地头蛇"。对正规军则要避实就虚，多打圈子，不要和他们打硬仗，拼命。能拉到大山区或边远区活动最好，那里应事先有相当的准备。在游击途中能组织政权就组织起来，并尽力帮助群众建立自己的武装。游击的任务除了消灭敌人外，就在于宣传、组织和武装群众，建立起人民政权。

11. 坚决反对"招降纳叛"、"招兵买马"地扩大队伍，坚决反对"流寇思想"、"土匪主义"，坚决反对乱报复，乱烧、乱抢、乱杀，坚决反对逃跑主义和拼命主义。

12. 对本地土匪要先交接以求中立，再相机吃掉他们，实行"枪换肩"。但土匪也是不好对付的，他也总想来吃掉我们，或变成地主的别动队，不留心会上他们的当。这些人很多是亡命之徒，要争取其下层，打击其上层，分化瓦解。

13. 有的在开始起事时由于力量不足，不先打出公开旗号，却暗地在群众中做工作，和土匪活动不一般，只打击凶顽恶霸和吞并别的土匪队伍，地方一般不乱动，待积累相当力量后，群众组织也加强了，再相机打出正式的旗号。

14. 暴动失败，或在战斗中被打败了，要努力收集力量，分散转移阵地。一些人去做武工队，分散活动；一些人做长工去，做小买卖去；一些人回乡潜伏。本地组织要调整，组织更精干，准备长期埋伏，以待新的时机。不能把武器随便散失了，队伍能合能分，其他地区的党组织，特别是建立了"两面政权"地区的党组织，应帮助掩护收容这些流散的武装人员。

15. 我们过去在地下党活动中，没有注意在敌人的城市中组织武装工作队，相机从事武装斗争。这在事实上是可能的。只要在工人和贫民中有很好的工作，武装活动可以采取声东击西，突然袭击敌人守备松懈的军事单位、警察机构或其反动上层及特务分子，时分时散，时起时伏，使敌人防不胜防。这也可以起到配合老区的作用，是地下党应注意研究的。

九、监狱斗争

任何时候任何地方的地下党都不能保证自己的党员完全不会被敌

特逮捕，因此监狱斗争是一个地下党员必须有思想准备的现实问题，对于地下党员必须进行监狱斗争的教育。我没有入过狱，没有监狱斗争的感性知识，但从许多入过狱的同志那里了解到一些监狱斗争的知识，转述其要点如下：

1. 地下党是在敌人的白色恐怖下进行活动的，当然要注意秘密工作，随时提高警惕，但是总要估计到有被敌人破坏，遭到逮捕的可能。这一点应在平时教育中对地下党员说清楚。要进行革命气节道德教育，要求所有党员抱定"下定决心，不怕牺牲"和相信胜利、准备牺牲的精神，要有"随时准备拿出自己的生命去殉我们的事业"的决心，有不屈不挠和敌人血战到底的大无畏气概，要保持共产党员的光荣称号。任何动摇畏缩，消极软弱，任何形式的自首、叛变，都是和共产党员的光荣称号不相符的，要受到党纪的制裁。

2. 地下党员必须认识到，敌人的监狱是革命斗争的"第二战场"，而不是敌人的屠场，进了监狱是走上了第二战场，是英雄的战士，而不是孱弱的牛羊。只要抱定不怕死的决心，保持崇高的气节，充分依靠群众，组织全体难友，注意斗争策略和方式方法，在那里也是完全可以打胜仗的，能够压倒敌人而不会被敌人所压倒，把那里转变成为一个共产主义大学校，努力团结教育进步分子，为革命培养接班人。

3. 在未被捕前，应准备一两套口供，到时候看情况使用。敌人不确知自己是共产党员身份时，即使在严刑下也决不承认，寻找借口反击，敌人是莫可奈何的。决不能在敌人面前表现软弱，更不能变节自首，只以一个普通进步分子面貌出现，不是共产党员，但不表示反共。如敌人已找到确切证据，或为叛徒所亲口指证，就毫不犹疑地承认自己是共产党员，并以共产党员大无畏的精神出现在敌人面前，以党员行事。任何威胁利诱，严刑拷打，绝不屈服，准备以死报党。公开批判敌人，宣传党的主张，在群众中公开活动，教育难友，组织斗争。

4. 受刑是不可避免的，但并不可怕。只要不怕死，下定决心，不怕牺牲，咬住牙什么刑也是挺得过去的，只要昏死过去就不知道了，就挺过去了，敌人就无法了。在这种关头最怕动摇，一念之差，稍露难色，敌人就抓住空子，拼命地酷刑进攻，企图打垮你，你就会更难忍受，结果走到自首变节的可耻道路上去。只要一开头就表现得非常英勇坚决，敌人硬攻不破，反倒会把你放松一些了。敌人没有弄出一个下落之前，是不会马上处死的，就留有斗争的余地。

5. 无论在任何情况下，无论敌人使用酷刑或欺骗，软硬兼施，抱定一个决心，不说出任何一个组织、一个同志的姓名、住址和活动来。不怕敌人搞神经战把戏，任何场合不相信敌人的欺骗和冒诈等诡计，不理睬任何感化的阴谋，包括动员亲属子女来软化自己在内。最好是拒绝见亲人，要见就要大义劝勉亲属。

6. 必须遵守秘密工作原则，在敌人未确证前，不得对不认识的人露出自己的身份，谈论党的情况。不得在狱内谈论任何外面党组织的情况，包括碰到的原来认识的党员在内。不得轻信不确知的而自称是党员或进步分子的人，不为其表面进步活动所迷惑。必须提防叛徒的阴谋活动和敌人故意混入的"红旗"活动。把他们的阴谋活动与党员及进步分子真正的进步活动区别开来，揭露假象，打击阴谋，使之在难友中完全孤立，无法活动，无法住下去。

7. 在自己的共产党员身份公开后，要在一切斗争中起模范带头作用，要爱护战友，保护群众，最根本的是以自己的崇高气节去影响和教育他们。要多接近难友，鼓舞士气，揭露敌人。一般进步分子要鼓励其参加斗争，并争取出狱踏上真正的革命岗位上去。对自首与叛徒应区别对待，警告他们不得继续犯罪，要他们立功赎罪。

8. 要在生活上关心难友，鼓励大家要有革命乐观主义精神。组织学习革命理论、外国文学、唱歌、作诗等，要努力吃饭，锻炼身体。有病要求治病，要为改善大家的生活条件和卫生条件而斗争。对敌人的故意虐待、侮辱、殴打、非刑，要组织抗议斗争。要求改善政治待遇和生活待遇。必要时组织绝食斗争，但不宜轻易组织，这是监狱斗争的最高形式了。要搞就要力争获得胜利。先要做好动员准备，要齐心，要互相鼓励，爱惜精力，照顾老弱伤病残的难友。

9. 内外最好能设法联系，如买通狱内人员，对看守人员平时多做说服工作，劝其回头，但决不轻信他们，或者通过出狱的难友带口信出去，或托上层统战人士送东西等，这样做一般不很容易。外面党组织应该通过各种统战关系，进行救援工作，探视工作，在外面揭露，向社会呼吁，引起同情。组织武装劫狱，必须有充分把握才干，一般没有内应不易成功。狱内也可以组织越狱斗争，也要有相当的把握才干，越狱时党员要冲锋陷阵，准备牺牲。

10. 准备牺牲，一定要有这种精神准备，保持昂扬的斗志，慷慨走向刑场，虽死犹生，绝不在最后流露出任何动摇、感伤之情，绝不能屈辱下跪就刑，要高唱《国际歌》。

十、迎接解放

在依靠我党解放大军打过来取得解放的情况下，地下党临解放前的一切活动就是为了迎接解放。

迎接解放，地下党要注意下面的一些工作和事情：

1. 地下党在解放前半年左右，就要在全党进行迎接解放的教育，要更紧张地进行工作，但工作的内容完全不同了，要从思想上、工作上来一个彻底转变。

2. 地下党组织在解放前半年左右，即宣布一般停止发展组织，不再接受新党员，以避免投机分子和敌人乘机混入党内来。

3. 不要轻率地领导群众向敌人作无休止的斗争和冲锋，以免遭受组织的损失，这时要紧的是为党保存解放后熟悉本地情况的接管干部。大军将至，打倒敌人是毫无问题的了，我们再向敌人冲锋，对打敌人已不起大的作用，而敌人如在灭亡之前，穷凶极恶，对党员和群众采取疯狂的血腥镇压，带来组织的损失是不值得的。

4. 临近解放，各种敌人力量都发生恐慌动摇，想找寻出路，我们应加紧搞策反工作。要他们提供敌人活动情报，要他们保存档案资料，不得销毁，更要他们保护工厂企业的一切资财，不得破坏。首恶必办，胁从不问，立功受奖的政策应广泛在敌伪军政人员中宣传。这时敌伪各种人员都在找党，想早挂钩。对于这些人可叫他们立功，不承认他们临时组织的任何政治组织。在挂钩的人物中肯定有许多罪大恶极的人，不可不注意麻痹他们。

5. 临近解放，要教育群众，一面做策反的政策宣传，一面发动群众组织护厂队、护路队、护校队，以至组织武装的纠察队。保护一切资财，不准走漏、盗窃、破坏，要坚决制止敌人溃走前爆破交通、工厂、仓库活动，防止敌人偷运重要器材、文件、图纸、档案、金银现款、单据票证等出逃。立刻发出勒令，加以封存，武装看守，防止坏人乘机抢劫破坏，制造混乱。

6. 收集敌人的一切文书档案资料，以便解放后接管，并准备重要接管单位名单，敌伪高级人员情况、政治态度、现在下落（特别要掌握敌军、警、宪、特方面人员的情况）。

7. 这时不仅敌伪人员要组织各种投机性的政治组织，打出进步招牌，招降纳叛，就是进步的民主党派人士也会乘机大肆活动，扩大势力。这时敌人最容易钻进来图谋潜伏，要严肃告诫民主党派人士，不要给敌人以可乘之机，给敌人当了防空洞，也给解放后自己的组织带来了污点。特别要告诫共产党员和党的外围组织成员，不准去支持或承认（特别不得以党组织的名义去支持或承认）这种在混乱中出现的各种"进步"组织，说明在大动乱之际，良莠不齐，泥沙俱下，很可能有敌人乘机潜伏，不要上当。党组织这时要严格注意，可能有一些思想不纯的党员，平时自己工作不多，没有什么组织力量，这时就积极乱发展党员和外围组织，拉一些投机分子、亲戚朋友，以至面目不清的人混入党内或外围组织中来；或者乱建群众组织，招兵买马，以为自己有了庞大的队伍，解放后便好交代，论功行赏。这种个人主义害死人，给解放后的组织清理，带来极大的麻烦。这种同志不仅不能受赏，且要受批评以至处分。他们所拉进的人一律不予承认，应重新进行审查，分情况妥善处理。建立的团体一律不承认其合法，重新登记进行审查，有的可由工会、青年团、妇联等群众组织进行审查，取消其组织名称，吸收其可用的人员参加群众工作。民主党派搞的也是一样。至于原有的长期在党领导下进行活动的外围组织则不一样，应予承认，如"民青""民协""新青"等党的外围青年组织，还要办理转团的手续。对他们的要求和对地下党员的要求，基本上是一样的。

8. 被敌人逮捕在狱的党员及进步人士，应尽力援救。要通过敌伪策反对象，向敌特警告，并努力救援。要向敌伪直接发出警告，要其下级一般人员立功赎罪，敢有杀害党员及进步人士者，解放后追到天涯海角，必须归案法办。这时我们如有武装或被策反成功的武装，采取武力突击办法，打进监狱，救出同志来，也是可行的。

9. 这时敌伪统治虽已临近崩溃，人心涣散，四分五裂，但是敌人的特务、宪兵、刑警等还是有力量的，他们还会负隅顽抗，还可能趁我们活动的时候（这时有的党员几乎是半公开活动了），向我们突然袭击，破坏党的组织，杀害党的同志。这时党的工作人员，特别是负责人员切不可麻痹大意，大而化之。切不可把自己的安全寄托在被策反的敌伪军政人员身上，一切秘密工作的纪律必须维持，直至我大军入了城，完全控制了秩序时为止。

10. 地下党由于在地下活动中受到党的教育较少，有的人受旧社会思想影响较多，一解放了，有一些原来没条件表现的毛病和缺点显现出来，如在地下党内搞山头，闹不团结，争正统，争地位等。以后参加工作了，又和老区来的党员闹矛盾。当然，地下党员和老区党员有矛盾，要进行分析，有的是由于工作作风和生活习惯的不同而出现了矛盾的，有的是地下党员的毛病，也有的是老区党员的毛病。因此，一解放，除要搞好组织会师外，更要搞好思想会师，要用批评和自我批评的武器，搞好团结。地下党的各地各级领导同志要告诫和约束自己原来领导的地下党员，注意团结、谦虚谨慎、戒骄戒躁、多看多做、少说长道短、评头论足，要尊重老区党员。地下党领导要把自己地下党组织的真实情况向老区来的党的领导同志如实汇报，以求得到老区同志的理解，取长补短，共同团结，把工作搞好。这时老区来的党的领导同志向老区党员说清楚，要重视和重用地下党员及其外围组织成员参加接管，发挥他们的长处，正确对待他们的短处，力求团结互让。甚至宣布：发生不团结现象，做领导的老区同志要负主要责任，这样做大有好处。

地下党领导同志要公开地向地下党员讲清楚，在解放初期拉进党内或革命队伍内来的人，或自己的亲戚朋友等，有的政治面貌不清、立场不稳，作风不好的要严格要求，有的还要进行适当处理。至于党员和外围组织成员在分配工作时挑三拣四的，甚至要"官"做的人，应进行自觉的自我批评，纠正歪风。

地下党组织解放后接转关系，一般是采取"先接后查"的原则，先接地下党系统，有证明人的初步审查登记上。先行接上党的组织关系，分配一定的工作，然后由其工作的机关的党组织进行审查，或者分期分批送到党校学习几个月，除进行思想教育，提高阶级觉悟，提高政治水平和政策水平外，还要对政治不清的审查其政治历史。一切敌人、坏人、投机分子都坚决清除出党。至于觉悟太低，不够格的人应停止党籍，但还是分配适当工作，嘱其争取再入党。这个工作在进行的时候，必须持慎重的态度，必须从地下党斗争的实际情况出发。对地下党员进行教育，老区来的同志应该热情帮助，真诚相见，不能嫌弃他们，而是热情地提高他们，在党的原则的基础上，团结起来，搞好革命工作。

第三部分 白区地下党秘密工作方法

我党在几十年地下斗争中积累了相当丰富的秘密工作方法，虽然没有系统地进行搜集整理，但代代相传，又不断在斗争实践中加以丰富和发展。这些工作方法对于保护我党组织不受或少受敌特的凶恶破坏，是起了作用的。其中有许多方法是许多先烈的流血牺牲所换来的，有许多是在工作失败中从反面获得的。

地下党秘密工作方法是在正确的工作路线的指引下，根据具体的斗争环境，在斗争中产生的。当然有其局限性。在时间、地点、政治环境以及所遇的敌人不同时，就会有不同的秘密工作方法。因此必须从具体情况出发，不能照抄照搬，但是有两点是任何时候和任何环境中都适用的。第一，地下党不可不注意研究秘密工作方法。地下党秘密工作方法，不是一般的工作方法问题，常常是地下党生死存亡的问题，是可以招致亡党亡头的重大政治问题。第二，别人的、别地区的秘密工作方法，不可不注意学习，不可不注意研究。但是那些方法是在特定的条件下，经过具体斗争而产生的，只能作为借鉴，而不能有懒汉思想，照抄照用。必须在自己的实际斗争中善于思索，善于总结经验，得出适合自己工作需要的一套秘密方法来。

我这里只讲一些我们工作的例子，也可以说是属于"狭隘的经验"

的复述,切不可生搬硬套,贻误工作。

一、领导机关的组织和活动

(一)领导机关的组成问题

领导机关由地下党领导机关的领导人员、"坐机关"人员、交通联络站人员、电台和印刷机构人员、掩护和保卫工作人员组成。人员必须力求精干,切忌组织庞大而又缺乏掩护的领导机关。领导机关的安全问题是非常重大的政治问题。领导机关一遭破坏,就如人被砍去脑袋,地下党组织就会垮台或受到毁灭性的打击。地下党虽然通常组织了各级的委员会,但并不一定要拥有大量的委员以及实行常委制。委员会有五人左右就不算少了,一般下级有三人也能工作了。有的新开展工作的,或才开始建党的,只派一二人负责,给以工委名义或不给什么名义,让其工作,等到组织已有一定基础,工作已有一定开展,再建立委员会领导工作。书记也不宜多,有一二人就可以了,一般安排一个书记管总的工作,注意方针、政策的掌握,并联系一些特殊的党的组织关系。这种关系往往是上级交来或自己建立的特别机密的关系,如在敌军政机关中活动的重要负责党员,在敌特机关内部活动的人员,特殊的统战关系等。他可以不去和下级有群众性斗争活动的党组织人员接触。要接触的也不宜多,且要化名以至改装,这样可以保证主要负责人的安全。所谓党的这一级领导机关,也就往往设在这个同志的家里或由他联系的邻近同志家里。常常有这样的做法,即主要领导同志(如果是男的)的爱人就是"坐机关"的负责人,由其负责组织机关,进行掩护,和下面的交通联络站的人员联系,和所属各地区的党的领导机关联系,组织通信工作,并经常把联系情况向主要负责人汇报,进行处理。这样工作起来比较方便,且减少了人员。但是也必须以其政治品质和工作能力而定。这实际起了秘书长的作用。她是参加了党委会的,她所掌握的情况几乎是全部党的重大机密,比主要负责人还了解得多一些,具体一些。她除开和下级机要人员有接触外,不出去进行别的任何公开的或秘密的政治活动。外表看来不过是一个普通的家庭妇女。地下党领导机关和主要负责人的掩护工作是由她负责的,生活、经济管理也是由她负责的。

在主要书记之外,可以有副书记,主要负责各级党组织,特别是本地区主要城市党组织(如市委等)的领导,他的任务着重放在下级党组织的管理上。他知道得比较全面,甚至对下级组织情况知道得比书记还要具体一些,多一些。他所直接领导和联系的人也多一些。他也可以不是副书记,而是组织部长。组织部、宣传部、工人部、青年部、妇女部也可设立部长(或改为工委、青委、妇委,多有几个同志参加各委,而由主要负责人任工委、青委、妇委的书记)。但根据过去工作结果看,因为实际工作都是书记、委员分工、分片一揽子领导,很难分出专业性的领导来,有这个名义实际上不过是责成其多考虑这一方面的工作,提出建议。许多时候并未组织实际独立存在和活动的工委、青委、妇委机关,并配备机关工作人员,这样分部门组织机关,又搞一套人马,是庞大无用的,且有危险的。最好是临时工作需要时,派出特派员或巡视员,这样对领导机关的安全就比较好一些。

在书记、副书记之外,几个委员就按地区和工作部门进行分工。我们过去一般都是分片包干负责领导,比如特委委员,分别去包干领导一个或几个地区工委,几个中心县委、县委或一个市委的全部工作,有的甚至还兼任他领导的下一级党委的书记,另设一个副书记具体管工作。这要看下级工作人员的具体情况而定。各个委员除正式开委员会外,平常并不往来,也不互通情况,各人只和书记、副书记接触,汇报工作,解决问题。这样可以减少一些横的关系。除书记、副书记外,各委员分工包片管的党组织情况,就是开起党委会来,也不作详细具体的汇报，特别不谈下级组织的人名、住址、职业、联络暗号等。就是向书记、副书记个人汇报也不一定非常详尽地讲具体人名，可以化名代之。委员会开会不多，只听取上级传达指示，讨论本地区工作的主要方针、政策才举行。如环境恶劣，也可分别由书记、副书记和各个委员个别地传达指示和讨论工作，解决问题。

对上级的联络，"坐机关"的同志与上级"坐机关"的同志有一定的正式的联络关系，比如通信地址、联络方法等。全面工作则是由书记或副书记到上级指定的地方去向指定的上级领导人汇报工作，接受指示，这就更为机密，不得随便告诉下级知道此事。汇报间隔时间也相当长，半年一年也是允许的。上级或上级指定的代表同志到下级来检查和指导工作，也是联系的方法之一。来的领导人员只和书记、副书记见面（必要时也可和委员们在委员会上见面，开完会后就离开这个开会地方），听取汇报，传达工作指示，对上级来的同志的安全掩护，下级必须绝对负责。

（二）领导人员的安全问题

必须把主要领导人员的安全问题经常放在各级党委的议事日程上来，这也是上级检查下级秘密工作的最重要的内容之一。"红"了的（即为敌人注意，比较暴露的同志）应及时转移工作地区，上级应负责把他们调到别的地方去工作，提拔或新派人去接替他工作，或者让他暂时埋伏起来，不活动或少活动，看看情况再说。

所有领导人员必须有可靠的社会职业掩护，必须有较为隐秘安全的居住地方。社会职业不外在敌伪政府及其企业、事业机构中担任低级职员或工作人员；在学校中担任教职员；在私营企业、事业中担任职工等。以自行经营的小企业、小商业的老板，自行开业的自由职业者、小行商、小商贩，家庭教师，赋闲食客，待找职业的失业职工等身份作为掩护，更为自由一些。寻找掩护职业有几点值得注意：

1. 找寻的这些掩护职业，必须服从于自己的党的工作，不能为了掩护，妨碍了自己的正常工作和活动，因此要找比较清闲的，更多自由活动的掩护职业。在敌伪政府及企事业中找职业，不能去那里担任繁重任务或每天须八小时上班下班的差事，最好是当一般的经常外出的低级职员或工人。在敌伪政府机关里做职员，就不如在学校或文化单位担任教员更为自由。在学校担任教员又以担任兼职教员为好，一个星期上几个钟头的课就行了。上课时数不能太多，改作业卷子太多，浪费自己的精力和时间。在私营商业、工业中任职员，也可以担任外勤职员，工作轻松点最好。自己出本钱经营小的商业，这样活动起来方便得多。但是因为我们的经济往往困难，无力经营或不会经营，以至于蚀掉本钱，难以长久维持。这种小店子里的伙计一般以找进步群众或一般党员为好，但领导人和他们绝对不能发生党的关系，或叫他们看出自己是党员，更不能暴露自己是领导同志。他们在这里工作也不能去参加外面的政治活动，以免牵连进来，失去掩护作用。从实际经验来看，能做自行开业的自由职业者和小行商，独立的小商贩，独立手工业者较为活动方便，因为只要自己一个人或家属参加就可以活动。至于以小行商作掩护，只要像个跑市场，做投机倒贩，买进卖出，买空卖空的架势就行了，走动比较方便。在那些有钱有势人家里做家庭教师，也是便于活动的，只要晚上教一两个钟头的功课即可，其余时间自己可以自由支配。搞得好还可以搬进这种公馆、大公司里去居住，只要白天进出方便就行。还有通过统战关系，介绍到一些政客官僚家去做食客、闲人，也便于活动，但以不宜和官僚们常见面为好。没有找到掩护职业时，可以待找工作的失业者的面貌出现，叫人看起来好像是在为找寻工作而奔走。不过要注意过和失业者相称的生活。

2. 找寻社会职业最好是运用自己的一般社会关系来找，而不必通过党组织或党员代找，这样可以减少暴露机会。另有一种做法，就是把党联系的上层进步人士的关系，分别交给领导人联系，领导人即通过这些党员或进步人士代为寻找掩护职业。他们一般是很容易找到一个普通工作岗位或吃清闲饭的位子的。不过在介绍时不可介绍自己是党员，更不可暴露自己是党的领导人员，只说是自己的一个失业朋友或失业进步分子，找点小事做一下。对掩护者暴露不暴露党员身份看具体情况而定，各有利弊。

3. 领导人员找寻社会职业不要让党内领导人彼此都了解，各人既不说出，也不打听，以减少可能的牵连。最多是书记可以知道，以便随时可以找到他，但也可以不知道，只要有随时找到他的可靠地址和关系人，或有可靠的联络办法，也就行了。

4. 社会职业用的名字与党内用的名字（一般是化名或只称老张、老王）、籍贯（一般不要说出是什么地方的人）必须严格分开，不要告诉下级或同级同志。社会职业的用名，如果是在完全陌生的地方，碰不到过去的社会关系人员，如亲戚、朋友、同乡、同学、同事时，可以完全改名换姓，如可能在那里碰到过去认识的人，社会职业以不改姓（可以改名）为好，以免引起不必要的怀疑。

5. 领导人员居住的地方必须安全可靠，特别是书记的住地往往就是党的机关所在地，更要机密安全。领导机构为了统筹全局，以放在本工作地区的较大城市的稠人广众之中为好，交通及通信联系比较方便些，了解情况和指挥斗争及时些。大城市里各种人物居住往来较多，也好掩护一些。居住地方以和自己的社会掩护职业相称为宜，一般不要住到高级官吏、富商大贾的高级住宅区去，那里警卫森严，行动不便。自己住的地方一般不要放在掩护职业工作的地方，即使工作的地方有住宅，也以另在他处找住址为好，这样敌人在进攻时，稍有缓冲余地。有的不住在大城市里，把交通联络站放在大城市里，主要领导人却住在郊区或邻近小市镇里，只要一两个小时就可以到城里办完事情，仍回原地住。当然这还需要找的社会职业是更为自由一些的才行（如教师、开业医生、行商等）。

6. 社会职业除开不用自己的真实姓名外，就是在职业登记填表时，能不填的不填，要填籍贯、年龄、学历、通信处和住址时，可填假的（只是这个假的地址又是有人可以间接收到信件的地方）。在掩护职业工作地方不要参与单位的各种社交活动，如宴会、游乐等，特别是照相，不可留影。最好不要在任何地方保留自己真正的笔迹，如果要非交照片不可，则应考虑在紧急状态时，自己可以完全改变相貌服装的可能性。要尽可能不参与各种政治活动，也不发表政治方面的意见和看法，最多以一个廉洁正直的一般公民面目出现。决不可为了掩护而装出思想反动，以阿谀逢迎，贪污腐化的面貌出现。一时的逢场作戏当然是允许的。

7. 领导人员的住地不可保存党的机要文件、关系口号、通信地址、秘密印刷品、大量党的公开发行的报刊及进步报刊和大量马列主义书籍。要保留与自己社会职业相称的有关物件，并且熟悉这些物件。不要放置电台、印刷机件和收藏武器。

8. 领导人员进出住地应该留心四周，但不可鬼祟，令人怀疑；不要深居不出门，也不要老是深夜不归。领导机关应放置警报记号，在出现敌人突然袭击事件时，家里人可及时改变警报记号，以警告别人不再走进去。

9. 不要和敌人特务、警宪部队以及敌特外围组织（如各种名目的通讯社、反动会社等）的驻地住得靠近了，以免引起注意。当然，有时候却又一反故技，专门住入敌人认为我们不敢住的地方和地区去。

（三）领导机关的秘书行政和交通联络机构

在一个比较高级的地下党领导机关下，往往要设置专门的机关工作那一套机构和人马。一般中、下级机构则以尽量简化或不设置为好，有的事由主要领导人自行兼办，以越精简越好。必须设置的也只以少数几个人专门管理，如条件合适，则以主要领导人的爱人专管机关工作，担任秘书长工作更好，只是把秘书行政、交通联络机构放在另外的地方，不可和领导同志住地混淆。工作范围有：党的机要文件的接收、保存、转发，党的组织的名单（一般不要搞名单，靠脑子记住下级领导人的姓名）、通信处、各种对上对下联络暗号的保存，党委文件的起草、印发、传递（尽量少印或不印，靠脑子记住，口头传达）；管理所属交通联络站，派出交通或与上下联络通信；管理电台（一般非十分必要，不要设台，情报工作则可专门设立秘密电台）；管理收听广播、印刷和发行秘密书刊，管理党委的钱财收支，以及领导生产机构或生意买卖机构。

1. 保存机要文件。地下党尽量减少机要文件的保存和传递，有时毛病就出在这上面。但是有时有些重要机密总不可避免须加以保存，比如联络站地址、暗号，党员应转未转出去的关系、暗号，上级送来的重要中央文件和上级的文字指示，下级送来须转报上级的重要报告等等。保存机要文件时要注意：（1）不要在主要领导同志住地和他的社会职业工作地方保存，以防止敌人查出。管秘书工作的同志本人住地也不要保存，应该在另外的同志家里保存。这个同志必须绝对可靠，那里有正常掩护，又有地方便于放置，他是从未暴露过的，也不参加一般的政治活动，这个同志由专管秘书工作的同志单线领导。（2）所存机要文件应尽量加以伪装、改制，使其不易被查到。至于人名、地名、联络暗号则须用密码符号翻译保存，除秘书工作人员外，无人能识破，连书记也无法翻译得出来。（3）不用的机要文件及时烧毁。现存的机要文件，负责保存的同志应有遇到突发事件时能及时秘密销毁的紧急办法。

2. 机要文件的制作印发。上级发来机要文件，必须转发的，本级党委所起草的机要文件必须下发的，要以极可靠的方法印发下去，因为传递文字性的东西是有危险的，因此尽量减少这种机要文件的制作。一般应是参加会议的同志或来请示汇报的下级领导同志共同商定工作计划后，即记住要领，回去靠记忆传达。到上级去的同志也是这样带回来口头传达。传达时不做笔记，或做了笔记后马上背熟了，立刻销毁。如果是上级重要文件，非照原来全文转发不可时，应由上级领导人亲自下去口头传达，或是下级领导人亲自上来听取传达，或者派交通员下去传达。都应采取背诵办法，先背熟了，到那里马上回忆复述下来，进行传达。这种死背的功夫是需要的。假如非以文字的文件送下去不可，那就需要先经密写改制，并伪装好以后，派人送去。如有时转一批应转移的党员关系到上级那里去，实在记不住那么多人的姓名、住址、接头暗号，又恐怕记错了，关系到一个同志的政治生命，就采取密写伪装，派人送去或密写伪装托开会的同志带去。关于密写或携带伪装，下面将专门举例。

3. 秘密电台。地下党活动除特别高级的党组织外，一般不设立电台，不是在大的城市，也不可能设立电台，因为一般地下党（如特委，以至省委）的工作和上级联系半年有一次就行了，或上级派人来，或下级派人去，平时无须电台经常保持联系，只有在武装斗争已经开展了，需要和上级与友邻部队经常保持联系时，才需要设立电台。但那时电台随军已经是公开的了。只有做情报工作的才有在敌人重要城市设立秘密电台的必要。因为情报有时间性，必须立刻发到中央的情报中心去处理。这些情报人员和地下党的地方党委系统往往是隔离的，不直接发生关系。地方地下党委不管理也不使用这种电台。过去这种情报电台由于工作不慎，也有遭受敌特破坏的，并发生过牵连。这主要是由于对敌人的侦察电台未加留心，地址为敌人的定向侦察电台侦破了，如发报的手法不变，敌人更易于跟踪侦寻。对于敌人破坏秘密电台的一套侦察做法和技术措施，必须加以研究，随时变化。一般说来，电台地址不能长久不变动，发报人也应过些时日就更换，或改换发报技法。如能有野外发报机会，经常变换发报具体方法，是有利的，但需要特别小型而极灵敏的发报装置，在小汽车上即可收发。去乡下、野外旅游、野宴中偷偷发出去，发后即驰车回城。密电码的制作也是日有发展，敌人往往设有专门收听密码、破译密码的庞大机构。当时截取对方情报的电子设备虽然有，还没有现在的电子计算机这样的高效能的侦破技术，因此密码的使用在当时仍然很普遍，侦破与反侦破是经常斗争的。

4. 收听党中央广播及印刷秘密传单、报刊文件，首先是解决消息来源问题。在敌人区域工作，由于敌人全部控制了宣传工具，进行造谣诬蔑，欺骗歪曲，使广大群众不能得知党的真实情况，解放区及解放战争进展情况，胜利消息，中央发的重要社论、评论、谈话及消息等。这些都必须及时收听，复印，通过各种渠道，迅速送到各级党组织和群众中去。比较高级的党组织（如特委、市委）是非拥有收听中央及解放区广播并印刷的设备不可的。而敌人也是非常害怕和痛恨这种秘密印刷品的传播，千方百计非破坏不可的。如何设立，如何维持，如何保存不遭破坏，如何传递印刷品，是极其重要的宣传任务，须有在党委秘书长亲自领导下的专门人员和组织来专司其事。

要收听党中央的广播，只要有一部好的收音机，有专门的人员管理，就可以每晚抄收了。但是也曾经遇到很多困难。首先当时党中央广播电台是短波，功率很弱，声音很小，又加以敌人每天放了强大的干扰电波，没有很好的收音机是收不到的。这可以通过统战关系搞到较好的收音机，但是敌伪政府又规定了一切收音机均须登记，当时要用屋顶天线，不登记又不行，一登记敌人就把短波的线圈剪除了。当时的无线电器材行业或修理店都是被敌特控制的，大宗购买电子元件，极易被敌特怀疑侦察。只可以零星收集一些零件来自己安装短波收音机。要收取中央和解放区的消息还有一个来源是不可忽视的，即责成打入敌人报馆、通讯社工作的党员，把他们看到的一些电报消息，以及了解到的敌人内部的某些情况抄送出来，供我们使用。在民主党派或地方势力办的报社、通讯社工作的党员，也能收取到我们的和敌人的一些电报。

其次是印刷问题，如果能铅印当然好，但组织一个秘密铅印所需要很多人，很多经费，保密又困难，很不容易。假如能用公开合法身份，开办一个印刷所，在承印外来印件之余，叫党员工人及职员晚间偷印党的传单、文件最为方便。但一般印刷所的开办，都要进行登记，并受敌特的注意，没有好的社会关系，不能批准开业。同时敌人为控制印刷所，在某些特殊铅字铜模上做了暗记，因此印出去的印件，敌人一查对，便从特殊的铅字上看出是哪家印刷所印的，随即加以破获。必须谨慎查对出这些铅字，剔出这些铅字，改换以新的铅字才行。有一种简化方法，即在各印刷所有党员工人的地方，秘密拿出一些常用的铅字来，用以排出小版，不用机器印，只用滚筒滚上油墨，一张一张用手工印刷。这虽然慢一些，但比较安全，印几百份也用不了多长时间。用打字机打印固然好，但是有声音，是一种危险信号。在敌伪各种机构中有我党的打字员固然可以利用，但这样偷打办法也很危险，并不安全。我们过去的实践证明，还是以刻蜡板油印最为简便，只要一支铁笔、一块小钢板、一卷蜡纸、一个油印滚筒、一卷纸张，一个人就干起来了。油印机过去都嫌笨重，去购置时还常常引起敌人注意，不如不买。只用木条自做一个框子就行，或者用一块绒布吸上油墨，蜡纸反铺上去，压上纸张，滚筒滚过，取下来就是一张印好的印件了。这样效率很高，一般可印五六百份，甚至还可以套色。地下党过去印油印，有许多印得很清晰，很出色的，刻的文字非常工整，不减铅印那么好，印完把东西一卷，很小一包东西，随便藏在哪里都方便。

过去实践的经验，编印这种秘密刊物、书报，以不"打阵地战"为好。如果老是固定的刊头名称和出版单位，敌人就会知道在哪个城市里有我党的固定的出版机关，不仅特务的上级要责成特务千方百计限期破获，而且特务也会因找不到我党线索，不好破坏，他们就要全力找寻出出版秘密刊物的人，进而破坏党的组织。所以敌人只要发现了有固定的秘密刊物，就会从各方面用各种方法（如邮政检查，各机关团体截取，控制油墨、蜡纸、纸张的发售等）找出线索来。过去就曾因此而引起过一个大城市和地区党组织遭到严重的破坏。我们在另一城市则改变此种"阵地战"做法，改为"游击战"，即出版印刷的东西，不固定刊物名称和出版单位，印一期改换一个名称，地址也随时改换。连刻蜡版的字迹，油墨颜色，所用纸张，装订大小，排版格式，都随时变化。这样散发出去，效果完全一样，敌特即使侦察到这种印件，也无法判明是党的专门机构印的，也不知道是否在本市印的。特务的上级也就不一定责令本城特务千方百计来破获了，这种做法，我们曾长期使用，并未发生问题。

从事收听广播编印秘密传单、文件的人，只要有一二人就行（一个人最好），找一个妥善的掩护地方，专门做这项工作。这个人选很重要，不仅要选择懂得无线电、能编、能刻、能印的人，更重要的是在政治上绝对可靠，万一被敌人逮捕，必须有决心牺牲自己的好党员；收取发送秘密刊物的人，随时都有可能遇到危险，也必须选出很好的同志担任。发送时有许多秘密技术可以利用，而且要在政治上忠实坚定，遇事沉着不乱，勇敢而且机智。

5. 组织和领导交通通信联络工作。地下党的领导机关最需要注意的是建立对上对下各级的交通、通信联络工作机构。一般叫作交通站或联络站，由管机关工作的同志专门管理。所谓交通联络站，并不是有一个专门的机关，而是选择适当的党员的家或工作单位作为通信联络地方。也不是对上对下各地都用这一个党员的家或工作单位，而是对上一个，对下各市、地区各有一个。他们之间又是互不往来，彼此完全隔开的，这样才安全可靠。担任交通站的负责党员不特需要有较好的掩护职业，更重要的是在政治上绝对可靠，不害怕困难和危险。因为他是上下级的交通枢纽，上下两级的负责同志或交通员他都知道，他要出了问题，牵连极其严重。因为他担任着人来人往，通信联络的责任，确有较易出事的危险性。所以组织交通联络站，保护交通联络站，正确地使用交通联络站，是管理机关工作的领导人必须经常留心的事。如果交通员在途中出事，或上下来的同志出了事，会牵连到交通联络站，上下牵连，会引起大破坏。因此选择好的党员担任交通联络站的工作、担任交通员是很要紧的事。

交通联络站一般设在有可靠社会职业做掩护的同志家里，比如开业的医生、律师、演员、补习学校、小栈房、小商店或独立的基层事业、企业、农场等单位。由我党同志负责或在那里工作的技术人员，都好利用。比如开业医生更是好利用，上下级来的负责人或交通员只要到他的诊疗所挂号治病，就可以直接通过约好的暗号联络上或者留下文件转给领导人了。有的还设立了两三个家庭病床，来人可以用住院治病的名义住在他家里，不像住在旅馆须受军警的盘查，领导人来找他接头也比较方便。其他单位都可以因地制宜加以灵活利用。这一级或这一地方的交通员，也可以住在交通站，以在那里作为一个一般的工作人员、外勤人员或技术人员为掩护职业，随时可以由交通站奉上级指示派交通员出发联络去。上级也可直接和交通员见面，向他交代联络事项和注意之点。联络站也可以作为联络地区党委的通信处，或者也可以另设通信处。领导机关里管机关工作的同志不定期地到交通联络站去联络，看上下级有无来人或信件，并检查其工作，组织学习，特别是检查其秘密工作有无疏漏。交通联络站除领导机关的主要负责人，如书记、主持机关工作的领导同志、分工管这一联络地区工作的领导同志和下级指定与上级联络的同志知道外，其他同级领导同志，下级其他领导同志都不准知道，更不用说其他的一般同志了。下级指定的同志即使知道了这个联络站，哪怕认识他，如果不按事先与下级组织约好的暗号来联络站接头，联络站有权拒绝为之接头和转信，并立刻报告上级处理。上级派下去的交通员、巡视员即使知道下级组织的交通联络地点，但没有带来预约的接头暗号，下级交通联络站也拒绝接头和转信，或引见本地的领导同志。

上下级直接通过交通联络站接头。这种交通联络站联系迅速方便，但也有缺点，就是会有人同时知道上级和下级的党员以至领导同志是谁。改进的方法是下级来交通站联络的同志一般均改名换姓，只凭暗号接头，也不说出来自哪个地区，交通站的同志无权盘问来人姓名及来处，一切凭预约暗号办事。同时交通站同志只负责接待下级来的同志，不负责派人去跟下级联络，也不知道下级的暗号及联络通信地点和暗号。这样只上不下，略有改进（但是交通员则应另外设立，或不设立，临时指派同志任交通员或巡视员到下级去联络），这样即使下级出事，也不可能通过交通联络站牵连上级。

为了改善联络工作，我们采用了间接联络通信的办法。这种联络通信的办法很多，只要运用得好，还是既安全又迅速的（下面还将专门介绍）。还有一种间接联络办法，就是不设立专门交通站和通信处，而用统战关系民主人士中的党员或与党有关系的高级民主人士帮助转信来建立上下级的联络。这样可以在中间切断上下级直接往来关系。但是这也有缺点，一方面要对下级暴露一个与党有关系的民主人士的面目；一方面还要经常有人去高级民主人士那里取信件，也有不方便的地方。对上级可以用这种地方，因为不怕上级知道这样的高级民主人士的关系，这实际上是把对上交通站私设在民主人士那里。如果对下级仍要用民主人士那里做联络站时，可以对下级只说他是一个私人的朋友关系或者是一个一般进步人士，而不可告诉下级说他是党员或交通站的负责人，只说他负责转一转信罢了。民主人士对下级来人也不暴露自己的党员面目或与党的关系，只说是把信留下，朋友来拿时就给他。这样可以减少暴露。但是所有这些改进，实践证明都不如我们创造的间接联络办法好。

交通员不一定知道交通站，交通站也可不知道交通员，交通站只负责接待联络下级来的同志，而另设立专门对下的交通员。因为有的交通员有时需要携带机要文件，有可能中途出事，这样可以避免牵连交通联络站同志。

下面来的领导同志，交通联络站同志需要安排妥善住的地方，假如他们在本城能自行设法找到妥善住地，如朋友、同学、亲戚的家里，最好自己找妥当的地方，并且不必让党的上级领导人知道，只要约好可靠的通知联络办法就行了。如果通过其本来社会职业找到机关或其他招待所居住，或者本人是行商，住在小客栈中，也尽量自己解决，不要让他住在本地的同志家中，防止他们打通了与本地同志的横的关系。如果来的同志人地生疏，旅店检查过严，所带证件不很可靠，则当然要临时安排住的地方。如能在本地党员所开的旅栈店居住最好，有许多方便的地方。或者把他介绍到本地大中学进步人士宿舍居住，或者在民主人士家中寄住，都可考虑。总之要保证来的同志的安全。过去曾经有这种私人开业医院和宗教方面开的医院，只要你肯出钱，你就可以称病要求住院检查或治疗，他们就能够接受住院。这样住在病房里，军警特务就查不到他了。我曾经到一个小城市检查工作，以检查什么病或以戒大烟为托词住进当地天主堂医院，白天照常接头工作。敌特后来发现上级来了领导人，可是在这个不大的城市中遍查，竟然找不到我在哪里。还有一种临时办法也用过，就是某些澡堂可以晚上在其雅座（单独澡房）洗澡，然后喝茶在躺椅上睡一夜晚，这样也无特务来打扰。还有当时国民党地区大烟馆很多，可以约人晚上一同进烟馆找个铺位烧大烟过夜，特务对于抽大烟的人是不会从政治上怀疑的。至于一时追捕无处可走，躲到妓院去，听说也曾有同志这么做过，当然也不失为一种紧急方法。总之，在国民党那种腐朽无能、漏洞百出的社会里，要在一个大城市混那么一些时候，躲过敌人的检查，是并不困难的，办法总是可以随机应变想得出来的。

二、接头联络的办法

地下党上下级之间，各系统单线联系间，总要经常发生通信联络的关系，但是又力求减少党组织之间、党员之间互相知道名字及住址，以免发生事故，互相牵连，引起大破坏。如何做到要联就联，不联就断的状态，是要想一些办法才行的。

（一）联系的次数和时间长短

地下党工作和地上党工作不同，不可能保持经常不断的联系。一般说来，中央局、分局对省委、边省委、特委的联系，能够保持半年一次就可以了，因为这些党委一般都是能够长期独立进行工作的，半年来一次，半年去一次或全是上级去都可以。省委、大的特委对地方工委或小特委能保持半年到三个月一次即可，地方工委、小特委对各县县委、市委、中心县委、特区区委的联系能保持三月一次就可以了。县委、市委一般都直接管下面的区委、总支、支部，那就看工作情况而定，凡是能够独立解决问题的，就不要经常发生联系。联系一次要有相当准备，每年有一二次、二三次见面开会的时间，简明扼要地汇报和工作指示，是够用的。至于发生了重大事件或斗争，上级领导可以及时派去领导同志住到那里和下级同志一同研究，直到斗争结束或事件过去为止。

（二）通信联络办法

1. 前面说过，通常在上下级之间是通过上下级来去的领导同志及联络站、通信处、交通员、巡视员来建立联系的。在联络时必须凭预先约好的暗号，不能认人便算数。要先观察联络站里约好的警告符号（即安全信号）是否有变化，如有变化，不可贸然进去接关系，须按约好的第二套接头办法另外设法接关系。在联络站见到联络站的负责同志后，应根据联络站的特点、事先约好的话相互交谈几句。必要时去的同志应先约好服饰的某些特点，或手里有什么特别的物品等，使联络站同志一见到就引起注意，进一步按约好的暗号对话。对准，就算接上头。联络站就可为他安排住地和约好见上级的时间办法，联络站再转告上级。也有一种做法，并不和联络站同志去对暗号，只在那里留一封信，这封信即包含了和上级相见的暗号在内。那一封信，联络站并不拆开或过问，只是照收照转上级。去的同志只告诉联络站自己住在哪里，怎么找得到他，或者干脆这也不告诉，只说明天或后天再来听信，到时他来联络站，上级已在那里等他约会。或由联络站转信，要他什么时候到什么地方如何约见领导人也可。原来的暗号还是要用，不必叫联络站带口信，让联络站知道来的同志的住址及与领导相见的地点、时间，是没有什么必要的。通常是领导同志来联络站找到来的同志后，约到外边去再研究进一步接头开会的时间、地点和办法。

联络站的同志对领导同志的住地，至少是对"坐机关"管交通站的同志的住地一般是知道的，但实践证明，这样固然很方便，但也有不好处。因此，也可考虑联络站的负责人和领导同志，管交通工作的同志另约有极其简便的相见办法，如管机关的同志事先接到下级将来的通知后，就常到联络站看看来了下级同志没有，如有电话就电话与联络站同志联系了解。还有另外的办法，如联络站的同志先和管交通工作的同志约好，在什么地方做一个什么记号，领导同志经常留心这个地方，一见有记号即去联络站联系。也可以用登报办法通知。国民党统治区的乱七八糟的报纸很多，每天有大量篇幅的广告，我们可利用小广告栏刊登事先约好的小广告（如遗失启事、寻人启事、求业或征婚之类的广告），第二天领导就知道了，可以到联络站来联系。在特定的地方如广告栏墙上，公共厕所墙上，凡是领导同志几乎每天要经过的地方做记号，就等于通知领导同志了。做的记号不要叫人看了怀疑，要通俗和合于习惯，如贴各种小广告，什么特效药，什么包教英文，什么"小儿夜哭，请君诵读，小儿不哭，祝君万福"之类的招贴都可以，贴的地方不要叫别的广告掩盖了。

2. 以上说的是外地来的同志找上级，通过联络站联系的正常方法。

但是经过长期实践，也可以不用这样的联络站的方法，而采取直接通知的办法，有几种办法是我们同志创造和使用过的。

　　第一种办法，登广告的办法。前面已经说过，在事先约定的敌人或中间派的报纸的小广告栏里刊登小广告。每天报上这种小广告很多，敌人是无法去一个一个进行核查的。比如登这样一个小广告："遗失启事：三月二日在华丰茶厅丢失图章一枚，文曰王洪德印，声明作废"，这谁能看出是联络通知？但却是通知以王洪德为联络口号的地区的地下党同志，三月二日到达本城了，请见报后三日内去华丰茶厅接头。领导同志见到这个广告，就会在以后的三日内到华丰茶厅去找来的同志接头。假如是原来就认识的，那当然好办，见面时对一下暗号，双方证实是要联络的人就行了。或就在这里谈话，或立刻一块儿到别的地方谈话去，或另约时间再谈（一般不在这茶厅继续留下谈话为好）。假如是不认识的来人怎么办？那就要靠来的人照事先约好的联络服饰特点，或其他暗号，使来找的同志可以一眼看出，再坐到一起交换暗号，对上了暗号，就先后走出去在外边另找地方谈话。这种服饰特点要明显得易于看见的，比如来的人除穿约定颜色的衣衫，还另加一个特点，比如左手白色衬衣卷起现出。或在左边太阳穴贴了一块治病的膏药，或左脸上、手上什么地方贴了一小块白纱布都可，或在茶馆的茶桌上茶碗盖翻过来放在茶碗左边，有一把正吃着的花生米，有几颗剥了皮的放在茶盖内，或穿的是布鞋条花袜子、黑布裤子，等等。有了这样一些只要留心就能识别的特点，去找的同志转一圈就可以找到他了。这样就可以像突然看到认识的熟人似的坐拢去寒暄："呃，王洪德老师，你在这里喝茶呀。"来人随答："嗯，我在等一个同事呢。"去找的人说："你是不是找王大康老师，我刚才在街口面馆里还见着他哩。"来人说："那好，我正等他来商量个事，我去找他去，回头来喝茶。"这样就联系上了。这种特征是可以随便先约好到时照办就行了。但是去找的领导同志是否对这个并不认识的人只要见到报，见了他的特点，立刻就去和他联系上呢？不一定。为了万全之计，领导同志来了，可以在这里喝茶，但并不马上去和来人接头，一直让他在那喝茶，加以观察，一直等到接头时间已过，来人不得不离开茶馆回住地去，等明天再来接头了，这时领导同志尾随他走去，直到旅馆，证明并无特务和他悄悄接头，他回旅馆也未表现特异情况，旅馆也无特别可疑迹象，就证明来的人是真的，不会是特务掌握了接头暗号和联络记号，冒名顶替，企图来骗人抓人的，便可以放心接头了。这时领导同志或者找机会到他住的房间去见他，对上暗号，或者第二天再去茶馆对上暗号接关系。这样做虽然麻烦一些，但比较安全。不然敌人如果破坏了下级党组织，叛徒供出了对上级党组织的联络的暗号或记号，特务来上级党所在的地方如法炮制，和上级党接上了头，那就坏了大事了。有时就是认识的下级领导同志来了，上级领导同志也可先不亲自去见他和他接头，而另派一个下级不认识的同志去茶馆观察一下，证明没有问题，另一天领导同志再去和他对暗号接头。去观察的同志如果认为不错，也可以马上和他接上头，另约时间地点，通知领导同志再去和他见面谈话。这种去观察的同志往往是专门搞保卫工作的同志，有经验有胆量的。

以上是事先约好暗号而又互相认识的同志来了，或虽不认识，但事先约好暗号和特征的同志来了，这种倒好办。但如果改为不认识的同志来接头，暗号有，但领导同志不知道来人特征，不认识他，如何去找他？这样在报上登的就不能像上面说的那么简单，而要说明来人的特征。如登这样一个启事："寻人启事：兹于三月二日中午十二时许在方正街乐园饭馆吃饭时走失小孩一名，男，叫王洪德，穿蓝布长衫，白内衬衣，黑裤，浅圆口旧布鞋，左脸上贴有纱布一小块，蓄偏分头。有寻得者请于三日内送方正街王宅，备有厚酬。"一般人看不出来有什么讲究，但领导同志一见报上这一块广告，便知道以王洪德为暗号的某地区的同志三月二日到了，请于见报三日内正午十二时到方正街乐园饭馆去,找一个有所说特点的人接头,这样就可照前述办法亲自去,或派人去,或当时接头或第二日中午再去那里接头都可以。

第二种办法,利用公共地方的信插或无法投递信件待领的信插作为通信联络之处。在国民党统治区的一些人员比较多的大公共机关、大学校、工厂、公司、旅馆都有信插在门房,有些投递不到的信就放在那里候领。这可以利用来投递秘密信,上下级可以彼此完全不知道住地,却仍可以通信联络。比如某地区同志来成都,他寄一封信给四川大学王洪德收,但是四川大学实际上并没有这个王洪德,寄来的信上又无明确地址可退(注意约名字要约得不可能在那里真有一个用这个名字的人),于是这封信投递不到,就被放在门房或传达室的信插里候领。领导同志隔些日子可去那里看一看,或委托学校里的党组织,或责成他们中的某一同志专门收取这个王洪德的信,交给组织,每天去看,就可及时收到了。在一般的中小城市,既无报纸可以刊登小广告,或有报纸而广告栏小,登的广告不多,不宜利用登广告的方式,则可以利用旅店投信。来的人可以持信到那个约好的旅店去,要求把这封信放在信插里"面交"给王洪德,就说王洪德和他约好,到这里来要住在这个旅店的。现在人还没有到,所以留下一封信让他来取。旅店当然就会把这封信放在信插中候王洪德自己来取,领导同志可派人到旅店看信插,有这封信就自行取走,自称王洪德已住到另外的旅店去了。也可以径直向旅店的账房,问是否有王洪德的信,如有就可以把信取走,基督教青年会旅馆服务部、中国旅行社及一些招待所都可以利用来这么办。只是用这种办法时仍要注意:一是这种信的内容除有约好的接头名字和暗号外,只写一般的问好和约会话,绝不能写进可以引起政治上被注意的文字,因为信件都是要通过特务邮检所的。二是取信时最好先观察一下,无人注意才暗地取走,不露形迹最好。三是最好是一般同志去取(领导同志少去或不去),而且是那个机关、团体、学校的党员或进步分子最好。他取出信时如有认识的人问为什么取走别人的信,就可以编造一个理由,如说是同乡、同学有叫这名字的,帮助取去。要说得活动一点,预防敌特盘问。也要防止叛徒出卖后,敌特如法炮制想来扩大破坏线索的。四是这种报上登广告及利用信插的办法,不是每天需要去看报或经常在公共场所去看信,是事先已经约好大致来的时间,或先已通知大约来的时间了的。这样领导人只要在约好的时间的前后几天注意看广告和去取信就行了。不过我们过去是几乎天天要看看报上的小广告,有空就派人去约过的地方看信,害怕误事。

第三种办法,利用街头墙上的公共广告栏、招贴地方。某地同志来后既不登报,也不在公共场所留信,只在指定的较偏僻的公共广告栏墙壁上贴上约好的广告或招贴就行了。国民党统治区这种广告招贴也多得不可胜数,敌人是无法注意及此的。广告招贴内容要和一般贴的大体相似,而又在其中隐藏着通知的内容、暗号、时间、地点都能看出来。比如说扮成一个江湖医生,住进小客栈,去贴上"包医××病",旅栈名称和时间都有了,只要接上头后便离开那里了。假如真有这种病人来求医,只需胡乱说一些,给他一点无害的药就行了。还有的江湖看相的,打个"王地仙"名号,住到小栈房,也能混他十天八天,久了不行,怕有"地头蛇"来清问你的"善服",你没有与"地头蛇"拿好言语,是不能干这种行道的。

类似的办法还可以因地因时制宜地想出一些来,只要从实际出发,见机而做,就能找到更好的联络办法来。

(三)各种接头办法

1. 城市基层支部的接头办法。

本地本城市的党委(如市委及其以下党委)与各级特别是与基层单位党支部和党员的联系,由于工作需要,是十分频繁的。日常接头的办法就灵活得多、方便得多。通常党支部和下面党员以及党的外围组织（这种组织总是有的，形式也是多种多样的，有的与党更靠近一些，比如成都的"民协"，昆明、北平的"民青"，重庆的"新青"等，其成员都知道是受共产党的领导进行活动的。其中有许多是发展党员的培养对象，他们迫切要求入党，直接受党的领导。也还有比较低级一些的，其主要领导成员是党员或接受党领导的进步分子，在其中起骨干作用）的主要领导人员的联系，因为他们是在一个工厂、学校、社团、乡村进行活动的。彼此的名字、住址、职业当然都是知道的，直接发生联系就是了。不过为了安全起见，最好把党员分别划成若干支部，一个支部又划分为几个小组，支部之间、小组之间都是隔断了的。支委分工分头来领导这些小组，如无必要，不要叫支委委员、书记与小组党员之间、各党小组党员之间建立党的联系。支书知道各小组长，以下就不必详细了解。各委员只知道分工管的小组组长及其党员，不必过问其他小组是些什么人。各小组组长及党员知道领导他们的支委，不必过问支部书记及以上是谁在领导。总之构成若干条线的单线垂直联系，各条线互相隔开，比较安全一些。更上级以至市委书记可不可以和支部书记，甚至某个党员直接建立联系，见面了解情况，研究问题呢？如果工作需要是可以的，但不一定经常如此，且都是以化名见面，叫老张、老李就行了，也不必说明自己是哪一级党委派来，是何身份，只说是上级来的同志就行了。这种在一个工作或学习单位，互相认识，又有正式党的关系的党员，开会接头的问题，比较好解决，只要在哪个同志家里，或者一块儿到外面找个地方游玩，或者工余去坐茶馆等都行，只要开会时不引起敌特分子的注意，不叫人怀疑就可以。这样在一个单位，如果发生敌特逮捕党员事件，彼此是容易知道消息的，应及时互通情报，并报告上级，及时作应变处理。被捕的党员知道的上级的党员，应立刻隐蔽，以至马上撤退等，看情况而定。

2. 上级同志找下级同志接头办法。

上级同志找被领导的下级接头是经常的，只要约定时间到下级的工作单位、学习单位或者他的宿舍、家里去找他，或者约好定期在外面某个地方见面接头就行了。这里值得注意的是，如到他工作单位、学习单位、宿舍去找他时，应该先作调查了解，看这个同志出了什么事故没有。如出了事故，领导还未及知道，贸然去找他，很可能被敌特马上逮住。了解情况的办法除从党组织方面及时送上来的情况了解外，还可以暗地在其活动的环境中观察他出来活动的情况，有无异状。还可以从其活动环境的群众中听到什么消息。没有异状，当然可以去找他接。这一点过去一般是不大讲究的，往往一去就找他，这在政治环境比较平静的时期内，可以这么办。如在敌人正对我党组织发动进攻，白色恐怖趋于严重，特别是有的防线已被敌人突破的情况下，去找党员是不可不提高警惕的。和下面的同志见面之后，因为是在他学习、工作单位找他，他的同学、同事不可能不看到，必须和他约好二人之间是什么社会关系，以便问及时对答一致，如果初次去找他，别人明明看到你二人之间不认识，是什么关系更要说得好，以备查问。如是上级的临时约见初次去找他，或是其关系已转移给其他同志，开始去找他接头，都会发生初次见面的问题。因此，如必须去找他，又是第一次去找他，可以写一封介绍信，信中即有约好关系的暗号，但这种信的内容看来是很普通的，比如朋友托找职业，介绍学校或托带东西等等，即使错给了人（也有同名的偶然情况），也无关系，因对方不知道回答的联系暗号，证明不是本人，便也罢了。假如是在同志的家去找他，这在一般基层组织的党员是可以的（前面只对专门做秘密组织领导工作的职业革命家而言的，这些同志的家里一般是不宜作为接头开会的地方的），但是去找他的时候要注意安全问题，最好是约得有安全信号，有，就进去找，没有，就不要进去。这种安全信号的安置方法很多，在领导机关是一定要设置的。比如秘书机构、联络站、通信处、寄存机要的地方等，因可能有管这工作的领导同志或主要书记要到那里去，不设置安全信号，恐一旦有事，使领导机关的负责同志陷入险境。安全信号设置很简单，但要便于在紧急时间去掉而不为已进来的敌特发现，以免敌特把安全信号恢复起来，作为诱骗别的同志进来的办法（虽敌特不知道，但是叛徒往往是懂得这一点的）。安全信号的设置要来人从屋外一个相当远的距离，抬头就能看得见的东西，比如在窗口上挂上家用的普通物件，如平时挂上窗帘，紧急时把窗帘打开，或把糊窗的纸撕破，说明危险；如平时在窗口放上盆景，紧急时把特制式样的盆景移下或打破，使敌人明知是安全信号，但也不能再恢复了。当然最好在敌人已经突入院内，但还未进屋时，便暗地移去安全信号，敌人根本未发觉什么是安全信号为最好。甚至在敌人已经进屋，用枪对准自己时，也还可能把安全信号移去，如果敌人进屋在门口或门厅走道把同志捉住，来不及移动安全信号，则要同屋住的同志、家人及时移去安全信号。如果同住的同志约好回来时间，久久不归，甚至第二天也不见回，应立刻移去安全信号，同住的同志立刻转移并报告上级。安全信号也有是临紧急时放上一件什么东西，使未进来的同志望见就不再进来，即不安全信号。比如临时把擦地板的拖把挂在窗口上晾干，敌人未见你挂，不致引为奇怪的。挂上容易引为奇怪的东西是不可以的。总之，领导同志时常进出的地方，是不可不注意设置安全信号的，领导同志进出那种地方，是不可不注意安全的。

3. 公共场所的接头办法。

最普通的接头办法是利用公共场所，在稠人广众之中，人来人往较多的地方接头最好。比如茶馆、饭馆、戏院门口、澡堂、读报牌前、大百货商店、市场（旧货、蔬菜、食品等市场）、公园内、游泳池、游船、球场等处都是可以的，原来彼此认识的，只要按时到那里去，见上面就碰头接谈，或另找方便地方接谈就行了。但是也不这么简单，特别是在白区恐怖比较紧张时期，敌人向我组织进攻时期，要慎重其事。有两种情况在非常时期要估计到：一是相约的同志已经被敌特盯梢盯住了；二是相约的人已经出了毛病，叛变了党，出卖同志，和敌特一起来抓人来了。在这种情况下，接头就要严格注意，提高警惕，不要落入敌人的圈套中去。

下面介绍接头时应该注意的几个问题：

首先，约会的地方要灵活多变，比如成都茶馆很多，那是雅俗都可以去的地方，十分复杂，做生意的、赋闲无事的、流氓土匪、官僚地主、卖官买官的人都在那里活动，每天从早到晚熙熙攘攘，吵吵闹闹，只要花上几分钱泡上一杯茶就可以坐上半天，的确很方便。所以过去地下党很多约会都是约在茶馆里。但是茶馆虽是三教九流进出的地方，却也是敌特很注意并常去活动的地方。不仅有特务经常在各茶馆作侦察活动，而且开茶馆的老板和很多堂倌都和特务外围的帮会组织有关系，他们也在留心观察，因此也不可麻痹大意。有几种表现容易引起注意：一种是神色紧张，坐在那里总是不安地东张西望，生怕有特务已经发现自己了，这种神色最不好，容易招惹敌人注意。曾有一个好同志便因此而被捕，后来牺牲了。一种是满不在乎，在茶馆里高谈阔论，旁若无人，结果被敌人偷听到可疑的谈话，进行盘查。一种是虽然既大方又谨慎，但是老是不停地在谈话，声音总不高，特别老是一个人在滔滔不绝地讲什么，另一二人老在专心一意地听，这也不好，容易引起注意。一般说来要"外松内紧"，外表上表现出来和其他喝茶的人一样，很随便，一时谈话，一时喝茶，声音不大不小，堂倌来续水或发现邻近有人在注意听时就大声地随拉乱谈，或谈生意经，谈吃喝，要使人看不出有什么特别之处来。但内心却不是大而化之的，要经常不叫人注意地看茶馆里有无特务模样的人物，看别的茶客有无对自己暗地留心的迹象，如有就毫不惊诧地采取适当措施，退出茶馆去（这种方法还将在盯梢脱梢一节中专门介绍）。

除开茶馆之外，带有"雅座"的餐馆（即有单独隔板的小房间）也可作接头之用，做简单的见面谈话，一同吃饭，然后再到别的地方继续谈话，不过这要多花一点钱。戏院门口经常很多人在那里买票排队或者已买好票在等人，或去休息室看报闲坐，这里也可做约会见面的地方。但不是可以长久坐下谈话的地方。澡堂也可以做接头之用，有一种双人座的雅座，泡上茶躺上闲谈一阵的地方。还有读报牌前，可以按时在那里站着读报，相约的人来了，也来读报，然后先后离开，在路上相会，另找地方谈话去。最方便谈话的地方莫过于公园了。那里比较宽阔，僻静的地方很多，可坐可躺，三两人，四五人都能在那里开会，带点吃的瓜子糖果之类，随吃随谈。但也不宜做得很神秘，找过于僻静的地方，一谈话就是几个小时，一来就是一个一个人的长篇大论地谈话，这样都容易引起怀疑。如有可划船的地方，租船坐三四人，划到远处，慢慢地划，细细谈，倒是很好的，两三个小时都可以。公园里的茶馆也可以利用。还有租书小铺有地方坐上看小人书，也可以作为约会之地。在一般书店，特别是旧书店、旧货市场和拍卖行可以东翻西看，也是等人的好地方。百货大楼、公司、商场的一定地区也是可以做接头用的地方。有时为了更安全，约到城市近郊的小集镇赶场去约会，可躲过特务的侦察，那里茶馆饭馆都有。所有以上这些地方都要灵活加以利用，不可固定用一种，更不可固定用一个地方，总之，东西南北，一时这里，一时那里，不要形成了让敌人可以掌握的规律就好。

其次，凡到接头的地方去必须注意自己后边是不是长了"尾巴"（即被敌特盯梢了）。如果长了，必须保证把"尾巴"丢掉再去接头，并将这个情况马上告诉接头的同志共同研究原因，采取措施。到接头的地方去以后，在没有和约会人相见以前，应注意一下周围的环境，看是否对方被敌特或可疑的人看住了。我们过去在长期斗争中，养成一种嗅觉，对于周围的人中谁像特务模样的人，自己是否已被人在注意了，是一目了然的。特务的样子虽然没有定准，但总看得出几分来，他们的装束、神气、猎狗似的眼睛，对于我们特异而又加掩饰的注意，都是可以看出来的，到了接头的地方一定要先看一看，再去和对方接头。就是这样还感觉无把握时,就与对方打一个照面,随即离开那里,等约会的同志出来,待他走在前面,自己尾在后面相隔一定距离,加以观察,确定没有人盯梢,然后走上前去,和他像一个偶然相遇的朋友、同事等一样打招呼,一同向前走,另找地方接头谈话。这样做比较麻烦,但却比较安全。平时不一定这样办,在紧急时期却是应该不怕这种麻烦的。不过要注意,不要叫人看了出来,你和对方在公共地方明明对了面,像陌路人没有打招呼,忽然后来又打起招呼来,叫有心人引为奇怪,这也是不好的。

第三,约会的时间一般要准时到达,地点要求准确无误。准时、准地、准暗号叫作"接头三准",不可忘了。但是时间又不能约得太短,一般应约得长一点。如某日上午十点左右,那就包括了八九点钟到十二点钟,来的人应力求十点准到,但因交通条件,特别因为发生如"长尾巴"的事故,就会来得晚一些,也是常事,不要十点不来就放弃等待。地方也是一样,特别是公园等大地方,约会时要有大体的位置,如公园的待月桥边或望云亭上,但也因在那里等得太久,不大合适,因而临时在附近走动一下,也是必要的,不要一见约定的地方没有人就离去了,应在附近走一走看看是否在附近等候。因为地下党的关系很多是靠定期的碰头来维系的,碰不上头,往往就断了线,再接上线很不容易,有时因而使同志失去了党的关系。因此在约会时一般是三天同时同地都是有效的。头天去等不来,第二天、第三天再去等,一直三天不来就可以不再等了。这往往不是相约的同志忘记了时间地点(这种情况很少,地下党把约会当作十分重大的事来记住,不能马马虎虎,否则是要严格批评的),而是因为临时有急事,或不在本地,赶不回来,或者被敌人盯住了,不便来接头。一般说,如被盯住了,脱梢后就不应再去接头,以防未彻底脱梢,带了"尾巴"去,故有三天的活动余地是必要的。假如三天还是没有接上头,去等的人就要考虑是什么原因,同时按约好的预备通知办法进行通知了。这种预备的通知办法也是事先约好，备而不用。如下级将自己的一个通信处转知上级，上级将下级知道的原来认识的某党员某党组织作为临时找党的预备地方。或者还是按前述的利用报纸广告，公共招贴地方，公共单位留信的办法来重新接上关系。当然凡是使用了再接头的办法的，都要重新再约再接头办法，并且相见时一定要弄清楚为什么不能照规定前来约会的道理。在十分紧急的时候，为了防止对方不来是因为被敌特监视了或者已被逮捕叛变，供出接头人和时间地点暗号了，在再接头时应取慎重态度，更要在其周围环境进行考察。必要时最好找其他不相识的同志去看一看这个人，观察他而不和他接头，等他在那里等一次，他起身走了，尾着他走，注意他是否和旁的什么可疑人物在说什么，或者偷偷地到了敌特的秘密机关里去了。因为敌人总是不放心让叛徒单独做破坏活动的，总要派特务跟着，遥遥控制。同时他们急切地想一接头就动手抓的。叛徒在接头地点等不到人，便会被特务盘问或带回特务机关去的，这样就可以发现叛徒了。如果一见通知就贸然去接，若遇上叛徒，就会落入敌人陷阱，这种估计是必要的。

第四，接头人双方，外表看来的身份要大概相称，不要隔行隔得太远，叫人看了奇怪，必要时要做适当的改装（化装问题，后面介绍），在相见时特别在稠人之中（如茶馆茶桌上）谈的话要和身份相称才好。如两人都是教员模样，在别人从身边过或堂倌来续水时，谈话不可突然中断，而是立刻改口谈与教员身份相称的"行话"，听起来十分自然合适。谈话时不要一个人长篇大论，不要随便在纸上记录什么文字，不要边谈边东张西望地看人，不要害怕，泰然自若，但必须随时注意周围的人，或利用中间去小便，去买香烟、花生、瓜子、报纸等，站起来离开一下，立刻争取时间和放大角度，观察周围，看有无异状。

第五，在接头时，要预防敌特的突然袭击，实行突击检查。国民党特务，在无法破坏我们时，只知道我们在一些公共场所活动，但又无法查到我们，他们除开常常实行"查户口"，在交通要道（车站、码头、飞机场）严格检查旅客，在旅馆、行栈每日"查号"外，还实行对于一些公共场所的突然戒严搜查。不准人走动，进行突击盘问，扣捕一切他们认为可疑的人，甚至在严重时，发展到在重要街口实行突然包围，切断交通，全面进行检查行人身份证的事。这并不表示他们的厉害，这正表示他们的无能，出此种碰碰运气的下策。我们在这种严峻环境中活动，必须不惊诧，要警惕。特别当党内已经出现了叛徒，而这个叛徒又是党内负过一定责任的，对于地下党活动老有经验，知道地下党活动的规律，这种坏蛋和特务一起来突然袭击，就更要引起严格注意。我们就曾经遇到过这样的事。在出了这种叛徒，开始发现敌人和叛徒在一些平时地下党利用来接头较多的茶馆，进行突击检查时，应立刻广泛通知，以后不准在这种公共场所接头相会，立刻改变活动方式。同时注意身上不得携带任何可疑秘密文件、证物、书刊（包括进步书刊在内），每个人身上还要带好充分的身份证明，包括身份证等。敌特出动的人虽多，但真正精干的不多，一时要检查那么多的人，查问身份，查看身份证，甚至搜查身上和所带东西，显然是不可能很仔细的，只要准备好合格的证件，能沉着地回答问话，是容易过关，不会有什么问题的。你在这种场合一定要相信，假如自己是敌人早已注意的对象，他们早已采取别的办法来专门对付你了。现在这样撒大网，证明敌人根本没有任何线索，因此大可不必紧张，甚至表现惊惶。在这种场合表现惊惶就无异于自己向敌人告密了。通过敌人设在交通要道的检查站时，要持同样镇定态度，即使自己的证件是伪造的（使用证件最好用掩护职业的过得硬的真证件最好，只有在不得已的情况下，才使用假造的证件），或者敌人采取冒诈式的盘问，也不紧不慢地回答，处之泰然，自然就无事。当然，这种检查站能不经过时，最好不经过，或只经过其次要的检查站，或者想办法绕过检查站。特别在已经知道敌人正在有意搜捕自己的时候，更要注意。

第六，在接头相会时，有一种情况要预防，就是敌特虽然没有可靠线索，但临时对自己和接头同志产生怀疑了（这多是由于自己不慎而引起怀疑的），突然来进行盘查。这要很好地对付。接头的纪律是不能在身上携带任何秘密文件、书刊、暗号等（必须送交的秘密文件书刊的在外），不过应该用特别巧妙的办法递交而且交后马上分手，并作安全处理。在公共场所递交秘密文件刊物，一定要注意技术。比如两人都装着不认识，甲提着伪装好了的文件袋在公园长凳上坐在乙的身边，把文件袋在不被人注意的条件下，放在两人之间，坐了一会儿后，甲起身走了，乙则像提起自己的袋子一样，提起递来的东西，从容走开，这样就在不知不觉中交接到了。这种移交文件的巧妙方法是很多的，能找到合适地方，当面递交也是可以的。但是在特别情况下，还是讲究技术的好。比如在电影院的黑暗中，两人坐在一起，直接交接，谁也看不出来。在公厕中无人时也有这样的机会。在饭馆一同吃饭，把提包放在桌子或挂在墙上，吃过饭后即交换取走就行了。还有一种方法是到火车站的存物处，把提包存放在那里，把提单交给对方，对方再去取出提包亦行。总之，这种方法是很多的，很容易的。

正在接头的时候，如果突然被敌人怀疑盘查，双方各人都有可靠身份证明是不用害怕的。但是接头的双方不一定是认识的，即使认识，但已化了名，不知其掩护职业是什么，因此应在敌人面前用一种巧妙的说法，叫接头的对方立刻知道自己的名字和工作单位，以免露出破绽来。在这种场合下，上级尤应主动及时设法让对方知道自己的姓名、身份、职业，以便下级回答盘问。比如把自己的身份证摸出来打开，故意让下级看到，并口头对敌特检查人说出自己的姓名和职业来。敌人再问下级，他就不会回答错了。只要证件齐全，双方都能回答出对方的姓名职业，敌人是无法为难的。经过这样的突击检查走脱以后，应马上总结被盘查的原因何在。同时因为下级因此已知道上级的掩护职业和姓名了，上级同志也要作适当的处理。或改换职业姓名，或将下级调开，不再与这个上级接头见面。假如所使用的证件是假的，而且通过了检查，那当然就不要紧了。总之,突击检查碰上的机会并不多,只要双方谨慎行事,不叫敌特产生怀疑,是不会发生这种不利的遭遇的。

第七,接头办完事情要分手了,要把下次的碰头时间地点约好,记牢。并且把三天未见面接不上头的情况下再接头的办法交代清楚,或仍按原约的办,或重约过才能分手。分手时可以同时出来在街上分手,可以分头先后离开。无论谁离开后都要走一段路,一方面使对方不了解自己的来处,更重要的是经过一段路程,可以检验自己是否被人盯梢了。如发现被盯梢就要设法脱梢(方法后面介绍),并尽快使对方也注意到他也长了"尾巴"了。要确切认定无人盯梢了,才能去办别的事,或回到自己的住地。

第八,在特别紧急的情况下接头,应引起特别的注意,这时不知道对方是否已经被捕叛变,是否带敌人趁接头之机捉人来了。为了安全,一种做法是头一天不去接头,到场加以暗地观察,证明无问题了再去接头,或第二天再去接头。另一种最好的做法是另派一个不认识的同志去做近距离的观察,再决定接头与否。也还有一种突然验证的做法,比如在茶馆约会,相见后突然叫接头对方离开茶馆,要他先走出茶馆,在街上慢走等着,自己再起身跟去,看有无敌特也跟了他出去。如发现已有可疑的人盯住对方和自己,应立即设法脱梢。这种脱梢较危险,特别是在接头对方已是叛徒的情况下,脱逃更难。这时要临危不惧,设法麻痹叛徒和敌人,使他们感觉你尚未发觉对方是叛徒,因而可以放长线钓大鱼,而不必马上把你加以逮捕。这时就有机会来逃脱敌人了。你可以在街上机智和勇敢地设法脱梢。这种从敌人罗网中脱逃出来是很不简单的事,但只要沉着机敏行事,我们是曾经成功逃脱过的。

在紧急情况下,如果已经听说接头对方可能被捕,更不要轻易去接头。但也可以用一种办法加以验证真伪,其办法是故意设法通知他约会,如他已叛变,敌人知道一定喜出望外,布置捉人。然后自己却不到现场,或在远处暗地观察。最好办法还是另派认识叛徒的同志到场就远处暗地观察。或者派不认识叛徒的同志经过暗示指认后,他去接头处就近观察,并实行反盯梢,以证实他是否真的被捕叛变了。如果证明他确是被捕叛变,是想通过约会让敌人捉人的,就要设法处置这个可耻的叛徒。比如在敌特不监视他时,或让他自由活动时,做保卫工作的同志突然用接头的暗号去找他,装着不知道他已叛变,说党的领导同志要约见他,叫他立刻一同去。他临时无法通知敌特一块儿去捉人,又不肯放弃他干坏事立功的这个大好机会,他以为我们并不知道他叛变了,所以才来通知他去见党的领导同志的,他满以为可以去看看情况,再和敌特联系。这样我们做保卫工作的同志就可以把他骗引到僻静处所或者野外,突然以武力对之,进行突击审判。有的加以警告,不准再干坏事,有的则当场加以处决。如何能够突然引诱他出来,是一个很机巧的事,要谨慎而行。当心敌人故设陷阱,以之钓鱼。发现叛徒,除应作紧急措施,疏散他认识的同志外,还要设法警告叛徒,不要再干坏事。同时也可使敌人明白,我们已查出他是叛徒了,已经无法利用这个叛徒了。

第九,不认识时的接头方法。与不认识的同志接头,做到准确不误,是要经过一番技术的措置的。比如甲同志把丙同志关系移交给乙同志去领导,而甲与乙又不宜见面认识,下级来同志找上级领导就有这种情况。接头的双方是彼此不认识的,这就要采取不认识的接头方法。这种方法除接头暗号相合外,还要来人有一定的外表特征,和去接头的同志拿着"信物"去接,表征和"信物"都相合,才能接上。"信物"可以是来的同志的东西,去接头的同志拿出来,来人容易认识,因为本来是他自己的东西,与上级约暗号时留给上级作为"信物"的。来接头的同志也应有让上级一见了然的外表特征,以便在稠人广众之中,让上级容易找到自己。这种特征有的是在移交关系时约好的,这只要照约好的时间、地点、暗号和外貌打扮、特征去接头就可以了。有的则是来人来了以后,用在报纸登广告中或招贴栏的寻人启事中,或留信中加以描绘了的。这在前面已经讲过了。只是接头双方本来不认识,不宜打招呼,对暗号以后,仍然老坐在那里密谈,这样容易引人注目,最好是去接头的同志打了招呼,接了头以后,即可离去。来的同志即起立尾跟出去,到街上或僻静的地方再谈话。还有,来接头的同志坐的地方不要太显眼,但也不要太偏僻。

第十,如果遇到以下的情况怎么办?下级组织发生破坏事故,有人已经向敌特交代与上级接头办法,于是特务可利用上下级不认识,装扮成下级来人,带着暗号特征,来找上级接头,企图扩大破坏,这是十分危险的。一般说来,下级出现叛徒后,总有下级党组织紧急通知上级的。如已经知道是叛徒亲自来接头,或特务伪装来接头,当然可以不再去接。但也可将计就计,剪除叛徒特务,即大胆和来人接头,弄清敌情,敌人以为我们并未发现来的人是假党员真特务,以为可以借此打入共产党内进行更大的破坏,因而暂时不动手抓我们。我们就可以利用起来,见面时故意说些使敌人认为很有"油水"可以扩大破坏的话,使他们放长线钓大鱼。我们也可以与这个假党员真特务再约相见的时间地方,在那里以武力相见,突然袭击,加以秘密扣捕,进行审判,就地处决,或要他供出内情来。这就完全靠斗智了,没有很大把握,不可冒险行事。

三、通信联络的办法

党组织上下级之间总是要保持经常通信联系的。这种通信联系当然不可约得太密,信件收到看后也应马上毁掉,不要保留。信件的制作一定要经过技术处理,不要被人一看就看出是秘密信件,这是常识,却要注意。但是如何组织并保持好通信联系,却有一些技术问题值得经常研究,这里面是大有文章的。

（一）通信处的设立

通信处有确实地址的和无确实地址的两种。有确实地址的就是上下级党组织有明确的党内通信处和可靠的收信人。一般就是用上下级间的交通联络处的外表职业负责人，作为收信人。他收到这种有特别记号或特殊的信以后，不能打开，应迅速交给联络站的负责人（有时就是他自己），转给党委管机关秘书工作的领导同志，这样最简捷方便，像交通站来往人很方便找人一样。但是这种做法也有缺点，即上级或下级都会知道这个交通联络站的党员，如果谁被捕叛变了，不仅交通联络站将遭受破坏，还很容易上下牵连，波及上级或下级的党组织领导机关。因此在实践中又改进为无明确地址的党内通信处，就是上下级可以建立可靠的通信联系，却互不告诉党组织的明确地址。一般是上级对下级更多使用这种做法，而下级对上级一般是有明确党内地址的。因为下级领导人员中，上级总是有认识并知道其地址职业和找他的办法或联络暗号的。所以过去往往是上级领导机构遭受破坏后，下级党组织受到牵连，随之而被破坏。本来一般破坏事故多发生在基层，不易波及上级，这种破坏事故不可怕，漏洞也很容易堵塞。最严重的是上级领导机构的领导人员工作不慎，遭到逮捕，而在被捕后又发生叛变出卖组织的事，造成严重事故，使一地区组织因之遭到惨重的以至毁灭性的打击。这是因为下级党组织及党员是无法对上级党组织及领导人完全保密的，如那样就不便领导和进行工作了。所以党在选择上级领导机构的负责人时，要特别注意考查其政治品质，以及对革命的坚定性。同时在通信联络办法上，也应做一些技术性的改善，使破坏事故发生后，仍不易牵连。这就是用无明确地址的通信处的办法。下面做几种办法的介绍，可以参考。

1. 寄到某一旅店栈房、招待所、旅行社留交（信上注明"留交"）。因为旅客通常可以预约到那里住进那个旅店去的规矩，因此信留交也是平常的事。旅店收到这种信或放在招领信插里，或放在账房。

我们定期派人去看信插，也可以去问账房，有无留交某人的信件，说明此人预定要来住的，现因事住到别处，故来取信，这样就收到了。

2. 寄到较大学校、公共机关、社团，以至某街某号，但是那里实际上没有这个收信人，又无明确的退信地址，一般就放在候领信插中，由人自由取出。这样可以派人常常去看，有信就取出来。有时也有投递不到，又无可退的地方，就放在所辖区的邮局待领信柜里，也可以去邮局一看就可看到，和邮局交涉取出来，便收到了。

3. 假如某同志家有出租屋子，许多人家住在一个院子里，有的人家已经搬家了，就可以利用这个已搬家的人的名字作为通信处之用，写到这个人家这个人收。信来以后因为这家人已经搬走，主人把信留下，表面上说是代收信件，准备搬走的人回来取或者送走，这是合情合理的事。我们的同志收到这信后便可以马上转给组织，即使下面发生破坏事故，特务追到这里来也不要紧，以收件人已经搬家，不知去向为托词，就对付过去了。

4. 在邮政局租用信箱，也是一个办法，按期到那里开箱取信就是。但也有缺点，如有事故，敌人知道这个线索，他会去守候，捉拿开箱的人。假如邮局有自己同志就好办，以别人的名字租箱，实际上在无特务监视时或不办公时，去开箱取走信件，以后就再也不用了。

5. 托上层统战关系转信也是一个办法。平时无事，党内和这种民主人士联系的人过一些时候去他那里取信就行了。就是有事了，敌特追查到那里，民主人士可以支吾说是自己子女的朋友，有时来玩，或是自己的朋友的晚辈，有时来看看的。不知在哪里住或随便说一个单位，让他去查无下落。敌人对这种有社会地位的人士是不敢无确凿证据随便惊动的。

6. 托群众代转信件。这个群众的确是一个普通的灰色的群众，和党员有普通的社会关系，转几次信是没有问题的，敌人对这种不参与政治活动的人也是不敢随便抓的。

所有这些收到的信件，管秘密工作的领导同志收到以后都要仔细地拆阅。要注意两种情况，一是下级来信中有密写或另有密报，这信不过是主件的"引子信"或"钥匙信"，要注意收取和找出密写来的主件并翻译出来。二是查看信件是否有人偷看过了。一般用的长条中式信封，一头封口，信笺放入后封以糨糊，偷看信件的人，主要是敌特的邮政检查人员，拆信查看，怕把信封弄坏，一般不从糨糊的这一头打开，而多从另一头打开，那一头因在成批生产中只在口上糊一小条糨糊，很容易拆开来。他抽出信笺来看，看后一般又从这里放进去。这样往往放倒了，因此收到信后注意看封口封线和信纸装入的方向是否倒了，就可见是否有人偷看过。还有一点，去邮局、学校、工厂、旅店取这种信件时，要注意有无人在窃看监守，要预防盘查，想好对付盘查的问话。

（二）信件、文件、书刊的伪装及寄递

党内信件是传达党内秘密的，不能在信中明白写出来，必须加以伪装。即使敌人检查到，也无法猜出其中说的什么秘密，从文字表面上只能见到是一种普通商业、社交往来的信件。因此伪装、改作信件是必不可少的，也是非常麻烦而带有复杂的技术性的事情，一封不长的信往往要工作几天才能伪装好。

首先说信封。信封是敌特邮检人员首先看到的，在信封上注意伪装，可以避免检查。比如敌人较高级的或他们认为最可靠的机关、团体、学校的信就检查得少一些。因此收集敌伪机关、团体、报纸杂志的通用信封、信笺，是很要紧的。这可以从在敌人党政机关工作的同志和统战上层人士那里搞到一些。敌人的省党部、省政府、军校、干训团、中央日报、中央通讯社以及中央周刊之类的通用信笺信封，还有他们认为无可置疑的封建社团组织、大公司、商号、交通机构、企业单位的信封信笺也可收集。实在无人在那里可以收集，而我们投递

又需要时，只要能找到样子，就可以仿造。有小印刷所仿造最容易，否则用手工在木板上刻字也可以。这对混过敌邮政检查人员是有效的。使用这种信封信笺时，注意字体要写得好一些，他们的科员、录事都能写一手好字。特别是信的内容要和这种单位的业务大体切合。许多单位都是使用文言文，毛笔字，直行写，也要照办。用有明确发信地址的信封，最好寄明确的收信地址，不要变成投递不到的候取信件，或者因收件单位无人收取，叫邮局照发信地址退回去了。

其次，说信的内容。信的内容自然是为了表达我们工作内容的，但是要做到从字面上看，完全看不出来。用的什么信纸信封就按那个行业的人说话的口气，连文体也要合适，用字选句要很好琢磨才行。平时上下级往来，口头约通信关系时，应该约一些切用的隐语，夹入信中写，彼此一看就明白是什么。第三人只从字面上看则看不出来。但是约的隐语是什么也不一定够用，因为要照顾不同的职业、身份和口气，用语就更加受到限制。因此有一些用的隐语，虽然事先没有约好，但收件人大体上可以猜得出来的也可以用。比如通知对方目前政治形势比较紧张，敌人有向地下党发动进攻的迹象，或甚至已经出现破坏事故，要对方注意时，可用亲属口气写家信，说"家中目前经济困难，要紧缩收支。或说大哥（二哥、三弟、四妹，各有所指）感染时疾，一直未好，更觉困难，务望我弟善自保重……"意思就是说："这里目前政治形势紧张，工作不得不收缩一点，因为这里党委有的同志已为敌人注意。你们那里一定要注意活动的谨慎，不可使组织受到意外的破坏。"还可说"某人因病亡故"，说的就是"被捕叛变"。如说"重病入院"就是说"为敌逮捕"。如说"感染时疾"，就是"敌特追踪"。如说"时令不好"就是"局势恶化"。这些通常用的隐语都是容易猜着的，如果加上约过的隐语，更易谈明白。假如是用商业信件格式，同样的内容就用不同的语句，如说："我总号目前因经营不善，收支短缺，某某分公司已出现亏损，虽正在弥补，总有损失。你处行情如何，出手务要打紧……"就是说"这里目前局势紧张,工作遭到一些困难,某地组织发生破坏事故,正在抢救中。你们那里务要留心,抓紧一点"的意思。用商业用语同样有一套习惯的隐语,一目了然。这种信件是组织对组织的,不管上款收件人是什么人,下款寄信人一定要用约好的通信名字,或其中的一二字(因是至亲、好友、同伙,通常习惯不要落全名,用一二字即可)。

这种信件最通常用的是:(1)亲属间的家信口气,话多一些,谈得随便一些。(2)工商企业行号之间的业务往来口气,谈生意买卖,要多少懂得那一行的一般行情和行话。(3)公务人员从各种敌伪机关、团体、学校向朋友发出的社交往来信件的口气,多是生活情况,就业失业,官场升沉,拉关系的口气。(4)还有用夫妻或爱人间的口气的。据有的参加敌伪邮检的同志说,邮检人员本应对这种毫无政治气味的"桃色信封"一看就放过去的,不用检查,但是却有这种专喜偷看爱情信的浑蛋,偏偏爱偷看我们认为敌人不会抽看的伪装爱情信,并加以扣留,这却是出人意料的事。

用这种公开的社会行业,亲属朋友间往来信件来表达我们党内的事情,本是经得起敌人的严酷的邮检的,但是这种信总是有很大的局限性,许多话说不明白,而且在制作这种信件时要两种完全不同的内容同时存在,形式与内容分家,是很费事的。因此不得不求助于密写密码,特别需要传达的党的中央文件或上级指示,要全文照转,就非用密写密码改装传递不可。

再次,说到文件指示、党内书刊、印刷品的传递问题,一般说来,党中央及上级重要文件,是要全文照转的。如果能有领导同志亲自下去口头传达当然好,他把文件及指示背熟了,到了那里,写成文字,交下级反复阅读并背熟,继续下传,或在本地区以印件下传。最好不要用书信邮寄文件,因为保密文件不能落入敌人手中,造成失密。但是还有大量的党内一般的书刊、公开宣言、发言人谈话、新华社评论、战报统计数字、党报（如《解放日报》《新华日报》及《群众》杂志等），有的印成小册子，有的印成传单，有的是原发传单，这些主要的宣传品尽可能原件传递下去。不能时，有的必须传下去的就用密写办法传下去。下级收到翻译出来，或就地印出来发出去。有的印出来加以伪装寄递下去，或就地散发出去，有的则用原报、原刊加以伪装改制后，寄递下去。无论党员或群众，以至民主人士、统战关系人物，都是非常想看到我党和解放区的真实情况的，都想知道我党的政治态度、政策条文的，这实在是"精神原子弹"，散发出去作用极大。一定要千方百计散发出去。

伪装的办法很多，根据具体情况，灵活处理。通常的做法是卷成邮递报纸刊物的邮卷，用反动书刊包裹起来，上面发件单位也是敌人的各种书报发行单位。要做得很相似，敌人检查时一见是反动书刊的外表，或从露出来的部分也可以看出是反动报刊，就容易混过去，因为偷偷打开检查是比较麻烦的，复原很不好办。伪装时要做得和他们通常发行的样子一个样。还有一种更不易为敌人识破的办法，买来敌人的书刊或一些黄色书刊，仔细拆散开来，把我们与其大小、纸色相同的书刊中紧要的文章抽下来，插入这种反动书刊或黄色书刊中，题目也用敌刊敌书的题目，然后照原样订好，又加以外表伪装，寄递出去。敌人检查一见外表，比较容易通过。如敌邮检特务一定要拆开来检查，他看仍是反动书刊或黄色书刊，随便翻一翻，也是他们的反动言论文章，不一定刚好翻到我们夹入的那一篇，即使翻到看题目也是他们的，他不一定细看文章内容，就让通过去了。这种把红色书刊夹入白色书刊中，不特寄递时可以通过检查，就是收到后在同志间传递阅读，有这一层伪装，也较方便。有的就是用敌人书刊封面装在我们红色书刊的外面，也是便于阅读和携带传递的。条件是纸张、大小、排印格式都要一样。这很好办，有的本来就是同一种开本和同样的纸张印刷出版的。有的传单用蝇头小字以铅笔抄写在薄纸上，然后糊在古书夹层书页背后，照原样折叠起来装订好寄发出去，敌人检查见是古书，翻开又找不到夹带的东西，就放过去了。收到后拆开古书书页，抄下原文来。这种做法在旧式账册的夹页里也是可以用铅笔轻轻抄上文件，然后带走或寄走的。过去我党的《新华日报》及《群众》杂志在敌区发行时，他们经常与各地约好，把改印的文章改装成反动刊物的包皮、封皮纸寄去，也能收到。过去我们有一种很方便的收到党报党刊及进步书籍的办法，就是通过在邮政局工作的党员同志偷取邮件，把我们需要的书刊，不等检查便抽出来拿走，那里的同志也可以从敌人邮检的邮件中把党报党刊及进步书籍设法偷一些出来，送交给组织。

所有以上千方百计伪装传递党的文件、刊物的办法，的确是很费事的。我们花了许多人力，冒了许多风险来做这种工作，并且曾有许多好同志因印刷秘密文件、刊物、传单而英勇牺牲了。

（三）密写密码使用办法

1. 明信等密语。前面已经说过的通过亲属家信、朋友交际信、商业业务信来传达密信，收信人从明信的暗语中理解简单的意思。这里说的明信密语则是在一般商业交际或亲属来往中的信件，在事先约好了一定格式的信笺上一定序数位置上的字就是密语，这些密语字编入了明信字句里去。既非密写，也非暗语，敌人无论怎样检查、猜测、用药水冲洗，都无法知道密语在哪里。

2. 药水密写。用各种不同的无色化学药水写密信，收到后用特定的化学药水冲洗就现出来了，这是最通常的办法。最简单的莫过于用米汤写，用碘酒冲洗这种方法。但也最容易被识破。有些用特定的药水写密语，隐没后要用特定的药水冲洗才能现出来，检查的人不知这种药水，胡乱用别的药水冲洗试验，是显现不出来的。这种办法有时也还通得过，特别是敌人对于检扣的这封信只是一般地怀疑的时候。还有用特殊药水写上去的，药水冲洗现不出来，在火上一烤就能现出，不烤时又隐没了，可以出敌不意。但是总的来说，用化学药水作为密写的办法，不是一个安全可靠的办法，因为敌人基本上都懂得什么药水可以破什么药水写的密写。即使自己有了新的试验和发现，也很难保证敌人不能认出来。所以我们在工作实践中证明这并不好，几乎再没有用这种敌人熟知的办法了。当然在敌人并不怀疑的情况下，还是可以用的，敌人不可能把所有的信件都拆开来，用各种复杂药水对每一封信每一页信纸都试验，这是办不到的，可以偶尔用作并非绝密的一般文件（如宣言、声明、评论文章之类）的传递办法。还有一种办法，在敌人不易察觉的地方写，敌人不会用药水试验那里，因而偷过去了。比如信纸敌人易试验，密写却写在中式信封纸的夹层中，敌人如不把信封拆开，很谨慎地把信封用水泡湿，把裱糊的纸一张一张揭起来，就无法在信封的外层或里层的表面试验出来，这在制作前应自己试验，直到从信封外皮或信封里层都现不出来为止。还有把密写写在大张邮票的背后（先将邮票背面的胶水洗尽，写上密写），然后贴在信封上，敌人是不会注意这邮票背后有文章的。收到后用水泡信封，轻轻揭下邮票，在邮票反面用药水擦洗，就显现出密语来了。又比如把密写写在一本反动书籍或杂志的装订骑缝中，然后照原样装订好，收到的人拆开后，在装订骑缝上用药水擦洗就现出密写来了。又比如在敌伪的报纸上的中缝、边上，敌人不注意的地方写上密写，收到后加以冲洗，敌人是不可能把每天成千上万张寄递的反动报纸都加以特别检查的。这样的神出鬼没的办法多得很，只要肯动脑筋，因时因地制宜，总有办法传递密写的。

3. 利用敌人的反动报刊传递密写还有一个办法，就是把敌人出版报纸上的字，按其原排版次序，找出合于我们表达意思的字来，做出不显眼的记号，寄发出去，收件人收到后，把那些做了记号的字联好抄下来，便成为一封密信了。一张大报纸有几万字，从几万字中找出几十几百个字来利用是办得到的。一本杂志当然就更多了。只要注意，做的记号收件人事先懂得，能看得出来，而不懂得窍门的特务无法看出这种不显眼的记号。我们曾用过油渍点子，把要用的那一些字，轻轻浸了很小一点清油，在别的无用的地方浸上一片清油，表面看来好像是包糖果染上的，这样来携带密写，检查特务毫不留意。只是要防止油浸过多，又浸到别的字上，或者折叠在一起把其他字也浸上了，以致收到信后无法抄出。还有一种办法也可以，用针在特定字的特定部位凿上一个小孔，不对着光是看不出来的。就是当光看，也以为不过是阅读报纸时拆出的破孔，不以为意。收到后当光对着把特定部位凿有小孔的字都抄下来便是密写信传到了。这种办法还不限于敌人报纸杂志，就是在携带时带的糖果纸上的英文字母可以拼作拉丁化拼音文字，以传简单的密语，也是可能的。只要充分发挥主观能动性和创造性，办法自然就会多起来。

要注意一点，即使用了最高明的密写办法，凡属绝密的人名、地址、日期应按事先约好的代号加以代替，比如把主要同志排成号码，或者化名（通常习惯把书记叫大哥，副书记叫二哥，或把书记叫爸爸，副书记叫妈妈，各地组织编为第几兄弟），时间则可推迟多少天推算，地址门牌号码则可加几号或减几号推算。有的紧要事情，如逮捕、叛变等也可改为代替名词，敌人即使把密写侦破了，仍然无法从中知道什么重大机密。

4. 密码的编制和使用。自己没有电台密码当然无法使用，但是密码信则是可以寄递或携带的。通常的密码编制是双方有一本相同的密码本子，发方照此把原来的字改为密码，收方按密码翻译出来，这种办法当然很简捷，但是只适用于拥有电台而我能完全控制的地方或地区。地下党一般无电台是不好使用的，而且保存密电码本本身就是一个很危险的证据，一旦被敌人搜到就无话可说了。所以地下党用密码信，都不用这种笨东西。比较巧妙的编制密码的方法多得很，随便选用一种就行了。现在随便举几个例子，可见一斑。

（1）加减法。密码最普通的编法是把电码字加几或者减几，或递加几，递减几，或这一次加几减几，第二次改为加几减几，经常变化，尽力不被敌人识破。但是当时敌人就设有强大的专门收听破译密码电报的机构，一般的加减法是容易识破的（只是破译时间可能过长，电报破译出来，已失去时效了）。后来我们为了安全，一般不用这种办法了。

（2）错码法。把数字按双方约好的错码来翻明码本上的号码。还可以随意乱错，敌人如不知"键码"，就难以译出。其他还有更为复杂难以破译的三角密码、圆盘密码等。花样很多，有的破译率只有几百万分之一或几千万分之一，应该说是比较安全的。但是这种用数字的办法，终究是可以破译的，不是绝对安全。我们过去却发挥创造性，标新立异，脱离敌人编制密码的窠臼，自创一些编码办法，使敌人无法破译。

（3）自制密码法。我们不用我国通用的汉文明码本为基础把各个字的字码翻成密码，而用拼音字母做基础编码，即先将汉文翻成拉丁化拼音字母，再把拼音字母加以密码化。敌人是不懂拉丁化新文字的，译出一些乱七八糟的英文字母，他是翻不出汉字来的。过去我们干脆把文件拉丁化，写在中学生英文练习本上，夹在学生的英文练习题里，直接带去就是。敌人检查，一看是一般英文练习本，这种英文练习本在当时是非常普遍的，并不会引起敌人特别注意，输送密件很容易。我们有些需要当作绝密进行处理的人名、地址、接头暗号，有时也用制成的密码，抄入英文练习簿，再送到保管地方保存起来，除本人外，什么人也无法猜测得出来的。

（4）另一种编密码的办法是不用通用汉字电码本，而用通用英汉字典，或者通用汉语小字典来编密码。办法是将文件上的字从字典上抄出，记下其页数和字的次序数，把二者加起来形成一个数目字，不足的以0补充，就成了密码。收到的同志只要把这种数码照原来约好的字典一查就翻译出来了，十分简便。

（5）密件的运送一般是由交通员担任的，上下级来了人也可以自己带走。大抵属于绝密的人名、地址、暗号和有关全局的统计数字，都是交给领导同志，要求他们背熟记住，不留任何文字的证据，这样最可靠。如因为太多（比如长久没有到上级那里去，要转出去的党员关系太多，有姓名、住址、暗号和找人接头的办法），去的同志主要是记本地工作情况的汇报材料，记名字记不清楚那么多，也可以带密写的东西，只是事先要亲自作密写和密码，并且伪装好，即使被检查到也有办法支吾过去。

一般的密件，工作报告、内部资料则交由交通员带去，上级的交通员一般以从对口的地区调来的为好，因为他了解那个地区情况，领导同志原来就认识他，工作起来方便一些。下级也有交通员，他和上级交通员原来就认识能接触为好。他除开和交通联络站的负责同志发生关系外，还和上级的管机关领导的同志接触，有的也只和上级管机关的同志联系。只负责对下，不管对上，从而和交通联络站隔离开。交通员因和上下级领导同志都有关系，又因携带违禁品，恐怕出事，所以一定要选择能吃苦耐劳，对党忠诚，不怕困难，不怕牺牲的同志，且要勇敢机智，有一定随机应变的能力，并要有一定的工作领导水平，可以口头传达上级的指示，也可以带回下级的工作情况和问题。有的交通员经过锻炼就可以做巡视员，可以代替上级去巡视和检查工作。一般的交通员，主要是运交文件，当然也可以口头带一点传达的东西，他也可以带密写的东西，也可以运送伪装了的内部书刊。带密写密码时，他无须知道上下级已约过的密写密码键。那些密写密码的内容是他不应了解的机密，他只负责把做好的密写密码带到就行了。交通员用什么样的外表最好，这不一定，有的用做生意作为掩护，有的以公务员身份扮出差旅行，有的装成教员或学生，有的人善于应变，"扯把子"，有江湖气，敌人因而不大留难；有的人则是很老实本分人的样子，敌人也不注意，有时用老人、妇女以至小交通员，也比较不受注意和检查。

做交通员的人在运送文件时，既要时时想到完成自己的任务问题，又要经常有自我安全感，毫无一点畏惧和紧张的外表，内心却经常要留心敌特对自己有无注意或怀疑，要随机应变。交通员一定要有和他的外表职业相称的证明文件，经得起查问。对于所带东西如果引起怀疑盘问，要随时准备受盘查和回答自如，不露破绽。敌人不知道自己的政治面貌，内部无叛徒出卖，一般说是容易走通的。交通员一般不带公开的党内的和进步的书刊报纸，不带一切易受留难的违禁物品。交通员要在任何情况下不供认自己是党员，更不用说是哪一级的交通员，不说出上下级的领导同志及自己认识的同志。交通员要养成吃苦的作风，决不在旅行中随便大手大脚花钱，但也要吃住和自己身份相适应的水平。交通员除开对自己带走的东西做充分准备外，还可以帮助做一些技术性的准备工作。

交通员在旅行中的注意事项，将在下面谈旅行一节中合并介绍。

四、"盯梢"和"脱梢"

在敌人的白色恐怖下做工作的地下党同志，有时被敌特发现，产生怀疑，或确知自己的身份，因而被跟踪侦察（这叫"盯梢"，被敌特跟住了叫作"长尾巴"，把敌特跟踪摆脱了叫作"脱梢"，又叫"丢尾巴"），这是家常便饭的事。

（一）有几种情况可能发生盯梢问题

1. 敌特已经确实怀疑为我党党员，但是他们认为这个党员尚不知道已被特务发现，还可以通过对这个党员的盯梢以求扩大破坏线索。

2. 敌特发现与被他们盯梢的党员有接触的人，疑是我党党员，进行盯梢观察。

3. 已经决定逮捕的我党党员，但还未找到下手的好时机、好地方，先行盯住，再决定下手逮捕。

4. 敌特从群众运动中偶然发现群众的领袖，疑是我党领导人，想从那人牵连到党内来。

5. 敌特在公共场所从言论举止及所带物品发现有可疑现象，疑是我党活动人员，进行盯梢侦察。

6. 敌人从其外围特务组织报告中得知一切可疑人员，进行盯梢试侦察，想从其中找出我党活动的线索来。

（二）对敌特盯梢的正确认识

有些同志平时活动时麻痹大意，不注意敌特盯梢与否，一旦发现被敌特盯梢了，又过分紧张，张皇失措，这就在敌人面前证明了自己，给敌人以可乘之机，这都是对于敌情的"左"的或右的倾向造成的。必须教育党员正确认识敌特盯梢问题：

1. 要认识我们是在敌人白色恐怖下进行革命活动，和敌人是势不两立、你死我活的斗争，这是很自然的事。因此在我们的一言一行、一切地下活动中，必须随时留心敌特的动向，注意他们对我们的侦察和破坏迹象，保持高度的警惕。

2. 要认识到我们现在是在敌占区活动，要抱定为革命事业随时准备牺牲自己的决心，只要不怕死，就能沉着镇定，不露空子，不动声色。勇敢能出智慧，可以想出可靠的办法来。

3. 要认识到敌人既然不是"见面发财"，一碰到就逮捕，而是采取盯梢的做法，这就充分说明：敌人或者还摸不清楚我的面目，在这种情况下，敌人一般是不下手逮捕的，而想盯梢进行观察；敌人或者虽然已经确知自己是共产党员，但不想马上逮捕，还有"放长线钓大鱼"的打算，这就给我们以在"放长线"的过程中脱逃的可能性。只要自己镇定勇敢，创造脱逃的条件是完全可能的。而敌特并不是那么高明，那么积极肯干的，他们是有空子给我们钻的。在斗智方面应该相信我们比他们高明一些，在他们对于我们的活动规律知道得不多时，更易造成"脱梢"的机会。

（三）如何对付盯梢

1. 提高警惕。前面已经说过，我们在活动中必须随时注意敌人对我们的破坏活动。在外出活动，比如接头、交谈、开会、携带密件等时，不论是从自己居住的地方或自己活动的地方，不论是党员住地和活动场所，还是进步分子的住地和活动场所，都要随时留心"狗子"。"谨防恶犬"是我们互相提醒的一句话。危险不在于敌特对我们的盯梢，而在于已经被敌特盯梢，我们还处于麻痹状态，根本不知道自己已经"长尾巴"了，这样不特给自己造成极大的危险，而且往往给别的同志带去了危险。

2. 发现敌人。在公共场所活动时，要善于识别哪些人是坏人，是特务。地下工作人员在长期的地下斗争中，能锻炼出一种嗅觉能力，能够大体上看得出特务的模样来。他们那种流氓派头，鬼祟作风，奸诈神色，是可以看出几分来的，特别是当他们在盯住我们时，那种诡诈样子，偷看偷听而又故意掩饰的样子，也是可以发现的。当我们在公共场所发现这种人物，特别是发现他们在对我们注意的时候，我们一般都要沉着地转移地方，并且采取办法来"试梢"，即证实自己是不是已经被敌人盯梢了。

3. "试梢"。办法很多，主要是要灵活机智，随机应变。比如我们和一个同志在茶馆接头，突然发现在不远的茶座上有特务模样的人物在暗中留心我们，这时我们就要注意，准备试梢。告诉接头的同志不要紧张，约好再碰头的时间地点，立刻分散走开，或者自己先走，对方后走，或者对方先走，自己后走，并告诉来接头的同志出去试梢后，如确实已被盯梢，立刻想法脱梢。要遵守纪律，没有确实脱梢，不要再去找别的同志；不要在街上或任何地方和自己同志及进步群众打招呼；不要回家（这是对盯梢的"三不准"）。平时在对党员进行秘密工作教育时，就要说清楚这"三不准"。在已被盯梢时，不能充分细说了，只能告诉他准备"脱梢"。如果去接头的人先离开那里，来接头的同志即可发现那可疑人物中随即有一人或者两人随之离开那里，这就证明的确是有特务在盯梢了，来接头的同志随后离开那里时，他就可以肯定会有特务盯他的梢，因此就要考虑如何脱梢了。但是去接头的同志先离开后，他还不完全知道特务是否已跟来了，是一人跟来，或二人、三人跟来，这也还要试验。他可以在楼梯转弯处站一下，点火抽烟，敌特不知道，以为他下楼去了，怕盯不着，急匆匆地下楼来赶，但在楼梯转弯处又发现被盯对象，特务就会不自然地表现出惊诧神色，而又极力掩饰，甚至有的想退转去。这样就明白地告诉我们，是被特务盯住了。但是因为街上来往的人很多，不好观察到底是几个特务跟来了，必须要证实是被几个特务盯住了，以便对付。我们在试梢中与特务打了几个照面，大体上可以记住特务的样子了，特别是在与特务打照面中，应该立刻在特务身上发现一个特别的东西，如什么颜色的帽子，或有什么疤痕，或服饰上有什么特征，以及特别的特点和记号。被特务盯住的人，为了搞清楚是被几个特务盯住的，可以在街上若无其事地游游逛逛地走过去，可以在街边小铺子柜台处买一包烟或几颗糖，在抽烟或剥糖的工夫，把头侧向来的方向，看一下特务是否跟来了。如果是跟来了，他和其他走路的人会不一样，不特会用眼睛暗地看人，而且会因对方停下来买东西而跟着步子缓下来，以保持一定的距离。他或者就站在不远处，或也随后在街边随便看东看西，似乎也要买东西或者买一点小东西。但决不会进店铺里去真买，怕走失了跟踪线索。这样保持一定距离，鬼祟偷看，你停他亦停的人就是"恶狗"。如果还要再证明，还可以连续到几个商店、商场、百货公司等处转一下，看特务是否跟来或站在门外等着，暗地监看。如果是这样，就更证实了。这样我们的同志可再回头走，径直向这条"恶狗"走过去，从他身边走过去,可以无心看人地瞄他一眼,把他的相貌进一步看清楚,如果不回头走而是一直往前走,则可再找机会回头观看,要做得自然,不要特意地回头,更不要表露任何紧张神色,比如可以停下来装作系鞋带,从腿中看去,看他跟来没有;或给别人侧身让路,乘机从侧面看过去;或在橱窗边停下来看商店,从玻璃折光中看过去;或者侧过身不经意看一眼。办法是很多的,重要的是既要能回头看"恶狗",又不叫"恶狗"感觉到被他盯的人已经发觉他了。为什么说可能是一条"恶狗"跟来了呢?下面介绍一下敌人盯梢的通常规律。

敌特盯梢,前面已经说过,大体不外两种情况:一是已知我是共产党,想扩大破坏线索,故而对我盯梢,放长线钓大鱼的。二是疑我是共产党,但不能肯定,故而对我盯梢,想发现更多证据。因此敌特领导人没有给这些特务以立刻逮捕的命令(那样就会破坏他们预设的阴谋。他们即使逮捕人,除特殊情况外,通常也不在光天化日之下,于稠人广众之中动手,而常选择夜间特别是黎明清晨在家中或在僻静街巷动手),只给特务以跟踪侦察的任务,他就不会在光天化日之下靠拢我们走,而必定和我们保持一定的距离。这个距离看情况有远有近,在人少又广阔或僻静少人的街巷,远处能望清楚,可以遥控的,他就站得远一些,以免被我发现。在稠人之中,他怕一晃没影了丢了梢,同时路上行人多,他以为不易看清他是盯梢,他就离得近一点。甚至在戏院电影院买票时,他可挤在人堆里看住,进电影院后他怕在黑暗中不见了,几乎是前后靠着走。但总是有一点距离的。这样,第一,我知他还不会动手抓我,也不会开枪打死我;第二,他和我有一定距离,这个距离就有我逃脱的机会,只要善于选择时机和场所,当机立断,突然切去"尾巴"是可能的。

敌人也有在街上偶然碰上我们,或偶然怀疑而进行盯梢的。这种盯梢因他未事先准备,有可能不过是一个人、两个人。一个人更容易丢掉些,两个人则可以采取"分梢"办法,分散盯梢特务(办法下面再说)。如果是敌人事先埋伏好，或已知我常去的地方如某茶馆，他有准备地盯梢，也不过是两三人，一般是不会一下出动很多人来的（特别重要的情况可例外）。但是我们在那里约会的起码是两人或者是三四人，当我们发现敌情，决定脱离出走时，两人或三四人分头走了，敌人就不能不分散跟着盯梢，于是可能只能一个特务跟一个人了。他们认为最要紧的盯梢对象，也不过跟两个人，这就有办法丢掉尾巴了。假如他们是预伏在我住处，或工作机关、学校门外，等我上街随即跟上，最多也不会超过三人。

4. 注意"三角盯梢"。敌人在街道上有一种所谓"三角盯梢法"，即我在前行，后边隔十几米或几米跟来特务甲，特务甲后隔十几米或几米又跟着特务乙，与特务甲平行在对街行人道上又有一个特务丙，形成三角，都盯住我，我如跨过街在那边走，第一梢由特务丙代替特务甲了。特务乙在后边也跨过街，在特务丙后一定距离跟着做第二梢，街这边还是特务甲代替特务丙做预备梢了。这样敌人以为我即使注意到后面可能有盯梢的，也只注意特务甲，我一过街便以为我可能被迷惑了，以为把特务丢掉了，实际上却是换了一个特务丙——我不认识也不怀疑的特务跟住我了。这样他们就更便于盯住。假如我走一会，或因事，或已发现盯梢的，忽然回头走，从特务甲身边走过去，这时特务甲就不再随即转身跟回来，他以为那样更易被我发觉，而是暗示特务乙等我走过特务乙后，由特务乙再回头跟上，特务甲则穿到对街边，由特务丙过来做第二梢。这样他们以为我一定认为是脱了梢了，实际还是被他们的三角盯梢盯住的，只是换人了。假如我是到哪个商店买东西，吃东西，他们就跟进一个人来，遥遥看住，而另外在门外远近埋伏着两个人，等我出去，又构成三角盯梢。他们过去认为这是万无一失的。但是其实这并不是没有办法对付的（下面谈"丢梢"时再介绍）。

5. 住所盯梢。敌人对我住处更要盯梢，如果发现我的住所是大杂院，他就能随便跟进院子里来在大杂院里以找人、拜访朋友名义在那里乱问乱窜，同时注意我住的屋子。如果是独家院子，他不便直接跟入，他就在门外一定距离的街角或小馆子、小铺子里等着，而且时常换人，把独院子盯住，或者找保甲长带着或自己装成警察进独院来找人，无事找事来问这问那，或来租房子，或来查户口，或来修理电线、看下水道等进行侦察，这是比较容易察觉的。就是在外面坐盯的特务也容易发现，一经发现就要采取措施走避，去查明原因，不要再回到那里去。还有一种"打游击"的特务，他们终日无事，在街上乱走乱窜，进出戏院、茶楼、酒店、公园、旅馆和百货公司等公共场所，或者到大学校园内乱走动，看看进步壁报等，进行侦察，只要发现什么可疑现象，他们就进行盯梢。查到你的下落后，再慢慢来理抹，希望从那里打开新的破坏线索来。

（四）坚决"脱梢"

只要发现了敌特"盯梢"，又采取了办法"试梢"，确证了被盯梢，并且又证实是一个特务或两个、三个特务在盯住自己，就要立刻想办法"脱梢"了。

1. 一个特务盯梢，这种情况一般较多，也最容易丢掉他。只要发现可疑盯梢特务后，自己设法走一段路，进出几个地方，就可以试验出来，如果一直是这个人在跟着转，就证明是一个特务在盯梢，马上准备脱梢；假如起初发现是一个特务老跟着自己转，自己还没有脱梢；忽然这个人不见了，走一段路后发现后面仍然有人跟着，是另一个人，这就证明了不止一个，而是两个或三个特务在盯梢了。在这种情况下，要想脱梢，最好先做"分梢"工作，把敌人分散得只剩下一个人在跟了，再坚决脱梢，把握性就大一些。

怎么"分梢"？敌人盯梢的目的在于扩大线索，因此就给他们一个假线索，让他们马上派一个人去盯那一个人，这就势必分散他们盯梢的力量了。而实际上那一个盯梢却是徒劳的。比如当你在街上被两个特务盯住，你已经证明了，你就在街上分梢。办法是你在行人道上稠人之中随便选择一个拿着香烟的人，你走近他装着认识他的样子，和他打招呼，要求借个火，这在大街上本是常事，但敌特不是站在你的身边，无法听到你和他说些什么，只见你和他在借火抽烟时在和他说什么话，然后分手了，分手时你故意装出几分神秘的样子，和他告别。敌特便以为你不知道后面被他们盯住了，和自己的同志在街上碰见打招呼，这个人便成为可疑线索，应加以盯梢，他们马上就分一个特务跟那个人，只剩下一个人盯住你。这就分了梢。分梢后要马上设法脱梢。假如你这样做以后，敌人还是有两个人在盯你的梢，或是因第一次分梢，敌人没有理会，因此你还要设法分梢。这一次可以这么办，你找寻一个合适的商人，你忽然像老相识一样上前和他亲热地打招呼，说点生意人的寒暄话，这个商人当然并不认识你，但看你那么亲热的样子，模模糊糊觉得在哪里见过，他也会向你打招呼，你就可以乘机和他再说一两句他听来也说得过去的生意经的话，可以通用，可以这么理解，也可以那么理解的话。如说："啊！上回王经理在宴宾楼上请客的宴会上，我和你碰过杯，你倒忘了？"（这种商人和一个姓王的经理同过宴会，是完全可能的，他们成天不是在这里酒楼进，就是在那里酒楼出的，经理、老板请客是常事，在宴会上遇到一些原不相识的人，碰过杯也是常事，他听了虽然想不起来，但可能相信是真的），他就会像一般社交场合上随便哼哈地说两句。然后你可以送烟给他抽，并且点头告别，说："好，我现在有事，下午在某茶厅喝茶吧。"敌特站在相当距离外，听不清说什么，但可以看出你和商人是肯定认识的，还相当熟悉的样子。这对敌特就会很有诱惑力，可能分人去盯他的梢，这时你身后就可能只剩下一个特务了，应该马上准备脱梢。害怕你东转西转，特务又另外碰上了游击特务，增加对你的盯梢力量，那就麻烦。或者他们有一个盯住你，一人赶快去打电话给他们的上司，叫马上增派盯梢的人来，那也是很麻烦的。所以试梢要快，脱梢也要快，不能磨蹭，但又要外表十分从容，不可紧张。

2. 脱梢要注意：第一，不要让敌特感觉你已经发现被人盯住了。要沉着镇定，不要惊惶，东张西望，或者老回头看，甚至匆匆地乱走起来。这样假如敌人只是对你怀疑而盯你，你自己无异于向敌人告密了，敌人更不放松你了；假如敌人明确了解你，有意盯你，你这么慌乱快走，敌人就可能怕你逃走，会追得更紧一些，就更不容易脱梢。你如果是采取"外松内紧"的样子，外表看来你似乎还糊里糊涂根本不知道有人盯你的梢，那么大而化之，若无其事的样子，不露声色，买你的东西，转你的商店，坐你的茶馆（其实你这时正在紧张地试梢），只要敌人认为你没有发现他，他就不太紧盯，会让你走去。

第二，要注意脱梢时走的路线，一般由热闹的街市到僻静小巷，再由僻静小巷到热闹街市，就这么交替地走。你在热闹的地方便于在稠人之中突然消失，但不利于随时观察到敌人的行径；在僻静小巷便于观察敌人是否跟来了，是否脱梢成功了。在热闹的地方敌人不便动手抓人，在僻静的地方敌人如奉有必要时即逮捕的指示，就可能在那里动手抓人。在僻静的小巷还有一个好处，敌人不敢走得太靠近，这也便于脱梢。如果他靠你太近，害怕你发觉后和他拼命。

第三，要注意平时准备的"狡兔三窟"，当机立断。我们在敌人城市里活动，总要随时考虑到敌人的盯梢和我们的脱梢，要在自己经常去的地方和活动的地方，随时留心那种便于突然消失的门道，必要时出敌不意地脱逃的办法，这种地方平时就要看好路线，一遇盯梢就马上使用起来，才能做到沉着不乱，这就叫"狡兔三窟"。

3. 脱梢的办法很多，全在自己临危不惧，勇敢机智，办法是在"穷中思变"、随机应变中找出来的。现试举例如下（但地点、条件的不同，无法套用，要靠自己创造）：

第一，在稠人广众之中突然逃脱，这当然是可行的，特别是在人众十分拥挤的地方，比如抢购东西，或是投机市场（如银圆市场），乘大家乱喊乱叫，你推我挤之时就可以走掉了；还有在百货商店里买东西的人很多，店堂、柜台很多，楼上楼下，试衣室，休息室等等，你可以在乱窜中突然乘敌人不留心时走掉；还可以在电影院中开演了才买票进场，进场后在黑暗中敌人虽然跟进来，却不一定看得很准，特别是和你同时在黑地进场的不止你一人，更不易分辨，你突然离开电影院出来走掉，或者去厕所方便，过一会儿再出去。但要注意，估计到一个特务跟着你进来了，是否还有另一个特务盯在电影院门口等你，或者是进院跟你的那个特务看见你不见了，急忙跑到门口来等你来了，因此你在出来后必须在电影院门厅附近详细观察再出门去。

在公园中人虽不拥挤，但道路繁杂，隐蔽处所很多，可以在一个转弯，一个门口处突然走进什么地方去，敌特跟来已找不到，在就近地方大略看一看，不见你了，就会慌乱地追踪前去，你再从容退出来，立刻走掉，从另外的门走，不能走进来时走过的大门。

四川茶馆曾是我们地下工作的好地方，也曾是我们脱梢的地方。你走进茶馆装着找人，在人群拥挤、茶桌阻塞的大茶厅里，你把特务引进靠里边最挤的地方然后突然从人丛中退出来，他一时挤不过来，你或者索性找个地方坐下喝茶（通常的习惯是茶一泡好就先付茶钱，不要喝完再付钱，便于随时离开），特务或者只好坐下喝茶，或者站在远处望着。这时你就想办法和你同桌的人随便乱谈，假如你带得有小提兜之类的东西，就放在桌上，你再从容地站起来去买烟或零食，看一下尝一下不满意，又到别处或门口去买，敌人看你有认识的人在一块儿喝茶，你的提兜之类的东西还放在桌上，以为你去买吃的东西，还会转来的，他就不一定跟着你而是遥遥望着你，你这时就可以很快走出茶馆，立刻隐没在人群中或到店铺里、小巷中去，然后坚决走掉。待敌特知道上当了马上追出来，他在人群中一时走得不一定顺畅，实际上你早已逃之夭夭了。

有一种茶馆开在街的转角，两边开门（有的铺板全下掉，无所谓门），里面有几张茶桌，喝茶的人也不多，你可引着特务走到附近，你走进去靠门一边找个茶桌坐下喝茶，敌特见茶馆人少，不好进来喝茶让你发觉他，他就站在门外巷子十几米的地方看住你，你故意把腿露到门外身体隐在门内。他看得到你的腿，认为你的确坐在那里，便放心了。过一会儿，你突然收回腿，从那一边的门走出去，走入另一条小巷，迅速走掉，等特务发现你的腿不见了，走过来看时，你已经走远了。或者是刚走不久，他就紧张起来，一时辨不清你是从哪一边走掉的，待他追上来时，隔已有几十上百米远，追不上了。这是灵活应变找到的办法，这样的办法可随处找到。又如被特务跟着，而且已知道你的面目，是两个人跟来盯你，你就出茶馆在门口买香烟，特务不知道，他神色仓皇地追过来，你就马上到百货公司以及在大街上回头走一下，如果确认是两个特务跟着，你就采取"分梢"办法先分梢，现在只有一个特务跟着你，你就要设法丢梢，办法前面已经说过，靠平时有准备，临时随机应变。比如你就选择一个楼上的茶馆，这个茶馆平时就熟悉，是一边上楼，一边下楼的，有两个楼梯在两头，茶座很多，挤得很。你当机立断从一头上楼，迅速在茶座之中穿过，从另一边楼梯紧急下去，等特务上楼并已看到你从另一边下楼时，他要紧跟上来也不可能了，他要从人很多的茶座拥挤之中急走过来不很容易，待他走过来时，你已下楼到了街上，从一个店铺或小巷子里溜掉了。这样就把"尾巴"丢掉了。不过你必须再一连穿过三条小巷，都不见有人跟着你了，你才可以去办自己的事，或者回家。这就算是"脱梢"成功。

第二，在敌人不知道的通道走掉。平时在城市里自己经常活动的地方，留心各种小街小巷和岔道口、大杂院子、公共场所、厕所、澡堂、戏院等等，专找那种有大门进，旁门或小门出，或垮了的墙缺口，或矮土墙能一越而过，或窗户可以翻出去，或者转弯抹角的地方可以和敌人"捉迷藏"，或同学、同事的家里有后路可通的地方。这些地方平时就要记得很熟,常常去走走试试(恐怕条件忽然发生变化,比如垮墙修复了,窗户钉死了,后门封闭了等等),到了被盯梢后,就近找这种"狡兔三窟"式的出路,在敌人不防的情况下,突然走进去,从另一出路走掉。比如有的商店、小铺后面是大杂院的住家户,有后门,或缺墙篱笆,或有公共厕所,有运粪的小门可以打开,你走进小铺,穿入大杂院,随即从选好的出路走掉。特务不熟悉这种地方,以为你到一个人家里或铺子里去了,他不便跟进去,就在外面守住,等你出来,实际上你早已走掉了,待他发觉不对头时,走进铺子里去找,才知道上了你的当了。其他地方也有这种通道可寻,特务事先不一定知道,我们就可利用来作脱梢使用,这是有效的。

第三,利用阻碍脱梢。有一种公共地方,有房子、院子、庭园、通路,也有小门,你走进去后,特务还在后面跟时,你突然把门关起来,插上门闩,他进不来,你可从预先熟悉的道路或出房门,或走大门,特务不知你到哪里去了。还有的人在街上脱梢时,突然看到绿灯放行成串汽车,就冒险地从一串车前穿过,刚穿过汽车就切断了道路,把特务隔在街对面,你隐入人群,从小巷走掉,或到别的场所、商店里去暂避一下。还有的勇敢地从火车头前穿过以丢掉特务的做法。也有的铁栅子门要关闭了,你刚好赶上时机挤进去,特务来时却已关上门,他若交涉,开了铁栅门追你,那时你早已走远了。

第四,到敌人想不到的地方去。敌人的一些专政机关,比如派出所、警察分局之类你偏进去找人,或交涉什么事情,敌人不防,想不到你到那里去躲起来,以为你在前面跑了,一直追过去。然后你再从容走出来,走自己的路。

的确,"出敌不意"是可以克敌制胜的重要方法。有的同志在敌人到处设网追捕很急,无处可逃时,就去做一般轻微的刑事犯罪,如偷扒犯、银圆投机犯或鸦片烟犯等,被敌人的普通警察和法院扣捕拘留关了起来,一两个月或半年不提审,他就在那里待上几月或半年,然后想办法取保出来。敌人追捕不到你，哪里想得到你是到他们的警察局或法院的拘留所里躲起来了呢！

第五，坐电车、汽车、人力车或自行车走掉。有一种场合，就是公共汽车或电汽车快要关门开车了，你突然跳上去，敌特不防备，隔你又较远，等他赶来，车子刚好开走。这要观察好，赶得巧才行。还有一种办法是利用出租汽车，刚好在那里只停有一辆，你跳进去就叫开走，可以对司机说是去送急病人，特务赶到，已经晚了。当然这要凑巧，假如我们有的党员是出租汽车司机，平时就认识，又知道他的车停在什么地方，就带着"尾巴"走到那里去，跳进车就叫开走，那就好办些。

附带说一下，我们在城市的铁路工人、邮电工人、运输海员、公共汽车出租司机以及卖票工人中、搬运工人中、黄包车工人中都要建立党组织，且有好党员，对于我们脱梢、侦察敌情、运送秘密文件、护送同志是非常方便的，地下党是一定要努力开展这方面工作的。还有在城市中的一些小商贩中，报童、擦皮鞋的小孩子、流浪儿童中多做工作，或者有意派同志去做这类人的工作，对于侦察、送信、保护同志是有很大用处的，依靠这些劳动群众脱梢也是很好的。因此我们要在这些工人中和劳动人民中开展工作，结交朋友。

坐人力车脱梢的事也是有的，拉人力车的是党员更好，可有意识地做保护党的领导同志的工作。常常拉领导同志上街接头，车就停在接头地点附近，如被盯梢，拉车子就跑。敌人不防，要马上找人力车坐上追赶已来不及了。车子拉到小巷转弯处，可突然停下来，让领导同志步行走掉，自己的车子还继续向前拉，车有篷，敌人从后面看不清，等他追上前一看，车上已没有人了。要问车夫坐车人哪里去了，可回答早已下车了。敌特一般不会怀疑这种黄包车夫，比较容易对付过去。

还有的同志靠骑自行车骑得好，和敌特赛骑车术，敢于在人群中乱窜，不致出事。有时去接头的同志是步行去的，另由做保卫工作的同志骑自行车去，接头的同志如遇盯梢，一离开接头地点就骑上自行车跑掉，敌人一时来不及找车，无法跟上。

关于专门设置保卫部门，而且有一批拥有武器的武工队员是必要的，这可以保卫领导机关和领导同志的安全。过去这方面注意得不够，有武工队员也未利用起来。

第六，到"小解放区""小延安"避难。假如敌人盯得很紧，无法脱梢，又不能拖延太久，恐怕发生变故，这时最好是退到"小解放区""小延安"避难去。我们在工作中总是有一些比较好的据点，那里党的力量占优势，在群众中有高度威信，党员和进步分子都比较多。比如一个小单位、机关，或一所学校、一个村镇，那里俨然是一个"小解放区""小延安"。但是过去这种"小解放区""小延安"，敌人都是比较注意的，当然也有敌人还未发现注意的，应尽一切可能使这种地方不暴露最好。比如一所中学校（这在过去是常有的事，这学校一直有进步传统，一直是党员或民主党派或进步人士，或是与国民党有矛盾的地方势力在掌权，从校长、多数教员以至大部分职员，连门房传达都是党员或进步分子），你一进门和传达打个招呼，就径直往里走，特务赶来要进去，被门房传达留住，盘问一番，办会客手续等等，不让他很快进去。他当然说不出个所以然来，更不好说他是特务来追人的，这样你就可以从容地由学校后门走掉。即使特务来搜学校，也找不着了（一般是不准他来学校搜查的，可以拒绝、抗议），假如特务持枪不讲理，拿出他持有的可以到处进出的"派司"来强要进去，也不行，可故意留难和他扯皮，他要武力乱撞，就一呼而出，一些进步学生及教职员工把他围起来，轰他出去。不过，过去敌人往往不敢这么干，而是追到门口就守住，派人回去报信，再来办交涉。但学校只要不认账，不承认有这个人进来过，可以让他进来看，就没有事了，敌人也不能怎么样了。有我们能掌握的小机关，当然也可以这样作为避风的地方。只要有一两个党员或进步分子在那里就可利用,门房让你进去,不让特务进去,就有逃脱的机会。

还有一种办法就是我们自己掌握的小公馆模样的地方,门房是自己的人,里面住的也许是民主人士、教授之类,门房让你进去,不让特务进去,你就可以从侧门走掉,敌人来要人,有人出面说明或不认账,或可承认有此人求见或找过职业,已推辞走了。

这种退到"小解放区""小延安"的做法应尽力避免,是实在不得已才这么办的,因为这样做可能给这些单位带来一定的麻烦。

第七,最后一个脱梢办法,就是武力脱梢。假如有做保卫工作的同志备有小手枪,专门保卫领导同志,这就好办。这不仅对于敌人的破坏活动,经常进行针锋相对的侦察,而且对于领导同志的住所经常注意四周安全。领导同志出去接头,或开会等也可以暗地保护他。如果有领导同志被盯梢了,做保卫工作的同志即实行反盯梢,把盯梢的敌人搞清楚,必要时可在巷子里埋伏,等领导走过去后,特务跟来时突然上去靠拢特务,用枪顶住敌人的腰,别的同志搜去特务的枪,警告特务,叫他滚蛋,然后我们走散。在国民党城市中,持枪打架是常有的事,旁人看到了并不奇怪。这样我们可以走脱,敌人是不防备的。有时我们没有枪,但只要有硬东西顶在特务背上,另外的同志上去搜出特务的枪来,我们就有枪用了,这种事最好是在黄昏、清晨或晚上的小巷子中干最好。

在没有保卫同志的情况下,有的领导同志也可以自己保存手枪,从军事部门、统战部门搞小手枪并不困难。如果我们在脱梢困难,而又备有手枪时,可以与特务拖延到天黑时进行脱梢就更好办一些。我们的同志在前走到一个僻静处,在转弯处墙角埋伏。特务怕脱了梢一定匆匆赶过来,他一出头,就用枪顶住他的背或胸或腰,很机巧地下了他的枪,叫他滚蛋,特务们是最怕死的,会乖乖地逃走。但是特务中也有很多人的身体很好,有的还受过美国特务的"全能训练",拳击、格斗、夺枪、跑跳、游泳这些功夫都学过。当你举枪逼近，他可能看有无空子，有空子他就会翻手擒住你的枪和你扭斗起来，或者飞腿踢掉你手上的枪，或踢歪枪口，猛扑过来扭住你。因此我们举枪不可把手臂老长地伸出去，应把枪靠在自己的腰边，握得紧紧的。他伸手抓不到，脚踢不到，他一动你就打死他，待他不动，你靠近取他的枪时必须更要注意，要一下把枪抵在他背上，站在他背后从他腰上或裤兜里取下他的枪，而且要注意他反扑，这些功夫搞保卫工作的同志或武工队比较熟悉，一般领导同志不熟悉武功，最好是不要带枪，也不准备动武，要估计有把握取胜才可以干。

（五）脱梢后怎么办

脱梢后第一件要办的事，是确证已脱梢了。被特务盯梢后，你采取各种办法脱梢后，还得要走过三条任选的小巷，确实证实后面没有任何人跟住你了，才能回家，最好是天黑后再走回家。千万要注意，敌人是十分狡猾的，你不要以为看不见敌人了，便算脱梢了，也许敌人更隐秘地盯住你了，或是换了你不注意的人盯住你了，不可粗心大意。脱梢后第二要办的事，是回家或去找人时，要经过仔细观察，或找别的同志去观察了再去，因为有时候你被敌人盯住了就是从你的住处开始的，你一回去又落入敌人罗网。脱梢后第三件要办的事，一定要努力找出自己被盯梢的原因在哪里，是自己疏忽了？是出了叛徒？是别人牵连？一定要搞清楚，并立即采取相应的安全措施。

总之，盯梢脱梢的问题是地下党秘密工作中一个常常碰到的问题，要注意研究。其要点是：

1. 必须严格遵守被盯梢后的"三条纪律"规定。

2. 必须平时留心作脱梢用的"狡兔三窟"之计，并常去观察实践。

3. 必须在出外时随时留心住所、接头和开会的地方有无特务活动迹象，一有可疑即采取措施。

4. 在接头开会处提高警惕，能有保卫同志专门观察守护就更好，一遇特务盯梢就要停止接头开会，但不作鸟兽散，有秩序地撤离，外松内紧，不露声色。

5. 进行试梢，认清敌人，如有两个以上特务盯住，要先作分梢之计。

6. 勇敢机智，当机立断，坚决脱梢，办法是平时留心，当时随机应变，只要不怕死，不慌乱，沉着机敏，办法总是有的。敌人并不是那么积极和勇敢的，空子是有很多的，我们一定要善于应用。

7. 脱梢后要进行确实脱梢的试验，不可疏忽大意，宁肯多费点时间，多花力气，并且立即查明被盯梢的原因，采取措施。

总括起来四句话：提高警惕，"狡兔三窟"，当机立断，遵守纪律。

五、旅行要事

1. 国民党地区敌特对于交通部门是抓得很紧的。他们不仅在所有车站、码头、飞机场设有公开的检查站和秘密侦察网，在城市的旅馆、餐厅、招待所、澡堂等地也设立了侦察外围组织（注意：敌特在各种单位中都设立了秘密的特务通讯员，而许多三教九流的人中，他们也吸收了特务或特务通讯员）。住旅馆则每个旅客必须登记，出示证件，并且有军、警、宪、特的人员每晚联合"查号"，盘查旅客，还在交通要道实行突击性检查，交通部门的警察也是公开由特务系统领导的，税警也是由特务部门领导的。甚至在紧张的时候，船未到码头，停在码头外江心，由特务乘快艇上船检查后才准靠岸上客；大车在开行中未到站就先检查；飞机场就更不用说了，要先登记交照片，找保人才准买票。另外敌人还设立专人专案的查缉组，在各交通要道持照片进行查验，追捕逃走的人。这一切都是为了对付我们共产党和革命人民的，要认识这些地方的"关口"，要过关不可掉以轻心。

但是又要认识到敌人这种看来极其严密的交通检查，实际上因为他们的所作所为是反对人民的，不可能得到人民的支持，他们的内部又是极腐败的，漏洞所在皆是，只起了扰民残民的作用。因为一切盗匪、鸦片烟贩、走私者都是敌军警宪特所组织领导，或者和他们有密切联系的，给他们分赃的（如私运鸦片和分售鸦片就是特务专业经费的重要来源），当然不会查缉到这种人。而我们党有严密的组织和一套纪律，又有对付敌人的一套办法，通过这种机构把我们抓住了的事很少，只是偶有不慎的进步分子有被怀疑留难的。所以在特务横行之下旅行，也并没有什么可怕，只要做了充分的准备，遵守规定的纪律，采用秘密方法，是可以安全通过的。

2. 我们在敌占区旅行，只要没有暴露，尽可以和其他人一样，放心大胆地走路。只是要注意自己的行动言谈，不要引起敌特的怀疑，同时还要注意敌特对自己有什么异态行为。一般来说要注意：（1）不携带足以引起敌特怀疑的文件、书籍和违禁物品。（2）有充分的社会职业证件和旅行执照，证件最好是用正式的，而不是临时伪造的。（3）不要在途中随便和不相干的人高谈阔论，议论时事。（4）不要穿戴与社会职业不相称的服饰，不超出社会职业收入所许可的生活水平（也不要过于寒碜）。（5）同行的同志最好不必同路，要同路也不要看来原来就认识，而且还很熟的样子，可以装着旅途相识的同路人在一起旅行，以防一个人出了问题立刻牵连到同行的同志。（6）到了目的地，严格按组织规定去完成自己的任务，不作他务。按组织规定去接头，同时未接头前，应熟悉当地情况，观察那里是否已发生过什么特别变化，要有把握才去接头。（7）禁止去和不相干的人往来，不准和那里自己认识的亲属、亲戚、朋友、同学、同乡去往来，但经过组织上许可的除外。

3. 党的领导同志或巡视员、交通员出去，携带有机密文件、书刊时，那就完全不同了。一般来说领导同志除十分必要，不要自己携带党内文件和党报党刊以及进步报刊。相反的倒要故意携带和自己的掩护职业相称的物品和书刊，以至带作为幌子的反动书刊（这种书刊领导同志平时也要阅读，以了解敌情）。不携带一切违禁物品、枪支等。要携带和掩护职业相符的证件和护照。这种证件、护照是使用自己在那里的真实职业掩护用的，还是用党内临时去办来的，或者是临时伪造的，这就要看当时的政治环境而定。如自己不暴露，组织没有遭到破坏，敌人不可能从掩护职业处怀疑自己，以用社会职业掩护的为好。但是自己外出，自己掩护职业的地方或单位知道自己的去向和下落，也是并不好的，最好不要告诉自己打算到哪里去的确实地址。党内一般的同志也不要知道要到哪里去，就是去的地方的党组织，是否要先行知道将有同志去也不一定。有时可以通知，以便安排住地，准备工作汇报，但不必通知是什么领导人要去；有时也可以不通知，突然到那里按规定关系暗号去接头（当然事先也要进行察看，不可冒昧行事）。领导同志到了下级地方是否因住进旅馆、行栈，因而向下级暴露了自己的社会职业姓名、地址，这要严格注意。有的领导同志出差到下级地方，立刻改换姓名、证件，不说真名，以代名代号使用，只在旅途中用自己的职业姓名、证件，以便安全些。但一到目的地，即由下级安排安全住地，改名换姓。这时还要防止在这地方偶然遇上过去认识的社会关系，防备他们喊出自己过去的姓名，和现在登记名字不符（名不符可说，姓不符则更容易引起怀疑），那就不好了，所以，一般保持用社会职业的姓名为好。领导同志到下级检查工作，不可避免要和一些基层同志见面谈话，这是容许的，但姓名不要暴露，临时用假名，也不说是从哪里来的。检查工作完毕，立刻离开那里，不要久久逗留。向何处去，走什么路线，使用什么交通工具，如无必要，不能让下级同志知道。即使有时下级同志知道了，出发以后，有时在中途可以改换一下旅行方向和路程。有的还临时改换身份证和职业。领导同志有时也和经常在这一条路线跑的交通员一同上路，交通员熟悉路途及关卡情况，可得到许多帮助。在这种情况下，交通员不能携带秘密文件，只做向导和到目的地后与当地负责同志接通关系,并代做掩护工作。

假如是敌特比较注意的领导同志外出旅行,那就要进行很多安全工作的考虑,特别是党内出了叛徒,供出了领导的姓名、住址、籍贯、社会职业、可能去向,以及面貌衣服等特点,那就更不同了。有时是叛徒亲自带特务来抓人,情况就更严重了。在这种情况下,旅行是很危险的事,但又非去不可时,那就要在安全上做周密的考虑和安排。

4. 交通员出去,有时是要携带秘密文件、转移党员关系的暗号的,在过去收音困难条件下,还要突破敌人封锁,送党报党刊或党内印刷品过去。这要通过敌人的层层检查,必须要有勇敢机智、不怕苦、不怕死的同志才能胜任,并要做许多安全技术措施。首先交通员的身份,要依年龄、外貌、气质而扮成各种不同的社会身份,有的是老头,以亲属探亲访友名义,以小商小贩名义;有的扮成江湖医生,看相算命的模样;有的是妇女,以各种职业的妇女面目,如回家或走亲戚的无知无识的普通家庭妇女模样;或者以贫苦的劳动妇女、帮工、娘姨模样;有的青年妇女,可以学生面目出现。一般青年做交通员,可以小公务人员、小学教员、行商走贩为掩护,行商走贩更易于活动和居住,他们买卖什么都行,可以游乡串村,随处可去,比较方便。这种人等于半失业者,在国民党区域是比较多的,易于隐藏,不易被发现。当然有时也以富商大贾,高级仕女面目出现,但那要花很多钱来装扮,不大容易。其次,交通员携带秘密文件的办法,一定要经过秘书同志的技术处理,交通员不应知道的,不能让他知道内容,也不能告诉他解密的办法,只要求他按时送到,准确地交到指定的地方和人就行了。还要告诉交通员如何秘藏秘密文件,如何顺利过关,应付敌人的办法。

(1) 自寄自取。把秘密文件加以伪装,放入敌伪的反动书刊报纸内,寄到目的地某学校、旅店等,人到了那里就到邮件候领的信插中自行取出,这就避免了旅途的重大检查关口,即使在邮局还是被特务检查到了,也不知是谁寄的,只是在候领信插中取出时,要看好有无特务在守候。

（2）把铅印的党报党刊明显的刊头改印，改用普通报纸的纸，再以之作为物品的包装纸，弄得又破又脏的样子，拿来包食物、糖果、旧鞋子等，敌人常常是注意检查你的箱子提包内的东西。用旧报纸、旧杂志包东西，在那时是比较普遍的，敌人不大注意，即使检查出来了，也很容易申辩，因为当时小商小贩或食物店用旧报纸包东西的情况很多，可以推说是别人用旧报纸包的，敌特最多没收了就完了。

（3）紧要的油印件、党内书刊，非送不可的，可先改成单页糊成纸盒，内部是要带的文件，外表却糊上什么衣帽店、鞋店之类的商标纸，然后装上衣物鞋帽等东西上路。敌人只会从纸盒内取出衣物来检查，但对纸盒却不大看的，到目的地后撕破纸盒浸泡在清水中，一天两天后一层层地轻轻揭起，晾干弄平，便能还原了。敌人即使撕开盒子看到了问你时，你以买东西时商店给的为由，怎能为难你呢？实际上这种纸盒多是城市贫民用各种废旧字纸、报纸、杂志糊的，敌人也无可非议。还有一种纸箱，一本书都可以拆散裱糊在底子里或箱盖里，敌人是不会注意的。

（4）混过检查站。交通员可以把机密的文件加以技术掩护直接带在身上，有的很小的字条可以塞在耳朵里，有的用蜡丸塞进肛门里，有的放在皮带扣上的夹层铁皮里，有的女同志还可以放在月经带里。这些都只限于很小的密件，有的同志是善于在非常薄小的纸上写字和画符号的。带有这样的密件，最好在快到车站之前下车，如果是乘火车可在前一两个小站托故下车，汽车就在车站外下车，坐公共汽车可以在快到城市的小镇下车，下车以后你再像一个本地老百姓一样，从检查站外走过去，安然无事。过去我们经济条件困难，领导同志或交通员都是步行，哪怕是步行几个县甚至千多里路途也是常事。这样还可减少遇到检查站的麻烦，携带秘密文件反倒安全一些。

（5）混过旅店的查号。国民党统治区每个城市（包括县城），甚至镇上,晚上住宿是有警宪特来进行盘查的。这种盘查并不可怕,只要你带得有无可怀疑的证件和护照,言语对答不乱,自然无事,有时他也就不再看你的行李了。只有在对你怀疑时,才会仔细盘问,查看证件,搜查行李。但这也不可怕。过去有的同志是采取两种办法:一种是住进旅店就随即把密件藏在房间内不易查到的地方,如天花板上、席篷上、老鼠洞里,更好的是拿出房外藏到厕所的什么地方,或塞进乱纸堆里去等。敌人根本想不到,也找不到的。即使查到了,可以不认账,谁知道是谁放的。待查号之后,第二天清晨早起,便去取出来带着上路,那时长途走路的或商贩都习惯天不亮就起身上路的。在路上走的时候当然也要留心前面有无检查站或检查人员拦路,如果有,要设法绕道而行。另一种是在到达住宿的城镇前,就在路旁以去方便的样子,找一个不淋雨不潮湿的石头缝或石头下放密件,并做个寻找记号,当晚进城住入旅馆,第二天再到那里取出密件,继续赶路。

(6)携带和传递密件最有效的办法是我们在交通部门的职工中有党组织,比如铁路工人、司炉、服务员,轮船的海员或其他职工,木船工人、汽车司机、售票员等,就可以给他们任务,代为传递党的文件。他们是不受途中检查站特务盘查的,也不住旅馆被查号的,只要把密件交给他们就容易送到。或者把这种职业的党员关系交几个给交通员领导,负责交通工作,有时领导同志出去,也可以靠他们的关系搞客票(当时买车票非常困难,有时等一两月买不上票),掩护领导同志们安全旅行。因此,我们在这方面一定要加强工作,建立组织,将来无论进行什么斗争都少不了他们,要有意识地派一些党员进去工作。

(7)在旅途中要根据环境进行活动,安全就会有保障些。假如有一个领导同志到一个城市检查工作,他因为没有护照,无职业证件,也无小行商的登记证明,但必须上路赶去,只好临时装成失业教员到那个城市去找一个学校校长寻求职业的身份,临时又在统战关系处搞到一张在这条路上的一个很有势力的"大舵把子"(流氓头)的名片,就可上路了。他到了中途一个县城后,知道前面路途的流氓、土匪拦路要买路钱很严重,不易通过。他就扮成"视察委员",坐上滑竿大摇大摆地走去,他拿着"大舵把子"的名片,"拿了言语",畅行无阻。因为是"大舵把子"的熟人,又是个委员,一路上的"大舵把子"的兄弟伙都不敢拦路检查、要买路钱了,甚至有的小头子还在中途请茶请饭。这就需要懂得一点江湖话和风俗。但快要走到那个"大舵把子"住的县城时,一定要赶快换了衣服,改为小商贩,不再坐滑竿,步行向前走,万一被"大舵把子"的探子知道了,一理抹就走不了。

六、伪装与伪造

在地下党活动中非不得已,不要轻易搞伪装和伪造。因为一经暴露,反而不好。无论居住、职业、旅行都用当时社会所谓的"正当"职业做掩护。有伪政权的各种正式证件证明,如无叛徒指证,敌人根本无法知道自己是共产党员。但是地下党有时候迫于形势,却也非有伪装和伪造的本领不可。

伪装并不困难,要在一个"像"字和一个"真"字上做文章。比如你是党的领导人,以行商作为掩护职业,那么你就要从家居生活、个人行为、服装谈话、交际应酬等都像一个行商的派头。你当然不会每天去干行商生意,但必须从表面看来,你每天是真在忙行商的事,必须熟悉作为一个行商的一些基本社会知识,一些你所经营的行道的行情和行话。还要叫人看到你在这方面的货物、单据之类。如果是别的同志经营,你是以当帮手、伙计做掩护,也要具有这一方面的起码的知识。

伪装隔行太远一般是不好的,知识分子党员可以伪装为教员、学生、公务人员、自由职业者、小商人等,如果知识分子却伪装成一个粗杂下人、一个农民、一个社会流浪人,就隔得太远了。同样,一个工人、农民同志去装成知识分子或公务人员也是困难的，但装成小商小贩是可以的。如果是长期伪装，一个知识分子到农村去和农民党员一起劳动，一样打扮，要不了几个月就会像个农民的，再久一点就真是农民了。你不会做小买卖，去担几个月货郎担子也就像真的货郎了。因此长期伪装是可以的，办得到的。

最成问题的往往是临时伪装，这在紧急情况下却又是很有必要的。特别是党内出了叛徒时，你的身份、面貌、职业已经被叛徒供出，为敌人了解了，这时你就非立刻伪装不可。把你原来掩护职业的一套全部抛弃，改装成完全不同的另一行道的另一个人，不论职业、住址、掩护用的各种服装和用品，全要换过，全部证件也必须换过，甚至连面目也要立刻改变一下。这样的情况的出现，对于地下党领导人来说，是并不陌生的。平时就应有充分的准备，免得临时仓促，困难太大。地下党领导人员应该有准备随时更换的服装、证件，平时就留心准备伪装的必要的社会知识，经得起敌特盘查而不露形迹，而且临时要有改换籍贯的本领，即改口说别的地方的语言而不露相。最好是改说普通话，不易为人注意。在伪装时你身上有无容易被敌人看破的特征，如有，一定要设法改掉，连证件上的相片也要随之改换。这样即使叛徒供出特点，敌人也是找不到你的。还有一点，即使在信得过的领导同志之间，也不必互相告诉自己准备伪装打扮的办法。

在紧急情况下，伪装以能隔行越远越好，但是却要越像越好。比如一个知识分子模样或公务人员模样的人，一下改换为手工业者、小商贩是可能的，一个女学生扮成小姐、姨太太也是不难的，扮成女仆也可以。这种改装要随时间而连续改换，敌人就是摸到了新的线索，你已经又改变了。曾有一个同志在一次十来天的旅行中，由扮成"视察委员"改为小行商，又改为穷途潦倒的失业中学教员，他曾在一次大破坏中（党的高级领导人叛变），除开马上把全身衣服、帽子、鞋袜、发式、眼镜框子和证件都改变外，又刮去了平时留的上唇短须，改变了职业和口音、籍贯，混到学生教员中混出检查站去，接着又改为小行商、银圆投机贩子，接着又改为出口公司的襄理，穿上西装皮鞋，夹上大皮包（里面装着证件、身份证、商业行情、通信信件、商人之间请客赴宴的请帖等），一下成为一个出口猪鬃的大商人，安然地旅行去了香港。一连串的改名换姓，换籍贯，改口音，敌人虽在叛徒的帮助下，终究没有抓到他。这都是要在平时有思想准备和物质准备，并且除本人外，谁也不知道。临事不慌乱，多做几种打算，以便更好地穿过敌人布下的天罗地网。

有时候突然被敌特盯住梢了，如有机会是可以在极短的时间内，改变面目以掩护于一时的。如可以用小行商的毡帽，翻过来翻过去成为不同颜色，平时穿的风雨衣带大衣的，一下翻过来可以由这种颜色的雨衣变成了另一种颜色的大衣；戴的眼镜有两副不同颜色、款式、架子的，一下就可以换成另一个样子；身上可随时带上纱布口罩或纱布条，一下就改变成一个病号。如救援被困的同志，派擦皮鞋的小同志送伪装物品。这些都要有平时的准备和急时的随机应变功夫。

伪造最重要的是伪造证明文件，平时就要通过各种关系，收集一些敌伪机关、单位团体的印鉴模样，信笺信封，以及一切可用的空白证件（当时街上有专卖填学校毕业证件的证书纸），街上卖的请帖、拜访帖子、名片，特别是当时官场中及社会上有声望的人物的名片、签字格式等。要设法弄到当时的最紧要的"身份证"空白纸（过去我们通过伪市政府中的地下党取出一些空白"身份证"来临时填用十分方便），这些空白证件如果弄不到手，那就要设法伪造，如有自己的小印刷设备，备有必要的铅字（平时三五个、十个八个去零买来的），到时就手工印一下，大体不差就行。实在无法，如信笺信封可用油印非常精细地仿刻仿印，用红颜色印，大体相似。要有这样的刻写印刷人才。最重要的是刻官印，当时通行迷信大红官印的证件。一定要有会刻印的同志，能用木刻当然可以混过，更仔细的是用软铅板刻，印出来和钢刻官印差不多。但也有临时紧急需用，就用块肥皂刻，也勉强混得过去，印几张也不会坏，实在时间紧迫，马上要用，没有办法，就用油印蜡纸刻写，用红印泥印，略显模糊，印出后加以修整，也能对付一下。特别是小机关团体的仿宋正楷体字的圆形印，更好伪造。用油印蜡纸刻里面的仿宋字，用红印泥印出后，找个大小差不多的玻璃瓶胶木圆盖子，利用那个圆圈，涂上印泥，印在字的外面，和原来的圆图章比，可以做到基本一样，以假乱真。刻铅的功夫平时要有人练习，领导人员自己作为业余练习，到时候自己在什么地方要造什么样的证件，立马就刻什么。如会写印刷体可以油印，临时用蜡纸刻，红印泥印。国民党政府发的"身份证"上，在相片上压了一枚钢印，政府机关发的工作证的相片上也压了钢印，毕业证书也一样。伪造钢印比较难一些，但也有办法解决。只要有一个坚硬而又圆滑的刻压工具（如铜笔套），可在厚纸和相片上压出笔画粗线。在压钢印前把要压钢印的照片、证件用水打湿，使纸质软化，压出线纹更好办一些，钢印本来只要有模糊可辨的基本轮廓就行了。如果能用软铅板来刻钢印，比较好刻一些，压在纸上，基本上和真钢印一样。

携带伪造证件旅行，除主要证件外，最好还带一些辅助证件，比如你是一个出口商人，除有相应的身份证件外，最好还带一些辅助证件，公司的信笺信封，自己的图章，来往商业性信件、请帖、名片等等。敌人一看见这些辅助证件，就会对你伪造的主要证件不产生更多的怀疑了。

在伪造身份证件上填写的名字，最好是便于改变的，即用毛笔临时在名字上、年龄上、籍贯上加上一两笔，就会变成另外的一个人名，年龄籍贯都不一样了，名字的音都不同了。为什么要这样设计？为的是在伪造第一个名字和年岁时，就要考虑到以后在新的紧急情况下，伪造的证件也不好用了，必须改变用新的证件，但临时伪造不成，这样用毛笔一改，就成为另一个新证件。即使敌人已经知道你原用的伪造证件名字，追查起来，还是查不到你头上。比如你第一次伪造的身份证上写的是"于司光"，到时用毛笔一改，加一笔画或略微改一点，就成了另一个人，名叫"王同先"了。籍贯也可改一点，省不能改，县却有相近的字，可以改。这种改法对在紧急情况出走的同志有好处。即使有知道你用伪造证件出走的人被捕叛变了，供出你的假证件的姓名籍贯，出走的方向，在后面追来检查，也没危险了。因此有的同志出外上路后，马上改变身份证件的姓名，是聪明的做法。当然领导同志紧急疏散出去的去向及行程日期，除自己外，本来不应告诉任何人，而且在途中应突然改道而行，以防不虞。有时故意而又看来像无意似的把自己的出走方向，露给别人，实则反其向而行之，可以迷惑敌人。如叛徒已经供出我们将去香港，敌人在成都、重庆交通要道守候，以为我们不是坐飞机，便是坐船去武汉转广州、香港，我们却不乘飞机，也不坐船，却坐汽车向昆明方向经贵阳绕广西柳州等地转广东去香港，敌人就空等了。

七、应　变

地下党活动中虽然有严密的组织，严格的秘密工作纪律经验，但党员在活动中难免暴露而为敌人追捕。党组织出现突然被敌人进攻的突发事件也是难于完全避免的。特别是党组织的高级领导机构被敌人发现，领导人员被敌人追捕，甚至在党内出了叛徒，使组织面临大破坏的情况也是有的。

我们要尽量避免党组织出大事故，但是我们必须随时预防出现大事故，以便出了大事故，能及时堵塞漏洞。因此，第一，党组织在平时应有应付突发事故的准备；第二，党组织在出现突发事故的情况下要善于应变，尽量减少破坏和损失。

（一）应付突发事故的准备

1. 提高警惕，严防突然袭击。

（1）党组织，特别是领导机构要经常检查秘密工作，要及时发现组织的漏洞在哪里，严肃认真地断然地采取措施，消除危险。宁肯信其有，不可信其无，麻痹、疏忽、侥幸，都是出毛病的根源（当然不是草木皆兵，张皇失措，而是沉着地细心地调查分析，使自己不致陷于被动挨打的地位）。过去有些事故的出现不是敌人的高明，而是自己（特别是领导人员）的疏忽。往往不是事先毫未出现征兆，而是对于这些征兆的出现麻木不仁。

（2）要随时掌握敌情。最好的方法是千方百计派党员打入敌人的特务机关去，随时得知其机要。过去我们就有这样的长期在敌特机关埋伏的同志，他们冒着生命危险，送出重要情报来，使我们党组织减少了破坏。对这样的同志要特别加以爱护，除高级党组织的书记得知其姓名、活动机关、联络暗号办法外，其他任何人不得知道。和这种同志不可经常联系，以免被敌特发现怀疑。只有在必要时，他才以约好的办法，在极其机密的地方，以极其短暂的时间突然联系。或者根本不见面，以暗号或通信进行联系。这种同志必须与一切过去的党的关系和进步关系完全切断，生活作风要随和一些（但不准堕落腐化），不准有反党行为，而又随机应付敌人。这种同志要随时准备牺牲。党组织则在其势难立足时，加以保护和及时撤退。这种同志送出情报后，我们采取相应措施时，一定要考虑如何保护这个同志不致被敌特注意，要造些假象以迷惑敌人。

假如不能派人打入敌特内部，则尽力有人和敌特活动有关的部门的人有关系，或通过进步的高级民主人士，以及伪党政机关的高级人士，经常打听到一些敌特活动有关的情况。和地方实力派中的军警人员建立关系，也可以事先得知一些敌特活动的情报。关键是我们善于从多方面收集到的零星情报中去发现事物内部的联系，善于分析在这些现象后面隐藏的敌特的阴谋。

（3）要及时发现敌特将进行破坏阴谋的一些征兆，比如：①敌人突然在交通要道及旅店等地加强检查；②敌特高级人员的突然到来；③敌特数目突然增加，突然活动积极起来；④敌人在准备房屋，外围军警宪在进行调动；⑤我们比较暴露的同志出现被敌特跟踪的事多起来；⑥有的同志的信件被检查，亲友被查问，居留地方被人暗地监视或侦察。特别是领导同志要注意自己和同级或上下级同志受到敌特从来没有过的留意，掩护职业地方发现有不明身份的人来往活动，在查询情况或暗地侦察。所有这些都是可能发生突然事件的征兆。党组织领导人要善于沉着机智地、不动声色地进行观察分析，然后当机立断突然摆脱敌人。总之，敌人既然要对我们采取突然袭击，只要平时留心，总不会没有一点风声、一点动静、一点征兆的。过去出毛病有的就是因为已经看出征兆，但不往严重的方面考虑，反而麻痹大意，结果陷入被动，不可收拾。

2. 事先做各种可能破坏的估计，相应地设计好应变计划。党组织领导人应该平时就设想比较可能的漏洞，可能出现的破坏事故，制订临时的疏散计划和堵塞漏洞的办法。什么组织什么人如被捕，要立刻通知哪些组织和什么人，要疏散哪些人，要切断哪些关系。一般说来，越是基层的组织和一般党员出了事故，越是比较好应变，好堵塞漏洞，因为他们知道的党组织的人数有限，知道党的活动情况也有限，因而人员的疏散，工作的重新安排，都较简单一些。越是高级的领导机关和领导同志出了事故，越难于应付，牵涉面宽，影响很大，漏洞大而且扩大很快。虽说越是高级的党员在敌人面前越坚定，叛变出卖的可能性越小些，但不能有幻想，不能以这种估计来安排应变计划。因为敌人对这些党员也追逼得更严更紧，阴谋诡计更多些，仍必须照秘密工作纪律进行应变，不能疏忽。因此对于越是高级的领导机构，越有必要随时估计领导人员哪一个被捕后，其他同级的人、上级的人应该怎样实行应变计划。特别是未被捕的同级领导同志有责任及时通知上下级组织，及时组织疏散，绝对不能自己惊慌失措，只顾自己隐蔽和疏散。不负责任，这是犯罪行为，自己哪怕有极大可能被捕牺牲的危险，也要坚持做完通知和组织疏散工作后，才能撤退或隐蔽起来。

3. 各级党组织及个人，特别是专门做组织工作的领导人员，都必须平时与上级和下级组织约好接发紧急通知最快捷的方法。这种快捷方法除开派人或亲自去找被通知的人，告知发生紧急事件，按计划进行应变措施外，还有多种临时接收紧急通知的办法。（1）按事先约好的能较快收信的通信处写信通知，以暗语告诉什么机构什么人出了事故；（2）按平时约好的在敌伪报纸广告栏登载小广告通知；（3）在随时可以看到的约好的公共地方贴约好的不为人怀疑的通知（如招贴、广告等）；（4）派交通员扮小贩到被通知的人住的街道去做特殊的叫卖声，或铜铁的敲击声，或按特别的汽车、自行车、三轮车铃铛声。总之事先要约好这样的特别通知办法，临事就比较从容了。

至于不在本地的，则事先应约好通信处和通知内容的暗语，到时以电报通知。原则上被破坏组织、被逮捕的领导人的上级组织及他们或他领导的下级组织及知道的党员，都要以最快办法通知到。通常上级、下级是约有紧急电报的暗语和通信办法的。

4. 各级组织及领导人员、党员都要有自己临时疏散及隐蔽的秘密方向和处所。这种地方平时不要告诉任何人，包括自己的上级领导人在内。而各级领导人即使是同级同志也不宜互相告诉其掩护所。过去领导同志往往有一个给由他领导的上层统战关系，到时由这种上层统战关系安排疏散去向，或暂时隐蔽一下，再找更妥当的地方，做长久打算。也有同志联系或发展一两个（自己经常往来的主要城市最好各有一个）专门为自己做掩护工作的同志，他们平时并不在进步群众中活动，而从事商业、文教、政府等部门做一个无人能看出其政治面貌的党员，他的责任就是党的主要领导同志到这个城市来活动时，他接去住在他家，为之掩护，提供活动便利条件，包括金钱、旅费、衣服用具、证件等在内。上级、下级、同级均不知道，即使出了叛徒，他还是可以继续在这个城市活动，或者隐蔽到其他城市这种党员家里去，继续活动。平时有这样的安排，到时才方便。有的就是不为党内其他人知道的自己的一般亲戚、朋友、同学，也可以作为疏散隐蔽的地方。只是不要在这些人面前暴露自己的身份和目前处境，而以其他托词住到那里去。这当然只是暂避一下。这是为了怕党内甚至上级、同级出了叛徒，自己处境十分困难的情况，所不得做的安排。

5. 各级领导人员，要平时准备好紧急疏散时的出路、退路，还要准备好紧急疏散的职业、身份、面目改变的有关准备，如证件、衣服、改装用品等，而这些证件、衣服、用品，平时是不让上级、同级、下级同志得知的。一出事故，迅速改装，即使叛徒出动，也无法查缉。甚至面目、年龄也临时化装改变了，如发式的改变（有头发改为光头，眼镜改变，胡须平时有，到时刮掉，或平时无，临时安上假须），年龄改变，服装职务身份也改变，最重要是职业及证件的改变，敌人无法猜到。

（二）应变措施

1. 党内出了事故，第一要消息灵通，及时了解情况，安全措施要走在敌人前面；第二要临事不乱，临危不惧，冷静沉着，勇敢机智。一切决定于"不怕死"，只要有牺牲自己抢救党组织的决心，就能从极被动的状态转为主动状态，由被动堵漏洞状态到从容地先行的预防安排。领导人员在上级或同级出了叛徒，特别是高级领导机构中出了叛徒，波及面极其巨大又极其快速的情况下，要坚守岗位，实行应变措施。

2. 得知党内出了事故，什么党员被捕的消息后，要及时进行事故原因的分析，是工作上暴露了？是被敌特怀疑或敌特外围组织告密了？是党内别的人被捕，供出他来，未及走避或未及时疏散？是党内出了尚未察觉的敌特或叛徒？是其他地方组织发生事故，牵连到这里来，或是他和那里组织或党员原有关系，没有彻底切断关系而牵连过来？总之要迅速查明原因，针对事故的原因进行恰如其分但又保证安全的疏散措施。然而要马上查明事故原因是困难的，可作几种可能的估计，实施紧密措施，以免考虑不到，又发生新的扩大和蔓延，反而不易收拾，宁肯想得多一些，也不要心存侥幸、马虎从事。当然这不是一遇事故便大疏散，大撤退，作鸟兽散。要坚决反对和批评慌乱及逃跑主义。

3. 得到出事故的消息后，按纪律应立刻以最快的通信办法通知其上级党组织，使上级大体知道是下级谁被捕了，才能采取措施，防止事故向上级扩张。按纪律应同时通知被捕人所了解的党员以至进步团体的群众领袖，及时疏散出去，要想得周全，不可遗漏。有的人只有被捕人本人才约有关系暗号及通知办法，但如其他同级领导人得知是党员或群众领袖的，也要设法告诉他们，立刻走避。千万不可存幻想，以为这个被捕同志平时表现很好，可以不按秘密纪律执行。通知按平时约好的执行，不要发生错误，且要估计到原约的暗号和办法等是否发生了变化。通知时要特别谨慎，要提高警惕，观察分析，不要因为通知反而又被敌人发现，扩大了破坏。敌人是狡猾的、善于伪装的，凡是已被捕的或估计已被捕的人的住所、工作单位，一律禁止派人去找他，但是有时也可以派不相干的人去进行机智的、巧妙的侦察活动，以判明情况，相机通知他。

通知被捕人知道的党员疏散时，要严格规定，按通知规定的时间离开，不得延误、推诿，否则一切由他自己负责，将来还要追究责任，告诉他这不是他一个人的问题，是整个党组织的安全问题。

4. 被通知撤离的党员到了党指定的新的地区新的工作岗位上去工作后，可将组织关系转移过去。或是通知撤离的党员自己可以找寻隐蔽的地方，和他约好通信办法，以后按约好的暗号、办法去找他，但可说明在短时期内可能无法派人去和他联系,他只要在那里埋伏起来,站住脚跟,再逐步做群众工作,将来党组织会派人去找他的。有时因整个政治局势不好,有的党员埋伏三五年,党组织没有派人去找他,这就要求他继续独立作战,为党工作,决不能消极隐蔽,埋伏死了,甚至消沉堕落。

5. 被破坏的同级组织未被捕的领导人员一定要坚持做完疏散工作,使该撤退的撤退了,未撤退的也做了调整安排,再也没有发生破坏事故了,整个组织重新稳定下来,恢复了正常工作了,应疏散的领导同志才疏散出去或隐蔽下来。留下来继续工作的同志的工作方式方法应随形势而转变,不可一味蛮干,更不能心存报复,盲目性地向敌人冲击,引来新的组织损失。做妥了这些工作后,主要领导人应到上级那里去报告事故发生情况及应变处置办法,进行检查,接受新的指示。

6. 一定要注意领导同志走避时,可能遇到敌人的拦截、追捕,特别是出了叛徒的时候,这种追捕是很厉害的。因为叛徒知道我党活动的规律,知道我们如何疏散,如何走避,可能指引敌人对我们进行针对性的突击,这是很凶恶的。比如到平时我们接头的地方去进行暗地侦察,对我们常用的通信办法进行审查,到我们组织比较强大,活动比较多的工厂、农村、学校、单位加强侦察和乱抓人逼供。还到未被捕的领导人员可能潜伏地点、走避方向去设伏突击,到上级去作报告的必经路线进行拦截、检查,甚至带叛徒一道去上级机关所在地暗地进行侦破活动。因此未被捕的领导人员尚在那里坚持工作时的自身安全要注意,虽然要勇敢无畏,却又要特别细心。尽量到不为被捕人得知的地方去居住,尽量不要多去街上行走,要走也要多走小巷、僻静道路,不走大街(敌人常令叛徒坐上汽车在大街上巡行,见党员就抓)。不再去常去的接头或开会的地方,不用常用的接头、通知办法。特别注意不走叛徒估计可能走避的方向和去向上级汇报的道路,而应出敌不意,反其道而行之,加上改装,改职业,有可靠的证件,尽可能不通过敌人的检查站，不住旅馆，又不断改换证件及职业等，是可以保证安全的。

7. 假如可能的话要写信警告叛徒，或通过其家属通知叛徒，他已犯了罪，如不立刻停止犯罪，将来就是追到天涯海角也要归案法办。并警告他敌人对他利用到没有用处时，是不会让他好死的。对于叛徒，敌人虽然保护严密，但也并非无隙可乘，假如有武工队活动，而又查知叛徒规律，有把握时，对叛徒加以制裁、处决，是完全可以的。

八、拒捕与营救

党组织领导同志除开平时对敌特盯梢应有"狡兔三窟"之计，临时摆脱敌人外，在自己的住地也应有"狡兔三窟"之计，做好临时逃遁的退路安排。自己要注意，平时在家，外面有任何人来找，都不要自己贸然跑出去应门，因为自己的住地是不应有党员来找的，对来找的人一定要怀疑。在家里自己最好不要担任家长，由另外的人任家长，查户口、查电线、查卫生等方面的人来，让别人去应付，凡有生人进来，自己都要警惕并准备逃避，特别是已经察觉自己被盯梢了，或者自己的住所有可疑的人在观察、在打听了，就要及时走避，离开后再进行观察。

自己住所的临时退路或越墙到别的巷子、空地、人家，敌人不可能在那里埋伏的路线，或敌人进行搜查也一时无法发现的隐蔽夹墙、地道等，最好不要被一般人得知，一遇逮捕时，家人和他们纠缠时，自己就去掉安全信号，及时逃遁。敌人在抓我们时，往往都是在清晨不明不暗之中出动。要善于迷惑敌人，可声东击西，从一面走掉，在另一边发出东西的声音来，如投石头等。

如果有武装保卫人员，在这种场合就要出敌不意，进行突然袭击，不声不响地把进来的特务的枪下掉，把他们关起来，或击昏，然后设法突围。在敌人已捕走领导同志后,也应有保卫人员以本地"地头蛇"的面目出现,加以拦截、取闹,使被捕同志溜掉,再武力对抗(武工队保卫人员最好平时就在"地头蛇"的掩护下活动,表面看来是属于流氓性的武装)。没有武装保卫人员临时抢救,如已被捕,则要看来的特务多少、经验如何,反正以一死相拼,能把敌人的枪下掉,就突击下掉。必要时开枪打死他们,或者突然反手一击,飞腿一踢,把敌人的枪打歪,立刻进行格斗。这要相机而行,估计自己力量不行时,只得作罢。

敌人逮捕了我们的领导同志后,如是在其他县或乡村,一定要秘密押送往大城市敌特监狱,这就有突击抢救的可能。只要知道敌人押送路线、大概时间、使用工具,就可以在路边偏僻上坡山道一带、渡口一带进行武工队的化装埋伏,以土匪抢人或本地流氓头子、恶霸的名义,检查行人,要买路钱,以搜查鸦片烟等名义,拦截车子,在检查时突然把敌人的枪下掉,救出同志来。这只要情报灵通,是可以做到的。

敌人的临时拘留地方,敌特的审讯机关,往往是不大的民房,如果我们的力量较强,敌特又不戒备,武装并不多,也是可以实行突然袭击的。

在快解放时,敌人军心动摇,内部不稳,只要关押的地方可以实行突击,也是应该组织突然袭击的。当然,敌特关押地方很宽大,或孤立地点,要突击是比较困难的,没有内应或敌人内部的倒戈,一般也不易成功,但应做动摇瓦解敌人的工作。

九、保卫工作

地下党在一定的高级党组织下,应该建立党的保卫专门机构,除拥有专职的负责人和若干秘密工作党员外,必要时还要建立和领导武装保卫组织。他们的任务就是专门和敌特破坏活动进行斗争,应包括:

1. 领导我们打入敌人内部的特务、警察、宪兵及其外围组织里去的党员进行活动，并和我们秘密军事系统、情报系统、统战系统建立一定的联系，以便配合活动。

2. 对党的领导机关，特别是一个地区的领导机关进行秘密工作的安排、检查，配备保卫领导同志的必要的秘密武装人员，对敌人进行反盯梢，必要时武装保护领导同志的安全。

3. 了解敌特的组织系统和人员、活动规律，及其外围组织的情况，侦察了解敌特的活动，特别是在我党组织较多，力量较强的地点的情况；了解敌特内部人员、机关、集中营的情况；了解敌人在公共场所的活动，了解敌人最新的调动及其领导人员的活动情况，及时向上级领导提供情况报告。

4. 审查敌特可能打入我党组织内部的可疑人员，进行侦察了解，或作紧急处理。敌人是千方百计想打入我们组织里来的，党的组织不纯，思想不纯，都可带来坏人混入的后果。对于内奸的防备是千万不能大意的，我们在吸收党员时要严格审查，在平时还要考查其活动情况，如有可疑之处，立刻报告组织，由保卫部门进行审查和处理。敌人是很会搞一套"红旗"政策的，特别是叛徒对于这一套容易伪装。但是敌人总是敌人，他既然要破坏我们，就不能不有其不可告人的活动的一面，不可能掩盖得很彻底，总有来路不明或可疑活动的蛛丝马迹，只要留心，总是可以发现的。

5. 领导武工队的活动。过去长期活动中，由于没有建立保卫部门，深感对敌特进行斗争的困难，这要算是一条教训。许多破坏事故，假如当时有保卫组织的配合活动，是可以防止出事故的。或出了事故也是可以临时抢救，使组织避免大的损失的。

其他史料

到农村去的初步工作

现在发动民众组织，尤其是农民的组织，已是刻不容缓的事。问题现在已经不在该不该，而是在如何去做。我现在把中央大学农村服务团在晓庄工作数月的一些经验，很扼要很简单地写一部分出来。对于后来工作的朋友，不能说是毫无补益的事吧。

先从准备说起。做农村工作是应该先有充分准备的，如地方的寻觅、人物的配备、关系方面的接洽、物品的购置都很重要。找工作地方是很简单的，中国什么地方的农村都需要一大批的工作者，只要选定一个地位很重要工作能展开的地方就行了。不过在目前说，在邻近战区的农村，最需要我们去工作。

人物的选配很重要，也最难。从性格上说，做农村工作的人至少要能刻苦、忍耐、谦恭、热心、沉毅！要没有一点小资产阶级的坏习性，要有所谓入地狱的决心，要有动员民众才能救国的信心。在体格上说，要有中等以上的强健身体，才能胜任整日的奔跑、讲话，才能过和农民一样的起码生活。在才能上说，大体要有演说、歌咏、戏剧、医药、农事、文字图画等方面普通技能的人才，能够全都具备或是兼具两三样，那是最好不过的。还有一点值得提出，就是做农村工作的人，要有普通水准以上的政治认识，对于中国和世界有一个正确的了解，对普通时事能够观察分析。这样说来，能够适合以上条件的人实在不多，不过为应日前的急务，标准不必定得太高，因为我们可以在行动中学习的。

物品也应该准备得相当充分，最主要的是挂图、表册、纸张、印刷机、歌本、化装用品、普通医药等。东西不必带得太多，免得累赘。随身日用品，除开被头毡普通衣服牙刷牙膏面巾等而外，其他全不需要，如头油靴油之类都可以丢掉，西装最好藏起来。

其次，我们就谈到到农村去的问题。

到农村去后，第一件工作就是打通上层关系。我们要知道，做农村工作的人，像跑江湖的人一样，到了一个地方，第一件事就是"拜码头"，要凭着两片嘴皮，先得和当地的官吏如像党委区长乡长镇长之流建立初步的友谊，再和当地的豪绅打交道。说话的内容不一定，总是顺风转舵，连吹带捧，一方面是奉承，一方面是胁迫。要尽量利用他们相互间从属的关系，相互间的矛盾冲突。这些关系建立好了，在这地方才能存身得住。尽量避免不必要的摩擦。

接着就是了解农民。农民是我们工作的对象，自然要清楚地认识他们，看他们过的什么生活，有些什么习惯，他们最痛苦的是什么，最关心的是什么问题。认识的方法，一方面从他们日常生活中探得，一方面和在当地住得很久而认识比较清楚的人（如知识青年、小学教员）细细地谈而了解。了解他们，正确地估计他们，然后才着手进行工作。

我要反复说明的是我们做农村工作的人要放下我们的架子。所有的生活习惯，一定要和农民的一样，要这样才能和他们一块生活，才有进一步去训练他们组织他们的可能。现在做农村工作的人，大半是觉醒的小资产阶级知识分子，就有定型的习性，像马虎、浪漫、自尊、毫无世故、好假面子、没有耐劲等，假如把这些坏习性在农村中使出来，不特不能使工作展开，反而使农民生出反感，甚至存身不住。

在农村中首先还要知道他们特有的风俗，不可犯了忌讳，使他们难堪。破除迷信，自然是我们的工作，可是切不可过火。如占庙宇毁偶像等，会遭受他们极度的愤懑的。我们常常见到因为这种事而激起农民的暴动。我们应该慢慢地来，首先要说服他们，然后使他们自发地作出破除迷信的行动来。总之，我们要"入境问俗"，虽然我们要"移风易俗"。

现在我们可以在这些地方住下来了，进一步要展开我们的工作。工作的程序，大概分成三个阶段，就是宣传、训练和组织。可是在这儿要声明的，三个阶段并没有严明的分界，不能说宣传的时候不可以组织，组织好了以后，就不需要训练。就是次序也可以调换，组织好了再训练，训练的时候就做宣传的事也是可以的。

常常一大批一大批的农村工作者，到了一个地方，就拉开场面来做一些长篇演说，只落得听众东走一个西溜一个冷冷地散了场，于是工作者大为灰心，认为这些农民全是些昏庸老朽不可救药的家伙，他才不知道这完全怪他自己的技巧低劣呢！

宣传的技巧多的是，看自己能不能活用，最要注意的，是一个总的原则，那就是"不要说教"！

我们非到适宜的时候，绝不采取讲演形式。起初大概都用谈话方式，因为要用谈话方式，才能够和农民接近，他们才不觉得你高不可攀。谈话要无顾忌，才可以知道他们内心要说的是什么。谈话的时候有许多应该特别注意的，最主要的是话要尽量的通俗，不要直接提到抗日救国问题，而要从他们的生活谈起。理由是很简单的：话不通俗，根本就不能和他们谈话。不从他们生活谈起，他们简直不高兴听你那些话，他们认为你讲的都是骗他们的鬼语。因为他们现在生活在极度困苦的状况中，最切盼的是如何解决他们目前的生活问题，而不是打日本侵略者。你要他们打日本侵略者，他们就要问你打日本侵略者并不能使他们不饿肚子，相反的他们非常厌恶搅乱他们生活秩序的战事。所以我们讲话的时候，不特要从他们的生活谈起，而且始终不能离开他们的生活问题，只应该在谈话的最高峰处，很巧妙地把他们的生活和抗日联系起来，使他们想到抗日就是解决他们的生活问题，暂时的战争苦痛生活，是达到将来永恒的快乐生活的必经过程。谈话的技巧很多，限于篇幅，只好从略。

此外还有几个必要的宣传技巧，譬如话剧、歌咏、活报、弹词、说书、行医、壁报。

农民知识水平低下，生活清苦，大报纸他们是无法读的。壁报就应这急需而必须出版。我们办的壁报是两天出一期，内容分七项：新闻报道，小言论，图画解说，战时常识，街头文艺，本地消息，名人警句与标语补白。不管哪一项，编排要十分新颖美观，文句要尽可能的通俗，洋八股切不可用。图画照片越多越好，我们办的壁报上，画片大概要占三分之一。

最能号召农民的恐怕要算话剧了。在农村上演的是"街头话剧"，我们顾名思义就知道这是一种设备简单上演迅速的短剧，所以选择剧本和上演的技巧，都不必要求太高，只要切合实际，刺激生动，易于排演，能吸引观众的注意力就行了。艺术至上主义的产品和演员，都请不要在农村中出现。剧的内容切合他们的生活，可是要和抗战联系起来。对话要短而峭，要适合本地土话的语气，这样才会使他们发生"亲切感"。

至于歌咏也颇有号召力量，因为他们很高兴去听卖唱的唱歌。我们要在那儿宣传，只要男的女的放开喉头一唱，马上就可以得到一大群听众，尤其是女的唱歌，号召力更强。不过我们不光是把歌咏作为号召听众的工具，我们要它本身有宣传作用，所以除开唱救亡歌曲而外，最好能够教他们唱，办法是把本地土调的调子配上新的材料，他们就很容易唱上口。

活报是更新型的宣传方法，意义是"活的报纸"，就是更易上演的话剧。凡是最近发生了一件什么事，有值得向民众宣传的，就马上编成短剧，东拼西凑，加油加酱，马上就上演给民众看。剧的内容自然要尽量合乎原来事情的情节，可是也不可忽略，要强调我们所要宣传的中心意思。这种剧自然是很简陋的，可是它的事实新颖，上演容易，教训很好，这许多长处就掩盖它的缺点有余多多，所以自从它被发现以来，就很普遍地被采用着。在救亡运动中平添了一个新颖的宣传技巧，就在戏剧上也开出一朵美艳的鲜花。

按着要谈到弹词说书，这也是一种成功的宣传技巧。农民对于弹词说书这些古老的玩意儿，始终是很拥护的，我们做农村工作的人，自然应该尽量应用这些旧的形式，充实以新的内容。不过一个弹词说书的人，的确要经过长时间的训练才行的。他要具备伶俐的口齿、音乐的天才、活泼的姿态，要随便登台而毫不显出尴尬，要土语一学上口，要见什么说什么，说得出口成章，委婉动听。要能口里说手上做，说得怪声怪腔，做得滑稽突梯，要能把一件事随便编成调子来弹唱，编成小说来宣传，凡是一切跑江湖的人具备的条件，都得具备。技巧有了，充实的材料也有了，弹词的人抱个破琵琶，往酒肆茶馆里一坐，马上铿铿锵锵地弹唱起来，说书的拿块惊堂木，在街头巷尾，把惊堂木一拍，就滔滔不绝地讲下去。

最后说到医药。行医的本身自然是一个造福农民买好农民的办法，因此它是一个最易接近农民的技巧。因为你给他们做了好事，他们非常感激，那么你在行医的时候，就是最好的宣传机会，你说什么话他们也容易信服。

以上关于到农村去的宣传技巧方面，大略说过了，其他关于训练和组织方面，没有篇幅好让我多说，就是在宣传技巧上也说得很简略，好多细目都不能详细解说。只好让工作的朋友们去实地工作中体验，因为"工作是最好的学习方法"。

1937 年，在中大农村服务团。
刊于《战地青年》1938 年创刊号

难忘的战斗岁月

——纪念"一二·一"运动三十五周年

三十五年的岁月从我的眼前流逝了。可是昆明西南联合大学（由抗日战争时期流亡到昆明去的北京、清华、南开三大学合组而成）的那些风风雨雨的日子，那些可歌可泣的往事，还历历在目。我仿佛又回到了四季如春的山城，从城北公路的浓密的白杨树荫下走进联大的校门，我似乎又看到荒芜的校园中那些用茅草和泥胚盖的教室，那些简陋低矮拥挤不堪的宿舍，那些被野草淹没的泥路，那个曾经响彻过战斗歌声的草坪，那个唯一的绿化点缀的浅草池塘……哦，我怎么能忘记那些安于清贫生活、在日本飞机的弹雨下坚持传道授业的老师们（其中许多现在还是我国第一流的教授和科学家），我又怎么能忘记那些衣着褴褛，忍受辘辘饥肠的折磨，还在透风漏雨的图书馆里伏案攻读，或者还在简陋不堪的实验室里彻夜实验的同学们（其中许多后来成为世界或中国知名的科学家、教授和革命干部）呢？

我更永远不能忘怀的是民主墙上那些振聋发聩、琳琅满目的壁报，那些像匕首闪光或战鼓雷鸣的诗歌朗诵，那些响彻云霄的《我们不要这个》《你这个坏东西》《坐牢算什么》这样一些歌声，那些赢得多少同情的眼泪和愤怒的吼声的反对内战、抨击暴政的广场活报剧，还有那些时事讲坛上的反对蒋介石卖国独裁的激烈辩论和大声疾呼，那些像雪片一样纷飞的反内战、争民主、要和平、反饥饿的宣言和传单，更有那些冲破国民党特务层层封锁和包围，粉碎他们的阴谋诡计，万众一心上街游行示威的钢铁队伍。

啊，"一二·一"，那些战斗的生活和流血的日子啊！

在我的眼前又浮现出西南联大这座像巨人一般挺立在蒋管区白色恐怖中的"民主堡垒"，它是由满怀民主信念和钢铁意志的几千颗心凝铸而成的长城，它在机关枪的嗥叫和手榴弹的爆炸下，巍然屹立，在法西斯血腥镇压下奋起反击。联大的每一个门口，每一寸围墙，每一方校园都是神圣的阵地，英雄的战场。于再烈士倒下去了，他为了阻止特务把拉了火绳的手榴弹投入人群，避免引起巨大伤亡，而在奋力抢夺中牺牲了。英勇的共产党员潘琰烈士，为了领导同学堵截冲入校门的敌人，在敌人投掷的手榴弹爆炸下和李鲁连、张华昌同学一块儿牺牲了，她中弹倒地，在敌人乱刀猛戳下，还高呼："同学们，团结起来！"还有许多同学和教授被殴伤，被抓捕。蒋介石和他的走狗犯下的血腥罪行，激怒了昆明大中学全体师生，罢课支援，赢得了各界人民的同情支持，群起愤怒抗议，使昆明的民主运动迅速深入发展，大量的还居于中间状态的学生和老师很快觉醒起来，参加战斗，使敌人陷于四面楚歌之中。这股民主浪潮马上传到蒋管区各大城市，许多学校的师生群起响应和支援，各界民主力量也联合起来，向蒋介石反动王朝展开了英勇斗争。西南联大的学生和老师们不愧是"五四"运动和"一二·九"运动的后继者，他们踏着前辈的战斗足迹，高举民主和科学的大旗，和蒋管区人民一道，在"第二条战线"上，向反动王朝发起了新的一次同时也是最后一次的冲刺。

三十五年之后，我们又来纪念"一二·九"和"一二·一"学生运动，我作为一个"一二·九"和"一二·一"运动的参加者，在青年同学们的面前，我能说些什么呢？

首先我想说的是我们在"一二·九"和"一二·一"运动中，曾经高举过民主和科学的旗帜，在中国共产党的领导下，进行新民主主义革命，推翻了三座大山，建立了新中国，我们现在进行社会主义革命和社会主义建设，是不是仍然需要高举民主和科学的旗帜呢？从二十年的经验看来，我以为我们现在仍然需要高举民主和科学的旗帜，只是斗争的内容和形式，已经有了根本性的变化。

我们要搞四个现代化，建设一个高度民主和高度文明的社会主义国家，没有高度发达的科学技术，自然是不行的。但是三十年的历史还证明，没有高度的社会主义民主，更是不行的。不过现在我们要求的社会主义民主，跟"一二·九"和"一二·一"时代要求的新民主主义民主有本质的区别。那个时候我们要求民主，是为了推翻国民党法西斯政权，建立新中国。我们和国民党是对抗性的矛盾，是你死我活的斗争。对他们只能进行武器的批判。我们参加斗争要求有奋不顾身的牺牲精神。现在我们是在社会主义社会里，我们自己来建设社会主义民主并不要求推翻社会主义制度。基本不存在对抗性的矛盾，只能使用批判的武器。要求于我们的是安定团结搞四化的献身精神。

我们并不否认社会主义制度还有很多不完善的地方，而且我们背的历史包袱很重，封建主义和资本主义的流毒很深，不尊重人民民主，践踏国家法律，独断专行的家长制，官僚主义和特殊化的事还屡有发生，"四人帮"更把这些弊端推到登峰造极的地步，使人民吃了很大的苦头。现在人们要求健全人民民主制度，要求揭露和扫除一切弊害，这是非常必要的。自从党的十一届三中全会以来，我们党和国家正在人民的支持和帮助下，奋力进行改革，和一切不良倾向进行斗争。为建立一个人民当家作主的人民民主制度而奋斗。

至于学习科学，那时的反动政府，依附于帝国主义，根本不关心发展科学技术。有志于科学的同学只好争取出国去学习。现在在美国的许多拔尖的中国血统的美国科学家如杨振宁、李政道等，便是在西南联大毕业后，争取奖学金出国去深造的。我们现在的情况完全不同了，我们搞四化建设，急需科学人才，国家为青年提供了较好的学习机会和良好的科学实验设备。虽然我们在教育和科学上也还有不少亟须改进的地方，但是有志的青年是有大展抱负的机会了。我相信同学们一定会刻苦学习，奋发图强。在"一二·九"和"一二·一"运动时，唱的毕业歌是号召"同学们，大家起来，担负起天下的兴亡"，今天的毕业歌应该改成"同学们，大家起来，担负起建国的重任"了。

其次，我想说的是，无论"一二·九"运动，还是"一二·一"运动，都是在共产党的领导下，才取得胜利的。拿我比较熟悉的"一二·一"运动来说吧。自从1941年皖南事变后，国民党地区掀起了空前的反共高潮，党中央通过在重庆的以周恩来同志为首的南方局，及时向我们指出，在国民党地区地下党活动的方针是"隐蔽精干，长期埋伏，积蓄力量，以待时机"。要求地下党员和进步分子，本着"勤学，勤业、勤交友"的方针，深入到群众中去埋伏起来，做细致的群众工作，在群众自愿的条件下，采取分散、小型、隐蔽的形式组织起来，通过群众乐于参加的活动方式进行活动，逐步提高其政治觉悟。我们甚至不害怕进入到一些是敌人控制的群众性的合法组织中去，真心实意地交朋友，用谈心的方法，启发他们对于个人出路、人生哲理和国家前途的思考，和国民党争夺群众。在群众中已有相当规模的组织时，又在内外条件允许和大多数群众的觉悟的水平上，开展一些生活性的、经济性的斗争，一点一滴地改善群众的生活。然后逐步地把群众引向政治斗争，在斗争时严格按照"有理、有利、有节"的原则办事，总是以达到团结进步分子，争取尽可能多的中间分子和最大限度地孤立顽固分子为目的。进行这样的宣传、组织和斗争活动，要求十分耐心、细心和虚心，而且要准备三年五载的埋头苦干。当时我们地下党员和进步分子就是在党的这些方针、政策和方法的指导下，在党组织的直接领导下，做了四年的工作，才为"一二·一"运动打下了思想的组织的基础。所以才能在全国民主浪潮高涨时，联大和昆明的学生和教师在敌人的强力禁止、分化瓦解、武力镇压下，还是吓不倒、砸不烂、拖不垮，灵活机智，坚持战斗，取得了"一二·一"运动的胜利。不仅扩大了政治影响，而且发展了党的组织和党的外围组织——"民青"（民主青年联盟的简称）。回想起来，"一二·一"运动如果没有党的明确的方针，没有党的直接领导，要取得胜利是不可能的。

从我的切身体会中，深知没有党的领导，就不可能有"一二·九"和"一二·一"运动的胜利。正如我们说的，没有共产党就没有新中国。在今天我可以说，没有共产党，就没有社会主义。不管我们的党还有多少缺点，在这十年中又犯过多少严重的错误，甚至至今还有一些党员不像党员的样子，作风不正，官僚主义严重，因而使党在群众中的形象不那么好了，党的威信降低了。但是我深信这些错误是可以纠正的，这些弊端是能够消除的。事实上自从党的十一届三中全会以来，已经有了很大的改进。我们坚决要实行广泛的社会主义民主，要健全党和国家的领导制度，要厉行法制，和一切不良倾向进行不调和的斗争。所有这些只有在党的领导下才可能搞好。谁要想脱离党的领导，背离社会主义道路，必然要走到邪路上去。可以说，这是一条真理。

再次，我想要说的是，革命的知识分子只有和工农结合才能有所作为。学生运动本身并非目的。昆明"一二·一"运动的目的是在政治上打击了国民党反动统治，在组织上提高了广大群众的政治觉悟，并造就了一大批愿意为革命献身的知识青年。但是他们如果不去和工农结合，发挥知识分子的革命桥梁作用，还是会一事无成。这一点我们党当时是十分强调的，大多数进步青年也乐于接受，并认真去做。在"一二·一"运动之后，有一批同学由党送到华北解放区或其他地区，直接参加革命斗争去了，一部分复员到北平继续展开学生运动，后来很多转到解放区去工作。留在云南的则转到农村，发动农民，开展游击战。大部分同学都在人民解放斗争中贡献了自己的力量，很多人入了党，新中国成立后成为各方面工作的骨干。还有的英勇牺牲了，如曾任西南联大学生自治会主席和昆明学联主席的党员齐亮同志在重庆解放前夕被国民党特务杀害于重庆歌乐山电台岚垭。现在我们面临的形势和当时很不相同，任务也不一样，但是和工农结合，改造世界观，全心全意为人民服务，仍然是我们应该继承的优良传统。

（本文原为北京大学校刊而作。1980年12月2日在《中国青年报》上发表时有删节，文字上有个别修改。）

一个老战士的话
——纪念"一二·九"、"一二·一"学生运动

今年是"一二·九"学生运动五十周年,同时也是"一二·一"学生运动四十周年。这两个学生运动在中国学生运动史上有着光辉的地位,对中国革命产生了重大影响。总结这两次学生运动,毫无疑问,将有重大的历史意义和现实意义。

这两次学生运动我都有幸参加了,在纪念日到来之际,我想发表一点看法,刍荛之献吧。

要认真总结这两次伟大的学生运动,那是一本以至若干本专著的事,在这篇短文中,我只想就我回忆所及,印象最深刻的几点谈一谈。

第一,顺乎天意,合于民心,适应历史潮流,是这两次运动爆发和产生重大影响的根本原因。

回顾一下历史,"一二·九"学生运动之前,日本侵略中国,变本加厉,由东北而华北,并锐意南进,妄图灭亡全中国。在北平真是"连安放一张课桌的地方都没有了",中华民族的确到了最危险的时候。然而当时以蒋介石为首的国民党政府却坚持对日妥协投降,对内反共反人民的政策,抗日人民惨遭屠戮,亲日汉奸弹冠相庆。国家政治腐败,经济破产,人民到了难以容忍的程度,要求停止内战,抗日救国,便是天意所在,民心所向的大趋势,人民的愤怒情绪已经到了一触即发的爆炸边沿。这个时候,北平学生登高一呼,不仅全国学生影从,而

且全国各界人民都起而响应，掀起了不可逆转的抗日浪潮，激发为"一二·九"运动。

"一二·一"学生运动也是一样。1945年抗战胜利以后，民意所向是建立联合政府，实行民主建国。然而蒋介石政府在美帝的支持下，一意孤行，坚持独裁内战政策，以致民心背离，民怨沸腾，到了众叛亲离的程度。这时昆明西南联大等校的学生反对内战，要求民主建国的呼声一出，反映了全国人民的意愿，于是全国响应，爆发为"一二·一"运动。

在这两个学生运动中，学生提出来的口号如果不是顺乎天意，合乎民心，如果不是乘着全国要求和平建国这样的历史潮流，如果那时蒋介石政府还没有严重腐败，严重丧失民心，如果其政策是民主建国，为人民所拥护，而我们却逆天行事，硬要发动那两次运动，我想哪怕有天大的本事，也是不可能的。

第二，中国共产党的领导是这两次学生运动取得胜利的根本保证。

"一二·九"以前，中国共产党一直提出停止内战，一致抗日的呼吁，并以实际行动北上抗日。党以其正确的政策，受到全国人民的拥护，当然也得到全国政治上最锐敏的学生的拥护。而且在北平的大学里，一直是有地下党的组织活动的，"一二·九"运动一爆发，就得到党的支持和组织领导，其后更通过党所组织的"民族解放先锋队"（南方是通过党所领导的"秘密学联"等组织），切实领导了北平及各地的学生运动，使学生运动循着正确的轨道发展。"一二·一"运动更是如此，我曾参与其事，知道得比较清楚。

当时，在南方局、云南工委领导下，遵照党中央的指示，执行"勤学、勤业、勤交友"的方针，共产党员和进步学生必须是刻苦学习、品学兼优，成为群众的模范，才能团结群众。经过三四年深入细致的群众工作，做了比较充分的思想准备和组织准备（建立了党组织和党的外围组织"民主青年联盟"），才建成了公认的大后方的"民主堡垒"，推动和领导了"一二·一"学生运动。

事实证明,自从1921年中国共产党成立以来,在中国要搞任何革命运动,没有中国共产党的领导,是不能成功的。凡是实际参加过这两次运动的人,一定能真正体会,如果没有党的组织工作和党的正确方针政策的领导,要发动运动是困难的,就是发动了,要取得胜利也是不可能的。因为我们干的是合乎人民心愿的人民运动,是在党领导下进行的踏踏实实的革命工作,显然不是几个知识分子激于盲目热情,心血来潮,振臂一呼,大喊大叫一番,便能成功的。

第三,和工农结合,深入革命斗争,是这两次运动深入发展的必然趋势。

"一二·九"和"一二·一"运动展开之后,党及时向学生提出"到工农群众中去,和工农相结合"的口号。这是这两次运动持续发展的根本趋向。只有这样才能取得良好的历史效果。

"一二·九"运动之后,大批的青年学生南下到各地发动工农群众,更多的到了华北各地发动群众参加抗日斗争。在和工农结合,共同斗争的同时,也改造自己的世界观。许多学生在抗日斗争中取得很出色的成绩,有的英勇牺牲了,大部分成长为革命骨干。

"一二·一"运动也是一样,运动之后,大量的学生回到北平及上海等城市进一步发动群众,推动反内战、反饥饿、反迫害的民主斗争;还有大批深入云南农村,发动农民,开展游击战争,都取得了很好的成绩。大量的学生成长为革命干部,不少学生为人民献出了鲜血和生命。

这两次学生运动,由于党号召青年学生到工农中去做实际工作,培养出大批革命人才,这都是大家有目共睹的。我想在现代的中国,知识分子如果要有所作为,仍然要学好本事,到实际工作中去锻炼,才可能成长为有用的人才。我回想起那个时候,的确有一些知识分子,认为自己既有知识又想革命,便以为是了不起的人才,其实凭书本知识，只能是夸夸其谈。有个别的认为众人皆醉我独醒，以救世者的姿态想去拯救芸芸众生，结果一事无成。有的甚至落荒而走，脱离了革命。从正反两面的事实，我仍然深信，知识分子如果不与工农群众结合，如果不到实际工作中去锻炼，要想成才是不可能的。

第四，紧紧掌握斗争方向，提出恰当的斗争口号，充分依靠群众的绝大多数，有准备地进行适应大多数群众的觉悟水平，为内外环境所容许的一切形式的必要斗争，是这个运动取得胜利的根本方法。

回想一下，"一二·九"、"一二·一"运动之所以能取得胜利，就是因为我们的斗争方向和斗争口号是非常明确的。"一二·九"运动就是反对内战，一致抗日；"一二·一"运动就是反对独裁，民主建国。即使对于当时的主要斗争对象也是有所团结、有所中立、有所孤立和打击的，就是对顽固的反动派斗争，也是按"有理、有利、有节"的原则。斗争的方向、目的、口号、分寸，都是运动中十分要紧的事。这里绝没有任何的随意性和任意性，绝不可以乱提口号，矛头乱指，或者乱打乱斗。这样做只能徒劳无功。一个盲目的、不清醒的运动者随意而为，只能使自己脱离广大群众，成为可怜的孤家寡人，到处碰壁。这在我们当时也不是没有见到的。我们要进行斗争，必须充分估计广大群众的意志和历史主要潮流，必须有长期的组织积累和充分的思想准备。且只能进行能反映最大多数群众意愿，群众所能接受，愿意参加，又为当时内外环境所容许的斗争。逆天行事，形势于我必然不利，而形势是比人强的。如果一意孤行，强迫群众跟着干，那是最糟糕不过的了。我们那时就干过这样的傻事。

以上就是我谈到的四点，至于学生运动中的战略策略运用、组织形式、宣传方法、斗争方式、应变能力等应该总结的东西还很多，我想可以在将来的总结中，依靠当时参加的同志们的共同努力，加以总结，我就不再啰唆了。

刊于 1985 年 12 月 2 日《四川日报》

且说"联大精神"
——西南联大成立七十周年纪念

20世纪抗日战争时期,由北大、清华、南开三大学迁到云南昆明组建的西南联合大学成立七十周年纪念日就要到来了,在北京和昆明将要举行纪念活动,还要出版纪念文集,征稿于我,我作为一个老校友,义不容辞,欣然应命。但是提起笔来却又踌躇了。

西南联大在国家危难之际,在经济条件极其困难、教学设备极其简陋,敌机不断骚扰的环境里,在九年的刚毅坚卓的奋斗中,居然创造出世界一流大学的教育模式,为国家培养出如此众多的出色的栋梁之材,被誉为"世界教育史上的奇迹"。为此,许多当时见证的师生和教育研究者以至外国人写过不少文章和专著,不说是汗牛充栋,也可以说是成帙成箧了。我也写过几篇文章和长篇回忆录。如果我现在也写一篇文章去应卯,很可能就是炒冷饭,那就太没有意思了,因此准备不写。

但是,最近我读了温家宝总理一篇讲话《对同济大学的祝愿》,突然激发了我的情绪,我还是有话可说的。很久以来,我一直在为西南联大之所以为西南联大作深层次的思考,到底什么是联大精神?但还没有理出头绪,读了温总理的讲话,我突然感到豁然开朗。他提出办一流大学的五条,不正是西南联大办到了的五条,而且办得更完备更具体些吗?

头一条，要树立为社会服务的办学理念。西南联大当时正处在国家危急存亡之秋，所有师生无不满怀爱国救亡的热情，同仇敌忾，立志报国，不在乎缺衣少食，仍然在茅屋陋室里，薪火相传，焚膏继晷，笳吹弦诵不辍，那种忍辱负重、卧薪尝胆的爱国主义精神，真可以惊天地泣鬼神。有许多同学未等毕业就奔赴抗日前线，前后有八百人之多，还没有把前后奔赴华北华东抗日根据地的众多同学计算在内。其中许多人献出青春生命，再也没有回到联大。至于在校师生为云南地方服务，有的做公务员，工程技术人员，更多的是在昆明及乡下现有学校或新办学校里当教职员，对云南地方发展经济提高教育文化水平，起了很大的作用。教授们还经常带领同学出野外，进行地质矿产资源和民族社会考察，这成为联大师生增长知识服务社会的教学传统办学理念。这就是为社会服务的西南联大的同学，这就是西南联大的老师。

第二条，专业性与综合性相结合，那更是西南联大的特色。我们一进校，老师们就对我们说，在大学里，我们只教你们怎样做人，怎样做学问，只能教你们一些各科综合性基本知识，引你们进门，以后要靠自己深入研究。为了打好基础，西南联大的一二年级基础课，都规定要第一流的教授上课。基础课学好了，再读专业基础课和专业课就好学了。说到没有第一流的文科就没有第一流的理科，没有第一流的理科就没有第一流的工科，这正是我们当时就听到的。所以西南联大有个规定，文科一年级必修语文和英语以及逻辑和通史外，还必修一门法科和一门理科课程。我学文科，除开语文、英文、中国通史、逻辑外，还必修一门经济学和一门地质学。而且要求十分严格，五门必修课都必须认真学好，学年考试只要有一门不及格，就要退学，而且不让再考联大。这就是要求学生除开学好自己的专业外，也要学好其他课程，使学生具有广博的知识，融会贯通。大概就是钱学森说的科学家也要懂得艺术的意思。联大还允许二年级以至三年级同学转系以至转学，也可以读满学分提前毕业。这就是因材施教，人尽其才。

联大不轻易设新系，必须有充足的教学资源，有资深的领头教授才行。一个系招的学生也不多，像我所在的中文系只有六七十个学生，我那一年级不过二十人，语文专业却只有四五个学生，而中文系却拥有全国知名的罗常培、闻一多、朱自清、沈从文、唐兰、游国恩、陈梦家、李广田等十几位顶级教授。名师出高徒，是当然的了。联大设立了许多研究所，那些成绩优异的毕业学生，很多被吸收进研究所，由名师指导研究，成绩斐然。有的派出国去深造，有的成为著名的教授和学者。

第三条，强调学生的独立思考和老师的启发式教育，那更是三大学的教学相长的老传统。联大的教师从来没有照法定教材上教室去按本宣讲的习惯，那是会被学生瞧不起的，学生不选他的课，就教不成书了。联大很多教授都是把自己研究的成果，编成讲义，向学生宣讲，而且和学生共同讨论，然后定稿，中文系曾经发生过师生在课堂上争论吵了起来的事。许多课程都容许旁听，别系别院来旁听的学生往往比选修的学生还多，比如闻一多的讲课，经常是窗口外都挤满学生，有时外校师生或失学生也来听课。有的失学生就这么听到毕业。联大教授们除开课堂授课外，每学期都安排许多次由若干教授连讲的专题学术系统讲演。这是学习的最好机会。听讲的人校内校外都有，真是人山人海。每个参讲教授都把自己独立思考后的研究新成果拿出来，真是各抒己见，百家争鸣，有时候就唱起对台戏来。联大是最提倡创造性的独立思考的，学生们也是一样，从校门内民主墙上琳琅满目的壁报和学生们编印出版的各种观点的小报小刊上就可以看出来。只有在这样的兼容并包、提倡独立思考的学习环境里，才可能培养出这么多富于创造性的国家栋梁之材来。

至于后面两条，一条是学术交流，联大除开在校内各种学术讲演中进行交流外，还在国内各大学及研究单位间进行学术交流活动。联大还有得天独厚的海外通道，还可以从美国使馆及新闻处获得学术情报和最新书刊，所以联大许多教授常以科学前沿和学术新知识教育学生。另一条是勤俭办学，艰苦奋斗。在现在高楼林立的大学里还能找到我们那时的茅棚土屋吗？所以，当时梅贻琦校长说"所谓大学者，非有大楼之谓也，乃有大师之谓也"，以之来解嘲，今天却成为大家名言了。

温总理说的今日办好一流大学的这几条，拿上述当时西南联大有关情况来对照，可以说西南联大是当之无愧的一流大学，甚至可以说是一流大学中的佼佼者。但是我总在想，西南联大之所以为西南联大，在上述这些表象的后面，应该还有一个从三大学继承下来的为联大师生所共同尊崇、一致认同的思想和精神。那么联大精神是什么？

我读过许多回忆和介绍西南联大的文章，首先想到的就是爱国主义精神。是的，西南联大是特别富于爱国主义精神的。我们进学校第一天开学典礼上唱的校歌就说："万里长征，辞别了五朝宫阙"，到绝徼边地来"笳吹弦诵在春城"，"移栽桢干枝"，到底为什么？不就是"九州遍洒黎元血"，祖国濒临危亡，要雪"千秋耻"，兴中华业，"须人杰"？不是抱定了"楚虽三户，亡秦必楚"的壮怀，一定要"驱除仇寇，复神京，还燕碣"？就是在这种爱国主义精神的鼓舞下，哪怕日寇飞机追到昆明来专炸联大，在防空洞门口也要坚持上课。联大终于胜利了，为国家培养出几千名堪称栋梁的人才，其中不乏国之精英。我们常常只说到几个诺贝尔奖获得者，一百几十位院士。其实要细查一下，各大学、研究院所还有多少位从联大出来的教授学者和专家呢？在海外还有多少从联大出来的学者专家呢？还恐怕不应该忽略的是联大培养出多少个革命者？就我所知，那时的党支部和党的外围相当于青年团的"民青"组织成员，加上"民盟"等民主党派成员和进步人士，就不下二三百。这些人中有为民主革命而英勇牺牲的烈士如闻一多、李公朴，学生自治会领袖和昆明学联主席党员齐亮、党员刘国志、潘琰、吴国珩等。其余解放后大多担任中央和地方各部门的领导工作，有的成为国家领导人,有的成为"两弹一星"的带头人,有几个党员成为地质部门的技术中坚。

毫无疑问,爱国主义精神是联大精神的组成部分,但是除开当时所有大学都具有的爱国主义精神外,作为西南联大标志性的为联大人所共同崇奉的思想和精神是什么呢?我想最主要的恐怕就是三大学所继承下来的五四新文化运动的科学和民主精神了。这种科学和民主精神可以说融入到西南联大师生的灵魂中去,无论老师的教学和科研,学生的学习生活,以至为人处事,社会活动无不本着科学和民主的精神办事。联大虽然有常务的校长,关于教学的大政方针却是教授会议说了算。有训导长在,关于学生的事却多由学生无记名投票民主选举的学生自治会来负责。而且民主和科学是不可分的,学术和科研只有在民主精神下才能做到百家争鸣和百花齐放。而民主不放在公开公正、科学的实事求是的基础上,很可能是形式民主。联大是讲真民主真科学的,所以形成一个教学相长、自由民主、思想活跃的教学环境。这种联大精神,自然能培育出好人才来。我想或者还可以用三大学前辈和联大教授说过的话以及古人的成语来表述联大精神。这就是蔡元培说的"兼包并容",他说"无论何种学派,苟其言之成理,持之有故,即使彼此相反,也听他自由发展"。陈寅恪说的"独立之人格,自由之思想",冯友兰在他的《贞元六书》的序言引明朝哲人张载的话,"为天地立心,为生民立命,为往圣继绝学,为万世开太平"。还可以引用司马迁《报任少卿书》中的"究天人之际,通古今之变,成一家之言"和《四书·大学》的开篇语"大学之道,在明明德,在亲民,在止于至善"来表述。我以为联大精神就是继承和发扬五四新文化运动的科学和民主精神,以天下为己任,做思想之先驱,任祖国之栋梁,为天地立极,为人民服务。

在这里,我作为一个联大学生同时又是联大当时地下党支部书记,附带谈一谈联大共产党活动情况。这似乎是大家介绍西南联大所讳言的,大概由于当时我们处于"非法"的地下状态,许多情况不为大家所了解之故。而且国民党特务极尽造谣诬蔑之能事,把我们说成是"奸党"、"匪谍"、"职业学生",好像我们是专门到联大来破坏捣乱的。我们在联大到底干了些什么呢?

1941年春,我从鄂西特务的追捕中脱逃,回到重庆中央南方局,领导同志要我投考西南联大,到昆明隐蔽。告诫我现在白区工作方针是"长期埋伏,积蓄力量,等待时机",要我在联大认真读书,准备埋伏三五年,要执行南方局的"三勤"方针,即勤学、勤业、勤交友。这年下学期我考入联大,到了昆明。我发现联大原来的学生进步团体"群社"隐蔽后,地下党员都已撤退离校了。我准备好好读书,扎下根子,可是12月发生"讨孔运动",我出于义愤,不适当地卷入进去,成为带头人,差点暴露了自己。但却不期而然地发现了一批进步分子,其中有的也是从外地疏散到昆明来的地下党员。我有意识地和他们交成朋友。这就是我积蓄的第一批力量。后来云南省工委找到我们几个党员,重新建立了一个地下支部,选我为书记。我检讨了在"讨孔运动"中的错误,决定认真执行南方局的"三勤"方针,团结进步同学,认真学习,尊师重道,要求都争取成为品学兼优的好学生,并且努力为同学服务,比如办好伙食团。大半同学是从沦陷区来的,都有不少困难,我们尽力帮助他们办好事,比如争取增加"贷金",买平价米等。这样,在老师面前有好感,在同学中有威望,自然能够团结更多的同学,逐步引导他们走向进步。联大的许多好的教学理念和方式,比如民主和科学精神,兼包并容的自由思想,学术上的开放和百家争鸣,如此等等,这正是我们党所提倡的,我们都积极拥护和支持。这样一来,进步力量自然赢得更多师生的信任。不管那些反动和顽固分子怎么公开谩骂诬蔑,暗地里阴谋捣蛋,却失去了有正义感的师生们的信任。于是民主进步一边的报刊言论,看的人越来越多,同学们组织的进步活动进步团体,参加的越来越多。一些正直的教授,也从同情变成参加了。结果在系会、级会和全校学生自治会的民主选举中,进步力量取得很大胜利。党员齐亮就被选为学生自治会的主席，后来还被选为昆明学联主席。不幸的是他后来在重庆被特务逮捕，英勇牺牲了。两三年工夫，各种进步的学生团体越来越多，各种进步活动越来越频繁，到了抗战后期，国民党政府越来越腐败，倒行逆施，越来越受到人民的反对，而蒋介石个人独裁实行法西斯专政，特务横行霸道，引起人民特别是青年学生的愤恨。作为全国民主堡垒的西南联大的学生和老师，更是难以容忍，掀起新的民主运动。这时全国新的民主高潮到来了，联大学生自然走在前列。这时联大、云大的一批进步教授如吴晗、闻一多、楚图南、潘光旦等以及一些进步老师组织了民主同盟。联大的进步同学强烈要求组织更高更严密的接受共产党领导的组织，领导学生民主运动。于是一个类似共产党的青年团的组织"民主青年联盟"（简称"民青"）建立了，先后组成了两个支部，约有一百多同学参加。而且在云大等其他大学以至中学和职工中都组成民青支部。这对推进昆明的民主运动，起了很大的作用。而且民青分子以至有的民盟成员，在以后的民主运动斗争中经受了考验和锻炼，先后参加了共产党。两个平行支部有四五十个党员了。这些党员和民青分子，后来复员到北平，成为更扩大的迎接解放斗争的民主运动的骨干，而解放以后大多成为国家的栋梁之材。也有少数没有人尽其才，遭受不公正的待遇，直到晚年才得机会发挥余热。联大地下党员和民青分子中，除开零星地分散到大后方各地，参加当地的民主解放斗争外，有一部分留在昆明和云南农村，参加"边纵"解放云南的斗争，解放后成为当地各方面的骨干。我想西南联大健在的校友和我一样，永远不会忘记，在联大的民主斗争和在各地参加解放斗争中献出了生命的同学们。他们在联大接受了很好的教育，学有所成，却没有能够迎接解放，为祖国做更多奉献。我想如果他们在天有灵，看到祖国的解放和今日的繁荣景象，也当死而无憾了。

2007年7月1日

写在《凯旋》前面

三十四年的时光，如流水般逝去了，但是在昆明"一二·一"学生运动纪念日又到来的时候，记忆又把我带回到当时号称国统区的坚强的民主堡垒的西南联合大学里去了，那些沸腾的生活和战斗的景象又历历在目，我似乎又看到民主墙上那些满目琳琅、激动人心的壁报，仿佛又站在联大校内的广场上，这是一片不大的长满浅草的最普通的泥土坝子，却是我永远难以忘怀的地方。

联大的广场，看似普通，但它却是民主堡垒的核心，是民主斗争的战场，是群众集合和示威游行誓师出发的地方。这里，发出过多少铿锵的誓言，进行过多少血与火的战斗，洒尽了多少烈士的鲜血，积累过多少群众的愤恨。我仿佛又听到广场上雷鸣般的呐喊，听到闻一多那火的语言，又看到成千群众愤怒的目光和树林般举起的拳头，还有那浩浩荡荡从广场上出发走出校门的游行队伍。自然，也听到敌人在墙外发出的机关枪声和手榴弹的爆炸声，看到倒下去的烈士的斑斑血迹，啊，那前仆后继英勇奋战的革命群众，从他们的头顶发出了当时全国人民的最强音："坚持民主，反对内战！"

我仿佛又在广场上听到新诗社的诗歌朗诵，多么激动人心的火样的语言；又听到歌咏队的引吭高歌，冲破沉寂的春城；又看到剧艺社的活报剧，赢得了多少人的同情的眼泪和热烈的掌声；又欣赏到阳光美术会有趣的漫画……

在这中间,我特别不能忘记的是一个叫《凯旋》的活报剧。这个独幕话剧是由当时联大同学王时颖同志在敌人进攻联大的枪炮声中,在群众奋起斗争的呐喊声中,在烈士们倒下去不久的夜晚赶写出来的,不几天便被排了出来,在联大广场上演出来。对于群众的反内战要和平的斗争起了很好的动员作用。它是刺向坚持内战的反动派的一支投枪。此剧在联大演出后,马上传播到一些中学和农村中去,我记得《红岩》的作者之一罗广斌同志就曾在联大附中排了这个戏,并拿到地方部队中去演出过。

我不能说这个独幕话剧在艺术上已经趋于上乘,甚至可以说在匆忙中挥洒而成,是难免有些粗糙。然而正是这样的粗粮,曾经喂养过在国统区里普遍患着精神饥渴症的革命群众,曾经鼓舞他们去进行民主战斗。我以为这便是真正的艺术,并将列入"一二·一"学生运动的史料中去。因此,《边疆文艺》征得原作者王时颖同志的同意,把这个剧本原稿刊印出来,是很有意义的。这不仅作为"一二·一"学生运动的一件史料应该加以保存,不使泯灭(听王时颖同志说,这次找寻这个剧本原稿就很费了一些工夫),而且也不失为国统区戏剧运动史的一份资料。就是从艺术上加以研究,它体现了当时群众的反对内战的普遍要求,主题是很积极的,在艺术处理上,把矛盾种种冲突如此集中地表现于一个农民家庭,使民族灾难和家庭悲剧结合起来,展示在我们面前,也不是毫无价值的。

说到这里,我联想了起来。昆明"一二·一"学生运动曾经在当时国统区民主运动中是起过重大作用的,是"第二条战线"的重要构成部分。还出过拍案而起的闻一多这样一些英雄人物,后来复员还把火种带回到北平天津等地,扩大了战斗,支援了解放区。一大批在这一场斗争中成长和锻炼起来的革命战士,现在还战斗在各条战线上。全国政协文史资料编委会曾派人来找我,希望组织起来把"西南联大"写出来,文艺界也早有人盼望用文艺形式来反映当时的如火如荼的斗争生活。我曾经在二十几年前就计划为此写一部长篇，但终因公务繁忙，无暇顾及，而且自己也明白，一支拙笔难以胜任描绘如此广阔的社会场景和战斗生活，收集的资料也早在"文化大革命"初期散失了。现在虽然在许多友人和中国青年出版社的催促下，窃然心动，跃跃欲试，但恐怕还是志大才疏，终成泡影。因此我希望当时的许多同学和现代文学家们能贡献才智，让闻一多和其他许多英雄人物能长留天地之间。这也许不算我的非分之想。

这已是题外之言，但也算趁此机会，借箸献筹吧。

1980年1月

我只得站出来说话了

为什么我要站出来说话

老作家沙汀去世前一个月,我和四川作家协会的几位作家去看望他,说起《红岩》创作引起的纠纷时,他拉住我的肩头说:"《红岩》创作前后你都知道,你要站出来说话呀。"我当时回答他说,只要全国作协作家权益保障委员会派人来找我,我会把我所知道的如实说的。

后来,听说作协权委会派人到了重庆,但是没有来成都找我(后来曾来过信)。同时我认为,几个方面都是多年的老朋友,有什么意见或不同看法,尽可以把当年知情的朋友们找在一起来,或者还请省、市委宣传部门和作家协会领导参加,当面锣对鼓地摆事实,讲道理,把事情摆平,该怎么办就怎么办,也就是了。所以后来杨益言、刘德彬,还有中青社的王维玲,前后给我送了许多有关材料来,我都未置可否。除了我在悼念沙汀的文章中谈到沙汀和《红岩》的关系时不可避免地提到一点外,我没有公开发言。就是为这桩公案,有的人大炒新闻来找我时,我也没有理会,杨益言是当场看到的。我每次碰到杨益言和刘德彬,都劝告他们,有什么问题,还是依靠组织在内部解决的好。最好不要各执一词,发表谈话或写文章或组织文章,特别不要成为某些"炒新闻"的人的追逐对象,以免风风扯扯地把事情弄得更复杂了。

特别是在今春西南作家笔会三峡行的轮船上，因为当时有些报纸把这件事公开化了，我直率地告诫他们，我们这是开西南笔会，希望不要把《红岩》的事带到会上来。还劝他们暂时不要为此发言和写文章。他们都是答应了的。

但是后来我发现，刘德彬是信守诺言的，杨益言却似乎急于想说清问题，碍难信守的样子，他自己写了一篇表示遗憾的文章《遗憾》，到成都来要求省作协登在《作家报》上，作协没有同意。他来找我，说了许多，但是没有说他写了文章。他认定刘德彬没有参加《红岩》写作是千真万确的，他把中青社的长篇报告的内容告诉了我，自然是言之成理的。我们谈了半天，我总劝他不要激动，还是依靠党委，把有关的人找来，在内部解决的好，都是几十年的老朋友了，有什么说不清的，何必伤了和气？

杨益言对我说的话似乎不以为然，不久他就在上海《文学报》上发表了《遗憾》，同时重庆《红岩春秋》编辑部写信告诉我说，杨益言送去一篇他组织的文章《小说〈红岩〉创作的几个历史问题》，看内容就是中青社的那篇报告的翻版。看起来他是决定把这件事诉诸舆论了。在这当中，刘德彬托人给我送来一批材料，其中既有《红岩》初版书上有些段落和在《重庆日报》上以刘德彬领衔发表的作品的文字对校，还有全国作协权委会的认定报告。这个报告确认刘德彬应是《红岩》作者之一，这对他显然是有利的。但是他还信守诺言，不打算在报上发言。我又前后得到林彦亲口对我说的旁证材料以及罗广斌爱人胡蜀兴提供的一些事实。在这同时，作家高缨打电话给我，说了他当时在重庆市委宣传部文艺处阅读《红岩》草稿的情况。他们都认为我应该说话了。

在这时，我在《文艺报》上读到了沙汀生前的文章《事实终归是事实》，在那上面他说出了许多他亲知的事实。我问省作协，他们说这是沙老生前秘书根据沙老的录音整理的，录音还在。这对于了解《红岩》创作的过程，当然是极重要的材料。事情既然发展到这样，杨益言在他的文章中又针对我和沙汀，说我们不大了解情况，对我们表示遗憾。沙老已经不可能说话了，为了实现沙老临终的嘱托，我不得不站出来说话了。

其实我要说的话，和沙老一样，只想把我亲身经历所能够回忆起来的情况如实地说出来。我想这些情况，或者对于处理《红岩》创作有关问题，有些参考的价值。

《红岩》的创作是一个系统工程

要说《红岩》这部书的创作过程，必须把这一部书创作时的特殊情况先说一说。首先，这部书是由三个从"中美合作所"出来的青年（杨益言是1949年春出来的，罗广斌和刘德彬是1949年末敌人大屠杀中突围脱险出来的）合起来创作的。其次，三个作者原来都不是作家，过去没有写过文学作品，他们也没有想当作家，甚至在写出这部书后，开始也没有要当专业作家的愿望。罗广斌就对我开玩笑地说过："我就是打算搞'一本书主义'，把烈士们英勇斗争的事迹写出来，有个交代，就算完成任务了。"他们当时是当作一个政治任务来写作的，是在一种高度的政治责任感和革命热情鼓舞下，在各方面的支持和帮助下，费尽辛苦写出来的。再次，这部书是他们在各地向群众做不下几百次的宣讲中，共同切磋，反复构想，不断提高，又经过多年在一起共同写作磨炼，集思共想，一连写了几本回忆录式的小书如《烈火中永生》等，又成规模地写出了文学样式的《锢禁的世界》，作为初稿。在这个基础上几经修改，才最后完成了叫作《红岩》这部小说的。且这部小说叫作《红岩》这个书名，也是在最后定了稿，要正式付印了，才各方征求书名意见，最后定下来的。我和沙汀参加提修改意见，是在看了《锢禁的世界》的本子后进行的。因此应该说，《红岩》这部小说的创作，从酝酿到写作、修改、定稿，是经历了一个长过程，可以说是一个系统工程。

这部《红岩》小说的创作,应该说从他们向群众做报告便开始了。甚至可以说,这部书早在1950年的冬天,我在重庆见到广斌,他对我摆了一整晚上牢里的斗争故事,我很激动,要他把这些故事写出来时,他答应试试,便有了胚胎了。这个长过程的许多环节,我都是知道的。我知道在这个长过程的大半时间里,都是罗广斌带头,刘德彬和杨益言参与其事。只有在1958年后,刘德彬因为在政治上遭受了不公正的待遇时,才没有参加最后定稿叫作《红岩》那一稿的修改工作。也不是他不想参加,是不准他参加。所以这部书出版后,只署上罗广斌和杨益言两个人。胡蜀兴说,罗广斌对此一直耿耿于怀。他也对我说过不止一次。

三中全会以后,加在刘德彬头上的不实之词已经平反,然而《红岩》重印时,还是没有加上刘德彬的名字。文学界知道内情的人如沙汀等,是颇不以为然的。我当时也有这个看法。为了弥补计,我曾劝过杨益言:"《红岩》重印,没有补上刘德彬的名字,是一缺陷,你现在出版的《大后方》,我知道素材是你们三个人共同准备的,这次刘德彬虽然没有参加写作,你是否可以列上他的名字,加以补救呢?"杨益言慨然允诺,列上了刘德彬的名字,还给他分了一些稿费。我认为杨益言这样做,是很好的。

从以上的事实,可见《红岩》这部小说的创作,实在是经历了一个长过程,也可说就是一个系统工程,有它的特殊性。如果没有在"中美合作所"那个魔窟里英勇奋斗、壮烈牺牲的先烈们提供了惊天地泣鬼神的斗争事迹,作为小说的写作素材,如果没有几位作者一同经历多年的酝酿、琢磨、试写、修改,再加上党委的支持,老作家和编辑部的热心帮助,说罗广斌、杨益言两个从来没有写过小说的青年,忽然在1958年后一年多两年的时间内,写出这部蜚声海内外叫作《红岩》的长篇小说,我看是不会有人相信的。然而现在竟然有人就是这么说的,说是1959年以前写的都不是小说,包括两大本40万字的《锢禁的世界》在内,应该画一个句号,《红岩》小说是从这以后才开始创作的。于是,结论就自然顺理成章地做出来:"刘德彬自始至终没有参加《红岩》的创作。"

没有《锢禁的世界》就没有《红岩》

然而事实真是那样吗?《锢禁的世界》我想还找得到,只要把那两本铅印的《锢禁的世界》拿出来和出版的《红岩》比较一下,基本的人物(名字可能不同)性格、故事情节、矛盾冲突,不是大半取于《锢禁的世界》吗?刘德彬给我寄来报上发表的有关"江姐"的两篇作品,和《红岩》初版上有关"江姐"的两篇描写,进行文字比较,不是几乎整段整页地抬上去的?我想可以认定,至少某些部分可以认定,《锢禁的世界》实质上是《红岩》的前稿。而我当时收到《锢禁的世界》铅印本上明明印着"罗广斌、刘德彬、杨益言"三个名字,且我收到的也是他们三个人联名给我写的信,我只能认定《锢禁的世界》是他们三个人写的,这于法于理都是说得过去的吧?既然刘德彬参加了《锢禁的世界》的写作,而不承认刘德彬理应就是《红岩》的作者,这未免太奇怪了。

现在有一个新的说法,是杨益言两次亲口告诉我的。他说《锢禁的世界》刘德彬根本没有参加写作,那是1959年他和罗广斌两个人在南温泉花几个月工夫写的,他说那个时候刘德彬已经遭了。但是我问他,那为什么书上是署的三个人的名字,你们也是三个人联名给我写的信呢?他说,这里面就有一个我和罗广斌向你和沙汀隐瞒真相的错误,对不起你们两位,使你们误解了。我们是想叫刘德彬继续参加《红岩》的写作,才把他的名字列上去的,我们为此受到上级的严厉批评,云云。杨益言在最近发表的《遗憾》上也说:"这事发生在1959年,1958年11月,中青社约写这部小说。重庆市委只批准罗广斌和我参加,没有批准刘德彬参加。……这年夏天，小说初稿写成后，我和罗利用在重庆排印初稿的机会，曾未经请示，将刘的名字也印上。希望据此争取刘出来参与这一创作。这个铅印的稿本，沙汀、马识途都看见了的。他们记得这事情。按常规，就肯定地想，刘确是参加初稿创作的。"

不过，刘德彬给我提供的却是另外的说法。刘德彬给作协权委会的报告中说："1956年秋，罗广斌、刘德彬、杨益言联名向重庆市委写报告，要求将我们所知道的在'中美合作所'牺牲的烈士写出来。市委同意了我们的请求，给了我们半年时间。我们到南温泉写作……各自根据写出的人物、事件，分别承担了有关章节的写作。如罗广斌在'白公馆'待的时间较长，他就写《陈然》《小萝卜头》，我和江姐熟悉，就写《江竹筠》，杨益言负责写《龙光章》等。我们分别写好后，大家互相传阅，征求意见，然后进行修改。当时曾克在重庆市文联负责，曾派杨山同志来多次联系。有关章节是经他手带回文联打印的。这样，一部四十多万字的纪实文学《锢禁的世界》就诞生了。封面上署名作者是罗广斌、刘德彬、杨益言。"

都说的是《锢禁的世界》的创作，却有两种不同说法。杨益言说是1959年他和罗广斌两人在南温泉写的。刘德彬说是1956年和罗广斌、杨益言三个人在南温泉写的。罗广斌不在了，现在无法核实。不过有一个事实值得注意。在1957年4月4日的《重庆日报》上刊出了《江竹筠》，署名是刘德彬、罗广斌、杨益言。编者按上说，"选自作者所写的长篇《锢禁的世界》。"1957年4月15日的《中国青年报》刊出《小萝卜头》，署名是罗广斌、刘德彬、杨益言。编者按还是说"他们合写的长篇小说《禁锢的世界》（暂名）"。同报7月1日刊出的《江姐在狱中》，还是他们三个人署名。这里白纸黑字印在报纸上，1957年他们三个人就合写了《锢禁的世界》，并开始在报上发表。杨益言最近在《遗憾》上说的1959年才开始写《锢禁的世界》，那么1957年在报上刊出《锢禁的世界》的片段是从哪里来的？杨益言和刘德彬说的为什么这样的不同，令人费解。

又有人说，《锢禁的世界》其实不过回忆录一样的东西，写得很差，算不得是小说，要后来改写的《红岩》才是小说。这就未免叫我糊涂了。我和沙汀当时都收到《锢禁的世界》，他们都是以小说来征求意见的。我看那写法，分章安排，人物描绘，都是小说的格式，而且我以为写得不错。沙汀也是同样的看法，沙汀说他们到成都来征求修改意见，"每天下午他们到新巷子十九号小院，我和他们逐章逐段地讨论，谈得非常具体、详细，时间持续十来天"。至于我呢，和他们讨论也不是一次两次。除开我和罗广斌通信讨论外，我和他们讨论时还写过许多杂记，前后积累起来也不算少。就是"文革"抄家散失许多，"文革"后退给我的也还有一万多字（中青社王维玲1983年到我家里来，才发现这些杂记。他说不知道还有这么一回事。我说《红岩》出名了，我何必去掠美。他拿回去复印后退给我，现在还在我这里）。从这些杂记中都可以看出，完全是按小说来讨论的。后来不管怎么修改提高，基本素材、人物、情节，都是从这部稿子里取出的。因为这稿子有刘德彬的署名，便要割断它和《红岩》的关系，从而证明刘德彬始终没有参加《红岩》的创作，我以为这不是实事求是的态度。

我还想起来，在铅印本《锢禁的世界》寄来以前，我收到过他们寄来的油印本子，我不知道那是他们新写的本子，还是他们在群众中宣讲材料的整理加工本，但那已经不是原始材料，而是已经经过艺术加工的了。内容和后来的铅印本差不多。我怀疑他们写《锢禁的世界》时，是不是从这些油印稿本中取用了很多材料？杨益言说他们在南温泉只花了几个月便写出了40多万字的《锢禁的世界》，如果没有前面油印本作为底子，他们当时还是生手，能写得这么快吗？但是我已经全然记不起来了。听高缨说，他是看过前后的稿本的，或者他能说清楚这个问题。如果这稿本和《锢禁的世界》是有关系的，那么毫无疑问刘德彬是参加了写作的，因为那个时候刘德彬总没有事吧。那么刘德彬算不算得在《红岩》创作这个系统工程中出了力呢？这些都应该实事求是地做出判断来。

刘德彬对"江姐"的塑造功不可没

现在又有人站出来说，《红岩》中的江姐不过是用了刘德彬在《重庆日报》和《中国青年报》上发的文章中提供的一些素材，认为"记述比较简单、零散，全文几千字，只是侧面叙述而少正面的性格刻画和细节描写"。并说小说中的江姐是一个"艺术典型"（见《红岩春秋》上杨益言提供的文章）。总之一句话，刘德彬就是写了江姐，也写得简直不成样子。但是如果我们不健忘的话，当时发表在报上有关江姐的描写，激动过多少的人呀。没有真情实感的人是写不出来的。大家都知道，刘德彬和江姐一块在川东干地下工作，一同被捕，一同押到"中美合作所"，一同受苦，他对江姐的情况最清楚，是不言而喻的。后来他目睹江姐的英勇斗争和慷慨牺牲。所以能够写出江姐来。虽然江姐的形象后来又经过加工，使之更为光彩照人，但是江姐这个《红岩》中主要人物，如果没有刘德彬提供"素材"并参与写作，是不是在《红岩》中会出现江姐这个典型，也是说不一定的。刘德彬对"江姐"这个典型的塑造，功不可没。

要回答的几个问题

在这里我想引用可算知情人的林彦给我提供的旁证材料。他说，有几个简单的大家都知道的事实，如何解释？或者说有几个问题如何回答？第一，如果刘德彬自始至终没有参加过《红岩》创作，那么《红岩》所得稿费为什么在交了党费之后要三个人平分呢？第二，刘德彬如果从来没有参加过《红岩》创作，那为什么后来把刘德彬调到市文联做专职作家，并且仍然和罗广斌、杨益言搭档呢？第三，如果刘德彬从来没有参加《红岩》的创作，那为什么在《重庆日报》和《中国青年报》上发表从《红岩》前身《锢禁的世界》摘下来有关江姐的段落时要署上刘德彬的名，而且在《重庆日报》上的署名还是由刘德彬领衔呢？我想还可以加上第四，杨益言同意在《大后方》的作者署名加上刘德彬的名字，这意味着什么？这几个问题，能够做出实事求是的回答，刘德彬是不是参加过《红岩》的创作，也就迎刃而解了。

中青社和杨益言也有道理

我不想说中青社的报告和杨益言都坚持说刘德彬没有参加《红岩》的创作，没有他们的道理。从他们提供的许多证据可以说明，刘德彬没有参加最后修改定稿的那一稿《红岩》的创作，是显而易见的。沙汀也证明1961年拿起《锢禁的世界》到成都来找他提意见的只有罗广斌和杨益言两人。这是大家都知道的历史事实，毋庸争议。刘德彬在《中国青年报》的上声明，我想就正是这个意思。但是这并不能证明在《红岩》创作这个长时间的系统工程中，刘德彬完全没有参加，没有出力。不能否定刘德彬参加了显而易见是《红岩》初稿的《锢禁的世界》的写作，不能否定在《红岩》一书的中心人物之一的江姐的塑造中，刘德彬做过重大的贡献。同样的，在《红岩》创作整个过程的前前后后出过力的人，也是不可忘记的。比如重庆市委的一些领导，一些革命前辈，特别是沙汀，他们都在《红岩》这部书的创作中出过力，甚至出过大力。不忘记这些，我想正如不否定刘德彬是《红岩》的作者之一一样，不会埋没《红岩》作者罗广斌和杨益言的名字，不会忘记他们在创作《红岩》中所做出的卓越贡献。

记住罗广斌的话

在这里，我想起罗广斌生前对我说过不止一次的话。他说："说实在的，我们的书是用烈士的鲜血写成的，没有烈士们为我们塑造了英雄形象，并且激励我们去创作，没有党委的关怀支持，没有革命前辈和文学前辈的指点，没有编辑部的帮助，我们能够写出这本书来吗？"他们后来在文章里也表达过同样的话。我以为这是实事求是的。但是后来我在北京听沙老说，有人在《新文学史料》上写文章，似乎已经忘了。他说："我们这些帮助过他们的人，倒也罢了，可是能忘记党的关怀和革命前辈的帮助吗？"我没有读过那篇文章，如果真是那样，那就忘记了他们过去自己说过的话。这和有的人对在过去对自己创作倾注过心血的沙老竟然兴师问罪，责其失实，要求公开更正，现在又不顾老朋友的多年情谊，模糊尽人皆知的历史事实，积极于否定刘德彬是《红岩》作者之一的事联想起来，也就思过半矣。

《红岩》的作者问题这场官司沸沸扬扬地闹了这么久，中青社的报告和杨益言的文章无异又加了温，逼得沙汀去世前还留下录音，我也不得不站出来说一些事实，履行沙老生前的面嘱，这实在不是一件愉快的事。我们到底是几十年的朋友了，今后我们也还是朋友，如果我有言重的地方，我想能够得到朋友们的谅解吧。现在刘德彬因脑溢血，身心交瘁，拖不起了。他对我说过，他一想起那些烈士，想起罗广斌被迫害而死，他实在不想去争一个署名，他只想有个实事求是的说法。我也希望早点有个了结，我也是到了八十的门槛了。我希望由党委出面，把知情人都找来，根据事实，看刘德彬是不是《红岩》的作者之一，做出结论。如果双方认识还是不一致，那就只有请全国作协权益保障委员会公断了。

我还是相信沙汀说的那一句话："事实终归是事实。"

1993 年 7 月

我也说老照片

《华西都市报》今年3月29日头版头条,在"50年前一号工程"的大标题下,报道了成都市刚解放,军管会成立的第一天,部署了政府为民办实事的"一号工程",就是都江堰岁修工程和挖淘府南工程的事,并且刊出一组老照片。我看了报道和照片,激动不已,在一号照片上发现了我五十年前的身影。五十年前的往事,一幕一幕地浮现眼前。我当时是成都军管会成员之一,也是成都市委领导人之一,也是这个工程的参加者和策划人之一,所以对于这件事的前前后后,还能回忆起一个大概来。第一号照片上,除我以外,我能辨认出来的贺龙、李井泉、周士第、宋应、米建书、李劼人、陆秀(第一排左起第一个男的和后排第二人面孔很熟,却叫不出名字来,不知第一排那位是不是甘泗淇),都已经去世。由于时间久远,报道有点出入,照片也待补充说明。我只就我记忆所及,作个补充说明,不知是否确实,不知在这张老照片上的还有健在的没有,如有,可以问问他们,以正事实。当然,没有在这张老照片上现尚健在且略知其事的老同志,我知道还不少,虽然都是七老八十了,大概也还能回忆起那一段艰苦而颇堪回味的往事来,也可以采访他们,问个究竟。

进入成都要办的第一件事是什么？

1949年冬，地下党川康特委的一批同志，辗转从香港、北平、武汉、南京到了西安，迎接解放大军南下入川。我和王宇光到临汾去见了贺龙和李井泉等领导汇报工作后，一同到了西安。由我代表地下党向南下干部和领导汇报四川情况后，便作为前导，随军回川。在途中讨论接管时，贺老总问我："我们进成都后要办的第一件大事，你说是什么？"

我们早已研究过，我回答："到成都后第一件最紧迫要办的事，是抓紧时间抢修都江堰岁修工程。清明节放水前必须修好，时间已很紧迫，否则误了春耕，问题就大了。"

贺龙等领导当时做出决定，一到成都就要抓这件事，虽然带的银圆不多，也要拨出五万银圆来，并派一八四师等部队参加，马上开工。我想这大概就是报上所称"50年前的一号工程"的来由吧。

我们进入成都，成立了军管会，果然马上决定派军管会下接管省水利局的军代表金鉴和王希甫同志带着工程人员到灌县去领导开工。那时初到新区，钱财物都很匮乏，工作是很困难的，同时由于土匪暴乱猖獗，解放军一面参加工程，一面剿匪，也很辛苦。但是终于如期于3月下旬竣工，并于清明节前在堰首举行盛大放水典礼，使川西人民欢腾不已。

这些情况不特在《川西日报》上有详细报道，在以后出版的《四川地方志》的《水利志》上也有记录。20世纪80年代初都江堰为了纪念此事，特在都江堰市入城处辟了一个小公园，树立一块大碑，详述此事。碑文是我撰写和书丹的，碑名是《解放初军民抢修都江堰记》。我想这块碑还立在那里吧。《华西都市报》如果能把这碑文录下发表出来，同时把当时军民抢修都江堰的老照片找出几张刊出（现在是一张也没有的），这样才能真正使大标题和内容相符。这样的老照片不难找到，到都江堰管理局去一查便行，或者看一看《四川水利志》，我想也会查得到有关材料和照片。

挖淘府河南河是怎么一回事？

解放大军入城后，发现成都这个城市实在破败得不成样子，除开顺口溜中说的"马路不平，电灯不明，电话不灵"之外，卫生条件特别差，到处是垃圾成堆，皇城坝东北角就有一个叫煤山的垃圾山（后来我们废物利用，把那里平成体育场，把垃圾埋在看台下。这就是现在成都体育中心的由来），府河南河（当时还没有现在这样"府南河"的叫法，因为明明是两条河呀）和穿城而过的金河和围绕皇城的御河都已年久失修，特别是金河御河，多年积污，早已成为一条臭水沟，蚊蝇滋生，成为疾病之源。我们入城时百废待兴，特别是敌特和盗匪未除，治安不好，生产凋敝，经济困难，物价飞涨，失业众多，无法就业，如此等等，许多迫在眉睫的事情，多如山积。即使如此，市委还是下决心要为人民办清污除秽的事，同时也是想用以工代赈的办法，部分解决失业问题。于是决定淘挖府河南河，特别是金河御河。除大量城市失业市民参加外，还发动机关学校和部队参加义务劳动，领导同志都要带头参加。那时没有什么机械工具或防护用品，就是卷起裤腿，脱下鞋袜，拿起铁锹、扁担、筑筐上阵。河沟里臭气熏天，有的一下去就被熏昏，有的手脚被污泥里的玻璃片铁片划破，都不在乎，真如照片上样子，欢声笑语，干劲冲天。府河和南河的淘挖稍后一些，也比较好淘挖一些，放在三月初开工。只要求在都江堰放水前的断流时期，清理河床，在清明放水前的三月完成就行。这当然也算是都江堰一号工程的一个组成部分，虽然还不是主要部分。

这就是我所知道的解放初成都淘挖府河南河的情况。

一点辨正

在第一张老照片的说明中，说解放大军解放成都后，"迅速成立了由贺龙、李井泉、甘泗淇、周士第等著名将领组成的川西区军政管理委员会"。据我所知，是中国人民解放军成都市军事管制委员会。这从具有权威性的《当代中国的四川》上卷第31页上，可以看到当时拍的刚挂上军管会大牌子的照片。

报道说"军管会成立的第一天就部署了政府为民办实事的'一号工程'。是不是第一天，是不是叫一号工程，我记不起来。据我所知，入城急办都江堰岁修工程的决定，却是在进军途中，如我前面说的，就已经做出来了。这在《当代中国的四川》上卷第51页上有我们地下党在途中向贺龙进言的记载。可以证明。

一号老照片是什么时候什么场合拍的，我无法肯定。但可以肯定的是这不是军管会成立时的照片，也不一定是部署都江堰岁修工程时的照片。因为那照片上有李劼人和陆秀，他们都不是军管会的成员。如是部署都江堰岁修工程时拍的，那上面应该有金鉴和王希甫，他们是派去领导岁修工程的负责人。但是照片上没有他们。

不管怎样，发掘出五十年前成都刚解放，就曾经进行过一个为民办实事的巨大工程，的确可以叫入城后的"第一号工程"。

1999年4月8日

立此存照

（一）我和贺老总在电视剧中

"你看到电视剧《解放大西南》了吗？"

"我看过了。"

"你看到你在里面的光辉形象了吗？"

"我看到的不是马识途的形象，我看到的是《解放大西南》电视剧作者和导演心中的马识途的形象。"

自从电视剧《解放大西南》在全国的屏幕上现身以来，碰到我的许多朋友都要问起这事，便有了上述的标准对话。

《解放大西南》上演以来，听说有不错的收视率，我看了也很高兴，不过不是因为那里面有马识途的"光辉"形象，而是因为《解放大西南》正是六十几年前蒋介石政权在大陆溃败前夕在西南做垂死挣扎的真实写照。然而我这个马识途不太满意。因为那个马识途和南下统帅贺龙司令员只说了几句可有可无的对话，那个马识途的形象也实在不怎么的，我这个马识途感到遗憾。

我明明还健在，我不知道编剧和导演既然要把我编进戏里去，为什么不和我打个招呼，了解情况，为什么随意编造一点情节和几句平淡的对话呢？说老实话，1949年末，我们地下党去西安迎接解放大军，我一直陪着贺老总（大家都这么称呼平易近人的贺龙司令员）等领导人从山西临汾经西安，南下到成都。这一路我和贺老总确实有许多对话，一直到现在我也没有忘记。这些对话不能说是无足轻重的闲话，如果把这些话编进电视剧里，也许更有助于塑造贺老总的光辉形象。

我对于贺老总一直很敬重，解放后不久我就写过长文在《红旗飘飘》上发表过，后又编入我的《景行集》。这里就不再细说，但为了悼念这位猝然亡故的元帅，我还想简单介绍在进军四川的南下途中有关贺老总的几件和我有关但或许鲜为人知的往事。

当年我们在西安时，贺老总专门召开一次报告会，让我向南下干部介绍四川的情况。我告诉大家说，蒋介石的落荒而逃的大军已不足大虑，特别值得注意的是尚很猖獗的四川袍哥武装，这些土生土长的地主联盟武装虽然没有多大的战斗力，但是这些"地头蛇"搞破坏捣乱是厉害的，会给我们带来麻烦。当时参加报告会的同志就有不同意的，说蒋介石八百万军队都被打垮了，还怕几只小蟊贼？贺老总严肃地告诫大家，可不能忽视四川的袍哥土匪，他在四川驻过军，知道这些袍哥的厉害。可惜的是，贺老总的告诫没有引起某些同志特别注意，结果入川以后，面对几十万成群结队的土匪捣乱准备不足，被土匪杀了不少下乡的征粮干部，以至打到成都城外。经过几个月清匪反霸，才平息了暴乱。

我们地下党的同志随军南下，日夜希望早点打回成都，可是南下大军却不急于追击溃逃败军。我冒失地去问贺老总，他单独对我说，这是中央的战略计划，原先故意叫蒋介石以为解放军是从西北解放西南，所以二野刘伯承邓小平故意在郑州亮相，想吸引蒋军大军防守川北，以便二野大军南面大包围，聚歼蒋军残部于川西，不叫他们逃出云南。贺老总告诉我："这是绝密，只告诉了你，你不要对任何人说。"我对贺老总对我的信任，十分感动。

我们随军到汉中暂时休整时，有一天，贺老总找我去，突然问我："你看我们进成都后要办的第一大事是什么？"本来我们早有研究，我回答说:"进成都第一件要办的大事就是岁修都江堰。"我向贺老总说明,川西坝子这个粮仓,靠的是都江堰,年年照例冬天就岁修都江堰,赶到清时节放水灌田,迟了就会颗粒无收。这一期岁修工程拖迟两个月,必须赶快赶上清明节放水,吃饭是大事情。贺老总认为很对,所以后来一进成都,马上就从很紧的财政拨出五万银圆,派得力干部带着留用水利局人员去勘察开工。贺老总还加派一个师去参加岁修,同时剿匪,保护岁修,总算赶上清明放水,未误农时。

我们进成都后,城外土匪暴乱猖獗,城里谣言满天飞,说是贺龙已经打好三千把大刀,准备血洗成都后就跑。贺老总找来地方上原来的权势人物座谈,做统战工作。竟然有个别地方势力的头面人物放出话来,说让他们出面打个招呼,一切就会风平浪静,十万人是搁得平的。他们那意思很明显,就是只要让他们出来掌权,他们向土匪打个招呼,就不会暴乱了。我当时也在座,听了很生气。可贺老总却心平气和、谈笑风生的,甚至问到他们有多少姨太太,取笑说听说有个叫蓝蝴蝶的姨太太很漂亮……散会之后,贺老总送走客人,我们随他上楼,才刚上楼梯,贺老总就声色俱厉地说:"打!坚决地打!"他马上布置展开清匪反霸,并派王新亭副司令员坐上那辆缴获的唯一一辆战车到成灌路一带指挥。在一两个月内,城外清匪反霸,城内大捕反革命,都取得了胜利。

城乡的社会秩序好一些了,可是物价暴涨和失业问题,却不是用专政手段能够解决的。国民党潜伏特务勾结不法商人囤积居奇,推动物价飞涨。最要紧的是米粮价,我们用从乡村征集粮食解决。但是棉纱却因我们没有存货,平不下来。贺老总便和重庆商量,用军车偷偷从重庆运来棉纱,大里抛售,投机商想把我们有限的棉纱棉布收尽,便可高抬市价牟利。待他们的资金用完,我们收紧银根,他们只好降价抛售,我们把他们抛出的棉纱全收了,大赚了一笔,然后又偷运到重庆去打"棉纱大战"去了。直到"五反",一个老板问我:"你们哪来的那么多棉纱?"我笑而不答。

就业问题也很严重。当时有一千多黄包车夫拉车到军管会门口请愿要饭吃。这是因为有的战士看不惯人拉人坐车,弄得市民都不敢坐黄包车了。贺老总听说后,说"简直是乱弹琴"。他对我说:"你们带头去坐嘛。"于是我们奉命去坐黄包车,市民看到解放军坐,也就放心了。只要大家敢坐,黄包车夫的吃饭问题就缓解了。

看着贺老总领导大家进行接管有条有理,我真佩服了。贺老总不仅是一个运筹帷幄、决战千里的司令员,也是一个处变不惊,指挥若定的政治家,而且是一个很风趣、很有幽默感的普通人。可惜在这部电视剧里没有得到充分的反映,是一遗憾。因此立此存照。

当然,我还要说一句话,《解放大西南》是革命历史电视剧中的一部好的电视剧,只是它还有不足之处。

(二) 革命历史电视剧中的真实问题

最近在《文艺报》上看到几篇讨论革命历史电视剧的真实问题,我也有意参加这样的讨论。有些并非"戏说"的正儿八经的革命历史影视片,其演出的历史事实和人物形象,有的未免太离谱了,这可以误导不明真相的年轻人误判。现在知道真相的人大半已经去世,或已是日薄西山气息奄奄,随时准备"应召"的八九十岁的老人了,他们或未看到这样的电视剧,或看到了也是无可奈何了。我以为研究党史的学者应该认识到这个问题的严重性。真实是历史的生命线,历史不是可以随意捏弄的泥人,即使为了艺术的真实,不得不进行一些虚构,也应本着"大事不虚,小节不拘"的原则,不能把历史的基本事实、人物的基本面貌,任意虚构和篡改。

近来有些革命历史大片如《长征》等,就做得很好。一改过去有些遮遮掩掩,为尊者讳,而是把当时的真实历史面貌如实显露出来,经得起历史的检验。这也并不妨碍有些艺术虚构。我以为,历史的真实是历史的生命，历史的真实和艺术的真实恰当结合而以历史的真实为主线，是革命历史剧成功的要义。

最近我和几个老朋友看了前不久上演的革命历史电视剧《江姐》，却因为历史的真实问题，给几位老革命带来很大的不愉快。

应该说，《江姐》是一部歌颂革命英雄的好电视剧，生动地表现了江姐坚决斗争和英勇牺牲的惊天动地的革命精神，而且剧中也增加了一些人性的表现。但这个剧中的"江姐"是用的实有其人的共产党员江竹筠的名字，演的也是她的一些基本面目，对我们这些亲临那场斗争的老同志们看来，有些基本历史事实被任意篡改了，而且有的篡改又伤及了几个老革命的名誉，这就太离谱了。

《江姐》剧中一个重大历史事实错误是：1948年重庆地下党组织大破坏事件，当时的市委常委三人中，叛变的是地下党重庆市委书记刘国定和副书记冉益智，这是大家都知道而且有党史做结论的。而在剧中，讳言真正的叛徒，而把英勇斗争没有叛变的宣传部长说成是叛徒了。这位当时唯一的宣传部长现在还健在，离休前曾任四川省政协副主席。另一个重大历史事实错误是：剧中所说的江竹筠的入党介绍人叛变了。而事实是，江竹筠的入党介绍人是一位女同志，并没有叛变，目前也健在，离休前曾是四川省妇联主要领导、四川省人大常委会常委。这两位从那场腥风血雨中走出来的老同志写材料给我，十分气愤，他们说明了当时的真实情况。他们不明白既然是纪实江竹筠写的电视剧，为什么不顾史料的真实，严重歪曲历史，侮辱了他们的人格，侵害了他们名誉。还有另外知道当时情况的同志来告诉我，江竹筠当时只是一个地下党的联络员，她不可能那么回到重庆担负恢复重庆地下党组织的任务，更不能以高级党的领导人身份去和一个大特务会面。还有江竹筠在狱中做五星红旗的事，那实际上是《红岩》的作者罗广斌所为，当时罗广斌在写《红岩》时，为了突出虚构的英雄人物江雪琴，所以放在了江雪琴的身上。这在文学创作上，是说得过去的。有的老同志说，《江姐》电视剧中还有一些细节虚拟是违反地下党工作原则的，且不说了。

也许有人会说，这是电视剧，不是历史回述，而是艺术虚构，你们这些老革命怎么能把你们的真实历史和虚拟艺术作品对号入座呢？说的也许有点道理，但是《江姐》电视剧里的主人公江姐既然用的真实名字江竹筠，而不是用小说《红岩》原著中的江雪琴，而江竹筠是一个具体存在的人，那么，写和江竹筠有关的重大历史事实就是不能随意篡改，更何况，这样的篡改还伤害了当年亲历斗争的老同志，这就更不应该。我以为，如果这部《江姐》的电视剧能像小说《红岩》那样把人物虚构，比如书中被称为江姐的"江雪琴"，是一个积不少优秀女共产党员的形象于一身的虚构人物，那当然也就没有什么问题了。既然剧中主人公是真实存在的，那么该剧是不是应该顾及真实历史，尊重一下曾为革命奋斗了大半生，现在尚存于人世的当年与江竹筠有关的老同志呢？

当然，江竹筠是我党的好女儿，优秀共产党员，她的英雄事迹，已名垂青史。我们能和她一同进行革命斗争引以为荣，现在用各种艺术形式来歌颂她，也是十分必要的。希望能有更多更好的歌颂像江竹筠这样的英雄人物的革命历史影视剧出现在屏幕上。

这里，我想给编导革命历史题材的作家和导演一个建议，凡是牵涉党史人物，最好多做调查和访问，如果当事人还在，更应该去请教，把历史搞清楚，在尊重历史的基础上，本着"大事不虚，小节不拘"的原则，再来充分发挥艺术的奇思妙想吧。

我在我的"西窗闲文"中立此存照，以备查验，避免误解，同时也给那几位老同志一点慰藉之情，不是我多管闲事吧。

2011年7月30日

解放战争时期我党在成都开展革命斗争的几个问题
——在中共成都市委召开的党史座谈会上的讲话

成都市委召开这次党史座谈会是非常好的。用一句习惯的话来说，是十分必要的，非常及时的。这次会可以说是三十一年前即1950年1月3日成都党的地下组织会师大会之后，规模最大的一次聚会。在过去的十年中，甚至十七年中，我们要聚在一起开这样的会，很可能被说成是开"黑会"，搞"裴多菲俱乐部"。三十年来，地下党的同志基本上处于一种隔绝的状态，以互相往来为戒。就是这样，也没有少挨整。所以，这次市委召开这样的会议，我感到非常高兴。过了三十年之后，才开了这么一次会，怎么说是非常及时呢？因为在过去的三十年里是不可能开这样的会的。似乎地下党的同志除了写交代、写认罪书之外，就不允许去回忆过去的斗争生活了，更不允许聚会到一起来回忆和议论。我们不是现在来责怪哪一个人或者哪一级组织，因为三十年来，在对待地下党的问题上，一直有一种"左"倾错误思想，不只是发生在一个地区，也不只是成都市一个地方。在这种错误思想指导之下，有时地下党的历史没有资格放在党史的范围之内，而倒有资格放在"敌档"里，放在公安局的档案里。在十年动乱中，对这个问题我们已有深刻体会。在这种情况下，要开这种会是不可能的。所以说，现在来开是非常及时的，也是十分必要的。地下党的同志在过去的"左"倾错误之下，有些同志长期地，也可说是一贯地受到不公平的对待、歧视和误解。得不到信任,这还是小事,只要我革命,我也不需要谁来承认和重视。但是,把地下党和国民党、特务、三青团等量齐观,确实是我们难以忍受的。我这不是造谣,而是见之于公开的革委会的文件。至于在公开大会上说地下党是国民党的应变党,是土匪党,我们也是听到过的。成都市的地下党可能还比较好一点,外地有的地下党是坐了牢,听说还有被判刑,甚至杀了头的。还有三十年到现在仍然接不上关系的。有的同志发牢骚说:"革命不如反革命。有些反革命,建国后还成为民主人士。我们当了地下党,反而倒了霉。"这种牢骚,当然不好,但看得出有问题。许多地下党同志遭到了不公平的对待,这是事实。回忆一下从解放初接关系以后,在整党、"三反五反"、清胡风分子、肃反、"反右"、"四清"一直到"文化大革命",可以说地下党同志从下到上,层层挨整。我不怪参加审查的一些同志,他们对地下党确实是不大了解的,因为简直没有机会让地下党同志来说清楚到底我们干过些什么,怎么干的?是不是在党中央领导之下,在马列主义、毛泽东思想指导下工作的?舍生忘死地干,为了什么?几乎没有机会来说清楚。在"左"的思想影响下,也没有办法说清楚。我们现在有机会来说清楚这个问题,实事求是地进行历史唯物主义的分析和判断,是什么就说什么,趁我们这些人还在世的时候,把过去的斗争生活记录下来,写成文字印出来,有案可查,以免将来株连亲友和子孙后代,所以我说这是十分必要的。我说这些话,也可以说是牢骚,但也是实话。也可能有错误,也可能思想情绪不对。但是三十年都没有这个机会,现在有机会了,说一说,市委是会体谅我们的。

关于解放战争时期成都地下党的一些情况,彭塞同志的发言已经作了概括,总的来看是一个比较全面的材料,有些地方过于简单,还需要加工校正。成都地下党从抗战时期长期埋伏到新的革命高潮到来,后又发展成为解放战争时期成都地下党轰轰烈烈的斗争,这当中还有一个根源,就是王宇光和贾唯英同志发言中所谈的解放战争以前一段时期地下党的情况。现在我想谈谈我调回成都以后所知道的一些情况，用来补充彭塞同志和王宇光、贾唯英同志的发言。

我是1946年从云南调回到成都来工作的。1946年的八九月份，我带着当时四川省委的吴老（吴玉章）、余江震、张友渔几个同志的指示，到成都来传达建立成都工委。第一个和我见面的是刘绮芳同志，后和王宇光同志接头。因为原来的川康特委在长期埋伏之后，活动范围事实上缩小了，主要是在成都和附近地区还有一些活动。因此，省委叫我们建立的成都工委的工作范围就是原来川康特委的工作范围。当时包括成都市和川西、川南的西昌、雅安、乐山、康定这一片。另外，川北当时还没有建立工委，就是王叙五同志他们领导的那一片，包括南充、三台、绵阳、遂宁、巴中一直到达县地区。1947年2月底四川省委被强迫撤回延安之后，我们成都工委改由上海分局钱瑛同志领导，恢复了川康特委，并把川北交川康特委代管。1946年开始，成都工委由蒲华辅任书记，我任副书记，还有王宇光、贾唯英、华健共五个负责人。我们的工作主要是抓成都市，并逐步恢复外地关系。那时外地关系很少，领导上也给我明确提出不忙去清理外地的关系，先把成都这个地区的关系接起来，工作开展起来，从这里训练一批干部，然后才可能派往农村，真正在农村展开一些活动。所以就叫成都工委。

1946年秋建立工委以后，我们确实是先从城市搞起的，首先发挥知识分子的桥梁和先锋作用，培养出一批干部来，首先把有相当基础，已经打开局面的学生工作、教员工作、统战工作开展起来，然后逐步发展到农村去。这样做是必要的。我们的工作在知识分子中，主要是在学生中展开得要好一些，农村工作展开得差一些，职工运动也差一些。我现在还记得，吴老、余江震同志曾说，现在全面内战拉开，在国民党地区我们的工作就是要发动群众支持解放区，打倒蒋介石。因此，在国民党地区的地下党的任务就是发动群众在城市里反对国民党的暴政，并把城市的力量转移到农村去发动农民运动，展开武装斗争，拖住国民党军队。在适当的时候，使它不能和解放区军队打仗。当时领导上曾对我说，你们只要拖住他们的后腿，这就算你们的胜利。我认为省委这个指示方针很正确。可惜我们执行较差，这有很多原因，将来我们要分析研究。

当时，我们在知识分子中，特别是在学生中的工作开展得比较好。比如，川大（四川大学）完全是在我们地下党的领导下进行进步活动的。其他大学和中学也展开了许多工作，团结群众，发展组织，进行斗争。在中小学教员中，在统战工作中，都做出了许多成绩，但是在工人中的工作却展开得差一些。当时成都的产业工人很少，其他的手工业工人、店员工人、黄包车工人、搬运工人等，比较散漫，行帮控制较严，我们又缺乏工运干部，所以尽力做了，却没有建立起强有力的组织，这是我们工作上的一个薄弱环节。最大的问题是我们的农村工作没有很好开展起来，大大落后于形势的要求，农村党组织力量薄弱，广大地区没有党的活动，有些地方长期埋伏下来的党员，简直还没有动，而我们的城市工作又才开展不久，无力抽出干部到农村去。几个老的根据点像仁寿、荣县、大邑、西昌、冕宁县这些地方还可以在农村勉强地开展一些活动。

上海分局领导曾经给我们明确提出来，要学习海南岛、粤中地区游击战争的经验，在农村发动群众，展开游击战，建立和巩固根据地，搞三抗：抗租、抗粮、抗兵。上边催得很紧，要我们赶快在这方面做工作。我们当时自不量力，在几个地方搞了武装斗争。一次是仁寿的籍田，发动农民暴动，占领了区公署，但是站不住脚，只好撤退到资中，在游元亮的修路队中掩护起来。（游元亮当时是资中县县长，实际是我们的党员。）后来把队伍拖到洪雅、峨眉山搞了一阵，仍然不行，还是缺乏群众基础。另一次是荣县，钱寿昌在那里干了一下。荣县是吴老的家乡，那个地区农民的觉悟历来比较高，但由于力量薄弱，最后还是失败了。第三次是大邑，由刘丹和李维嘉同志领导。在刘文彩脚下的唐场搞了一下暴动，开始时也可以说是失败的。那时，我们工作上有一些缺点，比如在肖汝林家里有五六十人，从早到晚在竹林里打靶、瞄准、操练，太暴露了，结果被刘文彩发现了。我们还没有动手，刘文彩就动手了，包围了我们，只好撤离出来。他们撤到新津后，派人回来向川康特委汇报工作并进行研究。当时有两种意见：一种意见主张组织力量打回去，把刘文彩搞一下，这是拼命主义；另外一种意见认为，既然搞不成就把枪埋了，解散吧。后来，大多数的同志认为，队伍已经拉起来了，决不能解散，但也决不能马上杀回大邑，要把队伍缩小，拖上大雪山。于是周鼎文等同志率领队伍从新津、大邑迁回到大雪山去了。到了大雪山以后，那里的土匪要来和我们合伙，说得很好听，我们对刘丹说：他们肯定要整我们。果然，乘我们不备，他们就从后山翻过来了，说要和我们谈判。既然已经来了就谈判吧。土匪把他们的队伍拉到谈判房子的外边，我们也把队伍悄悄拉到那里，把他们反包围起来。谈判时，他们的人想把我们同志打死，双方开了枪。我们的队伍听到枪响后，就包围了他们，把他们消灭掉了，这支队伍就这样得以保存。可是，一直到现在这个问题说不清楚，说我们是土匪队伍。当时我们川康特委是批准他们"抢人"的，抢什么人？抢地主、抢烟帮嘛。地主、国民党他们运鸦片烟卖，为什么我们不能抢？我们只能这样。后来就说成是"土匪党"、"鸦片党"、"烟匪"，我们再三说明不是这回事，是川康特委批准的，可是一直到现在都说不清楚。某地革委的一个正式文件甚至说："大邑地下党实际上是土匪。"实际上他们配合解放军部队，在邛崃阻击胡宗南残匪，发展到几千人在那里打仗，带路，帮十八军堵口子，立了许多功。抗美援朝，很多同志到朝鲜去，仗打得很好。但这支队伍一直得不到承认，有人一直坐牢。李维嘉同志对这点很有意见，但是也没有办法。

我们几次暴动，总是不成功的。是什么缘故呢？这是因为我们在城市的工作缺乏比较强大的基础，没能迅速转移到农村去。也没有动员城市力量，包括工人、职工在内，到农村去，发动农民起来准备武装斗争。这本来是上级给我们指出的方针，但我们做得不好，我是要负责任的。后来曾经准备在西昌地区冕宁搞第四次暴动，有鉴于连续搞几次都不成功，所以我就到西昌，专门进行检查了解，与黄觉庵等同志商量研究，认为不行，临时叫停下来，转移地区重新搞。对冕宁也进行了分析，认为冕宁看起来力量不错，占领县城是可能的。但冕宁地区是个口袋，周围少数民族的工作没做好，一打起来，国民党把西昌口子一扎、瓮中捉鳖，我们跑不脱，这是不行的。我去检查，叫停下来，向南转移到金沙江一带，进可以攻西昌，退可以到云南，我们在会理建立一支队伍——金江支队，在那里坚持武装斗争，一直到解放。这四次都不是很成功的，执行当时省委的方针不是很理想的。但后来总算坚持发展成为两支游击队，迎接了解放。从这点说又是成功的。

后来川康特委组织了几个工委：川南工委，王宇光同志做工委书记，和钱寿昌、贾唯英同志在川南一片进行活动。雅安、乐山成立了雅乐工委，领导同志是陈俊卿、刘丹和邹玉琳，陈、刘两同志后被抓，坚贞不屈，牺牲在重庆歌乐山渣滓洞。还有杨志明同志也在那一带活动，以后撤走了。川康边工委是刘丹、李维嘉、周鼎文、李安澜等同志负责。主要在大邑、邛崃、仁寿等这一片活动。他们在成都川大也做工作，还做统战工作，前面已经讲过了。然后就是川北工委，王叙五、魏文引、王朴安等同志负责。川北是一个代独立性的区域，我们代管。西昌的工作，是黄觉庵、李成英、王月生等同志在那里负责搞。当时特委的组织情况是：蒲华辅任书记，我任副书记，委员有王宇光、华健同志。相隔一段时间我们开一次会。组织系统大体就是这些情况。

现在来谈有关地下党活动的一些问题。我不想说过程，只说几个问题：

一、市中事件问题

王宇光同志作了比较详细的介绍,我补充一点。市中事件当时就做出结论,认为是"蒋管区最早的民主高潮的一个信号",这个结论是合适的。市中事件发出了信号,使我们党认识到,我们在蒋管区的工作已经达到了一个新的转折点。从市中事件以后,过去长期埋伏、隐蔽精干、积蓄力量、等待时机的时期结束了,应该展开新的工作。我是这样认识市中事件的,这个问题值得注意,应该用专门的材料把它写一下。

市中事件发生时我在昆明,据我所知,昆明当时是把市中事件作为发动群众、开展斗争的开始而积极响应的。重庆也是如此。所以,这个信号作为工作转折的标志,应该加以总结和认识。当然,我不是说我们成都地区就比别人高明,自认为是发信号的地方。但这个地方确确实实是近水楼台。过去有强大的学生力量,五大学(华大、齐鲁、燕大、金陵等)、川大、光华大学力量比较强,而且又靠近南方局。南方局经常有人在这里走动,如余江震、钱瑛、张友渔等同志都来过。所以,市中事件发生后,整个蒋管区的民主浪潮开始出现,南方局在重庆便提出了这样一个看法:一个新的革命高潮快要到来了,原来的方针应该结束,新的方针应该开头。市中事件整个过程都是我们党员和我们党的外围积极分子组织、领导和参与的。实际上,市中事件是南方局在国民党地区领导的一次斗争。所以说,市中事件可以作为一个标志。对这个问题还可以专门研究。这是我补充的第一个问题。下面与这相联系的问题,是在组织工作方面出现了民协组织。

二、民协(民主青年协会)组织

我把它当成一个问题提出来,是因为民协是值得我们注意的一个不同凡响的组织。民协是我们在长期隐蔽、积蓄力量的过程中,建立和领导的外围组织,实际上是我们的基础力量。当时党组织决定暂不发展党员,但群众的革命觉悟提高了,又要求有一定的组织形式。革命形势已经发展了,要求组织形式跟上来。"民协"的出现,开始带有点自发性。它虽是党的外围组织,但组织纪律严格,完全是按党组织的一套来要求成员。所以,后来有些民协的同志入党,我们说可以不要候补期,因为对民协成员本来就是同候补党员一样看待,一样可以信任的。党员在民协内的身份是公开的,传达党的指示在民协内也是公开的,不守秘密。这个组织一经出现,就显示了它的生命力,的确当时的党员和进步群众都觉得是非常必要的组织。我在昆明听到成都有了民协组织,又看了成都民协寄来的一些东西,于是,昆明的几个党的支部也就搞起了一个组织,有二三百人,名称则改称为"民青"(民主青年联盟)。在重庆叫作"六一社",后来又叫"新青社"。云南的"民青"还发展到农村、工厂。

民协作为我们党的外围组织,比一般群众组织要高一级,相当于共青团,有些同志就是党员。由于我们建立了党组织、民协、群众团体这样一个宝塔型的三级组织系统,因此,每个群众团体,不管是几十或成百的人,只要有三五个民协成员作为它的骨干,有几个民协成员在那里领导,这个团体就好搞了,就在我们党的掌握之中。对这点我深有体会。这样的组织形式活动方便,比较好。如果没有这个民协组织,工作是很困难的,不好搞的。因为后来发展党员比较困难,党员也不可能发展那么多,这就需要建立党领导的群众组织。所以民协组织在革命民主浪潮高涨中一旦产生后,就表现了很强的生命力,很快就普及到蒋管区的所有地方。我们知道后来在北京、上海、杭州都有了民青组织（北京民青是领导北京民主运动的核心）。可见，这个组织应该说最早是在成都开始的。今天我们在谈成都地下党历史时，这一点应该说清楚。有些同志说是昆明民青点燃了第一把火，而且民青好像是由昆明发展到全国的。我说不对，真正开头的是成都民协。一个是市中事件作为蒋管区民主高潮到来的信号，一个是最先建立民协，这两个问题应该实事求是地说明。当时我是搞昆明民青的，我记得很清楚，我们是听到成都有民协组织后，才在昆明搞民青的。民协、民青组织在蒋管区造成了很大影响，对这个组织的发生、发展和演变历史，应该写出专门的材料。到底民协发展多大的组织，有多少人马，有些什么活动，我们都应该把材料凑一凑。这个问题我提出来，希望大家研究一下。

我上次在另一个座谈会上还提出了一个问题，不一定正确，这里也提出来研究。这就是停止发展党组织的问题。一直到1944年还不能发展，我在昆明就感觉到了。这个决定是当时的南方局还是中央定的，我不知道。但这个决定是不是跟上了形势，是不是应该在民主浪潮起来后，就发展党组织？我一直在想这个问题。我觉得当时南方局在这个问题上是不是有点保守，有点落后于群众，我有这么一个看法，当时南方局指导青年运动的刘光、朱语今等同志，是不是有点落后于当时蒋管区群众运动的形势？始终把我们卡住不准发展党员，这对开展工作不利，我在昆明就特别感觉憋气。因为当时我是联大党支部的书记，许多同志来找我谈，要求入党，1942年、1943年就开始有同志这样要求了，我再三地请示，能否特殊地发展几个，不然我们只有三个人在联大搞党的地下工作，真是不好办。但当时云南省工委说这不行，不允许发展。我就只好把这些要求入党的同志先当作党员来使用，告诉他们要以党员标准要求自己，听从党的指示，就暂作党外布尔什维克吧。

后来，我回到成都，也感觉早就应该发展党员，但直到1946年还没怎么发展。当时只有王宇光同志发展了少数几个党员。党的组织跟不上群众运动，对工作很有影响。上一次谈了这个问题，王宇光、贾唯英同志写了材料，王治中同志看了这个材料不太同意。我现在还觉得那时成都的党组织隐蔽成功，没有遭到破坏。可是下面有些地方（我不是说总的川康特委）采用消极的态度，只注意埋伏，没有积极积蓄力量。就是积蓄力量，也应以各种形式和工作方法来改变过去的做法，不能像原来那样搞。只是强调埋伏，不受损失，不注意积蓄力量，这是右倾。强调积蓄力量，而不注意埋伏，不改变工作方式，这是"左"倾。当时有一些地方，我看确确实实是右，不敢发动群众，不敢建立群众组织，总是怕。还有些同志简直是"死"在那个地方了，找到他，他还感觉莫名其妙，不想干了。我不是说川康特委整个方针是这样，而是说有的地方有这种情况，至少我们看得出川康特委下面有些党的组织基本上是不起作用的，有些老的党员根本不管事。另一方面，新起来的这部分力量又不能入党，我们工作起来确实有困难。所以，我在另一次座谈会上先讲了对当时南方局不发展党的决定的不同看法。这里再提出来，我认为按当时实际情况是应该发展的。

三、关于放手发动群众开展斗争的问题

抗战胜利后，内迁的大学都逐渐出川，回到原地，学生中的革命力量也分散了。在这种情况下，成都地下党如何活动，特别是学生运动怎么做法，就成了个值得在实践中摸索的问题。1945至1946年，成都学生运动的局面是比较好的，无论是组织也好，运动也好，都开展得比较像样子。但是，1946年下半年各大学迁走后，情况就好像不那么景气了。

我到成都以后，曾到几个学校去看了看，我当时还没把组织接起

来，完全是以群众的身份到学生里头去，参加一些活动，观察了一下，就感觉到我们的组织不适应当时的新的形势。1944年，有那么多大学的学生在成都，所以局面轰开后还是很热闹的。但1946年一些大学搬走以后，就感到力量单薄了，活动搞不开了。川大参加抗议美军暴行（即沈崇事件）的游行，在大礼堂开会以后，出来游行的只有二百多人。我感觉人太少，有点冷清，还有好多同学在游行队伍旁边观望。当时王宇光同志提出这个问题，我们研究了一下，认为必须转变这种局面，要准备以相当长的时间深入扎根到群众里去，细致地做组织工作。关键是争取中间分子，把大量中间分子团结到我们周围，然后才可能开展新的较大的斗争。不然，全国发生个什么事件我们就发动骨干响应一下，这不是个好办法。成都每次都响应了这些事件，但都不怎么出色，不怎么展得开，原因就在我们的群众工作做得不够深入细致。

当时成都工委就讨论了这个问题，并下决心要求党员认真做中间群众的思想工作，要求我们民协成员深入到群众中去，扩大活动范围，不要局限于小圈子。凡是有群众的地方，任何群众团体我们都要钻进去，我们组织各种各样的团体，也决不拒绝钻进任何团体，就是落后团体、宗教团体甚至伙食团也要钻进去，认真地做工作，争取领导权，团结中间分子，发展阵地。根据中央总的"团结进步分子、争取中间分子、孤立和打击顽固分子"的方针，成都工委还决定要利用反动中央势力同成都地方势力的矛盾，尽量分化敌人的力量。当时南方局、省委同我们谈得最多的就是如何贯彻中央这个方针的问题。后来，成都市委贯彻这个方针，深入到群众中去，着重做争取中间分子的工作是有成效的。我记得当时经常计算我们这一方面的力量，川大在我们周围有多少人？可以开展哪些大的行动？每次行动可以出好多人？等等。大家就进行分析和估计，例如，统计文笔会有多少人，文研会有多少人，各种各样的群众团体有我们多少人？还估计我们开展什么斗争的时候，能动员多大力量？这说明当时我们许多同志（包括民协成员）是下功夫执行我党的方针的。他们深入到群众中去，做一点一滴的群众工作，细致地去团结中间分子，做到斗争有理、有利、有节，而不满足于响应形势发号召、搞游行、大轰大嗡那套工作方式。我们当时特别对下面的同志反复讲、反复检查这个问题。我认为当时成都工委和市委在进行这个工作时是有效的，是做得比较好的。正是通过做群众工作，民协发展了，群众组织也越来越多，一些大学，如川大就成为我们的据点。

当时物价飞涨，生活困难，生活成为大问题。我们就紧紧抓住群众最关心的这个问题，发动群众搞伙食团，搞助学运动，开展要求平价米的斗争，对小学教师、中学教师也发动他们开展生活斗争，收到很好的效果。从生活斗争抓起，自然地转变为揭露和反对国民党黑暗统治的政治斗争。事实证明，强迫提出很高的政治斗争的要求，而不与生活斗争、经济斗争相结合，往往不一定有效。例如：借官箴予事件发动争取民主权利的斗争，这是因为我们有长期的群众工作作为基础。

当时的群众工作还有个经验，就是放手发动和建立各种形式的群众组织，反对关门，反对只把自己三五个人搞成小团体。我们曾经批评过川大："怎么搞'三人行'？"几个人组织一个团体，出壁报，人数太少了，应该放手地把群众组织成各种各样的团体。哪怕是伙食团也好，同乡会也好，旅游组织、郊游组织也好，文艺组织也好，甚至是带封建性、宗教性的组织也好，只要是能够团结群众的组织形式就应该充分利用。每个组织由我们民协成员起骨干作用，由党号召民协，由民协在每个团体里号召群众，这样就可以有声有色地开展斗争。当时，成都市委就是这样深入、细致地做群众工作的，做得比较有效，应该把它总结。后来1948年我们在香港总结的时候，钱瑛同志也特别讲到这个原则，肯定我们的做法，还认为我们放手放得不够。

四、关于蒋管区学生运动、民主运动的目的和作用

当时上级给我们指示,搞学生运动不是目的,目的是要配合解放区"打倒蒋介石、解放全中国"的斗争。我们地下党的主要任务,就是配合解放区,解放全中国。具体说来,主要任务是在农村展开游击战,把蒋介石的武装部队尽力拖住,拖在四川,让它出不去,这就配合了解放军,这就是我们的任务。我认为党中央的这个指示是完全正确的,但我们执行得比较差。刚才讲暴动的时候,已经讲了这方面的教训。这里,我从农村工作方面再谈谈经验教训。

我们当时的学生运动的目的是什么?发动小教斗争的目的又是什么?当然,这有冲击蒋介石政权,发动群众反蒋的直接作用,但是不可忘记总的目的还是要发动工人和农民,这是我们工作的主要对象。根据过去长期的工作经验看,要真正发动农民,没有一群知识分子,特别是贫苦的知识分子到农村去,完全要想依靠农民自发地起来在我们党领导下进行斗争,是不大可能的。实际上,我们党凡是在农村有一点力量的地方,大概就有那个地方的中学教员、小学教员、农村的贫苦知识分子在那里做骨干。所以,根据这个经验,当时我们应该动员大量的知识分子到农村去。关于这个问题,后来到香港在钱瑛同志那里总结时,钱瑛同志曾经批评我们,问我们搞学生运动的目的是什么?当然是打倒蒋介石,起这个作用是有的。到底最后是什么?到底革命的主题是什么?主题是搞武装斗争,打倒蒋介石,靠农民运动和农民斗争,这是主要的。甚至于工人、城市职工都应动员到农村里头去,跟农民一起进行斗争。在这个工作上,我们确实做得不好,没有动员大量的知识分子到农村去,深入到农民当中去一点一滴地做工作,争取把农民组织起来,进行一些适合农民的斗争,然后发展武装斗争。上面催得紧了,我们就不管力量够不够也起来干,因此就出现了冒险

的行为。在香港总结时,就向我提出这一条:在农村没有力量也勉强发展武装斗争,这是"左"倾冒险,是错误的。

拿当时成都的学生运动同昆明相比较,成都确实做得不够。昆明在1945年就把大量的大学生送到农村去工作了。我曾经在云南滇南工作过一年,联大一些大学生骨干就是我带下去的。到农村各所小学教书,没有小学的地方就自己办,我们还到少数民族地区去办小学,吸收一些学生。这些学生许多是贫苦农民的子弟,培养他们,又在贫苦农民中培养一些中学生,从中发展一些党员。这些党员,回去后就动员他的父母,教育他的父母,在父辈母辈中展开宣传,这样就在农村扎下根了。从抓学校做起,逐步建立起几个据点,搞乡政府,做文书,掌握武装,发动农民,这样,暴动一下就搞得起来了。但是在成都就搞得不好,因为没有这个桥梁,没有起先锋作用的学生下去。我当时对钱瑛同志说,没有人,大家下不去。

1948年我代表川康特委到香港上海分局汇报工作,组织上批评我思想上对武装斗争的目的是不明确的。一方面,没能做好动员学生到农村去的工作,有右的倾向;另一方面,力量不足,又勉强执行上级指示,盲目地搞农村暴动,这又出现了"左"的东西,是盲动。当时我在香港参加了整风学习,组织上要我认真总结教训,并向我提出:你的动机是什么?我说什么动机?我这一个脑袋都随时准备丢掉,还有什么不良动机?我这样说自然是不行的,还要我认识为什么力量不够,还要拼命去搞武装暴动,目的究竟是什么?是不是想打出一个江山,将来能坐金交椅。我说我的脑袋都准备不要了,坐什么金交椅?钱瑛同志很严厉地说:"你牺牲了,我也还要批评你。"后来钱瑛同志对我说:"我是要告诉你,地下党和老区党的关系一定要摆正,不要摆错了。还有你们学生运动和知识分子工作是为的什么?要明确目的性,是为了工农。你们学生应该到工农中去。学生不是革命的主力,你们不可能独立解放四川,独立地打江山。根据现在形势,你们仅仅是配合解放区。地下党是配合老区的党，地下党只能起一种辅助作用。这两条不认识清楚，将来还要犯错误。"通过这样严厉的批评，使我明确了学生、知识分子应该到工农中去，而且是为了搞武装斗争而去。我后来这样总结过："地下党是为了地上党，学运是为了工农。总之，蒋管区一切斗争应该是为了支援老区的斗争。"我现在还是这样来认识地下党的作用的。

五、动员学生、知识分子到农村去发动农民搞武装斗争

在这方面有工作做得成功的地方。例如，当时川大去了一批学生和骨干到大邑，由李维嘉等同志带去的。他们到农民中去，确实搞了很多工作，减租减息，组织游击队，刘文彩都没办法，把他的一些武装都缴了械。缴了械的枪又要他拿银圆来换，要他减租减息。这样群众就发动起来了，然后发动武装斗争，形成了我们掌握的一批武装力量。临解放时，大邑、邛崃一带是以农民为主体组成的部队，几千人的部队都组织起来了，有力地配合了解放军阻击胡宗南。这支武装力量的骨干就是成都的学生。在西昌也是如此。金江支队就是从西昌动员了一些青年学生到农村里去工作，这样搞起来的。大邑、西昌的情况说明，这是我党工作的一条正确的工作方法和路线，我认为值得注意。川东工作破坏后，组织散了，我们向地下党领导汇报了，同意我们派一些人到川东重庆、到万县等地去做工作，另外还派了一些人到川北、巴中那一带，多是川大等校的学生，这是从成都的学生组织中抽出来的，是从成都市委工作范围内抽出来的。这个问题我认为是必要的，需要这样做的。

六、关于 XNCR 的问题

当时南方局给了成都党组织一个隐蔽电台，先放在王宇光同志家里，没有启用。我来到成都以后，就从他那里把它提过来，和王放同志一起，临时学无线电知识，自己重新装成一个收音机，收延安电讯，出了一个名为 XNCR（延安电台的呼号）的专门的刊物，登载解放区战况和中央的一些文件、评论，包括毛主席以新华社发言人身份发表的声明和文章。我们每天晚上十一二点钟收音，收到消息以后，马上在蜡纸上刻出来，差不多凌晨三点左右付印，一直搞到五六点钟，早上拿出去分到各个组织。这是一个好事情，是起到作用的，应该给予肯定。把 XNCR 同《挺进报》相比较，我们一直没有出毛病，没有被侦破。后来听到打入特务机关的同志告诉我们，说是国民党特务非常注意这个东西，下了死命令，要求几个月内非破获不可。我们得知消息，就改变了斗争方式，经过研究，决定不搞阵地战，而搞游击战。表面上没有这个刊物了，实际上是换了其他的名称，换了纸张和油墨。有时用黄的纸、有时用红的纸，各种颜色的纸经常变化，名称有时叫"川大时事研究会"，有时叫成华大学什么会，有时又叫什么社，每一次都换个刊物名称。后来特务就给上级汇报说 XNCR 没有活动了，发现零零散散的刊物就说是一些学生搞的。我们这个办法效果很好，证明在敌强我弱的情况下，宣传战线上也不能打阵地战，应该采取打游击战的方式。在这点上《挺进报》就吃了亏。我曾给《挺进报》的同志说（刘国志到成都来时），你们不能这样干，不能打阵地战。他们说《挺进报》本身就有极大号召力，为什么取消呢？我说办报是内容号召群众，不是报纸名称号召群众，何必强行和敌人硬拼呢？结果《挺进报》被敌人破坏了。重庆组织被破坏也是从这里打破缺口。两相比较，采取打游击战的方法，用灵活的战术，使我们一直坚持到 1948 年，证明这是正确的,《挺进报》的做法是打阵地战,可以说是得不偿失。

七、关于官箴予事件问题

官箴予又叫官大炮,本身是个坏蛋、袍哥,不是个好人。官箴予骂国民党,国民党逮捕官箴予,这是敌人内部的一种狗咬狗的斗争。但我们可以利用这个事件来发动群众。当时川康特委及时决定了抓住这个事件来搞一个争民主、争民权的群众运动。后来钱瑛同志在总结时也认为这个做法是对的。

当时,官箴予是成都市参议会议员,为了竞选国大代表而同反动当局唱反调,其本意是捞取政治资本,但却被国民党警察逮捕。这在国民党参政会里引起了反响,在地方势力中也引起了反响,社会上普遍反对国民党随意逮捕人的做法。我们利用这个时机,抓住这个事件,揭露国民党所谓的宪法反民主的面目,很快就把群众发动起来了。从川大开始,很快扩展到全市各学校。这次斗争动员了群众,分化了敌人,取得了胜利,是比较成功的。

这次事件的成功和胜利,实际上是我们经过一年多细致的组织工作,广泛争取中间分子,积蓄和团结了相当大一批力量的结果。这次事件可以说是对我们的工作和我们的基本力量的检验。其次,我们当时提出的口号是适宜的,能为社会上多数人所接受。因此,得到地方上各方面的力量,包括国民党参议会一些人的支持,还包括地方军阀势力的支持。在斗争中,我们还提出了要注意矛头所指,巧妙利用敌人营垒的矛盾,紧紧对准国民党反动派,重点揭露蒋介石的伪宪法和假民主,绝不能被他们利用来转移到地方势力身上。

由于我们斗争目标明确,国民党特务和三青团分子几次想转移斗争目标,故意破坏捣乱,企图嫁祸于共产党的阴谋都未能得逞。当时成都市委直接指挥,很注意斗争策略,及时识破了特务分子的阴谋,教育我们的勇敢分子不要跟着盲目乱搞一气，不允许乱骂、乱冲，严格注意政治斗争的目标，以防中敌人的奸计。策略上注意适可而止。这些做法证明当时市委领导还是好的，是成功的。通过官箴予事件，对我们的力量是一次检阅，为以后更大规模的斗争打好了基础。

八、关于"四九"惨案的经验教训

我在香港参加整风时，主要是整两个问题，一是对农村搞武装暴动的认识；二是对"四九"事件的认识。对"四九"事件，钱瑛同志批评了我们。她认为我们根本就不应该这样搞，这样搞是不够策略的。她说，你们刚搞了一个官箴予事件，还没有消化，还有好多组织工作没有做，接下来就搞小教斗争，在市政府找乔诚请愿，现在又找王陵基请愿，这样的做法不好。现在看起来，这次事件总的来说是成功的、胜利的，但是这当中有一些缺点。钱瑛同志批评的几点，我现在还记得。她说，你们"四九"的斗争形式完全是抄袭"官箴予事件"，也是企图去占领省政府，也是企图搞抓反动派这一套，为什么用同样的形式来进行斗争？能不能改变为另外形式？我认为她的批评是对的。例如，有无必要采取占领省政府的形式？在官箴予事件中，占领过省政府，抓了省政府的要人，得到了胜利。但在"四九"运动中是不是要采取同样的做法，又冲进省政府、同王陵基正面斗争，强行同他干，这都是应该考虑的。当时钱瑛同志认为，可以对王陵基"四九"宣誓就职表示抗议，可以联合地方势力（刘文辉等都是反对他的，我们可以动员出来），学生也可以发动起来做一些表示。但是，不必要冲进省政府，找王陵基面对面地干。在当时的情况下，可以适可而止，做到有理、有利、有节。

用这个标准来检查"四九"运动，确实存在着一些问题。当时冲进省政府后，王陵基杀气腾腾地表示，他要动枪动刀，在气愤之下，我们的队伍当时失去了控制。正如彭塞同志讲的那样,当时指挥不灵了,联络不上,游行队伍失去控制,一些人乱爬乱滚。这就没做到有理、有利、有节。

我记得还有一条,钱瑛同志还批评我们,你们怎么能把希望寄托于统战工作?当时情况是这样:在发动"四九"游行示威以前,由蒲华辅找统战关系,给地方势力打了招呼,地方势力绥靖公署也答应了学生出来游行,不会出面干涉,像官箴予事件那样对待。但结果绥靖公署还是出面加以干涉,就出乎意料了。后来,我们去质问地方势力为什么改变了态度?他们回答说,是王陵基非让出来干涉不可。钱瑛同志针对这种情况批评我们说:"你们把斗争的某一些关键性的问题寄托于统战对象。他们对你们的诺言能够靠得住吗?你们对你们的斗争对象分析得准确吗?"

钱瑛同志提出的这些问题,我们确实没有估计得到。这一点后来市委总结过。没有充分估计到情况不同了,组织准备和力量对比都不一样了。具体问题应该具体分析,这一点上,我们是做得不够的。但是,在总结这个问题时,还是肯定了我们后来的补救措施,认为退兵一战,打得好,打得比较漂亮。彭塞同志也讲到了这一点。例如充分利用黄季陆和王陵基之间的矛盾,一些女同学在黄季陆那里哭,迫使黄表态,要求王陵基释放学生,这就充分把这些关系利用起来了。后来被捕同学全部被援救出来。以后他又抓人,搞什么特别刑事法庭这一套,但我们已经进行了有组织的疏散。这些都是成功的地方。这一次大运动之后,有一些同志暴露了,要求转移,所以我们及时转移了。成都市委在这些方面的工作是做得成功的。总的说来,在打击王陵基和实行退兵一战这两点上是做得比较好的。

九、关于川康特委被破坏的问题

川康特委遭受破坏是一个很大的损失和失败，它直接影响到成都市委的工作。在川康特委机关被破坏前，上级党组织——上海分局曾经及时给我们敲起了警钟。我到香港去，蒲华辅到上海去，钱瑛同志都敲了警钟的，都谈到了要注意敌人可能进行疯狂的镇压。对钱瑛同志这个指示，我回来后是传达了的。当时重庆党组织遭受破坏，我们知道这一情况，立即给上海发了电报，告诉钱大姐这边出了问题。上海方面也及时收到了电报，做了转移。因此上海党组织未遭到破坏。但是我们自己却没有注意在组织上重新搞一套，重新改变组织形式和工作方法，还照老一套干。

当时，我从香港离开，钱大姐最后送我走时，还和我谈到，要我回去告诉老郑（蒲华辅），叫他马上离开成都，我回来后传达了钱大姐的话，要他离开。他却不走，没有什么大的理由，只说他要筹备开川康特委会议。当时我们已经研究过叫他马上撤退到仁寿，特委会议由我们来筹备。因为敌人不认识我们。可他还是不走。

我还清楚地记得，一天我到春熙路南段的饮涛茶楼上去同老蒲接头，上楼一坐下就感到不对头，发现有人跟踪我们，我看出有问题，就对他说，明天我到你家来谈吧。我要他先走，我再走，我说我看得出来有无跟踪。他下楼后，果然就有人跟踪他。我看到有三个特务在对面盯梢，我立刻下楼。楼梯旁有一个转角，我下到转角处就站着抽烟，两个特务"咚咚咚"就跟下来了。他们发现我站在转角处，就没有再下来了。我立即明白，这两个家伙是跟踪我的。我走到百货公司装着买衣服转到背后一看，看见这两个人跟着我。我决定要分梢，非得把他两个人分掉一个不可。我走到春熙路口，在那里碰到一个商人模样的人，我就跑上去同他握手，交换香烟，寒暄了几句，特务以为我跟他在接头，立刻分别监视。我回头一看，有一个特务跟商人走了，我想这下有办法了。我走到漱泉茶楼上，回头看，特务站在楼梯口，没有敢上楼来。我就从茶座间迅速跑过去。他上楼时，我已经从另一个楼梯下楼去了，我到锦华馆卖花的地方一闪，转过小巷就走掉了。那个特务不知道卖花的地方有几条岔路，结果我就跑掉了。我去通知王文鼎，他家已被守住。后我又通知小康（华健）和其他同志转移。并向香港钱瑛同志处发电报。第二天蒲华辅被捕，他的家被搜了。我当时就比较明确了，蒲华辅被捕不仅是在地下党活动上那么麻痹，而且思想上还有不对的地方，但是他叛变也颇出乎我们意料。他是大革命时期的党员，抗日战争以前坐过几年牢，我们是非常尊重他的。因为他是老同志，又坐过牢，受过考验，我估计他进去以后还不会出问题。结果没想到第三天就叛变了，这个问题确实我们没想到。

对于蒲华辅的被捕，后来我们才知道，是他到上海路过重庆时，曾经跟川东特委的刘国定见了面，让刘国定帮他买去上海的飞机票。因为他们过去在一起工作过，所以认识。他这样做，是违反党的纪律的，是我们党的秘密工作最大的忌讳。南方局之所以要把川东特委和川康特委分开，就是为了使组织系统保密，不准来往，免得发生干扰。当时他和刘国定已经没有组织关系了，就不应该因为老关系去找刘国定。而且据说买飞机票填表时，他又写了真实名字，还填了铜梁籍贯，这些都是违反纪律的。但当时我们不知道，他也没讲这件事。直到成都解放后，经过调查我们才知道这个过程。重庆刘国定被捕叛变后，国民党特务顺藤摸瓜，调了铜梁籍的特务到成都来，在军校铜梁同乡那里打听，而他又刚好和这个铜梁同乡有往来，这样特务就找到了他。

蒲华辅叛变后，成都市的工作遭到了很大的破坏，但组织没遭到什么破坏。因为组织关系在我手里，他只管军事和统战。军事和统战方面没有好多人。但他知道我们川康特委组织系统的情况，这样的破坏是很大的，后来决定疏散。我们当时是把川康特委和成都市委领导成员疏散到乡下去，让下面那几个区委继续进行活动。到香港汇报以后，钱大姐就狠狠批评我们用这样的疏散方法很危险。她说，成都已有一个领导同志叛变，整个组织就很危险。你们必须彻底撤离。凡是蒲华辅知道的人都必须全部撤离（蒲华辅一共供出了八十多个人，但抓着的不多）。当时我们立即派同志专门从香港乘飞机到重庆传达，通知成都市委全部委员撤退。我们到了香港以后，觉得大姐的经验是完全正确的。如果我们继续采取老一套工作方法，可能后来还要遭打击，这就很危险。由于接受了教训，后来组织一直保存下来了，没出什么问题，这是钱瑛同志的功劳。

十、市委撤退后，成都的工作方针

我们在香港曾经总结过工作。当我在汇报情况谈到我们还在组织示威游行斗争等情况时，钱大姐简直冒火了，狠狠批评我们：现在还在整运动，简直是不要脑壳了。现在是什么形势了？不需要你们去斗争，不需要你们去牺牲了。你们必须保存力量，每一个人都应该保存。你们的工作应该是积蓄力量，搜集资料，搞策反等。不能再去搞运动、搞斗争。现在还需要你们去打倒蒋介石吗？我们解放全国走路就走到了，走到了他就垮了，还要你们去搞运动啊？你何必去牺牲呢？因此不能干了，要赶快改变工作方法，改变工作方式。这一点是大姐提出来的，使我们清醒了。我确实觉得大姐工作经验丰富，她说："形势改变了，你们老是不改，总是老一套。现在你们要是牺牲一个，都是党的损失。"我们后来就照这个精神布置了撤退。到了南京以后，邓小平、刘伯承、张际春、宋任穷等同志接见我们。邓小平同志说得很干脆。他说："你们还不想撤离，是你们的思想没有解决问题。赶快派人回去，告诉地下党，你们现在的工作就是不工作，现在不需要你们去做别的事啦，现在你们等着解放吧。提供情况、将来参加接管嘛。这就是你们地下党将来的作用，你们一个人比我们一百人都重要，你们牺牲一个比我们牺牲一百个人还恼火，你们知道情况嘛！回去传达，就说我说的，你们的工作就是不工作。当然并不是说完全不工作了，只是你们这样的搞法不行了，你们做一些应变，保护财产，秘密策反，这些事情可以做，其他都不能做。你们要保证能够保存力量就做；不能保存力量，任何可能发生的危险就不做。只要地下党人在，就有办法。"这时，我才觉得这些党的领导同志非常清醒，我们迟钝得很，给我们教育很大。这个问题要好好总结一下。

1981 年 6 月 10 日

（本文系中共成都市委现代革命史编审组办公室谭继和、杨世秀、黄世宪同志根据录音整理，并经马识途同志审阅。）

在中共成都市委召开的党史座谈会上的第二次发言

听了同志们的发言,有几个问题我想再讲一下:

第一,关于"四九"事件问题。用要求配平价米这种形式,号召群众参加经济斗争,打击反动的王陵基政府,分散敌人的精力以配合解放区的斗争,这是当时形势的需要,也适应了广大群众的要求和愿望。"四九"运动成功的地方在于它长了革命群众的志气,扩大了进步势力的影响,党组织和民协(民主青年协会)都有了发展;从政治上打击了王陵基,加深了国民党地方势力与蒋介石中央集团的矛盾。斗争中虽然出现了一些曲折过程,如一些同学受伤、被捕,后来部分骨干力量被迫撤退,但我们的力量终究是完好地保存下来了,群众斗争积极性没有受到挫折。因此,总的来说是成功的。

但是,按照党中央当时关于党在白区工作的基本精神来对照检查,作为这个运动的领导——成都市委和川康特委,不能说工作上没存在某些问题。当然,川康特委是我分管成都市委的工作,我应对这些问题负主要责任。我们现在不是追究谁的责任,是总结党的历史经验教训。我在香港向上海局钱瑛同志汇报时,钱瑛同志是从领导方法、斗争策略、组织形式和对敌情的估计上给我们提出一些批评意见。这些批评,我至今仍认为是可以接受的。

在香港汇报时,王汉斌同志汇报了北平的学生运动。我谈了成都

"四九"运动，小教（小学教员）罢教斗争。当时云南又发生了云南大学被包围，一百多同志被抓的事件。钱瑛同志向我们传达了中央关于我党在蒋管区斗争策略和工作方针的指示。中央的主要精神是，针对目前蒋介石的镇压政策，我们应该扩大宣传、避免硬碰，争取中间分子、利用合法形式，力求为生存而斗争的基础上，建立反卖国、反内战、反独裁与反特务恐怖的广大阵线。这不是保守，而是领导群众变化方式、绕过暗礁。斗争有时要转移到经济斗争、生活斗争上。中央这些指示，我们当时在成都时不知道，1947年吴老和张友渔同志撤走前，也没给我们传达过，成都市委的同志就更不知道了。但我们现在来回顾过去的历史，总结经验，应以中央的这些指示精神作衡量尺度。

我们在"四九"事件上，有些什么教训呢？

一是我们对敌情分析不够。王陵基是什么样的人，他对我们的游行请愿会采取什么样的行动，我们缺乏分析，因而也没有商定紧急应变措施。一旦斗争中出了乱子，群众要冲省府（包括少数特务学生在中间煽动破坏）时，我们就阻止不了；当敌人采取血腥镇压的手段时，整个游行队伍就被打散了。二是在"有节"这个问题上，我们做得不够。成都市委在布置工作时，虽然没有决定要冲省府，但当时也没有表示不准冲，似乎冲一下也可以。当王陵基已经答应给平价米时，斗争是否可以适可而止呢？即使王陵基这种答应是一种欺骗，但只要他许了愿，我们就有了把柄，可以继续扭住这个问题进行斗争。但是，当时大家没有节制。另外，组织形式上有问题，市委领导是通过联络员指挥游行队伍，秩序一乱，群众队伍与市委领导隔断，就无法联系指挥了。

总的来说，"四九"运动还是一个胜利的斗争，特别是我们的事后工作、后援工作做得很好，这一点钱瑛同志是表扬了的。

第二，关于城市青年学生到农村去，发动农民开展游击战争的问题。我一直认为中央这方面的指示是正确的。在蒋管区发动群众，在条件成熟的地方开展游击战,拖住敌人的后腿,配合解放区的斗争,是必要的。因此,1947年我们把一些青年学生动员到农村,是应该的(北平是动员到老解放区,上海到苏北解放区)。当然,不是说城市里的斗争就不开展了。城市斗争仍然要展开,要积蓄力量,迎接解放。但胜利还未到来之前,我们动员一些青年学生到农村去,与农民结合,展开武装斗争,起到桥梁先锋作用,这是符合中央的方针的。

王宇光同志提出全国的形势改变了,我们地下党在城市和农村的斗争方式也应相应改变的论点,我认为是很重要的。具体说来,第一,在1948年底和1949年这个时期,我们是否还应大量地动员城市的力量到农村去,搞武装斗争,建立游击区,甚至于独立解放一些地区和城市?当时我们还不是这样想的。但在形势改变的情况之下,是否应该把城市力量抽掉,特别是把城市骨干力量远远地撤到农村去?形势已经改变了,是否非得这样做不可?这就值得考虑了。第二,在城市里是否还要无休止地进行游行示威和罢工罢课斗争,而不是着眼于保存力量,迎接解放?中央的方针是明确的,一定要保存力量,不能损失。我们当时的工作不是不断发动斗争,而主要是保护城市不受破坏,准备接管资料,准备策反;也不是马上搞武装起义,而是准备在配合解放军前进以后再起义。这点,刚才詹大风、陈先泽等同志已讲了执行中央这一方针的情况。

王宇光同志的意见是:不一定把城市里的骨干力量远远地撤到农村去,就地在城市或城市附近进行隐蔽,等到解放军接近时,这些力量马上通通回到城市里来,准备接管,迎接解放。宇光同志提出的这个问题值得注意。当时确实应该在城市里把力量保存下来,而且准备接管,而不是必须疏散得很远。一定要隐蔽,一定要保存力量,以便迎接解放,这是中央的基本方针。在当时,成都市委领导撤走以后,留下来工作的同志是按中央这个方针进行的。比如,李维嘉同志在大邑农村就派了重大、川大好些学生回到城市来搞策反,搞资料,准备接管城市。

形势改变了，我们的斗争方针也应改变。从乡村包围城市，这是我们党的总的方针。但在我们解放全中国的进程中，特别是七届二中全会以后，形势改变了，我们的方针就应首先占领大城市，解放城市，然后以城市来领导农村。这在当时已经解放了的地区就是这样做的。宇光同志根据这个指示，说明我们当时应该转变斗争的方针，这是正确的。事实上，成都市委的同志是体现了中央这个方针的精神的，并没下去打游击。对这个问题，应该好好总结。

第三，关于市委撤退以后的工作联系问题。各个区委互相平行联系，组织起来，碰头交换，这是应该的。过去白色恐怖严重时，必须分得很开。到1949年的情况则不同，应该有组织地结合起来，不能小手小脚。实际上，他们已自然而然地联系起来，等于恢复了市委工作。当时我们在香港，还没能回来。彭塞同志先到武汉，后到西安，都没能回成都来。曾托江伯言带信到成都，但信没带到。

另外，关于传达停止发展党员问题，这是当时中央的方针。中央曾指出，解放前半年新区地下党组织不能再发展。为了避免坏人混入，这个方针是必要的。但不能绝对化。像当时有些老民协骨干，在党的领导下经过长期的斗争、考验，虽然没有履行组织手续，但却是像对待候补党员一样对待的。为了当时工作开展的需要，是应该发展的。另外，解放前夕还有拉夫现象。这样，确实应该发展的没有发展，而不应该发展、根本不合格、觉悟很低的人却又发展进来了，这就是临时拉夫。当时有些同志没有发展组织任务的，也在发展，一直到地下党组织会师时，还有送名单来的。有些老区来的老同志觉得他们太不像话，觉悟太低，因此，比较严厉地对待地下党同志，有些就失去了党籍。当时，我们插不上手，特别告诉我们不能管，不能过问，完全由老区同志按党的原则标准来解决。现在看起来，当时确实有些问题，过于严峻，有的做得不合理、不对头，有的被取消了党籍；当时确有一些不合格，而有些合格的却又没有保留下来，被清除出去了。

　　成都市斗争的艰巨性和复杂性，我在其他地区工作时就已经听到过这种情况了。成都地区反动势力多，镇压严重，敌人比较强大，各种政治力量都存在，开展学生运动显得特别艰巨。昆明的情况就不一样，地方实力派占优势，有民主传统。在联大，是国民党、三青团被打到地下去了，而我们民青（民主青年联盟）反而在地上活动起来。但像成都华大（华西协合大学）的工作就相当艰苦，反动力量和三青团相当厉害，这对我们工作开展有不利的影响。但这不是坏事，我们许多同志在非常艰难困苦的情况下，经受了锻炼和考验，这一点是很好的。

1981年6月13日

　　（本文系中共成都市委现代革命史编审组办公室谭继和、杨世秀、黄世宪同志根据录音整理，并经马识途同志审阅。）

在鄂西抗战时期党史座谈会上的发言

前 言

有机会再度到恩施来参加多年盼望的盛会，十分高兴，甚至要自我克制，以免激动过甚，给古稀之年的老人带来不良后果。几十年前的老朋友又聚会到一起，鬓霜相看，在我们战斗过的地方重寻旧迹，缅怀在这块土地洒了鲜血的烈士，怎能不令人兴奋感慨？

这个会是州委在省委的领导下，在南方局党史资料征集小组的推动下，经过几年的准备，才开成的。据我所知，鄂西党史办几年来所做的努力是令人感奋的，取得的成绩是可喜的。因此，我向湖北省委、鄂西州委和南方局党史小组和鄂西州党史办、各县党史办，表示衷心的感谢。我们的确都已到了风烛残年，说不定什么时候，马克思就要来通知我们去报到了，再晚可能就没有这样相聚畅谈的机会，对于立准立好鄂西党史，就可能带来难以弥补的损失，湖北省委、鄂西州委体察这一点，走在许多地方的前头，及时调查审定，写出初稿。这部初稿是写得很不错的，基本事实都记录了，条理也初步理出来了，有一个很好的基础，是凝结了许多同志的可贵的劳动的，这可以作为我们讨论修改的基础，这一点必须肯定。欠缺是难以避免的，经过我们的共同努力肯定可以改好。

我虽然对当时鄂西党的工作有一些了解和体会，也作过一些思考，而且也准备在这里作一个发言。我本想听了大家的发言再说，事实可能更清楚些，立论也可能更妥当些。但是昨天州委领导和南方局党史小组的同志要我今天最先发言，难免悚惧，推辞不掉，只好勉力为之，只能说是抛砖引玉。不对的地方，请不客气地批评指正。

一

鄂西的党从1938年5月省委派雍文涛同志带着汤池训练班四十名进步青年（包括党员八名）到鄂西工作，和原已来鄂西的少数党员一起重新建党以来，党的工作发展很快，在广泛发动和组织抗日青年进行抗日进步活动的基础上，党的组织得到迅速的扩大，很短时期便先后建立了工委和特委、县委，领导人民做了大量的革命工作，不避艰险、英勇奋斗，在抗战前半期湖北大后方高举党的旗帜，在群众中形成灯塔，有力地推动了抗日和进步，培养锻炼了一大批干部，即使遭受重大损失，仍然保留了一大批干部，成为以后多方面工作的骨干（在座的就是一批），在青年学生中可以说取得了优势的力量，在农村中开始了建党，并夺取了少数基层政权，取得的成绩应该给以充分的肯定。当时的南方局领导，也是这样肯定的。南方局、湘鄂西省委的领导路线是正确的，前后直接领导鄂西工作的钱瑛同志付出了极大的关心和努力，领导是正确的。工委、特委和各县县委以及基层党组织和全体党员和围绕在党的周围的进步力量，都做了不少工作，付出了极大努力，有的为此而英勇牺牲了，有的为此而遭受了种种的磨难，我们这些幸存者和鄂西的人民永远不会忘记他们。

我们都知道立党史应该本着马克思主义的辩证唯物主义和历史唯物主义的精神，实事求是，立准立好。首先在事实清楚的基础上，做出实事求是的结论来。主要的、关键的事实必须搞清楚，但也不陷于丝发必较的烦琐主义中去。这要靠当时在上在下的同志进行回忆,互相启发印证,尽力合于当时的历史实际。并且从当时的具体历史的客观条件出发,认真分析,做出恰如其分的结论来。

我们必须首先肯定我们的成绩,这不是为我们这些老同志评功摆好,而且肯定当时党中央、南方局领导路线的正确性,肯定广大革命群众的功绩。同时也要认真研究我们在当时条件下,当时的领导水平和思想作风下,在工作中所存在的问题、缺点和错误。我不认为当时鄂西党存在着根本路线的错误,这在后来上级领导和南方局同志讨论时,也是这么认为的。但是我们在具体工作中的确存在这样那样的问题,有的没有及时得到纠正,带来某些工作的损失甚至严重的后果。比如,1941年初发生的组织大破坏。总之,我们借这个机会,校正事实,正确评价,大家可以本着摆事实、讲道理的态度,各抒己见,是就是是,非就是非。

我的发言,是我当时作为一个特委书记和副书记所能了解的情况,根据当时的领导水平,进行分析而发的。主要是我个人的理解,有的是当时已经议论过的,有的是这次在路上曾和王宇光同志初步交换过意见,主要的是我自己在后来的工作中,特别是在云南和川康特委工作中思考到的。由于年长月久,许多事情已经记不清楚,自己的分析能力很有限,谬误的地方恐怕不少。

我的发言不想多谈我们已取得的成就,这在史稿中已写了不少(有的可能还没有写到和写够)。我想着重谈谈工作中存在的一些问题,一些值得我们思考的问题,希望从这里看出我们工作中的过失来。

二

我是1939年8月钱瑛同志把我从鄂西北调到湘鄂西来的,到了宜昌,随即去松滋西斋李逊夫同志家参加湘鄂西省委扩大会议(有同志说是代表会议，但记不起代表是否选举产生），在会上宣布我任鄂西特委书记。我从未抓过这么大的摊子，有些惶恐，钱瑛同志鼓舞了我，说有一批雍文涛同志带去的骨干和先去了一批骨干，扎了根，刘惠馨在那里工作过，情况了解。于是我还是来了。

我当时到鄂西后连续在各县跑了两个月，看过一些基层组织，我的印象是这里工作很有生气，骨干的劲头很是放得开，敢打敢冲。特别是在青年学生中，在许多学校中，我们都占了优势，公开的宣传和群众进步活动都很活跃。我知道这是从抗战中心武汉带来的组织力量和思想作风。而那时国民党反动派的力量主要还滞留在宜昌，鞭长莫及，虽然反动派也捣乱，我们还是可以大胆工作，党的组织和群众组织还在大量发展（数目记不起来，但是成倍地增长）。这和我在鄂西北处于低潮的情况比简直不同。但我也有一点感觉，组织发展快而不巩固，斗争热火而不够扎实，而对敌人无所顾忌，骨干亲自上阵，多有暴露，横向的关系很多，对此我有些担心。

1940年春，何功楷陪钱瑛同志来检查过工作，我汇报时曾提出这样的担心，提出要在巩固中发展（趁好时机，抓它一把，还要发展，只是在巩固中发展）。党员要站在斗争前列，但不要暴露过多（少数难免暴露而必须撤退）。当然不能脱离政治，但不宜搞政治色彩过浓的生活斗争（更不能用和群众生活相关的斗争，达到直接的政治目的，应适应群众觉悟水平，逐步提高）。钱瑛同志去看了一下，同意这样的看法，并提以"轰轰烈烈，空空洞洞"为戒。有些暴露的骨干做些县与县之间的调整。但是已经形成了的作风不容易改，敌人当时的确无能力进行有力的反扑，我们还没有吃到多少亏，便更不容易改过来。

我们特委研究，必须对大量发展了的党员做巩固工作，进行系统教育，由孙士祥和刘惠馨两人写教育提纲（后来何功伟同志来也写过，我也写过，现在发现的那批教材，哪些是谁写的，我已无法分辨），并且办了男女学生的训练班。

总之，当时的工作总的形势还是好的，我们也预感到一些政治形势即将逆转的征兆（二次反共高潮的到来）。

我们还发现，农村工作仍然是十分薄弱的环节。抓了一些基层政权，这也是为了开展农民工作，就是说农村工作做了一些，但和城市工作、青年工作比，相对逊色。当时各县也努力抓了一下，建立了若干据点，有的还相当强大，但也仍然是不够扎实巩固，对农民党员教育很差，而且"拉夫"像入汉流一样的现象也偶有发现。当时农民对抗战只理解为拉壮丁，加粮税，涨物价，对宣传抗日兴趣不大，只想贺龙来了好打土豪分田地那套，这又带来农村工作中的新问题。我曾去来凤，想在那里多开辟农村工作，以备日本人打过来便上八面山打游击（钱瑛同志也这样想过，告诉过我），或国民党反动派进攻时，就拉上山去，或拖到鄂中，这却被钱瑛同志制止了（何功伟后来和我讨论过，也说这样不成）。总之，农村工作开展了，建立了一些据点，基层政权也抓了一点，但不多。我们还是把主要精力放在城市的斗争和组织发展以及巩固工作上来，却没有认真及时地安排把城市力量移往农村，把青年学生党员送往农村抓点。我们当时就提出：我们不能老是"停留在桥梁上"。明知这样不对却一时难以纠正过来，主要的还是由于对可能到来的反共风暴，缺乏认识。当然据王宇光同志回忆，我到利川对王宇光同志说过"晴带雨伞饱带干粮"要防患未然的话。

以上这些情况，刘惠馨做特委交通员去重庆南方局向钱瑛同志汇报过，钱大姐随即于八月由刘惠馨陪着来到恩施。

1940年6月，宜昌失守后，何功伟同志撤到巴东，检查了工作后，来到恩施，和我住在一处，不久南方局钱瑛同志来了，宣布湘鄂西省委撤销，何功伟同志调恩施，8月开特委会，讨论了形势、任务，检查了工作，组织随形势进行调整，何功伟任书记，我任副书记兼宣传部长，王栋仍任组织部长。但实际上是把组织一分为二，北路由王栋联系恩施、建始、巴东（包括秭归、兴山）；南路由我联系来凤、宣恩、咸丰、利川，何功伟同志撤到鹤峰去隐蔽，我和王栋去他那里开会研究工作。这都是钱瑛同志带着南方局的指示来办的。

当时形势已明显逆转，二次反共高潮起来了。南方局已提出"长期埋伏、积蓄力量、以待时机"的方针，提出有理有利有节的斗争方针，提出团结进步分子，争取中间分子，孤立和打击顽固分子的统战方针。钱瑛同志要求我们从思想上、组织上、斗争方法上和阵地部署上来一个彻底转变。要求坚决不搞那些显示力量、暴露骨干、于事无益的刺激敌人的斗争；要求大力转移、疏散暴露的骨干分子，把力量转到农村中去，准备长期埋伏；组织形式上要求更分散隐蔽些，党员要进行审查，要慎重发展，有些关系放在那里不用去接；要进行党员革命气节道德教育，要预防突然事变等。

南方局这些应变方针和组织调整（包括特委和县委撤退一些人）、党员教育、转移方向，都是正确的、及时的，特委完全同意，并且会后立刻行动。有的同志撤走了，王栋去了北路传达并准备长期隐蔽在那里。我去了南路传达，并决定长期搬往咸丰。我到南路组织了来咸（来凤、咸丰）中心县委，我兼书记，后来由陈克东、张思载负责工作。后来杨弟甫同志来了，他任书记，他新到，又生意人面目，很安全。在利川的王宇光同志作为特委交通员于10月份向南方局汇报工作，撤去重庆，利川由黎智任书记，住到乡下去。我在咸丰粮管处隐蔽，还觉得不够稳妥，拟长住尖山寺新发展的党员区长徐光壁那里。徐的关系不告诉任何人，只何功伟同志知道。我们的工作作风也开始了转变。这些布置我以为是妥当的，可以抵挡住反共风暴。

何功伟同志由于我和王栋向南北两方转移，特委在恩施还有许多工作未安排好，还来不及立刻转移，只是搬了家（到一个防空电台台长同志家住，刘惠馨同志因快生孩子，也暂留恩施，但搬到杨湾，他们的住地连秘书郑建安也是不知道的），他曾在城郊活动中，突然在三里坝附近被过去特务同学发现盯过梢，然而他还无法撤走，我10月回来汇报工作，还在恩施进行，王宇光同志当交通员去南方局，还是在恩施接受他的安排才走了的。

我和王栋各寻隐蔽处，感到很安全，我在咸丰住了半年，刘惠馨快生孩子，12月下旬我回来送她进医院（杨湾教会医院，是郑建安介绍的），生了孩子，在医院住了几天，出院回杨湾家里去了。她准备满月后即送孩子回四川忠县我的老家去。我在杨湾只住了一周便于1月上旬返南路，准备去来凤、咸丰、利川检查工作后，在利川与刘惠馨会合，带我们的孩子回忠县。当时，何功伟同志的爱人许云同志由王宇光同志护送，带着孩子已到忠县我家中，我们准备安顿好后与许云同志一块回鄂西。

我去来凤那天，的确在大垭口见到过郑建安，有两人和他一起走。我按当时"与自己无关系的同志见面不能打招呼"的规定，没有对他打招呼，侧身走过去下河边过渡去了。我事先没有得知他被捕（他自供说向我做过眼色我也没看到），那时，他也还没有叛变。我沿途检查工作步行多日才到了来凤，见了杨弟甫，讨论了工作，又去农村走了一走，然后去咸丰检查了工作，又到利川南边乡下一个镇上见到了黎智，检查了利川工作，然后才到利川。那时，王栋已到利川等我，告诉我何功伟同志、刘惠馨同志连孩子被捕了。

我和王栋同志当时研究紧急疏散问题。王栋同志说：恩施和北路他已做了疏散布置的，只南路还未布置，我立刻回到黎智同志处，要他立刻去咸丰、来凤通知中心县委，布置撤退。由于杨弟甫同志刚来，很隐蔽，可不必撤退，过些时候等我回来再说，且黎智同志住在乡下无人得知，仍可坚持工作。不过，我告诉他们，如果我未回来，他们可自去重庆南方局联系。

我和王栋同志都害怕许云同志在我家见刘惠馨不回，自己又带着孩子回恩施，那就坏了，同时这次突然事变要向南方局汇报，以便营救何、刘二同志。我们二人决定一路拦截从南方局回恩施的王宇光和从忠县返回的许云两位同志,以防他们不知就里回恩施后落进特务的陷阱。

我在去恩施的半道上截住了王宇光,让他先回重庆向南方局汇报情况,然后和王栋一起,步行两天赶到了万县,在陈家坝守住路口(我们估计许云带孩子来一定要坐滑竿的)。我们在陈家坝守了几天不见许云同志来,钱已快用完,于是决定王栋同志留在那里继续守候,我则去重庆打听,并向南方局报告。

我分文俱无地混上轮船回重庆,找到何功楷同志,才知许云同志还在我家里,即发电报叫她莫走,等我。同时打电话给王栋同志,叫他回南方局。后来我通过何功楷同志找老蔡,到了南方局,见了钱瑛同志,报告了情况,钱瑛同志不准我回鄂西去,叫王栋同志再回鄂西去进一步布置北路几县的撤退工作。她要我设法回忠县,赶快把许云同志和孩子弄出来,害怕特务去抓走她,我打听好了,找我一个在国民党军队工作的哥哥到重庆来,掩护我回家,我在家里住了几天,赶快把许云同志连孩子送到川西洪雅乡下我的另一个哥哥家掩护起来(当时我家父母兄弟都知道我是共产党的,他们愿意掩护我,并供给金钱),后来南方局认为何功伟出来的机会极少,还怕孩子不安全,决定送回延安,因此又送许云同志带孩子回重庆南方局,后来他们去了延安。

王栋奉钱瑛同志之命再回鄂西去北路做进一步疏散,他去了野三关,布置完后他回重庆南方局,转派往成都工作,鄂西组织就决定暂时放下了。

三

鄂西特委何功伟和刘惠馨两同志被捕,他二人坚贞不屈,英勇斗争,大义凛然,没有说出一个同志,没有波及任何人。其后反共风暴席卷鄂西（当然全国皆然，不过鄂西陈诚组建八个特务组织，专门对付我们，时间较早，更为凶恶罢了），由丁陈诚采取撒人网的办法，见进步分子就抓，因而鄂西党组织大量同志被捕。其中许多党员转移，也有的党员消沉了，有极少党员自首了，甚至各地有个别的叛变，带特务捉人。当时，整个鄂西一片白色恐怖。这个被破坏的过程、原因、教训到底何在？后来的疏散工作做得怎样？为什么有些漏洞难以堵住？鄂西党组织和党的工作，到底有什么问题？这些都是值得弄清实事，认真总结的。

下面我谈一点我的思考。

第一，南方局的指示是正确的及时的，采取的措施是有力的。后来的善后也是做得好的。我们特委也认真贯彻了南方局的指示，八月会议做出一系列决定和措施，并加以实行。主要的骨干都保住并转移出去了。

但是，一方面由于客观上几乎难以避免的原因，又加上我们主观上的某些失误，组织还是被破坏不少。我作为特委副书记不能辞其咎，教训十分深刻。

我以为特委在八月会议后，是做了大量应变措施的，而且及时传达到了各县及基层，各县委也认真做了布置和贯彻实行。我们的失误主要在于对形势估计还是不足，对反共高潮的迅速到来没有充分料到，对陈诚的反共疯狂性认识不足，方针传达了，工作布置了，大量同志也转移疏散了，但是并没有做得彻底。由于过去的组织暴露过多，张扬的作风一直没变，横向的关系太多，疏散可去的地方有限，一时的确难以做到万无一失。更严重的是突然从核心中出现个别叛徒，在他们的指供下，被敌人层层追捕，又抓了一批党员，又继续出现个别叛徒，如此扩大便一发不可止。堡垒从内部被攻破，而且已经造成一片白色恐怖，局面的确是难以收拾的。

何功伟同志被捕后，曾在给许云的信中说过，"此次被捕是由于我自己不慎"。他的这话怎样理解?

他已经英勇牺牲,是党的好儿子,一想起他,我们就难过。但是假如像他做的自我批评那样,他有不慎之处的话,不是由于他对南方局的指示执行不力,也不是由于他对领导机关的安全注意不够。他叫我和王栋同志到南北路去隐蔽。他不让作为特委秘书的郑建安知道他和刘惠馨的住地,实则是很注意的了。但是他对于自我安全却注意得不够,他没有能够及时撤退到鹤峰去。同时的确因为我们走了,特委还有许多事情留下待他去处理,他不能不在外边有限地走动(比如去看怀孕的刘惠馨同志),结果被敌人发现他在恩施的存在,而他的眼睛近视,不便戴眼镜子,上唇口的疤痕又不宜掩饰。这都是他留在恩施工作的不利条件。但是功伟这个同志我很清楚,他干革命总是奋不顾身,而且把个人的生死置之度外,结果出现了意外的事件,敌人突然攻入到司令部里来,特委秘书郑建安被捕了,而且随即叛变,使他陷于被动。

这固然可以说成何功伟同志的"不慎",但我以为最根本的原因在于特委的秘书系统中出现了像向仲亚、郑建安这样的叛徒。这才是致命伤。当时功伟和刘惠馨住地隐蔽,无人得知,敌人也没有可能直接抓到他们,如果没有刘惠馨的生小孩,使郑建安得知她在杨湾医院住院这一消息,如果郑建安有一点仁义道德,没说出来她在杨湾医院生小孩这一事实,即使何功伟去医院拿药,即使他去照顾刘惠馨,也不会有问题的。关键就在于向仲亚偶然因被检查信件被捕叛变,说出郑建安,郑建安被捕又叛变,说出刘惠馨生小孩的事,但是功伟和刘惠馨被捕却英勇顶住了,封住了缺口。再没有因他们的被捕而扩大破坏。

因此我以为不要有这样的说法,好像由于特委书记何功伟同志和刘惠馨同志的被捕,才带来鄂西党组织的大破坏。他们二人的被捕和鄂西党的大破坏并无直接因果关系。那种说鄂西党麻痹于前,惊措于后,使党员坐以待擒的说法,更是不妥。我原也认为何功伟同志有麻痹思想，但后来一想不确。他是为工作而留下的，还有照顾刘惠馨的成分在内。他是关心别人甚于自己，为工作奋不顾身的。不能解释为麻痹。

因此，鄂西党1941年遭受破坏的原因，远比领导机关的麻痹，要复杂得多。有极其复杂的客观因素，也有我们长期工作中形成的主观上的因素，还有必然性通过偶然性显露出来的突然事件。我以为即使何、刘两同志未被捕，鄂西党在那种情况要出现大破坏，恐怕也是难以避免的。

四

我以为必须对当时的历史主客观进行分析。这也可说是对于鄂西党的几个问题的认识，我提出来与同志们研究。

1. 对于鄂西敌情的认识，敌人力量的变化，全国反共高潮在鄂西的表现，我们自己力量的估计，我们领导水平的估计，到底怎样？

从我个人来说，对于敌情的认识是有不足之处的。鄂西是蒋介石当时的大门，他不愿湖北地方力量替他守大门，而必须代之以自己的亲信陈诚。陈诚一来恩施，排斥湖北人，迅速建立了各种门类的特务组织，还搞一个比保甲制度还厉害的"新县制"，已经张网欲试。因此对于陈诚来恩施后的严峻局面，我的认识不足，而紧接一次反共高潮后又出现皖南事变和国共濒于破裂的反共新高潮来得如此突然，也没充分预料到。但南方局是料到的，对陈诚是熟悉的，所以及时作了指示。我们都是入党不很久的新的领导人员，虽然接受了指示，并努力传达贯彻执行，但有的同志对于敌情特别是对陈诚的感受敏感性不足，对于突然事变的预感性不很高，所以还没来得及从容布置好，彻底转变到"长期埋伏、积蓄力量、以待时机"的轨道上来，而敌人进攻开始了。

2. 我们自己的组织上的某些不可避免的弱点，对大转变一时不适应。我们的组织以青年学生和职员居多，抗战中心武汉那种救亡运动作风带了过来，比较开放，因而发展很快很好，占领了许多阵地，但组织不够巩固，作风不易收敛，而一些组织几乎处于暴露半暴露状态，很不利于从公开转入秘密，从合法转入非法。而且横向的关系较多，县级领导人员从这县调那县，更不易隐蔽彻底。有的应进一步调开的还没安排好，党员及骨干的教育工作还来不及系统进行。就是说我们鄂西党虽然在新形势下，为大转移做了大量工作，但是还没有来得及把自己转移到新的阵地上，还没有彻底转变思想作风，还没有来得及疏散更多暴露的骨干和党员，以切断上下左右的横向的关系，事变就已发生了。这是我们组织上过去的优点在新形势下伴生出的某些弱点没有来得及弥补的缘故。当然，说实在的，在我国革命历史上，在大转折点时期为了彻底转变，往往付出了血的代价，可见转变是不易的，要在一个短时间内做到也是困难的。

3. 我们鄂西党迅速通过知识分子的桥梁作用，把自己的基点落脚于农村和农民工作，转变得也不很及时。我们的骨干大半是知识分子，在知识分子中工作，驾轻就熟，得心应手，乘武汉抗战中心的热潮，工作发展顺利，但是我们还停留在桥梁上，知识分子工作本身还不够巩固，还没有大批转移到敌人统治薄弱的农村去，农村的据点还没有很好建立，已建立的据点和已抓到手的农村基层政权，也不够巩固，且多暴露，几乎不好利用，后来敌人进攻时也破坏不少。这种把重点没有及时转移到农村去的弱点，在前一段早就存在。何功伟同志来后曾积极转变，但没来得及，反共风暴已经发生了。

4. 在知识分子（学生）中建立工作和建党还存在一些急躁暴露的毛病，从领导直到基层都有这种现象，长期得不到纠正，有的党员考查不严，少数不坚定的凑热闹的青年被拉进来了，在农村也发展了一些不够格的农民入党。基层政权抓得不多，不牢靠，太暴露，对党员做过一些教育，包括应急的气节教育，但不够系统有力（有教条气）。特别是在斗争中暴露较多（党员打头阵，领导就站在最前线），而由于爱惜工作，不能及时把暴露的党员坚决撤退，便出了事了。

5. 在组织较为暴露的情况下，敌人一进攻，特别是攻入司令部，出现了漏洞，形势突然逆转，应变能力自然比较差一些，未能事先做从容的有秩序的转移和撤退。虽然我们特委剩下来的二人并未因之而惊慌失措，而是留下来研究，布置疏散，王栋同志还二次回到北路布置，工作是认真的，但是事故一出，战线还是一再被突破。这是由于敌人的疯狂恶毒，陈诚狠心下大网，连进步分子全抓，不可避免地网进了许多党员又经软硬兼施，一些年轻学生党员被突破，敌人因而迅速扩大了线索。叛徒的出卖更增加了这个破坏过程的迅速蔓延，有的地方的漏洞几乎难以堵住了。

6. 统战工作的不足。统战工作我们做得比较零星，没有和高级民主人士身份相当的党员同志去做统战工作，不能形成像云南、四川那样与蒋介石对抗的地方势力和民主力量，不能很好利用湖北地方与国民党中央的矛盾。陈诚以压倒之势，独霸湖北，并且搞一套法西斯统治的"新县制"，地方势力被屈服，无能为力了。因此动员统战力量，以抗衡逆流，我们的办法不多。

7. 后来组织还留下几百，来凤咸丰的破坏较轻，我们还坚持了工作，别的地方也还埋伏了一些党员，后来全国民主浪潮起来了，但再未派人来联系和领导。对此如何看法？当时他们放下不联系是真正的长期埋伏，这是对的。（四川就是这样办，反而减少了破坏。）但1944年后全国形势好了，却未派人来清理和重整旗鼓，是否值得研究？四川、云南的做法比较好。长期埋伏、积蓄了力量，等待时机一到，便活动起来了。当然鄂西有不同之处，骨干损失太多或撤走太多，就地没有埋伏多少骨干，所以形势好了，工作也不易抓起来。但是大破坏之后，事实上还埋伏了一批党员，从中还生长了一批干部，但未接上关系，他们在艰苦条件下独立作战，成绩应予肯定，说鄂西党破坏后，地下党已不存在，或不承认他们的关系和工作是欠妥的，这从政策上应予落实。

从以上这几个问题，我们可以看出：抗战时期鄂西的工作，路线是正确的。在艰苦的条件下，斗争英勇坚决，充分依靠群众，高举革命红旗，取得许多斗争的胜利，培养锻炼了许多党的干部，大批转移到延安、鄂中以及大后方各地，继续斗争，并利用了鄂西斗争的经验教训，取得胜利，鄂西党的成绩应充分肯定。但是由于全国的政治形势的决定作用，反共高潮在全国的普遍出现，又由于陈诚这个有几十年反共经验的老手统治鄂西，他们拥有一切可以利用的政权、军队、特务组织，一套方便的交通邮电条件，一套很恶毒的软硬兼施的办法，向我们鄂西党发起了疯狂的进攻。而我们虽然在南方局的正确指示和布置下，在鄂西党各级同志的努力下，把损失尽量减少，主要的骨干基本上保存下来了，然而组织还是受到了相当大的破坏，有的同志、如何功伟和刘惠馨同志并为此付了生命的代价。这些经验教训的总结，对我们这些当事人无疑是很宝贵的。事实上南方局的领导和我们总结了鄂西党的经验，使我们在后来的白区地下党斗争中，受到很大教益，使自己的领导水平提高一步，赢得斗争的胜利。

五

最后，想谈一点关于落实地下党政策的问题，过去对待地下党一直存在着"左"的偏向，政策长期不落实。三中全会后，中央和各级党委认真抓起来了，但是问题还是不少。鄂西党有几个问题值得注意：

1. 对于地下党政策落实到什么程度了，还留有多大尾巴，值得检查一下，有些恐怕还有待落实。

2. 对于脱党的同志（有的不能算是脱党分子）、自首分子、叛变分子，要有一个现实的政策，他们在政治上受到歧视，生活上十分困难，几十年了，该根据中央新的政策指示，从宽解决，更不可祸延子孙。

3. 对待当时的统战关系要清理落实政策，凡是为革命做过好事的都不可忘记，特别是那些被判杀、关、管的人，有的要平反，有的要改善待遇。

以上请州委考虑。

1985年7月7日下午

我在鄂西北的一段工作情况

大概是1939年4月,我任南、宜、保中心县委书记。当时的鄂北特委(此时应是鄂西北区党委——编者注)由王翰、曹荻秋、张执一、安天纵和我五人组成,王翰同志任书记。以后改为鄂西北区党委。下面分了若干个中心县委和县委,由我担任南、宜、保中心县委书记,工作地点在南漳。那时南漳县的县长叫蒋元,是广西人,他和我们有点统战关系,国民党发觉他和我们有些来往,当特务分子注意到我,要抓我的时候,他就保护了我。这样,我在那里蹲不下去了,就离开南漳,回到襄樊,后来听说蒋元也被解职了。

1939年初区党委在襄樊时,有王翰、安天纵几个人在一起,当时张执一退出去了,有的同志退到茨河;有的同志就退到谷城,住在谷城城外一个什么地方。那时日本人的飞机天天轰炸,城镇疏散人口,所以我们又住到乡下去了。这时区党委决定建立光谷联县县委,也就是中心县委的样子吧。县委摆在谷城,五六月份是方铭负责,后来方铭调任区党委秘书,由我接任光谷中心县委书记。这时不仅是光化、谷城,还有均县、邓县和现在的丹江口一带党的组织均由我负责。我就在谷城和光化之间,跑来跑去。

我记得谷城有个石花街吧,隔石花街一里多路有个魏家祠堂,由我主持在那个祠堂里办了一期党员训练班,我住在附近一个农民党员家里，方铭也参加了，主要是训练农民党员。我在那里给大家讲过课，主要是讲党的知识等一些内容。那时准备如果日本人从襄樊打过来了，我们就在那一带坚持游击战争，当时就是这么考虑的。

这个训练班办了以后，我记得鄂西北区党委开了一次会，是在光化老河口西门外李家沟。利用我们的统战关系，在那里搞了个"第十补训处军训连"的牌子挂在门口，作为他们家属的住地，我们就在那里开的会。这时安天纵和华志芳已经结婚，他们俩就住在那个地方。我当时住在纪洪岗，与他们相隔四十里，那一带有一些农村党组织，过去还搞过暴动。我名义上是给杜汝贤开办的"工合"办厂，就是手工纺织一类的纺纱厂。以筹备工厂的名义，住在那里，那个地方比较偏僻，国民党特务也找不到那里去。

我们在光化李家沟开会，王翰没参加，当时他到竹沟那边去了。那时安天纵和我都是区党委委员，因王翰可能要调到竹沟中原局那边去，鄂西北区党委的工作，就交给了安天纵和我两人负责，我们找各县来人开会，大概就是为了研究这件事。

开会时没有发生什么问题。开完会后，我就回纪洪岗去了。当时那个地方发生瘟疫，霍乱流传很厉害，死的人也不少。我又从纪洪岗回到李家沟找安天纵研究工作，准备分头到各县去。这里，我们的活动中心就转移到李家沟了。华志芳同志在那里当秘书。

我当时的任务主要是抓农村的党组织工作，城市里面的党组织工作则由安天纵负责。第五战区司令长官部驻在老河口，我们有些党组织也在老河口里头。因此，我和安天纵都到老河口做过联系。我记得当时有个演剧三队，曾经和我们联系过，我与安天纵都和他们见过面。另外还有一个文化部的同志，名字记不清了。当时我们发觉被特务注意了，就马上把他们疏散到重庆去了。

这中间还有一件事想说一下。就是我们在老河口的时候，党中央曾派来一个同志（名字一点都记不得了），拿着毛主席的名片和给李宗仁写的信，来和我们联系，由我们通过各种关系到司令长官部去找李宗仁，他来的任务主要从事上层工作，也和我们地方发生一些联系，他和李宗仁的活动情况，那我们就搞不清楚。他是党中央派来的同志，我们要掩护他，由我们找地方给他住上，最后由我们护送他离开。

后来我们发现小易（易启全）叛变了，这个人在襄樊新知书店里当过店员，我们都认识他，但他对我并不熟。他叛变以后，就跟特务一起四处找我们，想抓到我们。而且他还带了一批特务到老河口来，到处找我们，搞得很紧张。

那个时候，根据六中全会的精神，我党转入地下活动，党组织也正在进行疏散。国民党特务头子张元良到五战区司令长官部当政治部副主任以后，就在那里搞特务活动，抓人。在上层活动的（文化工作委员会）钱俊瑞、胡绳、曹荻秋等同志都调走了，有些比较红的同志，也疏散出去了。因为我们没有暴露，还留在那里进行地下活动，所以我和安天纵都有进城联系的任务。

1939年8月，我到纪洪岗去了一趟，回到安天纵的住地李家沟。这天，安天纵进城时，在操场附近被小易发觉后，小易就盯住他了，他就想办法甩哨。丢哨以后，安天纵回到李家沟，给我讲了这件事。这时我们感到很紧张，分析了一下情况：可能是安天纵有点不大注意，被敌人发觉他是从李家沟附近出来的，因此敌人估计我们的机关，就在城边不远。如果他们在这一片采取普遍搜查，就可能把我们搜查出来。发生了这么严重的情况，我说这里有问题，恐怕敌人要到附近搜查，我们马上把领导机关转移走。当时想转移到一个什么沟，在襄河边上，顺河边一路往上走，大概离县城二十多里路，属光化县管，那里有我们的党组织，也有我们的政权，比较安全。我们正准备转移到那里去，就在这个时候出了问题。

我们住处是一个四井口的房子，里面有个小天井院，我们住在堂屋里头。我记得那一天中午正在吃面条，觉得很热，就从天井院里出去到门口乘凉，这时安天纵也端着面条走到门口，看到易启全正在那里东张西望，走来走去。安说："不好，叛徒！小易来了。"这时小易也看到了安天纵，就知道我们住的地方了。他朝我们望了一眼，不敢进来，大概是怕我们有枪（我们当时确实也有枪），他只有一个人，没有办法，想回去叫人，又晓得我们要跑掉，他想进来抓人，大概又怕我们用枪把他搞倒，在那里进退两难的样子。我看他绸衣裳里面掉出一个黑家伙，那就是枪呢！

当时那个场面很不好办。我们住房门前有个晒场，晒场外边是树林子，他就站在树林子背后，既能看到厨房门，又能看到堂屋门，把我们盯住了，怎么走法呢？安天纵和我说非跑不行，但又不敢出去，直接跑出去，怕小易开枪。我对安天纵说，你和小华（华志芳）做好准备，从厨房那个门往外跑，小易不认识我，我可以对付他，他也不知道我有没有枪。那时，跟我一起的还有一个青年交通员，姓段，由草店迁居光化县城西门外李家沟，做党的交通工作。我当时的想法是：我和小段两个出去，如果不行的话，就与他（易启全）拼命，即使我们牺牲了，安天纵他们也会走脱。

我们准备好后，交通员小段跟我一块出去，走进树林，他（易启全）就很注意。我穿的是件长衫，他不知道我有没有枪，他也比较警惕，不敢动手摸枪。我要交通员问他是干什么的？这小鬼上去就问："你跑到这里是干什么的？"他说："我在这里找朋友。"我就上前说："你找什么朋友？你找谁？"他当然说不出来，他就支支吾吾的，我说："现在汉奸多得很，在水井里放毒，附近都发现了，你是不是放毒？你是不是汉奸？"他结结巴巴地说："我不是汉奸，我是来找人的。"我说："你找什么人，偷偷摸摸的，你不是汉奸是什么？老百姓把你捉到，非打死你不行。"我就吓唬他。那小鬼接着说："你走不走？不走我就喊村子里头的人出来把你抓住。"他说："我走，我走。"就这样转身准备回去通知他带的特务。这时安天纵和华志芳从厨房门出来后，就从苞谷地里钻出去了。小易回头看到了又想追。我说:"你又想干什么?"他大概看到对付不了我们,就赶紧往回跑,隔一二里有一个茶馆,他带的人,正在茶馆里头等着呢。

这时,我和交通员折转过来同安天纵他们一路跑。我们从苞谷地里跑过去,遇到一条小河,渡船在对面。我们几个男同志都会水,不要船也可以过去,但华志芳不会游泳,船不过来就不好办。正在紧张时刻,交通员一下子就扑水过去了,很快把船弄过来了,我们就上船过河。我们上岸刚走进苞谷地不远,特务就追过来了。他们追到河边,没有渡船,只能顺着襄河往上走,走到一个岔河沟,那里还有一个渡口,只是船也在我们这边的岸边,没有人,可能开渡的人回家吃中午饭去了,特务喊也喊不应。

我们从那个苞谷地里一直往前走,因为我们后面有特务在追捕,不敢停留。走到过襄河到谷城去的龚家渡口,我们过河后向撑船的人交代,如果后面来人问,你就说我们从什么方向去了。这时我和安天纵就分开走,他和小华到谷城,我从河沟里进去找当地农村党的组织,计划从那里回到纪洪岗,以后到茨河再见面。

我回到纪洪岗进行了一些疏散工作。这时发现敌人正在这里找我,所以我抓紧时间安排了一下,马上离开纪洪岗,从河南与湖北交界的邓县边上走到张家集,从山里头转到太平店。太平店有个文化站,有我们的同志在那里。我到文化站想去联系,看到情况有些不对头,那个地方有问题。我就到那个药店里(寿记吴川源药店)去了解情况。药店那里面有个伙计(据查此人叫龙传道,当时参加党的外围组织),我朝屋子里头走,那个伙计上前把我拦住,他说:"你干什么?你干什么?买药你到外面去!"他就阻止我,不准我进里面去,这样我就出来在店铺了。我感到有问题,大概是有敌人在里面吧。我对他说:"走热了,想买点清凉油。"他说:"你买什么'散'吧。"我说:"什么'散'?"他说,"是这个。"他就在柜台上面写了一个"逃"字,示意有问题,赶快走！所以我就走了。

我从太平店过河，走到茨河，这时安天纵、华志芳也到了茨河。王翰、张执一等同志都在那里，碰头以后，研究了一下工作。根据当时的情况，非疏散不可。因此党组织决定：安天纵和华志芳准备到鄂中根据地，我调到鄂西宜昌。

这样，在茨河把手续办完之后，我那里的工作交给了王克（原名涂光谦，在解放区名王建桥），我在枣阳当县委书记的时候他是县委委员，是我从枣阳带过来的，最后把他留下来坚持工作，后来听说他也牺牲了。湖北省中医院党委书记陈任远同志知道他的牺牲情况。

1939年9月，我和安天纵、华志芳三人从茨河到宜城，经荆门到当阳以后，就分手了。他俩从当阳过河到大洪山去了，我就从当阳到宜昌湘鄂西边区找钱瑛同志，当时钱瑛同志在那里当书记。我参加湘鄂西边区开了一个会，后来组织上把我分配到鄂西，任恩施特委书记。

大概就是这么一个过程。

（2014年12月10日收到这份谷城县委寄来的资料，阅后附记：这不知是何时何地口述的在鄂西北工作时的一段情况，和现在记忆的大体一致，只是当时尚能说出当年一些人名和地名，现在已经基本忘记了。这材料记得比较详细，留存。——马识途）

在南方局党史座谈会上的发言

抗日战争是我国一百年来反抗帝国主义侵略第一次取得完全胜利的战争。抗日战争的胜利为我国人民获得真正解放、建立新中国奠定了基础。抗日战争也是世界反法西斯战争的一个重要组成部分，在东方战胜日本帝国主义，忍受了最大的牺牲，做出了最大的贡献。在中国，中国共产党领导了抗日民族统一战线，推动和坚持了抗日的民族解放战争，并且坚持到胜利。但是外国的许多历史书却不是这么写的，应该把歪曲了的历史纠正过来。

我想就中国在世界反法西斯战争中的地位和中国抗战的领导问题，谈一点个人的认识，并且附带谈一谈乘纪念抗战胜利五十周年之机，以爱国主义为主旋律进行宣传教育，推动精神文明建设的问题。

一、中国在世界反法西斯战争中的地位问题

有的人把中国的抗日战争从 1937 年七七事变算起，这是不对的。七七事变是中国全面抗日战争的开始，而中国人民的抗日战争却是从 1931 年九一八事件后，在东北就开始了。中国共产党领导东北人民，团结抗日力量，展开了英勇不屈的游击战争，一直坚持到抗战胜利。所以中国抗日战争应该从 1931 年九一八事变算起，才是合理的。中国

是第一个高举反法西斯战争旗帜的国家,因此世界反法西斯战争也理应从1931年算起。

我赞成把世界反法西斯战争分为四个阶段:第一阶段从1931年至1937年。在这一阶段中,日本军队占领中国东北,并入侵华北,咄咄逼人,要征服全中国。在西方,意大利法西斯入侵并征服北非埃塞俄比亚。德国希特勒法西斯势力崛起,撕毁凡尔赛和约,整军经武,反共反犹,气焰嚣张。

第二阶段从1937年到1939年。在这一阶段中,德国法西斯羽翼丰满,在西班牙支持佛朗哥法西斯政权上台,英法搞绥靖政策,纵使德国吞并近邻,把侵略矛头指向苏联,苏联只得和德国订立互不侵犯条约,从而招致德苏瓜分波兰。在中国发生卢沟桥事变,日本向中国发起全面进攻,企图一举灭亡中国。中国共产党所倡导的抗日民族统一战线形成,开始全民抗战。抗战的第一阶段不可避免地大片国土沦丧,然而同时共产党领导的八路军、新四军进入敌后,组织人民,展开游击战,收复了大片国土,建立抗日根据地,成为抗战的中流砥柱。

第三阶段从1939年至1941年。在这一阶段中,德国进占波兰后,转头向西方侵略,英法只得宣战,德国大军横扫西欧,狼吞法国等国。西欧全部沦于法西斯的铁蹄下。在中国,日本在正面战线停止进攻,以诱降为主,而把主要兵力移到敌后,对抗日根据地进行残酷扫荡。军民英勇斗争,使抗战转入相持阶段。

第四阶段从1941年至1945年。在这一阶段中,德国悍然向苏联发动突然全面进攻,苏联人民奋起抵抗,战斗惨烈,牺牲很大。而西欧第二战场迟迟没有开辟。在东方日本向美国珍珠港突然袭击,日美宣战,日军南下侵占东南亚各国,直至占领澳大利亚、新西兰和南亚的缅甸等地。同时在太平洋和美国展开逐岛大战。在中国,日军更集中力量向敌后根据地扫荡,实行三光政策,极其残酷。直到1943年后,苏联开始转入战略反攻,以斯大林格勒会战为转折点,德国开始节节败退。英美等国在非洲登陆，进攻北非和登陆攻入意大利。苏联军队横扫中欧，英美在法国登陆，开辟第二战场，攻向德国。这时苏军已经逼近柏林了。1945年5月德军终于全军覆灭，宣布无条件投降。而在东方，在太平洋和中国战场都转入全面反攻。直到苏联参战，日本不得不俯首投降。

作为世界反法西斯战争的东方一翼，中国的抗战从1931年一直战斗到1945年，长达十四年之久。在西方，英法等国抗德，只有六年，苏联卫国战争打了五年，而美国从1941年参战，只打了四年。而在这场反法西斯战争中，中国所忍受的牺牲最大，死了三千多万人。物质上的损失那就更大了。中国在世界反法西斯战争中，牺牲和贡献最大，这是历史事实，是不应该被任意漠视的。但是听说英国竟然有一本记述世界反法西斯战争史的书，在近千页的篇幅中，中国抗战只写了十页，真是岂有此理。另外，竟然有把反对日本法西斯的战争称为太平洋战争，而中国抗日战争似乎不值一提了，这也是荒谬之至。

更为荒谬的是，日本军国主义侵略中国和东南亚各国，奸淫烧杀，无所不用其极。事隔五十年，日本的军国主义阴魂不散，竟然有许多当政的人不承认是侵略。说他们是在把东方各国的人民从西方帝国主义的奴役下解救出来，和日本共同营建东亚"共荣圈"云云。这真是强盗的逻辑。引起被日本侵略过的国家的人民的愤怒，是自然的事。这里就牵涉到战争的性质问题。事实上整个反法西斯战争都有一个战争性质的问题。总的说来，世界反法西斯战争是推动人类历史前进的战争，是进步的战争。但是要细分起来，却还有很复杂的情况。日本侵略中国和东南亚各国，当然是侵略的战争，中国和东亚各国人民反抗日本侵略，是为求民族的独立解放，当然是进步的正义的战争。在西欧德意法西斯强占周边各国，进攻苏联，这当然是侵略战争。苏联等国起而反对德意法西斯，是自卫战争，当然是进步的正义的战争。但是德、意、日对英、美、法的战争，就其本质说来，是帝国主义之间的战争,但是当他们和中国、苏联等国人民一起反对世界上最反动的德意日法西斯势力,却具有进步的意义。所以我们说世界反法西斯战争是进步的战争。日本想借此来抵赖,甚至想改变自己所发动的侵略战争的性质,这是绝对不能允许的。

在这里还有一个问题,到底是谁打败了日本的?当然是中国人民和东南各国人民联合美国和苏联,共同打败日本的。但是有一种说法,是美国参战了,或者还加上苏联最后出兵了,或者说是美国最后放了原子弹了,才打败日本的。这种说法是不对的,至少是不确切的。一场战争的结束,是由参战国的一方的国力军力消耗到再也不能继续进行战争了来决定的。日本的投降,是它的国力军力消耗到再也无法继续进行战争了,才宣告的。那么是谁把日本的国力军力消耗得最多呢?当然是长期被日本侵略、对之进行英勇抗战的国家的广大人民。其中中国受到日本的侵略最久,进行的抗战时间最长,忍受的牺牲最大,消耗日本的国力军力最多。这是有历史的统计数据为证的。

我们无意否定美国参战对于抗日形势的影响,也不否定苏联最后出兵歼灭日本关东军所起的作用。但是如果没有中国军民的拼死战斗,把日本的人力物力作了巨大的消耗,把日本一半以上的部队在中国大陆上死死缠住,美国对日本在太平洋上的逐岛之战,能打得那么顺利,能那么轻易取得胜利吗?就是美国的原子弹放了,日本的几百万主力部队还屯在中国大陆上,特别是关东军完整无缺。如果不是中国举行大反攻,特别是在敌后把大部敌军围困,如果不是苏联出兵东北,一举歼灭关东军主力,日本能很快投降吗?日本军国主义当时下了决心,不仅在它的三岛上作困兽斗,而且想移到中国大陆,负隅顽抗的。再说苏联在自卫战中,如果没有中国拖住了大量日军,特别是如果没有八路军在华北展开百团大战,显示了威力,难道日军不会乘人之危,响应德国,在东线夹击苏联吗?这些都是不可更改的历史事实,足以说明中国人民在世界的反法西战争中,忍受了最大的牺牲,做出了最伟大的贡献。但是现在有些外国人竟然歪曲事实，好像如果没有美国的援助，没有放原子弹，没有苏联的出兵。中国是不可能获得抗日战争的胜利的。如此蔑视中国人民的伟大力量，实在是大国主义和霸权主义在历史学上的表现。

二、谁领导了抗日战争的问题

在中国究竟谁领导了抗战？谁是抗日战争最坚定的力量？谁在抗日战争中忍受了最大的牺牲，做出了最大的贡献？这个问题，在纪念抗战胜利五十周年之际，也有不同的议论。我们说，抗日战争是以中国共产党发起、倡导并始终在其中起了核心作用并坚持到底的抗日民族统一战线领导的。中国共产党所领导的八路军、新四军是抗日战争中的中流砥柱。整个中国人民都忍受了重大的牺牲和做出重大的贡献，但是在日军占领区的军民，在敌人的"三光政策"和残酷剥削的罪恶统治下，所做的牺牲最大，贡献也最大，是不应该有人怀疑的吧。但是有人说，抗日战争从七七事变开始，一直就是蒋介石领导的国民政府领导的，这个领导也是中国共产党公开承认的嘛。

是的，由中国共产党所发起和促成的抗日民族统一战线，西安事变后，终于获得蒋介石的赞同，他宣布了停止内战，转向抗日的国策，得到全国人民、包括中国共产党在内的各民主党派和各界人士的拥护，承认他的领导。而且当他认真抗日时，一直也得到人民的拥护。在抗日战争初期，国民党的部队的确是奋力抗战，成为抗日的中坚力量，从七七华北抗战、八一三上海抗战，其后的台儿庄大战、徐州会战、武汉保卫战，以及其后日军深入，企图以战逼和的宜昌之战，后来日军想打通到东南亚的交通大动脉，在平汉、粤汉、广西等地之战，后来配合盟军的印缅之战，以至在各地的正面战场上，国民党有些部队的广大官兵，的确奋力抗战，忍受了重大的牺牲，也取得重大的战果，出了许多英勇牺牲的抗日名将和烈士。国民党军队的绝大多数官兵,的确是愿意并且努力抗日的。他们的功绩,人民不会忘记。他们中投敌叛变,甘心为虎作伥的只是极少数,有的且是奉蒋之命投敌,搞"曲线救国"的。正如在国民政府领导的大后方的各级机构各种人员,绝大多数是坚持抗日,热爱中华的,想要卖国投敌的只是如汪精卫之流的一小撮一样,这个界限,我们应该分清,也是分清楚了的。

但是承认蒋介石在抗战初曾经认真领导过抗战,得到人民的拥护,也得到过共产党的拥护这个事实,却并不能否认另外的事实。即抗战进入相持阶段,日本采取正面战场以诱降为主,集中力量消灭敌后抗日力量后,特别蒋介石看到共产党在敌后坚决抗日,得到人民的拥护,抗日部队得到日益壮大后,他就改变政策,转而对抗日三心二意,对共产党及其领导的抗战力量采取消灭的态度。这时在正面战场上,几乎处于休战的状态,而在国统区积极反共反人民,倒行逆施,无所不用其极。对延安则虎视眈眈,必欲消灭之而后快。在敌后更是到处闹摩擦,配合日军,做出许多亲痛仇快的事。在这种情况下,蒋介石自己放弃了对于抗日民族统一战线的领导权了。虽然由于国民党内部的抗日进步势力,和共产党及广大人民进步力量携手,共同对他进行斗争,使他不敢向日本投降,同时在英美参战后,他更不敢和日本议和。于是他抱定坚持独裁,反对民主,保存力量,坐等胜利,然后继续进行反共的政策。这当然是反历史潮流而动的,对抗日大业不利,理当受到广大人民的反对,也得不到国民党及其政府内和国民党军队内大多数的拥护。他怎么还能领导抗日民族统一战线呢?所以当时共产党提出了"坚持抗战,反对投降;坚持团结,反对分裂;坚持进步,反对倒退"的口号,马上得到各方面的拥护。这面抗日民族统一战线的旗帜,就自然地落到共产党的手里。

有人说,在敌后各抗日根据地,自然是共产党领导抗日,在大后方,一直是蒋介石及其政府居于统治地位,怎么能说不是蒋介石在领导抗日呢？从形式上看，的确是这样，但是所谓"领导"，就是领着大家，导向一个目的。领导抗日，就是一心一意地领着全国人民，团结各方面的力量，导向打倒日本帝国主义的目的。只有这样才够资格领导抗日。蒋介石当时却不是这样的，他是一心一意想坐等胜利的到来，然后领导大家反共。他还有什么资格来领导抗日呢？所以当时即使在国统区，在抗日大业上，发挥政治领导作用的，其实是中国共产党及其领导的抗日民族统一战线。当时在国统区代表中国共产党的就是以周恩来为核心的中共中央南方局。它掌握了历史发展的方向，站在历史潮流的前头，从政治上领导大家，坚持抗战，勇往直前，直到抗战胜利。

三、爱国主义教育是纪念抗战胜利的主旋律

纪念抗日战争和世界反法西斯战争五十周年活动，在全国各地广泛展开了，这对于推动我国社会主义精神文明建设，将要起很好的作用，事实上现在已经起了很好的作用了。我们常常听到说精神文明建设搞得不尽如人意，有的甚至说精神文明大滑坡，说是世风日坏，道德沦丧，尔虞我诈，见钱眼开，什么都商品化，连人的身体、灵魂、权力都商品化了。而且"两手都要硬"的话已经说了多年，好像还是没有办法改变这种不良现象。如此等等。我对此并不觉得悲观，问题是我们在这个转型期的社会中，如何搞精神文明建设，正面临机遇，也面临挑战，也就是我们用什么办法来进行工作的问题。

现在，我们趁纪念抗日战争胜利五十周年之际，抓住了弘扬爱国主义这个主旋律，组织各种纪念活动，进行宣传教育，使我们找到了一个振奋民族精神，增加民族凝聚力和向心力的好办法。爱我中华，振兴中华的确是当前精神文明建设的主弦律。看一看我们的各种精神文明建设的窗口，各种传播媒体，那种乌七八糟的东西，那些颓废堕

落、崇洋媚外、色情下流的东西，开始从书刊、屏幕、舞台和各种文化活动中被净化了，看到的大多是民族解放斗争中的团结奋斗、英勇牺牲、舍生忘死、正气浩然的形象。这实在是大快人心的事。如果我们坚持用健康向上的具有民族特色的精神食粮，来满足广大人民特别是青少年的精神需要，而不是从商业利益出发，为了多挣几个钱，见利忘义，以至去迎合那些低级趣味，用那种精神鸦片去麻醉人民特别是青少年，而且坚持下去，逐步改变群众的欣赏趣味，我们的社会主义精神文明建设，便会大有起色。"以高尚的精神塑造人，以优秀的作品鼓舞人"的目的，便可以达到了。

而当前我们如果抓住爱国主义这个主旋律，不仅可以振奋民族精神，提高人民素质，而且可以增强民族凝聚力，团结海内外的炎黄子孙，共同为振兴中华而努力。无论是什么不同信仰、不同政治观点的中国人，以至已经加入别国国籍的华人和华裔，只要一说起中华民族的历史苦难和中华民族的振兴大业，大家便有了共同语言。可见爱国主义的确是一种可以推动精神文明建设的伟大精神力量。

在我们中国的特殊历史条件下，当前更应该以国耻教育作为我们进行爱国主义教育的主要内容。"勿忘国耻"是我们应该代代相传的口号。这可以激励民族自尊心和自信心，团结一心，奋发图强。可惜的是我们的不少青少年，并不清楚我国曾经受过帝国主义列强的残酷压迫和剥削，遭受过无尽的痛苦和耻辱。一味羡慕外国的经济发达，嫌我国的经济落后。他们不知道列强发展经济的原始积累，是从殖民地半殖民地（包括中国在内）无耻掠夺而来的。他们的繁荣是建筑在别人的痛苦上的。我们不需要仇外主义，我们和外国人民友好相处，共同发展经济。但是我们不能忘记那些帝国主义分子在中国所造成的罪恶，他们之中有些人直到现在，对于他们的势力被赶出中国，还耿耿于怀，对中国还怀有野心，亡我之心不死。现在还在用这样那样的题目，做我们的文章，给我们制造麻烦。有些号称炎黄子孙的中国人，甘心为虎作伥，效忠于敌视中国的霸权主义势力。我们对青少年进行爱国主义教育，首先就应该对他们进行国耻教育，要他们勿忘国耻，自强不息，为振兴中华而奋斗。我以为这就是我们进行社会主义精神文明建设的主旋律，也是我们纪念抗战胜利五十周年最好的办法。

1995 年 9 月